Katherine Pancol est née à Casablanca en 1954. Depuis l'enfance, elle s'immerge dans les livres et invente des histoires qu'elle raconte à qui veut l'entendre. Pour elle, la fiction est plus réelle et intéressante que la réalité. Elle était la plus fidèle adhérente de la bibliothèque municipale où elle lisait tous les livres par ordre alphabétique. Balzac et Colette sont ses deux maîtres absolus. Après des études de lettres, elle enseigne le français et le latin, mais attrape le virus de l'écriture et du journalisme : elle signe bientôt dans *Cosmopolitan* et *Paris-Match*. Un éditeur remarque sa plume enlevée et lui commande l'écriture d'un roman : *Moi d'abord* paraît en 1979 et connaît un succès immédiat et phénoménal. Elle s'envole pour New York où elle vivra une dizaine d'années, écrira trois romans et aura deux enfants. Elle rentre à Paris au début des années quatre-vingt-dix. Elle écrit toujours, et sa devise est : « La vie est belle ! »

www.katherine-pancol.com

Katherine Pancol

SCARLETT, SI POSSIBLE

ROMAN

Éditions du Seuil

TEXTE INTÉGRAL

ISBN 978-2-7578-2897-7

© Éditions du Seuil, 1985

à daddy doux…
à Laurent Chalumeau
à dom, à lolo…
à arthur…

Derrière le comptoir du Chat-Botté, Juliette peste. Le beau René, celui que toutes les filles de Pithiviers regardent en coulisse, celui dont les yeux verts, la mèche brune et le blouson font trembler les plus assurées, celui qu'elle a réussi à s'approprier après des semaines de séduction assidue…, le beau René est un coup pourri.

Pourri sournois parce que pas pourri tout de suite.

Aux premières étreintes, c'est même l'enjôlement, les mille et une caresses, les doigts qui volettent, la bouche qui suit, alerte, et l'œil vert barré de brun qui guette le cri de reddition, le cri tomahawk planté dans le poteau de l'orgasme final.

Juliette était prête à s'abonner tout de suite. Il est beau. Tout le monde en veut un morceau et il a du savoir sexuel. Un prince charmant qui a lu le *Kāma-sūtra* sans sauter de passage. Y a pas mieux. C'est sûr. C'est lui. Je le reconnais. C'est celui dont je rêvais quand j'étais petite, le soir dans mon lit…

En trois nuits, elle s'était sentie devenir esclave pour la vie. Ça avait dû l'effrayer, le beau René, parce qu'au fur et à mesure que les séances se multipliaient, son ardeur diminuait, et Juliette mesurait, navrée, les ravages du temps sur la libido de son héros.

Il la retourne, se pose sur elle comme un carbone et la baise en bon père de famille qui pense à l'inventaire

9

du magasin. La veille au soir, il s'est endormi sous son nez. En-dor-mi alors qu'elle salivait à l'idée de la nuit qui commençait. Sur le dos, les bras en croix, avec, en guise d'excuse, un mot emprunté aux classiques de la vie conjugale : fatigué.

On n'est jamais fatigué quand on a envie, avait pensé Juliette.

– Si tu dors, c'est parce que t'as pas envie.

– Je dors parce que j'ai fait trois blocs-moteurs dans la journée (il est mécano au garage du Mail) et que j'ai même pas eu le temps de déjeuner…

Menteur. Voleur de frissons. T'as pas envie, c'est tout. Et pourquoi ? se demande Juliette en s'affalant sur le comptoir. J'ai quelque chose qui cloche tout à coup ? Pourquoi il me confisque mon tomahawk ? Mes peintures de guerre sont pas assez jolies ? Il a repéré une autre squaw, là-bas dans la prairie…

Sa colère mollit. Elle n'a plus confiance en elle. Et si c'était ma faute ? Si je n'étais pas assez experte… Peut-être qu'il n'aime plus mes fesses ? Ou qu'elles ont mauvais goût ? Et si elle se mettait à avoir un gros cul ? Un cul qui arrête les meilleures intentions ?

La sonnerie du magasin retentit. Il suffit de marcher sur le paillasson pour que ça fasse driling, driling. Une idée de son père. Tout comme le cheval à bascule pour les enfants et les ballons collés au plafond qui récompensent tout achat au-dessus de cinquante francs.

– Vous désirez ?

Juliette joue la vendeuse accorte.

– Je voudrais une paire de tennis. Quelque chose de vraiment confortable… C'est pour jouer…

Je m'en doute, banane, pense-t-elle, c'est pas pour accrocher au mur.

– Quelle pointure ?

– Quarante-quatre.

Elle le fait asseoir et va dans la réserve. Elle garde

le magasin de ses parents tous les jours de neuf heures à midi. Pour se faire de l'argent de poche. Après, c'est sa mère qui la remplace.

Elle fait ça en attendant de savoir quoi faire d'elle-même. Ce n'est pas parce qu'on a son bac qu'on est plus renseignée. Surtout en juillet 1968 quand le spectre de la révolution vient à peine de s'éloigner et que tout le monde reprend son souffle, éberlué. Pour son père, l'université est définitivement un lieu de perdition, et Juliette n'a qu'à murmurer Cohn-Bendit pour qu'il ait une attaque de couperose… Va quand même falloir qu'elle se décide. Paris ? Orléans ? Quelle université ? Quarante-trois, quarante-quatre, Aigle Hutchinson blanc puisque c'est pour déraper sur les courts… Il n'est pas mal. Ce doit être un touriste. Ou un Parisien à résidence secondaire. Sinon elle l'aurait déjà repéré. Elle a un don infaillible pour localiser les beaux mecs. Son œil crépite comme une baguette de sourcier et son corps se fige en position calendrier de Marilyn. Même avec tout le souci que lui donne René, celui-là, elle l'a remarqué.

De près, il est encore mieux. Blond, le teint hâlé, les yeux marron qui remontent vers les tempes, le nez un peu retroussé, au moins un mètre quatre-vingts et de longues mains.

C'est rare, les clients qu'elle a envie de détailler.

D'habitude, elle ne s'attarde pas et regarde de côté quand ils soufflent en nouant leurs lacets. Elle continue à l'observer pendant qu'il tâte le bout de sa chaussure pour mesurer l'avancée du gros pouce.

– Vous désirez des avant-pieds ?

Il fait signe que non.

– Vous pouvez faire quelques pas si vous voulez, tant que vous ne sortez pas…

On ne sait jamais : l'autre jour, une imbécile a traversé la rue de la Couronne pour aller montrer ses vernis au poissonnier.

11

– Non, ça va. Je les prends. Merci, mademoiselle.

Large sourire enjôleur, un peu automatique, presque professionnel. Il sait qu'il plaît aux dames.

– Ça fera soixante-quinze francs.

Il faut qu'elle sache d'où il vient avec ses dents blanches, sa raquette et ses grands pieds.

– Vous habitez la région ?

– Je suis le fils de M. Pinson.

– Oh ! C'est vous… Je vous aurais pas reconnu…

La dernière fois qu'elle l'avait vu, c'était le jour de sa communion solennelle. Les Pinson avaient été invités. Puis les deux familles s'étaient perdues de vue. « Mon fils est parisien », répétait avec fierté Mme Pinson. On murmurait en ville qu'il avait réussi dans la publicité et possédait une Lancia bleu marine. C'est un sujet de conversation pour ce soir.

Il faut qu'elle arrache à son père la permission d'aller danser. Le fils Pinson servira d'entrée en matière. Une information, judicieusement choisie, dissipe souvent la mauvaise humeur familiale. Elle pourrait même dire qu'elle y va avec lui, dans sa Lancia bleue, et qu'il lui a demandé de l'épouser. La publication des bans, c'est l'obsession à Pithiviers.

– Vous désirez un ballon ? C'est offert par la maison…

Il rit.

– Vous êtes parfaite en commerçante. Vous réussirez si vous continuez comme ça…

Il la regarde d'encore plus près et Juliette rougit. Elle rougit toujours quand on la regarde avec mention spéciale. Ça la rassure et l'intimide à la fois. C'est comme si on lui présentait une belle jeune fille en lui disant que c'est elle. Le seul inconvénient des compliments, c'est que ça la fait transpirer et que ça lui graisse les cheveux. Elle perd un jour de shampooing.

– Et Paris, c'est comment ? demande-t-elle.

C'est fou ce qu'on peut être bête quand on est intimidée.

Il a un petit sourire qui lui enfonce une fossette à gauche.

– Grand, excitant, pollué… Attendez… Quoi d'autre ?

– Je vais peut-être y aller en septembre. Faudrait que je m'inscrive en fac… À Paris ou à Orléans, je sais pas encore…

– Écoutez, si vous choisissez Paris, téléphonez-moi. Au début, vous serez sûrement un peu perdue… Si je peux vous aider…

Juliette remercie. Elle transpire de plus en plus. S'il continue ses gentillesses, ses cheveux vont être définitivement gras. Elle secoue la tête pour qu'il ne s'en aperçoive pas.

Il tire une carte de visite de son portefeuille et la lui tend. Il ne prend pas de risques. Elle est mignonne, cette petite, un peu provinciale peut-être, mais elle a un regard déluré qui lui plaît. Des cheveux noirs qui bouclent autour de la tête, des yeux tout aussi noirs, une bouche qui brille, des dents très blanches et très régulières, un grain de beauté à la racine du nez. Un peu trop maquillée comme toutes les filles de province qui lisent les magazines féminins et appliquent leurs conseils à la lettre. Poignets fins, poitrine ronde… Pour l'instant, le comptoir l'empêche de juger le reste.

– Vous avez quel âge, Juliette ?

– Dix-huit ans et demi… Et ne me dites pas que c'est le bel âge. Je déteste mon âge. Je voudrais être plus vieille…

– Et pourquoi donc ?

Parce qu'à dix-huit ans on a envie de tout et de rien, on veut tout et, en même temps, on ne sait pas par quoi commencer.

– Je sais pas…

Le regard noir se fait très lourd. Les cils s'abaissent.

Ce ne sont pas ses yeux qui sont si noirs, ce sont ses cils. Épais, longs, emmêlés et recourbés au bout.

– On ne vous a jamais dit que vous aviez de très beaux yeux ?

Elle éclate de rire.

– Ah ! non. Pas vous… Quand j'étais petite, dans la rue, on m'arrêtait pour me demander si j'avais des faux cils…

Elle rit et tout son visage prend de l'audace.

Il ne croyait pas les honnêtes Tuille capables d'enfanter un tel phénomène. Ils doivent être complètement dépassés. Doivent pas savoir par quel bout la prendre. Le paillasson fait driling, driling et une famille de vacanciers envahit le magasin.

– Bon, écoutez, je vous laisse… Si vous venez à Paris, n'oubliez pas de m'appeler, hein ?

– C'est promis.

Elle lui tend ses tennis avec un grand sourire et se tourne vers les nouveaux arrivés.

Je vais rester le temps de voir ce que cache le comptoir, se dit-il.

Il n'est pas déçu : longues jambes, petit cul rond, taille fine… Moulée au millimètre dans une minijupe.

Comment font-elles pour s'asseoir ? Il s'est toujours posé la question.

La famille le regarde avec insistance. Il doit avoir l'air bizarre, planté au milieu du magasin avec son paquet à la main.

Juliette l'a remarqué et elle sait pourquoi. Depuis longtemps, elle a compris que, si elle voulait impressionner les hommes, il lui suffisait de se lever et de faire quelques pas. Elle rit doucement dans la réserve en bousculant les cartons. Le fils Pinson est comme les autres. Il n'y a que le beau René qui soit indifférent. Et cette pensée lui bousille sa bonne humeur…

« Tragique accident en gare de Malesherbes : une femme se jette avec ses deux enfants sous une micheline en provenance de Paris », lit M. Tuille en portant une cuillère de soupe à sa bouche.

M. Tuille lit le journal à table : les gros titres et les sports au déjeuner, la politique et les faits divers au dîner. Il est abonné à *la République du Centre*.

– Et alors ? demande Mme Tuille dans un élan.

Ce n'est pas qu'elle soit méchante, mais le récit d'une bonne catastrophe, les corps déchiquetés et les bras sanglants qui dépassent la font frissonner jusqu'au lendemain matin et la rassurent à la fois. Avec plein de malheureux autour de soi, on se sent bien au chaud.

– Morts tous les trois, répond M. Tuille en nettoyant son assiette avec son pain. C'est encore les contribuables qui vont payer. On n'arrête pas de payer pour les irresponsables. Tu sais combien ça coûte à l'État un suicide ?

Mme Tuille et Juliette hochent la tête. Ce numéro-là, elles le connaissent par cœur. Ainsi que le prix d'une réanimation ou d'un déblayage de voie ferrée.

Quand elle écoute ses parents, Juliette se sent terriblement lasse. Ils me fatiguent à force de toujours répéter les mêmes phrases toutes faites.

– Papa, je peux sortir ce soir ? Bénédicte donne une fête pour ses dix-neuf ans.

Zut, pense-t-elle, j'aurais dû attendre qu'il ait digéré le coût du suicide sur rails.

– Hein ? Oui… Les Tassin sont des gens très bien. Mais tu rentres à minuit, compris ?

Elle acquiesce mollement. C'est toujours comme ça. Quand on croit que ça va être dur, on obtient la permission tout de suite et, quand ça a l'air facile, on se la voit refuser. C'est imprévisible, les parents. Pour son père et sa mère, il y a les gens bien et les gens pas bien. Les parents de Bénédicte font partie de la première catégorie, alors que les parents de Martine appartiennent à la seconde. Les critères pour être classés dans l'une ou dans l'autre se résument en un seul mot : réussite. Les Tassin ont une belle maison, une belle voiture, une belle pelouse, de beaux enfants : ils ont réussi. Les Maraut – les parents de Martine, son autre copine – sont manutentionnaires à la Sucrerie de Pithiviers et vendent l'*Humanité-Dimanche* à la sortie de la messe : ils n'ont pas réussi.

Bénédicte porte de longs kilts, des shetlands achetés en Angleterre, un petit collier de perles et un foulard Hermès noué autour de son sac Hermès : Bénédicte a bon genre. Martine a des cheveux blonds hirsutes, des minijupes en skaï, du vert pistache sur les paupières et du rouge sur les lèvres : Martine a mauvais genre.

Justement, c'est ce que Juliette aime chez elle : elle ne ressemble à personne. À Pithiviers du moins. Elle n'a pas peur d'être différente. Elle est d'ailleurs la seule à s'être intéressée aux événements du mois de mai. Elle en a adopté tous les slogans. Enfin…, ceux qui l'arrangeaient, ceux qui avaient trait à la libération sexuelle et au rejet de l'autorité. « Il est interdit d'interdire », « soyez réalistes, demandez l'impossible »…

Grâce peut-être aux « événements », Bénédicte, Juliette et Martine ont décroché toutes les trois leur baccalauréat.

M. Tuille repose son journal en soupirant. Les parents Tuille ignorent tout de la vie sexuelle de leur fille. Juliette se procure la pilule avec des ordonnances qu'un médecin donne à Martine. « Il ferme les yeux parce qu'il pense comme mes parents, lui a expliqué Martine, il a l'impression d'ébranler la société chaque fois que je baise. » Juliette vit ses frasques loin du domicile parental, le plus souvent dans des voitures, le samedi soir après avoir été en boîte. Quelquefois dans des lits, mais rarement. Ses amants n'ayant presque jamais un pouvoir d'achat leur permettant de vivre leur libido sur Dunlopillo. Le beau René est le premier à posséder un studio et un vrai grand lit à deux places King Size. C'est ce qui est écrit sur l'étiquette à l'un des pieds.

Avec René, c'est presque le tout-confort. Presque, parce que, pour le rejoindre, elle doit passer par le toit, ses parents n'accordant que la permission de minuit. Elle rentre ostensiblement avant minuit et ressort par la fenêtre de sa chambre. Risqué. Elle suit la gouttière dans l'obscurité et marche selon les pointillés des ardoises. Mais ça vaut le coup. Il se passe des choses très intéressantes dans les voitures ou dans les King Size le samedi soir…

Ils ne savent rien de moi, pense Juliette en regardant son père et sa mère. Je les intéresse pas. Ils préfèrent parler de Pompidou et des accords de Grenelle, de la quatrième semaine de congés payés et de la mort du chanoine Kir…

– Devinez qui j'ai vu aujourd'hui au magasin ?

Ils relèvent la tête, tous les deux, brusquement.

– Le fils Pinson.

– Et tu nous le dis que maintenant ! Mais alors raconte… Le fils Pinson…

– Eh bien… il vit à Paris et il m'a laissé sa carte pour si jamais j'y allais…

– Il est très bien, ce jeune homme… Il paraît qu'il a réussi à Paris. L'autre jour, justement…

Juliette n'écoute plus. Elle se demande ce qu'elle va bien pouvoir mettre pour aller danser ce soir chez Bénédicte…

Une surprise-partie chez les Tassin, c'est toujours un événement. Ce soir, M. Tassin a illuminé tout le jardin de la vieille maison, baptisée « la Tassinière », située avenue de la République, dans le quartier résidentiel de

Pithiviers. La façade recouverte de vigne vierge et de chèvrefeuille est décorée de lampions de 14 Juillet, les grandes portes vitrées du rez-de-chaussée sont ouvertes et on entend *Rain and Tears* des Aphrodite's Child.

Juliette se tord le pied sur les graviers blancs de l'allée et pousse un juron. Elle se baisse pour se frotter la cheville et aperçoit trois filles du lycée qui arrivent bras dessus, bras dessous. Les Trois Grâces, les arbitres de l'élégance. Elle se demande tout à coup si elle n'a pas fait une erreur en mettant cette robe princesse à ramages violets, mais les trois filles la saluent aimablement et elle se relève, soulagée. Non, ce sont les chaussures qui vont pas. Je suis sûre que les chaussures vont pas... En ce moment, de toute façon, rien ne va. Faudrait que je change d'air, que je voie autre chose...

Bénédicte est à l'entrée et accueille ses invités.

Bénédicte Tassin est la quatrième d'une famille de six enfants. La tribu Tassin, c'est un ensemble de rites et d'histoires qu'on se raconte dans la grande salle à manger en faisant assaut de mots. Chez les Tassin, Juliette a souvent l'impression d'être en plein examen. Elle ne sait pas toujours comment tenir son couteau ou quoi répondre au grand frère qui cite Saint-Simon.

Même Martine est impressionnée par Bénédicte. Devant elle, Juliette et Martine surveillent leur langage. C'est sans doute pour cela qu'elles ne sont pas plus intimes. Bien qu'elles se soient connues sur les mêmes bancs d'école. Martine dit que Bénédicte fait partie d'un club dont ni Juliette ni elle ne sont membres. Un club où les gens ont de l'argent et de la culture « naturellement », où on lit Montesquieu comme *la République du Centre*, où on vous enfourne les bonnes manières et la prose de Mme de Sévigné avec votre petit suisse. Les membres du club ont le teint rose, le cheveu brillant, pas la moindre pustule ni trace de pellicule.

– Tu comprends, ça mange jamais de conserves, ces

gens-là, lui a expliqué Martine, que du frais et du vita-
miné. Alors forcément…

Alors forcément Bénédicte est à l'aise partout. Pas de
doute sur le ramage de sa robe ou sur la couleur de ses
chaussures. Pas de cœur grosse caisse quand le beau
René est en retard.

– Alors, princesse, on rêve à l'absent ?

C'est Martine. Elle entraîne Juliette vers un canapé
où les deux filles se laissent tomber.

– Tu ferais mieux de t'occuper de ton amoureux
transi. Il est là à te dévorer des yeux, dit Juliette en
pointant son menton vers un jeune homme d'apparence
assez ingrate, qui ne quitte pas Martine du regard.

Il porte un blazer bleu marine dont les manches trop
longues lui couvrent les mains et passe son temps à
essayer de bloquer une longue mèche blonde derrière
son oreille droite. Ce faisant, il exhibe des ongles noirs
de terre qui font grimacer les deux filles.

Il s'appelle Henri Bichaut. C'est le souffre-douleur de
leur petite bande. Depuis toujours, il est muet d'adora-
tion devant Martine qu'il contemple en remuant les
narines comme les ouïes d'un poisson.

– Merci beaucoup, répond Martine, le jour où je me
rabattrai sur lui, c'est que je serai vraiment désespérée.

– Pourtant, c'est un beau parti, continue Juliette, il a
de l'argent et des terres, et il parait que…

– Arrête, l'interrompt Martine, tu dis ça parce que
t'es jalouse. Ce n'est pas avec le beau René que tu ferais
fortune…

– Le beau René est un coup pourri, marmonne
Juliette entre ses dents.

Elle regrette aussitôt d'avoir jeté ça. En articulant tout
haut la nullité au dodo de son héros, ne va-t-elle pas
briser net l'élan qui la pousse dans ses bras ? Or, le beau
René, pour le moment, c'est sa raison de vivre. Rien que
de le contempler, elle est rassurée. Elle a beau le traiter

de coup pourri, elle succombe dès qu'elle le voit. Plus fort qu'elle.

Un après-midi, ils étaient allés à la piscine de Pithiviers-le-Vieil. Pendant tout le trajet, ils s'étaient fait la gueule. René aurait préféré s'entraîner sur le circuit de motocross. À la piscine, un copain leur avait montré des photos d'eux prises lors d'une boum. Juliette n'avait plus pu détacher les yeux de la photo. Qu'est-ce qu'ils étaient beaux ! C'était elle ? Avec lui ! Ils avaient l'air d'amoureux modèles. René la serrait contre lui, Juliette souriait, molle et abandonnée. Elle avait découpé la photo et l'avait mise dans son étui en plastique, celui où elle rangeait sa carte d'identité et ses tickets de cantine. Quand elle n'était plus très sûre d'elle, il lui suffisait de regarder la photo pour que les couleurs reviennent dans sa tête. C'était à cela qu'il servait, le beau René : à la rassurer par l'intermédiaire d'un vieux cliché.

– J'en étais sûre, triomphe Martine, il est trop beau pour être vrai…

– Comment ça ?

– Ben oui… Toutes les filles lui tombent dans les bras. C'est trop facile. C'est comme les jolies filles… Il se noie dans le regard des autres et ne sait plus qui il est. Il n'a plus de désir…

– Tu m'énerves à tout expliquer comme ça ! C'est peut-être de ma faute aussi… Peut-être que je ne sais pas m'y prendre…

– Arrête, le beau René, c'est très simple. Il est tellement habitué à se faire escalader qu'il en perd toute initiative…

Le pire, c'est qu'elle a raison. Les bras le long du corps ou croisés derrière la nuque, il attend. Ou il demande « occupe-toi de moi, aime-moi » et quelquefois des choses tellement ridicules qu'elle en reste glacée. « Prends-moi, viole-moi. » Non, non, non, a-t-elle

20

envie de hurler, c'est toi qui dois me prendre et me violer, c'est toi le mec !

– Arrête de faire cette mine, Juju. On dirait que tu joues ta vie… Elle est ailleurs ta vie. Enfin, j'espère… parce que toute une vie avec le beau René !

Martine soupire, découragée.

Pourquoi pas ? pense Juliette. Toute une vie blottie contre son bleu de travail. Sans angoisse, sans inscription en fac, sans bagarre.

Sur son épaule, la tête de Martine se fait lourde. Elle lui tient chaud et c'est bon.

Martine pratique, qui a décidé de ne jamais tomber amoureuse parce que ça bouffe toute votre énergie. Son énergie à elle, elle veut la mettre à conquérir l'Amérique. Des amants d'accord, de l'amour pas d'accord, et c'est en prenant beaucoup d'amants qu'on évite l'amour. C'est sa théorie. Juliette la retrouve souvent à la Coop de la place du Marché où Martine a pris un emploi de caissière pour se payer son voyage outre-Atlantique. Elles vont manger des gâteaux au Péché-Mignon, Martine déplie un plan de New York et Juliette lui fait réciter les rues, les stations de métro, les banlieues de Manhattan. Elles rêvent toutes les deux à Fire Island, Park Avenue, Forsythe Street, Washington Square…

– Hé, Juju, arrête de penser. Le voilà, René…

Juliette se redresse, tire sur sa robe, fait bouffer ses cheveux. Cœur qui bondit, racines qui transpirent, plaques sur les joues, ventre qui se rentre, seins qui pointent, air naturel qui tremblote…, comment vous ici ?

Le beau René est sur le pas de la porte.

Pas tout seul.

Une fille se tient à ses côtés. Une fille qu'il tient enlacée…

Première partie

Chapitre 1

On jouait un slow, le beau René pétrissait sa squaw et, malgré tout ce qu'elle pouvait bien se hurler, Juliette était incapable de détacher ses yeux de ce spectacle affreux. Pire même, elle s'en repaissait pour nourrir la bête qui lui rongeait les entrailles et qui réclamait miam-miam, encore, encore de l'image qui fait mal !

Elle incarnait soudain toutes les grandes douleurs romanesques, celles-là mêmes qu'elle lisait, en classiques Hachette, d'un œil désinvolte et d'un doigt plein de confiture. Elle crut mourir mais, se trouvant toujours en vie, elle se leva, alla buter contre le premier mâle rencontré et s'abîma dans ses bras.

Pas une fois, à partir de ce moment-là, elle ne laissa glisser son œil sur le beau René, même si pour cela elle dut enfoncer plus profond son nez dans la chemise Lacoste de son cavalier et subir de gluants baisers. Chienne hurlante à l'intérieur, forteresse impénétrable à l'extérieur. Elle passait en revue mâchicoulis et barbacanes, arpentait bonnettes et bretèches, préparait ses seaux de poix et d'huile bouillante, alignait béliers et bombinettes, et faisait quelques pectoraux pour narguer l'ennemi.

Le lendemain, toujours abrutie de douleur mais apprenant à vivre avec – si je dors en chien de fusil, le pouce dans la bouche, ça ira mieux peut-être ? –, elle alla trouver Martine à la Coop et lui demanda de tenir un conseil de guerre exceptionnel.

Qu'est-ce que je vais faire ? Qu'est-ce que je vais faire ? répétait Juliette. Fuir, répondit Martine, péremptoire. Et le plus loin possible. À Paris, par exemple. Orléans, c'est encore trop près, tu pourrais, clandestine, venir renifler les vapeurs de pots d'échappement au garage du Mail.

– Mais comment convaincre mes parents de m'envoyer dans la ville de Cohn-Bendit ?

Martine enfourna deux bouchées de pithiviers, but une tasse de thé cul sec, puis, la bouche pleine et pâteuse, réfléchit.

– Trouve-toi une matière que tu ne peux pas étudier à Orléans ? Au besoin, mens… T'as envie de quoi ?

– De rien. Si…, de mourir.

– D'étudier quoi ?

– Sais pas, Martine, sais pas. Pourquoi il m'a fait ça ? Qu'est-ce qu'elle a de mieux que moi ?

– Rien. Mais la comparaison des étiquettes, dans ce cas-là, tu sais…

Juliette alla voir ses parents et négocia son départ pour Paris. Elle jura croix de bois, croix de fer, qu'il n'y avait pas de fac de droit à Orléans et qu'elle voulait absolument être avocate. Pour défendre les opprimés, les faibles, les ratatinés, les victimes d'injustices flagrantes, les abandonnés, les laissés-pour-compte et sur place, une squaw en travers de la gorge.

Marcel Tuille toussa, tripota ses bretelles, se roula une cigarette et émit une liste de conditions que Juliette accepta sans broncher. Elle n'était pas de taille à discuter. Elle irait habiter chez la cousine Laurence, rue Saint-Placide, ne sortirait pas le soir, rentrerait tous les week-ends à Pithiviers et se contenterait de cinq cents francs de mensualité.

Elle promit. Après tout, pensa-t-elle, les promesses

n'engagent que ceux qui les reçoivent. L'important est de partir d'ici.

– Papa… Je peux partir très vite ? Je voudrais m'habituer à Paris…

– On verra. Je vais en parler à la cousine Laurence.

Elle attendit pendant quinze jours.

Quinze jours à lutter jour et nuit contre l'envie d'aller ramper aux pieds du beau René, implorer son pardon, annuler son départ, mendier une petite place, une flaque d'huile de vidange tout au fond du garage entre deux blocs-moteurs où elle pourrait rester à l'admirer, muette, respirant à peine, sans le déranger le moins du monde, sans qu'il puisse seulement s'apercevoir qu'elle existait, sans rien lui demander d'autre que le droit d'être là à le vénérer en silence.

Elle se retint pourtant. Ou du moins, Bénédicte et Martine la retinrent en lui faisant miroiter à la place de la flaque de cambouis son avenir doré à Paris.

Elle se força alors à ne penser qu'à ça : Pa-ris, Pa-ris, Pa-ris…

Pa-ris, Pa-ris quand elle rôdait près du garage pour apercevoir un bout de clé à molette… Pa-ris, Pa-ris quand elle noyait la photo rangée dans l'étui en plastique de grosses larmes nostalgiques. On existait pourtant, la preuve… Elle fixait la photo, hébétée, et le rat dans le ventre s'agitait et réclamait à manger.

Pa-ris, Pa-ris.

Elle n'était toujours pas partie que Paris changeait déjà sa vie. Pas de son fait à elle… Oh non ! pour elle, ce n'était que des syllabes imbéciles, mais les autres… Les autres qui avaient appris Pa-ris et qui la regardaient autrement. L'admiration légèrement envieuse qu'on se mit à lui témoigner l'aida à tenir le menton haut et le René bas dans son estime. Elle devenait « la Parisienne » et on ne lui parlait plus pareil.

Elle essuyait ses yeux et estourbissait le rat, appliquait

27

Paris sur ses plaies et se reprenait à espérer. Espérer que la vie serait belle à Paris…

Mais alors, une inquiétude venait lui tenailler le ventre : elle se demandait si elle saurait justifier l'auréole qu'on lui octroyait en l'appelant « la Parisienne ». Bref, si elle était de taille à survivre à Paris. Même pas conquérir. Conquérir, c'était pour Martine et ses gratte-ciel. Juste survivre à l'ombre de la tour Eiffel.

Mais alors, elle n'avait qu'à penser à ses parents pour comprendre que rien ne pouvait être pire que Pithiviers chez eux, avec eux et comme eux. Un destin en forme de boîte à chaussures. Ils lui paraissaient encore plus rétrécis depuis que le beau René l'avait trahie. Comme si, auparavant, l'auréole de René avait illuminé de quelques watts les parents Tuille. Ils sont tout éteints maintenant, pensait Juliette.

Au bout de quinze jours, Marcel Tuille donna son accord pour qu'elle fasse ses valises. La cousine Laurence, clouée au lit par une crise d'asthme, ne pouvait la recevoir, mais elle recommandait chaudement une fille d'amie, une jeune fille tout à fait remarquable et de moralité irréprochable, qui, pour subsister, louait des chambres dans son appartement, ses parents ayant été obligés de s'installer provisoirement à l'étranger.

Juliette arriva sous le soleil dans un Paris assombri par l'entrée des chars russes à Prague, un Paris presque en deuil avec les gros titres des journaux qui s'indignaient dans tous les kiosques. Des Parisiens hébétés lisaient et relisaient leur journal en la prenant à partie.

Cela gâcha à peine sa joie. Juliette découvrait la ville avec les yeux d'une touriste sur un bateau-mouche. Elle était en vacances. Paris aussi. Le soleil, les étrangers, les terrasses de cafés, les pelouses des Tuileries ou du Luxembourg l'émerveillaient et lui faisaient oublier que c'était pour de bon, qu'elle était en train de changer de vie.

Elle n'était pas la seule à redécouvrir le bonheur. Cet été-là, *France-Soir* publia un grand sondage IFOP dont l'optimiste résultat avait de quoi étonner : pour les Français, le bonheur était en progrès.

La France sortait tout juste de troubles comme on sort d'un banquet : indisposée par ses propres excès, elle constatait, dans un dernier rot, que, finalement, elle n'était pas si malheureuse que ça. Et même si, de deux cent cinquante mille, le nombre des chômeurs était soudain passé à quatre cent cinquante mille, on faisait confiance au gouvernement pour que tout rentre dans l'ordre dès septembre.

Bonheur des Français sur les plages, bonheur des contestataires qui venaient de semer des croyances, des défis qui allaient prendre racine : amour libre, communautés, rejet de la société de consommation, des mandarins, des parents, installation d'une contre-culture, d'un contre-pouvoir. Bonheur des bien-pensants qui avaient eu bien peur, bonheur d'un gouvernement reconduit en masse et fanfare sans très bien comprendre pourquoi, même s'il soutenait le contraire, bonheur du travailleur qui rêvait de Grenelle comme on croit aux miracles, bonheur des voitures à qui l'essence était revenue, bonheur de Juliette qui apprenait le métro et le bus, la liste des deux cents cinémas parisiens, les magasins ouverts tard le soir, et découvrait en faisant des cercles de plus en plus grands tous les trésors de Paris.

Elle passa la fin du mois d'août à se perdre dans les rues, à suivre dans les journaux la dernière aventure de BB avec un play-boy italien sous l'œil indifférent de Gunther Sachs, à louper ses stations de métro, à déguster des menthes à l'eau, à loucher sur les derniers pavés qui traînaient encore rue Gay-Lussac…

Le jour où, décidée à escalader la butte Montmartre, elle sut se rendre d'Alma-Marceau à Anvers sans se tromper dans les correspondances de Saint-Lazare et place de Clichy, ce jour-là, Juliette se déclara parisienne. Ce jour-là aussi, elle s'aperçut que, depuis dix jours, elle n'avait pas pensé au beau René…

Début septembre, les pensionnaires de Valérie – c'était le nom de la jeune fille qui lui louait sa chambre – revinrent de vacances.

Elles réintégrèrent le 40 avenue Rapp avec la familiarité et l'aisance de ceux qui rentrent chez eux après un long voyage, abandonnant leurs valises dans l'entrée, ouvrant le Frigidaire et posant les pieds sur la table. Juliette, qui avait jusque-là vécu en enfant unique avec Valérie, vit sa tranquillité et son espace envahis. Si Valérie avait le maintien et la discrétion d'une jeune fille très pieuse et un peu ingrate, Regina et Ungrun étaient plus expansives et encombrantes. Toutes deux mannequins, venues chercher fortune là où la mode naissait, elles avaient échoué chez Valérie après avoir, chacune de leur côté, visité placards, réduits, chambres de bonne, monté moult étages et compris comment l'escalade quotidienne de leurs escaliers dispensait les Parisiens de toute autre culture physique.

Chez Valérie, c'était grand, clair et pas trop cher. De plus, l'adresse était fort honorable et l'appartement se trouvait tout près de leur agence. Ce que Juliette eut du mal à comprendre, en revanche, c'était pourquoi Valérie louait ses chambres à des créatures si éloignées de ses conceptions religieuses. Elle comprit très vite que le mannequin était une race infiniment solvable et insouciante et que si, pour la tante Laurence, Valérie avait annoncé quatre cents francs de loyer, Ungrun et Regina payaient beaucoup plus cher.

À partir de cette découverte, Juliette considéra Valérie différemment. Elle ne devait pas être si chrétienne que ça pour exploiter sa prochaine comme une vulgaire marchande du Temple.

Regina était allemande, Ungrun islandaise.

Juliette n'avait jamais rencontré de mannequins et ne se souvenait pas, non plus, d'avoir connu une Islandaise. Elle ne put s'empêcher d'y lire l'heureux présage de ses succès à venir. L'aventure commençait, et en version internationale.

Chapitre 2

Dans le couloir de l'appartement, ce matin-là, il y avait embouteillage. Regina occupait la salle de bains depuis plus d'une demi-heure. Valérie et Ungrun attendaient, accroupies derrière la porte. Il doit se passer quelque chose d'exceptionnel, se dit Juliette, parce que Valérie, d'habitude, est plutôt à cheval sur l'étiquette.

Leur vie avenue Rapp obéissait à des règles très précises établies par Valérie qui veillait à leur application avec la rigueur d'une mère supérieure : interdiction d'amener des étrangers nuitamment, usage du téléphone limité au sablier entre dix-huit et vingt heures (heures fatidiques qui décident de toute la soirée), respect des aliments d'autrui dans le réfrigérateur, respect également de l'espace de chacune dans les placards et surtout, surtout, défense de rester plus d'un quart d'heure dans la salle de bains aux heures de pointe. Quiconque transgressait le règlement était menacé d'expulsion.

Ce matin-là, en effet, il s'était passé quelque chose d'exceptionnel : Regina avait annoncé, au petit déjeuner, qu'elle venait de décrocher son premier rôle au cinéma aux côtés de Gabin.

– JEAN Gabin ? demanda Juliette, impressionnée.

– Bien sûr, pas Roger ! répondit Valérie sur le ton dédaigneux de celle qui a eu la primeur de l'information.

Juliette se tut, mortifiée. Ces trois filles-là, qu'elles le fassent exprès ou non, passaient leur temps à lui faire sentir qu'elle n'était qu'une pauvre provinciale. Oh ! ce n'était pas toujours intentionnel, mais elle devinait bien à une intonation ou une inflexion de sourcil qu'elle manquait de culture parisienne.

C'était le grand espoir de Regina de se reconvertir dans le cinéma parce que, à trente-deux ans, un mannequin est au bout du rouleau.

C'était surtout le matin que la carrière de Regina semblait compromise. Au petit déjeuner, quand elle n'était pas maquillée. On voyait tout : ses pores dilatés, ses cuisses un peu molles, ses racines noires… Parce que, pour réussir dans ce métier, il vaut mieux être blonde. Depuis l'invention du cinématographe, il n'y en a que pour les blondes. Vous pouvez avoir le menton en galoche et des trous dans la peau, si vous êtes blonde, on klaxonne sur votre passage. Pour survivre en brune ou en châtain, il faut être parfaite. Même Evita Perón a été obligée de se décolorer pour haranguer les foules du haut de son balcon ! Pas étonnant, alors, que Regina…

Ce qui dégoûtait le plus Juliette, au petit déjeuner, c'était les sourcils de Regina : deux traits filasse de poils roux. Un mannequin vu de près, ce n'est pas aussi alléchant que sur les photos. Même Ungrun, qui n'a que vingt ans et un visage de bébé qui enchante les magazines, est ordinaire au petit déjeuner. Elle a des seins si lourds et si longs que la directrice de son agence lui a suggéré de s'en faire couper un morceau. Ungrun hésite. À cause de son fiancé qui est resté à Reykjavik et qui aime bien rouler ses longs seins dans ses mains. Ungrun lui a écrit et attend sa réponse. Si elle est devenue mannequin, c'est pour lui offrir un magasin d'électroménager ; dès lors, c'est à lui de décider.

Dans la salle de bains, Regina faisait des vocalises. Lô-a-lô-a-lô-a-lô-a-lô. Montant et descendant la gamme. Changeant d'octave, variant avec Li-o-li-o-li-o-li-o-li.

Regina assurait que, si les hommes prenaient moins de rides, c'était à cause des grimaces qu'ils faisaient tous les matins en se rasant. La vocalise, c'est sa gymnastique faciale. Regina possède recettes et solutions miracles pour tous les problèmes de l'existence. Juliette se surprit à penser que, peut-être, grâce aux trucs de Regina, elle pourrait maîtriser ses racines qui transpirent.

Elle avait beaucoup moins d'assurance depuis qu'elle vivait à Paris. Elle se sentait souvent à côté de la fête, petite fille qui regarde tourner les manèges et n'a pas de ticket pour monter. Il faudrait se préparer avant de venir à Paris. Il devrait y avoir des cours dans les mairies de province : « Je monte à la capitale en vingt leçons. »

On y apprendrait, pour commencer, que la vie à Paris est beaucoup plus chère. Et qu'on y est beaucoup plus tenté. Difficile de trouver une rue sans vitrines. La tentation était perpétuelle et les cinq cents francs de son père disparaissaient sans qu'elle sache comment. La fac n'avait pas encore commencé et elle traînait dans les rues, seule. Proie facile pour l'étiquette alléchante.

Un jour, elle décida que ça ne pouvait plus durer. Il fallait qu'elle trouve un travail. Elle ne savait pas très bien quoi et éplucha les petites annonces. Atouts : elle présentait bien, parlait anglais (le tiers au moins du *Harrap's*) et accordait, sans tragédie, les participes passés. Handicaps : elle n'avait jamais frappé sur un clavier de machine à écrire et ignorait tout des graffiti de la sténo. Or, toutes les entrevues se concluaient par la question : « Et combien de mots/minute, mademoiselle ? » Un, pensait Juliette, et à condition que ce soit Azerty. La machine à écrire n'a jamais fait partie de ma culture générale, mais je peux vous réciter puella-puella-puellam ou la poussée d'Archimède dans son bain. Et savez-vous ce qu'a dit Surcouf à l'amiral anglais qui venait de le défaire ?

En vain. Ils manquaient totalement d'imagination, et

l'enthousiasme qu'elle avait réussi à susciter par quelques pointes d'esprit et un sourire aguicheur retombait à son niveau le plus bas. Tous ces rendez-vous se ressemblaient : une longue queue accordéon de filles de tous les âges. Les vieilles épiant les jeunes avec méfiance, les jolies toisant les moches avec la solution finale dans le regard. Au bout de l'accordéon, un sergent-major qui aboyait et distribuait des curriculums vitae à remplir. Puis elles passaient toutes devant le chef du personnel, le plus souvent un monsieur couvert de pellicules et de cendres de cigarette, qui ponctuait chacune de ses réponses par un « je vois, oui, je vois » d'aveugle sans chien pour le guider et pensait au programme télé qu'il allait regarder le soir. L'impression d'être suspendue au bon vouloir et à la mauvaise humeur d'un rond-de-cuir sur lequel elle n'aurait même pas jeté un œil dans le métro remplissait Juliette de dégoût social. Être gentille, sourire avec juste assez d'abandon pour qu'il croie que…, tout en gardant sa dignité afin qu'il ne pense pas que…

Chaque fois, elle était éliminée pour cause de paralysie dactylographique. Elle avait fini par prendre Azerty en horreur.

– Tu as trouvé un boulot ? demanda Ungrun, interrompant le cours de ses pensées.

– Non, répondit Juliette. Pourtant, j'essaie…

– Tu devrais en parler à Regina, suggéra Valérie. Avec toutes les relations qu'elle a…

– Tu crois ?

Regina libéra, enfin, la salle de bains et retourna dans sa chambre. Juliette la suivit. Elle chercha d'abord quelque chose de gentil à dire pour ouvrir la conversation et ne pas avoir l'air trop intéressée.

– Elle est jolie ta chambre… C'est même la plus jolie de l'appartement.

– Normal. C'est la plus chère.

35

Elle n'était pas maquillée, et Juliette s'efforçait de ne pas regarder ses sourcils.

– Dis, tu ne connaîtrais pas dans tes relations quelqu'un qui pourrait me trouver un boulot ?

– Quel genre de boulot ?

– N'importe quoi. J'ai jamais travaillé. À part dans le magasin de mes parents…

– Dessus ou sous la table ?

Juliette rougit violemment. Regina reprit :

– Je plaisantais, nigaude. Écoute, samedi, je vais déjeuner à Milly chez un ami. Si tu veux, je t'emmène. Y aura du beau monde. T'auras qu'à poser la question à la ronde…

Juliette la remercia. Puis elle voulut ajouter quelque chose de gentil. « Merci » tout court, c'était sommaire.

– Tu parles bien français.

– J'aurais préféré que tu me dises que j'ai un beau cul. Ça sert plus dans mon boulot.

Pour le coup, Juliette ne savait plus quoi dire.

– Toi, t'as un beau cul, reprit Regina. On devrait pas avoir de mal à te trouver du travail…

Elle rit et commença à appliquer son fond de teint à l'aide de deux petites éponges.

– … mais tu le mets pas en valeur. Tourne-toi un peu… T'es habillée n'importe comment ! Et ta coiffure ! Va falloir te trouver une dégaine ! Je t'emmène pas comme ça, samedi.

Mais, qu'est-ce qui cloche ? se demanda Juliette. Ils ont quoi, mon kilt et mon shetland ? Ça coûte si cher de s'habiller… Rien qu'à regarder les prix dans les journaux, je me demande comment font les filles qui ont une dégaine, comme elle dit. Elles sont milliardaires, voleuses ou tricoteuses. Ou alors il faudrait que je sois maigre comme Twiggy. Quand on est maigre, on a un chic fou. Même avec un vieil imper sur les épaules, les photographes vous arrêtent dans la rue. J'arrête de manger ou je trouve du travail…

– Tu connais des gens à Paris ? demanda Regina.

– Euh… oui.

– Qui ça ?

– Jean-François Pinson.

– C'est qui ?

– Le fils d'amis de mes parents.

– Sexy ?

– Oh oui ! Grand, blond, avec des yeux… Il chausse du quarante-quatre.

– Tu te l'es fait ?

Juliette hésita. Elle aurait l'air moins « nigaude » si elle disait oui.

– Non. Mais il m'a donné son téléphone.

– Tu devrais l'appeler. On sortirait tous ensemble, un soir.

C'est ça. Pour qu'elle me le pique. Elle me le piquerait, c'est sûr. J'ai peut-être pas beaucoup de chances, mais j'ai pas envie de les gâcher.

Regina avait enduit quelques faux cils de colle et s'appliquait à les poser. Le fond de teint lui avait fait un visage lisse et beige. Elle avait mis du blush sur ses joues. Elle ressemble à ses photos. Regina en avait tapissé les murs de sa chambre. Toutes la représentaient au bras d'hommes magnifiques, souriants et bronzés. Les avortons, elle connaît pas, elle. Doit les écraser en marchant. Sur toutes les photos, elle rit.

L'autre soir, comme Juliette s'ennuyait toute seule dans sa chambre, elle avait ouvert la porte qui donnait sur le couloir et avait surpris un dialogue entre Regina et un homme. Un homme très bien mis, tout en gris, avec un attaché-case. Regina et lui semblaient très intimes, très heureux. Ils parlaient tout bas. Juliette n'avait pas réussi à entendre. Puis l'homme était parti.

– C'est qui l'homme qui est venu voir Regina hier

soir ? Je croyais que c'était interdit ? avait-elle demandé à Valérie le lendemain au petit déjeuner.

– C'est un de ses élèves. Elle donne des leçons d'allemand pour arrondir ses fins de mois. Sinon elle y arrive pas…

– Ah…

Photos, cinéma, leçons d'allemand. Elle en avait des activités, Regina…

– Allez, allez, la consultation est terminée. Faut que je m'habille, moi…

Regina la poussa vers la porte et Juliette se retrouva dans le couloir.

La salle de bains était libre mais, lorsque Juliette posa le pied sur le carrelage, il était tout mouillé. Elle se retourna vers le couloir vide et bougonna :

– La salle de bains est dégueulasse. Je croyais qu'il fallait nettoyer derrière soi…

Personne ne répondit.

Dans la baignoire, il y avait un nœud de cheveux qui bouchait l'écoulement. Juliette le retira, en fermant les yeux de dégoût. Elle ouvrit le robinet d'eau chaude. L'eau coula obstinément froide.

Elle s'assit sur le bord de la baignoire, pensa à la salle de bains de la rue de la Couronne à Pithiviers et eut envie de pleurer.

Chapitre 3

Juliette ne voulait pas revoir Martine et Bénédicte tout de suite. Elle avait besoin de temps pour s'installer dans sa nouvelle vie. Ce n'était pas facile. Elle avançait avec précaution comme un artificier au milieu d'un champ de mines. Voir Martine et Bénédicte l'aurait ramenée en arrière. À la case Pithiviers.

Déjà, quand Martine téléphonait et donnait des nouvelles, Juliette raccrochait avec une drôle de douleur dans l'œsophage, un fourmillement qui courait tout du long et la laissait inutile et tremblante. La peur au ventre. Je veux rentrer à la maison, j'y arriverai jamais. C'est trop inhospitalier, ici.

Au téléphone avec Martine, elle frimait. Elle parlait d'Ungrun, de Regina, et Martine s'ébahissait : « Des mannequins ! Des filles qu'on voit dans les journaux ! » Il faut dire qu'à Pithiviers le mannequin est une espèce rare, pour ne pas dire inexistante, et que le plus ressemblant qu'on puisse trouver est peut-être la fille de la parfumerie de la rue de la Couronne qui se fabrique un visage de magazine à coups d'échantillons.

Et puis il y avait les moments, moins drôles, où Juliette demandait des nouvelles du beau René. Pouvait pas s'empêcher de réveiller le rat et de lui donner à manger. Elle hésitait avant d'aborder le sujet, elle tournait autour, elle imaginait des réponses-pansements qui feraient taire sa douleur, « justement, hier, il m'a parlé de toi » ou « il arpente la ville, tout seul sur sa moto, l'air sombre ». Elle n'exigeait pas une preuve d'amour mais un signe, un indice qu'elle pourrait ressasser, approfondir, aménager plus tard, pendant ses longues heures de solitude.

Au lieu de cela, Martine disait : « Il est toujours avec sa blonde », et le cœur de Juliette tombait dans ses chaussettes. C'est pas vrai que le cœur est en haut, à gauche. Au repos, peut-être… Mais, quand il bat, il bondit entre plexus et socquettes.

– Tu as appelé le fils Pinson ? enchaînait Martine, pratique.

Non. Elle n'ose pas. Tant qu'elle n'est pas sûre d'avoir la dégaine. Elle ne l'aura jamais, c'est évident. Si elle n'est pas capable de retenir le héros de Pithiviers, comment peut-elle séduire celui de Paris ?

Elle raccrochait. Se promettait de penser à autre chose. D'être positive. Faisait une liste de ses atouts : j'ai dix-huit ans et demi, de longs cils noirs bien fournis, un bac, une chambre avenue Rapp, deux amies à Pithiviers, un beau cul… Elle comptait sur ses doigts et chassait la douleur-fourmi, la douleur inutile qui finit par vous faire plaisir, qui vous fait tourner en rond puis plus rond du tout.

Si elle n'avait pas été si seule…

Elle s'était choisi une copine. Une sainte. Sainte Scholastique. Elle l'avait rencontrée dans une église – les églises, c'est calme, apaisant et gratuit –, reléguée, dans un petit coin, sans cierges ni ex-voto. Une statue écaillée où elle avait déchiffré son nom avec difficulté, sainte Scholastique. Elle avait vérifié dans un livre pieux de Valérie, Scholastique était la sœur de saint Benoît. De son vivant déjà, y en avait que pour son frère…

– Ma pauvre vieille, lui chuchotait Juliette, avec un prénom pareil ! Comment veux-tu que la postérité te retienne !

Juliette avait réfléchi. Elle ne devait pas avoir grand-chose à faire là-haut, sainte Scholastique, et, par conséquent, tout le loisir de s'occuper de ses problèmes. Une sainte oisive, c'est idéal. Même si ça ne téléphone pas…

La sonnerie retentissait pour toutes sauf pour Juliette. Elle finissait même par attendre les appels de ses parents. Deux fois par semaine. Toujours après vingt heures : c'est moitié prix. Toujours du magasin : ça rentre dans les frais généraux. Elle raccrochait sereine. Presque contente d'avoir quitté leur univers étriqué. Quand je pense à eux, c'est chaud et douillet ; quand je leur parle, je suis déçue. Ils n'ont pas le même goût de près et de loin.

C'est ce petit monde qu'elle avait défié en partant. Et, quand on part sur un coup de tête, il faut revenir sur un coup d'audace. C'était une théorie de Martine. Et Martine, elle s'y connaissait en théories…

La première fois qu'elle l'avait vue, c'était chez le boucher, place du Martroi. Juliette était perdue dans la contemplation de la bouchère, une femme plantureuse et grassement maquillée avec des yeux dessinés au pinceau et agrandis de deux bons centimètres (mais sans sentiment), des lèvres rutilantes et des bagues à chaque doigt. Peu lui importait de patienter chez le boucher : elle contemplait la bouchère. Et se demandait pourquoi Hollywood ne l'avait pas encore réclamée. Un jour, donc, qu'elle attendait dans la file du boucher, une petite fille, devant elle, avait demandé quatre steaks bien épais et dans la bavette. Au moment de payer, elle avait déclaré qu'elle n'avait pas d'argent. Pas le moindre sou. La queue tout entière avait regardé cette petite fille qui revendiquait la gratuité du steak quotidien. « Mais ton papa ? et ta maman ? » avait demandé la bouchère interloquée. « Ils triment », avait répondu la petite fille. « C'est ta maman qui t'envoie ? » avait repris la bouchère. « Oui. Elle n'a pas le temps de faire les courses. »

Elle répondait, trouvant normal qu'on lui pose toutes ces questions, mais un peu agacée qu'on tarde à lui remettre les steaks. « Qu'est-ce qu'on fait ? » avait interrogé du regard la bouchère. « Va pour cette fois, mais ce n'est pas la peine de revenir », avait répondu le boucher qui ne voulait pas se montrer radin devant sa clientèle.

Un mois plus tard, Juliette lisait une bande dessinée derrière le comptoir du Chat-Botté quand elle vit entrer la même petite fille. Elle ne dit rien et attendit, le cœur battant. La petite fille s'assit, demanda une paire de bottes fourrées en trente-quatre. Elle les essaya, fit quelques pas, passa un doigt pour vérifier qu'elles étaient bien doublées, puis déclara : « Je les garde sur moi. Vous pouvez avoir les miennes. »

Mme Tuille sourit, attendrie, puis passa derrière la caisse. « Ce n'est pas la peine, ajouta la petite fille, je n'ai pas de sous. Mes parents triment. » Mme Tuille la dévisagea, stupéfaite, puis consulta du regard les autres clients.

– Tu ne peux pas les garder, ma petite, tu dois payer…

– Vous voulez que je reparte pieds nus dans la neige alors que vous êtes bien au chaud dans vos chaussons ?

Mme Tuille avait tripoté le poil unique de son grain de beauté sur le menton.

– Non, mais…

Puis, de nouveau, elle était partie quémander un conseil dans le regard des autres clients. Chacun se détournait et contemplait ses lacets.

– Mais, qu'est-ce que je vais faire, moi ? avait-elle gémi. Et mon mari qui n'est pas là !

– C'est la même, avait alors dit Juliette, c'est la même petite fille que chez le boucher…

– Et qu'est-ce qu'il a fait le boucher ? avait demandé Mme Tuille pleine d'espoir.

– Il lui a donné les quatre steaks.

– Ah…

La petite fille attendait, bien droite, dans le magasin.

– Bon. Prends-les. Mais ne reviens plus jamais ici ! La prochaine fois, ça ne marchera pas ! Tu peux me croire !

Elle était repartie, laissant sa paire de chaussures éculées sur le comptoir. Mme Tuille répétait « ça alors, ça alors » et son indignation lui donnait des doubles mentons.

Juliette était enchantée. Une petite fille, par deux fois, sous ses yeux, avait mis K-O des grandes personnes !

Trois ans plus tard, elle l'avait retrouvée sur les bancs du lycée. Elles étaient vite devenues inséparables. Martine ne pratiquait plus l'achat pirate depuis le jour où, ayant soutiré deux bonnets de laine au concessionnaire Phildar, sa mère lui en avait confisqué un. « Mais j'en veux deux, avait crié Martine, pour être à la mode, il faut les superposer. » « Deux, c'est le début de l'instinct de propriété, la racine du mal capitaliste », avait répliqué sa mère.

Ce jour-là, Martine révisa la doctrine de ses parents et passa à celle de l'ennemi : « Plus on possède, plus on est heureux. » Elle ne voulut plus revendiquer, plus militer à la sortie de la messe, plus coller des affiches sur les poteaux électriques. Elle décida de se consacrer tout entière à elle et à sa réussite. La plus capitaliste qui soit.

Sa rencontre avec Bénédicte Tassin consacra cette reconversion. Bénédicte Tassin, fille d'un notable de la ville, d'un banquier, d'un homme d'affaires entreprenant, qui ouvrait des pizzerias à Fontainebleau et des épiceries de luxe à Pithiviers. Martine étudia la carrière de M. Tassin et en déduisit qu'il lui fallait d'abord entreprendre des études, puis se choisir un domaine réservé où elle réussirait aussi bien que Tassin. Face à de tels projets, Pithiviers se révélait trop petit. Elle choisit l'Amérique et une université américaine. Pas n'importe laquelle : Pratt Institute à Brooklyn, l'université des architectes, stylistes, créateurs et inventeurs de formes nouvelles. Reconnue par l'Éducation nationale en plus, ce qui facilitait une éventuelle reconversion française. Cinq mille dollars par an, rien que pour suivre les cours. Plus les frais de logement, de « campus », comme c'était écrit sur les catalogues. Le seul problème aux États-Unis, avait-elle expliqué à Juliette, c'est que les études coûtent cher. Va falloir que je travaille, que j'économise. Et, depuis qu'elle avait son bac, elle tenait la caisse de la Coop et plaçait chaque mois de l'argent sur son compte au Crédit agricole.

Bénédicte, aussi, avait décidé de passer à l'action. Elle était entrée au *Courrier du Loiret*. Un journal local surtout rempli de communiqués et de faits divers régionaux. « Mais ce n'est qu'un début, avait-elle déclaré à Juliette au téléphone ; en fait, je voudrais devenir une vraie journaliste dans un vrai journal. » Son père lui avait acheté une 4L d'occasion pour qu'elle puisse se déplacer sans problèmes.

Elle n'a jamais eu de souci d'argent, elle, pensait Juliette. Déjà, au lycée, elle pouvait tout se payer pendant que Martine et moi on unissait nos économies pour acheter un disque de Johnny ou un pull du Monoprix.

Au déjeuner à Milly, Regina l'avait présentée à ses amis. Elle avait essayé de faire bon effet, mais le résultat avait été plutôt lamentable. Les racines trempées et les joues empourprées, elle avait dû avoir l'air d'une parfaite idiote. Si les hommes présents avaient longuement détaillé son anatomie, aucun ne lui avait adressé plus que les trois mots usuels de politesse.

Depuis, elle feuilletait chaque matin les petites annonces en écartant celles qui exigeaient sténo et dactylo. Ce qui limitait beaucoup le marché. Heureusement, elle allait à la fac de droit, rue d'Assas. Ça l'occupait même si ça ne la passionnait pas.

La rentrée, après les événements de Mai, avait été houleuse. La fac ressemblait plus à un camp retranché qu'à une université, et elle avait l'impression d'être tombée en pleine guerre civile. Les étudiants étaient pour la plupart de droite, même d'extrême droite, et se préoccupaient davantage d'aller casser du gauchiste que de suivre leurs cours. Ils avaient un air propret et suffisant, des joues rouges et des boutons, des cheveux courts et des chevalières avec des armes. Elle ne les trouva pas du tout attirants.

Elle attendait. Soliloquait avec sainte Scholastique, se consolait à coups de crèmes caramel et Chocoletti, et regardait vivre les autres.

Et puis, un beau jour, dans le couloir de l'appartement, Regina lui présenta l'un des industriels à qui elle donnait des leçons d'allemand. Il s'appelait Virtel. Edmond Virtel. Il possédait une entreprise de travaux publics et cherchait une documentaliste pour enquêter sur les divers procédés de fabrication du béton. « C'est un domaine qui bouge, lui expliqua-t-il, l'État lance tout un programme de constructions de villes nouvelles. Il faut être à l'affût des nouveaux procédés et je n'ai pas le temps de faire de la prospection. » Il lui avait demandé si elle parlait anglais. Oui, avait-elle répondu en cherchant comment se disait béton dans la langue du riche tailleur. Puis, si elle tapait à la machine. Elle avait dit oui aussi. Droit dans les yeux. Elle n'allait pas laisser quarante-huit petites touches noires lui barrer la route de l'emploi une nouvelle fois. Elle apprendrait. Il y avait des méthodes express.

Il fut décidé qu'elle commencerait à travailler dès le lundi suivant, tous les après-midi de la semaine pour la somme de deux mille francs mensuels. Elle faillit lui sauter au cou pour le remercier mais se souvint, à temps, qu'elle appartenait désormais au monde du travail et se retint. « Avez-vous un fiancé ? » ajouta Virtel. « Non », répondit Juliette. « Tant mieux, dit-il, les fiancés sont toujours une source d'ennuis. »

Et, même si elle en avait eu un, elle l'aurait répudié sur-le-champ.

Elle avait un travail.

La vraie vie commençait.

Elle allait célébrer ça tout de suite en invitant ses copines à Paris.

Elles étaient sur le trottoir, toutes les trois, muettes. Juliette, Martine et Bénédicte. Le flot des spectateurs qui sortaient du Kinopanorama les bousculait. Elles se laissaient ballotter sans résister. Martine eut un mouvement pour refermer son manteau écossais. On était en novembre et il tombait une fine pluie froide. Juliette frappa dans ses mains, comme pour dire « bon, c'est pas tout ça, mais où va-t-on dîner ? ». Bénédicte releva le col de son Burberry.

Bénédicte portait toujours ses cols relevés. Elle trouvait que c'était flatteur pour la silhouette et que ça donnait bonne mine. C'était un de ses principes. Elle en avait d'autres comme ça : ne jamais se laver le visage à l'eau et au savon, toujours avoir un vaporisateur dans son sac avec de l'eau de toilette – pas du parfum, c'est vulgaire –, ne jamais téléphoner à un garçon la première et refuser systématiquement le premier rendez-vous – s'il tient à vous, il rappellera –, ne pas dire « par contre » mais « en revanche », etc., etc. Toute une série de règles qui impressionnaient Martine et Juliette et qui, ce soir-là, une fois de plus, les soumettaient au verdict de Bénédicte. Elles attendaient qu'elle prenne une décision.

Bien sûr, la supériorité de Bénédicte leur donnait, quelquefois, le sentiment d'être immatures, mais elles étaient souvent obligées d'admettre qu'elle avait raison. Elle se montrait, sur certains points, bien plus adulte qu'elles deux réunies.

Cette supériorité s'était révélée dès le premier Tampax. Elles étaient allées l'acheter ensemble. Bénédicte avait choisi la marque. Elle savait, de source sûre, que le Tampax était équipé d'un tube applicateur en carton qui en facilitait la pose. Elles avaient soigneusement lu le mode d'emploi et étudié le croquis glissé à l'intérieur. Martine était entrée la première dans les toilettes pour en ressortir, bredouille : le coton avait bien glissé hors du tube mais dans sa main. Juliette avait essayé : à son avis, elle n'avait pas de vagin. C'est alors que Bénédicte avait pénétré dans les W-C. Deux minutes plus tard, elle ressortait, exhibant le tube vide. Juliette et Martine s'étaient regardées, stupides. Bénédicte avait dû leur faire une démonstration, tout en restant dans les limites de sa réserve habituelle. Ce qui n'avait pas facilité les choses. Le coup d'œil que chacune lui avait jeté, ce jour-là, relevait autant du soulagement d'avoir compris comment ça marchait que du serment d'allégeance.

C'était le même genre de coup d'œil que lançait Juliette après qu'elles eurent vu toutes les trois *Autant en emporte le vent*. Pourvu qu'elle ait aimé ! pensait-elle. Ma soirée est foutue sinon. Je vais me sentir coupable pendant tout son séjour. Tout devenait extrêmement important quand il s'agissait de Bénédicte.

– On va manger ? proposa Juliette.

Elle ne connaissait qu'un seul endroit à la mode : le *Pub Renault*. Elle n'y était jamais allée. Elle savait que c'était en bas des Champs-Élysées, à droite. Bénédicte opina. Elles prirent toutes les trois le métro et descendirent à Franklin-Roosevelt. Juliette jetait des coups d'œil furtifs pour essayer de repérer l'endroit, sans dire qu'elle ne le connaissait pas. Quand elle aperçut la façade, elle poussa un soupir de soulagement. Elle trouva l'intérieur décevant. Comment, ce n'est que ça, cet endroit dont tout le monde parle avec des superlatifs dans la voix ! Un grand hall rempli de courants d'air… Mais bientôt une bande de jeunes vint s'asseoir à la table voisine et le pub retrouva l'éclat de sa légende. Elles ôtèrent leur manteau et commandèrent.

– Tu crois qu'il reviendra, Rhett ? demanda Juliette.

– Je crois pas…, dit Martine.

– Oh si…

– En tous les cas, Scarlett, c'est une vraie héroïne moderne, dit Bénédicte.

Ouf ! Elle a aimé, se dit Juliette.

Elles parlèrent du film et de Scarlett pendant tout le dîner. Juliette enviait son rond de soupirants, Martine soulignait ses talents de femme d'affaires et la manière musclée dont elle menait la scierie, Bénédicte trouvait qu'elle avait vraiment de la classe.

Quand le garçon apporta l'addition, Juliette insista pour payer.

– Et qu'est-ce qu'on fait maintenant ? demanda Martine.

– Sais pas, dit Juliette, vous avez pas sommeil ?

Elle n'était jamais sortie le soir. Elle croyait être quitte avec le *Pub Renault*. Doit bien y avoir un endroit. Elle essaye de se rappeler des pubs de boîtes à la radio ou dans les journaux. Zut ! Zut ! je vais encore passer pour une idiote !

– Et si on appelait le fils Pinson ? proposa Martine que le rosé avait un peu éméchée.

Jean-François Pinson ? Elle n'osera jamais. Et puis, Martine a trop de vert sur les paupières.

– Il est trop tard, protesta-t-elle.

– Trop tard ! pouffa Martine dans sa serviette.

– J'ai pas son numéro sur moi, décréta Juliette.

– Je te parie qu'il est dans le Bottin, insista Martine.

– Faites ce que vous voulez, moi, ça m'est parfaitement égal, dit Bénédicte en bâillant légèrement.

– Viens, on va téléphoner, claironna Martine.

Oh mon Dieu ! Faites qu'il y ait une tache sur son nom ou que la page des PINS… ait été arrachée.

Elles descendirent aux toilettes, trouvèrent le numéro et Juliette, terrifiée, le composa en priant sainte Scholastique que Jean-François Pinson ne soit pas chez lui. Martine se pinçait le nez en faisant signe « ohlala, qu'est-ce que ça pue ici ! ». Elle n'est vraiment pas en état de sortir, se dit Juliette, consternée par la tournure que prenait la soirée. La sonnerie retentit cinq fois. Juliette allait raccrocher quand elle entendit une voix lasse, presque excédée, dire :

– Allô…

– Bonsoir. C'est Juliette Tuille… De Pithiviers…

– Ah oui…

– Je suis au *Pub Renault* avec des amies et…

Elle avait envie de renoncer, de dire n'importe quoi et de raccrocher, mais Martine lui donna un coup de coude dans les côtes.

– … et on se disait qu'on serait bien…, enfin qu'on vous aurait bien vu…

– Quand ? Ce soir ?

– Ben…

Martine lui envoya un nouveau coup de coude et éclata de rire en faisant un bruit de trompette.

– Ben… Oui.

Lui, ce soir, il s'était dit, je ne sors pas, je regarde la télé. Il n'y avait rien à la télé.

– Elles sont comment vos copines ?

– Euh…, elles sont deux.

Il rit. Bon, d'accord. Il va venir. Mais juste pour prendre un verre. Et pas au *Pub Renault*, au *Privé*, rue de Ponthieu, parce que le *Pub Renault*…

Juliette raccrocha.

Tout à coup, elle se sentit aussi forte que Scarlett dans les bras de Rhett. Il vient, il vient. Je l'appelle et il vient. Me voir, moi, Juliette Tuille de Pithiviers. Merci, sainte Scholastique !

Au *Privé*, il se comportait comme s'il était chez lui. Les barmen le connaissaient et l'appelaient Jean-François. Il avait « sa » table et « sa » bouteille. Il dansa avec chacune d'entre elles. Juliette prétexta un peu de noir à l'œil pour entraîner Martine aux toilettes et lui ôter le vert de ses paupières.

– J'aime pas ce gars-là, dit Martine.

– Ah bon, pourquoi ?

– Je sais pas… Je ne le sens pas…

– Et Bénédicte ?

– Elle le trouve très gentil, très bien élevé. Moi, je dirais trop gentil, trop bien élevé…

– Eh bien, moi, je le trouve formidable ! s'exclama Juliette.

Chapitre 4

– Le problème des patrons français, c'est qu'ils n'ont aucune imagination : ils ne savent pas prévoir ce qui se passera demain. Ils managent le court terme, dans le meilleur cas le moyen terme, ils vivent au jour le jour comme des petits chefs ravis. Ils ne font aucune projection sur les cinq ans, les dix ans à venir... Alors, faut pas s'étonner de perdre des contrats sur le marché international. Vous m'écoutez, Juliette ?

– Oui, monsieur, dit Juliette en se redressant.

C'était un après-midi comme les autres et elle avait un peu tendance à somnoler aux discours de Virtel qui arpentait le bureau de long en large. *Je dois l'aider à penser. Encore heureux qu'il ne me demande pas de prendre tout ça en sténo.*

Grosso modo, elle comprend. Quelquefois même ça l'intéresse.

Il sent un peu trop le cigare à son goût – il en fume six à huit par jour, d'énormes Davidoff torsadés du bout – et s'inonde d'eau de Cologne pour effacer l'odeur. Il porte des mocassins avec d'épaisses semelles qui doivent bien lui faire gagner trois centimètres. Il est roux, légèrement frisé, a le poitrail développé et un cou aussi large que sa tête. *Ce doit être dur de lui acheter des chemises,* pense Juliette. *Heureusement, je ne suis pas sa femme. J'ai jamais eu de goût pour les roux. Je*

51

ne sais pas pourquoi. Je trouve pas ça appétissant… À l'idée du zizi tout roux de Virtel, elle fit la grimace.

– Ça vous impressionne tant que ça, le sort des patrons français, Juliette ?

Elle bredouilla « non, non » et se traita d'imbécile. Faut que je me concentre…

– Le marketing de ces patrons n'étant absolument pas opérationnel, j'ai décidé, moi, d'investir dans le long terme et de trouver le béton de demain. Vous me suivez ?

Bien sûr qu'elle le suivait.

– Donc, je voudrais que vous fassiez des recherches. Lisez la presse étrangère. Vous parlez anglais, n'est-ce pas ?

Elle hocha la tête d'un air très britannique.

– … les revues spécialisées. Courez toutes les foires du bâtiment, bref, tenez-moi au courant. Trouvez les idées de demain. Vous êtes jeune, vous faites des études, vous m'avez l'air dégourdie… Allez-y, foncez. Compris ?

Juliette aimait qu'on lui parle sur ce ton. Elle avait l'impression de partir en guerre. J'ai dû être soldat dans une vie antérieure… Elle était reconnaissante à Virtel de lui confier une tâche aussi importante : l'avenir du béton en France. Tout de suite, elle eut une meilleure image d'elle-même. Elle allait commencer à se documenter dès le lendemain.

À cette idée, elle eut très peur. Une angoisse lui tordit le ventre : où se rendre pour faire plus ample connaissance avec le béton ! Existait-il des librairies spécialisées, des bibliothèques, des centres de recherches ? L'énergie qu'elle allait devoir dépenser la paralysa. Elle n'y arriverait jamais. Trop gourde, trop empotée. C'est toujours pareil avec elle, chaque montée d'enthousiasme est suivie, immanquablement, d'un accès de trouille qui la précipite au plus bas. Elle a l'humeur en montagnes russes. Elle enfile son armure en chantant, mais est pétrifiée au premier pas. À une envie irrésistible de rentrer au campement. J'ai dû perdre pas mal de batailles quand j'étais soldat…

Sa principale activité, depuis qu'elle était chez Virtel, c'était de penser au fils Pinson. Pourquoi ne rappelait-il pas ?

Sur le trottoir, à cinq heures du matin, quand ils étaient sortis du *Privé*, il l'avait embrassée sur la joue et avait dit : « On se téléphone ? » Il allait s'éloigner quand elle s'était écriée : « Mais vous n'avez pas mon numéro ! » Il avait sorti un stylo pur or de sa poche et avait inscrit le numéro de téléphone de Juliette sur son carnet de chèques. Depuis, il n'avait pas appelé. On ne perd pas un carnet de chèques…

– Vous avez tapé ma lettre à l'entreprise Ador de Clermont-Ferrand ?

Faut que j'appelle mon contact là-bas, se rappela Edmond Virtel, je l'ai négligé ces temps-ci. Un billet d'avion pour Paris, un repas d'affaires, une fille de chez Claude et j'ai une bonne chance de m'installer à Clermont !

– Euh… Non. Pas encore, mais je vais le faire tout de suite.

– Bien. Je l'attends pour la signer.

Il enfonça ses épaisses semelles dans la moquette et fit demi-tour vers son bureau.

Cette fille est curieuse, se dit-il, je ne la vois jamais travailler et ses lettres sont impeccables. Il tira un cigare de son étui, le renifla et l'alluma. Faudra que je demande à Regina si elle n'est pas trop gourde, quand même… Parce que sinon ça ne vaut pas le coup…

– Et vous m'appellerez Mlle Wurst aussi…

Edmond Virtel connaissait bien Regina Wurst. Il l'avait rencontrée pour la première fois à Rambouillet, lors d'un barbecue chez son ami le député Archambault. Ce jour-là, elle était au bras d'un dénommé Prestat, propriétaire d'une chaîne de magasins de confection. Depuis, il l'avait souvent revue. Pas forcément avec Prestat, mais toujours dans des endroits à la mode, accompagnée d'hommes prospères. Regina Wurst séduisait utile. C'était le genre de fille qui vous définissait plus sûrement qu'un bilan financier ou une cotation en Bourse, et l'afficher à son bras était un signe de bonne santé financière.

Justement, Edmond Virtel se sentait de taille à jouer les remorqueurs. Les entreprises Virtel-Probéton comptaient cinq cent cinquante employés, disposaient de trois cent vingt et une toupies et bétonneuses, et avaient réalisé, en 1967, un bilan à faire pâlir les autres entreprises des bords de Seine.

Pourtant, la route avait été longue jusqu'à de tels chiffres : rien n'aurait pu laisser prévoir un avenir aussi brillant à ce fils de bouchers normands.

À sa naissance, une nuit de janvier 1926, à Laval, son père bouda. Un second fils ! Les Virtel en avaient déjà un : Jacques, né huit ans plus tôt, et qui épuisait à lui seul les modestes ressources d'amour paternel dont disposait Roger Virtel. « Je n'ai qu'une boucherie à léguer, et une boucherie, ça ne se partage pas », bougonnait le père Virtel pendant que l'infirmière de la maternité essayait de lui poser le bébé dans les bras. Une fille aurait pu tenir la caisse et aguicher le client mais un garçon…

Cependant, lorsque le fils aîné eut la sale idée de s'intéresser aux études et que les instituteurs défilèrent dans le magasin pour convaincre le père Virtel de le laisser partir au lycée puis à l'université, Roger Virtel en vint à se dire que le petit dernier, braillard et disgracieux, pourrait malgré tout servir à quelque chose. Il ne ferait pas d'études, lui, il reprendrait la boucherie. Quand la guerre éclata, Edmond Virtel avait treize ans et de très mauvaises notes en classe. En revanche, il était le premier fournisseur de lance-pierres de l'école. Il pouvait ainsi acheter deux billets de cinéma sans jamais demander d'argent de poche à ses parents, et voler un baiser au moment des actualités.

Les guerres redessinent les cartes et bouleversent le cours des destins. Rien ne se passa comme le père Virtel l'avait prévu. Fin 1943, son fils aîné, qui s'était engagé dans la Résistance, fut fusillé à Fresnes. Et, en 1944, un bombardement – ironie cruelle, un bombardement américain – détruisit sa maison, la boucherie et mit fin à ses jours. On le pleura beaucoup. Le marché noir qu'il alimentait avec l'aide du petit Edmond rendait bien service au voisinage.

À la Libération, Edmond resta seul avec sa mère. Sans le sou. Mme Virtel alla s'installer chez sa sœur à Puteaux. Pour Edmond, l'heure était venue de se débrouiller.

Heureusement, un sale matin pluvieux, son petit doigt – et le désœuvrement total qui l'accablait – lui recommandèrent d'accompagner sa mère à une cérémonie au Mont-Valérien. Mme Virtel y reçut, à la place de son défunt fils, une croix de l'ordre des Compagnons de la Libération. Edmond commença par pester contre ces décorations inutiles qui ne réveillent pas les morts ni ne réchauffent les vivants, mais ne fut pas long à comprendre tout le parti qu'il pourrait tirer de ce grand frère martyr.

En effet, à la fin de la sonnerie aux morts, un quadragénaire rougeaud vint se présenter à eux, le chapeau à la main : Claude Morel, dit «Condor», ancien chef du réseau du malheureux Jacques Virtel. Après les banalités d'usage sur le courage du disparu et la cruauté du sort, on en vint à des questions plus pratiques. Condor demanda s'il pouvait, de quelque façon, aider cette famille qui avait si bien servi la France. Mme Virtel remercia, souligna qu'elle ne demandait rien pour elle mais, d'un air éploré, désigna le grand dadais qui lui tenait le bras.

C'est ainsi qu'Edmond entra comme grouillot chez Morane et frères, une entreprise de travaux publics qui ne pouvait rien refuser à Condor. À la Libération, il avait détruit les contrats (mais pas les photocopies) que les frères Morane avaient passés avec les Allemands pendant la construction du mur de l'Atlantique.

Au début, Edmond, affecté au bureau « Vérification » de l'entreprise, se contenta de recopier servilement les « situations » établies par le métreur de chez Morane. À la différence des autres grouillots, il se débrouilla vite pour apprendre et comprendre le sens des termes qu'il lui fallait reproduire en vingt-sept exemplaires. En janvier 1948, le métreur donna sa démission sans que personne comprenne pourquoi et Edmond prit sa place. Toujours dynamique, il ne se cantonna pas aux descriptifs, quantitatifs et estimatifs, que lui confiait son patron. Il trouvait le temps de passer sur les chantiers, de discuter, de payer le coup non seulement aux clients mais aussi aux ouvriers. En 1950, il débaucha les meilleurs employés de chez Morane, monta sa propre affaire et commença par rafler un chantier, une construction d'immeubles de société sur lequel les frères Morane comptaient ferme. Ceux-ci tentèrent bien de réagir. Une nuit, une bande de costauds vint faire du dégât sur le chantier de Virtel. Le lendemain, Edmond téléphona à Condor qui rappela l'aîné des Morane et on en resta là.

Entre-temps, Condor avait été élu maire d'une petite ville de Touraine. Le conseil municipal vota vite une série de modernisations et de constructions dont Virtel s'acquitta très bien, même si les contribuables de la commune durent y mettre le prix. Condor félicita son protégé et le présenta à d'autres maires, anciens compagnons de lutte, comme lui reconvertis dans la politique. Tout le monde y trouva son compte. Virtel construisait des écoles, des stades, des ponts, tandis que les notables locaux emménageaient dans de somptueuses villas situées, de préférence, hors des limites de leur commune.

En 1958, Condor mourut. Virtel pleura beaucoup à son enterrement. Il se consola en se disant que Condor avait eu le temps et l'à-propos de l'introduire auprès de tous les maires, députés, industriels de la région, réunis derrière son corbillard.

En 1960, âgé de trente-quatre ans, il épousa la fille aînée de l'un d'eux, Gérard Losserand, député-maire de Longeux. Jacqueline Losserand échappait ainsi, de justesse, à un destin de vieille fille auquel ses cheveux gras et clairsemés, son long nez osseux et la déviation de sa colonne semblaient l'avoir vouée.

Ses lèvres étaient si minces et si obstinément crispées que, en la voyant pour la première fois, Edmond Virtel s'était demandé si elle ne se nourrissait pas avec une paille. Mais il s'entendait si bien avec le père qu'il oublia la paille et épousa la fille. Il continua à prospérer, puis, un beau jour de 1966, finit par décrocher le gros coup, la vraie « culbute ». Grâce aux appuis de son ami Archambault, on lui confia une grosse part de lotissement dans un projet de ville nouvelle. Il transmit aussitôt le dossier à une SARL créée pour l'occasion, bâcla la construction et déposa son bilan. Il lui restait de l'argent, largement assez pour racheter Probéton, un concurrent en difficulté, fournisseur de la moitié du béton de la région parisienne. En un tour de main et de fraude, Edmond Virtel était devenu riche et puissant. Et ce n'était pas fini. Il pouvait aller encore plus loin…

Bien sûr, il restait quelques ombres au tableau. Il était inculte. Au fur et à mesure qu'il développait son entreprise, il avait dû s'entourer de jeunes cadres frais émoulus des écoles de Travaux publics dont les connaissances le bourraient de complexes. Pour tout arranger, sa femme, qui avait eu le loisir de poursuivre de longues études, insistait sur ses lacunes. « Mais non, mon cher, on ne dit pas Meugritte mais Magritte. C'est un peintre belge », lui avait-elle asséné en public, un soir où il essayait de briller en prenant l'accent américain.

Inculte et un peu vulgaire. Difficile à habiller. Il ressemblait plus à un taureau qu'à une page de mode et, là aussi, sa femme ne perdait pas une occasion de se moquer des costumes qu'il achetait dans des boutiques dont il relevait soigneusement l'adresse dans les journaux, trouvait sa Rolls nouveau riche et sa chevalière or et rubis « d'un mauvais goût »... Il s'était donc résolu à limiter leurs relations au strict minimum : il lui signait des chèques et embrassait distraitement les deux gamins qu'elle lui avait donnés en souvenir des seules fois où il l'avait approchée.

Pour se distraire de ses infortunes conjugales, Edmond Virtel dépensait sans compter. Il prenait une bouteille dans chaque boîte de nuit qui s'ouvrait, séjournait à Saint-Tropez avec d' « ensorcelantes créatures », avait acquis des parts de chasse dans une propriété en Alsace et dînait chez *Maxim's*.

Son vrai plaisir, c'était les week-ends passés dans les propriétés de ses amis. Il s'y rendait seul, sûr d'y rencontrer de jolies gourdes avec lesquelles il pourrait ensuite parader. Comme celle que Regina avait amenée quelques semaines plus tôt à Milly, une adorable petite brune toute fraîche débarquée de sa province, sans autres atouts que deux yeux innocents, une taille de guêpe et un cul de pute de luxe...

À sept heures, chaque soir, Juliette retrouvait Isabelle, la réceptionniste de l'entreprise Virtel. Ensemble, elles descendaient l'avenue Marceau jusqu'à l'Alma où Isabelle prenait son bus, et Juliette traversait le pont pour rejoindre l'avenue Rapp. Isabelle lui racontait les derniers ragots de la maison. De son bureau, placé dans l'entrée, elle voyait tout et ne se privait pas d'analyser les allées et venues des uns et des autres. Ragots essentiellement à base de cul. Qui est avec qui ? Qui était avec qui ? Qui sera avec qui ?

Ce soir, elle essayait, une nouvelle fois, de savoir combien gagnait Juliette. Juliette tenta d'esquiver la question : la comptable lui avait bien spécifié qu'elle jouissait d'un régime de faveur et qu'elle devait n'en parler à personne.

– T'es gonflée, dit Juliette, ce sont pas des choses qu'on demande.

– Et quand je tape tes lettres en douce, c'est pas gonflé, ça aussi !

Juliette eut honte. Isabelle lui servait de dactylo quand elle avait perdu le J de vue et que Virtel s'impatientait. Elle descendait voir Isabelle qui lui tapait sa lettre en un tour de poignet.

– Écoute, ce n'est pas que je veuille pas. C'est la vieille Germaine qui m'a dit de ne rien dire.

– C'est que c'est pas normal…

Juliette se prit à espérer que l'autobus d'Isabelle arrive vite et qu'elle en soit débarrassée.

– Déjà qu'on raconte dans toute la maison que tu couches avec lui ! Ça va pas te rendre populaire cette histoire de salaire…

– Quoi ! on dit ça… Moi et Virtel…

Elle était sincèrement scandalisée.

– Ben oui. À traitement de faveur, rapports de faveur. Rien n'est gratuit dans la vie. Tu le sais pas encore ? Tu crois vraiment qu'il a besoin d'une assistante pour faire des recherches sur le béton ! Il n'avait qu'à s'adresser au CERIHL et c'était fait…

Tiens, il faudra que je me rappelle ce nom, pensa Juliette.

– Il fait ça souvent, tu sais. Il engage une fille sous un prétexte vaseux et il la saute. Vite fait sur son bureau. T'es pas la première…

Juliette sentit la colère lui chatouiller le nez. Elle eut envie de planter Isabelle sur le trottoir avec une parole blessante, mais elle se rappela le J et le F introuvables et, sur le ton de la confidence, comme si elle lui livrait un secret bien gardé, murmura :

– Mille cinq cents francs…

– Quoi ! T'es payée mille cinq cents francs par mois ! À mi-temps ! Quand je me bats pour obtenir mille huit cents francs à plein temps ! C'est injuste. Y a pas de doute, ma vieille, il veut te sauter, Virtel.

Isabelle jeta un regard mi-envieux, mi-étonné sur Juliette. Juliette ne sut pas quoi répondre. Elle décida de jouer la carte de la dignité pour rétablir son prestige.

– En tous les cas, moi, je me laisserai pas faire. Et, s'il pose le petit doigt sur moi, je le remets à sa place vite fait !

– Et tu perdras ton boulot.

Juliette ne pouvait plus reculer.

– Je m'en fiche.

– C'est ce qu'on appelle avoir des principes, dit Isabelle avec un sifflement d'admiration. Tu le ferais vraiment ?

– Oui, dit Juliette qui se voyait déjà en sainte patronne des secrétaires sexuellement persécutées.

Elles marchèrent un moment, en silence.

– Si tu le penses vraiment, tu m'épates, finit par dire Isabelle.

– Écoute, reprit Juliette qui voulait profiter de l'avantage que lui conférait sa nouvelle vertu. Promets-moi de ne le dire à personne.

Isabelle hésita. Finit par promettre.

– Que tu trouves jamais de fiancé si tu te parjures ?

– Que je trouve jamais de fiancé…, répéta Isabelle.

– Tends la main et crache par terre.

Isabelle tendit la main et cracha.

– Et que tu deviennes toute chauve…

Isabelle arrondit la bouche de surprise, mais s'exécuta. Maintenant, je suis sûre qu'elle ne le dira à personne, se dit Juliette.

– Ça sert d'être bien foutue quand même, bougonna Isabelle. Tiens, lundi, je m'inscris à la gym…

– Oui, mais ça pose d'autres problèmes, soupira Juliette.

Elle commençait à se dire que ça n'allait pas être aussi simple qu'elle l'avait cru de travailler chez Probéton.

Chapitre 5

Un dimanche après-midi, Juliette partit se promener au jardin des Tuileries. Il faisait beau et elle suivait les quais de l'Alma à la Concorde. Le ciel était bleu glacé, la buée sortait de la bouche des passants, les petits enfants marchaient suspendus à la main de leurs parents avec des nez carotte comme ceux des bonshommes de neige.

Juliette regardait ces belles images de « famille-traînaille-pas triste » et se sentait sereine.

Ce week-end, elle était restée à Paris, avenue Rapp, avec Ungrun qui venait de se faire couper les seins. Elle gardait le lit, la poitrine bandée, décollant un peu l'Albuplast sur les côtés pour voir si ça cicatrisait bien. Juliette la menaçait de lui enfiler des moufles pour qu'elle perde cette manie. Le fiancé de Reykjavik avait fini par donner son accord. Moins de seins, avait-il dû penser, plus de travail. Juliette le trouvait un peu mercantile, mais Ungrun balbutiait d'amour. Il lui écrivait trois lettres par jour, que la concierge déposait sur le paillasson chaque matin. Plus personne ne voulait des timbres.

Ungrun était très sage. Elle ne sortait presque jamais le soir. Pourtant, ce n'était pas les sollicitations qui manquaient. Son air de bébé rose, ses grands yeux bleus et sa bouche en forme de nonnette en rendaient plus d'un fou. Le téléphone sonnait tous les soirs pour elle. Elle répondait très gentiment, gloussait quand on lui assurait qu'on se mourait d'amour mais refusait Castel, Deauville, Gstaad ou Saint-Tropez. Juliette avait beau l'exhorter à tromper son gentil fiancé, ne serait-ce qu'une fois, juste pour voir, pour ne pas avoir de regret plus tard quand elle tiendrait la caisse du magasin d'électroménager, Ungrun répétait : « je n'ai pas de désir pour eux ». Un soir, Johnny appela. Djônny ! Celui dont Juliette disposait toutes les photos en éventail sur ses murs quand elle était petite...

Il voulait l'emmener danser au *Bus Palladium*. Juliette avait l'écouteur encastré dans l'oreille et pinçait Ungrun jusqu'au sang pour qu'elle accepte. Elle avait dit « Non merci. Je regarde *les Cinq Dernières Minutes*. » Préférer Bourrel à Djônny ! Puis Juliette était devenue triste : pourquoi n'emmenait-il pas Sylvie danser au *Palladium* ? « Parce que les journaux racontent que des mensonges, avait persiflé Regina qui attendait le téléphone en se limant les ongles. Johnny, il cavale comme les autres. »

Elle avait terminé son film avec Gabin et commencé une idylle passionnée avec un jeune acteur italien rencontré sur le tournage.

Juliette se sentait à l'abandon au milieu de tous ces tourbillons d'amour. Elle, elle n'avait que le fils Pinson pour faire battre son cœur. Et elle ne risquait pas la crise cardiaque ! Elle ne l'avait vu qu'une fois après la soirée au *Privé*. Il l'avait emmenée dîner chez des amis. Elle n'avait rien compris à la conversation et avait fait de la figuration. Il l'avait raccompagnée, avait coupé le contact... Elle s'était dit « va y avoir de l'action ». Il l'avait prise dans ses bras. Elle avait fermé les yeux, renversé la tête. Il avait chuchoté « petite fille » et ne l'avait pas embrassée.

– Je ne suis pas petite. J'aurai bientôt dix-neuf ans. Le 7 mars prochain...

Des fois qu'il s'en souvienne.

– Tu es si petite, si innocente…

Il parlait contre son oreille. Elle avait envie de lui mordre la bouche.

– Embrassez-moi, s'il vous plaît…

Il l'avait regardée, étonné. Avait posé ses lèvres sur les siennes si vite qu'elle n'était pas sûre de ne pas avoir rêvé.

– Tu vas rentrer bien sagement chez toi et demain je t'appelle…

Rentrer ! Quand ça promettait d'être si bon !

– Mais je ne suis pas obligée de rentrer, on peut aller chez vous si vous voulez…

Il avait ri.

S'il rit, c'est que j'ai gagné. Il va remettre le moteur en marche et m'emmener chez lui.

– Je pars dans deux jours pour New York, Juliette. Je serai absent trois mois…

Elle avait fait « oh » et s'était reculée.

– Mais, quand je reviens, je te promets qu'on fait la fête.

Trois mois à attendre, avait-elle pensé. Pourquoi ne me trousse-t-il pas sur la banquette ? Comme à Pithiviers le samedi soir.

– Et qu'est-ce que vous allez faire à New York ?

– Des affaires.

C'est vague. Pratique. C'est un mot d'homme qui coupe court à toute investigation.

– Eh bien moi, avait repris Juliette, vexée, je vais rester à Paris et faire des affaires avec Virtel.

– Monsieur Béton ?

– Parfaitement…

C'est dur d'enchaîner après le mot « béton ». Elle peut définitivement renoncer à aller dormir chez lui.

– Allez… Tu vas monter bien sagement. Demain je me lève tôt et je suis fatigué.

Fatigué ! Avant, c'était les femmes qui utilisaient ce mot pour couper au devoir conjugal, maintenant elle ne le rencontre que dans des bouches d'hommes.

– Vous avez une petite amie ? avait-elle demandé.

– Dis donc, t'as du culot !

– Oh ! je demandais ça comme ça…

Autant souffrir un bon coup qu'attendre trois mois pour rien.

Il lui avait caressé la tête, pensif, comme s'il réfléchissait à la question.

– Je n'ai pas de vraie petite amie, si tu veux tout savoir.

Ouf ! Merci sainte Scholastique-vous-qui-êtes-aux-cieux.

– Arrête de te raconter des histoires, Juliette. Je ne suis pas le Prince Charmant, t'as compris ? Pas du tout.

Il lui avait pris le menton entre le pouce et l'index. Son étreinte était dure. Son regard aussi. Presque menaçant. Il répéta encore une fois « pas le Prince Charmant », puis desserra ses doigts. Elle se frotta la mâchoire. Pourquoi lui disait-il cela ?

Et depuis silence. Elle avait eu tort de se jeter contre lui. Faut toujours garder ses distances avec les Princes Charmants, sinon ils refilent la pantoufle à une autre.

Elle pensait donc à Jean-François Pinson, aux seins bandés d'Ungrun, à Johnny et Sylvie, en avançant à grands pas et en laissant échapper des filets de buée de ses lèvres, les modelant, plus épais, plus minces, plus ronds…, quand elle s'aperçut qu'elle était suivie. Un homme marchait derrière elle, s'arrêtant quand elle ralentissait, repartant quand elle accélérait. Elle voulut en avoir le cœur net et s'appuya un instant sur le parapet en pierre du bord de Seine. Il alla s'accouder plus loin.

Il devait avoir dans les vingt-cinq, trente ans, portait

la barbe, les cheveux hirsutes. Pas terrible, se dit-elle. Forcément, les beaux mecs ne suivent pas les filles dans la rue. Ils se promènent, hautains, le col relevé et consultent leur montre d'un air affairé. Elle jeta un second coup d'œil plus appuyé. Il lui fit un signe de la main.

Les Tuileries n'étaient plus très loin. Elle allait le semer au Guignol. Elle prendrait un billet, entrerait dans la salle et, à la faveur de l'obscurité, juste avant que Guignol ne donne son coup de bâton au méchant, elle s'esquiverait.

Ça ne marcha pas. Elle se retrouva projetée contre lui quand elle voulut sortir. Elle se dégagea et lui lança, excédée :

– Qu'est-ce que vous me voulez, à la fin ? Vous pouvez pas me laisser tranquille ! Arrêtez de me suivre !

Il la regarda très calme. Il n'était pas vraiment barbu mais portait une barbe de deux ou trois jours. Un mètre quatre-vingts environ, brun, les cheveux ébouriffés, un vieux jean, un vieux blouson, un pan de chemise qui dépassait du blouson. Un peu négligé, pensa-t-elle. De tête, il ressemblait à une tortue, mais il avait des yeux vifs et enjôleurs, et, bientôt, elle ne regarda plus que ses yeux.

– C'est pas vous que je suis. C'est le plus beau cul du monde.

Un maniaque sexuel. Elle était tombée sur un maniaque sexuel. Il y en a beaucoup à Paris.

Elle haussa les épaules et reprit sa promenade au pas de gymnastique. Il continua sa filature.

– C'est fou ce que vous pouvez être hypocrites, vous les filles. Je suis sûr que vous êtes ravie de savoir que vous avez un beau cul. Et je m'y connais. Je vous le dirais pas si je le pensais pas.

Il a raison. Elle est enchantée mais ne peut absolument pas l'avouer. Ce n'est pas de sa faute, c'est la tradition qui remonte. On n'adresse pas la parole à un étranger dans la rue. Encore moins s'il vous parle de votre cul.

– Fichez-moi la paix ! J'ai pas envie d'écouter vos grossièretés !

– Bon. Je suivrai le plus beau cul du monde en silence.

Elle accéléra le pas. Lui aussi. Les mains dans les poches, il chantonnait : « Cosi, cosa, it's a wonderful world. » Elle pensa, un instant, s'adresser à un agent de police mais se ravisa : ça ferait trop dramatique, vieux film des années cinquante, quand la vertu féminine voulait encore dire quelque chose. L'agent ricanerait. Ou pire, prendrait le parti de l'obsédé.

Elle allait entamer son troisième tour de jardin quand elle fut frappée par l'absurdité de la situation : par un beau dimanche de février, alors que des familles se promenaient, paisibles, que le ciel était bleu, l'air vif, l'humeur à la nonchalance, elle entamait son troisième tour de jardin, au sprint.

Elle alla s'asseoir sur une chaise et fondit en larmes. Elle faisait un lot et pleurait pour tout : pour cet homme qui l'empêchait de flâner, pour Jean-François Pinson, pour sa vie qu'elle trouvait, tout à coup, infiniment triste et sans intérêt. C'est vrai, quoi ! Pas de mec, pas de dégaine, du béton…

Les voitures klaxonnaient rue de Rivoli et elle eut envie de sauter dans un taxi.

Il eut l'air complètement désemparé et vint s'accroupir à ses pieds.

– Je suis vraiment désolé. Je vous trouvais jolie et…

Elle leva la tête vers lui. Il était flou dans ses larmes. Il marmonnait « je suis mauvais, je suis méchant, je recommencerai plus, c'est promis » en se grattant la tête, les yeux vraiment étonnés. Il prenait le vocabulaire de l'enfant contrit. Il se rapprocha et demanda :

– Dites-moi… La statue de la Liberté à New York, elle est en quoi ?

Elle le dévisagea, se moucha sur le dos de sa main et balbutia :

– Ben… Elle est en pierre.

– Non. Elle étend le bras.

Elle ne put s'empêcher de rire. Son nez était rouge, des larmes séchaient sur ses joues, elle continuait à renifler.

– Ah ! vous voyez, ça va mieux. Je vous offre un verre, mademoiselle ?

Elle ne savait plus quoi répondre. Il penchait la tête de droite à gauche, de gauche à droite, mima une supplique, mit un genou à terre, se frappa le cœur, puis, comme elle ne répondait toujours pas, se releva et conclut :

– Bon, tant pis. C'est dommage. Je m'étais attaché à vous…

Il s'inclina. Répéta « pardon pardon », se redressa et s'éloigna. « Cosi, cosa, it's a wonderful world. » Sans se retourner. Il avait les poings enfoncés dans ses poches, deux pièces en patchwork sur les fesses, les épaules larges, les talons bien enfoncés dans ses tennis. Elle l'aima bien de dos, muet, s'éloignant.

– Vous suivez souvent les femmes dans la rue ?

Juliette l'avait rattrapé. C'était elle maintenant qui l'abordait. Et lui qui accélérait le pas.

– Hé ! attendez-moi, lança Juliette, essoufflée.

Il ne répondit pas. Elle hésita entre l'accélération du pas ou l'abandon avec jet d'éponge.

Oh et puis zut ! j'arrête. Je ne vais pas courir après une tortue, je vais rentrer à la maison et étudier le béton. Ça, au moins, c'est sérieux.

Ou mes polycopiés de droit. J'ai un TP lundi et je n'ai rien appris.

Ou faire une crapette avec Ungrun.

Ou…

Je ne sais pas quoi faire de moi…

Chapitre 6

Pendant que Juliette faisait d'étranges rencontres au jardin des Tuileries, Martine suivait, à Orléans, un stage sur « les techniques et recettes de vente dans les grandes surfaces ». Stage d'une semaine suivi de six mois de cours par correspondance, proposé à tous les employés de la Coop qui rêvaient d'ajouter un Bic à la pochette de leur blouse.

Martine jubilait. Tel Christophe Colomb enfonçant son talon dans le sol américain, elle venait de découvrir un continent nouveau : celui de la manipulation du consommateur.

Elle se sentait tellement ivre de savoir et de malice, en disant au revoir à ses collègues, cet après-midi-là, qu'elle décida de regagner Pithiviers en stop. Les transports en commun auraient nui à ses cogitations. Elle avait besoin de grand air et d'espace pour laisser vagabonder ses idées.

Son gros sac en bandoulière, sa minijupe noire sur des collants de laine, son pull acrylique rose assorti à ses lunettes et à ses barrettes, sa lourde frange blonde et ses yeux bordés de noir épais lui donnaient l'air d'une copie de Sophie Daumier. À la gouaille de la fille du peuple, elle alliait une culture sauvage glanée à force de lire, d'observer et d'écouter. Les dames de la bonne société pithiviéroise avaient beau la regarder d'un mauvais œil, elle savait qu'un jour elle les étonnerait. Et le

70

mépris qu'elle lisait dans leurs yeux la stimulait plutôt. Elle suivait les regards qui détaillaient le pull moulé sur les seins, les faux cils et les cuissardes vernies noires de chez André, et chantonnait, intérieurement, « un jour, je vous clouerai le bec, un jour, je vous clouerai le bec à tous… ».

Sur la route toute droite, elle pensait à son stage. Quelle histoire ! se disait-elle. J'en apprends plus en une semaine de formation professionnelle qu'en douze ans d'école. Socrate et Pythagore ne m'ont jamais autant motivée que ce petit monsieur à moustache qui me délivrait du haut de son pupitre les secrets de « la politique de la promotion de vente ». C'est ainsi qu'était intitulé le séminaire.

Elle ralentit un peu dans la crainte du point de côté. Elle voulait marcher le plus longtemps possible avant de faire signe à une voiture de s'arrêter.

Travailler va devenir intéressant. Pourtant, depuis que je suis toute petite, je suis confrontée à la réalité : les steaks extorqués au boucher, les bottes fourrées, les bonnets superposés, c'était déjà pas mal comme apprentissage de la vie. Mais, jusque-là, je subissais…

Bien sûr, j'avais des plans de conquête, mais pas les moyens de livrer bataille. Là, soudain, on me donne un code pour manipuler tout un monde. On m'apprend comment ça marche… Je découvre le plaisir du pouvoir. Ce qui me frustrait le plus, à l'école, c'était d'être obligée d'obéir à un système de règles dont je ne tirais aucun plaisir. Se soumettre était le seul moyen de survivre. Sinon je devenais rebelle, maudite, je mourais jeune et fauchée. Pas envie. Moi, je veux vivre riche et longtemps. Se soumettre, d'accord, pour comprendre comment ça marche et en profiter ensuite…

Elle se laissa tomber sur le talus et arracha un brin d'herbe qu'elle se mit à mâchonner. Pendant une semaine, on m'a expliqué gentiment comment améliorer

« le dialogue produit-consommateur », autrement dit comment bourrer les caddies de marchandises inutiles et remplir les caisses de la Coop ! À partir de ce moment-là, ça devient intéressant de travailler à la Coop. Bien plus intéressant que les dix pour cent de réduc sur les catalogues ou la bouteille d'apéro à chaque dénonciation de client qui pique !

S'ils savaient, tous ceux qui pénètrent dans les grandes surfaces, la multitude de pièges qui les attendent !

Elle se renversa sur le talus et pouffa.

Même moi, tout le temps que je suis restée plantée derrière ma caisse, je ne m'en suis pas doutée. Elle faillit s'étrangler en avalant son brin d'herbe et le recracha, loin, en un long jet qu'elle évalua avec fierté : elle crachait toujours aussi bien.

La grande surface, c'est comme un jeu de l'oie. Case départ, vous entrez avec un caddie vide et un portefeuille plein. Case arrivée : votre caddie déborde d'articles en « promotion » et votre porte-monnaie sonne creux. Vous êtes tombé dans tous les puits et, pour un peu, vous faites de la prison pour dettes.

Pourquoi, par exemple, l'alimentaire est-il souvent au fond du magasin ? Parce qu'avant d'arriver à la tranche de jambon quotidienne il vous faudra traverser toute une zone de tentations multiples allant de la canne à pêche à double moulinet au presse-agrumes électrique.

Pour faire des économies, il faut marcher accroupi. Ramper au niveau du rayon le plus bas. C'est là que se trouvent les affaires : la moutarde à trois sous, l'huile bon marché, le pain d'épice sans artifice, le sucre, la farine, tous les produits sur lesquels la marge bénéficière est réduite. Vous vous redressez et toc ! les étiquettes frappent. On paie sa dignité.

Le vrac en tête de gondole ? Un autre piège. On prend des tee-shirts bien rangés à trente francs, on les déplie, on les froisse, on les jette en vrac dans un bac, on les affiche à quarante francs. Ça fait soldes, et les clients se les arrachent.

Même les plus méfiants, qui remplissent leur caddie en suivant scrupuleusement leur liste, se font berner. Ils vont droit au rayon où ils trouvent d'habitude leur moutarde et se heurtent à la béarnaise. Ils réfléchissent : c'est vrai, ça, ai-je encore de la béarnaise à la maison ? À tout hasard, ils en prennent un pot et repartent à la recherche de leur condiment. Ils viennent de tomber dans le piège « animation de produits ».

C'est jouissif les mots, pensa Martine. Au lieu de dire : « j'ai foutu le borde ! dans mes rayons pour plumer le client », on dit : « aujourd'hui, j'ai fait de l'animation à l'intérieur de ma famille de produits ». Pas étonnant ensuite que ceux qui ont le pouvoir des mots aient le pouvoir tout court !

En rentrant à la maison, je ne dirai pas « j'ai appris à truander mon semblable, mon frère », mais je parlerai d'achats de réflexion, d'achats d'impulsion, de cadencier, d'articles référentiels…

Oh, mon papa si naïf ! si tu savais tout ça, tu t'y prendrais autrement pour la lutte des classes ! Tu t'inscrirais plutôt à une association de défense du consommateur. C'est plus efficace que le Parti.

Ce stage lui avait remonté le moral. Depuis le départ de Juliette pour Paris, elle avait perdu son plus fidèle supporter. C'est important d'avoir des supporters dans la vie. Ce n'est pas chez elle qu'on porterait un tee-shirt « vas-y Martine, go ahead Martine ». Important d'avoir des supporters qu'on estime. Pas des abrutis qui pensent que New York est la capitale des États-Unis. Des alpha, quoi, pas des bêtas…

Or, depuis que Juliette était partie, Martine avait l'impression d'être cernée par les bêtas. Elle avait même cessé de voir Christophe, son petit copain préféré. Elle n'avait plus envie de faire l'amour dans la 2 CV fourgonnette qu'il empruntait à son père et qu'il garait au sommet de la côte de Pithiviers-le-Vieil. Avec la peur sournoise que le frein à main ne lâche au milieu de leurs ébats. Elle en avait marre. Chaque fois, crac, elle bousillait une paire de collants.

Alors, le soir, en rentrant de la Coop, elle étudiait son anglais. Puis elle dînait en famille. Ils regardaient la télé. Son père agitait sa fourchette en direction de l'écran et vilipendait le gouvernement, les patrons, les Américains, les vilains.

Martine entendait, mais n'écoutait pas.

Elle est de passage dans sa propre maison. Vue de l'extérieur, elle est gentille et sage. Ce n'est pas qu'elle ne les aime pas, elle se sent pleine de tendresse pour eux. Elle a presque envie de les protéger contre la vie à laquelle ils n'ont rien compris. Ce n'est pas leur faute, ils viennent de si loin, ils ont été si pauvres que posséder un emploi à la Sucrerie et un F4 dans la Cité, c'est déjà un luxe à leurs yeux. Elle leur en sait gré en un sens. Grâce à eux, sa génération à elle pourra aller plus loin. Ils ont fait le plus dur : du petit village breton sans ressources à une ville de la grande ceinture parisienne. Un pas de géant.

Quand la conversation devient trop lourde, elle pense à autre chose pour conjurer la bêtise qu'elle sent rôder. Elle ne veut pas être attrapée. Que des lambeaux s'infiltrent sous son crâne. C'est sa hantise. Quand parfois, au détour d'une de ses phrases, elle repère une tournure de sa mère ou un slogan de son père, elle s'arrête net. « Je ne veux pas être comme eux, je ne veux pas être comme eux. »

C'est pour leur échapper qu'elle s'était mise à lire. N'importe quoi. Ou plutôt tout ce que le libraire de la place du Martroi lui revendait à bas prix ou lui donnait parce que le livre était abîmé ou jauni. Ces derniers temps, elle avait surtout dévoré des livres de femmes. Des traductions de l'américain. Ça ne faisait pas recette à Pithiviers. Dans ces livres, elle se reconnaissait. Elle n'était plus la seule à vouloir que ça change. C'est à travers eux qu'elle avait eu envie d'aller aux États-Unis. Le soir, après le dîner, elle reprenait ses lectures. Elle partageait sa chambre avec sa sœur Joëlle, sa cadette de deux ans. Joëlle avait abandonné l'école pour entrer en apprentissage dans un salon de coiffure. Chez Mme Robert. Elle dépensait presque toute sa paie en vêtements et fonds de teint.

Chaque fois que Martine essayait de parler avec Joëlle, ça finissait mal. Martine s'énervait. Elle avait beaucoup de mal à accepter le manque d'ambition de sa sœur.

La veille de son départ pour le stage, elles s'étaient encore disputées. À cause de Juliette.

– Elle doit être triste, ta copine, avait minaudé Joëlle en se peignant les ongles posés bien à plat sur une pile de *Confidences*. À Paris…, si loin du beau René… Après s'être fait larguer…

– C'est elle qui l'a largué, avait rectifié Martine.

– C'est pas ce que raconte Gladys…

– Cette grande asperge ! Ça va être son tour bientôt !

– Moi, le jour où je l'aurai, je saurai le garder, le beau René.

– Mais qu'est-ce que vous avez toutes à être toquées de ce bellâtre !

Soudain, elle avait eu une inspiration.

– Dis donc, ma vieille, avait-elle demandé, tu as déjà fait l'amour ?

– Pourquoi ? Tu vas aller le dire à maman ?

– Non. C'était pour mon information personnelle. Je me demandais si tu t'intéressais à autre chose qu'à tes pauvres histoires de midinette crétine…

Le pinceau du vernis avait dérapé et Joëlle s'était mise à pleurer.

– T'as pas le droit de me traiter de crétine ! C'est pas parce que j'ai pas mon bac que…

Elle n'avait pas fini sa phrase. Martine regrettait d'être allée si loin. Elle voulut la prendre dans ses bras mais Joëlle l'envoya bouler.

– Fous-moi la paix ! On verra bien celle qui sera la plus crétine des deux…

– Excuse-moi, j'étais en colère, j'ai voulu te secouer… Pour que tu t'intéresses à autre chose qu'au beau René. Tu vaux mieux que ça, tu sais…

Joëlle avait relevé la tête et avait demandé :

– C'est parce que je suis mignonne que tu dis que je suis bête ? C'est comme pour Marilyn ?

Où avait-elle lu ça ?

– Non, c'est moi qui suis bête quelquefois. Allez, arrête de pleurer… Je te fais un cadeau pour me faire pardonner. Qu'est-ce que tu veux ?

Joëlle avait réfléchi, puis :

– Un rouge à lèvres Twenty.

Tu t'attendais à quoi ? s'était dit Martine, à ce qu'elle te demande les œuvres complètes de Simone de Beauvoir ?

Qu'est-ce que j'ai comme mal à accepter que les gens ne soient pas comme moi ! pensa-t-elle assise sur son talus en préparant un nouveau jet de salive. Il y a des fois où je frise l'intolérance. Pauvre Joëlle…

Elle frissonna et se frotta les bras. Regarda le ciel qui était devenu noir et menaçant. Vit l'heure et se leva d'un bond, brossant énergiquement sa minijupe.

Il allait falloir qu'elle trouve une voiture rapidement si elle voulait arriver à Pithiviers pour l'heure du dîner…

Chapitre 7

– Et à quoi rêve la jeune fille accoudée sur le pont ?

Juliette sursauta. L'homme à la tête de tortue se tenait debout derrière elle. Elle était si absorbée dans ses pensées qu'elle ne l'avait pas entendu revenir.

– Au béton, répondit-elle.

Il éclata de rire.

– Au béton ?

– Oui. Je fais des recherches sur le béton, si vous voulez tout savoir. C'est comme ça que je gagne ma vie.

Elle étudie le béton et elle a un beau cul. Jeune fille à suivre, se dit-il.

– Et si je vous payais ce verre ?

– Pourquoi pas ? dit Juliette.

Pour la première fois, ils marchèrent à la même hauteur. Ils remontèrent la rue du Bac, prirent la rue de l'Université jusqu'au *Lenox Hotel*.

Juliette aima tout de suite le bar, beige et discret, avec un long piano blanc au fond de la pièce et de grands canapés ivoire.

À cette heure de l'après-midi, il n'y avait personne. Le barman lisait un Série noire. Il leur fit un signe de tête. Il semblait connaître l'homme des Tuileries.

– J'ai commencé là, dit-il en montrant le piano blanc. Quarante francs de la soirée. Je ne connaissais que deux accords. Je jouais tout en *do* majeur, de *Summertime* à

77

Sous les ponts de Paris… Comme je faisais rire les clients, on me gardait… « saucisson sec et pommier blanc »…

Juliette sourit. Il reprit :

– J'étais une attraction, une sorte de clown musical…

Elle lui plaît cette fille. S'il en avait les moyens, il prendrait une chambre à l'hôtel et monterait avec elle. Je suis sûr qu'elle serait d'accord. L'air bien élevé mais prête à relever ses jupes… Je m'égare, je m'égare, pensa-t-il. C'est embarrassant cette envie de monter avec elle. Je ne sais plus quoi lui dire, moi…

Ils se regardèrent, gênés. Il commanda un scotch et Juliette un Schweppes.

Faut que je me calme. On se calme. On se calme. Je pourrais lui jouer un petit morceau au piano. Elle trouverait ça romantique et ça effacerait la mauvaise impression des Tuileries… Non. Pas faire d'efforts. Pas changer.

Ils burent leur verre en silence.

Juliette regardait le décor du bar et se sentait bien. Elle aurait bien aimé qu'il joue au piano, mais elle n'osait pas demander. Il va me trouver cucul…

Il commanda un autre whisky. Elle reprit un Schweppes.

Il sortit une cigarette, fit craquer une allumette, alluma la cigarette et remit l'allumette éteinte dans la boîte. Puis il s'avisa qu'il n'en avait pas proposé à Juliette et lui tendit le paquet. Elle en prit une. Il lui tendit la boîte d'allumettes. Elle eut du mal à en trouver une à tête rouge.

Elle tira sur sa cigarette. C'est très bien, ça donne une contenance.

– Un autre Schweppes ?

Elle fit oui de la tête.

– La même chose, demanda-t-il.

Le barman posa une nouvelle fois son livre et les servit.

Merde ! elle pourrait parler de la pluie et du beau temps, pensa-t-il. Ce serait un début. Elle m'énerve à rien dire. Elle pense à quoi d'abord ? Elle se demande pourquoi elle a suivi un homme qui a une tronche d'ampoule électrique ? J'ai envie de la toucher, merde, merde, j'ai envie de la toucher.

Fallait qu'il arrête de boire.

Il en était à son cinquième verre. En plein après-midi !... Je vais être encore bien ce soir...

Il retourna sa poche de jean. Cent balles. À peine de quoi payer les verres.

– Bon, c'est pas tout ça, mais va falloir y aller, décida-t-il après avoir vidé sa poche sur le bar.

Elle finit son verre et attendit.

Ils sortirent dans la rue. Il cligna des yeux à la lumière.

– Vous me donnez votre numéro de téléphone ?

Elle hésitait.

Il ironisa :

– Je veux bien qu'on laisse faire le hasard, mais, dans une ville comme Paris, c'est risqué...

Elle sourit, toujours muette. Un pressentiment lui disait qu'elle ferait mieux d'arrêter là. Cet homme est dangereux. Peut-être.

– Ah... Ah..., reprit-il, c'est là qu'il faut lutter contre ses principes... Je vous jure que je ne suis ni proxénète, ni trafiquant, ni bandit de grand chemin...

En plus, il lit dans mes pensées, se dit-elle.

Elle se mit à faire des ronds sur le trottoir du bout de sa chaussure. « Sais pas. Sais pas. »

– J'ai très envie de vous revoir, mademoiselle.

Il se rapprocha, la poussa contre le mur, prit ses deux mains dans les siennes, les plaqua contre la paroi glacée et humide, plaqua ses bras, son ventre, ses jambes,

appuyant tout son corps sur elle, et se pencha, lentement, en prenant tout son temps. Juliette plissa les yeux,
respira son souffle et sentit sa bouche sur la sienne. Ses
lèvres, sa langue, ses dents… Elle s'y fondit comme si,
toute sa vie, elle n'avait fait que ça : l'embrasser. Elle
essaya de dégager ses bras pour les accrocher autour de
son cou, mais il la maintint contre le mur, lui meurtris-
sant les poignets, la coinçant entre le mur froid et ses
jambes, son ventre chauds. Alors, de toutes ses forces,
elle appuya sa bouche sur sa bouche et se laissa embrasser, oubliant la rue, les gens autour d'elle, soudée à cette
bouche qui l'aspirait, à cette langue qui l'explorait, à
ces dents qui, de temps en temps, la mordillaient avant
que la langue ne reparte la fouiller plus profond, à ces
mains qui froissaient sa jupe et…

– Le baiser des amants détruit la société, dit-il en se
redressant tout à coup.

Elle faillit tituber et se rattrapa à son blouson.

– Il y a de l'anarchiste en vous, ma chère. Si j'étais
vos parents, je ne vous laisserais pas sortir sans escorte.

Juliette lui jeta un regard furieux. Ça ne se fait pas
d'interrompre un baiser brutalement, sans prévenir.
Goujat !

– Qui vous a dit que j'ai des parents qui me surveillent ! J'ai passé l'âge d'abord.

Elle est vexée. Tant mieux. Elle a du répondant, cette
gamine.

– Bon alors ! ce téléphone… Je ne vais pas passer
mes après-midi à vous embrasser, moi. J'ai autre chose
à faire.

Elle haussa les épaules, tira sur sa jupe, rajusta ses
cheveux et le lui jeta comme si elle lui lançait une injure.

– Je trouve que vous capitulez bien vite pour une
jeune fille à principes…

Elle le regarda, ironique.

– Je peux toujours vous raccrocher au nez, vous savez…

Il jubilait. Ça va être la guerre. Une bonne guerre qui rend les redditions savoureuses, les baisers brûlants et tous les coups permis.

– Bon. Salut ! Je vous appelle…

Il s'éloigna.

Elle reprit sa respiration, toucha ses lèvres de ses doigts – ah ! c'était autre chose que les baisers absents du beau René ! –, descendit la rue de l'Université, sautant du trottoir à la chaussée, de la chaussée au trottoir, inspectant les façades des maisons, imaginant une marquise sur son balcon, un carrosse qui sortait d'une cour, un laquais qui demandait le passage en criant lorsque soudain, à haute voix, elle s'exclama :

– Merde ! Je sais pas son nom…

Chapitre 8

Bénédicte sentait le découragement la gagner.

Elle n'avait pas reçu la moindre réponse aux vingt-deux lettres estampillées « personnel », puis « personnel et urgent » qu'elle avait envoyées depuis le mois de novembre.

Le 15, exactement. Le lendemain du jour où Juliette l'avait appelée de Paris pour lui annoncer que l'opération « Pithiviers-Paris » était réussie : elle avait trouvé gîte et feuille de paie.

Ça avait déclenché une drôle de réaction chez Bénédicte. Elle avait félicité Juliette, puis, après avoir raccroché, s'était assise. Elle était restée un long moment, tripotant le crayon du bloc de téléphone, submergée par une vague de désespoir. Un désespoir aussi subit qu'impossible à maîtriser. Pourquoi elle moisissait, elle, à Pithiviers, au *Courrier du Loiret*, pendant que sa copine s'installait avec succès à Paris ?

Elle se sentait diminuée. Pas vraiment jalouse. Encore que…

Bientôt, elle se reprit : c'est facile de critiquer, mais tu ferais mieux de regarder les choses en face, ma fille. Tu es entrée au *Courrier du Loiret* parce que ton père est un ami de M. Vonnard, le chef d'agence. Peu de mérite à en retirer.

Un soir, M. Vonnard était venu dîner avec sa femme. Il avait vanté les avantages de la profession de journaliste : pas besoin d'une véritable formation – « les études sont plutôt un handicap » –, des relations, des avantages en nature – « ma femme, par exemple, n'achète aucun linge de maison, elle reçoit tout des annonceurs » – et, en plus, la considération, un statut et « pignon sur rue ».

– Tout à fait ce qui conviendrait à mademoiselle votre fille, avait-il dit en désignant Bénédicte. C'est un métier idéal pour une jeune fille, elle pourrait même trouver un mari… Ça mène à tout !

Le lendemain, elle avait appelé M. Vonnard et, depuis, elle travaillait au *Courrier*.

Seulement, cet après-midi-là, après le coup de fil de Juliette, le *Courrier du Loiret* n'était plus suffisant. Il fallait qu'elle vise plus haut. Elle avait bien réfléchi, rongeant les petites peaux autour de ses ongles, et avait d'abord décidé d'envoyer les lettres. Une par semaine au début ; par la suite, n'obtenant pas de réponse, elle avait accéléré la cadence. Toujours sans résultat.

En revanche, à *la République du Centre*, tout s'était bien passé. Au téléphone, la secrétaire lui avait demandé de qui elle se recommandait. Elle avait bredouillé le nom de son père et, deux jours après, elle était reçue par M. Herrier en personne. Elle avait dû répéter que, oui, elle était bien la fille de M. Tassin, la quatrième.

– J'ai bien connu votre père au Crédit agricole. Il nous a souvent aidés et je serai ravi de rendre service à sa fille…

Elle avait expliqué qu'elle voulait devenir journaliste et qu'elle était prête à travailler.

– D'accord, lui avait-il répondu, mais je ne peux absolument pas vous salarier. Notre rédaction est en plein remaniement et les journalistes verraient d'un très mauvais œil l'arrivée d'une petite nouvelle. On vous paiera à la ligne…

Bénédicte avait accepté, trop contente d'entrer dans un vrai journal. Elle avait raconté son entrevue à

Martine, sans mentionner le rôle de son père, attribuant l'heureuse issue de l'aventure à son seul crédit. Martine l'avait écoutée, admirative.

Quant à Bénédicte, à force de raconter à tout le monde la version « Martine », elle avait fini par oublier comment les choses s'étaient passées.

Et, depuis, elle apprenait son métier à force d'interviews de notables engoncés, de cultivateurs taciturnes et de commerçants mécontents. Ses articles avaient beau être des « brèves » qu'elle ne signait pas, elle les découpait et les collait dans un cahier d'écolière. Elle le montrait à Martine qui l'encourageait. « Même payée à la ligne, ça vaut le coup ! Et d'abord tu n'as pas besoin de gagner ta vie, toi, profites-en. »

C'est Martine qui lui avait conseillé, la veille, d'envoyer une lettre d'insultes. Peut-être, ainsi, lui répondrait-on enfin. Bénédicte hésitait. Elle ne savait pas manier l'insulte. Or, pour qu'une lettre d'insultes fasse son effet, il faut qu'elle soit cinglante.

Bénédicte, elle, croyait plutôt à la diplomatie, aux idées qui s'installent petit à petit, à la bonne éducation. Insulter quelqu'un pour obtenir gain de cause ne lui paraissait pas une bonne idée.

Je pourrais ranger ma penderie en attendant, se dit-elle, ça me ferait du bien, j'aurais l'impression de mettre de l'ordre dans ma tête.

La chambre de Bénédicte était impeccablement rangée. Pas une manche de pull-over ne dépassait des tiroirs. Ses livres étaient classés par ordre alphabétique, « comme à la bibliothèque », se moquaient ses frères et sœurs, ses produits de maquillage alignés sur la coiffeuse et des petits coussins à volants éparpillés sur son lit.

Contempler sa chambre la rassérénait. Ainsi qu'établir, en début de semaine, des listes de tout ce qu'elle avait à faire. Quand arrivait le dimanche soir et qu'elle avait tout rayé, elle se sentait heureuse et satisfaite. C'est à cet ordre extérieur qu'elle devait une grande partie de son aplomb.

Ce jour-là, le rangement de la penderie ne suffit pas. Elle n'avait toujours pas décidé si elle devait passer à l'injure. Je vais voir maman, se dit-elle, elle saura.

En descendant le grand escalier en chêne recouvert d'un tapis rouge, Bénédicte chantonnait. C'est bien d'avoir une mère sous la main, une mère qu'on peut consulter à n'importe quelle heure de la journée et qui trouve le temps de vous écouter…

– Maman est formidable, avait-elle dit un jour à Martine, c'est la seule personne que je connaisse qui fasse vraiment attention aux autres.

– Tu as de la chance, avait répondu Martine. Tu le lui as déjà dit ?

– Oh ! non. Elle ne m'écouterait pas…

Martine avait souri.

Bénédicte aurait aimé avoir sa mère pour elle toute seule. Cinq frères et sœurs n'aident pas à l'intimité. Quand elle était petite, elle faisait exprès de s'écorcher les genoux au guidon de son vélo rouge pour que sa mère se penche sur elle et la soigne. Mais, à bientôt vingt ans, ça ne marchait plus.

Mathilde Tassin était dans le jardin, occupée à planter une rose. Elle avait lu, dans une revue, que, si on fendait la tige d'une rose et qu'on y plaçait un grain de blé, la rose prenait racine. Elle profitait d'une éclaircie pour tenter l'expérience. Elle était sceptique. Mais, d'un autre côté, si la rose prenait vraiment racine, elle pourrait repiquer toutes les roses qu'elle recevait.

Le seul problème, c'est qu'elle n'en recevait plus. Cette rose-là provenait d'un bouquet envoyé à sa fille Estelle.

Depuis combien de temps ne m'a-t-on plus offert de roses ? se dit-elle en se redressant et en se massant les reins. Depuis si longtemps que je ne m'en souviens plus… C'est normal : on n'envoie pas de roses à une mère de famille nombreuse.

Elle enfonça sa bêche dans le sol, puis regarda en souriant l'entaille qu'elle venait de faire. Elle avait peut-être quarante-cinq ans et six enfants, mais elle gardait intacte sa vigueur de jeune fille…

Dans la même revue, il était écrit que le corps de la femme enceinte travaillait et fournissait l'équivalent de quatre heures d'énergie-travail par jour ! Devant sa rose plantée, Mathilde prit un morceau de bois et, sur le sol humide, se mit à calculer. Neuf mois de grossesse, six enfants, soit six mille quatre cent quatre-vingts heures… Six mille quatre cent quatre-vingts heures, cela doit faire… (elle reprit son bâton)… dans les cinq à six ans de travail… Elle restait là à contempler ses gribouillis sur le sol. Et moi qui croyais que je ne faisais rien de ma vie !

Bénédicte était trop préoccupée pour remarquer l'air songeur de sa mère. Elle demanda « ça va ? », n'attendit pas la réponse, puis enchaîna :

– Maman, tu sais, les lettres que j'écris chaque semaine ?

– Oui ?

– Eh bien, cela va faire cinq mois que je les envoie et je n'ai pas de réponses.

– Ah…

– Maman, tu m'écoutes ?

Cinq à six ans passés à être une usine à bébés. Plus toutes les années à les élever ! Il aurait peut-être mieux valu que je ne lise pas ce journal.

– Alors, tu le ferais ou pas, toi ? insista Bénédicte, déroutée par le manque d'attention de sa mère. Maman !

– Je suis désolée, ma chérie. Je ne te serai pas d'un grand secours, aujourd'hui. J'ai dû trop bêcher. Je suis fatiguée. On reparlera de tout ça, veux-tu ?

Bénédicte fit « oui-oui » et s'éloigna. Elle n'allait pas, à son âge, s'ouvrir les genoux à l'Opinel pour que sa mère s'occupe d'elle.

Elle prit son imperméable et décida de marcher jusqu'à la place du Martroi.

Elle s'arrêta au Péché-Mignon et commanda un éclair au chocolat. Tant pis ! ce soir, je ne prendrai ni pain ni dessert. Bénédicte respectait scrupuleusement ce genre de décision et transgressait rarement ses principes. Elle avait décidé, par exemple, de ne faire l'amour que le jour où elle rencontrerait l'homme qui en vaudrait la peine. Elle trouvait les séances de flirt dans les voitures tout à fait dégradantes et les partenaires de Juliette ou Martine insignifiants. Mon Prince Charmant à moi sera un homme de devoir et d'ambition. Les deux. Le devoir tout seul, c'est ennuyeux et l'ambition pour l'ambition, douteux. Un jour, il viendra et je le reconnaîtrai.

De temps en temps, elle fermait la porte de sa chambre à clé et se contemplait, toute nue, dans la glace de son armoire. Elle examinait, rassurée, la longue fille aux cheveux châtains mi-longs, aux yeux châtaigne – « pas marron, c'est péjoratif » –, au nez droit, à la bouche un peu grande… Classique et bien. Sa seule concession à ce mauvais goût qu'illustrait Martine, c'était la mèche de cheveux qu'elle décolorait, elle-même, à l'eau oxygénée. Pour adoucir son visage. C'est tout. Quand Juliette lui avait expliqué, très fière, que Regina lui avait trouvé une dégaine, Bénédicte s'était dit qu'elle s'en était fabriqué une depuis longtemps. Elle n'avait pas envie de changer même si la mode était aux sabots, aux minijupes et aux pantalons pattes d'éléphant.

– Tu me files une sèche ?

C'était Joëlle Maraut. La sœur de Martine. Elle venait de s'asseoir en face de Bénédicte.

Bénédicte lui tendit une cigarette à contrecœur et

repoussa son éclair. Elle avait du mal à dissimuler l'antipathie que lui inspirait Joëlle.

– Tu sors du salon ?

Elle essayait d'être aimable. Dès leur première rencontre, Joëlle l'avait tutoyée et Bénédicte ne le supportait pas.

– J'ai fait que des permanentes aujourd'hui. Je sais pas ce qu'elles ont, les bonnes femmes, en ce moment, elles se font toutes friser.

– Ce doit être la mode, dit Bénédicte, bien décidée à ne pas s'étendre sur le sujet.

– Ce serait la mode si elles étaient Julie Driscoll, répondit Joëlle dédaigneuse.

Puis, sans transition :

– J'essaie un nouveau traitement pour la cellulite.

– Ah ! fit Bénédicte qui se sentit aussitôt agressée par la cellulite de Joëlle.

– Ouais, c'est un représentant qui m'a proposé de tester un nouveau produit. Je dois m'en mettre sur une cuisse pendant deux mois et comparer avec l'autre. En plus, j' suis payée deux cents balles par mois. C'est super, non ?

– Et tu crois que ça va marcher ? demanda Bénédicte. Elle n'aurait pas dû manger cet éclair.

– On verra bien… Ce qu'il faudrait pas, c'est qu'ils oublient de me filer les tubes pour l'autre cuisse ! Tu m'imagines, une cuisse riquiqui et l'autre toute grasse !

C'en était trop. L'éclair au bord des lèvres, Bénédicte prétexta une course urgente et se leva.

– Hé, si tu vois René, dis-lui que je suis ici, cria Joëlle à travers le salon de thé. On avait rendez-vous à cinq heures sur la place…

Bénédicte opina. De loin. Miss Cellulite et M. Cambouis !

La familiarité de Joëlle l'avait tant exaspérée qu'une fois chez elle l'inspiration lui vint comme par enchantement. Elle s'attela à sa lettre d'insultes. Tandis qu'elle écrivait, le visage maquillé et vulgaire qu'elle venait de quitter réapparaissait devant elle. Elle se déchaîna dessus et noircit trois pages sans s'arrêter.

Puis, le stylo reposé, la lettre terminée, elle se surprit soudain à se demander pourquoi elle s'était mise dans tous ses états à cause d'une fille dont elle se fichait complètement.

Je tourne pas rond, moi.

Chapitre 9

– Allô, bonjour, je voudrais parler au plus beau cul du monde…

Valérie raccrocha, furieuse. Cela faisait trois fois que le fou appelait et elle n'avait toujours pas trouvé la réplique qui lui clouerait le bec. En regagnant sa chambre, elle fit un détour par le réfrigérateur. Elle était en train d'hésiter entre un yaourt nature et un Danone au chocolat lorsqu'elle entendit la clé tourner dans la serrure. C'était Juliette. Le cheveu ruisselant et les bras chargés de paquets dégoulinants. Elle poussa un juron lorsqu'elle vit que la couverture de *Elle* avait déteint sur son imperméable blanc.

– Oh merde ! dit Juliette, en se laissant tomber avec ses paquets sur le premier tabouret. Je renonce, la vie est trop dure…

– Il pleut ? demanda Valérie, optant pour le Danone au chocolat. Ça ne fait rien, je commence mon régime demain.

– Mais pas du tout… C'est juste une illusion d'optique.

– T'es de mauvais poil ? reprit Valérie, la bouche pleine.

– Mais non, voyons. Tout va très, très bien. Il fait un soleil radieux et j'ai passé mon après-midi au CERILH à me documenter sur le béton. C'est bientôt la Foire de Paris et je ne sais rien de rien ! J'ai tout ça à m'enfiler.

Elle pointa le doigt vers la pile de dossiers trempés qu'elle venait de poser sur le coin de la table de la cuisine.

– Fallait choisir un autre boulot si le béton te met dans cet état-là…

– Arrête. Je crois entendre ma mère.

– Pourquoi, elle le sait, ta mère, que tu travailles chez Virtel ?

– Oui. Je me suis coupée. Je ne sais pas mentir… Et puis, après tout, c'est pas une honte de travailler ! Il a juste fallu que je jure de continuer la fac…

La fac. Elle avait dû y mettre les pieds six fois en cinq mois. Elle avait des excuses. Elle s'était promis de rattraper son retard en fin d'année, juste avant les examens. Les polycopiés, c'est pas fait pour les chiens.

– Il me semble à moi que c'est plus important d'avoir sa licence que de bosser chez Virtel, dit Valérie.

Juliette soupira. Ça lui coûtait de l'admettre, mais Valérie avait sûrement raison. En ce moment, elle ne maîtrisait rien du tout. Comme si sa belle volonté partait en lambeaux. Elle se laissait vivre, rêvassait au fils Pinson – il doit être rentré des États-Unis, pourquoi il n'appelle pas ? –, relisait plusieurs fois de suite, sans rien retenir, des documents sur les liants hydrauliques, les tensioactifs de synthèse, la résistance mécanique, le béton-gaz, le béton-mousse…

– Tu sais à quoi rêvent les fabricants de béton, dans le monde ?

– Non, répondit Valérie qui avait fini son Danone et raclait désespérément le fond à la recherche de particules de chocolat coincées dans les rainures.

– Eh bien… Ils cherchent tous un béton léger comme une plume, qui résiste au chaud, au froid et qu'on puisse transporter facilement. J'ai même appris aujourd'hui que les Russes, pour alléger le béton, mettaient du sang dedans.

– Tu pourrais attendre que j'aie digéré mon Danone…

– Y a pas qu'eux… Dans le temps, les Chinois mélangeaient du sang frais de pigeon à leur porcelaine pour la rendre plus solide ! Tu te rends compte ?

– Dis donc, c'est passionnant, le béton…

– Quand j'aurai lu tout ça, ajouta Juliette en posant son regard sur sa pile mouillée, je serai imbattable. Si j'étais raisonnable, je commencerais ce soir…

La sonnerie du téléphone retentit.

– Si c'est encore l'obsédé, déclara Valérie, j'appelle le commissariat et je nous mets aux abonnés absents…

– Quel obsédé ?

– Un fou. Un type qui n'arrête pas de demander le plus beau cul du monde.

Juliette rougit violemment. Valérie prit ça pour de la pudeur.

– Je vais lui dire ce que je pense à ce monsieur, tu vas voir !

Curieusement, la présence de Juliette lui donnait de la repartie.

– Non, non, laisse-moi y aller, intervint Juliette. Ça va peut-être le décourager d'entendre une autre voix…

Valérie haussa les épaules. Juliette se précipita vers l'appareil.

– Allô. Je voudrais parler au plus beau cul du monde…

Juliette déglutit, puis dit :

– C'est moi.

– Ah ! c'est vous… Ça fait trois fois que j'appelle et qu'on me raccroche au nez. Vous avez une duègne qui vous garde ?

– Non… Euh… C'est une copine.

Juliette se retourna pour voir si Valérie la regardait, mais elle avait ouvert la porte du réfrigérateur et on n'apercevait que ses pieds.

– Vous les choisissez bien, vos copines. Vous ne seriez pas un peu bigote, par hasard ?

– Ben… C'est que… C'est pas exactement une copine, c'est une fille à qui je loue une chambre.

Mais pourquoi je m'excuse ? Ce serait plutôt à lui de s'excuser !

– Vous auriez pu vous annoncer au moins !

Il siffla dans l'appareil avec une fausse admiration.

– Oh ! mais comme elle parle bien…

Sa voix était nasillarde. Juliette éprouva soudain une violente aversion pour lui. Un homme qu'elle ne connaît pas, qui la drague dans la rue, l'embrasse sans préambule et réapparaît dix jours après pour demander à parler au plus beau cul du monde ! Mais il se prend pour qui ?

– Dites, vous pourriez m'appeler autrement, non ?

– Et comment ? Je ne sais pas votre nom.

C'est vrai. D'ailleurs, elle ignore le sien, aussi.

– On se voit ce soir ?

Juliette hésita. Il pourrait au moins dire : « Qu'est-ce que vous faites ce soir ? » ou « Vous êtes libre ce soir ? » Ce serait plus civilisé, moins direct. Et pourquoi pas « On baise ce soir ? » pendant qu'il y était…

– Si vous avez pas envie, faut pas vous forcer. Y a plein d'autres filles à Paris. C'est l'avantage des grandes villes…

Elle eut envie de raccrocher mais se retint. Sa rudesse l'avait émue. Et la mettait en colère à la fois… Qu'est-ce que je fais ? J'y vais ou je reste à la maison étudier mon béton ?

– Bon, d'accord, répondit-elle. Où et à quelle heure ?

Puisqu'il veut du direct.

– À huit heures, au *Lenox*.

– Neuf heures.

– Neuf heures ? Bon, d'accord.

Il avait raccroché sans dire « Au revoir, je vous embrasse, à tout à l'heure… ».

Juliette resta un moment, assise près du téléphone, songeuse. Elle n'aurait pas dû dire oui. Elle ferait mieux de rester et d'étudier ses dossiers. Elle ne réussirait jamais si elle abandonnait tout au premier coup de fil d'un garçon. Et même pas du Prince Charmant... Je travaillerai demain soir, promis.

– C'était l'obsédé ? demanda Valérie qui avait entamé un second yaourt.

– Non, non, c'était un copain avec qui je dîne ce soir...

– Parce que, s'il rappelle, celui-là, je sais ce que je lui dirai. Je lui dirai : « c'est moi » et on verra bien ce qu'il répondra.

Mais pourquoi est-ce que je tombe toujours sur des mecs qui me traitent mal ? Ou pas du tout. Juliette était trop grande pour la baignoire et n'arrivait pas à rentrer épaules et pieds à la fois. Il lui fallait choisir toujours entre avoir froid en bas ou en haut.

Et je me prépare, en. plus, je me lave les cheveux, je m'inonde de parfum... Pour un goujat à tête de tortue. Comment vais-je m'habiller ? Pas trop sexy, sinon il va croire que c'est gagné, mais quand même assez pour qu'il ait envie de m'embrasser comme la dernière fois, sur le trottoir.

Elle le trouva, au bar du *Lenox*, devant un verre de whisky. Il buvait à grandes gorgées comme si c'était du gros rouge. Il prit son verre et alla s'asseoir au piano. Ses épaules bougeaient, sa bouche chantait « obladi oblada, life goes on, braaa... », ses yeux brillaient.

– On va manger, j'ai faim.

C'est elle qui avait parlé la première. Il fit oui de la tête, abandonna le piano et alla trouver le barman. Il régla ses scotches, puis lui glissa à voix basse :

– Tu pourrais pas me filer une chambre, pour ce soir ?

Le barman sourit et dit :

– O.K. T'as du bol, le patron est à Zurich. Mais tu dégages demain à huit heures, promis ?

Louis lui plaqua un billet de cinquante francs dans la main et s'éloigna. Je vais la baiser, et dans un palace…

Ils étaient allés dîner, au hasard, dans un restaurant de la rue de Verneuil. Elle essaya de choisir les plats les moins chers, il commanda un autre scotch. Ils ne savaient pas très bien quoi dire. Ils se regardaient beaucoup et elle rougissait. Il avait des filaments de poulet au citron qui pendaient dans sa barbe et elle n'arrivait pas à trouver ça dégoûtant. Ses yeux brillaient, ses dents brillaient, ses doigts s'agitaient et elle avait envie qu'il la prenne dans ses bras. Tout de suite. Pourquoi attendre quand ça peut être si bon là, maintenant. De temps en temps, ils relevaient la tête et se souriaient puis retombaient dans leur assiette et chipotaient leurs plats. Il demanda l'addition, paya, dit : « On y va ? » Elle le suivit.

– Vous venez avec moi si on retourne à l'hôtel ?

– Oui.

– Dans une chambre ?

– Oui.

– Pourquoi ?

– Parce que j'ai envie de vous.

Elle n'avait pas baissé les yeux ni rougi.

Elle le regardait et attendait.

Ils sont montés sur le grand lit.

Ils n'ont pas su attendre.

Il l'a empoignée, a écarté ses jambes, a enfoui sa bouche en psalmodiant « j'aime ça, j'aime ça ».

Elle a trouvé ça un peu impersonnel comme déclaration, puis n'a plus rien pensé du tout.

Elle a joui dans sa bouche. Il a joui en elle. Si fort qu'il s'est cassé en deux et a poussé un cri.

Au petit matin, Albert le barman est monté avec un plateau de petit déjeuner. C'est l'odeur du café qui l'a réveillé. Il a ouvert un œil, l'a regardée et a dit :

– On n'a pas su attendre, hier…

Elle a voulu se blottir contre lui, mais il l'a repoussée pour boire son café.

– On prend rendez-vous ou on laisse faire le hasard ? a-t-il demandé.

– On laisse faire le hasard.

Ils se sont rhabillés. Ont jeté un coup d'œil dehors et sont partis.

Dehors, le petit matin était gris et froid.

– Bon… Ben… Salut. À bientôt.

– À bientôt.

Des pigeons marchaient dans le caniveau qu'un éboueur noir et maigre balayait nonchalamment. Une odeur de pain frais sortait de la boulangerie et le marchand de légumes disposait ses oranges en devanture.

À la une des journaux, Juliette lut : « Concorde, un pari de dix milliards. » Un pari. Encore le hasard.

Elle se sentait lasse et repue. Un peu étonnée de cette nuit si différente des samedis soir de Pithiviers. Bien décidée à recommencer.

– Oh zut ! J'ai encore oublié de lui demander son nom !

Chapitre 10

Il s'appelle Louis. Louis Gaillard.

Au début, il détestait son nom – comment avoir des angoisses avec un nom pareil ! À présent, il le brandit comme un flambeau. « Gaillard Louis », claironne-t-il à chaque audition. Gaillard Junior quand il se voit vedette à Hollywood. Gaillard tout court quand il téléphone à une fille. Un nom trapu et une tronche de tortue ! Dû y avoir une panne au moment de la trois cent quarante-septième division de cellule, et vlan ! j'ai loupé mon menton. Merci papa. Merci maman.

Grâce à vous, je suis obligé de me planquer derrière une barbe de trois jours – moi qui déteste les barbus.

Papa. Maman. Henri et Raymonde Gaillard, née Morin, instituteurs à Poncet-sur-Loir. Henri et Raymonde étaient mariés depuis onze ans quand, le 2 octobre 1940, ils eurent la joie de faire part de la naissance de leur fils Louis, leur premier-né, qui devait rester unique.

Louis grandit sous un préau vide, rêva dans des salles de classe libérées par la cloche de six heures et la fin de l'étude, et mangea ses soupes sur un coin de table au milieu des copies corrigées à l'encre rouge. Le soir, il sortait dans la cour déserte, scrutait le ciel, repérait des étoiles et rentrait leur chercher un nom dans son précis d'astronomie. « Louis sera astronome, avait un jour dit sa mère. Achetons-lui une lunette. » « Pas question, avait rétorqué Henri. Il sera instituteur, comme moi. »

Louis se sentait plus proche des étoiles que de ses parents et de leurs manies : un bain par jour, la raie bien dessinée sur le côté, les oreilles inspectées chaque soir, « et entre les doigts de pieds, Louis, montre à maman ». Jamais d'accroc à ses pantalons, jamais de bleus aux genoux. À l'école, il ne jouait pas avec les bagarreurs. Il n'avait même pas à se donner la peine de les éviter : fils du maître, il était intouchable. En revanche, les filles le recherchaient. Ça, Louis aimait bien. Elles lui envoyaient des dessins pendant la classe et, plus tard, le laissaient respirer dans leur cou.

Le grand événement de l'année, c'était les vacances d'été. Ils partaient tous les trois, en train jusqu'à Avignon, puis en car jusqu'à La Fresquière, un petit village de la vallée de l'Ubaye. Dans un hôtel où la pension complète coûtait douze francs par jour. Pendant tout le mois d'août, Louis construisait des barrages dans la Béousse et soulevait des pierres pour dénicher des truites. Le car, à l'aller et au retour, s'arrêtait à la ferme des Dominici et les voyageurs descendaient, en paquets serrés, se promener sur les lieux du crime. C'était l'heure de gloire d'Henri Gaillard devenu, au fil des trajets, le guide spécialisé de ce fait divers. « Et là la petite Drummond fut traînée sur près de cent mètres avant d'être sauvagement abattue. » Louis écoutait et imaginait. C'était encore mieux que les étoiles. Trois cadavres britanniques entre la voie ferrée et la Durance. Une famille de meurtriers patibulaires. Un patriarche matois qui narguait la Justice. Une Sardine qui ricanait dans sa bouche sans dents. Il était loin des cahiers immaculés, de la jambe raide et de la canne de son père, loin des lunettes à double foyer de sa mère, loin de la toilette méticuleuse du soir, de la prière les doigts croisés et des draps qui sentent le savon.

Lors du septième été à La Fresquière, Louis rencontra Albert Castes, colonel à la retraite dont les opinions « rouges » avaient écourté la carrière. Le colonel s'était pris d'affection pour Louis. « Ah ! mon gaillard… », tonnait-il quand il l'emmenait faire de longues marches jusqu'au sommet de l'Oupillon ou pêcher dans l'Ubaye. Tout au long de leurs promenades, le colonel Castes parlait. De la vie, de l'amour, de la mort, de la politique, des parents… Louis écoutait et, pour la première fois, l'envie lui venait de ressembler à quelqu'un. Il n'était pas sûr de tout comprendre, mais ce qu'il en retenait le faisait réfléchir toute la nuit. « Le colonel Castes, c'est quelqu'un ! » s'était-il exclamé, plein d'enthousiasme, devant son père. « Le colonel Castes, c'est personne et on n'en parle plus », avait répliqué Henri.

L'été suivant, ils étaient restés à Poncet. Louis avait tourné en rond sous le préau. Sans plus regarder les étoiles et en tentant de se rappeler les phrases du colonel : « Il faut être vrai, mon gaillard… Ne pas tricher, être toi-même, même si ça doit t'attirer des embêtements… » C'était simple à dire. À illustrer, ce serait plus compliqué.

Loin du colonel Castes, tout seul sous le préau vide, Louis n'avait plus, pour frissonner un peu, que les bisous volés à Élisabeth, la fille du boulanger.

Louis grandit, eut son bachot avec mention très bien, puis partit pour l'armée. Son colonel ne ressemblait pas au colonel Castes et, quand l'adjudant criait « mon gaillard », c'était pour amuser le reste du peloton. Inscrit dans la troupe de théâtre, il avait écrit et monté un spectacle avec d'autres bidasses. Il s'y était moqué du régiment et de son adjudant. Résultat : huit jours de trou qu'il avait accueillis avec sérénité : d'une part s'ils avaient réagi ainsi, c'est que c'était bien, ensuite il se félicitait de pouvoir, toute la semaine, revenir sur le plaisir immense qui l'avait saisi quand il était monté sur scène. Là, tout à coup, il s'était senti devenir quelqu'un d'autre. Il s'était senti devenir lui-même : Louis Gaillard.

Bien sûr, il s'était passé du temps et des péripéties avant qu'il ne lâche tout pour devenir un véritable artiste. Mais à présent, enfin, il vivait selon les principes du vieux Castes. Il était « vrai ». Même si, parfois, ça faisait mal.

Il savourait l'embarras des tablées bien nourries lorsque à propos du Biafra et des « petits Biafrais » il proclamait : « Je ne crois qu'en une seule cause : MOI. » « C'est facile, c'est facile », marmonnaient ses victimes avant de quitter la table sous un prétexte quelconque. Pas démonté pour si peu, Louis se levait et allait semer la zizanie à une autre table. De toute façon, il ne pouvait pas dormir avant le petit jour. S'il restait seul chez lui, il tournait en rond, mangeait de la mie de pain ou de la graine de couscous qu'il faisait gonfler sous le robinet d'eau chaude. « Pour mon ulcère, expliquait-il en posant la main sur son ventre, il ne mange que la nuit. » Il aimait les maladies et les docteurs. Il savait tout sur les transplantations cardiaques. Il ne lisait les journaux que pour les préparatifs du vol Concorde ou la troisième explosion de bombe atomique française.

Le reste, il s'en fichait. Tout comme en Mai 68 il s'était contrefoutu de l'occupation de l'Odéon et des soixante-huitards, « philosophes au petit cogito qui découvraient leur cul et ne le trouvaient pas propre. Plus de jalousie, plus de rapport de force, tout le monde à égalité dans une société sans profit ni patron, des kilos de gentillesse dégoulinante, de peace and love, de fleurs dans les cheveux et d'amours en communauté… Et puis quoi encore ? On n'est pas capable d'assumer tout seul ses petites saletés, alors on va les partager avec les autres… ».

Évidemment, un an après Mai 68, ce genre de discours ne le rendait pas très populaire. Il s'en fichait, précisant même qu'il parlait « d'expérience » : il avait vécu à un, deux, trois, dix. Rien n'avait marché. « L'amour, disait-il, ça n'existe pas. C'est des rapports de force » et même, s'il était mal luné : « Une histoire de chatte et de bitte. »

Après, il rentrait se coucher et se traitait d'imbécile. « T'as pas fini tous ces discours ! T'es comme les autres. Tu aimes comme les autres. Tu veux pas le reconnaître, c'est tout. »

Il était devenu pianiste pour séduire des filles. Il avait remarqué qu'elles s'agglutinaient autour du piano. Le plus beau cul du monde, d'ailleurs, n'avait pas fait exception. Accoudée au piano, le menton dans la main, elle l'avait écouté chantonner « obladi oblada » avec du consentement dans la prunelle.

Après avoir quitté Juliette au petit matin, il avait marché dans Paris jusqu'au studio Sound où il devait enregistrer la musique d'une pub qu'il avait écrite. Pour un fromage crémeux. Cinq mille francs la maquette. Je vais avoir du temps pour faire ce qui me plaît, pour m'écrire des musiques, pour me dénicher un agent qui me trouvera un rôle de jeune premier en échange de ses dix pour cent… J'ai déjà trop traîné. Vingt-huit ans et pas capable de payer une chambre au *Lenox*. Je l'ai embrassée trop vite, j'aurais dû la faire attendre davantage… Je lui ai sauté dessus comme si… La prochaine fois, je la ferai attendre, attendre… Jeune fille sage en jupe plissée. Je suis sûr que je peux tout faire avec elle. Fille gentille et regardeuse de bitte. Quand elle était venue se coller contre lui, cette nuit, il n'avait pas eu envie de la rejeter, loin, comme il faisait pour la plupart des filles avec qui il couchait. Il aime pas qu'on le touche après… Elle s'était accrochée à lui, comme un fant qu'on porte dans son dos, les jambes autour de

101

ses reins, les bras sur ses épaules, la tête contre son cou, et il n'avait pas bougé…

En arrivant au studio, il croisa l'assistant dans l'escalier.

– Salut Louis ! Ils t'attendent au studio G…

– Tu vas où, toi ? T'as fini ta journée ?

– Je vous rejoins tout de suite, je vais chercher des cafés.

– Ramène-moi donc un scotch, ça me mettra en train…

Il a ses manies quand il joue : la cigarette qui brûle sous son nez et le verre de scotch où fondent les glaçons.

Il passa par la régie, dit bonjour à Max, l'ingénieur du son, puis alla s'asseoir dans le studio.

– Suis pas très frais, mais ça va venir, dit-il en faisant craquer ses doigts.

Max lui fit signe qu'il n'était pas pressé, les deux mains battant l'air comme si elles le retenaient.

– Je t'envoie l'instrumental… Tu vas écouter ce qu'on a fait hier, tu vas voir, c'est bien…

Max lança la bande. Louis écouta. Cosi, cosa, it's a wonderful Chaaambourcy. « C'est pas mal ce que j'ai fait là. Ils vont en vendre des millions de fromages blancs. C'est con de filer ça à la pub, je devrais me le garder et en faire un tube pour Louis Gaillard chanteur… »

L'assistant entra avec son scotch.

– Merci. Je te dois combien ?

– Rien. C'est Max qui paie…

Il montra Max à la console qui fit signe pour dire « c'est rien, c'est rien, laisse tomber ». Louis leva son verre vers Max en guise de remerciement.

– On y va ?

– On y va.

Il but une gorgée glacée, alluma une cigarette, fit

quelques gammes…, puis rajouta ses parties de piano à la basse et à la batterie. Nananinaninaninana Chaaambourcy… Quarante-cinq secondes et cinq mille francs. Et si je partais pour Tahiti ? L'argent ne me vaut rien, le confort m'endort ; si je claque tout mon blé à Tahiti, au retour, je serai bien obligé de trouver des idées… Et puis Tahiti avec elle, les palmiers, un collier de fleurs autour de ses reins et moi le nez dedans à la respirer… C'est bien.

– Bon, on le refait. Un peu plus lent vers la fin, s'il te plaît…

Elle est vraiment bien cette mélodie. Elle lui est venue comme ça, un petit matin, alors qu'il traînait dans Paris. Il s'était assis sur un banc, près d'un arrêt d'autobus. Le bus avait glissé sous ses yeux et, sur ses flancs, il y avait cette fille blonde qui souriait. Dans sa tête, ça avait fait nananinaninaninana. Il avait couru chez lui, chantonné nananinaninaninana sur son magnéto et s'était endormi. Heureux.

– On reprend une dernière fois ? Juste une autre pour être sûr…

Cigarette qui brûle, glace qui brûle. La bande repart. Le bus repasse. Je devrais y retourner sur ce banc, faire Proust et sa madeleine. À la recherche du bus perdu.

– Ça y est. On l'a.

Max leva les deux pouces et lui fit signe de venir le rejoindre. Louis s'étira, se frotta les yeux et passa en régie.

– Il est content, le client ?

– Tu parles… Il bave de joie… T'es parti pour en refaire. Frank m'a dit qu'il fallait que tu passes le voir pour en discuter…

Frank était le patron de Sound. Du même âge que Louis, des idées plein la tête et malin, très malin. En moins de deux ans, sa boîte de pub décrochait déjà les plus gros contrats.

– T'es doué, mec. Tu devrais faire des musiques pour toi.

Louis sourit à Max. « Je ne t'ai pas attendu, vieux », pensa-t-il. Il faut être gentil avec les gens qui vous font des compliments, sinon après ils vous détestent et vous traitent de grosse tête. Il se leva, donna une bourrade à Max et se dirigea vers la sortie. Sur le pas de la porte, il se retourna :

– Tu diras à Frank que je passerai demain après-midi pour le contrat… S'il peut pas, il n'a qu'à m'appeler.

Une fois de plus, Max leva le pouce. Dehors, il faisait beau. Il n'avait pas sommeil. Son ulcère avait dormi cette nuit. Il entra dans un bistrot et commanda un double crème. Puis il sortit une Marlboro, craqua une allumette, alluma sa cigarette, remit l'allumette usée dans la boîte et s'accouda sur le zinc. La vie était belle. Le patron poussa la tasse vers lui. Louis remercia. Il avait envie d'être aimable. Cosi, cosa, it's a wonderful world…

Chapitre 11

« Happy birthday to you, happy birthday to you, happy birthday, dear Juliette, happy birthday to you. »

Les dix-neuf bougies tremblaient devant Juliette. Les larmes aux yeux, elle regardait le gâteau où, sur le glaçage au chocolat, sa mère avait fait inscrire « bon anniversaire, Juliette ».

Ils chantaient en anglais parce que Jean-François Pinson était là. Revenu d'Amérique. Il était passé par Pithiviers pour embrasser ses parents et s'était arrêté au Chat-Botté. Mme Tuille l'avait tiré par le bras, lui avait demandé « comment c'était New York ? » et, s'il était libre, « ce soir, on fête l'anniversaire de Juliette ».

Il était assis à la droite de Mme Tassin. Beau comme un Parisien. À l'aise comme un Américain. Bronzé comme un Californien. Il avait séjourné quinze jours à Los Angeles. À Ellai, comme il disait.

Juliette faisait face à son père. Pendant qu'on chantait, elle l'avait entendu marmonner « un p'tit beurre, des touyou, un p'tit beurre, des touyou » et elle avait failli attraper un fou rire.

Bénédicte, Martine et Minette, la grand-mère, complétaient l'assemblée.

– Allez, souffle, ma chérie, éteins-les du premier coup et ton vœu le plus cher sera exaucé.

Mme Tuille avait croisé les mains sur sa poitrine et couvait sa fille du regard.

Juliette prit une forte aspiration, dilata son thorax comme pour les vocalises de Regina et souffla les dix-neuf flammes roses en priant sainte Scholastique : « S'il vous plaît, faites que je me marie avec lui. Oui, je sais, c'est pas votre truc à vous le mariage, vous avez préféré être sainte, mais je vous en supplie… »

Les dix-neuf bougies s'éteignirent d'un seul coup et Juliette battit des mains, s'accrocha au cou de sa mère, de son père, embrassa Martine, Bénédicte et Minette.

– Un baiser pour moi aussi ?

Jean-François se leva, la prit dans ses bras et l'embrassa doucement, au coin de la lèvre, avec un regard si protecteur que Juliette se sentit retomber en enfance. Puis, un bras autour de son épaule, il ajouta :

– Je voudrais porter un toast à la jeune fille la plus jolie, la plus intelligente, la plus prometteuse de la rue de la Couronne et de l'avenue Rapp !

L'assistance applaudit. Minette murmura « avenue Rapp, avenue Rapp » et Mme Tuille dut poser son verre pour lui expliquer. Jean-François trempa son doigt dans sa coupe et déposa une goutte de Moët et Chandon derrière l'oreille de Juliette qui se recroquevilla de plaisir.

– Et maintenant, les cadeaux ! réclama Martine qui trouvait que la soirée tournait à l'eau de rose.

– Oui, les cadeaux, les cadeaux, scanda Juliette, excitée.

Mme Tuille les avait entassés dans un panier et les tendit un par un à sa fille. Une liseuse de la part de Minette. Juliette fit clin d'œil à ses amies. Un chèque de ses parents, un ours en peluche bleu ciel de Martine et une gourmette en argent de Bénédicte.

Juliette embrassa, protesta qu'il ne fallait pas, que c'était trop…

Et lui ? se dit-elle en scrutant le fond de la panière. Il ne m'a rien acheté ?

– And all the way from Disneyland for Miss Djouliette Touille…

Il brandissait un paquet et une petite boîte. Juliette les prit en rougissant. Il a pensé à moi, il a pensé à moi. Là-bas.

C'était un sweat-shirt et une montre Mickey Mouse. Elle serait la seule à Pithiviers à porter ça.

Elle l'embrassa avec force et dit : « Merci, merci, je suis tellement contente. » Elle se réfugia dans les bras de sa mère car elle savait qu'elle allait pleurer.

Jean-François Pinson sortit un cigare de son étui et le tendit à M. Tuille qui refusa.

– J'en veux un, moi, claironna Juliette.

Mme Tuille la regarda avec désapprobation.

Juliette prit le Davidoff que lui tendait Jean-François.

– Moi aussi, dit Martine.

– Hé doucement, mesdemoiselles, il ne m'en restera plus après…

Mon premier cigare. Je vais encore faire un vœu, se dit Juliette. Deux précautions valent mieux qu'une. « Sainte Scholastique, je sais que je me répète, mais il faut que je me marie avec lui. Ce n'est pas possible autrement… »

Comme ça, plus tard, on viendra voir mes parents et on mettra tous nos enfants autour de la table.

Le téléphone retentit et Mme Tuille alla répondre.

– Je me demande qui ça peut bien être à cette heure…

Le téléphone était accroché au mur, dans l'entrée, à côté de la brosse à habits et du portemanteau.

– Juliette, c'est pour toi…

Juliette leva les sourcils, étonnée, et quitta la table.

– C'est un homme, dit sa mère, sur un ton mystérieux en lui tendant l'appareil.

– Allô ? fit Juliette en faisant signe à sa mère d'aller se rasseoir.

– Le plus beau cul du monde, je présume ?

Juliette se mit à parler tout bas :

– Comment avez-vous eu mon numéro ?

– Élémentaire, ma chère. J'ai appelé la duègne. Je me suis montré très courtois. Je lui ai dit que je voulais parler béton et qu'il fallait que je vous joigne très, très vite. Le béton a pris…

– Ah…

Ça lui faisait drôle de l'entendre ici.

– Et qu'est-ce que vous faites à Pithiviers ?

– Je fête mon anniversaire… avec mes parents.

– Votre anniversaire ?

– Oui, j'ai dix-neuf ans.

– On pourrait peut-être se tutoyer au stade d'intimité où on est…, proposa-t-il, gouailleur.

– Oui. Si vous voulez… Ça m'est égal…

Il éclata de rire dans le téléphone. Puis, soudain, redevenant sérieux :

– Dis, t'es pas avec un mec au moins ?

– Non… Non… Je vous ai dit : avec mes parents.

– Oh ! et puis je m'en fiche. Tu fais ce que tu veux, du moment que je le sais pas. Tu rentres quand ?

– Lundi.

– On se voit lundi soir ?

– Ben…

Peut-être que Jean-François sera libre lundi soir…

– Faudrait que je travaille un peu, j'ai plein de dossiers qui… On n'a qu'à se rappeler dans la journée ?

– C'est ça ! Tu voudrais voir quelqu'un d'autre, mais tu n'es pas encore sûre qu'il est libre…

– Non, non, je vous assure…

– Bon, ben, d'accord. Je t'appelle lundi à sept heures.

Il raccrocha.

Elle ne se rappelait même plus ce qu'ils s'étaient dit. Elle prit deux profondes inspirations avant de regagner la salle à manger.

– Qui c'était ? demanda sa mère, soupçonneuse.

– M. Virtel…, pour un dossier…, je l'ai laissé avenue Rapp et il le cherchait partout. Il en a un besoin urgent, c'est pour ça qu'il téléphonait…

Martine lui donna un coup de pied sous la table. Juliette s'arrêta net. Martine lui faisait signe «laisse tomber, tu t'enferres, t'as vu l'heure?».

– Tout le monde prend du café? demanda Mme Tuille. Jean-François… Vous permettez que je vous appelle Jean-François?

Jean-François dit oui. Il prendrait bien volontiers du café et oui, bien sûr, elle pouvait l'appeler par son prénom.

Le zèle de Mme Tuille l'amusait et l'attendrissait. Elle doit s'imaginer que je suis un parti idéal et la petite Juliette le pense aussi. La famille française typique! se dit-il en faisant des boulettes avec sa mie de pain. Comme c'est reposant! Un jour, j'aimerais bien entrer dans une famille comme celle-là, épouser une petite Juliette. Après le café, ils vont me proposer «un doigt de vieux marc» que je boirai dans ma tasse. Ou peut-être quelques cerises à l'eau-de-vie faites à la maison. M. Tuille choisira un sujet de conversation «entre hommes» : l'entrée en vigueur de la TVA, l'assurance-maladie obligatoire pour les commerçants… Il énumérera les raisons de sa colère et conclura que «ça ne va pas se passer comme ça». Nous deviserons tous les deux pendant que les femmes débarrasseront et feront la vaisselle. Il fera des allusions flatteuses à ma situation, à mon train de vie, à mes espérances, en chassant de la main la fumée du cigare qui lui donne légèrement mal au cœur. Que doivent raconter mes parents pour qu'on me considère de la sorte? Ou alors, c'est le résultat d'une association de mots : Paris, publicité, Lancia, États-Unis… Quelle ironie! Que les braves gens sont faciles à berner!

– Vous voulez prendre le café à table ou passer au salon ? minauda Mme Tuille.

– Non, non, restons à table. C'est très bien, répondit-il.

Le salon ajouterait de la raideur à cette scène familiale. Alors qu'à table on s'alanguit, on laisse glisser son coude, on défait sa ceinture, on enlève ses chaussures en douce. Si je n'étais pas là, M. Tuille ferait un petit rot et se curerait les dents avec une allumette taillée exprès. L'appartement est juste au-dessus de la boutique, les meubles sont en chêne massif. Il y a des napperons et des bibelots partout. Rien n'a dû changer depuis vingt ans. Mme Tuille a trop de rouge. On dirait une pute.

– Alors, les États-Unis, Jean-François, c'est comment ? demanda Jeannette Tuille.

Il commença à parler tout en se rendant compte qu'il intéressait peu. C'est loin pour eux. Ils ont l'impression qu'ils n'iront jamais, alors ils remuent la tête comme s'ils écoutaient mais pensent à autre chose. À la commande d'espadrilles qu'il va falloir passer car l'été approche. On oublie toujours les espadrilles et c'est négligence. L'espadrille est, sans conteste, l'article qui se vend le mieux durant les beaux jours et la marge bénéficiaire…

Les trois filles s'étaient regroupées en bout de table près de la grand-mère qui somnolait. Juliette avait les yeux rêveurs, Martine racontait son stage à Orléans et Bénédicte passait en revue les termes de sa lettre d'insultes.

L'horloge du buffet sonna onze heures.

Juliette n'avait pas envie d'aller se coucher. Le cigare l'avait un peu écœurée. Elle l'avait posé dans un cendrier où il s'était éteint. Martine continuait à téter le sien. Elle portait un chandail jaune, des lunettes jaunes, deux barrettes jaunes, et Juliette en déduisit qu'elle

110

allait bien. Quand elle se donnait du mal pour coordonner lunettes, chandail et barrettes, le moral était au beau fixe. Juliette eut envie de l'embrasser. D'ailleurs, elle avait envie d'embrasser tout le monde, ce soir.

– Vous voulez aller danser, Juliette ?

Prince Charmant avait parlé.

– Oh oui ! s'exclama-t-elle.

– Vous me donnez l'autorisation d'enlever ces trois jeunes filles ? demanda Jean-François en se tournant vers Mme Tuille.

– Mais bien sûr, Jean-François, tant qu'elles sont sous votre garde…

– Va falloir s'entasser ! déclara Jean-François en montrant la Lancia. À moins qu'on décapote…

Il décapota. Les trois filles s'installèrent. Juliette choisit la place tout contre lui. Chaque fois qu'il débrayait, sa main venait caresser son genou…

La première personne qu'elles rencontrèrent au *Club 68* fut le beau René. Tout seul au bar. Martine guetta la réaction de Juliette : c'est à peine si elle le vit.

– Ah ! René… Comment vas-tu ? Tu connais Jean-François Pinson ?

René fit non. Juliette les présenta rapidement, puis entraîna Jean-François à l'intérieur.

– On danse, on danse, supplia-t-elle quand le disquaire mit *Suzanne* de Leonard Cohen, c'est mon disque préféré.

Ce n'était pas exactement vrai. Elle le trouvait un peu larmoyant mais idéal pour flirter : six minutes de slow.

Il la serra contre lui. Elle languissait de plaisir. Quand allait-il se décider ? Quand ? N'y tenant plus, elle redressa la tête afin de rencontrer ses lèvres et il chuchota tout bas :

– Juliette…

Il l'embrassa.

Juliette sentit son corps devenir boule de feu et gélatine. Elle colla sa bouche contre sa bouche pour qu'il n'ait surtout pas l'idée d'arrêter et supplia sainte Scholastique d'intervenir auprès du disquaire pour qu'il enchaîne avec un autre slow.

Ce qu'il fit.

Hey Jude. Sept minutes douze de prolongation.

Le beau René était venu s'asseoir auprès de Martine et de Bénédicte et regardait Juliette flirter sur la piste.

– Qui c'est, ce mec ? demanda-t-il à Martine.

– Ton remplaçant, mon vieux.

Puis, à l'intention de Bénédicte :

– Et nous voilà parties pour une nouvelle romance !

– C'est son anniversaire, répondit Bénédicte, elle fait ce qui lui plaît.

– Oui, mais il risque de durer plus longtemps que les autres celui-là et j'aime pas ça !

Dans la boîte, il n'y avait personne de leur connaissance. Elles étaient déçues. Peut-être était-il trop tôt ? Et le disquaire qui n'arrêtait pas de mettre des slows !

– Si ma lettre d'insultes a fait mouche, dit Bénédicte, je vais aller à Paris, moi aussi…

– Et moi, dans six mois, une fois mes cours terminés, on m'y envoie faire mes armes. C'est écrit dans le contrat !

– C'est formidable, s'exclama Bénédicte. On prendrait un appartement toutes les trois, alors !

C'est trop beau, se dit Martine.

Elle n'aimait pas les rêves mitonnés à l'avance. Ça empêchait d'agir et ça portait malheur. Mais qu'est-ce que ce serait bien !

Toutes les trois. Dans un grand appartement.

À Paris…

Chapitre 12

En entrant dans le grand bureau du service « Étranger », au troisième étage de l'immeuble du *Figaro*, sur le rond-point des Champs-Élysées, Émile Bouchet ne s'étonna pas de n'y trouver personne. Tous les matins, il arrivait le premier. Tous les matins, il parcourait le premier les accordéons de dépêches entassés au pied des téléscripteurs, il était le premier à survoler la presse nationale, le premier à ouvrir son courrier.

Ce matin-là, comme d'habitude, il accrocha son imper au vieux portemanteau, rectifia son nœud de cravate et, debout devant la glace, tenta une fois de plus d'aplatir ses épais cheveux frisés. Il essaya même de les lisser un peu, en y passant un doigt mouillé, puis, comme chaque matin, renonça et s'absorba dans la lecture de son agenda.

Il aimait se trouver seul dans la grande salle des correspondants. Il pouvait alors s'en croire, fugitivement, le chef. Se laisser griser par la contemplation de son ordre du jour : douze heures trente, déjeuner avec M. Thu, membre de la délégation viêt-cong à la conférence de la Paix qui piétinait avenue Kléber. Il soupira. Il connaissait l'énergumène : un rusé qui ne consentait à lâcher une bribe d'information qu'après des heures de propagande éprouvantes. Quinze heures, conférence de rédaction. Il allait encore falloir qu'il se batte pour faire le portrait d'Eisenhower. Il connaissait les arguments de son rédac' chef par cœur. « Mais qu'est-ce que tu vas perdre ton temps avec une nécro ! Comme si t'avais pas assez à faire avec le Viêt-nam ! Laisse donc les chrysanthèmes à ceux qu'on paie pour ça et dis-nous ce que t'as pu arracher à ton niak ! » Comme chaque jour…

D'un autre côté, il devait bien admettre qu'on n'avait pas besoin de lui pour écrire une nécro – fût-ce celle d'Eisenhower. Quelqu'un d'autre pouvait parfaitement s'en charger. Nizot, par exemple. Il aimait ça, lui, fouiller dans les archives. Mais quand même…

Émile Bouchet y tenait à son général président. Non qu'il l'admirât particulièrement, mais c'était le genre de grande figure dont l'évocation réclamait un lyrisme un peu martial et une solennité pour lesquels Bouchet se connaissait des dons certains. Exactement le genre d'article où il se différenciait du reste de la profession. Il voulait ses cinq colonnes. Il les aurait… Seize heures trente, interview du général Stutton, ancien aide de camp d'Eisenhower à Londres… À l'usure. Il les aurait à l'usure. L'édition de la veille traînait sur son bureau. Il commença à la feuilleter au petit bonheur, mais, très vite, sa propre signature l'attirant comme un aimant, il s'accorda le plaisir de relire son article. Une fois de plus, le titre le ravit : « Rockets sur la paix. » De même, il fut heureux de vérifier que le nerf de son intro avait bien survécu à la nuit. Il était si absorbé par sa lecture qu'il n'entendit pas Nizot entrer dans le bureau.

– Alors, Narcisse, on se mire ?

Jean-Marie Nizot alla poser ses affaires sur un bureau situé en face de celui de Bouchet.

« S'ennuie, pas, celui-là, pensa Émile, il arrive de plus en plus tard. »

– Ben oui, mon vieux, et je le trouve plutôt bien mon papier.

– Oui, fit Nizot, rien à dire. Du bon Bouchet.

Le flegme de Nizot agaça Émile. Mais il ne pouvait

pas lui en vouloir : Nizot ne relisait jamais ses propres papiers.

Émile préféra se replonger dans son agenda. Le soir, dîner chez Raoul Frelard, un ancien journaliste de radio qui désirait lancer un quotidien. Émile ne pensait pas une seconde à quitter *le Figaro*, mais il savait qu'il rencontrerait là tout ce que le journalisme comptait de gens influents. De quoi ajouter quelques nouveaux noms à son carnet d'adresses. On juge un journaliste à ses relations. On le lui avait assez répété quand il était stagiaire. Son carnet était vieux, déformé et ne tenait que grâce à un élastique, mais regorgeait de numéros intéressants.

– Monsieur Bouchet, fit l'huissier en passant la tête par la porte. Il y a là une jeune fille qui dit qu'elle a rendez-vous avec vous.

– Ah ! bon Dieu… Faites-la patienter cinq minutes.

Enfin, il allait voir à quoi ressemblait la cinglée qui l'inondait de lettres depuis six mois. Chaque fois qu'il écrivait un article, elle donnait son avis, développait un point de détail et demandait à le rencontrer. Elle voulait devenir journaliste blablabla. Des lettres comme ça, il en recevait dix par semaine. S'il devait répondre à chacune d'entre elles…

Cette fois-ci, il avait fini par céder à cause de son dernier envoi. Une lettre d'insultes, plutôt drôle, où elle lui écrivait qu' « un journaliste qui manquait à ce point de curiosité ferait mieux de devenir fonctionnaire. Ou marchand de lacets. Ou tailleur de fonds de culottes, assis sur ses grosses cuisses à regarder passer les trains… ».

Il ne prenait pas trop de risques en la recevant au journal : si elle devenait encombrante, l'huissier n'était pas loin. Deux ou trois formules de politesse, quelques gargarismes sur le grand et beau métier de reporter et une reconduction ferme vers la sortie.

Des risques, Émile Bouchet n'en avait jamais

beaucoup pris. Il préférait travailler beaucoup, progresser lentement, s'imposer petit à petit sans faire d'éclats ni prendre position. C'était sa politique depuis qu'il était entré au CFJ, une école de journalisme. Il s'y était tenu. À la fin de ses études, il avait postulé pour un stage dans la presse écrite, rêvant déjà de son nom imprimé à l'encre noire au bas d'un papier. La gloire. À la radio ou à la télé, les signatures étaient vite effacées par l'image ou le son. Tandis que dans un journal… Là, on existait vraiment, on s'installait dans la vie du lecteur, on le retrouvait chaque jour, on le faisait rêver, surtout quand on travaillait au service «Étranger»…

Et tout ça sans faire de longues années d'études ni d'humiliantes courbettes. Directement au sommet, la plume alerte et le mot dégainé.

Le Figaro proposait trois places de stagiaires, *le Monde* deux. Émile eût préféré *le Monde*…, mais, le matin de son premier jour, âgé d'à peine vingt-quatre ans, il s'était retrouvé tout aussi ébloui en comprenant qu'il allait désormais faire partie d'un des plus vieux journaux du monde, où des plumes fameuses s'étaient illustrées : George Sand, Balzac, Nerval, Zola, Daudet, Verlaine, Mallarmé, Tolstoï, Jules Renard…

En posant le pied sur le marbre des dalles de l'entrée ce jour là, il avait eu l'impression de fouler l'Histoire de France. Tout respirait les traditions et le bon goût français : hauts plafonds, épaisses moquettes, longs couloirs éclairés par de larges fenêtres, portraits de grands hommes, premières pages historiques encadrées, huissiers obséquieux à chaque étage. Il s'était découvert un royaume. Il travaillerait d'arrache-pied, deviendrait chef de service, puis rédacteur en chef adjoint, puis rédacteur en chef, puis…

Au CFJ, il avait pris conscience de la place unique qu'occupait *le Figaro* dans la presse française. «*Le*

Figaro est le baromètre du pays. Quand le chiffre d'affaires augmente, c'est toute la France qui prospère... »

Cinq ans après ce premier jour, Émile était toujours aussi radieux. Chaque matin, il foulait l'Histoire de France sur le marbre de l'entrée avec la même émotion.

Bien sûr, depuis quelque temps, le journal connaissait des difficultés. Une querelle opposait journalistes et propriétaires, les premiers entendant conserver leur liberté d'écrire tandis que les seconds désiraient participer plus intimement à la fabrication du journal. Le conflit s'était durci et on en était venu à évoquer la grève. Personne ne voulait céder. « Il faut séparer le journalisme de l'argent, entendait-on dire à longueur de couloir, que les financiers s'occupent de leurs sous et nous laissent faire le journal en paix. » Émile refusait de s'en mêler. On lui reprochait sinon sa lâcheté, du moins son indifférence. « C'est tout le statut du journaliste qui est en jeu, mon vieux, on ne s'en sortira que si on fait corps. »

Émile se disait qu'il ferait corps tout seul.

Il n'avait jamais été censuré, lui...

Pour le journal, Émile Bouchet négligeait même sa vie privée, ne gardant que quelques amies qu'il allait visiter à la sauvette, à deux heures du matin, après un bouclage difficile ou un dîner parisien.

– Dites, monsieur Bouchet, je la fais entrer la petite jeune fille ?

Émile hocha la tête avec résignation. Vingt minutes, pas plus. Puis il prétexterait un rendez-vous et la raccompagnerait jusqu'à la porte.

L'huissier disparut et revint, s'effaçant devant une jeune fille grande, mince, aux cheveux mi-longs châtains et aux grands yeux marron. Une mèche blonde ondulait sur ses yeux, donnant à son regard une profondeur troublante. Ou peut-être cet air de mystère provenait-il de l'ensemble, de sa manière de marcher, de sa longue silhouette ou des gants de chevreau, du sac Hermès et des mocassins à barrettes. Il chercha des mots pour décrire l'apparition qui se tenait devant lui. Il se mit à jouer nerveusement avec son agenda, tournant et retournant les pages, le poussant sur le côté, puis le ramenant vers lui. C'était donc elle, la cinglée de Pithiviers ! Cette créature de rêve semblait plutôt sortie du *Port de l'angoisse* et des bras de Bogart que de l'asile du Gâtinais ! La pommette bombée, le sourcil incurvé, la bouche soulignée au pinceau, la jupe dessinant des hanches minces, le blazer bleu marine, un collier de perles sur un cachemire lavande… Il ne se lassait pas de la regarder.

Il eut du mal à articuler « mais asseyez-vous donc » en désignant une chaise devant lui. Elle s'assit, découvrant un genou rond et parfait, posa délicatement son sac sur le coin du bureau, puis croisa les mains. Il se demanda comment il allait déglutir sans qu'elle entende le bruit affreux de sa glotte coincée.

C'est elle qui parla la première :

– Voilà. Je ne vous ai pas écrit toutes ces lettres uniquement par obsession maniaque. Je veux devenir journaliste.

Elle ne dit pas « je rêve de… » ou « j'ai envie de… » ou « j'aimerais bien… », remarqua Émile. Non. Elle affirme, tranquille, « je veux ».

– Et ne croyez pas qu'il s'agisse d'une lubie de jeune fille de province, continua-t-elle. Je travaille déjà dans un journal, *la République du Centre*, où je m'occupe des faits divers. Pour l'instant, je suis pigiste. Je vous ai d'ailleurs apporté un échantillon de mes modestes talents. Ça ne manquera pas de vous paraître ridicule, mais…

Émile secoua vigoureusement la tête en signe de dénégation et s'empara du cahier. Un cahier Glatigny où elle avait collé des brèves, des entrefilets qui parlaient de vol à la tire, d'agriculteurs mécontents ou de quinzaine commerciale.

– J'avais repéré vos articles… Je les trouvais bien. Je sais que, pour réussir dans ce métier, il faut venir à Paris… Alors j'ai pensé à vous écrire. Je ne connais personne d'autre et… si je me suis un peu emportée dans ma dernière lettre, c'est parce que…

– Je me suis conduit comme un sot et un mufle, coupa Émile. Je ne pouvais pas savoir. C'est qu'on reçoit beaucoup de lettres, vous savez…

La jeune fille eut un large sourire comme pour dire qu'elle comprenait et qu'elle lui avait déjà pardonné.

– J'imagine bien que je ne suis pas la seule…

Il se redressa. Tout à coup, il retrouvait une partie de son prestige. Elle n'était pas la seule, en effet.

– Mais, pratiquement, que puis-je faire pour vous ? demanda-t-il sur un ton qu'il tâcha de rendre professionnel.

– J'ai entendu dire que *le Figaro* engageait des stagiaires pour l'été, et j'ai pensé que vous pourriez m'aider à décrocher un de ces stages.

– C'est exact. Mais ces stages ne sont pas rémunérés, je dois le préciser…

– Oh ! ce n'est pas un problème… J'ai mes parents qui m'aident.

– Dans ce cas, je serai absolument enchanté d'appuyer votre candidature. Vous allez me laisser votre nom, votre adresse, un numéro de téléphone et un bref curriculum vitae. Je vous écrirai dès que j'en saurai plus.

Puis réendossant l'uniforme complet d'Émile Bouchet, grand reporter :

– Voulez-vous faire un tour du journal ? Vous y verrez tous les services… Il est, en effet, d'usage que les stagiaires passent de service en service, pendant leur séjour ici. Afin de tout connaître…

La jeune fille fit oui de la tête et suivit Émile Bouchet dans le couloir. Quel bêcheur, ce mec! pensa Jean-Marie Nizot, resté dans le bureau. Il va aller se trimbaler partout avec elle rien que pour frimer… le pire, c'est que, malin comme il est, il est capable de lui dégoter son stage !

En sortant du *Figaro*, ce jour-là, Bénédicte marchait sur des ressorts. Elle était si heureuse qu'elle décida d'entretenir son euphorie en prenant un taxi. L'autobus jusqu'à l'avenue Rapp aurait déformé l'auréole candi qu'elle sentait flotter au-dessus de sa tête. J'ai visité un grand journal, j'ai rencontré des journalistes parisiens et il m'a dit que ce n'était pas impossible que… peut-être… Parce que je m'y étais prise suffisamment tôt…, j'avais toutes mes chances… Avenue Rapp, elle alla droit à la chambre de Juliette et se laissa tomber sur le lit, au milieu des polycopiés. Juliette les repoussa, ravie de trouver une occasion de délaisser « le droit des chalutiers en eaux internationales ».

– Alors ?

– Eh bien… Je crois que j'ai fait bonne impression… Et que j'ai toutes mes chances…

– Raconte, raconte, supplia Juliette.

Bénédicte raconta : le grand hall du rez-de-chaussée, l'huissier monté sur semelles de feutre, l'attente dans le grand fauteuil, le trac, les petites peaux qu'elle rongeait, « mais j'ai gardé mes gants pendant tout l'entretien », l'entrée dans le bureau et la conversation.

– Et lui ? Et Émile Bouchet ? Comment il est ?

– Ça, c'est la partie la moins fascinante… Pas terrible, un peu fluet, les cheveux crépus, le nez busqué, de grosses lunettes carrées, des lèvres minces. Pas très bien habillé, tu sais, avec le col en pointe qui tombe sur le nombril. Il doit avoir dans les trente ans. Plutôt vantard. Surtout à la fin, quand il m'a promenée dans le journal, mais sûrement très, très efficace…

– Beurk…, fit Juliette, déçue.

– Écoute, je ne peux pas tout trouver d'un seul coup : amour et boulot. Moi, je préfère avoir mon stage. Le reste, on verra, je ne suis pas pressée…

Juliette l'envia.

– Ç'aurait été mieux s'il avait eu la dégaine de Warren Beatty tout de même…

– Bécassine, pouffa Bénédicte qui imagina un instant Émile Bouchet dans le tricot de corps de Clyde en train de renverser Bonnie, la mitraillette au pied du lit… Tu veux tout à la fois, toi ! Au fait, qu'est-ce que tu fais ce soir ?

– Ben, on va au cinéma toutes les deux… T'as oublié ?

– Non, mais y a changement de programme…

Juliette sentit son oreillette se tordre. Bénédicte lui avait absolument PROMIS de l'accompagner voir *les Choses de la vie*. Juliette n'aimait pas aller au cinéma toute seule. Il y avait toujours des mecs pour la frôler du coude… Si elle avait réussi à ingurgiter six pages de polycopiés, c'était parce qu'au bout il y avait la séance de cinéma, l'esquimau glacé et la présence de Bénédicte…

– Tu fais quoi à la place ? demanda-t-elle, boudeuse.

– Je dîne avec Émile Bouchet.

Chapitre 13

Juliette reprit la lecture du paragraphe. C'était toujours pareil : elle lisait les premiers mots attentivement, puis ses yeux dérapaient et elle ne retenait plus rien. Arrivée en bas de page, elle était incapable de se rappeler un mot du « droit constitutionnel et de la structure des rapports des pouvoirs publics ». Son esprit vagabondait.

L'appartement était vide. Valérie assistait à une réunion des Petites Sœurs des pauvres – elle devenait irascible, Valérie, critiquait les fréquentations de Regina, les longs coups de fil de Juliette à Pithiviers, il n'y avait guère qu'Ungrun qui trouvait grâce à ses yeux. Regina s'était envolée pour Rome rejoindre son acteur italien, et Ungrun, exceptionnellement, avait accepté une invitation à Deauville en compagnie d'un couple ami. « Avec un couple, je ne crains rien », avait-elle déclaré, pratique. Elle s'était, pour l'occasion, acheté son premier bikini et étrennait ses seins coupés. Elle avait dit au revoir, ce vendredi matin, les yeux brillants, les joues roses : un vrai visage de calendrier des P. et T.

Je suis seule, pensait Juliette. Depuis neuf mois que je suis à Paris, je suis seule. Avant, la solitude, c'était un truc dont j'entendais parler dans les chansons ou à la télé. Un beau sujet qui vous tirait des larmes ou des chèques pour SOS Esseulés. À Pithiviers, on se rend visite sans se prévenir. Ici, il faut téléphoner, prendre

122

rendez-vous, planifier. À Pithiviers, il y a un café à la mode. Ici…

On pourrait penser que, plus il y a de gens dans une ville, plus on se fait d'amis. Eh bien, c'est le contraire. Dix millions d'habitants et pas d'ami. Regina n'ose pas me sortir parce que j'ai pas la bonne dégaine ; Jean-François, c'est sûrement pareil ; quant à Louis, il n'y pense même pas. On ne se rencontre que sur un lit… Les garçons de la fac m'ennuient ou me snobent : je n'appartiens à aucun rallye et ne collectionne pas les cartons d'invitation le samedi soir. Pour faire partie de ce club, il faut aussi une dégaine. Différente de celle de Regina. Une dégaine avec robe longue, vernis de chez Charles Jourdan, twin-set anglais, une touche de Guerlain et l'étiquette Frank et fils par-dessus tout.

Elle préférait encore la dégaine de Regina.

Elle était allée chez Margot, sa coiffeuse, se faire couper les cheveux. Deux cents francs la coupe. Plus le pourboire, vingt balles. Obligatoire, sinon on vous méprise. Mais ça n'avait rien à voir avec le salon de Mme Robert. Chez Dessange, les femmes prenaient le thé pendant qu'on les coiffait, téléphonaient et avaient des cotons entre les doigts de pieds qu'une pédicure leur laquait. Combien doivent-elles gagner toutes celles-là pour venir ici comme dans une cantine ? Elles s'appelaient « chérie » ou « mon chou ». Avaient les dents blanches. Respiraient le parfum. Brillaient de bijoux. Caquetaient de ragots. N'empêche, avec quelques coups de ciseaux, Margot lui avait changé sa tête. Pithiviers avait chu au pied du fauteuil avec les boucles noires, et elle avait découvert dans la glace une autre Juliette espiègle, parisienne, piquante. Ses yeux semblaient encore plus noirs, sa bouche plus grande et ses joues creuses. Son cou s'élançait : elle n'était plus engoncée dans ses épaules. Presque altière. Mon Altesse. Elle se souriait dans la glace. Après s'être contemplée avec admiration, elle s'était effondrée. Et le reste ? Comment allait-elle changer le reste ?

Au rez-de-chaussée du salon, il y avait une boutique. En un clin d'œil, elle avait acheté un pantalon écossais, un chemisier en soie, un pull à losanges, un blouson en satin noir. Son mois entier y était passé. Mais, après tout, c'était pour ça qu'elle travaillait.

Elle avait tout gardé sur elle et était rentrée vite, vite à la maison pour montrer à Regina :

– T'es en progrès, mais rien n'est coordonné.

Coordonné. Ça veut dire quoi, ça ? Nouveau mot. Nouvel obstacle. Dépitée, elle était allée retrouver Scholastique. Elle avait pas tous ces problèmes, elle. La même robe de bure toute l'année, la coiffure au bol. Le bon Dieu l'aime comme ça. Forcément, avec la tronche qu'elle avait, Scholastique, il ne lui restait plus qu'à être sainte. Je vais finir par croire que je suis moche…

Cette idée la déprima et elle alla ouvrir la porte du réfrigérateur. Elle dévalisa toutes les graisses stockées sur son étagère. La carotte, en cas de déprime, ce n'est pas aussi efficace que toutes ces choses mauvaises pour le foie. Faut se faire du mal, quelquefois, pour aller mieux.

Elle revint s'allonger sur ses polycopiés et se mit à jouer à son jeu préféré : ah ! si…

Ah ! Si Jean-François Pinson l'invitait à sortir. Une vraie sortie entre homme et femme qui se désirent, s'empoignent sous les portes cochères, font ventouse dans les salles obscures. Quand ils se voyaient, le scénario était désespérément correct. Marcel et Jeannette Tuille auraient pu être assis sur la banquette arrière. Sauf, un soir, peut-être, où il lui avait tendu un mégot jaune et noir qu'il tenait comme un fétu dans une pince à sucre.

– C'est de l'herbe, avait-il dit, sobre. T'as déjà fumé ?

– Oui, oui, s'était-elle empressée de répondre en tirant à son tour sur le mégot noirci.

Ça avait un goût âcre. Ça lui avait raclé la gorge, coupé le souffle. Elle s'était sentie toute drôle, puis avait éclaté de rire. Un fou rire inextinguible qui l'avait projetée contre lui. Elle ne pouvait plus s'arrêter. Il l'avait redressée sur son siège, inquiet.

– C'est la première fois, hein ?

– Non, non, hoquetait Juliette en redoublant d'hilarité. Ce n'est rien, ça va passer.

Elle voulait à tout prix le rassurer. Et, surtout, ne pas passer pour une dinde.

Il l'avait raccompagnée, un peu inquiet. Un petit baiser sur le pas de la porte et il était reparti. Il avait toujours de bonnes raisons pour s'en aller très vite. Seule, dans sa chambre, après, elle tournait en rond et râlait : « C'est pas normal, ça cache quelque chose, c'est louché. » Il avait peut-être l'air bien élevé et propre, mais son attitude était bizarre.

Le contraire de Gaillard. Louis Gaillard qui lui offrait des gants en caoutchouc en guise d'orchidée. « Ça a la même tronche et c'est moins cher. C'est utile en plus… » Juliette mettait les gants dans un vase sous l'œil réprobateur de Valérie.

La première fois qu'il avait claironné son nom, Juliette avait réfléchi, puis avait laissé tomber : « C'est beau, Louis Gaillard. On dirait un personnage de Victor Hugo. » Il avait souri, désarmé, clairon et herse levés. Elle ne l'avait jamais vu sourire comme ça. Un enfant… Il avait vite abaissé sa herse.

Leur histoire s'installait. Sans qu'ils lui donnent de nom, sans qu'ils fassent de projets, sans qu'ils inscrivent leurs rendez-vous dans un agenda. Au fil de leurs envies. Ça durait depuis trois mois…

Ils avaient pris l'habitude de se retrouver au *Lenox*. Sur un grand lit blanc. Louis inventait des scénarios

« pour que ça ne soit jamais pareil. Le désir s'entretient par tous les moyens, même les plus douteux… ».

– Je vais te faire attendre, lui avait-il dit la dernière fois, en se déshabillant lentement devant elle. Ne me touche pas, tu n'as pas le droit, c'est interdit.

Il avait prononcé ces mots d'un ton très froid comme s'il faisait un constat. Puis, nu, les jambes écartées, il s'était longuement caressé tout près d'elle.

Elle l'avait regardé, assise au bord du lit, tout habillée, les genoux bien serrés. Puis, n'y tenant plus, elle avait avancé la main pour le toucher. Il l'avait frappée. Sur les doigts. Un coup sec. Une onde de plaisir avait déferlé dans son ventre. Elle avait levé la tête, surprise, la bouche ouverte, les lèvres humides… Il avait ouvert ses genoux et collé sa bouche sur sa culotte.

À genoux devant elle.

Elle fermait les yeux pour ne pas voir sa tête brune, ses cheveux ébouriffés entre ses jambes. Ses deux mains qui l'écartaient, ses doigts qui s'enfonçaient dans ses cuisses.

Elle avait honte.

Elle avait à nouveau tendu la main pour le caresser. Il l'avait giflée.

– Tu n'as pas le droit, t'as compris. Pas le droit.

Le plaisir s'était tordu en elle. Un plaisir sale, trouble, humiliant.

Elle avait envie qu'il continue, qu'il lui donne des ordres, mais elle n'osait pas demander. C'est pas bien, c'est pas bien, jamais connu ça…

Ou si…

Il y a longtemps…

À l'école primaire. En dixième. Avec Mlle Légis…

Toutes les élèves aimaient Mlle Légis. Elle était drôle, vivante et gaie. Exigeante aussi. Quand Juliette montait sur l'estrade pour réciter :

– Je chante-e, tu chantes-es, il chante-e, nous chan-
tons-…, …on ?

Mlle Légis secouait la tête et sa longue règle de bois.

– Ons. Nous chantons-ons. Répète, Juliette.

La voix d'ordinaire si douce devenait cruelle,
méchante, précise. Juliette avait peur. Une peur délicieuse. Elle serrait les jambes pour arrêter le frisson qui
montait et elle reprenait :

– Nous chantons-ons…

En bafouillant sous le regard des autres petites filles.

Mlle Légis se rapprochait, la prenait par la joue et
disait :

– Recommence, Juliette.

Juliette reprenait et récitait sans encombre jusqu'à la
première personne du pluriel, jusqu'au premier coup de
règle, jusqu'au frisson dans le ventre. Au bord des
larmes, humiliée, elle répétait jusqu'à ce qu'elle ne fasse
plus de faute.

Les jours suivants, elle regardait l'estrade, attendant
et redoutant le moment où elle allait devoir monter. Elle
essayait de garder les yeux baissés, de ne pas s'attarder
sur la règle en bois et les doigts pleins de bagues de
Mlle Légis.

Avec Louis, elle était remontée sur l'estrade. Il lui
tapait sur les doigts, lui tirait les cheveux, et elle retombait en dixième. Tremblante. Soumise. Quand, après lui
avoir ramené les mains derrière le dos, il se posait sur
elle et la prenait, elle se retenait pour ne pas hurler de
plaisir. Un plaisir qui revenait de loin, qui lui faisait
passer le mur du souvenir, qui sentait la craie et le
tableau noir.

Elle n'osait pas lui demander de lui faire mal, mais
elle y pensait souvent comme à une boîte de chocolats
posée tout en haut d'une armoire et qu'on se promet,
un jour, d'attraper.

C'est parce que je ne le connais pas assez. Un jour, je lui dirai. Un jour…

Un matin, il avait eu un geste qu'elle pouvait assimiler à un geste d'amour. Il l'avait prise dans ses bras et avait demandé :

– Tu veux un cadeau ? J'ai de l'argent en ce moment. Elle avait secoué la tête.

– Mais si, mais si… Allez, je t'emmène à Tahiti !

– Non, non. Je ne peux pas, tu sais bien…

– Bon, alors, tu veux quoi ? Demande et tu l'auras…, mais je le répéterai pas cent fois.

S'il insiste, s'était dit Juliette, je serais trop bête de refuser.

– Un Solex.

Elle en avait marre de circuler en bus et en métro.

Ils étaient allés acheter un Solex. Avec sacoches, antivol, pédales phosphorescentes et protège-moteur. Louis avait fait un chèque de cinq cents francs. Il s'y était repris à deux fois : il avait fait un gros pâté sur le premier chèque.

Après, il l'avait emmenée dîner.

Ils avaient parlé de Virtel et du béton. Surtout de béton, parce que, Virtel, elle ne pouvait pas vraiment lui dire ce qu'il en était. Elle passait son temps à faire du rappel sur le bord de son bureau. Il voulait à tout prix l'inviter à dîner dans un grand restaurant parisien. Elle inventait les excuses les plus rocambolesques, puis, à bout d'imagination, acceptait pour se décommander une heure avant. Incapable de dire non, elle se laissait acculer. Elle était devenue la championne du « oui-peut-être-rappelez-moi-plus-tard-on-verra », tactique maladroite qui aiguisait le désir de Virtel.

Lui qui, au début, ne voyait en Juliette qu'une petite employée bien tournée qu'il allongerait vite fait sur le canapé de son bureau, s'enflammait soudain, insistait, revenait à la charge et finissait par prendre les refus

répétés de Juliette comme un défi, une affaire personnelle. Sa résistance l'étonnait et le désarçonnait. Le rendait presque timide, plus très sûr de lui. Il inventait des
tactiques de séduction pour la clouer net dans ses bras,
mais elle ne lui laissait même pas déclamer la première
scène. Il redevenait le petit Edmond de la boucherie
Virtel et tripotait les nœuds de son tablier de commis. Je
l'aurai, je l'aurai, se répétait-il en mâchonnant un bout
de cigare torsadé, dussé-je y mettre le prix. Elle avait
pris de l'assurance, en plus, la bougresse, une nouvelle
tournure plus parisienne, plus attirante…

Juliette sentait monter le désir de Virtel et ne savait
plus quoi faire.

Louis s'intéressait uniquement au béton. Il n'arrêtait
pas de poser des questions. Elle essayait d'y répondre
en faisant appel à toutes ses connaissances.

– Depuis un siècle, on essaie de fabriquer des bétons
légers aussi résistants que les lourds. C'est leur obsession à tous dans ce métier, le béton poids plume et
costaud. Dans un mois se tient le Salon du bâtiment et
peut-être que, là, j'en apprendrai davantage…

Louis avait déclaré qu'il l'accompagnerait au Salon.

Son enthousiasme lui faisait du bien. Parce qu'elle,
elle avait bien du mal à se passionner pour cette matière
ingrate, et la commission que Virtel lui avait récemment
promise ne la motivait que très moyennement. Elle n'y
croyait guère. Pourquoi, moi, je réussirais là où des
hommes d'affaires requins se cassent le nez ?

Elle aurait aimé faire fortune avec un produit plus
alléchant : le Bic, le Scotch, l'aspirine, le Kleenex, le
Jean, la barbe à papa…

J'arrive trop tard.

De toute façon, en ce moment, on me proposerait de
lancer une ligne de scoubidous, je ferais la moue. J'ai
du goût à rien. Ma vie manque de passion, de grand air,

d'élan, de trampoline, de portes qui claquent, de baisers qui roulent…

Certains soirs, elle regrettait de ne pas être mystique. Sainte Thérèse d'Avila, par exemple. Devait pas se poser toutes ces questions mollassonnes. Filait à la chapelle, s'agenouillait et vlan ! l'extase. L'amant céleste qui descend sur un nuage d'encens et vous ravit. Y a qu'à voir la tronche des bonnes sœurs en règle générale : rose, pure, lavée, la félicité dans l'œil et le sourire en bureau d'accueil.

Qui me transporte au ciel, moi ? Qui me confie une cause noble pour laquelle j'aurais envie de me battre ?

L'énigmatique Pinson ?

Le libidineux Gaillard ?

Les boutonneux réac de la fac ?

Personne.

Personne pour me faire la courte échelle.

Même Surcouf, il avait un but dans la vie : remplir les poches de l'Empereur et les siennes. Un pillage pour mon empereur chéri, un pour moi. Ça donne du cœur à l'épée, ça !

Des soirs comme celui-là, répandue sur son lit et sur ses cours, elle aurait aimé être corsaire. Ou carmélite. Ou missionnaire. Ou même, tiens, visiteuse de prisons. Obéir à un ordre qui la dépasse, l'agrandisse, lui ouvre des horizons au lieu d'être là à suinter d'ennui. Du grand, du large, du beau. N'importe quoi pour percer le mur du son !

Bon, à partir de maintenant, je commence.

Sabre au clair, je monte à l'assaut du premier qui m'appelle. J'ose, j'ose.

Si c'est Pinson, je lui saute dessus. Pour voir.

Si c'est Virtel, je lui dis ses quatre vérités : vous êtes vieux, je vous trouve moche, j'ai pas envie de vous.

Si c'est Louis, je réclame les yeux bandés, les mains attachées, la longue règle en bois et tout et tout. Je suis sûre qu'avec lui je peux devenir Surcouf ET sainte Thérèse. Dans un lit, d'accord, mais c'est déjà un début.

Ce fut Louis.

– Ce soir, à neuf heures, au *Lenox* ?

Juliette remarqua que leurs échanges se rapprochaient de plus en plus du morse. Comme d'habitude, il l'attendait au bar.

– On monte ?

Elle le suivit.

Dans l'ascenseur, à mi-chemin, il balança un coup de pied dans le rayon lumineux. L'ascenseur se bloqua entre deux étages. Louis releva sa jupe. Elle pensa au touriste américain, le Nikon sur le ventre et le « Guide bleu » à la main, qui devait pester à l'étage supérieur en tirant des conclusions définitives sur les ascenseurs français.

En France, les ascenseurs, c'est pas fait pour monter des étages. Ou si, quelquefois, quand les usagers manquent d'imagination.

Juliette frémit quand il s'agenouilla, frémit encore sous sa bouche, se rejeta en hurlant contre la paroi, retomba toute molle, se rhabilla à moitié et tituba jusqu'à la chambre.

Louis poussa la porte.

Elle se laissa tomber sur le lit. Ôta le foulard indien qu'elle portait autour du cou et, pendant qu'il se déshabillait, le dos tourné, en silence, s'attacha le poignet gauche au montant du lit. Attendit qu'il se retourne.

– Mais qu'est-ce que tu fous ? demanda-t-il, surpris.

– Je veux que tu me fasses peur...

Il la regarda, une lueur perverse dans l'œil.

– Et mal ?

– Et mal...

Chapitre 14

On trouva le cadavre, dissimulé dans un bosquet, près de la Sucrerie. Les vêtements en lambeaux, les mains attachées dans le dos. Il manquait une chaussure, mais l'autre, un escarpin noir à talon aiguille, tenait bien en place. Des traces violettes autour du cou prouvaient que la jeune fille était morte étranglée, et de nombreuses ecchymoses sur les bras et le corps qu'il y avait eu violences et brutalités. Le visage était recouvert d'un napperon en dentelle, blanc, attaché par du sparadrap derrière les oreilles. Un napperon propre que l'assassin avait dû emporter sur les lieux du crime et disposer soigneusement avant de partir. On comprenait l'emploi du napperon lorsqu'on le soulevait : le visage était tuméfié, écrasé à coups de talon. On ne trouva ni le sac à main ni le moindre indice qui pût aider à l'identification de la victime. Il fallut une longue enquête des policiers pour découvrir le nom de Deborah Gladmann, jeune Anglaise au pair à Pithiviers. Une jeune fille timide, extrêmement bien élevée, qui avait choisi la province au lieu de Paris pour parfaire son français et qui donnait toute satisfaction à la famille qui l'avait accueillie. Les parents de Deborah vinrent de Manchester pour organiser le transfert du corps de leur fille. Pithiviers s'alarma : c'était le premier crime de sadique sexuel que la ville connaissait. *Le Courrier du Loiret* et *la République du Centre* dépêchèrent leurs meilleurs reporters, et Bénédicte fut adjointe à l'enquête.

On ignorait tout du meurtrier, mais on commençait à en savoir davantage sur l'emploi du temps de la jeune Anglaise, cet après-midi-là. Elle était partie vers midi pour Orléans afin de visiter la ville et de rendre hommage au souvenir de Jeanne d'Arc, « notre terrible ennemie », avait-elle dit en souriant à Mme Crépin avant de quitter la maison. Elle avait aussi promis à M. Crépin de lui rapporter un embout de tuyau d'arrosage qu'il n'arrivait pas à se procurer à Pithiviers. À Orléans, on retrouva le vendeur des Nouvelles Galeries. Il se souvenait très bien de cette jeune Anglaise, grande, les cheveux châtains, rougissant facilement, à qui il avait vendu un embout de « touyau d'alosage ». « Je l'ai même plaisantée sur son accent et elle a piqué un fard, expliqua-t-il au policier. Oh ! ce n'était pas le genre allumeuse, ça c'est sûr ! » Elle l'avait quitté vers dix-sept heures, craignant de rater son car…

Ce fut tout ce que la police put rassembler comme indices. Aucun chauffeur de car ne se rappela avoir pris la jeune Anglaise en charge, mais, en revanche, on retrouva celui qui l'avait convoyée à l'aller. Les enquêteurs en déduisirent que la jeune fille était rentrée en auto-stop, faisant ainsi connaissance avec son meurtrier.

Bénédicte suivait le déroulement de l'enquête avec des frissons dans le dos. Les détails morbides qu'elle avait lus dans le rapport de police emplissaient ses nuits de cauchemars. Elle ne pouvait s'empêcher de se répéter la description des tortures très précises que l'homme avait fait subir à la jeune fille. « Attachée… violée… battue avec une ceinture… bâillonnée… sodomisée à l'aide d'un instrument contondant… traces de sperme sur le ventre… » : elle avait beau secouer la tête pour les chasser de son esprit, ces mots revenaient toujours la troubler.

À Pithiviers, on ne parlait plus que du maniaque sexuel ; les mères de famille vivaient rivées à leur montre et à l'emploi du temps de leurs filles.

Un mois plus tard, on découvrit un second corps, avenue de la République, en pleine ville, cette fois-ci. L'inquiétude fut à son comble. La jeune fille, Madeleine Boitier, demeurait avec sa mère, veuve d'un négociant en grains, dans une belle maison bourgeoise et menait une vie très discrète. Fille unique, elle n'avait guère d'amis et passait tous ses loisirs à étudier les vieilles pierres car elle voulait devenir archéologue. Cette passion avait développé en elle une lenteur, une minutie, une extrême concentration qui ne la rendaient pas très populaire en classe où elle faisait plutôt figure de bas-bleu. C'était la dernière personne que l'on s'attendait à voir mourir de la sorte. Comme Deborah Gladmann, Madeleine Boitier avait été retrouvée les mains attachées dans le dos, les vêtements en lambeaux, un petit napperon blanc et propre posé sur le visage. Comme la jeune Anglaise, elle avait subi d'ignobles tortures sexuelles avant de mourir étranglée.

Pithiviers se mit à gronder. Contre la police qui ne faisait pas son métier, le préfet qui ne déployait aucun zèle à mener l'enquête, contre le laxisme général d'une société qui permettait tout.

On avait murmuré pour une Anglaise, on tonna pour une Française. À qui le tour ? pensaient les jeunes filles de Pithiviers.

En compagnie du reporter de *la République*, Bénédicte menait l'enquête. Les grands journaux nationaux avaient dépêché des envoyés sur place, ainsi que les radios et les télévisions. On ne trouvait plus une chambre d'hôtel à Pithiviers et l'*Hôtel de la Poste* était devenu le quartier général des journalistes.

Pithiviers devint, du jour au lendemain, célèbre dans tout l'Hexagone, ce qui ne manqua pas de réjouir certains commerçants dont les prix montaient à chaque crime.

La famille Boitier s'était enfermée dans la grande maison et refusait de recevoir qui que ce soit. Les envoyés de *Paris Match* eurent beau user de tous les stratagèmes (journalistes déguisés en coursiers, en fleuristes, en employés des pompes funèbres…), rien n'y fit. La grande porte demeurait close. Aucune interview de la mère éplorée, de la grand-mère hoquetant de douleur, aucune photo de Madeleine à cinq ans, sur la plage de l'étang de Combreux, avec son seau, sa pelle et un chapeau de guingois. « Allez-vous-en, allez-vous-en », criait la vieille domestique sur le perron en agitant ses mains comme si elle voulait chasser un vol de corbeaux.

Les ruses des journalistes de *Match* donnèrent une idée à Bénédicte.

Un soir, elle téléphona aux Boitier et demanda, comme si de rien n'était, à parler à Madeleine. Une voix pleine de sanglots lui demanda qui elle était :

– Je suis sa correspondante allemande, déclara-t-elle en entendant son cœur battre dans sa poitrine.

Elle avait pris bien soin d'imiter l'accent allemand et s'était entraînée avant d'appeler. Toutes les élèves du lycée de Pithiviers – ou presque – possédaient une correspondante allemande depuis que la ville avait été jumelée avec Bremahaffen, deux ans plus tôt.

– Un instant, ne quittez pas, lui répondit la voix au téléphone.

Il y eut un moment de silence où Bénédicte entendit des pas qui s'éloignaient, puis d'autres qui se rapprochaient. Quelqu'un souleva le combiné et murmura :

– Beate ?

Ce devait être Mme Boîtier, la mère de Madeleine.

– Oui, fit Bénédicte, paralysée par le trac.

– Oh… Beate…

Mme Boitier éclata en sanglots.

135

– Qu'est-ce qu'il y a, madame Boitier ? Je suis de passage à Paris avec mes parents. Papa est venu pour voir le trou des Halles, vous savez et... je voulais prendre des nouvelles de Madeleine...

Les sanglots de Mme Boitier redoublèrent, Bénédicte sentit son courage diminuer. Elle pensa raccrocher.

– Madame Boitier, je ne voulais pas vous déranger. Je vais vous laisser maintenant...

– Oh non, mon enfant... Ça me ferait tellement plaisir de parler avec vous. Il est arrivé quelque chose de terrible, de terrible... Je ne vous connais pas, mais elle me parlait souvent de vous, de votre famille, de vos frères...

Et c'est ainsi que Bénédicte obtint un rendez-vous dans la grande maison aux volets fermés, avenue de la République. Mme Boitier lui avait expliqué par où passer afin d'éviter la meute de journalistes qui attendait devant la porte.

Elle pénétra dans une grande salle à manger sombre, où tous les rideaux étaient tirés et les sièges recouverts de housses. Un service à café en argent posé au milieu de la lourde table ronde figurait la seule tache de couleur. Bénédicte s'assit aux côtés de Mme Boitier. La pauvre femme parla sans presque s'arrêter. Elle avait répandu un carton de photos devant elle et évoquait la vie de celle qu'elle appelait « sa petite chérie ».

Il y avait des photos de Madeleine en Allemagne et une, plus précisément, sur laquelle on apercevait Madeleine et Beate côte à côte en train de manger une gaufre. La gaufre leur dévorait le visage et Bénédicte pouvait ressembler à Beate.

Elle n'osait pas regarder Mme Boitier en face. Elle avait honte. Elle se trémoussait sur sa chaise comme quelqu'un qui a envie de se lever et de quitter précipitamment la pièce.

C'est horrible ce que je fais là, c'est horrible, cette

pauvre femme m'ouvre sa maison, son cœur, son carton de souvenirs, et, dans vingt-quatre heures, elle retrouvera tout ça imprimé dans un journal… Non, je ne peux pas. Je ne suis pas faite pour être journaliste. Je peux pas. Elle eut envie de toucher le bras de Mme Boitier, de lui dire d'arrêter, de tout lui avouer, quand la mère de Madeleine eut un geste qui eut raison de ses scrupules. Elle poussa le tas de photos vers Bénédicte et lui dit :

– Prenez-les. Je ne veux plus les voir. Ça me fait trop mal… Il ne faut plus que je les regarde… Prenez-les, s'il vous plaît…

Puis elle s'écroula sur la table, hurla, balaya d'un geste le service en argent qui alla s'écraser par terre avec un bruit terrible.

Bénédicte demeurait muette. Immobile. La vieille domestique, qui avait entendu le bruit, s'approcha et lui dit qu'il valait mieux qu'elle parte. Bénédicte se leva, les photos contre sa poitrine, des larmes dans les yeux et, presque somnambule, se laissa reconduire vers la petite porte dérobée du jardin…

– Ah ! je lui avais dit que c'était pas une bonne idée de vous recevoir… Mais elle en fait qu'à sa tête… Allez, partez, ça vaudra mieux…

Bénédicte se retrouva seule, hébétée, dans la petite rue qui longeait la maison. Elle marcha un instant, comme dans un rêve, puis s'adossa contre le mur, reprit son souffle et réfléchit. Bon, maintenant, il fallait aller jusqu'au bout… Ce qu'elle avait dans les mains valait de l'or. Elle n'allait pas laisser passer une si belle occasion. Si elle s'écroulait à la première épreuve, autant devenir infirmière ou assistante sociale.

À qui les donner ? se demanda-t-elle, au *Figaro* ou à *la République du Centre* ?

Elle n'hésita pas longtemps et appela Émile Bouchet.

– Allô, bonjour, c'est Bénédicte Tassin…

– Oui, répondit Émile surpris.

Il n'aurait jamais cru qu'elle appellerait la première.

– J'ai les confidences de la mère et les photos de la fille…

– Quelle mère ? Quelle fille ? demanda Émile qui n'y comprenait rien.

– La mère et la fille du crime de Pithiviers.

– NON ! hurla-t-il comme un diable qui surgit du fond de sa boîte… Vous les avez vraiment ! Où ça ? Où ça ?

– Les confidences dans ma tête et les photos dans ma poche, répondit Bénédicte qui se trouvait tout à coup la fille la plus astucieuse du monde.

– Bougez pas… Bougez pas…, dit Émile Bouchet qui réfléchissait à toute allure. J'appelle le chef des info sur l'autre ligne. Vous avez une minute ?

Bénédicte dit oui et attendit. Elle entendit des cris, des exclamations, un « combien ? ». C'est vrai, se dit-elle, il faut que je fixe mes prix ? Zut ! je n'y avais pas pensé…

– C'est à combien de Paris, Pithiviers ?

– Une heure environ…

– Bon, attendez…

Elle attendit encore. Cette fois-ci, il était question de coursier, de papier à écrire vite, d'édition qui tombait…

– Bon, ça y est, c'est arrangé. Écrivez-moi ce que vous a raconté la vieille. Faites-moi du bien mélo, bourré de détails, qui c'était, comment est la famille, la maison, la douleur de la mère… Arrachez-moi des larmes ! Puis mettez l'article avec les photos dans une enveloppe et je vous envoie un coursier…

– Et c'est tout ? demanda Bénédicte, qui ne se reconnaissait plus.

– Ben, comment, c'est tout ?

– Je veux dire : quel avantage j'en retire moi, de mon scoop ?

– Ah…

Il réfléchit. Le plus important, c'était de gagner du temps. Il pouvait toujours lui promettre la lune, il arrangerait ça par la suite.

– Ne vous en faites pas. Je m'en occupe. Je vous promets le stage et une possibilité d'embauche par la suite…

– Sûr ? demanda Bénédicte, soupçonneuse.

– Sûr de sûr de sûr…

– Bon… Je vous fais confiance…

Avait-elle raison ?

Mais, d'un autre côté, le moyen de faire autrement ?

– Ah ! j'oubliais, se reprit-elle. Je ne veux pas qu'on signe de mon nom… Je suis connue, moi, ici. J'aurais trop honte. Je ne suis pas vraiment fière de ce que j'ai fait…

– Ah ! c'est le métier qui entre… Vous voulez qu'on vous signe comment ?

Elle réfléchit un instant, pensa aux noms et prénoms de ses grand-mères, de ses arrière-grand-mères, mais eut scrupule à les mouiller dans un coup comme ça… Soudain, elle eut une idée :

– Béatrice O'Hara.

– C'est pas français, ça !

– Peut-être, mais ça sonne bien.

– D'accord pour Béatrice O'Hara… et attendez-vous aux honneurs de la première page ! Je vous rappelle dès que j'ai tout reçu.

Bénédicte raccrocha, épuisée et excitée. Béatrice comme la fiancée du vieux Dante et O'Hara comme Scarlett. Une gentille et une chipie. Ah ! si seulement ça marchait ! Elle n'arrivait pas à y croire… Tous ses scrupules s'étaient effacés comme par miracle à l'idée de son scoop en première page. Si ça marche, se promit-elle, je fleuris la tombe de Madeleine Boitier pendant un an…

Ça marcha. L'article de Bénédicte fit la une du *Figaro*. Et ce matin-là, quand elle sortit de chez le marchand de journaux, Bénédicte avait du mal à ne pas afficher sa joie. Tout le monde ne parlait que de ça, et elle devait rester muette. Le pire, ce fut à l'*Hôtel de la Poste* où les journalistes se perdaient en conjectures sur l'identité de la mystérieuse Béatrice O'Hara, sans même lui jeter un coup d'œil à elle, petite correspondante d'un journal de province. Les gars de *Paris Match* étaient furieux, ceux de *France-Soir* stupéfaits, mais le plus interloqué de tous fut sûrement le correspondant spécial du *Figaro* qui, lui, n'y comprenait rien du tout. « Alors, ils t'ont dit qui c'était cette gonzesse ? » venaient lui demander tous ses confrères. Il secouait négativement la tête, assis, assommé, sur sa chaise… « Ben, t'es nul, mon vieux. Non seulement tu te fais doubler, mais t'es pas foutu de savoir par qui… »

L'*Hôtel de la Poste* se vida en quelques heures, au grand dam du propriétaire qui, pour un peu, aurait réclamé un troisième meurtre…

Bénédicte se consolait en pensant au stage qu'elle ne manquerait pas de décrocher après ce coup d'éclat. Ça y est ! se disait-elle, j'y suis arrivée. Toute seule, sans papa, ni maman, ni ami qui intervient. Elle regardait le monde et il lui appartenait. À elle les interviews de Nasser, Golda Meir, Willy Brandt… Et pourquoi pas de Gaulle juste avant le référendum ? Rien ne lui résisterait.

Elle n'avait pas été aussi téméraire le soir où elle avait dîné en tête à tête avec Émile Bouchet. Il l'avait emmenée au *Quai-d'Orsay*, un restaurant sur les quais, rive gauche. Ils avaient dégusté un Montrachet 1959 qui lui avait un peu tourné la tête. Au dessert, elle s'était laissé prendre la main. Il avait de la sueur sur la lèvre supérieure et un peu de buée sur les lunettes. La main dans sa main moite, elle l'avait écouté parler de son métier. Et puis, il avait enchaîné : « Vous êtes si belle, Bénédicte, si j'avais su que ma petite correspondante de Pithiviers avait vos yeux, vos cheveux, votre taille, j'aurais fait le chemin à genoux… »

Elle avait eu du mal à ne pas sourire. Il n'y a rien de plus ridicule que les élans lyriques non partagés. Elle l'avait quand même laissé poser ses lèvres sur les siennes quand il l'avait raccompagnée avenue Rapp. Quand elle serait engagée, elle ne l'embrasserait plus !

« Dominer les volontés d'autrui, c'est comme ça qu'on existe », répétait Martine qui avait lu cette phrase quelque part et ne s'en lassait pas…

À Martine, elle n'avait rien raconté.

Ni à Juliette.

Rien du tout.

Ni le baiser d'Émile ni le coup de Béatrice O'Hara. Elle tenait à ce qu'elles gardent une bonne image d'elle.

Un soir où Martine dînait chez les Tassin et qu'une fois de plus on parlait du crime et du mystérieux assassin, Martine se rappela qu'elle aussi était rentrée en stop d'Orléans, deux mois auparavant, après son stage…

– Aujourd'hui, je ne le ferais plus, c'est sûr… Quoique… Je ne suis pas le genre victime, moi… Je me serais pas laissé coller un napperon sur le visage… Violée, je dis pas…

Il y eut un profond silence autour de la table et Martine se rappela qu'on ne parlait pas comme ça chez les Tassin. C'était toujours pareil : elle se surveillait pour ne pas faire de gaffes et puis… ça lui échappait.

Plus tard, assise dans l'herbe du jardin avec Bénédicte, elle lui donna un coup de coude et dit :

– J'ai fait une gaffe tout à l'heure…

Bénédicte haussa les épaules.

– T'as remarqué que les deux victimes se ressemblent,

pensa Bénédicte tout haut, distinguées, discrètes, bien élevées…

– J'aurais aucune chance, moi, en déduisit Martine.

Bénédicte lui ébouriffa sa tignasse blonde.

– Souvent assassin varie…

Martine laissa passer un moment, respirant l'odeur du gazon, des roses, des clématites…

– Qu'est-ce que tu choisirais, toi, entre être très très belle et très très intelligente ? demanda-t-elle à Bénédicte.

Bénédicte réfléchit un instant, puis opta pour « très très intelligente ».

– Eh bien, moi, je prendrais très très belle, dit Martine, et j'en profiterais, je t'assure. On a beau raconter tout ce qu'on veut, la beauté, c'est magique. Ça permet tout. Regarde, moi, il y a plein de choses qui me sont interdites parce que je mesure un mètre cinquante-huit et que j'ai un gros cul… tandis que toi, tu te pointes quelque part et hop ! Émile Bouchet se met en huit pour te trouver un stage et, même, l'assassin peut jeter son dévolu sur toi… Je trouve ça injuste. Quelquefois, tu sais, je rêve d'être une James Bond girl pour que 007 me fasse des bisous dans le cou…

Bénédicte éclata de rire.

– Mais t'es folle ! Qu'est-ce que t'as, ce soir ?

Martine répondit en bougonnant et en regardant le bout de ses sabots :

– Y a que tu vas sûrement aller à Paris rejoindre Juliette et que je vais me retrouver toute seule, à la Coop, derrière ma caisse…

– Mais ne dis pas ça… Tu sais très bien que, si tu réussis ton examen, tu pars en stage à Paris…

– Oui, mais ce soir, je sens que je vais tout rater… Je le sens. Aussi sûr que je mesure un mètre cinquante-huit…

– Arrête, Martine, arrête. Ça ne te ressemble pas de broyer du noir...

– Ben, justement, j'en ai marre d'être toujours celle qui va bien, qui est costaud et qui remonte tout le monde. Moi aussi, j'ai le droit d'avoir le cafard. C'est pas juste, à la fin...

Elle se leva, brossa sa minijupe couverte de brins d'herbe et sortit en trébuchant sur ses hauts sabots. Sans jeter un coup d'œil à Bénédicte, éberluée...

Chapitre 15

Tandis qu'un assassin terrorisait sa ville natale, Juliette arpentait les allées de l'exposition « Bâtimat » en compagnie de Louis. Si elle traînait un peu les pieds, il posait mille questions et ne négligeait aucun stand. Tant de zèle ne tarda pas à agacer Juliette. Malgré tous ses efforts, toutes ces piles de matériaux restaient rébarbatives et elle ne réussissait pas à partager l'enthousiasme de Louis. Ainsi, depuis dix minutes, il était tombé en arrêt devant un grand panneau consacré au banchage et elle n'arrivait plus à l'en détacher.

– Allez, Louis, tu viens ? On va quand même pas y passer l'après-midi, non ? Allez, viens…

– Hé, s'il existe un procédé miracle, c'est ici qu'on le trouvera. Pas aux Galeries Lafayette, ma puce.

Elle ne répondit rien, mais releva au passage que, pour la première fois depuis leur rencontre aux Tuileries, il venait de laisser échapper quelque chose comparable à de la tendresse. Même si c'était grâce au béton.

Tout l'après-midi, ils quadrillèrent l'exposition, piétinant au milieu de la foule, des éléments préfabriqués, des maquettes de génie civil, des armatures d'échangeurs et des pans de maisons individuelles. Sans rien trouver. Tous les bétons exposés présentaient les mêmes particularités que ceux dont Juliette pouvait lire la description dans son paquet de brochures. Précisément,

Louis s'en chargeait les bras. Elle soupira. Elle en avait plein ses tiroirs.

– Faudrait savoir ce que tu veux, finit-il par grogner. Un jour tu parles de béton avec des trémolos dans la voix ; le lendemain, on dirait que ça te dégoûte. T'es hystérique, ma vieille, complètement hystérique.

– Oh ! ça va, hein… C'est pas parce que tu te prends soudain de passion pour le béton qu'il faut me faire la morale !

Il ne répondit rien.

Ils continuèrent d'avancer en silence, Juliette fulminant contre la laideur des stands, la tronche des visiteurs, les termes employés pour vanter béton et briquettes, Louis balançant sa documentation comme un gamin son seau de sable.

– Et puis d'abord, j'en ai marre. On a tout vu, on se casse, dit Juliette en pilant net dans l'allée C.

– Après tout, c'est toi qui travailles chez Probéton, pas moi. C'est comme tu veux…

– Et arrête de balancer ce tas de prospectus à bout de bras, tu vas finir par blesser quelqu'un !

– Oh la la ! Qu'est-ce qu'elle me fait là ? Tu joues les mamans ou quoi ? Tu m' gonfles !

Et, comme ils passaient à quelques mètres d'une grosse poubelle, il répéta « tu m' gonfles » avant de lancer de toutes ses forces le paquet de documentation qui alla s'écraser avec un bruit sourd dans la poubelle.

Depuis trois jours que se tenait l'expo « Bâtimat », personne ne s'était arrêté au stand de Charles Milhal. Il est vrai qu'il ne payait pas de mine. N'ayant pas eu les moyens de réserver un véritable emplacement et de se monter un vrai stand, Milhal s'était bricolé une installation de fortune. Sa précieuse brique flottait au centre d'un saladier en Pyrex posé sur une table de camping. Lui-même était assis sur une chaise pliante. Le seul luxe de l'ensemble, c'était la banderole tendue au-dessus de sa tête comme un drap qu'on a mis à sécher. Mais, même ça, ça n'avait pas attiré grand monde. Et, depuis trois jours, Charles Milhal tuait le temps en regardant les gens qui passaient sans le voir.

Au fil de la journée, il laissait enfler sa haine de la foule, fugitivement apaisé par les rares jolies femmes qu'il pouvait repérer. Elles, il leur pardonnait. C'était déjà gentil d'être venu s'ennuyer à « Bâtimat » et égayer un peu le morne défilé des bedaines d'entrepreneurs et des cigares d'architectes.

La petite brune en minijupe qui s'engueulait avec le cradingue à tête plate était la première depuis bientôt deux heures. Charles Milhal n'entendait pas ce qu'ils se racontaient, mais le ton semblait tendu.

Soudain, Milhal vit le type brandir le paquet de revues qu'il balançait depuis un moment et l'envoyer valdinguer loin devant lui. « Beau panier », pensa Milhal.

Le paquet atteignit la poubelle. Juste un petit peu trop fort. Sous le choc, la corbeille se mit à dodeliner, hésitant un peu avant de se renverser. Ensuite, tout alla très vite. Ou trop vite pour Milhal : il n'eut pas le temps de réagir que, déjà, la poubelle était venue rouler jusqu'à lui et faucher les pieds de sa table pliante. La seconde d'après, tout était par terre, sa table, sa brique, son saladier, pataugeant au milieu d'une flaque d'eau.

– Non mais, ça va pas, non ! Vous n'avez rien de mieux à faire que de venir saccager le stand des gens !

Le couple s'était rapproché. Ils avaient l'air sincèrement désolés.

– Va falloir que j'essuie tout. Et mon tapis de feutrine qui va déteindre ! Regardez-moi ça ! De quoi j'ai l'air, maintenant ?

Pendant que la jeune fille balbutiait des excuses, Milhal se pencha et ramassa sa brique et son saladier. En se redressant, ils les trouva tous les deux, le nez levé vers la banderole. La petite brune lut à haute voix : « Il y a trois moyens de perdre de l'argent : les femmes, les chevaux et les inventeurs. » Le gars mal rasé éclata de rire.

– C'est de vous, ça ?

– Non. C'est de ce vieux barbon de Rothschild. Ça attire l'œil, hein ?

Le gars hocha la tête. La petite brune lui lança un regard. Un regard… Lourd, profond, noir, presque violet tellement le noir scintillait. Filtré à travers de longs cils qui se recourbaient au bout comme les branches d'un sapin de Noël. Il eut envie d'accrocher des guirlandes à ce regard…

– C'est de la contre-publicité que vous faites, ricana l'homme à la tête plate.

– Je me présente, Charles Milhal, inventeur, dit-il en s'inclinant sur la main de la fille et en serrant celle du type.

– Vous voulez un coup de main ? demanda le barbu. J'étais en train de m'engueuler avec ma femme et, plutôt que de lui faire avaler mes prospectus, je les ai envoyés dans la poubelle. Je suis vraiment désolé.

– Je comprends, dit Milhal, je comprends. Ça va aller. C'est pas un stand compliqué à reconstruire… Je vais rajouter de l'eau dans mon saladier, y poser ma brique et voilà, le tour est joué… Elle est mignonne, votre femme !

– Bon, ben… Si vous avez pas besoin de nous, on s'en va. Excusez-nous encore…

– Salut, dit Milhal.

La fille lui fit un sourire délicieux.

Il les regarda s'éloigner.

C'était à cause de petites brunes comme ça qu'on avait eu raison d'inventer la minijupe.

Chapitre 16

Le 27 avril 1969, la France fut parcourue d'un frisson : elle avait osé dire non à son vieux papa. Les résultats du référendum étaient tombés dans la soirée : 53,17 % de non. Mais il fallut attendre les journaux du matin pour que les Français, en se frottant les yeux, croient au rêve de la veille. Non à la régionalisation, non à la réforme du Sénat, non à de Gaulle.

Deux jours avant le vote, le Général avait réaffirmé sa position : si le peuple français ne lui faisait pas confiance, il faisait ses valises et emmenait Yvonne vivre ailleurs.

Les Français étaient allés voter goguenards.

Juliette râlait de ne pas avoir vingt et un ans : elle aurait dit oui au vieux général. D'abord parce qu'elle lui trouvait de l'allure, ensuite parce qu'elle aimait beaucoup les vieux. Ils la rassuraient, l'enchantaient, lui racontaient des histoires, et eux, au moins, ne lui pinçaient pas les fesses. Bénédicte aurait voté non.

Martine haussait les épaules. Bénédicte et Juliette s'étaient affrontées violemment, à Pithiviers, le week-end précédant les élections.

– T'aurais voté non pour faire ton intéressante, avait dit Juliette à Bénédicte, t'as même pas réfléchi sérieusement…

– Et toi ? avait demandé Bénédicte avec un petit sourire supérieur.

Elles étaient passées à l'injure, et Martine avait été obligée de se fâcher pour les calmer.

– Mais vous êtes zinzin, ma parole ! Qu'est-ce qu'on en a à foutre, nous, du référendum ! Si c'est pas de Gaulle, ce sera un autre, c'est tout pareil. Vous êtes aussi tarées que mes vieux ! Tous à croire que la politique va changer quelque chose…

– Toi, tu t'en fous, avait marmonné Juliette, tu ne penses qu'à te tirer ailleurs…

– Et j'ai bien raison… T'as vu la liste des cinquante premières entreprises du monde ? Non ! T'as pas vu ? Eh bien, dans les cinquante, il y en a trente-cinq américaines et UNE française, et encore c'est la dernière ! Alors, suivez mon regard, l'avenir est de l'autre côté de la mer et sûrement pas dans vos conneries politiques !

Autour de Juliette – ses parents, les commerçants de la rue de la Couronne –, tout le monde avait voté non. C'est peut-être pour ça aussi qu'elle voulait prendre la défense du grand Charles, même si, depuis des mois, il lui cassait les pieds avec sa réforme et sa régionalisation.

De toute façon, en ce printemps 1969, rien ne fonctionnait normalement. La fac fermait une fois par mois pour cause de grève. Des appariteurs musclés s'affrontaient avec des groupes de gauche prochinois. Pour entrer à Assas, il fallait montrer patte blanche ou du moins sa carte d'étudiant. De toute façon, pour ce que ça l'intéressait…

Bien plus passionnant : l'affaire Markovitch rebondissait, éclaboussant au passage Pompidou et sa femme.

Tout le monde se tapait dessus. Même Virtel était nerveux. Il craignait que des troubles sociaux ne viennent compromettre l'essor de son entreprise.

– Et si on change de chefs, qui nous dit qu'on ne va

pas se retrouver avec un de ces pantins de la gauche ? On n'est jamais trop prudent avec ces lascars-là…

Un an plus tôt, il avait eu du mal à digérer les accords de Grenelle. Il n'était pas prêt à avaler d'autres couleuvres.

Ils ne se préoccupent tous que de leurs petits intérêts, pensait Juliette, dégoûtée. Y en a pas un qui lève le nez plus haut que son nombril. Ils savent faire qu'une chose : râler. Compter leurs sous et râler.

Ou baiser.

Virtel ne laissait pas passer une occasion de la coincer entre son bureau et la chaise.

Mais pourquoi il ne me met pas à la porte ? Ce serait plus simple. Je ne lui sers à rien…

Un soir, cependant, elle accepta une invitation à dîner.

C'était un de ces soirs où elle rêvassait et se retenait d'aller piller le réfrigérateur. Ungrun regardait la télé, *la Piste aux étoiles*. Comme tous les soirs depuis son week-end à Deauville.

Elle était rentrée, les yeux rouges, des traces de larmes sur les joues, le teint brillant comme si elle avait de la fièvre : sa copine et son ami n'avaient pas arrêté de la courser. De vrais obsédés. Ils voulaient faire ménage à trois. Entre deux hoquets, elle avait articulé :

– Tu vois, j'avais raison de ne pas sortir. Ils sont dégoûtants les gens, ici…

C'est au moment où le roulement de tambour annonçait le triple saut périlleux Valérie vint cogner à la porte en annonçant qu'on la demandait au téléphone.

– Bonsoir, ma petite Juliette, c'est Edmond… Edmond Virtel.

– 'soir.

– Qu'est-ce qu'elle fait, ma petite Juliette, ce soir ?

– Je regarde *la Piste aux étoiles*.

– C'est bien. Mais qu'est-ce qu'elle dirait d'un dîner chez *Maxim's*, ma petite Juliette ?

Maxim's ! Maxim's...

– Heu... mais... j'ai rien à me mettre.

– C'est pas un problème. Vous empruntez une tenue à une de vos amies. Dépêchez-vous, j'arrive tout de suite.

Il avait raccroché.

Elle eut à peine le temps de se faufiler dans une robe en lamé doré d'Ungrun, de se maquiller, de se regarder, étonnée, dans la glace, qu'il sonnait à la porte. Très fier de lui dans un smoking noir, un imper négligemment jeté sur les épaules. Il lui fit des compliments, en lui reniflant la clavicule et en répétant :

– Quelle peau, mon Dieu, quelle peau...

Elle faillit tout décommander et aller se coucher. Mais la pensée de fouler le sol de *Maxim's* l'emporta. Ils dirent au revoir à Ungrun et sortirent.

Garée devant l'immeuble, une Rolls-Royce attendait.

– C'est à vous ? demanda Juliette, ébahie.

– Oui, mais je ne la sors que dans les grandes occasions ! croassa-t-il avec un clin d'œil appuyé.

C'était une Rolls comme dans les films avec intérieur en bois, bar encastré, moteur si silencieux qu'on pouvait entendre les tic-tac de la montre. Juliette s'assit avec précaution.

Le portier à l'entrée de chez *Maxim's*, la déférence des dames du vestiaire, l'escalier rouge et or, les miroirs aux murs, tout contribua à prolonger l'enchantement. Elle revint sur terre quand Virtel, après avoir commandé, lui prit la main. Il lui parut épais et vulgaire bien que le port du smoking l'avantageât nettement.

Il se mit à parler de sa femme, de ses enfants, de son entreprise, de l'amour, de la mort. Mais de quel droit me dévide-t-il tout cela, pensa-t-elle, comme si ça m'intéressait ! Qu'il se taise et me laisse profiter du décor ! Il

151

enchaîna sur le béton et répéta ce qu'elle connaissait par cœur : la résistance, la légèreté, l'étanchéité…

– Un béton qui flotte, quoi ! finit-elle par lâcher, excédée.

Parler béton chez *Maxim's* !

– C'est exactement ça : un béton qui flotte et sur lequel je pourrais faire passer une autoroute.

C'est ça. Et vous voulez que je m'arc-boute sous les ponts aussi, pendant que vous y êtes ! Quel manque de tact. Ah ! ça n'arrivait qu'à elle des situations comme ça !

Soudain, il y eut un murmure dans la salle, et toutes les têtes se tournèrent vers eux. Juliette plongea les yeux dans son décolleté en rougissant affreusement. Ils ont entendu notre conversation et ils nous méprisent…

Puis elle comprit que ce n'était pas eux que l'assistance fixait mais la table juste à côté. Elle tourna légèrement la tête et aperçut Aristote et Jackie Onassis en train de prendre place.

Les vrais. Les mêmes que sur les photos.

– C'est normal, c'est sa table, fit Virtel d'un air blasé.

Il pouvait bien lui parler de n'importe quoi, glisser la main dans son dos, coller ses lèvres sur sa paume, elle n'avait d'yeux que pour le couple le plus célèbre du moooonde.

Mon Dieu ! quand je vais raconter ça à Pithiviers ! On viendra me visiter comme Bernadette Soubirous dans sa grotte.

Ils parlaient anglais. Ils parlaient très peu. Elle avait une toute petite voix, une voix de petite fille. Elle commanda du crabe et une salade. Lui du saumon et un gigot. Et du champagne.

– 'good for the body, lui dit-il en versant du Krugg dans sa coupe.

Il est tout petit. Tout gris. Elle est belle. Elle mange

152

à peine et trempe ses lèvres dans sa coupe comme si elle buvait un médicament. Peut-être que, si je buvais comme elle, je mangeais comme elle, je serais aussi belle et célèbre qu'elle, se dit Juliette, fascinée.

Elle se rappela tout ce qu'elle avait englouti et eut honte.

Quand Virtel lui fit signe de se lever, elle jeta un dernier coup d'œil sur le couple, rêveuse. Elle avait toujours tendance à penser que les gens qu'on voit à longueur de colonnes dans les journaux n'existent pas pour de vrai.

Dans la voiture, Virtel posa une main de propriétaire sur son genou. Elle la repoussa, doucement.

Ce soir-là, elle s'en sortit en prétextant une grande fatigue. Trop de champagne, trop de sabayon, trop d'émotions. Il bouda et conduisit en silence. Alors, elle promit une prochaine fois, toute proche, d'une toute petite voix, avec une moue de petite fille, et ça marcha.

Un autre soir, elle décida d'appeler Jean-François Pinson. Elle se posait des questions sur son inclination sexuelle. Elle voulait en avoir le cœur net.

Il l'emmena dîner au *Berthou*, un restaurant près du Panthéon où « tout est frais, rien n'est réchauffé ». C'était écrit en bas de la carte. Juliette avait toujours dans l'idée que les restaurants détraquaient les estomacs. C'est ce que sa mère ne cessait de lui répéter.

Il y avait beaucoup de monde et il faisait une chaleur étouffante. Elle se déchaussa sous la table, repérant soigneusement l'emplacement du pied droit et du gauche. Il posa sur elle un regard chaud et tendre – sa spécialité – et elle se demanda si elle aurait le courage de passer à l'attaque.

Le garçon apporta les cartes. Juliette commanda un scotch.

– Tu bois, maintenant ? demanda Jean-François, étonné.

– Oui.

– Deux scotches, commanda-t-il.

Le garçon apporta bientôt les deux whiskies et Juliette avala le sien d'un trait. Puis, après avoir pris une large inspiration, elle commença :

– Je voudrais te demander quelque chose…

Il l'écoutait, de l'air du prof à qui le cancre de la classe pose une colle.

– Oui, oui…

– Pourquoi tu dors pas avec moi ?

Il la dévisagea, stupéfait.

Merde. Trop direct, pensa-t-elle, j'aurais pas dû prendre ce raccourci.

– Dis-moi…

Elle le suppliait. Il restait muet. Ailleurs, comme s'il attendait la fin de l'averse pour quitter le porche.

– Pourquoi ? T'aimes pas les femmes ?

Il éclata de rire et faillit en avaler son glaçon.

– Tu penses vraiment ce que tu dis, Juliette ?

– Non, mais…

– Si, si, tu le penses.

Il continuait à rire et ça énerva Juliette.

– Je voudrais savoir pourquoi tu m'embrasses et, après, tu t'arrêtes ? Tu me trouves pas belle ? Tu aimes que les blondes ? Tu veux que je me décolore ?

Il cessa de rire et lui prit le menton dans la main. Comme dans la voiture, sous le réverbère, un geste pour dire quelque chose de sérieux.

– Écoute-moi bien, Juliette. Je t'aime…

– Tu m'aimes ?

– Comme la petite sœur que je n'ai pas eue.

Elle baissa la tête. C'est bien ma chance, ils veulent tous me sauter sauf lui qui me prend pour sa sœur.

– Je reconnais que j'ai eu une attitude un peu ambi-

guë avec toi. Je me suis sûrement montré trop tendre.
Mais tu es mignonne, très mignonne…, tu le sais… et
je t'aime beaucoup…

J'aime un peu les petits pois, beaucoup les endives
braisées, pas du tout les rutabagas, mais Roméo aime
Juliette. Sans adverbe.

– Je ne suis pas un homme pour toi.

Qu'est-ce qu'il en sait ?

Elle, elle sait. Qu'elle ne peut pas vivre sans lui.
C'est où la Seine ? Le four à gaz ? Le revolver le plus
proche ? Vous n'auriez pas un nœud coulant tout pré-
paré au fond du restaurant ?

Un garçon vint lui glisser un poêlon d'œufs brouillés
à la tomate sous le nez et la vapeur du plat chaud l'étour-
dit. Elle eut envie de poser sa fourchette et de pleurer.
Elle sentait bien que, s'il prenait toutes ces précautions
oratoires, c'est qu'il ne l'aimait pas. Quand on aime, on
va droit au but. On ne s'embarrasse pas de scrupules ni
de mi-temps. Les « je ne suis pas un homme pour toi »
ou « j'ai besoin de réfléchir » sont des manières délicates
de dire « va, je ne t'aime pas ».

Les larmes se mirent à couler dans son poêlon.

– Juliette, s'il te plaît…

Il avait parlé tout bas pour que personne ne les
remarque.

– Sois raisonnable, ma chérie.

– Et pis, ne m'appelle pas ma chérie quand t'en
penses pas un mot !

– Tu ne manges pas tes œufs ? Ils sont délicieux, tu
sais ?

Je suis en train de périr de désespoir et il me parle
jaunes d'œufs ! Ses pleurs redoublèrent. Les gens se
mirent à les dévisager. Jean-François Pinson était très
gêné.

– Tu veux qu'on rentre ? demanda-t-il.

Elle enfouit son visage dans sa serviette.

– Tu veux qu'on aille chez moi ? reprit-il.

– Chez toi ?

– Oui. Chez moi.

– Maintenant ?

Il hocha la tête. Elle sourit. Se moucha.

– D'accord.

Il fit signe qu'on lui apporte l'addition. Elle partit à la recherche de ses chaussures sous la table. N'en trouva qu'une. Dut se pencher pour repérer l'autre. S'excusa. Disparut. Réapparut rouge et bafouillante. Tenta d'expliquer que sa chaussure avait disparu. Énervé, il l'attrapa et l'entraîna vers la sortie.

Un pied nu…

Il faisait très bien l'amour.

Un peu trop bien même. Avec le savoir-vendre du bonimenteur de foire qui vous refile trois moules à gaufres, cinq passe-montagnes et deux presse-purée pour le prix d'un.

Il la regarda jouir comme un petit chimiste penché sur sa chaîne de molécules, et ça l'embarrassa. Elle fut obligée de faire semblant.

Le lendemain matin, il se leva pour aller acheter le journal et les croissants.

– Si le téléphone sonne, tu ne réponds pas, j'ai mis le répondeur…

– Le répondeur ?

– Je l'ai rapporté de New York.

Elle attendit le premier appel avec impatience pour voir comment ça marchait.

Une sonnerie et la voix de Jean-François sortit de la boîte rectangulaire, invitant à laisser un message.

– Jean-François, c'est Hervé. J'ai un rendez-vous à te transmettre. Au *Fouquet's*, à midi. Mme Cooper de Chicago. Tchao, mon vieux.

Puis, il y eut Corinne :

– Jean-François, tu me manques. Es-tu libre pour dîner, ce soir ? Mon mari est à Milan. Rappelle-moi, mon amour…

Puis encore Françoise, et Danièle…

Juliette se recoucha, abasourdie :

– Et moi qui croyais qu'il était pédé !

Chapitre 17

C'était le mois de mai, le joli mois de mai, chantonnait Louis. Cosi, cosa, it's a wonderful world.

Juliette était venue le chercher au studio Sound. Il
venait de terminer une campagne de pub pour une les-
sive aux enzymes. Une belle découverte, ces enzymes,
expliquait-il en riant, elles coûtent cher mais les ménagères en sont folles : elles se ruent sur les boîtes de
poudre.

Ça l'arrangeait : il n'avait jamais autant travaillé.

– Enziiimes sous la pluie, enziiimes sous la pluie,
what a wonderful feeling, enziiimes sous la pluie…

Il mimait Gene Kelly sur le trottoir. Sans parapluie.

– T'es gai aujourd'hui, marmonna Juliette qui marchait derrière comme d'habitude.

– Je gagne des sous, beaucoup de sous et j'aime ça.
Tiens, je pourrais te payer un second Solex ou une caravane pour accrocher derrière ou…

– Tu ferais mieux de me payer un studio, ça va de
plus en plus mal avec Valérie.

Ce n'était pas encore la guerre, mais chacune creusait
ses tranchées et entassait ses provisions en vue des hos-
tilités. À trois contre une : Regina, Ungrun, Juliette
contre Valérie. Valérie aimait Wagner et Bach, les
autres Santana et les Beatles. Valérie ouvrait grand les
fenêtres du salon quand Regina faisait brûler des bâtons
d'encens. Valérie interdisait l'arrivée de nouveaux

meubles – en plastique transparent – que Regina projetait d'installer dans SA chambre. Valérie débarrassait
SON bol de petit déjeuner, rangeait SA confiture sur
SON étagère, passait l'aspirateur dans SA portion de
couloir et se levait la nuit pour baisser le chauffage et
faire des économies. Résultat : elles étaient toutes les
trois enrhumées.

Regina, Ungrun et Juliette avaient décidé de déména-
ger. Le raisonnement de Regina était le suivant : à trois
on peut prendre un grand appartement, ça ne nous coûtera pas cher. « À quatre », avait rectifié Juliette annonçant l'arrivée prochaine de Bénédicte. « Je me charge
de tout, j'ai des relations, on va trouver », avait conclu
Regina.

Juliette ne pensa pas un instant à aller habiter chez
Louis. Il ne l'avait jamais emmenée chez lui. Ils se
retrouvaient régulièrement au *Lenox*.

– J'ai trouvé un agent, claironna-t-il les mains enfoncées dans ses poches de derrière.

– Un agent pour quoi faire ?

– Pour le cinéma…

– C'est difficile d'avoir un agent ?

– Oui, quand t'es un inconnu et que tu ressembles à
une tortue. Je m'en suis tiré en le faisant rire, je lui ai dit
qu'avec ma tronche il pourrait toujours me caser dans
un documentaire sur les Galapagos…

– Ah…

– C'était pour rire. Dis donc, ça va pas ? C'est le
béton qui te travaille ?

Juliette secoua la tête. Elle eut envie de tout lui
raconter : Virtel, la fac tout le temps en grève, Jean-
François Pinson qui n'avait pas rappelé…

– J'en ai marre, j'arrive à rien, je me traîne…
J'apprends par cœur des polycopiés en vue d'examens
qui, si ça se trouve, n'auront jamais lieu et je cherche

le béton qui flotte. C'est la dernière de Virtel : la brique qui marche sur l'eau !

Louis lui passa le bras autour des épaules et l'attira vers lui. Juliette se laissa aller. Heureusement que je l'ai, celui-là, il me fait rire et plaisir ; avec lui j'apprends tous les jours quelque chose. Il s'intéresse à tout.

– Attends, attends, dit Louis en enlevant son bras, tu te rappelles le petit monsieur à « Bâtimat », celui dont on a renversé la table ?

– Oui…

– Tu te rappelles ce qu'il y avait sur sa table ?

– Un saladier.

– Avec une brique dedans. Une brique qui flottait ! C'est ça qu'il cherche le père Virtel !

– Mais oui ! T'as raison… Oh ! t'es génial, génial !

Elle se suspendit à son cou et l'embrassa.

– Comment il s'appelait déjà ? demanda-t-elle. Il nous l'a dit quand il s'est présenté.

Ils se turent. Ni l'un ni l'autre ne se souvenait.

– Oh non ! gémit Juliette.

– Charles. Je me rappelle Charles. J'ai même pensé qu'il n'avait rien de gaullien avec son pull tricoté main et sa cravate posée par-dessus. Mais le reste…

– C'était trop beau…

– Écoute. Doit y avoir un catalogue avec les participants de « Bâtimat ». On va relever tous les Charles et leur téléphoner. Chez Virtel, on va trouver ça. Viens.

À Probéton, en effet, Isabelle leur montra le catalogue sur la table de la réception.

– Je sens qu'on est sur un coup, je le sens, dit Louis en feuilletant le catalogue. Tiens, recopie ces noms.

Juliette écrivit sous sa dictée. Trouva les téléphones dans le Sageret. Ils les appelèrent un par un. Aucun n'avait entendu parler de la brique flotteuse, mais on essaya de leur vendre un système de ventilation naturelle anti-vent et un éclairage zénithal avec réflexion sur les faces.

– Bon. C'est pas grave. On va aller rôder porte de Versailles. Dans les troquets. Il avait une tête à lever le coude, notre zigoto.

Louis n'avait pas tort. L'inventeur aimait les bars, les bières et les conversations de comptoir. Partout, on se rappelait son pardessus usé et la colère de ses petits yeux derrière les lunettes. Mais on ne se souvenait jamais de son nom. Ni de son adresse. Rien.

– Vous devriez aller à *l'Edelweiss*. Il allait y manger souvent pendant le Salon.

À *l'Edelweiss*, la patronne interrogea son mari. C'est lui qui faisait l'arrière-salle. Celui-ci hésita un moment, puis appela le garçon.

Juliette piétinait d'impatience. Dieu, que les gens sont lents ! On doit nous prendre pour des fous, en plus. Deux pauvres tarés qui courent après un homme qui fait flotter des parpaings...

– Ah, mais si... lâcha enfin le garçon, 'vous rappelez pas, madame José, c'est celui qui disait tout le temps qu'il était David contre Goliath. Ça me faisait marrer, moi, cette expression, parce que ça me rappelait les combats de catch. J'y vais...

– Vous vous souvenez de son nom ? l'interrompit Juliette.

– Non. Vous savez, les clients c'est bien rare qu'on connaisse leurs noms. On connaît leurs têtes, leurs habitudes, mais les noms... Celui-là, ça avait dû être un monsieur parce qu'il sauçait jamais son assiette...

– Y a personne qui pourrait nous renseigner ?

– Écoutez, je vois pas. Il mangeait toujours seul...

– L'était pas devenu copain avec Dédé ? demanda la patronne. Il parle avec tout le monde, Dédé...

– Et il habite où ? demanda Juliette pour couper court à la biographie de Dédé.

– Dans l'impasse, en sortant à gauche. Il est toujours dans son atelier, il est menuisier…

Dédé savait.

Il connaissait l'invention du petit monsieur, ses démêlés avec les grosses boîtes, les escroqueries dont il avait été victime. Il savait tout sauf son nom et son adresse.

Juliette enrageait.

– Mais, c'est pas possible ! Vous parlez avec un mec tous les jours pendant deux semaines et vous savez pas comment il s'appelle ?

– Ah si…

– Mais vous venez de nous dire le contraire !

– Je connais son petit nom : Charles. Arrêtez-moi ou je l'étrangle, fulmina-t-elle entre ses dents.

– Allez, viens, on s'en va, lança-t-elle à Louis.

Louis remercia le menuisier, lui fit des compliments sur la porte en chêne massif qu'il était en train de travailler. Il expliqua, alors, que c'était une commande d'une vieille Russe exilée qui voulait retrouver le motif exact de la porte de sa maison natale en Anatolie, derrière laquelle elle avait été conçue…

Juliette intervint. Elle arracha Louis à l'Anatolie et ils se dirigèrent vers la sortie.

– T'exagères, dit Louis, il est intéressant, ce petit vieux… T'as vu sa porte, elle est magnifique !

– J'en ai rien à foutre. C'est le nom de l'inventeur que je veux…

– Et ta commission…

– Et ma commission, exactement. J' pensais jamais la toucher et échouer si près du but me rend folle de rage, si tu veux savoir…

– Hé attendez, attendez !

Ils se retournèrent. Le menuisier courait derrière eux en se tenant les côtes.

– J'ai un détail qui m'est revenu, cracha-t-il essoufflé,

… c'est peut-être pas grand-chose, mais on sait jamais…, vous permettez ?

Il reprenait son souffle. Juliette et Louis s'étaient rapprochés et attendaient, impatients.

– … Chaque semaine, il passait une annonce dans *le Moniteur* pour vendre son invention…

– Et ça se trouve où *le Moniteur* ?

– Ah ça…, c'est un journal, c'est tout ce que je sais.

Ils trouvèrent *le Moniteur* dans une librairie spécialisée à l'Odéon et s'installèrent dans un café pour éplucher les petites annonces.

– Tu trouves ?

– Non et toi ?

– Que dalle.

– J'arrête, dit Louis. Fait chier, le petit inventeur…

Ils regardaient les consommateurs autour d'eux qui consultaient leur journal pour choisir le film de la soirée. *France-Soir, Pariscope, la Semaine de Paris*… Juliette les contemplait, amorphe. Les uns après les autres. Ça la reposait des émotions de la journée.

– Mais qu'on est cons ! s'écria-t-elle soudain. On a acheté un seul numéro, celui de cette semaine, mais il fallait en acheter des vieux aussi…

Elle fonça à la librairie. La propriétaire tirait le rideau. Elle lui arracha un paquet de *Moniteur*, la paya et partit en courant.

Cette fois-ci, ils n'eurent pas de mal à trouver. Dans le premier numéro que Louis ouvrit, en milieu de feuille, en caractères gras, était écrit : « Charles Milhal, inventeur. Pour un béton léger, résistant, imperméable. » Et, en tout petit, à la fin de l'annonce, son adresse et son numéro de téléphone.

– Ouf ! Ça y est, fit Juliette.

– Milhal, Milhal… Comment veux-tu retenir un nom pareil !

163

– Allez, viens, on l'appelle.

– Maintenant ?

– Dis donc, ça fait des jours qu'on le cherche et, maintenant qu'on lui a mis la main dessus, tu laisses tomber ! Ça va pas…

– Vas-y, toi, moi je reste ici à mater les filles…

Juliette tourna les talons et alla téléphoner.

Chapitre 18

Charles Milhal habitait, île de la Jatte, une bicoque qu'il avait retapée lui-même et qui, depuis, méritait le nom de maison. D'une case en béton gris et triste, il avait fait un ensemble de quatre pièces avec de grandes verrières et du bois. Il avait lui-même élevé les murs, construit des toits, bricolé une cheminée, installé chauffage et plomberie. Il s'était même octroyé le luxe d'une véranda en aménageant un vieux ponton sur la Seine.

Louis et Juliette avançaient vers la maison d'un pas décidé. Ils frappèrent à la porte. Après un long moment, le petit monsieur, le même que celui qu'ils avaient aperçu à « Bâtimat », vint leur ouvrir. En veston d'intérieur et un verre à la main.

– Ah ! je vous reconnais, vous ! Vous êtes les vandales qui avez saccagé mon stand.

– Euh…, c'est ça, dit Louis.

– Ben, entrez donc. Vous n'allez pas rester sur le pas de la porte !

Sur la télé allumée, Pierre Sabbagh tétait sa pipe. Charles Milhal coupa le son et se tourna vers Juliette :

– Qu'est-ce que je vous offre ?

– La même chose, dit Louis.

– Et moi, un grand verre d'eau, ajouta Juliette.

Il disparut dans une pièce qui devait être la cuisine. Juliette en profita pour dire à Louis qu'elle trouvait la maison rudement bien.

– T'as vu la cheminée ! s'exclama-t-elle. Et les deux fauteuils en cuir ! Oh ! et la table… J'aimerais bien habiter une maison comme celle-là…

– Sans moi, bougonna Louis en écrasant sa cigarette.

– Je te demandais rien… Je parlais de moi. Tu permets ?

– Rapports de couples, rapports de chieurs, persifla-t-il.

Juliette préféra ignorer son agressivité. Ça le prenait régulièrement quand il avait été aimable trop longtemps. Fallait s'y habituer et ne pas se formaliser. Surtout pas lui répondre. On le privait ainsi d'un plaisir délicieux : celui d'argumenter et de se disputer.

Charles Milhal revint avec un plateau et deux verres.

C'est Louis qui attaqua. Il expliqua que Juliette travaillait à Probéton et précisa sa tâche exacte.

– Une petite jeune fille comme vous ! Quelle drôle d'idée, dit Charles Milhal, vous n'y connaissez rien, je suppose ?

Juliette fut un peu vexée.

– Je me suis beaucoup documentée. Au CERILH et…

– Tous des escrocs, tonna Milhal en avalant une gorgée de pastis. Pour qui avez-vous dit que vous travailliez ?

– Probéton. M. Virtel.

– Connais pas. Quand j'ai voulu négocier, je suis allé trouver les plus gros, ceux qui auraient pu traiter pour le monde entier…

Il fit un signe de la main très vague, un peu las.

– Puisque les gros n'ont rien donné, suggéra Juliette, essayez Virtel.

Charles Milhal eut un sourire rusé. Il ne répondit pas. But une autre gorgée de pastis. Il avait de toutes petites mains extrêmement soignées pour un homme qui devait

166

bricoler toute la journée et un regard très malicieux derrière des cils blonds très pâles.

– Vous savez, finit-il par dire au bout d'un moment, mon histoire est une longue histoire. Je vous en ferai grâce… Aux États-Unis, en Allemagne, en Angleterre, partout dans le monde, quand vous découvrez un procédé révolutionnaire comme le mien, on vous dit « combien » et on discute argent autour d'une table… En France, on vous demande si vous avez des diplômes, des références…

– Et si on vous disait « combien » ? demanda Louis.

Le petit homme secoua la tête :

– Ce n'est pas aussi simple… Je trouve une formule que tout le monde attend et on essaie de m'éliminer. Quand une invention est brutale, elle met en danger des acquis et ça… Quand vous touchez aux intérêts des grosses boîtes, vous ne vous faites pas forcément bien accueillir…

– Vous devriez voir Virtel, reprit Juliette. Probéton n'est pas une grosse boîte. Vous ne mettrez pas Virtel en danger… Il a tout intérêt à faire affaire avec vous…

– Au besoin, vous ne lui vendez vos droits que pour la France, ajouta Louis.

Une lueur s'alluma dans les yeux de Charles Milhal.

Louis continua :

– Vous auriez des intérêts sur son chiffre d'affaires. Cela vous permettrait d'exercer un certain contrôle et de poursuivre vos recherches…

– Très juste, jeune homme. Faut que je réfléchisse. Je suis devenu méfiant. Dites à ce Virtel de m'appeler et nous verrons…, c'est tout ce que je peux vous dire pour l'instant.

Juliette et Louis comprirent que Milhal n'en dirait pas plus. Mais Juliette ne voulait pas partir tout de suite. Elle se disait qu'il fallait occuper le terrain, assurer son avantage, se rendre sympathique. Elle chercha un sujet de conversation neutre et, sur un ton enjoué, comme si l'affaire était réglée, enchaîna :

– Vous vous occupez vous-même du potager ?

Elle avait aperçu un petit carré cultivé juste avant d'entrer.

Elle avait frappé juste : Charles Milhal passait des heures à jardiner, cultiver des semis, construire des serres pour des cultures délicates. Elle ignora le regard furieux de Louis et plongea ses longs cils dans le regard pâle de Milhal.

– Dites, monsieur Milhal, coupa Louis revenant à l'attaque, vous pouvez pas nous expliquer à nous comment vous le faites flotter, votre béton ? Parce que, depuis le jour où on vous a rencontré, ça m'intrigue…

Milhal, étrangement, ne se déroba pas :

– Avec du sang. Plus un adjuvant dont j'ai le secret. Mais la base, c'est le sang…

Juliette fit la grimace.

– Ça vous paraît dégoûtant, dit Milhal qui l'avait vue grimacer.

– Un peu, oui… Et puis ça doit sentir…

– Pas du tout. L'odeur du sang est neutralisée par le ciment.

– Mais vous le trouvez où, votre sang ? demanda Louis. Dans les hôpitaux ?

Charles Milhal sourit. On lui posait toujours la même question.

– Mais non ! Il y a les abattoirs. Ils en produisent cent vingt mille tonnes par an et ils ne savent pas quoi en faire ! Ils l'écoulent dans la nature.

Sur l'écran muet, Pierre Sabbagh et sa pipe avaient cédé la place à l'inspecteur Bourrel et sa pipe. Charles Milhal expliquait qu'il n'était pas le seul à utiliser le sang : on s'en servait pour coller le vin, pour fabriquer des engrais, de la mousse d'extincteurs, des cosmétiques et des produits pharmaceutiques…

Juliette l'écoutait, médusée.

Elle n'aurait jamais cru que ce petit homme savait tant de choses.

Il ne faut jamais juger les gens sur leur mine ou sur leur table pliante, pensa-t-elle.

Le béton au sang, Charles Milhal y avait été initié très tôt lorsque, enfant, il allait passer ses étés en Touraine chez le frère de son père. Absorbé par l'étude de ses poissons chinois, l'oncle laissait son neveu livré à lui-même. Le petit Charles passait donc la plus grande partie de son temps avec Auguste, l'homme à tout faire de la maison.

Tout fascinait Charles : les chenilles qui deviennent papillons, les fraisiers qu'on repique ou l'isolement des caves.

Un jour, Auguste l'avait appelé par l'un des soupiraux de la cave et lui avait demandé de descendre les deux seaux qu'il avait oubliés dans la cour. L'un d'eux contenait de l'eau et du savon noir, l'autre était plein de sang. Charles les avait transportés, réprimant un haut-le-cœur chaque fois qu'il entendait clapoter l'épais liquide noirâtre ou que l'odeur remontait jusqu'à ses narines. « Le sang dans le ciment, y a rien de mieux pour empêcher l'humidité », lui avait expliqué Auguste. Le sang qui faisait imperméable, ça, c'était une histoire fantastique ! Charles l'avait regardé verser le contenu des deux seaux dans une cuve et préparer un répugnant mortier. Puis Auguste avait badigeonné les murs et le plafond avec son étrange mixture. Au fil des étés, Charles s'était habitué aux seaux de sang et c'est sans émotion qu'il avait fini par mettre la main au drôle de mélange d'Auguste. Tout comme, les années passant, il était devenu expert en repiquage de fraisiers et entretien de potager.

En revanche, il ne comprenait rien aux femmes. Il

lui fallut cinq mariages pour s'en convaincre. Il avait décidé de ne plus se marier.

Il n'en voulait pas plus aux femmes qu'aux hommes. Doté d'un imaginaire riche et assez délirant, il inventait chaque jour de nouvelles idées de maisons, de plans d'usines décoratives, de pans de mur réflecteurs, idées qu'il partageait avec ses copains au café du coin, à côté des Beaux-Arts, et qu'il avait la surprise, ensuite, de retrouver classées en projets officiels, remportant des concours nationaux, des médailles.

Devenu architecte, il décida de se méfier et de garder pour lui ses mirifiques projets. Aussi, en 1965, il entreprit de réaliser une idée qui lui venait du temps où, enfant, il cherchait à échapper aux querelles qui éclataient entre ses parents : un logement à géométrie variable avec cloisons amovibles. « Si vous criez trop fort, je tire un mur et je ne vous entends plus. » Il s'était amusé à dresser des plans : sur le papier, ça marchait. Galvanisé par un récent mariage – le dernier –, il décida de réaliser son rêve. La vie était trop courte pour qu'on se refuse ce genre de folie. Et puis, à quoi bon avoir acquis un nom, une situation, de l'argent – bref du pouvoir –, si c'était pour ne pas tout relancer sur le tapis vert.

Il tenta l'aventure. Ça ne pouvait pas ne pas marcher : en hiver, pas de terrasse, les murs extérieurs sortis et une surface intérieure maximale ; en été, les murs rentrés, une grande terrasse et un espace intérieur réduit.

Il y croyait si fort qu'il finança lui-même le dossier de permis de construire. Il y eut quelques détails à régler avec les impôts locaux : sur quelle superficie allait-on les calculer ? Mais le permis fut accordé. Un promoteur dénicha un terrain idéal en vallée de Chevreuse. La vente commença. Sur plans.

Un véritable succès. Les appartements élastiques

s'arrachaient comme les emprunts russes avant la révolution. Milhal travaillait déjà sur une seconde tranche afin de satisfaire toutes les demandes.

C'est alors que le scandale éclata : le promoteur n'avait plus d'argent pour construire. Sous prétexte de ne pas laisser « dormir des millions », il avait engagé l'argent des souscripteurs dans une autre affaire. Véreuse. Du jour au lendemain, il ne resta plus un centime pour financer le chantier de Milhal. La presse s'empara de l'affaire, se défoula pendant quelques semaines, puis passa à autre chose, laissant Milhal déshonoré, grillé, fini. Sa femme demanda le divorce. Elle voulait retrouver un nom « propre ».

Milhal dut vendre son hôtel particulier avenue de Saxe et emménagea dans sa petite bicoque de l'île de la Jatte. Pendant trois ans, il dériva. Ruiné, désespéré, refaisant l'historique de sa déchéance nuit et jour, parlant seul, injuriant les arbres au bord de l'eau, les passants qui se promenaient…

Mai 68 l'a distrait un peu. Lui aussi avait des comptes à régler avec la société. Il alla baguenauder autour des barricades. En touriste d'abord, puis, très vite, se prenant au jeu, il se retrouva à lancer des pavés sur les flics.

Après quoi, il s'estima quitte et décida de se remettre au travail. La RATP lançait un concours : les murs du métro suintaient. On cherchait un revêtement isolant et résistant. Milhal se souvint alors du vieil Auguste. Il commença ses expériences et eut l'idée d'ajouter, en plus du sang, un adjuvant qui liait mieux la pâte et supprimait les inévitables bulles d'air qui se formaient toujours au moment du mélange. Il obtint ainsi un béton léger, résistant et vraiment imperméable.

Il décrocha le contrat et refit toute une portion du métro. Aussitôt après, les ennuis recommencèrent : les grosses boîtes voulaient bien son idée, mais sans lui en laisser la paternité ni lui ristourner un pourcentage. De l'escroquerie pure et simple. David contre Goliath. On lui fit comprendre qu'avec son nom il n'avait rien de mieux à attendre. Il reprit sa fronde et décida d'aller jouer tout seul en attendant des jours meilleurs.

C'est cette formule révolutionnaire qu'il tentait de promouvoir sur sa table pliante dans un coin de « Bâtimat ». Formule à côté de laquelle tous les participants passaient sans jeter un œil, rebutés par la modestie de son stand.

Depuis trois ans, Charles Milhal se heurtait toujours au même problème : il n'inspirait pas confiance.

Chapitre 19

Le printemps 1968 avait ouvert, avec un peu d'avance, la décennie qui suivait. Le printemps 1969 assista, dans le calme, à la fin d'une époque. Un long règne s'acheva sans qu'une crise lui succède et, même si, passant du Général à son chef d'état-major, on changeait plus qu'on ne le pensait, on restait gouverné et dans le bon ton. D'autant plus que les mois précédant le référendum avaient été agités : ceux-là mêmes que les grèves et les barricades de 1968 avaient remplis de terreur surent, l'orage passé, se souvenir de la force de ces arguments-là. La majorité n'était plus silencieuse et le pays se mit à bouger : Gérard Nicoud, CIDUNATI, opération « rideau baissé », étudiants lassés des facs fermées, agriculteurs en colère. Il fallait une poigne pour remettre de l'ordre dans tout ça : l'Auvergnat gros fumeur de Gauloises ressemblait à s'y méprendre au rôle. On l'engagea.

Pompidou eut raison de Poher au second tour des élections, et les Français purent accrocher leur caravane et embouteiller les routes de France, l'esprit en paix. Tout était rentré dans l'ordre.

Les rêves gaulliens étaient dépassés, une France nouvelle allait naître. C'est du moins ce que promit le président lors de sa première conférence de presse : une France industrielle hérissée de hauts fourneaux et de nez de Concorde.

C'est le moment que choisit Bénédicte pour débarquer à Paris. Les troubles qui s'étaient déclenchés au *Figaro* au mois de mai avaient failli compromettre son embauche. Personne n'avait suivi avec plus d'attention qu'elle le déroulement des événements qui avaient ébranlé le quotidien. Et ce n'est qu'à la mi-juin qu'Émile Bouchet put la rassurer : le service du personnel s'était enfin décidé à poster sa lettre d'engagement, à l'essai, du 1er juillet au 30 septembre 1969.

Ouf ! pensa-t-elle le jour où elle tint sa lettre. Entre le coup d'éclat de « Béatrice O'Hara » et l'engagement de Bénédicte Tassin, deux mois s'étaient écoulés, chaque jour alourdissant l'inquiétude de la veille. D'abord, Bénédicte s'était demandé si Émile Bouchet ne l'avait pas bernée… Ce doute, qui la visitait quelquefois, faisait aussi remonter la culpabilité que son excitation avait su refouler jusque-là : si, finalement, elle n'était pas engagée au *Figaro*, son coup de bluff auprès de Mme Boitier n'aurait servi à rien. Une crapulerie qui rapporte, ça pouvait se pardonner, mais une traîtrise inutile…

Pendant ces deux mois, aussi, il fallut faire patienter tous ceux à qui elle avait annoncé triomphante son départ pour Paris et son engagement au *Figaro*. On la harcelait de questions. Avec l'empressement suspect de ceux qui aimeraient bien partir, mais n'en ont pas les moyens.

« Alors, c'est pour quand ? » « Pourquoi sont-ils en grève dans ton journal ? » « C'est embêtant pour toi ? » Elle avait beau afficher une certitude complète, elle avait peur de devoir décommander son rêve. Et de décevoir son entourage. Ses parents, qu'elle avait enfin réussi à étonner, ses amies, Martine en tête, auprès desquelles elle égalait, si elle ne le surpassait pas, le départ de Juliette, et Juliette, enfin, qu'elle avait l'impression de battre sur le fil. Car, si Juliette était arrivée à Paris sur la pointe des pieds, Bénédicte entendait bien faire son entrée en fanfare. Elle étouffait si bien le respect que lui inspirait, au fond, l'innocente et naïve détermination de Juliette qu'elle en oubliait tous les avantages qu'elle allait pouvoir en retirer. À la différence de Juliette, elle n'aurait pas à jouer les pionnières, à trouver un logement, un travail, des relations. Elle habiterait avec Juliette, partagerait ses amis et travaillerait au *Figaro*.

Elle arriva donc à Paris dans les derniers jours de juin quand les rues ressemblent à un parc d'attractions et qu'on flâne bras nus en cherchant une place à la terrasse.

Elle lutta férocement contre la forte impression que lui faisait la ville, bien décidée à ne pas se laisser intimider.

Après tout, Paris n'était jamais que Paris. Aucune raison qu'elle n'y soit pas chez elle et de plain-pied. Elle n'avait rien à craindre. Elle essaya de chasser l'angoisse diffuse, obsédante, qui l'étreignait chaque soir avant de s'endormir. Un sentiment de peur qui lui donnait envie de s'enfoncer au plus profond des draps et de n'en plus bouger… Pourquoi avoir voulu quitter Pithiviers et le nid douillet de « la Tassinière » ? Puis elle se rassurait : elle allait être journaliste munie d'un sésame pour entrer partout. Rien dans cette ville n'existait tant que la presse n'en avait pas parlé. C'est Émile qui le lui avait expliqué. Elle frissonnait en se le répétant, puis s'endormait en rêvant à des incidents où sa carte de stagiaire – dans ses rêves, c'était déjà une carte de presse – réglait tous les problèmes et clouait tous les becs.

Elle n'était pas encore parisienne mais, à ses yeux, soudain, elle était plus que ça : JOURNALISTE et dans l'un des plus grands quotidiens français…

Deuxième partie

Chapitre 1

Il fallut beaucoup de patience, d'énergie et de diplomatie à Regina avant de dénicher le logis idéal pour Ungrun, Juliette, Bénédicte et elle. Patience car, dès qu'une annonce paraissait alléchante, l'appartement était pris d'assaut par une cohorte de gens furieux qui faisaient la queue en se soupesant les uns les autres d'un air mauvais. Elle devait alors piétiner des heures durant avant de s'entendre dire que l'objet de sa convoitise – celui-là même qu'elle avait déjà amoureusement décoré dans son imagination – n'était plus à louer... Énergie pour ne pas désespérer, pour se relever à l'aube, tituber jusqu'au kiosque le plus proche, acheter le journal, lire les petites annonces, repérer l'affaire et se remettre dans la queue. Diplomatie pour garder ses nerfs bien parallèles quand une femme enceinte se servait de son ventre en pointe pour doubler tout le monde. Ou quand, dans le regard de l'employé de l'agence, elle se sentait soudain assimilée au travailleur immigré qui veut habiter avenue Foch. Étrangère, sans bulletin de salaire, sans alliance, grande, blonde et délurée, Regina n'inspirait pas confiance. Pas du tout.

Finalement, comme toujours, Regina fut sauvée par ses relations. Un de ses élèves avait un ami qui connaissait une dame dont le cousin prenait sa retraite et partait s'installer en province, laissant à la convoitise générale un hôtel particulier au 64, rue des Plantes.

– Un hôtel particulier ! déglutit Regina, impressionnée.

– Absolument, répondit-il en se rengorgeant. Et ce n'est pas tout. Ce brave homme n'a aucune idée des prix et n'en demande que trois mille francs…

Regina apprit ensuite que la maison était grande, belle mais située dans une rue souvent embouteillée. Au 62 s'élevait une tour d'HLM morose. Au 66, l'hôpital de Notre-Dame-de-Bons-Secours.

Regina abrégea la leçon et promit de donner sa réponse dans les quarante-huit heures. Au moment de refermer la porte, l'élève glissa un pied dans l'entrebâillement et demanda d'un air gourmand :

– Dites, si l'affaire se fait, j'aurai bien droit à une ou deux leçons gratuites, hein ?

Les filles allèrent voir la maison : deux étages, cinq chambres à coucher, deux salles de bains, un grenier, une cave et un jardin rabougri. L'intérieur était impeccable. Le propriétaire devait être un de ces maniaques qui guettent la tache avec une éponge imbibée d'Ajax et jouent au petit maçon pendant leurs week-ends.

– Doit se faire chier dans la vie celui-là, en déduisit Regina, mais c'est tant mieux pour nous.

Virtel mena les négociations afin de rassurer le propriétaire. Il signa une lettre où il se portait garant des quatre locataires.

Regina s'attribua la plus belle chambre, celle avec salle de bains adjacente. Juliette et Ungrun n'y trouvèrent rien à redire : après tout, elle avait fait toutes les démarches pour trouver cette maison. Il n'en alla pas de même pour Bénédicte. Elle s'indigna de l'égoïsme de Regina et avertit Juliette :

– T'as pas quitté un tyran pour en retrouver un autre. Fais attention…

Depuis qu'elle travaillait au *Figaro*, Bénédicte était encore plus ferme, si c'était possible, sur ses principes.

Valérie prit très mal leur départ. Prétendant n'avoir pas été prévenue à temps, elle refusa de leur rendre leurs trois mois de caution. Regina vociféra, menaça de faire intervenir ses relations, mais, imperturbable, de l'air de celle qui a quatre as dans sa manche, Valérie répliqua :

– Si j'étais toi, je ne me vanterais pas trop de mes relations !

Et Regina se tut.

Enfin, le 1er juillet, elles emménagèrent dans leur nouveau logis. Le 21, Regina décida de donner une grande soirée. Elle avait hésité un moment entre le 10 – arrivée du Tour de France sur les Champs-Élysées – et le 21 – alunissage de la capsule Apollo, mais les astronautes américains écrasèrent de leur prestige Eddy Merckx et son maillot jaune.

– On va boire, on va danser et, à trois heures du matin, tous devant la télé !

Chacune avait dressé sa liste d'invités. Celle de Regina faisait concurrence à l'annuaire, celle d'Ungrun comportait trois noms, trois amies mannequins. Quant à Juliette, elle avait bien laissé un message sur le répondeur de Jean-François Pinson, mais attendait encore la réponse. Louis était parti tourner en Corse : une Série noire pour la télé. Il y tenait le second rôle masculin. Il lui avait annoncé la nouvelle en mangeant des cachets d'aspirine : les grandes émotions lui donnaient toujours la fièvre. C'était sa manière à lui d'exprimer sa joie ou sa peine. Il en tremblait presque : « Tu te rends compte… mon premier rôle… Fini les musiquettes… J'attaque, là, j'attaque… Tu vas voir, si, si. Retiens bien ce que je te dis. C'est maintenant que ça commence pour moi et je vais le leur montrer à tous. »

Un mois de tournage, mille francs par jour. La tortue partait à l'assaut.

Dépitée de n'avoir personne à inviter, Juliette appela Charles Milhal. Il répondit qu'il viendrait avec plaisir.

Virtel et lui avaient « fait affaire » : Milhal vendait sa licence, pour la France, contre deux millions de francs lourds et deux francs par kilo de produit utilisé. Après avoir rebouché son stylo Mont-Blanc, Virtel s'était frotté les mains et Milhal avait semblé satisfait : il allait pouvoir continuer ses recherches, sans souci d'argent, tout en gardant l'exclusivité du brevet et les droits pour l'étranger.

Juliette attendait toujours sa commission.

Martine était venue de Pithiviers avec Bénédicte qui déménageait petit à petit et faisait de nombreux aller et retour entre la maison de ses parents et la rue des Plantes. Quand elle les vit descendre toutes les deux de la 4 L, les bras chargés de vêtements et de livres, Juliette ne put s'empêcher d'être jalouse. Bénédicte et Martine s'étaient beaucoup rapprochées en un an.

Et puis, il y avait les amis de Regina.

Tous les amis de Regina. Ils étaient beaux, ils étaient jeunes, ils riaient, et Juliette les regardait comme si elle était au cinéma. Ils étaient arrivés avec des bouteilles de champagne, des serpentins, des confettis, des ustensiles de cuisine, des posters, des disques, des fleurs… Ils embrassaient Regina avec effusion. Les hommes la serraient de très près, les femmes échangeaient des baisers sans lèvres, de ces baisers précautionneux où on ne veut ruiner ni son rouge ni son fond de teint. Les filles portaient de drôles de robes pleines de trous, de métal et de plastique, et les garçons des vestes très cintrées et des pantalons évasés du bas. Certains visages paraissaient familiers à Juliette : elle avait dû les voir dans les journaux.

Le petit ami italien de Regina était là aussi : grand, brun, la chemise ouverte sur une poitrine velue, le sourire étincelant. Il évoluait au milieu des gens, la pupille brillante et vide. Il était beau, on le remarquait, il le savait. Juliette l'entendit parler avec animation de l'acci-

182

dent de Ted Kennedy à Chappaquidick. « C'est horrible, sa carrière politique est sûrement foutue », disait-il à une starlette blonde qui devait penser à tout autre chose qu'à l'avenir politique de M. Kennedy.

Juliette soupira. Pourquoi se sentait-elle toujours exclue au milieu des fêtes et des étrangers ? Idiote, maladroite, presque muette. En fac, c'était pareil. Elle avait été reçue à son examen, mais ça ne lui avait pas donné confiance en elle pour autant. « Ils l'ont donné à tout le monde cette année », avait-elle pensé. Elle enchaînait les moments d'audace où elle était Scarlett ET Surcouf et ceux où elle rasait les murs.

Elle se rapprocha de Virtel et de Milhal en grande discussion.

— … il y a une entreprise au Venezuela qui serait intéressée par votre formule de béton pour construire une tranche de bidonvilles, disait Virtel. Voyez-vous un inconvénient à ce que je suive l'affaire ?

— N'avions-nous pas décidé que vous vous borniez à la France ? répliqua Milhal en attrapant une saucisse et en la trempant dans de la moutarde. Donnez-moi la lettre, je me mettrai en rapport avec eux…

— Il faudra en reparler. Vous n'auriez pas cette affaire sans moi et…

— Saviez-vous que le président a décidé de lancer tout un programme de constructions d'autoroutes ? Bientôt, on pourra faire Paris-Marseille d'une traite. Il va y avoir des marchés importants à traiter, je pourrais vous aider si…

Ils lui firent un petit signe de la tête et continuèrent à parler des ponts d'autoroute.

Martine dansait avec un grand énergumène à lunettes dont la longue mèche de cheveux tombait sans arrêt sur ses verres. Martine s'amusait beaucoup. D'ailleurs, ces temps-ci, tout l'amusait. Elle avait fini ses cours par correspondance et avait décroché un stage à Paris. Elle commençait le 1ᵉʳ août comme « réserviste » à la Coop de l'avenue du Général-Leclerc. Elle ne l'avait pas encore dit à Juliette et comptait lui en faire la surprise.

– À quoi pensez-vous ? demanda le grand jeune homme.

– Au magasin Coop où je vais débuter dans moins de dix jours.

– Comme c'est intéressant ! Je croyais que les jeunes filles ne rêvaient qu'à l'amour.

– Toutes, sauf moi.

– Vous n'êtes jamais tombée amoureuse ?

– Jamais.

– Je ne vous crois pas.

– Eh bien si… Tenez, il m'arrive même de croiser des filles dans la rue – des moches et des belles – et de me dire : « Je suis sûre qu'elles sont amoureuses ! Alors pourquoi pas moi ? » J'aimerais bien que ça m'arrive au moins une fois !

– Et ça vous manque pas ?

– Ben non… puisque je ne sais pas ce que c'est.

– Et vous n'avez jamais dit « je t'aime » à un garçon ?

– Non. Je dis des choses gentilles comme « je t'aime bien », « je suis bien » et, quand je les dis, je les pense. Et puis j'oublie… Vous voyez cette jeune fille assise toute seule, dans son coin…

Il se retourna et vit Juliette.

– Elle, elle passe son temps à tomber amoureuse. C'est même sa principale occupation…

Mais pourquoi Juliette restait-elle toute seule ? Martine décida de laisser tomber l'homme à la mèche glissante pour la rejoindre.

– Je suis engagée à la Coop de l'avenue du Général-Leclerc à partir du 1ᵉʳ août comme réserviste. Je suis arrivée première de mon stage, clama-t-elle en se laissant tomber près de Juliette.

– Mais c'est tout près d'ici ! Tu vas habiter avec nous !

– J'osais pas le demander, mais s'il vous reste une soupente…

– Mais non… il y a une chambre vide. On l'avait baptisée chambre d'amis, ce sera la tienne.

– Et les autres ? Qu'est-ce qu'elles vont dire ?

– Elles seront ravies… On partagera le loyer en cinq plutôt qu'en quatre. Ça nous fera faire des économies !

Martine poussa un YOOOUPEE de joie.

– Qu'est-ce qui se passe ? demanda Regina qui dansait avec son Italien à quelques mètres. C'est déjà l'heure des astronautes ?

– Non. C'est Martine qui va habiter avec nous. Dans la chambre d'amis.

– Ah… C'est pas bête… Ça nous fera faire des économies…

– Qu'est-ce que je t'avais dit ? souffla Juliette qui étouffait sous le poids de Martine. Pousse-toi un peu, t'es lourde, ma vieille… Alors, je vais être toute seule à Pithiviers, cet été !

– Ouais. Et t'as intérêt à faire gaffe à l'assassin, t'es tout à fait son genre… Ça commence quand la lune ?

– Vers trois heures du matin…

– On devrait aller s'installer maintenant pour avoir les meilleures places…

Elles se dirigèrent vers la télé et retrouvèrent Ungrun, ses lunettes à portée de main, qui attendait religieusement : son fiancé lui avait promis qu'il penserait très fort à elle au moment de l'alunissage.

– Il reste encore du champagne ? criait Virtel à la ronde.

– À la cave, à la cave, répondit Regina.

– Et où est la cave ? demanda Virtel.

Juliette se cacha derrière Martine et Ungrun. Elle ne voulait surtout pas devoir l'accompagner. Regina fit un rapide tour de l'assistance, puis, ne trouvant personne, se résolut à descendre avec lui.

Sur l'écran de la télé, l'événement se précisait. Peu à peu les invités se rapprochaient et se taisaient. La capsule spatiale se détacha d'Apollo IX et se dirigea vers la mer de la Tranquillité. Le commentateur passait le temps en indiquant régulièrement la distance qui séparait encore les hommes de la lune. Quarante mille pieds, trente-cinq mille, trente mille… Aldrin faisait des commentaires imbéciles : « La mer de la Fertilité ne me paraît pas très fertile. Je me demande qui a bien pu lui donner ce nom… ».

Vingt-cinq mille pieds, vingt mille, quinze mille…

– Oh ! je voudrais tellement être là-bas, à Cap Kennedy, avec les autres journalistes, s'exclama Émile Bouchet qui ne voulait surtout pas qu'on oublie sa qualité de grand reporter.

Le module se rapprochait. « Nous descendons, nous descendons », disait Amstrong.

10 000, 5 000, 2 000, 1 000…

Il y eut un petit nuage de poussière et la capsule se posa sur la lune. Des applaudissements éclatèrent dans la pièce, des gens s'embrassèrent, d'autres crièrent, d'autres encore demeuraient bouche bée. Comme Ungrun. Ou Juliette.

Revêtu de sa combinaison spatiale, Neil Amstrong descendait les marches de l'échelle et posait le pied sur la lune, empêtré comme un gros bibendum.

– Comment font-ils avec l'apesanteur pour faire pipi ? chuchota Martine.

– Tais-toi, tais-toi, dit Juliette, hypnotisée par ce qui se passait sous ses yeux.

« C'est un petit pas pour l'homme, mais un bond de géant pour l'humanité », déclara Amstrong sous sa bulle.

– Hé ! Tu vas pas me faire croire qu'il a improvisé ça… On le lui a écrit avant de partir !

– Arrête, fit Juliette, exaspérée, tu gâches tout !

Là-haut, tout là-haut, deux hommes rebondissaient sur la lune. Elle eut la gorge serrée et envie de pleurer. Quand ils plantèrent le drapeau américain, Martine ne put s'empêcher d'ajouter : « Je me gourre pas en allant là-bas, c'est vraiment l'avenir… » Émile Bouchet, assis tout contre Bénédicte, évoquait Galilée. Bénédicte écoutait. Charles Milhal avait le nez collé sur le poste. Ungrun pensait à son fiancé.

Et Virtel ? Et Regina ?

Ils étaient à la cave et pas pressés d'en remonter.

Chapitre 2

Trois jours après la fête, alors que les filles finissaient avec de moins en moins d'entrain les restes de pâté en croûte, de poulet rôti et de gâteau au chocolat, le téléphone sonna.

– C'est pour toi, dit Regina en se léchant les doigts et en tendant l'appareil à Juliette. Quelqu'un qui sanglote…

Juliette attrapa le combiné d'une main, une cuisse de poulet entamée dans l'autre.

– Allô… bafouilla-t-elle la bouche pleine.

– Ma chérie, c'est maman… C'est horrible, il est arrivé quelque chose de terrible…

Juliette fit mentalement le tour des catastrophes possibles. On ne savait jamais avec sa mère. Il pouvait tout aussi bien s'agir d'un accident survenu à son père, du cambriolage du magasin, du prix des espadrilles soudain monté en flèche ou du décès d'une lointaine voisine.

– Minette est morte.

Minette. La vieille grand-mère qu'on oubliait toujours en bout de table lors des festivités familiales. Elle s'était assoupie, un soir. Son menton avait glissé dans sa crème caramel et elle ne l'avait plus jamais relevé.

De la maison de repos où ses parents l'avaient placée, Minette fut ramenée rue de la Couronne et exposée sur un grand lit.

Pour la première fois de sa vie, Juliette, accourue à Pithiviers, approchait un mort. Elle observait sa grand-mère avec attention. Elle ne sent plus rien, c'est fini. De la mort à la vie, de la vie à la mort, aller-retour en quatre-vingt-deux ans. Normal. Juliette n'était pas choquée. Elle la connaissait si peu. Elles ne se parlaient presque pas. C'était une grand-mère douce et effacée. Plus Juliette la regardait, plus elle avait du mal à l'imaginer jeune, valsant, flirtant, tombant amoureuse, faisant l'amour. Pour Juliette, Minette était née grand-mère. Ce qui la chagrinait surtout, c'était la disparition d'un intermédiaire entre la mort et elle. La prochaine, c'est maman, puis moi... Elle se rapprocha de sa mère et lui prit le bras. Mme Tuille pleurait en balbutiant « maman, maman ». Juliette trouva ce mot saugrenu dans la bouche de sa mère.

Puis il y eut la visite chez le notaire. Sept ans auparavant, Minette avait rédigé un premier testament, mais était retournée chez maître Corbier, récemment, pour faire des corrections. Marcel et Jeannette Tuille s'étaient alarmés de cette modification de dernière heure, aussi était-ce avec impatience qu'ils attendaient la lecture des ultimes volontés de la défunte. Juliette avait dû les accompagner, non qu'elle en ait tellement envie, mais ses parents avaient insisté. « Elle t'aura sûrement légué quelques napoléons et une petite commode, et il est de bon ton que tu te déranges. » Juliette râla. D'abord, l'héritage, elle trouvait ça tout à fait amoral : un pauvre vivant se décarcasse toute sa vie pour amasser quelques biens qui échouent à des héritiers qui n'ont pas dépensé la moindre goutte de sueur dans l'affaire. Ensuite, elle avait dansé jusqu'à trois heures du matin au *Club 68* et n'avait aucune envie de se lever à huit heures pour assister à la lecture d'un testament.

Elle eut raison d'y aller. Minette lui léguait TOUT : sa ferme de Giraines, qui devait bien valoir dans les

400 000 francs, ses actions, ses napoléons, ses bijoux, ses meubles, ses livrets de Caisse d'épargne. Maître Corbier termina sa lecture par les derniers mots de Minette : « Marcel et Jeannette comprendront. Ils sont déjà installés dans la vie et n'ont besoin de rien. Juliette, elle, a pris le risque de monter à Paris et je l'en félicite. J'ai toujours eu peur de prendre des risques. Bon courage Juliette. » Les nez de Marcel et Jeannette Tuille se tordirent.

Pour le coup, ils auraient pu faire la grasse matinée, eux, pensa Juliette qui n'en revenait pas. Le notaire continuait en énumérant les frais qu'il allait falloir déduire de l'héritage, les droits de succession…

Juliette n'écoutait plus.

– Et que vas-tu faire de la maison ? demanda Mme Tuille à sa fille, le soir autour de la soupière.

– Je la garde, bien sûr ! Et demain, j'irai la voir… Je ne m'en souviens plus très bien. Depuis combien de temps Minette n'y habitait plus ?

– Dix ans… Depuis qu'elle était en maison de retraite.

– Et pourquoi vous l'aviez pas prise avec vous ?

– Tu n'y penses pas, Juliette ! Avec le magasin…

– Il va falloir que tu paies les frais de succession, les impôts fonciers, les taxes locales, l'électricité, le gaz, l'eau… Ça coûte cher une maison, déclara M. Tuille en relevant le nez de son journal. Et comment comptes-tu faire ?

– Ben… Je vais vendre les napoléons, les actions et tout ça, quoi…

Marcel Tuille explosa. TOUT ÇA, QUOI ! Était-ce une manière de parler ? Où donc avait-elle été éduquée ? Parfois, il y avait vraiment de quoi se poser la question !

Puis se retournant vers sa femme :

– Ah ! on peut dire que, dans votre famille, on n'a pas le sens des conventions ! Mais qu'est-ce que tu lui as appris pour qu'elle parle comme ça ! Et moi qui me crève la santé à lui payer des études à Paris, à PA-RIS... Et bientôt je vais me retrouver avec une hippie, des fleurs plein les cheveux, qui m'installera une communauté de drogués dans cette maison de Giraines... Manquait plus que ça !

Juliette préféra se taire.

– C'est comme ce soi-disant travail chez Probéton, continua-t-il. Tu nous avais pourtant bien promis de ne pas travailler ! Eh bien, non ! Il faut que mademoiselle se fasse de l'argent de poche supplémentaire ! Et dans le béton, en plus ! Tu parles d'une carrière féminine...

« Comme si c'est masculin de vendre des espadrilles », se dit Juliette. Elle pensa à sa maison. À Giraines, à dix kilomètres de Pithiviers. Ça lui revenait maintenant : une ferme carrée bâtie en pierres irrégulières, fermée sur une cour intérieure avec un genêt au milieu. La maison était située dans le village, mais l'arrière donnait dans les champs. Des champs de blé à perte de vue. Le royaume du blé et des moissonneuses-batteuses. Plat et jaune l'été, triste et marron l'hiver. Je vais être chez moi, dans MA maison...

– Ça y est ! Ils dévaluent le franc, maintenant ! enchaîna son père, et ils bloquent les prix ! Jusqu'au 15 septembre. Ah ! c'était bien la peine de voter Pompidou. On est gouvernés par des incapables...

– Bah ! Ce n'est pas dramatique, répondit Jeannette Tuille, ravie de voir la conversation déviée sur le gouvernement.

– Et si on veut aller à l'étranger, hein ? Comment on fait avec nos francs qui ne valent plus rien ?

– Tu sais bien qu'on ne bouge jamais d'ici ! On n'est même pas allés voir Juliette à Paris.

– J'préfère pas...

Juste à côté du franc dévalué, il y avait un gros titre : « Le carnage de Bel-Air, l'actrice Sharon Tate et quatre

191

de ses amis trouvent la mort… » Juliette se tordit le cou pour lire la suite, mais son père la vit et dit :

– T'attendras que j'aie fini… Des crimes y en a assez par ici pour que tu aies besoin de lire ceux qui se passent ailleurs !

Il s'était fait nommer président d'un des nombreux comités de défense de Pithiviers. Juliette le soupçonnait de ne l'avoir fait que pour porter, une fois dans sa vie, le titre de président. Il écrivait de pompeux discours : « … Afin de sauver la vertu de notre jeunesse, de la soustraire aux folies d'un meurtrier qui frappe à l'aveuglette… » Tout à coup, il devenait Caton l'Ancien qui ânonnait Delenda est Cartago en piquant les bijoux des femmes sous prétexte d'austérité. Il pouvait en écrire dix pages sur ce ton-là, et l'activité principale du comité consistait à écouter Marcel Tuille lire ses longues tirades. La traque du meurtrier, les gendarmes s'en chargeaient et des renforts étaient arrivés de Paris.

– Tu crois qu'il est de Pithiviers, l'assassin ? demanda Juliette pour l'amadouer en le faisant parler de son sujet favori.

– Je ne peux rien affirmer, mais je sais ce que je sais…

Il se replongea dans son journal, indiquant ainsi que toute tentative de conversation était vaine. « L'héritière » était priée de se taire et de se faire oublier.

Le lendemain, Juliette fut réveillée par de violents coups à sa porte. Elle jeta un regard pâteux à son réveil et vit huit heures et demie ! Elle décida de ne pas répondre et s'enfonça encore plus profond sous son édredon.

– Juliette ! Juliette ! vociférait son père derrière la porte, ouvre-moi IMMÉDIATEMENT.

Elle cria « Voilà, voilà, j'arrive » en nouant le cordon de son peignoir et tituba jusqu'à la porte.

– Peux-tu m'expliquer ?

Il se tenait devant elle, raide comme un adjudant, le teint violacé de l'alcoolique qui a déjà le nez en chou-fleur et le foie en confetti. Il agitait nerveusement une carte postale qui, à l'évidence, devait être destinée à sa fille. À première vue, ou plutôt du côté recto, rien ne justifiait qu'il se mît dans un tel état : une crique, un petit bateau, des rochers à pic et, en haut à gauche, une tête de nègre corse.

– Alors, j'attends, demanda-t-il, cramoisi et fulmi-nant, le cortex au bord du court-circuit.

– Ben… C'est la Corse, réussit-elle à dire dans un demi-sommeil.

« Et ce doit être Louis », ajouta-t-elle en son for inté-rieur.

– Et ça ? C'est la Corse aussi ?

Il retourna la carte. Son souffle se fit soudain plus précipité, saccadé, haché. De l'autre côté de la petite crique, en plissant un peu les yeux, Juliette réussit à lire : « Poils, bitte, couille, je pense à toi, cosi, cosa, it's a wonderful world. » Pas de doute, c'était Louis.

– Ah… fit-elle, dolente, en essayant d'attraper la carte.

Mais son père la maintenait fermement entre ses doigts crispés.

– Qui c'est ? répéta-t-il.

Manifestement, il ne trouvait pas ça drôle du tout.

– Écoute, papa, je ne sais pas, ce doit être une farce.

– Et de qui ?

Il ne pouvait pas prononcer de longues phrases : il manquait d'air. Il procédait par interrogations courtes et concises.

– Ça n'est pas signé ? demanda Juliette, feignant l'innocence.

– SON NOM !

– Mais j'en sais rien, moi, et puis quelle importance !

S'il savait ce qu'ils faisaient, elle et l'homme de la

carte postale, il ne perdrait pas son temps à des détails comme ça !

– LE FACTEUR L'A LUE !

Il suffoquait, mais se força à reprendre :

– Et il me l'a donnée avec un regard ! Inutile de te dire que la ville ENTIÈRE est déjà au courant !

Juliette parvint à examiner de plus près le verso de la carte. Louis avait écrit les trois premiers mots en formes de bittes folles, pleines de poils. Elles se tordaient, montaient, redescendaient jusqu'à prendre la forme des lettres de l'alphabet.

Elle ne put s'empêcher d'éclater de rire.

La gifle fut d'une telle violence que sa tête alla heurter le chambranle de la porte. Pendant un instant, elle vit tout flou.

– Ça va pas, non ? Tu te prends pour Hitler !

– Pour ton père et ça suffit ! Tant que tu habiteras sous MON toit, tu ne ricaneras pas quand je pose des questions. Tu es MA fille, tu portes MON nom et je ne veux pas que des petits galopins de Paris le salissent ! Tu vas me donner, sur-le-champ, le nom de ce voyou, et nous nous expliquerons entre hommes.

Convoquer Gaillard ! Avec son jean rapiécé, sa tronche de tortue, sa barbe de trois jours et son vocabulaire d'anthologie pornographique !

– Tu rêves, mon pauvre papa ! T'es dépassé ! Complètement dépassé. Faut sortir de ta province…

– Je t'interdis de me parler sur ce ton ! Tu vas rester consignée dans ta chambre jusqu'à ce que ta mère et moi nous décidions quoi faire de toi !

Elle s'était bouché les oreilles tellement il criait fort et ôta ses mains lorsqu'il eut fini.

– Pauvre connard, va.

Ça lui avait échappé. Elle mit sa main devant sa bouche pour rattraper le mot, mais c'était trop tard. Ce que Juliette lut dans les yeux de son père, à ce moment-là, c'était de la haine pure. Du concentré de haine. Il tremblait de rage et, n'eussent été les siècles d'éducation (« on ne tue ses enfants sous AUCUN prétexte »), il l'aurait étranglée sur-le-champ. Avec n'importe quoi : son bracelet de montre ou son lacet de chaussure. Au besoin, il aurait lacéré le tapis pour en tirer un fil assez solide afin de lui briser les cervicales. Au lieu de cela, il resta muet, pétrifié, déchira la carte en mille morceaux et les lança à la tête de Juliette. Puis, sur le ton le plus digne, le plus contenu, le plus affermi, d'un seul souffle venu tout droit du fond de ses semelles, sans la moindre pause-sandwich, il ajouta :

– Je peux te dire une chose, ma petite Juliette, c'est que ta mère et moi nous regrettons profondément les sacrifices que nous nous sommes imposés afin de t'élever…

Il était redevenu Caton, mais un Caton effondré et noble qui commence à comprendre que les charmes de Carthage l'ont emporté sur la rigueur de ses discours. Delenda est Parigo.

– … Et que, si c'était à refaire, nous nous en abstiendrions sans le moindre remords.

Il claqua la porte.

Juliette l'entendit tourner la clé dans la serrure et haussa les épaules. Sacrifices ! Mais qu'est-ce que ça veut dire ! C'est se sacrifier que d'élever correctement un enfant qu'ON a mis au monde et qui n'a PAS demandé à y faire son entrée ? Ah ! Si Louis avait écrit : « Belle marquise, vos beaux yeux me font mourir d'amour et mon cœur périt à vous poursuivre sans cesse », il aurait trouvé cela élégant et pur.

Et moi obscène.

Elle délira quelques minutes sur l'hypocrisie d'une société qui ne respectait que les apparences et les belles images, puis s'interrompit car une idée lumineuse lui avait traversé la tête, une idée encore impossible la veille

195

quand elle ne se savait pas héritière, quand elle ignorait la muette admiration de sa grand-mère pour ses talents de pionnière, une idée qui la remit toute droite, sans larmes et sans colère : je vais aller à Giraines, dans MA maison. Là-bas, tout s'arrangera, je serai chez moi…

En cas de malheur et d'adversité, Juliette savait faire preuve d'une opiniâtreté insoupçonnable par temps de paix.

À peine avait-elle pris sa décision qu'elle tira de sous son lit son sac, son argent, ses papiers, empaqueta ses affaires et prit la fuite par la fenêtre.

Elle alla acheter un pot de Nescafé et des biscuits, puis décida de rejoindre sa maison en auto-stop. Ce n'était pas prudent, certes, mais c'était le seul moyen de locomotion dont elle disposait. Tout en marchant, le long de la route, elle se disait que ses parents n'oseraient pas venir faire de scandale à Giraines et, au cas où…, leur audace n'excéderait pas quelques coups sur la porte et une retraite précipitée si les voisins mettaient le nez à leur fenêtre.

Elle avançait donc, le pouce dressé, l'âme fortifiée par toutes ces adversités, en balançant son paquet de victuailles et de vêtements…

Chapitre 3

Depuis deux semaines, Louis Gaillard tournait *Violence dans l'île*. À Girolata. Jusqu'à présent, il était content. Il jouait le rôle d'un petit truand trafiquant de drogue qui se fait arrêter, perd sa fiancée, s'évade, la retrouve amochée, se venge et meurt en affrontant le caïd de la bande rivale.

Son agent l'avait prévenu : « Fais bien attention à Borel, il tourne tous les feuilletons importants. Pas de gaffe, prends-le dans le sens du poil. »

Louis était prêt à faire tous les efforts possibles. Malgré tout, quand Borel lui expliqua que son personnage était une brute épaisse et bornée, il ne put s'empêcher d'intervenir. À force de discussions, il était arrivé à relever le QI de Bernasconi – « son » truand. Et puis, surtout, il avait convaincu Borel de lui laisser faire son rire de crécelle, le rire aigu et ambigu de Richard Widmark. Ça avait été difficile. Au premier éclat de rire, Borel avait été surpris. Louis l'avait senti hésiter, mais tout le plateau avait applaudi. Borel n'avait rien osé dire. Il n'en avait pas moins fait recommencer la scène cinq fois.

– Pour le principe, avait-il dit.

« Pour le principe de faire chier », avait pensé Louis.

Il s'en fichait. So far, so good. Il ne pensait qu'à son rôle. Du matin au soir, du soir au matin. Il reprenait la scène déjà mise en boîte et se critiquait : « J'aurais dû tenir ma cigarette comme ça, repousser le bord de mon chapeau, attaquer plus bas… » Il marchait et tournait dans son bungalow en se rongeant l'humeur et en mangeant des chips.

Certains matins, il devait être au maquillage à six heures. Il n'aimait pas ça : il prenait sa tronche de mal réveillé en pleine gueule. Pour les besoins du rôle, il avait dû se raser la barbe et plaquer ses cheveux en arrière. Il ne pouvait plus se cacher derrière ses poils. Il râlait ferme auprès de la maquilleuse. On devrait interdire à des parents comme les miens de procréer. Quand on est porteur de chromosomes de tortue, on adopte.

La maquilleuse souriait. Au début du tournage, ils avaient passé deux nuits ensemble, puis il avait laissé tomber. Sans explication. Trois jours plus tard, elle l'avait aperçu, un soir, marchant vers son bungalow, une petite actrice du film sur les talons. Le lendemain, il était à nouveau seul. Accoudé au bar de Girolata. Ses cendres tombaient sur sa chemise. Elle se demanda comment son verre n'en était pas plein. Elle s'était approchée :

– 'soir.

Il n'avait rien dit puis, brusquement, avait demandé :

– T'as dû en maquiller beaucoup de beaux mecs ?

– Les plus beaux sont pas les plus sexy.

– Tu dis ça pour me faire plaisir. T'es gentille. N'empêche. Ce doit être formidable d'être beau…

Il l'avait ramenée dans sa chambre. Sans lui faire l'amour.

– Excuse-moi mais, ce soir, j'ai la bitte en laine tricotée… !

En fait, il ne pensait qu'à son rôle.

Et, de temps en temps, à Juliette.

Avec elle, on pouvait baiser et parler.

Rare. Très rare. Elle était curieuse de tout, jamais rassasiée. Imprévisible : naïve et roublarde, bien élevée

198

et salope, gentille et chiante. Pas collante. Quand il lui avait annoncé son départ pour Girolata, elle avait juste dit : « je suis contente pour toi… » avant d'ajouter « applique-toi bien alors, c'est la dernière fois avant longtemps ».

Un après-midi où il ne tournait pas, il se rappela sa petite voix, son ventre collé contre le sien, sa tête battant l'air de droite à gauche quand elle jouissait… Il emprunta une voiture et se rendit à Bastia. À la poste. Il trouva l'adresse du Chat-Botté dans l'annuaire et envoya une carte avec des poils et des gros mots. Les gros mots, c'est pratique. On n'a pas l'air ridicule si l'autre ne comprend pas.

Après, il se sentit très gai. Il devint le boute-en-train de l'équipe. Il ne disait pas « Girolata » mais « chipolata », « beauté nordique » mais « beauté merdique », « riz au safran » mais « riz à cent francs », file-moi une cigarette » mais « donne-moi un cancer »… Tout le monde voulait s'asseoir à sa table le soir, et il tenait de grands discours.

– Vous saviez que le cunnilingus est le meilleur moyen de prévenir les caries…

La petite scripte rougissait et pouffait.

Ou :

– Si notre société idolâtre l'orgasme, c'est la faute à l'Église…

Le patron du restaurant, un catholique fervent qui avait épinglé l'image de la Vierge à côté du tarif des boissons, intervenait en protestant. Louis continuait :

– Si, si. Depuis que l'Église est devenue une institution avec banque, police secrète et maffia, elle a perdu sa crédibilité. Alors on a remplacé Dieu par l'orgasme…

– Vous avez été élevé dans la religion, vous ? demanda le bistrotier, agressif.

– Jusqu'au cou. À cause de ma mère. J'allais à l'église et même au catéchisme. J'ai été contre tout de

199

suite. Le jour où on m'a demandé de croire au coup de l'hostie qui se transforme en corps de Jésus. C'est pas possible, c'est pas possible, je me répétais tout le temps. Mais c'est un miracle, m'assurait le curé. C'est comme si moi je vous ordonnais de croire que ce verre peut se transformer en bicyclette. Je vous prendrais pour un con !

Le bistrotier bougonnait que ça n'avait rien à voir, qu'on ne pouvait pas appliquer la logique au bon Dieu.

– Ah, mais c'est trop facile ! Ou alors, vous faites comme les protestants et vous dites que c'est un symbole. C'est pas pareil… La seule chose que j'aie gardée de mes années de catéchisme, c'est une délicieuse culpabilité vis-à-vis du cul, et rien que pour ça, je regrette pas…

Il se léchait les babines et regardait chaque fille avec gourmandise.

Un jour qu'il était assis à pérorer, un homme s'approcha et, après l'avoir bien observé, vint se planter devant lui en lui tendant la main :

– Michel Varriet. Tu te rappelles ? Poncet-sur-Loir, l'école, tes parents…

Louis le regarda, légèrement éméché. Michel Varriet ?

– Mais oui, continuait l'autre, on était dans la même classe et on allait mettre des pièces de cent francs sur les rails pour que les trains les aplatissent…

Ça y est ! Ça lui revenait. Le père Varriet travaillait à la gare de triage de Château-du-Loir.

– Comment vas-tu ? demanda Louis.

– Ben, ça va… Je me suis marié. Avec ma femme, on est venus faire du camping pas loin… Elle adore ça. Et toi ?

– Ben moi… Je suis en vacances près d'ici, aussi…

Il avait fait un geste de la main. Il n'allait pas raconter sa vie à cet abruti en boxer-short.

– Ben, dis donc, enchaîna le boxer-short, t'as rudement changé… J'ai du pif de t'avoir reconnu…

Louis hocha la tête. Il se leva et paya. Marmonna « salut » à l'estivant.

– Ben… tu me demandes pas des nouvelles d'Élisabeth et…

– Suis à la bourre, une autre fois. On se reverra sûrement. Allez, salut…

Il se précipita vers la porte.

Élisabeth…

Il se força à penser à la scène qu'il allait tourner. L'aumônier de la prison lui annonçait que sa fiancée avait été violée par le chef de la bande rivale. Violée et marquée au couteau. À la figure. Sur le script, Borel avait écrit rage, colère, injures, cris, mais plus Louis y pensait, plus il se disait que ce n'était pas ça. Un type qui a tout perdu, qui se sait condamné à perpète et à qui on annonce que sa fiancée est foutue… il n'a plus de force pour gueuler. Il baisse la tête et encaisse. Il dit des choses toutes bêtes. Il n'avait qu'à se rappeler son regard à elle quand il avait dit « je pars ». Elle avait pas crié, pas pleuré…

La maquilleuse l'attendait avec impatience.

– Mais t'étais où ? Ils sont fous furieux… Tu mets tout le monde en retard…

– T'occupe et fais-moi ma tronche de crapule…

Borel surgit alors qu'elle étalait le fond de teint.

– T'as vu l'heure, Gaillard ? T'as intérêt à me la jouer juste du premier coup ta scène. Et violente…

– Non, répondit Louis, le cou entouré de Kleenex.

– Comment non ? demanda Borel, stupéfait.

– Je la ferai pas violente.

– Tu vas faire ce que je te dis ou je te coupe tes plans au montage !

– Non, j'ai réfléchi…

Puis, se radoucissant, il se tourna vers Borel et essaya de lui expliquer :

– Écoutez, laissez-moi faire. Je vous ai pas planté jusque-là…

Borel ne voulait rien entendre.

– Tu me la feras comme je veux et tu te magnes, tout le plateau t'attend !

Louis le regarda s'éloigner avec une grimace de dégoût.

– Pauvre mec !

– Ils vont tous être contre toi, Louis, dit la maquilleuse. Ça fait plus d'une heure qu'ils t'attendent…

– Je fais ce que je veux et comme je veux, compris ! Sinon, c'est moi que je peux plus regarder en face !

Il arracha ses Kleenex, lissa ses cheveux gominés, ajusta ses vêtements et se dirigea vers le plateau.

Il sentit tout de suite qu'on lui faisait la gueule. Les techniciens, d'habitude sympas, se détournaient. Ils commençaient à en avoir marre des humeurs des acteurs. Un mois qu'ils étaient là, dans ce patelin, à se supporter les uns les autres.

Borel dit une première fois « Moteur » et Louis joua SA scène. Borel lança « Coupez » et prit Louis dans un coin.

– Ou tu la joues comme je veux ou je te saque. Plus de télés, plus de tournages, c'est clair ?

Ils retournèrent sur le plateau. Borel cria une seconde fois « Moteur » et Louis refit SA scène.

– Arrêtez tout, hurla Borel proche de la crise de nerfs.

Puis, sans prendre la peine de faire d'aparté cette fois-ci, devant toute l'équipe, il éclata :

– Tu t'écrases et tu fais ce que je veux, oui ou merde !

Louis le regarda :

– J'peux pas. Prenez une doublure, moi j' peux pas…

– Écoute, mon petit bonhomme, c'est ça ou je te raye

non seulement de MES films, mais je fais passer le mot à tous les réalisateurs. Je te fous sur la liste noire et tu ne travailles plus jamais…

– Suis désolé, mais j' peux pas, dit Louis très calme.

Puis se mettant lui aussi en colère :

– Vous savez ce que c'est que la rage, vous ? Vous ne savez pas. Vous avez jamais eu peur, jamais pris de risques, vous enchaînez merde sur merde et vous vous remplissez les poches ! Sans jamais vous mouiller. Alors, la colère, c'est un truc que vous lisez dans les livres… Vous vous en faites une idée romantique. Mais, moi, je sais et vous me ferez pas faire vos imitations de merde ! J'en ai rien à foutre que vous m'employiez plus !

Borel le regarda, blanc de rage. Autour d'eux régnait un silence religieux, le silence qui précède la mise à mort de l'un ou de l'autre. Chacun retenait son souffle.

Pour la troisième fois, Borel cria « Moteur ». Pour la troisième fois, Louis joua SA scène.

Il était sûr d'avoir raison.

Il était sûr aussi d'avoir foutu en l'air une carrière qui commençait à peine et le rendait vachement heureux…

Chapitre 4

Bénédicte ne se débarrassa pas d'Émile Bouchet aussi facilement qu'elle l'avait cru. Elle se rendit vite compte qu'elle avait encore besoin de lui. *Le Figaro* était un vaste monde où une stagiaire pouvait se perdre si elle ne comptait pas quelques alliés. Or, Bénédicte avait beau lancer des regards autour d'elle : pour le moment, elle avait UN allié et il s'appelait Émile Bouchet. Si, les premiers jours, elle attira quelques regards flatteurs et des sifflements discrets, les hommages cessèrent rapidement, et les quatre éditions quotidiennes éclipsèrent bientôt ses sourcils arqués et sa longue mèche blonde. Elle fit partie du décor et aurait pu tout aussi bien passer ses trois mois de stage assise sur une chaise à découper et coller des dépêches sans que personne ne s'en préoccupe vraiment.

L'actualité était la plus forte : le docteur Blaiberg mourait en Afrique du Sud, Pompidou allait fleurir la statue de Napoléon à Ajaccio pour le deux centième anniversaire de la naissance du grand homme, on craignait un soulèvement à Prague à l'approche du 21 août, un an après l'entrée des chars russes, et l'émeute couvait en Irlande du Nord… Les sujets ne manquaient pas. En revanche, il y avait pénurie d'enquêteurs. Beaucoup de journalistes prenaient leurs vacances au mois d'août. Émile n'eut donc aucun mal à obtenir que Bénédicte soit affectée au service « Étranger », même si sa demande suscita quelques sourires…

Bénédicte se retrouva donc dans le même bureau qu'Émile. Elle y vit d'abord beaucoup d'avantages. Émile lui expliquait comment préparer une interview, lui enseignait l'art des questions et des réponses, lui apprenait à faire un plan et à accrocher le lecteur. Il lui dressa une liste de conseils qu'elle épingla au-dessus de son bureau :

– Être précis dans le détail et l'expression. Supprimer le lieu commun ou la généralité.

– Vérifier tous les propos rapportés et toutes ses sources.

– Rester objectif et rendre compte de TOUS les points de vue.

– Être bref : qui, quand, où, comment, pourquoi.

– Montrer et ne pas dire. Il vaut mieux décrire un visage ravagé par les larmes que de dire « il » ou « elle » pleure.

– Ne citer que les phrases importantes et supprimer le bla-bla.

– En conclusion : soulever un autre problème, ouvrir une autre fenêtre…

Il lui montrait des articles bien écrits et lui expliquait pourquoi. Bénédicte écoutait et se demandait quand elle pourrait enfin mettre en application tous ces sages conseils. Aussi, quand il lui annonça qu'elle l'accompagnait à Belfast pour y suivre les violentes émeutes qui avaient éclaté le 3 août, elle ne put s'empêcher de lui sauter au cou. Et, depuis, elle y était accrochée.

Avec tous les inconvénients d'une telle situation.

Néanmoins, ils passèrent quinze jours exaltants en Irlande du Nord. Cela commença dans l'avion où ils lurent et relurent la documentation emportée par Émile. Puis ils atterrirent à Belfast, gagnèrent l'hôtel *Europa*, QG de tous les envoyés spéciaux. Le hall grouillait de jeunes gens affairés, excités, volubiles, et les mêmes mots revenaient sans arrêt dans les conversations : « barricades », « violents affrontements », « morts », « blessés », « Bernadette Devlin »... Émile retrouva des journalistes qu'il connaissait et ils échangèrent les tuyaux qu'ils voulaient bien se donner, chacun persuadé de détenir l'indice principal qui manquait à l'autre. Cette compétition à peine déguisée fit frissonner Bénédicte qui, dans l'ascenseur, demanda à Émile si c'était toujours comme ça.

– Toujours... C'est ça qui est drôle. Ça et les fausses pistes sur lesquelles on se lance...

Partie de Londonderry, l'émeute avait gagné Belfast et huit autres villes. On comptait huit morts et plus de cinq cents blessés. Les nuits d'émeute succédaient aux nuits d'émeute, et des barricades s'élevaient dans presque tout le pays. Bénédicte tint à accompagner Émile dans les rues du ghetto catholique. Il hésita un instant mais, devant sa détermination, il céda et lui obtint un laissez-passer de journaliste afin qu'elle franchisse sans encombre les barrages dressés par l'armée britannique.

Émile était déjà venu à Belfast. Il y avait ses sources. Certains de ses indicateurs étaient morts, mais il en trouva d'autres. Bénédicte l'écoutait poser des questions, prendre des notes, relever des détails, reposer les mêmes questions pour recouper ses informations... Le soir de son arrivée, il dictait son premier papier : « La formation du nouveau gouvernement de l'Ulster, sous la direction du major Chichester Clark, n'a pas eu les résultats espérés à Londres, et une flambée de violence a embrasé Belfast, Londonderry... »

Ils restèrent deux semaines à Belfast, suivant, jour après jour, les péripéties du mois d'août le plus brûlant que l'Irlande ait jamais connu. Chaque soir, Émile Bouchet dictait son papier ; chaque soir, il raccrochait furieux de ne pouvoir répondre aux exigences de son rédacteur en chef : « Je veux Bernadette Devlin, démerdez-vous, même deux mots, mais je veux une déclaration d'elle… »

Émile et Bénédicte se mirent à traquer celle qu'on appelait « la pasionaria ». Ils n'étaient pas les seuls. À l'hôtel, les bruits les plus fous couraient sur elle : elle dormait sur les barricades, dans des caves, à l'*Europa* même…

Finalement, un caméraman de la télévision irlandaise, à qui Émile avait rendu service quelque temps auparavant, au Viêt-nam, vint le prévenir : Bernadette Devlin allait faire une déclaration sur l'une des barricades de Londonderry. Émile se faufila hors de l'hôtel avec Bénédicte. Un journaliste italien et un photographe allemand réussirent à les suivre. Émile jura. Puis se rendit compte qu'ils travaillaient pour des hebdomadaires : il lâcherait son scoop avant eux. Compte tenu des circonstances, la déclaration fut brève. Bernadette Devlin demandait au gouvernement britannique une constitution pour l'Ulster et la convocation immédiate d'une conférence composée des représentants du gouvernement de Belfast, de Londres, de Dublin et des diverses tendances du mouvement pour les droits civiques. Puis, elle disparut dans les ruines et les fumées des barricades. Le soir même, Émile, radieux, téléphonait au journal.

Il raccrocha, épuisé, s'épongea le front. Il avait dû courir pour rentrer de Londonderry et écrire son papier pour l'édition du matin. Il se laissa tomber de tout son long sur le lit…

Le lit.

Si les journées étaient passionnantes, les nuits se révélaient délicates. Les trois premiers soirs, Bénédicte avait réussi à tenir Émile à l'écart et à se réfugier dans sa chambre sous des prétextes divers – décalage horaire, migraine, fatigue –, mais le quatrième, devant son air renfrogné, sa mine sombre et celle gourmande d'une journaliste australienne que les qualités professionnelles d'Émile avaient alléchée, Bénédicte eut soudain peur de le perdre. Elle dut se rendre. La mort dans le corps. Saccageant au passage le fantasme du Mari Charmant qui l'attendait, quelque part dans le monde, fignolant son empire. Ce n'était pas Émile, en tout cas : les cheveux tire-bouchonnés, l'haleine tabagineuse, le torse maigre et blanc. Elle détourna les yeux quand il posa ses verres épais sur la table de nuit et lui demanda d'éteindre la lumière.

Ce fut sa nuit de noces. Elle la passa les bras le long du corps, les dents serrées, les hanches scellées au matelas. Elle poussa un petit cri au moment où... Émile s'interrompit, s'excusa : « Fallait me dire... Je suis désolé... Oh mon amour... » Elle ne sut pas ce qui la dégoûtait le plus : qu'il l'appelât son amour ou qu'il le lui fît.

Émile Bouchet était si heureux qu'il mit la froideur de Bénédicte sur le compte de « la première fois ». Cette « première fois » mythique qui paralyse les plus ardentes jeunes filles... Il se dit qu'au fur et à mesure de leurs étreintes, elle saurait se détendre, recevoir ses baisers et lui en donner. Après tout, Laureen Bacall et Grace Kelly étaient, elles aussi, des femmes très réservées. La difficulté le piqua et il tomba, si c'était encore possible, d'autant plus amoureux. Les nuits se succédant, Bénédicte restant tout aussi réticente, il se fit une raison : dans la journée, il promenait son rêve à son bras et c'était ce qui lui importait le plus.

Bénédicte fut soulagée lorsque Émile lui annonça qu'ils rentraient à Paris. Elle ne serait plus obligée, alors, de dormir TOUTES les nuits avec lui. Elle se demandait comment elle arriverait à se sortir de cette situation. Elle ne voulait pas y penser. Ou plus tard... Elle le quitta à

Orly en lui criant : « À bientôt, on se téléphone » et en savourant le fait d'être toute seule dans son taxi.

Elle tenait par-dessus tout à garder leur liaison secrète. Au journal. Elle entendait garder son mystère. Rouler sous le corps blanc d'Émile n'avait rien de mystérieux. Cela devenait d'autant plus difficile qu'Émile ne se contrôlait plus. Un jour où il la tenait enlacée et essayait désespérément de l'embrasser, Nizot entra dans le bureau à l'improviste, les vit et referma aussitôt la porte en s'excusant. Bénédicte s'arracha des bras d'Émile et, lui tournant le dos, raide de rage, lui déclara qu'elle ne lui pardonnerait jamais de l'avoir exposée ainsi aux ragots de bureaux.

– Et maintenant, tout le monde va raconter que je fais carrière en couchant avec les chefs de service. Merci beaucoup !

– Mais, enfin, répondit Émile, ce n'est pas interdit de tomber amoureux…

Bénédicte n'aurait rien trouvé à redire si on l'avait surprise dans les bras de Jean-Marie Nizot. Jean-Marie était séduisant, il savait s'habiller, maniait le verbe avec aisance, recevait de nombreux coups de fil féminins, sortait beaucoup, et racontait ses soirs de premières avec volubilité. C'était un vrai Parisien. À l'aise partout. Bénédicte et Jean-Marie allaient quelquefois prendre un café ensemble au *Petit Champs-Élysées* en bas du journal et Bénédicte essayait son charme sur Nizot. Il n'avait pas l'air insensible. Et maintenant, c'est foutu ! pensa-t-elle, furieuse.

Ce jour-là, elle sortit en claquant la porte du bureau.

Le lendemain, à la conférence du matin, Émile expliqua si brillamment pourquoi Nixon retirait 35 000 GI's du Viêt-nam que le rédacteur en chef le félicita devant tout le monde, et Bénédicte ne put s'empêcher de lui sourire sous sa mèche. Ils étaient réconciliés.

Un matin, elle le présenta à sa mère qui fut un peu

surprise du choix de Bénédicte, mais jugea Émile correct et intéressant. Il était temps que sa fille prenne un amant. Et celui-là avait l'air de tenir à elle.

Venue à Paris pour quelques jours, Mme Tassin n'en repartait plus. Elle s'était installée dans la chambre d'Ungrun, en vacances en Islande, et trouvait la vie absolument délicieuse. Elle avait commencé par découvrir la joie de dormir seule, avec toute la place pour s'étaler, sans mari qui ronfle à vos côtés, la lumière qu'on peut allumer à loisir, le petit transistor posé dans les plis de la couverture, le coin frais de drap qu'on découvre le matin en allongeant le pied, le réveil qui ne sonne pas, le petit déjeuner qu'on prend toute seule, quand on veut… La joie de partir à pied dans les rues de Paris. Paris au mois d'août. Paris sans grogne ni pots d'échappement. Paris qui sent bon et parle à peine français.

Au musée d'Art moderne, à l'exposition de Paul Klee, elle rencontra une Américaine qui, la voyant arrêtée depuis dix minutes devant le même tableau, s'approcha et lui dit : « Vous savez ce qu'il disait, Paul Klee ? Il disait que les tableaux nous regardent… »

Mathilde Tassin fut séduite. Par la phrase et par l'Américaine. Joan était veuve et habitait Atlanta. Son mari, en mourant, lui avait laissé une pension confortable et, chaque été, elle passait un mois en Europe. Comme je l'envie, avait pensé Mathilde, il y a des moments où je voudrais n'avoir ni mari ni enfants. Elles étaient allées prendre un thé chez *Smith*, rue de Rivoli, et Mathilde avait écouté Joan. Elles décidèrent de se revoir. Entraînée par Joan, Mathilde alla voir *Hair* au Théâtre de la porte Saint-Martin. Elle s'amusa beaucoup. Puis Joan voulut aller dans les coulisses. Mathilde la suivit, un peu effrayée, respirant les odeurs de décor, de transpiration, de câbles. Joan serra la main de Julien

Clerc et lui fit signer son programme. Puis elle le donna à Mathilde. Pour ses enfants. Joan avait toutes les audaces, et Mathilde n'en revenait pas.

– Oh, je n'étais pas comme ça quand Harry vivait… Je le suivais partout. Comme un petit chien. Il a bien fallu que je change après son départ. J'ai appris et, à ma grande surprise, je me suis pas mal débrouillée…

Elle avait appris le français aussi, et, même si elle ne le parlait pas parfaitement, Mathilde et elle se comprenaient.

À la fin du mois d'août, Joan partit, laissant à Mathilde son adresse à Atlanta. Mathilde plia le petit bout de papier et le rangea dans son agenda comme un porte-bonheur. Joan avait promis de revenir l'été suivant et, alors, toutes les deux, elles pourraient aller en Italie, à Florence, au palais des Monnaies…

Mathilde avait murmuré « yes » et pensé « impossible ». Dans quinze jours, il faudrait aller acheter les cahiers, les livres, les crayons de la rentrée. La dame de Pithiviers n'aurait plus rien à dire à la dame d'Atlanta. Paul Klee ne les couverait plus du même regard.

Et, regardant sa fille et son premier amant, devant leur tasse de café et le journal déplié, Mathilde Tassin conclut que la vie était bien trop courte pour être prise au sérieux.

Chapitre 5

Ils étaient trois de onze à quinze ans. Ils avaient un air de famille : efflanqués et noirauds. Espagnols ? Italiens ? ou Français… tout bêtement, se demanda Martine à qui son envie de voyager faisait voir des étrangers partout… Partir, partir, quitter cette Coop que la chaleur du mois d'août rendait étouffante, et arpenter la mappemonde.

En attendant, elle étirait le linéaire des confitures : une longue rangée, à hauteur de regard, de confitures Bonne Maman à trois francs les 370 grammes et, sur l'étagère la plus basse, cinquante centimètres de confitures de fraises maison à quatre francs trente le kilo…

Ils parlaient aux vendeuses, demandaient des renseignements sur chaque article, comparaient les prix en consommateurs avisés, et les caissières les regardaient passer devant leur tapis roulant le sourire en fibre maternelle.

– Vous devriez faire une liste et acheter tout en une fois, avait un jour conseillé une caissière à l'aîné.

Il l'avait regardée de ses grands yeux noirs, des traces de Bic sur la joue, un sourire désarmant, et avait répondu :

– Vous savez, madame, à la maison, y a pas de maman…

Elle en avait eu les larmes aux yeux et avait ajouté un paquet de chewing-gum à son litre de lait.

Même le détective du magasin les avait à la bonne.

Ils lui disaient que, plus tard, ils aimeraient bien faire son métier parce que «c'était comme jouer aux indiens et aux cow-boys».

– Pourquoi vous avez pas d'insigne ?

– Parce qu'on me reconnaîtrait. Je pourrais plus prendre les voleurs en flagrant délit.

– C'est quoi le flagrant délit ? avait demandé le plus petit.

Il lui avait expliqué. Très doctement.

– Et vous cherchez à pincer des voleurs en ce moment ?

Le détective s'était soudain échauffé :

– J'essaie de coincer le petit voyou qui dévalise régulièrement le rayon d'électroménager… Ça fait un mois que ça dure !

– Il pique des caddies aussi ? avait demandé le plus petit, très intéressé, parce que, moi, les caddies j'aimerais bien en avoir un…

– Oh ! les caddies… on nous en vole en moyenne trois cents par magasin ! répondit le détective, découragé.

– Ouaou, fit le petit garçon impressionné.

– Non, c'est des transistors, des magnétophones, des Robot Marie qui disparaissent… La semaine prochaine, on m'envoie des auxiliaires de Poissy pour renforcer la surveillance. Il ne m'échappera plus longtemps…

Il s'épongea le front. Il perdait la face avec ces vols à répétition, et l'arrivée de ses deux collègues le prouvait bien. Il pouvait dire adieu à sa prime de fin d'année.

– Vous devriez fermer les vitrines à clé comme dans les autres magasins, suggéra l'aîné.

– C'est pas la politique, ici. On fait confiance…

Martine les observait en souriant. Ils sont forts, pas de doute. Ils se sont mis tout le monde dans la poche, même cette garce de géante dans sa cage de verre qui se penche pour leur dire bonjour quand ils passent près d'elle. Pas bête leur système : il y en a deux qui font du charme au détective ou à une réserviste pendant que le troisième pique, sort avec son butin sous le bras par la porte réservée aux livraisons, va le planquer et revient, tout sourire, rejoindre ses frères.

Elle avait tout de suite trouvé louche l'extrême amabilité de ces gamins. Le client souriant est une espèce rare. Puis, un jour, elle avait surpris le plus petit, sur la pointe des pieds, essayant d'attraper un transistor trop haut pour lui. Il avait baissé les pointes et fauché un grille-pain Calor à la place. Puis, se retournant pour vérifier que tout allait bien, il avait croisé le regard de Martine. « Piqué », avait-elle lu dans son regard affolé, les yeux roulant dans toutes les directions pour repérer ses grands frères. « Pas piqué », avait-elle répondu dans un sourire, détournant la tête comme si elle n'avait rien vu. L'incident avait eu lieu trois jours auparavant et, maintenant, elle sentait bien qu'ils l'observaient avec perplexité. Elle les ignorait et continuait son boulot. Je me demande s'ils vont se faire prendre avec les deux détectives supplémentaires ? Elle se souvenait, émue, du jour où elle avait volé les deux bonnets chez Phildar pour imiter la poseuse de la classe, Bénédicte Tassin, qui avait lancé la mode du superposé. Une vendeuse l'avait aperçue. Elle était partie à toutes jambes. Ce que j'aimerais savoir, pensa-t-elle, c'est ce qu'ils font de la marchandise.

Ce soir-là, quand elle quitta le magasin, elle sentit bien une ombre jaillir d'un amoncellement de cartons, sur le trottoir, mais elle n'y prit pas garde.

Il faisait chaud. Elle marchait en jetant des coups d'œil aux tourniquets de cartes postales, de chaussures, d'« affaires extraordinaires »… Elle s'arrêtait devant des vitrines. Que des boutiques de fringues ! Séparées par des bistrots, des épiceries. L'abondance l'avait frappée en arrivant à Paris. À Pithiviers, pour s'habiller, il fallait aller à Orléans. Et les cinémas ! Elle en avait compté plus de deux cents dans *Pariscope*.

Sinon, Paris ne l'impressionnait pas. C'était une étape avant New York. Elle était arrivée avec un guide, un plan du métro, et depuis elle circulait. Sans appréhension. Toute seule. Au cinéma, au Luxembourg, le long des quais chez les bouquinistes… Juliette finissait l'été à Giraines, Ungrun en Islande, Regina en Allemagne, Bénédicte était partie en Irlande. Rue des Plantes, il y avait Mathilde. Mathilde qui vivait sa vie…

Martine l'observait avec amusement. Elle découvre à quarante-cinq ans les mêmes choses que moi qui n'en ai pas vingt !

Un soir, son amie américaine, Joan, était venue dîner rue des Plantes. Martine lui avait posé des questions sur New York. Joan n'avait pas su répondre : elle n'était jamais allée à New York. Elle préférait l'Europe.

– Il n'y a rien à apprendre là-bas pour des vieilles comme moi, avait-elle dit en riant. Moi, je préfère Paris, ou Londres, ou Rome. New York, c'est pour les jeunes, les célibataires aux dents longues…

Martine avait été déçue.

– Et puis, vous savez, avait ajouté Joan, New York ce n'est pas les États-Unis. C'est la ville où l'on va quand on veut réussir, mais c'est pas une ville pour vivre… Vous croyez à l'argent ?

– Ben… oui, avait répondu Martine, un peu gênée.

– Alors, c'est une ville pour vous.

Martine était impatiente de partir. Plus que dix mois, avait-elle calculé. Si tout se passe bien, je pars en juin prochain.

Elle était allée à l'ambassade américaine et, en lisant les prospectus affichés aux murs, avait appris qu'elle pouvait obtenir une bourse d'études. Il suffisait d'avoir des parents pauvres et le bac. J'ai les deux, avait-elle pensé, ravie. Elle avait rempli les papiers nécessaires et attendait la réponse.

En attendant, elle vivait à Paris, en transit. Comme un touriste étranger. Elle aurait pu emprunter les chemises à fleurs et les appareils photo de ceux qui sortaient en paquets serrés des cars panoramiques. Comme eux, elle trouvait que c'était une belle ville. En se promenant dans Paris, elle rencontrait Voltaire, Rodin, Louis XIV et Jeanne d'Arc. Toute l'Histoire de France et de la vieille Europe. Le moyen de faire quelque chose de nouveau avec tous ces ancêtres qui nous ont à l'œil ! pensait-elle en admirant la perspective des Tuileries ou la place des Vosges. Ici, j'aurais juste envie de profiter, de paresser, de feuilleter des vieux livres et de boire des cafés en respirant l'odeur des siècles…

Absorbée par ses pensées, elle n'avait toujours pas remarqué l'ombre qui la suivait et ne la dépassait pas. Une ombre gigantesque qui se découpait le long des murs, qui se cachait quand elle s'arrêtait et repartait avec elle.

Elle finit, cependant, par surprendre un mouvement brusque derrière son dos et n'eut que le temps de se retourner pour apercevoir quelqu'un se dissimuler derrière une affiche « Soldes exceptionnels ».

Elle décida d'en avoir le cœur net et contourna la pancarte.

Il était là, plié en deux. Le gamin qu'elle avait surpris piquant le grille-pain. Elle lui sourit.

– Qu'est-ce que tu fais là ? Tu me suis ?

Il se redressa, vexé d'avoir été repéré. Et le soleil déclinant projeta à nouveau son ombre immense, dégingandée. Martine ne put s'empêcher d'éclater de rire.

– Pourquoi vous riez ?

– Pour rien. Qu'est-ce que tu me veux ? répéta-t-elle. N'aie pas peur. Je te mangerai pas.

Le gamin haussa les épaules, dédaigneux.

– J'ai pas peur. C'est mon grand frère qui m'envoie. Il veut vous remercier pour… vous savez quoi. Il comprend pas pourquoi vous faites ça.

Il la regardait d'un air méfiant et mâchait son chewing-gum, la bouche grande ouverte.

– Ferme ta bouche, tu vas attraper des mouches, lui conseilla Martine.

Il lui jeta un regard noir et enfonça ses mains profondément dans ses poches, comme un vrai mec.

– Ah, il veut savoir pourquoi ? reprit Martine. Eh bien, écoute… Tu vas dire à ton grand frère que je n'ai pas besoin de ses remerciements, ni envie de satisfaire sa curiosité. Je fais ça parce que… Enfin, tu lui diras…

– Je me rappellerai jamais.

Martine se pencha vers lui et posa ses deux mains sur son blouson.

– Écoute, oublie tout ça. Dis-lui plutôt que vous feriez mieux de faire attention. Y a deux nouveaux détectives qui arrivent demain…

Il prit l'air important.

– Ça, on sait.

– Ah bon ?

– C'est le détective lui-même qui nous l'a dit. On va laisser tomber les vols, mais on continuera de venir pour donner le change, sinon ils trouveraient ça suspect…

Martine siffla d'admiration.

– Dis donc, t'es futé, toi !

– C'est pas moi, c'est Richard, mon grand frère.

– Et il a quel âge, Richard ?

– J' sais pas. C'est un vieux.

– Et toi ?

– Moi. Dix ans.

Ils continuèrent à marcher un moment, leurs deux ombres côte à côte. Puis Martine ne put s'empêcher de demander :

– Et qu'est-ce que vous faites de ce que vous piquez ?

Il hésita, puis répondit :

– Je sais pas si je dois te dire. Faudrait que j'en parle à Richard d'abord…

– C'est pas important, tu sais… Je disais ça par curiosité.

– Je sais, mais il vaut mieux que je lui en parle. Il fait gaffe à tout et, quelquefois, quand on fait des conneries, il se met dans des colères ! des colères terribles…

– Il te fait peur ?

– Ben, un peu. C'est lui qui a tout mis au point, alors quand on sabote…

Martine pensa qu'elle aussi, on lui avait appris à voler. Pas « voler », soulignait son père, « rétablir la justice sociale ».

– Vous faites ça depuis longtemps ? demanda Martine.

– Pas mal de temps.

– Vous vous êtes jamais fait prendre ?

– Jamais.

– Et Richard, qu'est-ce qu'il fait, lui ?

– Lui, c'est le cerveau. C'est comme ça qu'il s'appelle. Il a les idées et nous on exécute… Il en a plein d'idées parce que, là, tu sais pas tout.

Martine sourit. Il parlait comme un businessman dont l'attaché-case est bourré de contrats.

– Tu serais étonnée par les idées qu'il a… À la maison, c'est le caïd. Il dirige tout. Même papa, il s'écrase.

– Ouaou… fit Martine, ironique.

Mais le gamin ne perçut pas le sarcasme. Il hocha la tête, l'air sérieux.

– Tu t'appelles comment ? demanda Martine.

– Christian.

Ils durent s'arrêter à un feu vert et le gamin attendit en raclant le trottoir du bout de ses Kickers tout neufs.

– Et, moi, tu me demandes pas mon nom ? demanda Martine.

– Je le sais, c'est écrit sur ta blouse.

Ce fut au tour de Martine de se taire, vexée. Au feu suivant, elle dut tourner à gauche. Il continua tout droit. Il leva la main en signe d'au revoir et ajouta « et merci encore ». Martine eut envie de lui tirer la langue, mais se retint. Il l'irritait à vouloir se conduire en grande personne. Elle le regarda s'éloigner. Elle ne savait pas pourquoi, mais cette conversation l'avait irritée. Elle entra dans une boulangerie et s'acheta un petit pain et un Toblerone.

Deux jours plus tard, en sortant de la Coop, elle aperçut un jeune homme appuyé contre le mur du magasin, enveloppé dans un long imper, le col relevé, les mains dans les poches, une jambe repliée. Il semblait l'attendre. À peine avait-elle dit au revoir à Lucette et Françoise, les deux réservistes qui travaillaient avec elle, qu'il s'approchait et demandait :

– Vous êtes Martine ?

– Oui.

– J'aimerais vous parler… On va boire un café ?

– Vous êtes de la police ou quoi ? demanda Martine, méfiante.

– Vous avez peur ?

– Non. Mais j'ai peut-être pas envie d'aller boire un café avec vous.

Il la regarda, étonné.

– Il avait raison, Christian, vous êtes facile à reconnaître avec tout ce vert sur les paupières. Vous devez avoir des réductions sur tout…

Ainsi, c'était lui, le caïd. Le grand frère. Le piqueur de colères terribles. Et il lui balançait des vannes en toute tranquillité !

– J'ai 10 % sur les talonnettes si ça vous intéresse, répliqua-t-elle.

Il déglutit. Resta silencieux un moment, puis, beau joueur, enchaîna :

– Un partout. On va prendre un café ?

Il faisait chaud. Martine demanda une menthe à l'eau avec des glaçons. Lui, une Suze.

– Ainsi, vous êtes Richard le voleur… Ou plutôt celui qui fait voler les autres…

– Exact. Vous avez pas répondu à mon frère l'autre jour : pourquoi vous nous couvrez ? Vous auriez pu avoir de l'avancement, une prime, un cadeau, sais pas moi… C'est bien un transistor que vous décrochez après quatre dénonciations ?

– Mes transistors, je me les paie moi-même.

Qu'est-ce qu'ils sont désagréables dans cette famille, pensa-t-elle, pas étonnant que le plus petit soit déjà plein de morgue. Y a qu'à regarder le grand frère.

Il dut le sentir, car il changea de ton et, sortant une pochette d'allumettes, il se mit à jongler avec, puis s'arrêtant net, plongeant son regard dans celui de Martine, il demanda :

– Je voudrais VRAIMENT savoir pourquoi… Vous risquez votre place, après tout… Depuis que Christian m'a raconté que vous l'aviez surpris, ça tourne et retourne dans ma tête et ça m'empêche de dormir. Vous voulez quoi au juste ?

– Écoutez, dit Martine qui sentait le malentendu s'installer, je ne VEUX rien… Quand j'étais petite, que j'avais l'âge de Christian précisément, je piquais aussi dans les magasins. Alors, je comprends… Enfin, je comprends quand ce sont vos frères, parce que vous, vous m'avez l'air en âge de travailler, non ?

Il ne répondit pas et reprit son jonglage avec sa pochette d'allumettes. Il était maigre, pas très grand. Il devait être extrêmement nerveux, car il était toujours en mouvement : il jonglait quand il ne parlait pas et remuait des épaules en parlant. Il avait les ongles rongés et ça la gêna. Ses cheveux noirs étaient plaqués en arrière et une mèche rebelle lui tombait sur le front. Il doit se prendre pour un rocker, pensa-t-elle. Son nez était cassé comme celui d'un boxeur : aplati et mou du bout. Elle eut envie d'appuyer dessus pour sentir le cartilage s'écraser. Ses yeux étaient noirs, très noirs et mobiles. Perçants. Elle ne l'avait pas encore vu sourire. Il était extrêmement bien habillé, soigné même et, quand il se pencha pour ramasser sa pochette qui venait de tomber, elle perçut une odeur d'eau de toilette. Mêlée à une odeur de sueur qu'elle aima. Cette odeur la réconcilia avec le caïd et, lorsqu'il se releva, elle enchaîna, conciliante :

– Vous manquez d'entraînement, c'est pour ça…

Il lui sourit. D'un sourire si rapide qu'elle se demanda si elle avait rêvé. Ce type-là avait certainement le sourire le plus rapide du monde.

Elle toucha ses paupières pour enlever un peu de vert. Il la surprit et lui sourit encore. Puis il demanda l'addition au garçon et, tout en payant, ajouta :

– Ainsi, vous aussi, vous êtes une voleuse…

– J'étais… Je me suis rangée depuis…

Ils n'avaient plus rien à se dire. Il lui fit encore un dernier sourire éclair avant de se lever. Il portait un cache-poussière comme dans *Il était une fois dans l'Ouest*, fendu dans le dos. Il lui prit le bras pour sortir et la lâcha, une fois sur le trottoir.

– Merci, c'est gentil, dit-elle. D'habitude, j'ai ma canne…

Il se déhanchait d'un pied sur l'autre.

– Alors, vous êtes rassuré ? ajouta-t-elle encore. Je ne ferai pas de chantage ni ne demanderai de pourcentage… Vous vous en tirez avec une menthe à l'eau.

– Bon, ben… Salut. Et merci encore.

– Pas de quoi.

Il fit demi-tour et s'éloigna dans la direction opposée à celle de Martine. Elle le regarda un moment puis se reprit. Drôle de garçon, pensa-t-elle, bizarre, bizarre… Puis, soudain, s'immobilisant furieuse : Pourquoi ne m'a-t-on jamais dit que ça m'allait pas tout ce vert sur les yeux ?

Chapitre 6

Juliette passa une semaine à Giraines, dans la maison de Minette. Elle avait vu juste : ses parents n'osèrent pas faire de scandale. Ils vinrent frapper à sa porte, mais comme elle refusait de leur ouvrir, ils repartirent en marmonnant qu'elle aggravait son cas et en souriant aux voisins agglutinés derrière leurs rideaux.

Juliette les regarda monter dans leur Ami 6. Des dégonflés. Même pas le courage d'enfoncer la porte ! Comment puis-je avoir des parents comme eux ? Ils ont dû m'échanger à la maternité. Au départ, j'étais la fille d'un corsaire et d'une effrontée. De Surcouf et Scarlett… Sûrement pas d'eux. Savent pas comment faire…

Elle n'avait jamais pensé à ses parents l'un sur l'autre, copulant. Papa n'a pas de sexe, maman pas de clitoris. C'est une cigogne qui m'a apportée. L'hypothèse lui paraissait, dans son cas, plus vraisemblable que celle d'un coït parental.

C'était sa première brouille avec ses parents, et comme tout ce qui est nouveau, cela lui parut délicieux. Elle finissait par se sentir toute neuve, elle aussi. Elle vivait à sa guise dans une maison où tout lui rappelait son enfance. Elle explorait la maison, contemplait le ciel, les bras en croix, sous le genêt. Au grenier, elle découvrit un vieux piano et pensa à Louis. Elle eut envie de rouler sous le genêt avec lui. Envie de le provoquer, de marcher à quatre pattes en bavant, en retroussant les babines, en grognant. Avec lui, je deviens chienne, pute, salope. Sans rougir. Sans souffrir. C'est bon. Je ne l'aime pas. Je l'aime bien. Il me fait descendre dans une Juliette inconnue que j'explore avec gourmandise mais dont je me passe très bien quand il n'est pas là… On devrait toujours aimer comme ça. Cosi, cosa…

Gaillard, Pinson, Gaillard, Pinson. Elle rêvait à l'un et forniquait avec l'autre. Plus de nouvelles de Pinson depuis longtemps. Il lui fallait se rendre à l'évidence : il n'était pas amoureux. Mais son cœur avait du mal à capituler et elle trouvait sans cesse de nouveaux indices pour faire rebondir l'espoir. Elle donnait des noms aux nuages et s'en remettait à leur verdict. Si le nuage Pinson double le nuage Gaillard, Pinson m'aime.

Le nuage Pinson l'emportait toujours.

Ou alors, elle effeuillait une marguerite. Il m'aime un peu, beaucoup, à la folie, passionnément, pas du tout. Selon le résultat. Elle décidait de l'identité du « il ».

Pourquoi est-ce que j'aime un homme qui ne fait pas attention à moi, m'a baisée une fois avec l'enthousiasme d'un petit chimiste et depuis me laisse moisir dans un bocal ? Pourquoi ? se demandait-elle sous le genêt. Pourquoi le beau René ? Pourquoi Jean-François Pinson ? Qu'ont-ils de commun pour me faire trembler si fort et éclipser les orgasmes *bis repetita placent* de Gaillard le fort à bras ?

Je comprends rien à moi…

Au bout d'une semaine, elle commença à se lasser : des nuages, des marguerites, du ciel à travers le genêt, de la maison sans bruit, sans compagnie. Le journal déplié de son père lui manquait quand elle mangeait sa boîte de petits pois et carottes nouvelles à la cuillère, sans même la réchauffer… Sa chambre, son lit, l'escalier qui menait de la boutique à l'appartement, la soupière du soir, les tirades sur Gérard Nicoud et les suicides sur rails. À une époque où toutes les filles rêvaient de quitter leurs parents, Juliette était bien forcée d'admettre qu'elle avait encore besoin d'eux. De temps en temps. Comme une photo posée sur le buffet de la salle à manger qu'on consulte du regard, à l'occasion, pour se rassurer.

Elle en vint à guetter le bruit de l'Ami 6. Elle était prête à se réconcilier, mais pas à les relancer. Comme aucun moteur ne ronflait devant sa porte, elle imagina un compromis : elle se rendrait à Pithiviers, descendrait la rue de la Couronne, passerait avec ostentation et nonchalance devant le Chat-Botté. On verrait bien ce qui se passerait.

Mme Tuille disposait ses premiers modèles pour la rentrée dans la vitrine quand elle aperçut Juliette. Elle lâcha ses étiquettes et courut après elle. M. Tuille resta un long moment dans l'arrière-boutique avant de bien vouloir accepter les excuses que lui marmonna sa fille. Des excuses, mais pas le nom de l'iconoclaste auteur de la carte qui signait Cosi Cosa.

C'est allégée et soulagée que Juliette reprit la micheline pour Paris. Heureuse, même. Pourtant, ce qui l'attendait n'était pas tout sucre. Les longs après-midi chez Virtel… Les parties de cache-cache dans son bureau pour éviter les mains baladeuses… La commission sur le contrat avec Milhal, toujours pas accordée. Il ne la paierait jamais, c'était sûr. Une carotte qu'il brandissait pour qu'elle passe sous ses couilles caudines.

En fac, l'année risquait de se dérouler comme la précédente : des élections de délégués dont tout le monde se foutait, des comités d'action, des appariteurs agressifs, des contrôles incessants à l'entrée, des profs déprimés… La désillusion était générale. Enfin, pour ceux qui avaient cru à Mai 68, parce que Juliette, elle, s'en fichait pas mal de l'université. C'était pour rassurer ses parents. Éventuellement, pour brandir un diplôme sous le nez de futurs employeurs…

Accoudée à la fenêtre de la micheline, elle pensait à son précédent départ. Le beau René en entaille dans le cœur, l'impression de triompher en fuyant…

Cette fois-ci, il y avait la rue des Plantes. Les conseils de Regina, la candeur d'Ungrun, l'énergie de Martine et l'aplomb de Bénédicte. C'est bien de vivre en famille, je pique à chacune ce qu'elle a de mieux…

Elle se réjouissait à l'idée de la vie commune. Même si Bénédicte l'énervait avec ses airs supérieurs. Pour son premier reportage, elle avait envoyé des cartes d'Irlande à tout Pithiviers. Est-ce que j'ai fait imprimer des faire-part pour mon béton au sang, moi ! maugréa Juliette.

Quand le train s'immobilisa gare d'Austerlitz, elle fut pourtant la première à sauter sur le quai.

Paris ! Paris ! L'aventure continuait.

Le 1er septembre, à quatorze heures trente, elle poussa la porte de Probéton. Embrassa Isabelle qui, tout excitée, lui raconta qu'elle était tombée amoureuse, au Club Méditerranée, d'un moniteur de plongée sous-marine. Il venait s'installer à Paris et ils auraient plein de petits scaphandriers. Elle était jolie, pain d'épice, et riait sans raison.

Amoureuse heureuse, diagnostiqua Juliette, vaguement jalouse.

À l'étage de Virtel, c'était moins gai. Le patron était rentré le matin même, de mauvaise humeur. Il la salua à peine et lui tendit une liasse de lettres à taper.

Ce qui la renvoya au rez-de-chaussée.

Trois jours passèrent ainsi. Juliette répondait au standard pendant qu'Isabelle tapait des lettres et délirait sur le scaphandrier. Puis, un jour, Virtel l'appela dans son bureau et lui demanda si elle était libre, le lendemain, pour déjeuner.

Juliette fit un rapide calcul mental : déjeuner, déjeu-

226

ner, ce n'est pas dangereux. Elle en profiterait pour lui rappeler sa commission.

Il l'emmena au *Port Saint-Germain*.

Il laissa passer les huîtres et la sole soufflée. Il racontait ses vacances en Grèce, les escales dans les îles, l'équipage. Il n'avait qu'à me refiler un dépliant, pensait Juliette, pas besoin de me traîner ici pour me parler des Cyclades et des Sporades.

Au café, enfin, il s'éclaircit la voix :

– Hum… Hum… Hum…

Juliette sentit son estomac se cintrer.

– Ma petite Juliette, je ne vous ai pas invitée pour vous parler de mes vacances. Vous vous en doutez…

Juliette opina.

– Cela fait maintenant presque un an que nous travaillons ensemble… J'ai beaucoup investi sur vous et…

– Ça vous a rapporté, interrompit Juliette.

– Laissez-moi parler. Vous êtes astucieuse et vous pensez bien que je ne vous ai pas engagée uniquement pour vos qualités de documentaliste…

Merde ! se dit Juliette, Isabelle avait raison… Son estomac devint entonnoir.

– … J'ai d'autres ambitions pour vous.

– Justement, je voulais vous dire… pour ma commission…

– Tsst, Tsst… Laissez-moi parler, je vous ai dit !

Elle avait la gorge serrée et reposa sa fourchette.

– Quand je vous ai embauchée, je voulais faire plaisir à Regina, c'est un fait. Regina est une amie de longue date, une amie très chère…

Accélère, pépère, accélère…

– … Je vous ai trouvée extrêmement séduisante. Je vous ai même importunée et vous m'avez remis à ma place… Très adroitement, je dois l'admettre.

C'est bizarre : assis là, dans ce restaurant, avec les garçons qui papillonnent autour de lui et lui administrent du monsieur, il me paraît moins moche qu'au bureau.

– Ce que je comprends très bien... Je suis plus âgé que vous et...

Il cherchait ses mots. Sans bredouiller, de l'air appliqué du prof de français qui hésite entre l'emploi de thuriféraire ou vil flatteur.

– ... Je n'avais rien de passionnant à vous offrir. Mais, comme je vous le disais, j'ai d'autres ambitions pour vous. Vous voyez, vous avez eu bien raison de me résister, Juliette, vous m'êtes devenue bien plus précieuse ainsi... Je me suis mis à vous considérer différemment.

Il sourit et commmanda deux cafés.

– Vous ne connaissez pas votre exacte valeur, Juliette.

Pour une fois, il avait raison. Il devenait presque intéressant.

– J'ai d'autres ambitions pour vous. J'ai, dans la vie, des avantages que vous êtes loin de posséder : l'expérience, les idées et surtout, surtout, l'argent. Beaucoup d'argent. J'ai les banques derrière moi et je viens de passer plusieurs gros contrats. Je voudrais justement vous proposer un contrat, Juliette. Un contrat d'affaires... Avec beaucoup d'argent à la clé, si vous êtes maligne...

Le cœur de Juliette bondit. Ça y est. Je vais toucher le gros lot. Il va me proposer de travailler sur le contrat Milhal ou m'offrir un pourcentage sur chaque affaire traitée ou...

Il lui fit un clin d'œil et lui tendit la main par-dessus la table. Juliette hésita, puis lui donna sa main. Elle se détendit. Avec ses premiers gros sous, elle inviterait Louis à dîner. Et Regina... Et Martine... Elle laisserait tomber la fac et...

– On boit à notre association ? proposa Virtel.

Il leva son verre et ils trinquèrent.

La tête lui tournait un peu. C'est le vin blanc, elle supportait très mal le vin blanc.

– On commence quand ? demanda-t-elle, s'enhardissant.

– Vous ne voulez pas connaître les termes exacts du contrat d'abord ?

– D'accord, je vous écoute.

Elle s'était redressée, affichant un air responsable, les mains jointes sur la table, le dos bien droit, l'air attentif.

– Je vais être précis. Toujours en affaires… même si, là, il s'agit d'un contrat un peu spécial…

Juliette fronça les sourcils. Il essayait déjà de l'escroquer ? Elle ne signerait rien sans consulter un avocat. Elle demanderait à Regina l'adresse d'un bon.

Il finit son café, reposa sa tasse et reprit :

– Donnant, donnant : tu deviens ma maîtresse et je t'entretiens. Luxueusement. Comme aucun de tes petits amis ne pourrait le faire. Une rente mensuelle de cinq mille francs, un appartement dans le seizième – je l'ai déjà, il suffira de donner un coup de peinture –, une voiture, et, en échange, le droit à deux visites hebdomadaires, un week-end par mois et huit jours de vacances par an.

Juliette, bouche bée, ne broncha pas. Elle avait tout imaginé sauf ça : un contrat de cul. Mes vingt ans tout neufs contre ses cinquante bourrés de pépites.

Elle s'affaissa lentement, silencieusement, sur son siège. Il prit son silence pour un encouragement à poursuivre.

– … En plus, je t'offrirai chaque année une prime – bijou, fourrure, tableau, actions –, afin que tu n'aies pas l'impression de te dévaluer. Ce sera ton cadeau de Noël…

Il eut un large sourire, satisfait. Ralluma son cigare. Commanda un autre café et l'addition.

– Bien sûr, tu seras libre d'avoir une vie privée à condition que ça ne dérange pas notre arrangement… Tu fais ce que tu veux, je veux pas le savoir… Voilà, Juliette, tu sais tout. Tu as une semaine pour donner ta réponse…

Le garçon avait apporté la note. Il la régla. Laissant un large pourboire : un billet de cinquante francs qu'il chiffonna avant de le lancer sur l'addition. Le garçon s'inclina et remercia. Virtel demanda qu'on lui apporte son vestiaire.

– Ah ! j'oubliais. Inutile de revenir au bureau. J'ai mis ton mois de septembre dans cette enveloppe. Mois entamé, mois dû, comme au parking… Tu n'aurais plus besoin de travailler maintenant. Traitée comme une reine !

Il lui fit un large clin d'œil goguenard et posa une enveloppe sur la table.

– On dit : dans une semaine, ici ; même heure, même motif ?

Il sourit encore. Lui prit la main et la baisa. Elle ne tressaillit même pas au contact de ses lèvres. La dame du vestiaire, les bras chargés, attendait, souriante. Il enfila son manteau et lui mit cinquante francs dans la main.

– Mademoiselle prendra son blouson en sortant ? demanda la femme.

– Non. Laissez-le, là. C'est parfait… Allez, allez.

Il se pencha vers Juliette :

– À bientôt, chérie.

– Au revoir, monsieur.

– Allons, allons, va falloir t'entraîner à m'appeler Edmond !

Il déposa un baiser sur ses cheveux, se redressa et sortit. Sur le pas de la porte, il se retourna et lui fit un dernier signe de la main.

– Mademoiselle reprendra du café ? demanda le maître d'hôtel, obséquieux.

Juliette fit « non, non » et posa sa tête entre ses mains. Quelle imbécile ! Sale, elle se sentait sale. Et vaincue.

Elle avait été engagée sur un malentendu, elle l'avait laissé se poursuivre. L'histoire se refermait sur le même malentendu.

Aujourd'hui, elle payait. Cash. La tête dans les mains et l'impression d'être couverte de boue.

Chapitre 7

– Mademoiselle Maraut !

Martine sursauta et se retourna. Mme Grangier, la gérante du magasin, avait quitté sa cage en verre et se tenait debout devant elle. Debout et l'air fâché. Très fâché.

– Mademoiselle Maraut, que signifie cette commande de six cents boîtes de choucroute alsacienne premier choix ?

À question brève et péremptoire, colère sous-jacente. C'est un indice infaillible. Ça, plus le léger tremblement de la lèvre supérieure, la contraction des grands zygomatiques et la couleur géranium du visage normalement pasteurisé, homogénéisé de Mme Grangier. Dans sa cage en verre, en temps ordinaire, cette femme ressemblait à un litre de lait. Martine a horreur du lait. Depuis qu'à l'école maternelle, un certain Mendès France, au nom de la productivité des vaches françaises, avait rendu le quart de lait obligatoire à chaque récré… De quoi vous bousiller vos marelles et vos chats perchés. Comment sautiller, alerte, avec le contenu du pis d'une vache dans l'estomac ? Depuis, elle évitait soigneusement tous les laitages. Mme Grangier y compris.

– Euh…

A-t-elle vraiment passé cette commande ? En plein mois d'août ? Elle chercha désespérément à se rappeler ce qu'elle avait inscrit sur son cadencier.

– En plein été ! se mit à fulminer le litre de lait. Mais c'est du sabotage…

– Excusez-moi, madame Grangier, j'ai dû être distraite, un moment…

J'ai dû me tromper de saison. Me croire au pôle Nord, au mois de janvier quand les traîneaux font driling-driling et que les maris rentrent après être allés pêcher l'huile de foie de morue en bouteille sur la banquise… Ou alors, à la Toussaint, au ballon pelé des Vosges, lorsque les loups hurlent à la mort et qu'on se réfugie, moufle dans moufle, pour savourer une bonne choucroute près de la cheminée…

– Mademoiselle Maraut, encore une erreur comme celle-ci et je vous renvoie à la caisse !

Si elle avait été un peu plus observatrice et moins pasteurisée, Mme Grangier aurait aussi pu demander à Martine pourquoi elle arrivait le matin à six heures trente et s'étonnait de trouver porte close, pourquoi ses jupes avaient rallongé, ses cheveux pris un pli et ses yeux perdu leur vert… Pourquoi restait-elle, arrêtée, de longues minutes, devant le pastis Ricard, les pâtes Riche et le saucisson Riffard ? Et si elle avait utilisé un stéthoscope – chose rare chez une gérante de magasin –, pourquoi son cœur défiait-il les sommets d'hypertension autorisée par l'Académie de médecine lorsque sept heures moins le quart sonnaient… Heure à laquelle Martine jaillissait comme une folle sur le trottoir, balayait, d'un large rayon mirador, l'espace compris entre ses doigts de pieds et le trottoir d'en face, montait sur la pointe de ses mocassins pour inspecter derrière la pile de cartons puis s'affaissait mollement et repartait, les épaules tombantes… Bref, si elle avait été un tout petit peu plus futée, Mme Grangier aurait compris que Martine était amoureuse. Et que, depuis qu'Éros l'avait épinglée, elle était déconnectée. Débranchée. Dans ces conditions, soixante paires de bottes en caoutchouc à commander pour la rentrée scolaire pouvaient très aisément se transformer en six cents boîtes de choucroute. Fastoche. Comme le carrosse de Cendrillon devenant citrouille.

– Mon Dieu, mon Dieu, murmura Martine en voyant le dos de Mme Grangier disparaître au coin du rayon «Pâtes, riz, farine», rendez-moi ma raison, s'il Vous plaît. Arrachez de mon crâne ce sourire éclair, ces mains qui jonglent et cette tronche en caoutchouc… caoutchouc… caoutchouc… Richard le voleur. Un truand minable petit truand qui joue au caïd en terrorisant sa famille et en dévalisant le rayon électroménager des petites surfaces de la région parisienne ! Pas terrible en plus : maigrichon, pâlichon, les épaules qui avancent à l'amble, le nez mollusque et la mèche dans l'œil ! Et c'est ÇA qui menace mon bel équilibre, ma volonté légendaire ! Oh non, pas lui, s'il Vous plaît, QUI que Vous soyez tout là-haut ! PAS LUI. Vous savez bien que ça n'a pas d'avenir, un voleur… Ou alors envoyez-moi Clyde Barrow que je puisse saccager les hypermarchés en traversant les highways ! Et pratiquer mon anglais. My Grand Union is rich. Give me your money, hé ! sucker. Fuck you bastard. You son of a bitch. Mais pas un truand de Prisunic, un rocker de banlieue, un parigot sans visa. Mais c'est rien, ce mec-là. Il vaut même pas un rez-de-chaussée de gratte-ciel ! Et c'est ÇA que Vous m'envoyez en paquet-cadeau ! Pourquoi lui ? Pourquoi moi ? Qu'est-ce que je VOUS ai fait ? Parce qu'à cinq ans, à la mort de Staline, j'ai colorié le portrait du Petit Père au lieu de m'agenouiller devant vos autels ? que je vole depuis mon plus jeune âge ? que je ne crois qu'à la pilule et au dollar ? Vous me trouvez trop matérialiste, trop organisée, Vous voulez m'élever par la douleur, me sanctifier, me bonifier… C'est bien des idées à Vous, ça.

Elle ne pouvait parler qu'à Dieu. Elle aurait eu trop honte d'avouer son mal à qui que ce soit. Tombée au champ de l'amour. Comme les autres. Le cœur en croix et le cerveau ramollo. Oh non ! oh non ! oh non ! gémissait-elle en prenant les bottes de caoutchouc pour de la choucroute, en mettant son réveil à cinq heures, en contemplant, émue, le pastis Ricard… Oh oui ! oh oui ! oh oui ! souhaitait-elle en aplatissant ses épis, en frottant son vert et en bondissant sur le trottoir à moins le quart. À la fin, n'y tenant plus et craignant de perdre tout à fait le contrôle d'elle-même, elle alla trouver Juliette et se confessa. Enfin, elle crut qu'elle se confessait parce que ses explications étaient si confuses, si saccadées, que Juliette dut reprendre à zéro.

– T'es amoureuse ?
– …
– Bon. T'es amoureuse. Eh bien, c'est formidable !
– C'est horrible.

Elle s'écroula en larmes. La choucroute, Mme Grangier, les snow-boots, sept heures moins le quart, *Bonnie and Clyde*. C'est horrible, horrible… Et mes gratte-ciel, alors ? Qu'est-ce que je vais en faire de mes gratte-ciel ?

Juliette reprit la conversation en main :

– Il s'appelle comment ?
– Richard.
– Richard comment ?
– Sais pas.
– Il habite où ?
– Sais pas.
– Pas la moindre idée ?
– Non.
– Qu'est-ce qu'il fait comme boulot ?
– Voleur.
– … Et ça s'est passé comment ?
– Tu veux dire quand je suis tombée…
– Oui. Ça.
– C'est quand il a ramassé la boîte d'allumettes. Son

235

odeur… Sur le moment, j'ai juste aimé et puis, après, ça m'a rempli la tête et tout… Comme une drogue.

– Et c'était quand la première vaporisation ?

– Arrête. C'est pas drôle. J' voudrais t'y voir.

Merci, pensa Juliette, ça m'arrive suffisamment souvent.

– Excuse-moi. C'était quand ?

– Y a une semaine environ.

– Et il n'est pas revenu ?

– Non.

Évidemment, se dit Juliette, c'est mince comme indice : une odeur de transpiration. On peut toujours quadriller Paris. En reniflant. Ou le dénoncer aux flics *a posteriori*. Ou encore passer une petite annonce : « Recherche odeur nommée Richard »…

– C'est abominable, gémit Martine, abominable…

– Mais non, la rassura Juliette, mais non.

– C'est abominable… d'être amoureuse, finit-elle par articuler.

– Y a encore pire, ma vieille, déclara Juliette d'un air très savant.

– Quoi ?

– Ne pas être amoureuse !

Martine lui lança un regard exaspéré.

– C'est facile à dire. Tu prends tout à la légère. Tu tombes amoureuse tous les deux mois, toi… Alors, forcément, ça ne veut plus rien dire !

Juliette décida de ne pas répondre.

– Écoute, tu sais ce que tu vas faire, dit-elle, conciliante. Tu vas attendre.

– Mais attendre quoi ?

– Qu'il revienne ou que ça te passe. Après tout, ce n'est qu'une odeur. Il va peut-être s'évaporer…

C'est ainsi que Martine découvrit la relativité du temps.

Avant l'odeur, une seconde égalait une seconde,

une minute soixante secondes et une heure soixante minutes. Une journée comportait vingt-quatre heures, une semaine sept jours et un mois quatre semaines. Après l'odeur, le temps devint aussi mou et étiré que du chewing-gum. Aussi lent qu'un escargot sur une autoroute. Aussi suspect qu'une amie qui vous veut du bien. Aussi hostile qu'un flic qui vous demande vos papiers. Elle ne lui fit plus confiance. Et s'il n'y avait pas eu, quelque part, quelqu'un – elle ne voulait pas savoir qui – qui avait réglementé le temps comme l'abruti qui avait déposé le mètre étalon au pavillon de Sèvres, elle aurait remis en cause toutes les montres, tous les réveils, toutes les horloges. Car cinq minutes pesaient cinq heures et une journée de travail à la Coop se transformait en travaux forcés dans les mines de sel de Silésie.

Quand elle décidait d'être héroïque et de ne pas loucher sur l'heure pendant un long moment, elle arrivait à peine à franchir les douze minutes !

La rentrée scolaire approchait. Martine comptait sur les odeurs de colle, de cartable, de protège-cahier pour la désintoxiquer. Dans sa cage en verre, la bouteille de lait surveillait. Martine lisait et relisait son cadencier avant de le remettre à Mme Grangier et ne commettait plus d'erreur. Et quand elle reniflait les tranches de cahier, afin d'y enfouir à tout jamais le souvenir d'une odeur d'aisselle, elle le faisait en douce quand la bouteille de lait avait le dos tourné.

Elle essaya de se pencher sur d'autres sourires, mais les trouva trop lents, et fondit en larmes.

Elle décida d'apprendre par cœur les stations de métro entre Canal Street et le Bronx, mais s'arrêta à Grand Central.

Elle repeignit sa chambre.

Elle apprit le crochet, pensa à se confectionner un couvre-lit et s'arrêta au troisième carré.

Elle songea à se convertir au catholicisme pour se réconcilier avec Lui, là-haut. Il la laisserait enfin tranquille ou lui enverrait un prêtre pour l'exorciser.

Elle alla consulter des voyantes, des astrologues, des derviches tourneurs, des acupuncteurs chinois, des hypnotiseurs hindous ; personne ne put lui donner l'heure et le jours exacts, mais tous lui prédirent le retour de l'homme à la tronche de caoutchouc. Il faut bien qu'ils me rassurent pensait-elle, lucide, avec tout le fric que je leur donne…

Elle envisagea même un instant de reprendre le vol à la tire afin de le retrouver, peut-être, au rayon électroménager d'un grand magasin ou dans un commissariat parisien… Bref, elle perdait doucement la boule comme une aiguille de boussole qui a reçu un coup d'aimant et tournicote sans jamais trouver le nord, lorsque, dix-huit jours, deux minutes, onze secondes après l'avoir aperçu pour la première fois, alors qu'elle sortait de la Coop, regardant ses pieds avec l'énergie d'une vieille pile usée, elle entendit, venant de derrière les caisses de bouteilles consignées, une voix, une voix d'homme qui disait :

– C'est pour les talonnettes… Pour la réduction… Je me demandais si…

Elle dilata fortement ses narines avant de se retourner, penchant la tête à droite, penchant la tête à gauche, respirant une nouvelle fois à fond. Puis, l'odeur d'aisselle reniflée correspondant à celle enregistrée dans sa mémoire, d'une petite voix tremblante, la voix de femme amoureuse qu'elle avait toujours détestée, elle articula :

– Richard ?
– Oui.
– Richard le voleur ?
– Lui-même.

Ils ne bougeaient pas. Ni lui derrière ses piles de bouteilles. Ni elle, arrêtée net dans son élan, le sac au bout des doigts, les pieds fondus dans le macadam. Elle lui tournait le dos. Il observait sa silhouette ramassée comme si elle s'apprêtait à laisser éclater une grande joie ou une terrible colère. Il ne savait pas. Il attendait. Il la vit se retourner. Elle était là, à deux mètres de lui, le cheveu lisse, la paupière douce, le sac toujours au bout des doigts…

C'est tout ce qu'il eut le temps de voir. La seconde d'après, Martine bondissait sur lui et, le bourrant de coups de poing, de pied, de griffes, le frappant de son sac devenu massue, elle l'injuriait et déversait sur lui dix-huit jours, deux minutes, onze secondes de rage, de frustration, de douleur aveugle. Le traitait de salaud, de suborneur de réserviste, de manipulateur, de criminel d'après-guerre, de perturbateur de cadencier et de métabolisme humain. Sans se demander une seconde s'il en était au même degré d'égarement, de passion, voire même d'intérêt qu'elle.

Il leva d'abord les bras pour se protéger puis, voyant que sa rage ne diminuait pas et que, bien au contraire, emportée par son élan et encouragée par sa passivité à lui, elle redoublait, il la ceintura et, comme elle le mordait cruellement, décida d'en finir en lui assenant, doucement mais fermement, une manchette à la mâchoire.

Elle s'affaissa, devint toute molle dans ses bras, resta un moment sans connaissance, et il eut tout le loisir d'observer les paupières sans vert, les épis aplatis, la jupe rallongée… Il la serra très fort contre lui et attendit qu'elle se remette.

C'est bien ce qu'il avait pensé et qui l'avait fait si longtemps hésiter avant de revenir rôder autour de la Coop : la vie n'allait pas être simple avec cette gonzesse-là.

Chapitre 8

– Hé, vous croyez que vous tiendrez sur ma moto ?

Martine grommela une réponse que Richard prit pour un acquiescement. Il la secoua pour qu'elle revienne à elle. Lui tapota les joues. Elle sembla se réveiller, se frotta la mâchoire en faisant une grimace douloureuse.

– Légitime défense, protesta-t-il. J'avais pas le choix…

– Vous aviez qu'à pas me faire poireauter comme ça…

– J'étais en Angleterre.

Il était parti voir ses copains. Une bande de rockers anglais. Avec eux, s'était-il dit, elle va bien me sortir de la tête, la fille de la Coop. En fait, il n'avait pas cessé d'y penser. À l'aller ET au retour. Ça l'avait pris sur le ferry et ça ne l'avait plus lâché. À tel point qu'il s'était méfié. Il ne savait pas comment ça marchait ce genre de gonzesses. Elle n'avait pas l'air pratique. Pas le genre à vous filer le mode d'emploi pour vous faciliter la tâche.

– Forcément, dit Martine, en se relevant, avec le boulot que vous faites, vous avez des loisirs.

– Et vous des congés payés. Sais pas ce que je préfère.

Il mit sa moto en marche. Elle demanda :

– On va où ?

– Chez moi.

Elle monta à l'arrière.

Porte de Clignancourt. Un restaurant au milieu des Puces qui sentait la frite et la Javel. Le bar-restaurant se trouvait au rez-de-chaussée, les chambres au premier. Quand on demandait à Pietro Brusini combien il avait d'enfants, il répondait quatre. Les filles, ça ne compte pas. Elles se marient et vont vivre dans une autre famille. Il était arrivé de Naples juste après la guerre. Le pays est foutu, avait-il déclaré, il ne repartira pas. Anna-Maria était grosse de l'aîné, Richard, qui naquit à Paris.

– Chut, fit Richard à Martine en montant les premières marches de l'escalier, ils sont en train de manger, et je tiens pas à faire les présentations.

C'est comme à la maison, pensa Martine. La télé fait tellement de bruit qu'on pourrait baiser dans les escaliers, ils n'entendraient pas. En passant, elle jeta un coup d'œil dans la salle à manger : le papa, la marna et les enfants. Elle reconnut le petit Christian. Il essuyait son assiette en regardant sur l'écran le combat des Shaddocks et des Gibbi. C'était les deux minutes de télé par jour que Martine aimait.

La chambre de Richard ressemblait à la façon dont il était habillé : propre et soignée. Avec le sens du détail : un poster de Johnny, un autre d'une bande de Hell's Angels et un troisième d'un mec qu'elle ne reconnut pas.

– C'est qui celui-là ?

– Vince Taylor. Le seul vrai rocker français. Les autres, ils sont en train de mal tourner… Même Johnny, tiens, en ce moment, il tourne pas rond…

Carnaby's Street, Kings Road l'avaient écœuré. Il ne s'en remettait pas. Chemises à fleurs, cheveux longs et rock psychédélique.

– Le seul qui résiste encore, c'est Gene Vincent, mais…

Martine prit un air entendu. Richard comprit qu'elle n'y connaissait rien et qu'elle posait toutes ces questions pour dire quelque chose. Il lui demanda si elle voulait une bière.

– T'as rien d'autre ?

Il fit signe que non. Les filles qui montaient derrière sa moto d'habitude, elles buvaient des bières. Lola, par exemple, elle ne pouvait pas s'endormir sans sa bière.

– Bon. Donne-moi une bière.

Alignés sous la fenêtre se trouvaient un petit réfrigérateur, une télé couleur, une platine et de hauts amplis.

– Dis donc, c'est grand luxe chez toi… T'as piqué tout ça dans les supermarchés ? Sans jamais te faire prendre !

Elle siffla, admirative et ironique.

– Tu vas pas me faire un cours de morale, hein ?

Martine laissa tomber. Elle disait ça pour faire la conversation parce que, en fait, elle était très intimidée. Comme pour une première fois. En un sens, réfléchit-elle, c'en est une : la première fois que je vais faire l'amour avec amour. La première fois qu'elle attendait dix-huit jours. D'habitude, c'était plus direct : tu me plais, je te plais, on s'allonge.

Il lui tendit une bouteille. Elle le regarda boire à même le goulot et l'imita. En face du lit, des étagères ployaient sous le poids des disques.

– C'est que du rock ? demanda-t-elle.

– Non. Y a de tout. Avant, mes grands-parents vivaient avec nous, et j'ai hérité de leurs goûts. Ma grand-mère surtout…

Elle se leva pour regarder de plus près les disques de la grand-mère. Yves Montand, Charles Aznavour, Charles Trenet, Édith Piaf, Buddy Holly, Ray Charles, Carl Perkins, Johnny Burnete, Fats Domino, Verdi.

– De l'opéra ?

Elle dit ça avec un tel accent de surprise qu'il se sentit vexé.

– Je suis peut-être un petit truand, mais j'aime l'opéra.

– C'est pas ce que je voulais dire…

– C'est ce que tu as dit…

– Tu as d'autres passions cachées comme ça? demanda-t-elle, essayant de faire la paix.

Il lui sourit.

– La moto. La musique. Et toi… Depuis…

– Dix-huit jours.

– J'avais pas compté. Mais ça m'a paru long…

Richard n'était pas précisément un garçon sentimental. Ce qui lui arrivait là était plutôt nouveau. Sa rencontre avec Martine l'avait ébranlé. Une fille complice de voleurs, ancienne voleuse, qui lui renvoyait ses vannes avec astuce, ne minaudait pas, gagnait sa vie, disait exactement ce qu'elle pensait… avait un gros cul. Elle était différente. Il en avait même laissé choir sa boîte d'allumettes alors que, d'habitude, il était plutôt balaise en jonglerie. Elle l'avait intimidé. Elle installait une distance entre les autres et elle. Non qu'elle fût snob ou méprisante, mais cette fille-là savait EXACTEMENT ce qu'elle voulait, qui elle était. Lui, il ne savait pas. Il faisait un peu de tout. Et, en plus, avec sa minijupe, ses paupières vertes et son sac qu'elle balançait du bout des doigts, elle avait vraiment de la classe. C'est ça: de la classe. Et puis, elle n'avait pas froid aux yeux. Il avait adoré le coup des talonnettes.

Il se rapprocha d'elle et lui passa le bras autour du cou. Martine se raidit. Dans sa tête, tout s'embrouilla. Plus envie. Pas maintenant. S'il te plaît, attends un peu. Attends. Comment dire ça à un garçon sans qu'il pense aussitôt: « T'as pas envie alors? J'te plais pas? » Ou alors il faudrait expliquer. Expliquer ce qu'elle ne comprend pas elle-même…

Il se pencha pour l'embrasser. Elle vit sa bouche tout près et recula.

– Richard.

– …

– Ça t'ennuie si… Enfin, si on…

243

– Tu veux que je mette de la musique ?

– Non.

– Que je ferme la porte à clé ?

De plus en plus difficile. Oh, après tout ! Pourquoi fait-elle toutes ces manières. L'envie va peut-être lui venir en route…

– Non… C'est pas ça…

– Que je ferme les volets ?

– NON.

Elle avait crié. Il s'écarta, stupéfait, et se leva.

– Mais, ça va pas ! T'es folle ou quoi ? Qu'est-ce que j'ai fait ?

Il le savait bien. Il n'aurait jamais dû revoir cette fille. Bien trop compliquée.

Il se mit à arpenter la chambre, les mains dans les poches, lui jetant des regards furieux.

– Pourquoi t'as enlevé ton vert sur les yeux et ta minijupe ?

– Parce que je croyais que t'aimais pas.

Oh, Richard, avait-elle envie de dire. Je t'en supplie, ne gâchons pas tout. J'ai pas envie d'aller vite. Tu comprends ça ? Pense à ta grand-mère et à ton grand-père. Est-ce qu'ils se sautaient dessus, eux ? Non. Ils se faisaient la cour. Pendant des mois et des années. Fais-moi la cour, s'il te plaît.

– T'as tort. T'étais mieux avant. Là, tu ressembles à n'importe quelle gonzesse.

– Merci. Merci beaucoup.

Martine se renfonça dans un coin du lit, ramenant ses jambes sous elle.

– Pas les chaussures sur le lit, s'il te plaît, fit-il en montrant du doigt ses mocassins.

– Excuse-moi.

Les chaussures firent cling-clong en tombant par terre.

– Tu veux qu'on aille faire un tour à moto ?

– Non… T'es gentil…

Puis, soudain, se ravisant, comme vieux Newton qui reçoit sa pomme et comprend tout, il demanda :

– C'est la première fois ?

Il s'était agenouillé près du lit et lui avait pris la main. Cette sollicitude soudaine pour une fausse vierge énerva Martine :

– Non. Justement. J'ai tellement baisé que je ne sais plus comment faire quand… c'est différent.

Richard se dégagea brusquement. Son sang napolitain se figea. L'honneur des Brusini était atteint. Il alla se coller contre la fenêtre, sa bière à la main. Muet.

Muette.

Depuis que je suis toute petite, je flirte dans la cage d'escalier parce que la porte de l'appartement est fermée ou que la télé gueule trop fort. À quatorze ans, je prends mon premier amant. Il a dix-huit ans et habite dans l'immeuble. C'était en plein mois d'août. On ne savait pas où se mettre. On errait dans les terrains vagues avec notre couverture sous le bras. Partout les gens pique-niquaient. On avait le fou rire. Finalement, on a échoué pas loin de l'usine des biscottes Gringoire et on a fait l'amour en reniflant l'odeur de gâteau. On riait encore et j'ai pas eu mal. On s'est revu deux ou trois fois sur la couverture et puis, un jour, je l'ai croisé dans l'escalier. Il était avec une autre fille et il m'a dit « Salut ». J'ai pas pleuré. Depuis longtemps, j'avais décidé de ne jamais pleurer pour un garçon.

Elle n'allait pas lui balancer tout son passé comme ça, d'un seul coup.

– Hé… Tu vas quand même pas me dire que je suis la première ?

Il ne répondit pas.

– Ni que je suis une fille et toi un garçon, et que les filles ça ne doit pas coucher avec n'importe qui ?

Il ne se retourna pas. Il but une gorgée de bière et se remit à inspecter le paysage de sa fenêtre.

– C'est ça, hein ?

Il ne dit rien. Posa sa bière. Alla fouiller dans ses disques, en sortit un, précautionneusement, de sa pochette, souffla dessus, l'essuya avec une chamoisine, le posa sur la platine. You've lost that loving feeling… You've lost that loving feeling, and now it's gone… gone gone ohoho-hyeah…

– The Righteous Brothers, précisa-t-il, glacial.

– Bon. Puisque c'est comme ça… je me casse !

Elle descendit du lit, remit ses chaussures, tapota le dessus-de-lit pour que tout soit bien en ordre puis, sur le ton mesuré et gracieux de la ménagère qui a accompli sa tâche, enchaîna :

– Je suis désolée. Pour tout. Pour tout à l'heure… Pour maintenant… Je ne sais pas ce qui se passe, mais je crois qu'il vaut mieux que je parte…

S'il disait un mot, au moins. Rien qu'un. Mais il chantonnait « you've lost that loving feeling » le dos tourné, le regard vers la fenêtre. Comme si elle n'avait pas parlé.

– Bon et bien au revoir, dit Martine au dos.

– Je vais te raccompagner, proposa-t-il mollement.

– C'est pas la peine, je descendrai sans bruit. Et si je rencontre quelqu'un, je dirai que c'était une erreur, que je me suis trompée d'adresse…

Il lui fit un vague signe de la main. Elle sortit, referma la porte et descendit les escaliers sur la pointe des pieds. Y avait même plus la voix des Shaddocks pour la consoler.

Je ne changerai pas, pensa-t-elle, une fois dans la rue. Je ne suis pas faite pour tomber amoureuse. Je m'étais bien promis de ne jamais tomber amoureuse. J'avais raison. Ma belle histoire d'amour aura duré dix-huit jours et quelques minutes…

Chapitre 9

La rentrée des classes, en ce lundi 15 septembre, eut lieu dans la grogne générale. Grogne des automobilistes devant le litre de super à un franc quinze, grogne des cheminots, grogne des petits commerçants qui défilaient dans les rues, grogne de l'UNEF qui bloquait les inscriptions en fac, grogne de l'EDF-GDF qui menaçait de couper les compteurs… La rentrée était chaude. Chaban-Delmas avait beau réunir des Conseils des ministres extraordinaires et multiplier les heures supp, rien n'y faisait.

Rue des Plantes aussi, on râlait. Pas par solidarité nationale, mais parce que chacune affrontait son lot de soucis et de petites misères.

Ungrun, de retour d'Islande, s'était fait chapitrer par la directrice de son agence pour avoir manqué les collections. Christina, la directrice, lui suggéra enfin de se faire enlever les poches sous les yeux. C'était gênant pour un mannequin junior. Ungrun, qui relevait tout juste de son opération des seins, renâclait.

Bénédicte était inquiète. Son stage au *Figaro* touchait à sa fin et elle ne savait pas encore si elle serait engagée et dans quel service. Depuis deux semaines, elle était affectée aux « Informations générales » et faisait des enquêtes sur le panier de la ménagère.

Pour quelqu'un qui s'était cru grand reporter en Irlande, le retour à la réalité était pénible. Émile essayait bien de la garder dans son service, mais cela ne s'annonçait guère facile. *Le Figaro* était toujours en crise, l'administrateur provisoire nommé jusqu'au mois d'août toujours en place et les problèmes toujours pas réglés. Bénédicte s'impatientait. En attendant, Émile prenait l'habitude de dormir rue des Plantes, et elle voyait avec inquiétude le jour où il suspendrait son pyjama à côté du sien…

Martine était mélancolique. Si elle ne connaissait plus ces moments d'égarement qui lui faisaient prendre la choucroute pour des snow-boots et rêvasser devant le pastis Ricard, elle finissait presque par les regretter. Regretter ces dix-huit jours d'attente fébrile où le temps était chewing-gum et ses nerfs billes de plomb. Elle était exaspérée aussi par l'ambassade des États-Unis qui lui avait renvoyé ses papiers en prétextant une écriture illisible. Il avait fallu qu'elle recommence tout, en lettres capitales, au Bic noir et qu'elle jure une fois de plus sur l'honneur avoir des parents pauvres et pas le moins du monde communistes.

Ils commençaient à l'énerver ces ricains avec leur phobie des pattes de mouches et du communisme. Clean, clean, clean…

Regina déprimait. Pas une seule proposition de rôle ni la moindre séance de photo. Il fallait qu'elle se rende à l'évidence : sa carrière était finie. C'est ce que lui avait fait comprendre, très adroitement, son agent, le jour où elle avait déjeuné avec lui. Restait plus que le mariage… Trente-trois ans, l'âge fatal de la reconversion avait sonné et si elle pouvait éviter le mont des Oliviers… Elle s'entraînait, rue des Plantes, à son futur rôle de femme d'intérieur. Elle avait de quoi : la vie à cinq posait un grand nombre de problèmes et elle se surprenait, quelquefois, à avoir les mêmes réactions mesquines que Valérie. Elle pensait à instituer certaines réglementations concernant le téléphone, les courses, le ménage, les étagères dans le réfrigérateur… « C'est ça, ou on prend une femme de ménage, menaça-t-elle un jour. J'en ai marre que tout retombe sur moi. » « Normal, répliqua Martine, c'est toi que ça dérange le plus… »

Depuis la proposition de Virtel, Juliette ne tournait pas rond. Elle ruminait son humiliation et en tirait des leçons. Si Virtel lui avait parlé ainsi, c'était sa faute. Elle n'avait pas su se faire respecter. Pour la première fois, elle comprenait que l'existence n'était pas seulement cette bande dessinée excitante qu'elle feuilletait, gourmande, la tête en l'air, l'humeur balançant au gré de ses caprices, de ses envies. Tout ce que je fais donne un sens à ma vie, l'infléchit… Je ne le savais pas. En le laissant me coincer derrière son bureau, m'emmener chez *Maxim's*, me baver dessus, je lui ai donné l'idée de ce marché de pute. Normal. On finit toujours par ressembler à l'idée que les autres ont de vous. Si on ne fait rien pour les faire changer d'avis…

Elle refusa de pleurer sur elle-même, de déclarer que tous les hommes étaient des salauds malgré toute l'envie qu'elle en avait. Elle décida de rétablir les rapports de force en le convoquant, lui, avant la date fatidique des huit jours.

Elle l'appela et lui demanda de la retrouver dans un café, rue des Plantes. Elle raccrocha sans lui laisser le temps de poser de questions.

Elle arriva, à dessein, en retard. Une demi-heure. Il attendait, renfrogné, devant deux ronds de bière. C'était un de ces vieux cafés, rescapés des néons et de la peinture fraîche, qui sentait la sciure et le vin rouge. Il s'appelait *les Platanes* en souvenir de l'arbre qui l'ombrageait autrefois. Du platane, il ne restait qu'un tronc scié, à gauche, en entrant.

Virtel portait un costume de tweed vert et une pochette jaune pâle. Il transpirait à grosses gouttes et s'épongeait le front. Juliette l'observa bien attentivement. Dans deux minutes, pensa-t-elle, je suis fauchée et sans emploi.

– Alors, ma petite Juliette ? commença-t-il en avançant la main.

Juliette se laissa tomber sur la chaise devant lui, se concentra une minute sur les rigoles de sueur qui coulaient le long de ses tempes, sur le cou de taureau qui débordait du col, les poils des oreilles…

– Bonjour, monsieur Virtel.

Il eut l'air surpris.

– Appelle-moi Edmond, voyons… Voyons.

– Je vous appelle monsieur Virtel et vous me vouvoyez. D'accord ?

Elle sentit qu'elle tremblait un peu. C'est dur d'avoir de l'aplomb. La première fois. Voulait pas être trop théâtrale non plus. Naturelle. Naturelle. Qu'il ne se rende surtout pas compte que je meurs de trac.

– Mais, qu'est-ce qui te prend ?

– Vous me vouvoyez ou je hurle…

– Non… Non…

Il lui fit signe de se calmer et promena un regard inquiet sur les deux gars qui buvaient au bar et le gros patron, descendant de Tarass Boulba, qui bavardait avec eux en essuyant ses verres.

– Bon. Venons-en aux faits ! déclara-t-il en commandant une troisième bière.

– Et un café, ajouta Juliette.

– Une bière et un café qui marchent, répéta le patron.

Juliette attendit que le café soit devant elle pour commencer :

– J'ai manqué d'à-propos l'autre jour… C'était pas la peine d'attendre une semaine, j'aurais pu vous répondre tout de suite… Mais, il faut dire que je ne suis pas habituée à ce genre de marché…

– Ce n'est pas un marché, voyons, Juliette, c'est un contrat.

– Ah oui… Vous m'appelez Mlle Tuille aussi. Comme moi, je vous appelle monsieur Virtel.

La haine lui remontait aux narines, et elle n'avait plus peur. Plus peur du tout. Elle prit même le temps de lui adresser un large sourire.

– C'est NON, monsieur Virtel. Définitivement NON. Je suis incapable de coucher avec quelqu'un dont je n'ai pas envie. Même pour beaucoup d'argent. Et je n'ai pas envie de vous. Pas du tout.

Il pianota sur la table de ses doigts boudinés. Il ne disait rien parce qu'il ne savait pas quoi dire. Il s'attendait si peu à ce qu'elle dise non… D'habitude, elles disaient oui. Il sautait de jeunes mannequins pour un billet de cinq cents francs ! Refuser tant d'argent… une situation si confortable ! Il ne comprenait pas. Il trouvait humiliant d'avoir fait une telle proposition.

– Vous faites une erreur… une très grave erreur, Ju…, mademoiselle Tuille. Vous ne réussirez jamais dans la vie. Vous n'avez rien compris…

– J'ai pas vraiment envie de comprendre.

– Des filles comme toi…

– Comme vous.

– … Je peux en trouver des dizaines… avez rien d'exceptionnel… C'était une occasion d'évoluer un peu… connaissez rien à la vie. Sans argent ni protection… irez pas loin.

Juliette sourit : ça lui écorchait les lèvres de lui dire vous.

Il tripota son verre de bière, puis demanda :

– Je vous dégoûte tant que ça ?

– Oui.

Il savait qu'il ferait mieux de partir. Tout de suite. Mais il n'y arrivait pas.

– Ce n'est pas ce que pense votre amie Regina.

– Ah ? Parce que Regina…

– Oui. Je l'ai eue dans mon lit. Jusqu'à ce que je la

trouve trop vieille. Elle me sert encore quelquefois. Cet été, pendant la croisière, par exemple… Elle est très amie avec ma femme. Je la paye pour qu'elle me rabatte des filles. Comme vous. C'était une affaire entre Regina et moi.

– Raté.

– Pour moi, sans doute. Pas pour elle. Elle touche sur chaque fille qu'elle m'envoie. Et vous savez comment elle gagne sa vie sinon ?

– Sais pas. Elle fait du cinéma ou des photos…

– Des pipes, ma chère, des pipes ! Ses petites leçons sont des clients qu'elle suce dans sa chambre.

Il se mettait en colère et il élevait le ton. Les trois hommes accoudés au bar se redressèrent et les regardèrent.

– Hein, ça dégringole les illusions ! On voit pas ça en province !

– On s'en passe très bien, monsieur Virtel…

– Vous voyez la vie en rose… Vous faites de l'esprit… Vous arrivez à Paris et vous trouvez normal d'être engagée à deux mille francs par mois, à mi-temps. Pas une seconde, vous vous dites que c'est à cause de votre cul. VOTRE CUL…

Cette fois-ci, il avait crié, et les hommes au bar suspendirent leur conversation pour essayer d'attraper des bouts de la leur.

– Calmez-vous ! Vous n'êtes pas dans votre bureau ici.

Puis, sur le même ton calme qu'elle avait décidé d'adopter :

– Vous êtes ignoble, Virtel. Ignoble. Mais la seule chose que vous oubliez dans votre système à base de gros billets, c'est que les gens sont libres, que JE suis libre… Et moi, j'estime qu'on est quitte. Je les ai gagnés vos deux mille balles. En vous présentant Milhal. Et largement ! Parce que vous allez vous en foutre plein les poches…

– Et t'auras pas un rond, pauvre petite conne !

Il avait répliqué avec un tel aplomb que, pour la première fois, depuis le début de leur conversation, Juliette fut heurtée. En lui rappelant sa fortune, elle lui avait rendu son pouvoir. Il réintégrait son personnage puissant et la traitait avec mépris. Elle ne sut plus quoi dire. La haine était tombée. Ses vieux complexes revenaient à tire-d'aile.

– Parce que c'est ce que tu es. Une pauvre petite conne !

Il articulait bien les mots pour qu'elle n'en perde pas une syllabe.

– Et tu ne feras jamais rien dans la vie. Jamais rien.

– Ça suffit, Virtel !

Elle se leva, jeta deux francs sur la table.

– Pour le café !

Elle sortit sans se retourner.

Les hommes au bar la suivirent des yeux, puis leur regard revint se poser sur Virtel. Quand il se vit observé, Virtel se secoua et marmonna à l'adresse des hommes :

– C'est une pauvre idiote… Elle reviendra. Elle reviendra me manger dans la main et je l'enverrai bouler. Vous verrez !

Juliette ne rentra pas tout de suite chez elle.

Elle avait besoin de marcher, de respirer, de récapituler. La tension était tombée et elle se sentait épuisée. Courbatue.

Elle avait reçu des coups partout, mais elle avait tenu bon. L'histoire de Regina l'avait atteinte presque plus que la hargne de Virtel. Regina… Elle n'arrivait pas à lui en vouloir, ressentait de la pitié pour elle. Et dire qu'elle m'impressionnait tellement quand je suis arrivée à Paris ! Ses amis, sa dégaine, ses conseils, ses photos sur le mur… Les mots de Virtel résonnaient dans sa tête. Pauvre petite conne, tu ne feras jamais rien…

Elle allait lui montrer. Elle allait leur montrer.

Elle commençait à comprendre comment tout ça marchait.

Elle n'avait que vingt ans mais, en ce moment, elle apprenait vite. Ce serait dur. Elle ferait encore des erreurs. Mais elle avait compris un truc : rien n'était gratuit. Il fallait voir les choses en face. Ne pas se laisser abuser et se rappeler la vieille loi du troc. Donnant donnant : l'homme est un commerçant pour l'homme. On est soi-même son pire ennemi pour se troubler la vue, pour se raconter de belles histoires. Parce qu'on veut toujours se donner le beau rôle. Et croire aux contes de fées, croire qu'on est la belle princesse endormie que le Prince Charmant va venir réveiller d'un baiser. Allongée sur le lit, les mains sur le ventre, peinarde en attendant qu'il franchisse les montagnes et les lacs, tue les dragons et les serpents, charme les crapauds et les licornes et vienne baiser votre cul de plomb… Que des mensonges ! On devrait brûler les contes de fées. Ne jamais les lire aux petites filles !

Elle dormait du sommeil de la Belle au bois dormant et un Prince Pas Charmant du tout l'avait réveillée d'un pinçon. Cruel et efficace. Bien fait pour moi… Finis les sommeils à la praline, les rôles de princesse nunuche qui balance son cul et sourit benoîtement en clignant de l'œil. Elle ôtait son hennin, envoyait valser ses pantoufles de vair, se faisait la belle et retournait au macadam, à la rue, voir ce qui se passait vraiment.

Troisième partie

Chapitre 1

Juliette avait pris une décision et entendait passer à l'action. Vite, vite. Ne pouvait même plus attendre pour étrenner ses grandes résolutions. Comme une belle robe neuve. L'inaction lui pesait. Il ne lui restait, pour remplir ses journées et les méandres de son imagination, que les polycopiés, les cours de droit et les trajets en Solex. Insuffisant pour une jeune personne qui a décidé de tout changer dans sa vie… Elle se sentait un peu seule aussi. Louis, après la Corse, était parti en Grèce. Pour réfléchir, lui avait-il dit au téléphone. Du moins était-ce ce qu'elle avait cru comprendre. La ligne était si mauvaise que, l'écouteur plaqué contre l'oreille, elle l'entendait à peine.

Réfléchir ?

Louis ?

À quoi ?

Elle lui avait dit deux mots de l'histoire Virtel. « Viens avec moi en Grèce, ça te changera les idées. »

Elle n'avait pas envie. Elle voulait prendre sa revanche tout de suite. Contre qui ? Elle ne savait pas très bien. Elle cherchait un moulin.

Un soir, elle appela Jean-François Pinson.

Il lui donna rendez-vous, d'un ton très las, dans un petit restaurant près des Champs-Élysées. Il était en retard ; elle s'assit et regarda autour d'elle : de larges fauteuils, des bergères, des bougies, de lourdes tapisseries aux murs, de la musique classique et des couples qui chuchotaient, enfoncés dans de moelleux coussins. Elle se sentit terriblement seule et saugrenue. Les femmes semblaient avoir dans les trente-cinq, quarante ans et portaient de petites robes noires et des colliers de perles. Les hommes étaient tous plus âgés, à l'exception de deux ou trois jeunes assis au bar qui discutaient avec celle qui devait être la tenancière des lieux. Je suis sûre qu'ils parlent de moi, qu'ils me trouvent mal habillée et pataude ; encore un endroit où je ne vais jamais oser me lever pour aller faire pipi. Elle essaya de disparaître en s'enfonçant dans la bergère… Mais si je m'enfonce trop, il ne me verra pas en arrivant…

Enfin, il entra. Juliette encaissa l'habituel coup au ventre. Pantalon de flanelle grise, blazer bleu marine, écharpe de cachemire. Distingué et désinvolte. Il embrassa la jeune femme du bar, dit quelques mots aux jeunes gens. Son regard fit le tour de la salle jusqu'à ce qu'il repère Juliette. Puis il attendit encore un peu avant de la rejoindre, un verre à la main. Au regard dont il l'enveloppa, elle comprit qu'elle n'était pas bien habillée : la robe chasuble empruntée à Bénédicte n'allait pas. Et, pourtant, quand Bénédicte la portait… Il l'embrassa distraitement. Ils commandèrent. La robe chasuble faisait fondre lentement l'audace de Surcouf et Scarlett. Ils parlaient de tout et de rien. Juliette raconta ses déboires avec Virtel. Elle n'aimait pas ressasser cette histoire. C'était comme revenir en arrière, ressentir une nouvelle fois cette sensation nauséeuse d'échec et de souillure.

– Ma pauvre Juliette, ricana-t-il, tu es simplement en train de faire ton apprentissage parisien.

Piquée au vif, elle répliqua :

– Mais je survis, je survis… Est-ce que j'ai l'air abattue ?

– Non, répondit-il avec un sourire. De toute façon, je ne sais pas ce qui pourrait t'abattre, toi…

Le sourire la fit sortir de sa robe chasuble, des coussins profonds et de son embarras. Surcouf tira son sabre, Scarlett son éventail. Juliette se redressa. Pour témoigner sa gratitude et affirmer sa nouvelle aisance, elle posa la question qui met tout homme à l'aise et lui donne l'avantage :

– Et vous, Jean-François, comment marche votre travail ?

C'était plus fort qu'elle : elle ne pouvait pas s'empêcher de le vouvoyer.

Il se rembrunit. Elle enchaîna. Parla de l'affaire Gabrielle Russier, de *Macadam Cow-Boy*, de *Jacquou le Croquant*, cherchant désespérément des sujets de conversation. Il l'écoutait à peine, roulait des miettes de pain sous ses doigts, avalait une bouchée de temps en temps.

– Jean-François !

Une femme grande et brune venait de poser son bras sur les épaules de Jean-François Pinson et l'embrassait. Juliette détourna les yeux. La femme s'en aperçut et, se collant encore plus près de lui, demanda :

– Elle a de quoi payer, cette petite ?

Jean-François tapota la main de la femme, mais ne fit rien pour qu'elle s'éloigne. Ne comprenant pas très bien le sens de la question, Juliette préféra regarder ses pieds. La femme s'adressa alors à elle, presque douce, presque maternelle :

– Dis-moi, mon petit, il te fait payer toi aussi ou c'est gratuit ?

Jean-François attendit un peu puis, d'une voix très calme, déclara :

– C'est pas la peine de t'énerver, ma chérie. C'est ma petite cousine de Pithiviers…

La femme brune regarda Juliette, fit : « Oh ! je suis

désolée » et repartit vers le bar en pouffant dans ses doigts. Juliette l'entendit dire, en passant, au garçon qui débarrassait une table : « Oh la la ! Je viens de faire une de ces gaffes ! »

– Gigolo, ma vieille ! Jean-François Pinson est gi-go-lo !
– Non !
– Si !
– Il te l'a dit ?
Juliette était assise en tailleur au bout du lit de Martine. Il était près de minuit et elle lui racontait sa soirée.
– Explicitement. « Tu sais tout, Juliette, je ne travaille pas, je vis de mes charmes. Et sans remords… C'est juste un peu fatigant parfois. C'est tout. C'est pour ça que j'aimerais ne pas me coucher trop tard, ce soir. » Il a demandé l'addition et on est partis. Dans la voiture, comme je devais avoir l'air un peu bizarre, il a ajouté : « C'est pas un drame, tu sais. C'est moi qui ai choisi de faire ça. On ne me force pas. Et si tu réfléchis un peu, c'est même moins difficile à vivre que notre bonne société de Pithiviers et son épaisse couche d'hypocrisie. » Et moi qui suppliais sainte Scholastique de me marier avec lui !
– Mais, tu lui as pas demandé de détails ? Comment il avait commencé ? Ce qu'il gagnait ?
– Ben non… J'étais tellement stupéfaite… Comme le jour où il m'a fallu deux chiffres pour écrire mon âge !
– Et après ?
– Il m'a raccompagnée. En arrivant devant la maison, il m'a attrapée par le bras. D'habitude, j'aurais fondu de plaisir. Là, j'ai eu peur. J'ai même pensé à l'assassin de Pithiviers, je me suis demandé si c'était pas lui. Il avait parlé de la vie à Pithiviers avec tant de haine ! Si, si, je

te jure, j'avais peur. Il avait le regard fixe, dur, il m'a dit : « Juliette, je ne veux pas que ça se sache. Pas pour moi, je m'en fiche, mais pour mes parents. Promets-moi, Juliette. Promets-moi, sinon… » J'ai promis, en faisant une exception intérieure pour toi, et il a relâché la pression de ses doigts. Son regard est redevenu normal. Il m'a laissée sortir. Il a même attendu que je sois rentrée pour démarrer…

– Ach… ach… Tu imagines la tête des parents Pinson s'ils savaient ! Eux qui ont la bouche en forme de trompette à force de chanter les louanges de leur fils chéri…

Elles restèrent un moment silencieuses, imaginant les parents Pinson confrontés à la véritable vie de leur fils unique.

– Je peux dormir avec toi ? demanda Juliette au bout d'un moment.

Martine se poussa dans le lit pour faire de la place à Juliette.

– Et comment va l'odeur ? dit Juliette en rejoignant Martine.

– L'odeur ? fit Martine, étonnée.

– Oui. L'odeur d'aisselles qui t'avait mise K-O.

– Oh lui… Je l'ai oublié.

Martine n'avait pas raconté à Juliette sa soirée manquée avec Richard le voleur. Elle ne voulait même plus se la raconter à elle-même.

– Tiens, au fait… Louis a appelé ce soir. Il est rentré. Il voulait te voir…

– Louis ! Chic alors ! Qu'est-ce qu'il a dit exactement ?

– Il rappellera demain, dit Martine en bâillant.

– Je suis contente, je suis contente ! s'écria Juliette en gigotant dans le lit.

– Toi, dès qu'il est question d'un mec, tu frétilles. Je ne te comprends pas, tu es perpétuellement amoureuse.

Au début de la soirée, c'était le fils Pinson ; maintenant, c'est Louis…

– Oh non ! Louis, c'est autre chose…

– C'est quoi ?

– Chais pas. Ce doit être sexuel…

Martine soupira. Empêtrée dans ses propres contradictions, elle finissait par trouver la légèreté de Juliette énervante.

– T'es sûre que t'as pas attrapé une maladie honteuse avec ton gigolo ?

Juliette s'arrêta net de gigoter.

– Tu crois que c'est possible ?

– Avec toutes les femmes qu'il saute… Moi, j'irais me faire faire un examen et, en attendant, je m'abstiendrais…

Juliette soupira, découragée :

– Et qu'est-ce que je vais dire à Louis demain ? Il va mal le prendre, c'est sûr…

Il le prit mal et elle s'y prit très mal.

La soirée avait plutôt bien commencé. Au bar du *Lenox*. Il était bronzé, les cheveux plaqués en arrière, la mine rayonnante, le bout du nez brûlé. Il était beau, l'homme au visage de tortue, ce soir-là. Les femmes le regardaient, et Juliette se sentait fière, propriétaire. Aussi, quand après le dîner, il proposa d'aller rue des Plantes, elle accepta. Un peu inquiète quand même à l'idée de l'excuse qu'elle allait devoir trouver pour qu'il ne l'approche pas. Il ne connaissait pas la maison et décida de renverser Juliette sur les escaliers comme les anciens mariés qui portaient leur femme dans leurs bras en franchissant le seuil.

– Mais, c'est pas ça la coutume, protesta Juliette. Non, attends, attends, on pourrait nous surprendre…

– Toi, tu me caches quelque chose, hein ?

– Mais non, mais non… protesta Juliette en rabattant sa jupe.

Mais qu'est-ce que je vais trouver comme excuse ? pensa-t-elle en montant les escaliers.

Louis siffla d'admiration en regardant la chambre. Puis, il se laissa tomber sur le lit et rebondit plusieurs fois avant d'accorder une mention très bien aux ressorts.

Juliette demeurait debout, raide, embarrassée.

– T'as pas envie, je le sens, je le sens… Qu'est-ce qu'il y a ? T'es amoureuse d'un autre ?

Juliette secoua la tête, négative.

– Bon alors, c'est quoi ?

– Tu es parti longtemps, tu sais, et…

– T'as couché avec un autre mec ?

– Oui.

– Et il t'a mieux baisée que moi ?

Peu de chances de devenir romantique avec Louis. La princesse de Clèves et l'élévation de l'âme, c'était pas son truc.

– Non.

– Souvent ?

– Une fois.

– Je comprends rien. T'es pas amoureuse, t'as couché qu'une fois et tu ne veux pas que je te touche… Excuse-moi, je suis paumé. Je crois que je vais me casser, je déteste ce genre de situation…

Il s'était relevé, avait attrapé son blouson, l'avait enfilé. Furieux. Tirant sur sa fermeture Éclair, la maltrai-tant, pestant dans sa barbe de trois jours. Juliette priait la fermeture Éclair et sainte Scholastique que la situation se prolonge afin qu'elle trouve une issue. Sinon il parti-rait, c'est sûr… Mais ni l'une ni l'autre ne l'entendirent et il fut bientôt prêt à partir. Les mains enfoncées dans les poches, l'air bougon…

Il lui lança un dernier regard exaspéré, puis ouvrit la porte de la chambre et descendit l'escalier.

– Louis… Reste…

Elle criait, penchée par-dessus la rampe. Il continua à descendre.

– Reste… S'il te plaît…

Il ne l'écoutait pas. Elle lui courut après et atteignit la porte d'entrée juste avant lui, essoufflée, haletante, et débita dans un seul et même souffle :

– J'ai couché avec un mec et j'ai peur d'avoir attrapé quelque chose…

– Ah, nous y voilà ! Et tu ne veux pas que je l'attrape. C'est gentil de ta part et c'est très consciencieux.

Il l'écarta de la porte et sortit. Elle le suivit.

– Mais tu vas où ? demanda-t-elle.

– Retrouver une gonzesse qui n'a pas de microbes.

– Louis, s'il te plaît, arrête.

– Je fais ce qui me plaît et j'aime pas ce genre de choses. Pas du tout.

– Alors, il fallait que je ferme ma gueule.

– Fallait rien du tout. C'est ton problème.

Il avançait à grandes enjambées, et Juliette devait trottiner pour rester à sa hauteur. À un moment, elle lui posa la main sur l'épaule pour l'arrêter. Elle était fatiguée. Il retira sa main, brusquement.

– Tu fais chier ! cria-t-elle. Tu n'es qu'un chieur ! Je te déteste ! Tu peux te casser au bout du monde avec ta tronche de tortue et ton menton raté !

Il ne s'arrêta pas. Elle le regarda s'enfoncer dans la nuit. Encore un dos qui s'éloignait et la mettait au supplice. Dos d'homme fuyeur, dos d'homme qui m'abandonne…

Elle retourna vers la maison pour s'apercevoir, devant la porte fermée, qu'elle n'avait pas ses clés.

Chapitre 2

Juliette avait eu tort de s'inquiéter. Jean-François Pinson était bien gigolo, mais gigolo expert. Il allait de sa réputation et de son train de vie d'être toujours en bonne santé. Il consultait régulièrement un médecin. La règle d'or du parfait gigolo.

Il y en avait d'autres : ne jamais faire l'amour sans rémunération et surtout, surtout, ne jamais tomber amoureux. C'était la fin du boulot, la fin de la vie facile, des économies placées en Suisse, au Canada, la fin des belles voitures, des chemises de chez Charvet et des blazers Cerruti. Ceux qui tombaient amoureux partaient vivre quelque temps avec l'élue de leur cœur et revenaient vite à leur ancienne occupation. À moins que, menacés par la quarantaine, ils n'aient décidé de prendre leur retraite et de faire un mariage de raison.

Jean-François était arrivé à Paris à l'âge de vingt ans. Il voulait devenir pilote de course. Il économisa, prit des leçons, bricola des voitures, tourna sur des circuits. Ses parents ne lui versaient, à dessein, qu'une somme ridicule chaque mois, tout juste de quoi survivre, dans le secret espoir qu'il renoncerait et rentrerait à Pithiviers prendre la succession paternelle à l'étude Pinson. Mais Jean-François tenait bon.

Un soir, un de ses copains l'entraîna à Paris, dans une boîte de nuit. Ils se firent draguer par deux belles femmes, plus âgées qu'eux. Jean-François fut d'abord intimidé, essayant de cacher ses ongles bordés de cambouis, puis l'une des femmes posa sa main sur sa cuisse et il se détendit.

Il la suivit chez elle.

Le lendemain matin, quand il prit congé, elle dormait dans le grand lit bleu à baldaquin. Elle murmura quelque chose d'incompréhensible en désignant du doigt une enveloppe sur le guéridon.

– Pour toi… Pense que ça ira… Rappelle-moi…

Il se pencha, l'embrassa. Elle enfouit son visage dans l'oreiller et il lui murmura :

– Au revoir… J'ai aimé, tu sais…

Il avait envie de dire « je t'aime, merci », mais elle gardait le visage caché dans l'oreiller. Il remonta le drap et partit sur la pointe des pieds. C'était sa première vraie femme. La nuit qu'il avait passée avec elle ne ressemblait à aucune autre et il sentait son ventre se nouer rien qu'à se rappeler certains gestes, certaines paroles. Il ne pensa pas à ouvrir l'enveloppe.

Il retrouva son copain et ils firent le trajet retour ensemble. Jean-François regardait par la fenêtre de la Simca 1000 et avait des bouffées de bonheur.

– Alors, t'as touché combien ?

Le copain ricanait et essayait de se curer une dent de son ongle de pouce. Jean-François ne répondit pas.

– T'as pas eu de petite enveloppe, toi ?

Il se rappela l'enveloppe, la sortit, puis la remit dans sa poche décidant de la lire plus tard, quand il serait seul dans sa chambre.

– Ben… Tu regardes pas ?

– Non… plus tard.

– T'as pas envie de savoir combien elle t'a donné. Dis donc, t'es pas curieux, toi !

Jean-François reprit l'enveloppe et l'ouvrit. Elle

contenait dix billets de cent francs et un numéro de téléphone.

– Pas mal, ma combine, hein ! C'est une boîte connue
pour ça… J'y vais de temps en temps pour me refaire, et
puis c'est pas désagréable…

Jean-François était muet. Payé pour faire l'amour ! Il
n'arrivait pas à le croire. Cette femme merveilleuse, qui
lui avait procuré tant de plaisir, lui donnait de l'argent
en plus !

Il n'avait plus rien dit. Il évitait son copain. Il s'efforçait de penser que ces mille francs allaient lui payer un
mois de leçons de pilotage.

C'est elle qui le rappela. Quinze jours après.

Quand il arriva chez elle, un bouquet de roses jaunes
dans les bras, elle n'était pas seule. Elle avait invité une
amie. Au bout de six mois, à force d'arriver en retard et
fatigué sur les circuits, il abandonna la compétition. Parfois, il regrettait.

Il prit un bel appartement, connut des garçons qui
faisaient le même « métier » que lui, eut un agent. Il
aimait séduire, mais ne voulait ni fixer les prix ni organiser les rendez-vous. À vingt-huit ans, il possédait un
appartement rue de Varenne, dans le septième, l'arrondissement de Paris où le mètre carré est le plus cher,
un compte en banque en Suisse, un autre aux États-
Unis. Il venait d'acheter un studio sur Park Avenue, à
Manhattan, et projetait d'acquérir un terrain dans les
Hampton, la campagne chic des New-Yorkais, et d'y
faire construire. Il avait encore une dizaine d'années
devant lui. Après, il serait trop vieux, vite fatigué.
Dans ce métier-là, quand on commençait à tricher, on
était foutu. Les femmes payaient très cher, et il ne
fallait pas les duper.

Il menait donc une double vie. Pour sa famille et ses
anciennes relations, il travaillait dans la pub ; pour les
autres, il vivait de ses charmes. Il ne voyait que des

professionnels comme lui. Il jouait au poker, sortait, était invité partout. Il avait appris à parler anglais, jouait au golf, portait le smoking et lisait le *Herald Tribune* et le *Financial Times*. Un vrai pro. À l'aise partout. Pas de ces minets minables qui sautent à la sauvette pour deux cents francs… Finalement, il était assez fier de ce qu'il faisait. Après tout, combien de jolies femmes vivent entretenues par leur mari sous le seul prétexte qu'elles sont jeunes et désirables ?

Mais à force de reproduire le même schéma – tendresse, caresse, prouesse, tendresse –, il finissait par ne plus très bien savoir quand il travaillait ou pas. En fait, se disait-il, je bosse tout le temps. Gentil, prévenant, attentif, il n'arrivait plus à se laisser aller, durant ses heures de loisirs, à piquer une colère ou à ne pas sourire à tout propos. Même sa réserve était encore une manière de séduire. Il enveloppait tout être humain du même sourire charmant, un peu las.

Il aimait bien aller chez ses parents à Pithiviers ; il lui revenait des images de l'autre Jean-François et il questionnait sans arrêt sa mère : « Et j'étais comment ? Je faisais ça ? J'ai osé dire ça à grand-mère ? C'est moi qui avais cassé le vase, t'es sûre ? Et tu m'as giflé ? » Il écoutait, étonné, les récits de sa mère et ressortait de vieilles photos. Il se regardait attentivement, à tous les âges, et refermait l'album, rasséréné. Un jour, il redeviendrait ce petit garçon… Pour le moment, il se contentait de son reflet dans les yeux des femmes. Il était devenu si habile à simuler l'amour qu'il lisait dans leur regard l'interrogation suprême : serait-il le même si je ne le payais pas ? Peut-être est-il amoureux de moi ?

Elles ne savent plus, elles doutent, se disait-il, je suis si habile que je les égare. J'aurais dû être comédien…

Un objet de désir. Un homme qu'on déshabille et

268

qu'on habille. Il ne s'achetait rien lui-même. On lui offrait des boutons de manchettes, des costumes, des cravates en soie. On le sélectionnait parmi des dizaines d'autres photos chez son agent, on l'emmenait au restaurant…

Si avec la petite Juliette, il n'avait rien ressenti, c'est parce qu'elle n'avait pas payé. L'absence d'argent entraînait une absence de désir.

Il se jouait entre ses clientes et lui un ballet réglé par l'argent. Il fallait qu'elles y mettent le prix, puis qu'il leur fasse oublier ce prix. Qu'il fasse disparaître la boule de billets par la tendresse d'un baiser, les 20 % de l'agent par une caresse de tout son corps. Se mettre à leur écoute, deviner le fantasme secret à un tremblement de paupière, un frémissement de lèvre, endosser successivement l'uniforme du petit page, du macho, du voyou tout cuir, du papa en trois-pièces. Pour finir toujours en confident.

Il avait honte de la manière dont les femmes se confiaient à lui, des petits détails intimes et répugnants qu'elles lâchaient sur leur mari avec la précision et la froideur de la haine longuement accumulée et distillée avec gourmandise. Il avait envie de se boucher les oreilles, mais elles en rajoutaient, fouillant dans le secret de leurs alcôves à la recherche d'une manie, d'un détail salissant. Il les prenait en horreur. Mais il ne devenait pas pour autant complice des hommes, des maris trompés. Eux aussi, il finissait par les haïr : haïr leur suffisance, leur morgue, leur petit plaisir vite expédié…

Alors, quand il se sentait écœuré, fatigué, il rentrait chez lui et branchait le répondeur. Absent. Il faisait des puzzles pendant des heures. Seul. Ou il échafaudait des plans de reconversion, comptait ses gains en Bourse, ses intérêts sur ses comptes étrangers, regardait des photos de son appartement de New York ou de son terrain dans les Hampton…

Dans dix ans, il aurait gagné suffisamment d'argent pour s'installer aux États-Unis et vivre de ses rentes. Alors, il profiterait de la vie et apprendrait à vivre rien que pour lui.

Chapitre 3

Émile était parti en reportage au Cambodge, laissant Bénédicte et Jean-Marie Nizot seuls dans le bureau du service « Étranger ». Auparavant, il avait réglé le problème de Bénédicte : elle était embauchée pour trois mois, à l'essai ; mais il ne faisait guère de doute que l'essai serait transformé en contrat définitif. Pour cela, Émile avait dû intriguer auprès du rédacteur en chef, M. Larue. « Laisse-moi faire, avait-il recommandé à Bénédicte. Ton engagement, je m'en charge. Contente-toi de sourire à Larue quand tu le croises dans les couloirs. »

Ça avait marché. Bénédicte était soulagée. Libre d'imaginer les mille et une manières dont allait se dérouler sa carrière. Pour le moment, elle était seule avec Nizot.

Elle aimait l'observer le front penché sur une documentation ou un livre. Elle le trouvait fin, distingué. Voilà le genre d'hommes que j'aime, se disait-elle, mais pourquoi n'a-t-il pas aussi l'ambition d'Émile ? Il serait parfait… Elle soupirait et revenait au délicat profil : le nez aquilin, les cheveux noirs et lisses, une mèche tombant sur le front, la peau mate au grain serré, le sourire éclatant ; il se dégageait de lui un charme, une sensualité un peu surannée qui donnait envie de s'abandonner dans ses bras comme sur le vieux siège en cuir d'une belle Torpédo. Grand et mince, presque maigre, il était toujours très bien habillé mais sans ostentation. À l'anglaise : des cols un peu limés, des vestes légèrement avachies, taillées dans du tweed ou du cachemire de première qualité. Il sentait bon l'étiquette.

Bénédicte était très sensible au vêtement et reprochait à Émile, sans jamais oser lui dire, de manquer de classe. Émile qui transpirait dans des cols roulés en acrylique ou des costumes semblant sortis tout droit du Carreau du Temple. Pas étonnant qu'elle n'ait pas très envie d'un homme attifé de la sorte. Je sais, je sais, c'est l'âme qui compte, mais moi j'aime bien quand c'est beau dedans et dehors. Réversible…

Jean-Marie Nizot était issu d'une vieille famille lyonnaise qui avait fait fortune dans la verrerie. Dès 1830, la ville, qui avait assisté autrefois au martyr de Blandine, fut approvisionnée en charbon incitant Ferdinand Nizot, riche soyeux lyonnais, à se lancer dans l'industrie du verre. Homme d'affaires curieux et avisé, Ferdinand s'intéressa également aux techniques nouvelles de la houille blanche et de l'automobile. Il mourut très vieux et parfaitement conscient qu'aucun de ses fils ou petits-fils ne reprendrait le flambeau. Sa dernière phrase, « tous des incapables », ne laissa aucun doute sur sa lucidité. L'entreprise périclita vite en effet. La famille dut se replier dans sa propriété d'Oulins et vivre de ses rentes. Le père de Jean-Marie préféra le suicide au déshonneur de la faillite, et sa mère le remariage au titre de veuve de suicidé failli. Elle épousa un Brésilien argenté et s'établit à Rio laissant le petit Jean-Marie, alors âgé de deux ans, aux soins de sa grand-mère paternelle.

Jean-Marie prit très jeune l'habitude de s'isoler de longs après-midi dans le grenier de la vieille maison, adossé contre une toile de maître qui attendait, comme tant d'autres, l'avis de l'expert et le marteau d'une salle de ventes. Enfoui dans des éditions anciennes des *Illusions perdues*, de *Lamiel*, du *Rouge et le Noir*, de l'*Éducation sentimentale* et vivant sa vie au gré de ses lectures. C'est ainsi que, pendant quinze jours, il se prit pour Julien Sorel et tomba gravement amoureux de sa maîtresse d'école. Il dut garder le lit et ne recouvra la santé qu'aux derniers mots du roman. Le médecin, perplexe, regardait ce jeune malade qui se rétablissait aussi vite qu'il s'était alité, et sa grand-mère, enchantée de le voir à nouveau gambader, allait répétant partout que les études ne servaient à rien et que le bac était réservé aux gens qui n'avaient pas de relations. Elle avait des relations qui, Dieu merci, avaient survécu aux divers déshonneurs de la famille. Elle lisait assidûment le carnet mondain du *Figaro* – elle en connaissait le directeur pour l'avoir autrefois inscrit sur son carnet de bal – et elle eut ainsi l'idée d'envoyer son petit-fils au rond-point des Champs-Élysées avec un mot écrit de sa main dès que Jean-Marie manifesta le désir de « faire quelque chose ». Jean-Marie n'eut qu'à choisir le service où il désirait être affecté.

Il prit l'étranger. Par romantisme ou idée reçue, il ne savait pas très bien. La politique française lui paraissait bête, répétitive. Il était naturellement de droite, conservateur, mais ne votait pas pour autant. Il trouvait son époque matérialiste et gloutonne. Il était surpris, à la fin de chaque année, de voir son salaire, indexé sur l'inflation, augmenter automatiquement. « Gosse de riches », se moquait Émile Bouchet.

Jean-Marie jugeait Émile Bouchet vulgaire et déplaisant. S'il reconnaissait ses talents de reporter, il ne faisait rien pour entrer en compétition avec lui. Il détestait partir en reportage, préférait rester à Paris et écrire ses articles d'après des piles de documentation. De temps en temps, il levait les yeux sur la liste des conseils du parfait petit journaliste épinglée au-dessus du bureau de Bénédicte et souriait. Émile Bouchet avait commencé une collection de boules en verre, avec de la neige quand on agite, pour imiter et flatter Larue qui en avait une depuis longtemps. De chaque reportage, Émile rapportait une boule. « Et c'est très important que le nom de la ville soit inscrit sur un petit support à l'intérieur… c'est ça qui donne toute sa valeur à la boule », expliquait Émile.

Un soir, Jean-Marie eut envie de savoir ce qu'une fille comme Bénédicte Tassin faisait avec Bouchet. Il ne comprenait pas. Ou plutôt si… Mais ça lui paraissait trop simple, trop cru, trop déjà vu… Il l'invita à dîner. Un jour, au journal, il avait glissé dans une conversation qu'il aimait bien les femmes en noir. « Quand une femme met du noir, on ne voit qu'elle », avait-il dit, rêveur, pensant aux longues robes de sa grand-mère ou de ses tantes dans le jardin d'Oulins. « L'œil ne se perd pas dans des couleurs voyantes. »

Le soir où Bénédicte le rejoignit dans un petit restaurant du quai Voltaire, elle portait une robe noire. Ainsi, elle voulait lui plaire.

Il n'eut plus envie de la séduire.

Il parla de lui.

— Je reste des heures assis devant ma machine et j'écris des lettres. À des amis. Je leur glisse des histoires qui les font rire aux larmes… Mais je ne veux pas seulement raconter des histoires, je veux qu'il y ait un sens derrière mes histoires, un sens qui donne une morale à mon écriture. C'est pour cela que le journalisme me pèse. On ne me laisse jamais aller plus loin que les faits, et moi je veux aller voir derrière…

— Je ne savais pas que tu voulais devenir écrivain, répondit Bénédicte, admirative.

— Tu sais ce qu'on dit du journalisme ? reprit Jean-Marie que l'admiration silencieuse de Bénédicte ennuyait.

— Qu'il mène à tout à condition d'en sortir…

Il lui sourit. Elle connaissait ses classiques.

– Et tu as très envie d'en sortir ? lui demanda-t-elle.

– Oui… Très vite.

– Pas moi. Moi, j'ai envie d'y réussir très vite.

Ah bon ! Il comprenait maintenant pourquoi elle sortait avec Émile Bouchet. Mais il ne résista pas à l'envie de lui poser la question.

– Oh ! Émile ! fit-elle en accompagnant sa moue d'un geste vague de la main, renvoyant le pauvre Bouchet au dernier rang près du radiateur avec les cancres.

– Je croyais que…

– Qu'il y avait quelque chose entre nous ? Mais non. Pas du tout. Mais il n'arrête pas de me coller. C'est ennuyeux !

Elle eut un petit sourire canaille qu'il ne lui avait jamais vu auparavant.

– Non… C'est un bon copain, sans plus… Il m'aide beaucoup, c'est vrai. Qu'est-ce qu'on raconte au journal ? Que je suis avec lui ?

– C'est l'impression que vous donnez en tout cas.

– Oh ! Je suis terriblement ennuyée… J'ai essayé de lui faire comprendre combien ça pouvait être gênant pour moi.

Plus elle mentait, plus elle avait l'air sincère. Et sincèrement désolée.

– On n'est pas là pour parler d'Émile, interrompit Jean-Marie que cette conversation finissait par gêner.

– Non, mais j'aime pas ça. Va falloir que j'aie une explication avec lui quand il sera rentré… Tu as lu Beckett ? On parle de lui pour le Nobel cette année. Tu savais ?

Il la regarda, stupéfait. Quelle comédienne ! Elle éliminait Bouchet d'un accent circonflexe de sourcil et reprenait son entreprise de séduction en lançant le nom de Beckett.

Il parla de Beckett.

Puis il la ramena chez lui. Elle ne fit aucune

difficulté. C'était la suite logique de la robe noire, du mensonge à propos de Bouchet et de Beckett.

Il était seul, ce soir-là. Elle était belle. Elle était la femme d'un autre. Il n'avait d'aventure qu'avec les femmes des autres.

Après cette première nuit, Bénédicte décida de consolider ses rapports avec Jean-Marie Nizot afin que la situation soit installée quand Émile rentrerait. Jean-Marie se révéla difficile à circonvenir. Au bureau, il se montrait cordial mais, chaque soir, il était pris. Elle fit une discrète enquête au journal pour savoir s'il avait une petite amie régulière. Mais non… tout le monde l'assura que, si on le voyait souvent avec des filles, ce n'était jamais avec la même. « Il me le faut, il me le faut », se répétait-elle en mettant au point des stratagèmes qui, tous, échouaient. La nuit passée avec lui avait été si différente de toutes celles avec Émile. Elle s'était montrée entreprenante, elle devait le reconnaître, mais elle n'avait pas eu besoin de se forcer. Elle avait tout de suite aimé son corps, son odeur, sa manière de se déplacer, de l'embrasser. Il était doux et fort et savant et… Mais il ne manifestait pas la moindre envie de recommencer.

Elle envisageait toutes les hypothèses : peut-être est-ce pour me tester parce que je me suis offerte trop facilement ? que je lui ai ravi son rôle de séducteur… peut-être ne lui ai-je pas plu ? ou a-t-il des remords vis-à-vis d'Émile ?

Émile devenait gênant tout à coup. Elle se prenait à souhaiter qu'il meure déchiqueté par une grenade. Ça arrangerait tout. Et elle pourrait s'habiller en noir quelque temps…

Elle se promettait de ne pas faire le premier pas. Elle le surveillait du coin de l'œil. Il était au téléphone et parlait tout bas. À qui ? Mais à qui ? « Réforme de l'École polytechnique : les jeunes filles pourront désormais y entrer », disait le titre en page cinq. Ça l'épaterait peut-être que je fasse Polytechnique. Un tricorne sur la tête, une épée sur le côté. C'est même pas sûr… Et si je donnais une soirée rue des Plantes ? Je pourrais l'inviter. Ce serait anodin.

Elle se décida pour le samedi suivant. Elle n'avait pas de temps à perdre.

Jean-Marie Nizot accepta. Il se dit qu'il viendrait avec une jeune fille qu'il essayait d'amener dans son lit et qui offrait quelque résistance. Il aimait qu'on lui résiste. Les jeunes filles, aujourd'hui, ne savaient plus résister.

Chapitre 4

Juliette s'est fabriqué une planche à bain. Assez large pour y poser journal, pomme, théière et livre. Elle passe des heures dans sa baignoire. Jusqu'à ce que la peau autour des ongles devienne toute molle et qu'elle la déchiquette de ses dents. Petites peaux blanches comme les cadavres de noyés. Blanches et molles…

Elle se sent bien dans son bain en ces temps où les couvercles de confiture tombent toujours du mauvais côté. Mauvais présage… Dans la baignoire elle a une consistance, un début et une fin. Elle voit son corps, le touche, touche sa tête, fait sortir ses pieds de l'eau. Elle est entière. Dans la vie, ce sont des petits bouts d'elle qui flottent : un bout à la fac, un bout rue des Plantes, un bout qui cherche du travail, un bout qui dort dans des lits inconnus. De temps en temps, elle entend sa voix et se dit : « Tiens, c'est la voix de ce bout-là. » J'ai plusieurs voix parce que je ne sais pas encore qui je suis, j'ai plusieurs amants parce qu'ils me rassurent.

Louis Gaillard est parti tourner des westerns spaghetti en Italie. Il affirme que sa carrière en France est foutue.

Ils s'étaient réconciliés après la dernière dispute qu'ils avaient baptisée « la dispute du microbe ». Juliette l'avait rappelé. Ils s'étaient donné rendez-vous au *Lenox*. Il était là, allongé sur le lit, quand elle avait ouvert la porte. Elle s'était précipitée pour l'embrasser, mais il l'en avait empêchée.

– Fais-moi la putain.

Elle avait reculé, effrayée. Il avait sorti deux billets de cent francs de sa poche et les avait posés sur la table de nuit.

– C'est pour toi. Allez, vas-y.
– Mais, je sais pas…
– Tu sais pas ? Invente.
– Mais pourquoi ?
– Tu veux pas ?

Il avait repris les billets et se levait.

– Louis !
– Oui ?

Il avait reposé les billets, calé un oreiller derrière son dos, allongé ses jambes comme s'il se préparait à assister au spectacle.

Elle traversa la pièce, prit les deux billets, les examina et les mit dans son sac. C'est comme ça qu'elles font les putes. « Il n'y a que les princes, les voleurs et les filles qui sont à l'aise partout », avait dit Balzac. Elle serait les trois à la fois : une pute royale extorqueuse de billets. Elle se déshabilla lentement, face à lui, en le regardant droit dans les yeux puis alla s'asseoir dans une bergère et, croisant les jambes de manière qu'il n'aperçoive d'elle que le strict minimum, elle se caressa, doucement, ne lui offrant que son visage aux yeux clos, sa main entre les cuisses et l'arc de son corps tendu vers le plaisir.

– Salope, grogna-t-il, viens ici.

Elle ne bougea pas. S'abandonnant à son plaisir, laissant échapper quelques soupirs.

Il la rejoignit sur le canapé, arracha sa main de ses cuisses et plaqua sa bouche, ses doigts, fit glisser sa salive sur le corps de Juliette.

Juliette frissonne dans le bain. Sa main trouve le chemin de son ventre et descend, descend…

Avec Louis, elle se sent hardie. Il la force à relever des défis.

Il a envoyé une carte chez ses parents à Pithiviers :

> « Bien chère Juliette,
>
> Il fait beau, je mange bien, je dors bien, je visite les musées et trouve l'art de Véronèse très beau, très pictural, d'une tonalité tout à fait émouvante, mais je préfère quand même Leonardo da Vinci. J'ai aussi vu de très beaux Goering. Je t'en parlerai plus longuement lorsque nous nous verrons. Je te souhaite un pieux Noël et t'embrasse respectueusement.
>
> Frère Louis. »

Son père avait secoué la tête, songeur : « Je ne savais pas qu'il y avait des Goering en Italie. »

Il téléphonait parfois.

– Tu rentres quand ? demandait Juliette.

– Pourquoi, tu t'ennuies de moi ?

– Je m'ennuie tout court.

Il ne savait pas quand il rentrait.

– T'es amoureux ?

– Non et toi ?

– Non plus. T'as des histoires ?

– Oui… sans plus. Et toi ?

– Pareil.

Elle collectionne les hommes d'après un scénario immuable : rencontre du héros, édification d'une statue, vénération de l'idole, renversement et mise à sac de la statue. Durée : deux jours, deux semaines, deux mois… Personne ne résiste.

Un garçon qu'elle rencontre à une soirée où Regina l'a traînée la tient immobile, souffle coupé, sur le seuil de la porte d'entrée. Toute la soirée, elle ne voit que lui, frissonne quand il la regarde, brûle s'il lui tend une cigarette et manque de s'évanouir lorsqu'il lui demande son numéro de téléphone. Il n'appelle pas tout de suite et elle tremble. Fait le guet près du téléphone, soupçonne les P. et T. d'avoir mis la ligne en dérangement, et quiconque approche du poste de vouloir saboter sa romance. Elle ne sort plus, parle à peine et pendant deux jours hisse la statue du héros, la décore de fleurs, de couronnes, de gerbes multicolores. Il appelle. Il dit qu'il veut la voir. Elle passe trois heures à se préparer, essaie tous ses vêtements, aucun ne va, court vers le café où il l'attend, vérifie une dernière fois dans le reflet de la porte tambour si ses cheveux sont bien en ordre, pénètre dans la salle, piétine en ne l'apercevant pas tout de suite et s'arrête net. Il est là, il lui tourne le dos, voûté, dans un caban blanchi par le temps et quelques pellicules, des petits cheveux fins dépassent sur le col… Elle s'engouffre dans la porte tambour à toute vitesse et ressort sur le trottoir, essoufflée. Mais qu'est-ce qu'il lui a pris de fantasmer ainsi… Il est nul, ce mec, pas beau, et bête, même de dos.

D'autres fois, cela dure plus longtemps. Comme avec Étienne… Il vient dîner rue des Plantes ; il spécule sur les cours du café et du cacao. Il a d'irrésistibles yeux verts, et Juliette se jette contre lui. Il la repousse, étonné, puis cède. Juliette vit alors deux semaines de passion totale, écrasée contre le torse protecteur d'Étienne. Étienne est un homme d'affaires puissant, le plus puissant de tous, et un amant merveilleux. Le cacao et le café, c'est passionnant. Elle est prête à l'épouser et à devenir une mère pour ses deux enfants.

Un jour, il lui propose de partir en week-end avec lui chez des amis. Ils conviennent qu'elle passera le prendre en taxi en bas de chez lui puis qu'ils prendront le train pour Cabourg. Elle monte guillerette dans le taxi, donne l'adresse d'Étienne en chantonnant et rêve : « On se promènera sur la plage, on ira manger des crêpes, on louera des bicyclettes et on pédalera dans les vagues. Le soir, on fera du feu et on regardera les flammes, blottis l'un contre l'autre. En revenant… peut-être… il me demandera en mariage et je dirai oui, oui, oui. » Elle se blottit dans le coin de la banquette et rosit de plaisir. Sa vie, soudain, a un sens. Virtel avait tort. Moi aussi, j'avais tort de me perdre dans des histoires sans suite. Papa et maman avaient raison. Ils l'aimeront bien, Étienne, c'est sûr. Le taxi tourne dans la rue des Archives et prend la rue des Millegrains. Il doit être en bas à attendre. Juliette se penche par la fenêtre et le voit.

Le voit.

Se rejette de toutes ses forces contre le dossier. Il est ridicule avec cette petite valise marron au bout de son petit bras.

Elle se ratatine dans le taxi, se ratatine dans le train, se ratatine dans le lit quand il veut poser sa main sur elle. « Ne me touche pas ou je crie », parvient-elle à articuler les lèvres blêmes. Il ne comprend pas. Demande des explications. Elle se retourne et se raidit. Il n'y a pas d'explication. Il y a une petite valise, un petit bras, un petit costume, un petit train, un petit mec. Mais qu'est-ce qu'il m'arrive ? Je deviens folle. Elle a envie de pleurer et mord le drap.

Le lendemain, comme Étienne a l'air triste, elle flirte ouvertement avec un garçon venu tout seul, dort avec lui dans la chambre qui jouxte celle d'Étienne et repart avec lui. Elle l'abandonne deux jours plus tard. Préfère encore passer ses soirées avec Martine.

Quand Bénédicte avait annoncé qu'elle donnait une surprise-partie, Martine avait haussé les épaules. Juliette l'avait rejointe dans sa chambre et l'avait fait parler. De Richard le voleur.

– Tu dis qu'on perd son énergie à être amoureuse, lui

avait fait remarquer Juliette. Mais, toi, tu es en train de la perdre à ne pas vouloir être amoureuse…

Martine avait fait la moue, puis avait lâché :

– De toute façon, je ne fais rien que des bêtises. C'est pas mon truc, l'amour…

Elle lui avait raconté sa visite chez Richard. Juliette avait retenu la description des lieux, localisé le bar-tabac des Brusini et s'y était rendue un soir. Richard l'avait reçue dans sa chambre et lui avait offert une bière. Juliette l'avait invité à la soirée de Bénédicte.

– Elle dépérit, Martine, depuis qu'elle ne vous voit plus…

– Elle sait pas ce qu'elle veut cette gonzesse, avait-il grommelé en regardant par la fenêtre.

Moi, je sais pas ce qu'elle lui trouve, avait pensé Juliette. Il est pâlot, plutôt maigrichon, le nez écrasé et les jambes arquées. En plus, la décoration de sa chambre est ridicule.

– Moi, je sais ce qu'elle veut. Elle veut vous voir. Elle ne serait pas dans cet état-là sinon…

– Pourquoi elle vient pas me le dire elle-même ? Pourquoi elle se tire quand je l'embrasse en m'affirmant qu'elle a baisé avec le monde entier ?

– Écoutez, ça c'est votre problème… Moi, je la connais bien, Martine, et je peux vous dire qu'elle est amoureuse de vous. Maintenant, vous vous débrouillez…

Il était venu à la soirée rue des Plantes. Ou, plutôt, il s'était faufilé par la porte entrebâillée et avait attendu dans l'entrée. Près d'une heure. Enfin, Martine était passée dans le vestibule. Elle montait dans sa chambre pour changer de collants et recoller ses faux cils. Il la siffla doucement…

Le lendemain, ils prirent leur petit déjeuner tous ensemble. Martine était embarrassée. C'était la première fois qu'elle introduisait un homme à la table du petit déjeuner. Regina mit tout le monde à l'aise en demandant à Richard s'il était célibataire et s'il ne voulait pas l'épouser. « Je devrais bien finir par me trouver un mari avec tout ce passage », soupira-t-elle. Elle continuait à recevoir des clients à domicile et ils venaient quelquefois boire un verre au salon. Seules, Martine et Juliette étaient au courant. Bénédicte ayant été jugée trop collet monté pour pouvoir encaisser la nouvelle…

Ce même matin, Bénédicte faisait la gueule. Quand Jean-Marie Nizot était arrivé, accompagné d'une ravissante jeune fille, Juliette avait bien vu que Bénédicte laissait en plan tous ses invités pour se précipiter vers lui. « Pas mal, pas mal, ce petit jeune homme », s'était dit Juliette ; mais elle s'était maintenue à distance de peur d'irriter Bénédicte. Il vint plusieurs fois lui demander de danser. Elle refusa. À la fin de la soirée, alors qu'elles rangeaient la vaisselle dans la cuisine, Bénédicte avait intercepté Juliette et lui avait lancé :

– Merci pour Jean-Marie Nizot… Comme si t'en avais pas assez comme ça !

– Mais j'ai rien fait, avait protesté Juliette. J'ai même pas dansé avec lui !

– C'est ce que disent toutes les allumeuses ! Tu crois que je t'ai pas vue peut-être !

Elle était sortie en claquant la porte. Juliette avait regardé Regina, Ungrun et une autre fille qui essuyaient les verres, stupéfaite.

Allumeuse, allumeuse, avait-elle maugréé. Comme si elle n'avait pas envie de l'allumer, elle, le petit Nizot. Elle est jalouse, ma parole ! Mais de quoi ?

Bénédicte enviait la faculté de séduction de Juliette. Il est vrai que si l'on détaillait chacune des deux filles à l'aide d'un compas et d'un centimètre, Bénédicte était la plus parfaite. Mais il suffisait que Juliette pénètre dans une pièce pour que neuf mâles sur dix viennent se ranger à ses genoux.

Pendant quelques jours, les deux filles se firent la guerre. Juliette alla se réfugier chez Charles Milhal.

Elle lui demanda la permission de l'appeler Charlot. Il dit que ça lui allait. Il s'était pris d'affection pour Juliette et l'avait invitée plusieurs fois dans son pavillon de l'île de la Jatte. Au début, elle lui demanda de ne jamais parler de Virtel. « J'ai pas encore cicatrisé. »

Charles Milhal travaillait sur un nouveau béton encore plus léger, plus résistant mais, celui-ci, il se promettait bien de ne pas l'abandonner aux mains avides de Virtel.

L'eau du bain s'est refroidie et elle tourne le robinet d'eau chaude du bout de ses doigts de pied. Reprend le journal. « Après une lettre ouverte d'Alain Delon au président Pompidou, maître Roland Dumas réclame de nouvelles mesures dans l'instruction de l'affaire Markovitch… »

L'affaire Markovitch, ça lui plaît bien : des gens célèbres, un crime, des soirées scandaleuses et un suspense tenace…

Elle se verse une tasse de thé, feuillette encore le journal et pousse un cri. Si fort que Martine accourt.

– Mais, qu'est-ce qui se passe ? demande Martine. T'as quelque chose ?

– Moi non, mais écoute…

– Tu m'as fait une de ces peurs ! J'ai cru que tu t'étais électrocutée ! Oh la la…

– Écoute, écoute. T'es assise ? « Le sadique de Pithiviers menace : je frapperai avant la fin du mois. M. Tuille, président de l'Association des parents de Pithiviers, a reçu cette lettre qu'il nous communique, lettre dans laquelle l'odieux sadique menace de commettre un nouveau crime dans les quinze jours qui suivent… »

– Mon Dieu ! murmure Martine, effondrée sur son tabouret.

Elle sort de la salle de bains. Elle veut appeler ses parents. Juliette reste à lire la suite de l'article. « Émoi dans la population… lettre arrivée dans la nuit… la police sur les dents… l'insolence de l'assassin… M. Tuille déclare… »

Elle laisse tomber ses bras dans l'eau du bain et le journal se ramollit…

Songeuse.

Pithiviers, autrefois si calme, si calme…

Chapitre 5

Regina avait d'autres préoccupations en tête que le meurtrier de Pithiviers. D'ailleurs, Regina aurait été bien en peine de situer Pithiviers sur la carte de l'Hexagone. De la France, elle ne connaissait que les hauts lieux de sa géographie personnelle : Rambouillet, Saint-Tropez, Val-d'Isère, Deauville, Régine, Castel et, depuis peu, la rue des Plantes. Enfin, son bon sens lui interdisait de s'imaginer, une seconde, « victime », encore moins victime d'un sadique.

Non. La préoccupation essentielle de Regina se résumait à ce casse-tête binaire : trouver un mari et une femme de ménage. Le mari semblant un objectif nettement plus difficile à atteindre ; elle se concentra sur la femme de ménage.

La vie quotidienne rue des Plantes devenait impossible. Elle était la seule à se préoccuper des « détails » – c'était le terme employé par ses co-locataires – tels que la vaisselle dans l'évier, les cendriers pleins, les carreaux sales. Elle en déduisit que c'était à elle de s'organiser. Elle trouva une femme de ménage.

Rosita était de ces femmes fortes, autoritaires, au teint rubicond, difficiles à franchir. Espagnole, elle avait quitté son pays lorsque son père, grand propriétaire terrien de Castille, avait appris qu'elle s'était amourachée d'un « rouge ». Rosita avait dû fuir. Par une nuit de décembre 1947, elle avait suivi Kim Navarro, son galant, et le passeur, à travers de petits chemins escarpés. Le cœur gros : elle laissait derrière elle treize frères et sœurs, une mère qu'elle chérissait et une vie de privilégiée. Elle avait beau fixer la carrure de Kim devant elle, elle se retournait souvent. Arrivée en France, elle voulut se marier. Kim trouvait la procédure « bourgeoise », mais dut céder. Rosita voulait bien vivre à l'étranger mais pas dans le déshonneur. Il céda encore quand elle décida d'aller vivre à Paris. Ils prirent une loge de concierge. Un réduit plutôt, car l'exiguïté de la pièce unique qui leur servait de chambre à coucher, salle à manger, salle de bains, cuisine, aurait interdit à M. Littré – pour peu qu'il ait une conscience sociale – l'emploi du terme « loge ».

Dans cette pièce minuscule et sombre – il n'y avait pas de fenêtre et, seul, un vasistas dispensait une faible lumière – naquirent pourtant deux filles robustes et pétulantes. Kim prit un emploi au CIC. Responsable et chargé de famille, il avait décidé de miner le système capitaliste de l'intérieur.

Pour arrondir ses fins de mois et dans l'espoir d'agrandir, un jour, son espace vital, Rosita faisait des ménages dans le quartier. C'est ainsi qu'à la suite d'une petite annonce scotchée sur la balance du boulanger, elle échoua rue des Plantes.

Rosita lavait, repassait, astiquait, raccommodait, cuisait le bœuf en daube et la paëlla, répondait au téléphone, prenait les messages et fit d'emblée preuve d'un tel bon sens et d'une telle autorité qu'elle gouverna bientôt toute la maison.

Tel Saint Louis sous son chêne, elle rendait des jugements sans appel.

Elle venait trois fois par semaine : les lundi, mercredi et vendredi, et installait sa table à repasser dans la cuisine pour suivre les conversations du petit déjeuner. Seule trace de son origine espagnole, elle prononçait les *v* comme les *b*. D'abord, les filles s'étonnèrent, après avoir longuement exposé leurs problèmes, d'entendre Rosita répondre, d'un ton sentencieux : « il faut boir, il faut boir ». Mais très vite, elles s'accommodèrent de cette infirmité phonétique. Dans la bouche de Rosita, Virtel était un bieux déboyé et Milhal une baleur braie. Pythie de la cuisine, Rosita lâchait ses oracles entre deux coups d'Ajax et deux jets de vapeur de fer à repasser et ne revenait jamais sur ses jugements. Chaque nouvelle connaissance devait lui être présentée et recevoir son approbation. Sans quoi, une longue vie de persécutions commençait pour le nouveau venu.

La conversation, ce matin-là, portait sur le dégraissage du bouillon de pot-au-feu. Chacune avait sa recette et, pour une fois, Rosita ne pouvait les départager, chaque recette étant garantie par des générations de grands-mères. Regina secouait la tête, découragée :

– En France, il y a autant de recettes que d'individus et le pire c'est qu'ils sont tous persuadés d'avoir raison…

Seule Martine ne jetait pas sa grand-mère dans la conversation.

Martine était ailleurs. Elle se prélassait dans un état qu'elle avait si souvent critiqué et dont elle se méfiait depuis toujours : l'état amoureux. Martine et Richard. Huis clos dans la galerie des glaces. Cadeau tombé du ciel qu'ils contemplaient l'un et l'autre avec le sourire extasié d'un bébé devant son premier arbre de Noël.

– Pince-moi, demandait Martine à Richard. J'arrive pas à y croire…

Le voleur riait et la serrait dans ses bras. À l'étouffer. Il n'était pas très fort en mots d'amour et s'exprimait en la broyant. En la roulant sous lui. Parfois même en la boxant.

– À quoi tu penses ? demandait Martine à Richard mille fois par jour.

– À toi… Je voudrais te trouver un nom rien que pour moi… un nom qui n'a jamais servi…

Avec Richard, Martine réapprenait les gestes de l'amour.

Au début, elle n'osait rien faire. Les bras le long du corps, terrifiée par la vague qui la jetait contre lui, elle butait contre sa poitrine et restait là, immobile, presque énervée, ne sachant quoi faire de ses mains, de sa bouche. Envie de l'étreindre, de l'avaler, de mourir avec lui.

Richard, patient, attendait. Il défaisait le nœud des bras, le nœud des jambes, les nœuds dans la tête. Ils parlaient. De tout et de rien : de la Sucrerie, de la famille Brusini, des bonnets volés chez Phildar, de l'usine Gringoire…

Ces deux solitaires rattrapaient tout le temps où ils étaient restés muets. Ils s'abandonnaient, rivalisaient de confidences. Chacun écoutait l'autre, frappé de l'écho qu'il lui renvoyait. Brusini-sale-rital dans la cour de récré tendait sa moufle à la petite fille qui vendait *l'Huma-Dimanche* à la sortie de la messe. Pressée contre Richard, Martine se découvrait, enfin. Avec émerveillement. En choisissant de l'aimer, elle, il lui démontrait qu'elle était unique, irremplaçable, merveilleuse, immense. C'est pour ça que l'amour tient tant de place dans la vie des gens, constatait Martine, c'est comme de se regarder dans un miroir magique : tout à coup, on se trouve la plus belle, la plus intelligente, la plus drôle, la plus… On a envie de conquérir le monde et de s'en déclarer maîtresse.

Il y avait aussi des moments où elle se disait : « Ce n'est pas possible, le miroir va se briser, je ne vais pas rester amoureuse de lui. » Elle se forçait à regarder Richard. Sans prisme rose. Elle prenait son regard d'étrangère vaguement étonné, légèrement réprobateur. On ne peut pas faire de projets avec un voleur. Il n'a pas d'ambition, pas d'avenir, pas envie de gratte-ciel… Ça va s'arrêter, c'est sûr. Un beau matin, plouf !, le voleur à l'eau et moi sur la berge à récupérer mes affaires… Et puis, il lui caressait les cheveux, parlait du prénom qu'il allait lui donner, et elle était prête à raser ses gratte-ciel.

Elle lui avait caché son envie de partir. Elle ne l'avait pas fait exprès. Un simple oubli, au départ, qui pesait de plus en plus lourd…

Elle le poussait à prendre un vrai boulot.

– C'est quoi, un vrai boulot ? demanda-t-il, méfiant.

– Un boulot honnête.

– Où on se casse le cul pour pas un rond ?

Trois jours plus tard, elle lui proposa, triomphante, une place de coursier chez Coop.

– Et c'est payé combien ? marmonna-t-il en remuant les épaules comme s'il se sentait déjà à l'étroit.

– Mille francs pour commencer.

Il grimaça.

– Pour commencer et pour finir. C'est pas le genre de boulot où t'as de la promotion…

Il hésita, la regarda de biais. Sortit ses clés de sa poche et les jeta en l'air.

– Ça te ferait plaisir que je dise oui ?

Martine fit oui de la tête.

– Bon, d'accord… Je ferai comme si j'étais le messager d'un gros bonnet de la Mafia new-yorkaise… J'aurais préféré un boulot avec un bureau et un téléphone. Maman aurait été fière…

Il marchait devant elle, jonglait avec ses clés. Il lui en voulait de lui proposer ce boulot idiot. Il valait mieux que ça, quand même. Merde, il fallait qu'il l'aime cette gonzesse pour ne pas la détester après un coup pareil…

De rage, il shoota dans un marron.

Il savait pas comment s'y prendre avec elle. D'habitude, avec les filles, il restait loin. Un tour sur la mob et un tour au lit. Vite fait. Pas d'embrouilles. Tout le temps pour ranger ses disques, lire ses journaux de moto ou *Rock and Rolk*. Une fois, il était tombé amoureux : il avait eu l'impression de marcher dans un couloir tout noir et de se cogner contre des obstacles. Il avait eu peur et s'était tiré. La fille en avait jamais rien su. Il s'était caché chez lui le temps que ça lui passe. Comme ça lui passait pas, il était parti à moto pour le Maroc. Le plus drôle, c'est qu'en rentrant, Bob lui avait affirmé que la fille en pinçait pour lui et qu'elle avait pleuré quand il s'était cassé. Il s'était dit simplement qu'il avait loupé un truc. Il avait ruminé quelques jours, puis avait oublié.

Avec Martine, il avait plongé. Profond. Il y avait des moments, quand ils étaient encastrés l'un contre l'autre et qu'il la sentait devenir toute molle, toute douce, où il avait envie de lui dire : « Marie-moi, fais-moi un bébé, un bébé comme toi. » Il cherchait la chose la plus énorme à lui dire pour qu'elle comprenne bien à quel point il tenait à elle. Mais il n'osait pas. Elle avait l'air si organisée… Il se taisait. Il l'écoutait. Il avait peur qu'à force de ne pas pouvoir parler, un jour, ça se retourne contre elle et qu'il se mette à la détester… Là, avec son histoire de coursier, il l'avait détestée. Elle avait dû le sentir, car elle avait placé sa main dans la sienne pour traverser au feu vert et il avait oublié sa haine… C'était la première fille avec laquelle il pouvait marcher main dans la main sans que ça le gratte ou qu'il transpire.

– N'empêche qu'ils sont cons à ta Coop. Ils devraient plutôt m'engager comme conseiller en vols… J'en connais un bout… Tiens, tu connais le coup des billets de cinq cents francs ?

Il s'anima brusquement. Se retourna. Et, marchant à reculons, lui expliqua :

– Un type arrive avec une liasse de billets de cinq cents francs, les fait miroiter sous les yeux de la caissière et, au moment de payer, sort deux billets de cent balles glissés dans le tas. La caissière, hypnotisée par la liasse, rend la monnaie sur mille balles… Pas con, hein ?

Un dimanche matin, il appela, tout excité. Un copain lui avait prêté une Simca 1000. Il voulait aller à Pithiviers.

– Je demande pas à être présenté à tes vieux, mais je voudrais voir le magasin Phildar.

Martine accepta. Après un moment d'hésitation. C'était le 28 novembre, et il ne restait plus que trois jours à l'assassin pour mettre ses menaces à exécution.

Ils s'arrêtèrent à la première station-service sur l'autoroute. Richard resta aux côtés du pompiste tout le temps qu'il servit. Il revint l'air méfiant.

– Tous des voleurs, murmura-t-il en mettant le contact.

– Qui ça ?

– Les pompistes… Je les connais…

– Ah ! ironisa Martine, un voleur qui dégomme d'autres voleurs.

– Je sais de quoi je parle, j'ai travaillé comme pompiste… Un client fait un petit plein de vingt, trente balles, le pompiste ne remet pas le compteur à zéro et le prochain client paie son plein plus les vingt balles qui vont dans la poche du pompiste. Et c'est pas tout…

– T'as été pompiste quand ? demanda Martine en laissant tomber ses sabots et en posant ses pieds sur la boîte à gants.

Richard fronça le sourcil en la voyant faire, mais ne dit rien.

– C'est comme l'huile… Ils te disent que t'en manques, se pointent avec un bidon vide et font semblant de te remplir ta jauge…

– T'as été pompiste quand ?

– Sans compter ceux, sur les autoroutes, qui sont de mèche avec les hôteliers… Ils t'envoient passer une nuit à l'hôtel sous prétexte que ton moteur est naze, passent un coup de chiffon dessus pendant la nuit et, toi, le lendemain, après avoir raqué une nuit d'hôtel, tu raques pour la réparation...

– T'AS ÉTÉ POMPISTE QUAND ? hurla Martine.

– L'année dernière.

– Mais tu m'avais dit que t'avais jamais travaillé ?

– Oui, mais là, j'étais obligé.

– Pourquoi ?

– Parce que j'avais été en taule... Là... Voilà, t'es contente ?

Martine eut un haut-le-cœur.

– T'as été en prison ?

– Ça t'emmerde ?

– Pour quoi ?

– Drogue. Du shit marocain que j'avais passé par Gibraltar. Je me suis fait piquer en vendant à un flic en civil... J'te jure. Un mec qui avait ma tronche et qui était flic !

– Et t'as fait combien ?

– Un an. Mais quand je suis sorti, il a fallu que je paie ma contrainte. Cinq cents francs par mois...

– C'est quoi, ça ?

– On te fait rembourser l'équivalent de ce que t'as trafiqué.

– Pourquoi tu me l'as jamais dit ?

– C'est le passé. J'ai pas envie d'en parler...

– Y a d'autres trucs que tu m'as cachés ?

– J't'ai rien caché. J'ai oublié de te le dire.

Elle le regarda, réprobatrice. Elle le soupçonnait de pouvoir mentir sans le moindre problème de conscience. Sa morale, il se la fabriquait sur le moment et sur mesure. Si un mensonge devait le tirer d'un mauvais pas, il mentait.

– Et, maintenant, je vais où ? demanda-t-il en quittant l'autoroute et en branchant la radio.

Martine garda les dents serrées. Du menton, elle lui

indiqua la direction à prendre, et ce n'est qu'en apercevant la flèche du clocher de Pithiviers qu'elle se détendit et oublia leur conversation.

Ils allèrent tout droit au *Café du Nord*. Martine y retrouva des copains qu'elle présenta à Richard. Il y eut des sourires étonnés qui disaient : « Martine est à la colle. » Elle n'y fit pas attention. Richard alla s'installer devant le flipper. Martine le rejoignit au bout d'un moment et s'accouda sur la glace.

– Qui c'est le mec qui n'arrête pas de te dévisager ? grinça Richard entre ses dents.

Martine se retourna et aperçut Henri Bichaut, son vieux soupirant. Au bar. Seul. Avec ses manches trop longues et ses ongles noirs. Il leva son verre vers elle. Ça l'étonna. Il devait avoir un peu bu. D'habitude, il disparaissait dans les coins.

– C'est un vieux copain, dit-elle à Richard.

– Il a intérêt à arrêter de te reluquer ou je lui casse la gueule.

– Arrête, Richard, t'es con. Il est inoffensif. Je l'ai jamais regardé.

– Mais vise-le, il te quitte pas des yeux, reprit Richard les doigts crispés sur les bords du flipper.

– Tiens, tu viens de perdre une boule. Tu ferais mieux de te concentrer sur ton jeu, petit voleur…

– T'aurais eu l'air maligne avec un fiancé pareil. Heureusement que tu m'as rencontré, t'étais mal barrée.

– Qui c'est ? cria une voix derrière elle pendant que deux mains lui couvraient les yeux.

– Je donne ma langue au chat, répondit Martine, qui avait reconnu la voix de sa sœur, Joëlle.

Les deux sœurs s'embrassèrent, puis Martine présenta Richard à Joëlle. Elles allèrent s'installer à une table. Henri Bichaut les regardait toujours.

– C'est incroyable, pouffa Martine, il me dévisage

comme ça depuis que j'ai quatorze ans ! Richard est fou de rage.

– Tu sais pas ! Il s'est marié. Avec Véronique Charlier… Ouais, ma vieille. Elle s'est fait mettre en cloque. Tout le monde dit qu'elle l'a épousé pour son blé ! C'est lui ton nouveau mec ?

Elle désignait Richard qui s'était remis à jouer au flipper.

– Il est pas mal, dis donc ! Et t'es heureuse ?

Martine allait répondre, mais Joëlle la coupa :

– Moi, c'est décidé, j'attaque sérieux le beau René. Tu sais que je sors avec lui… depuis septembre. Trois mois que je tiens, ma vieille, mais c'est du boulot. Faut tout faire avec un mec comme lui, mais je m'accroche. Il est beau…

Elle eut un geste de la main pour indiquer à quel point elle le trouvait beau.

– Dis donc, tu savais que ta copine Juliette, elle se l'était refait cet été… un soir… C'est lui qui me l'a dit. Ils ont passé la nuit ensemble. Elle a pas intérêt à marcher sur mes plates-bandes, tu le lui diras de ma part. Parce que, moi, je vais me faire épouser par le beau René et, au besoin, je fais comme la fille Charlier, je me fais faire un môme !

– Ça marchera pas ! Ça marche plus ce genre de combine, protesta Martine, humiliée par l'attitude de sa sœur.

– À Paris peut-être, mais, ici, à tous les coups tu gagnes.

Un instant, Martine avait été heureuse de retrouver Pithiviers, son café, sa sœur, mais très vite elle s'était sentie coupée de son ancienne vie.

Étrangère dans son fief.

– Tu vas pas voir les parents ?

– Non. Pas cette fois… On fait que passer. Leur dis pas que je suis venue, ça leur ferait de la peine.

296

– Oh ! tu sais. Ils pensent qu'à l'assassin, eux. Tout le monde pense qu'à ça, ici… Dis donc, tu vas l'épouser le joueur de flipper ?

Joëlle avait la mine gourmande de la commère qui cherche son potin, le matin, au marché. Dans vingt ans, elle aura le même air, pensa Martine, elle sera simplement un peu plus grasse, plus rougeaude, plus ridée.

– Me marier, moi ? Ça va pas !

Joëlle eut l'air déçue.

Richard vint s'asseoir à côté d'elles. Joëlle retrouva son bagout.

Martine eut peur, soudain, qu'elle parle de l'Amérique, de New York, de l'université. Elle se leva brusquement :

– Allez, viens, on se casse, lança-t-elle à Richard.

Sur l'autoroute, il l'attira vers lui. Elle se laissa aller sur son épaule. Il lui dit un mot à l'oreille. Elle ne comprit pas et demanda : « Quoi ? Quoi ? »

– J'ai trouvé ton nom… Je t'appellerai Marine. C'est joli, hein ?

Chapitre 6

Le lendemain du passage de Martine et Richard à Pithiviers, Joëlle décida, en quittant le salon de Mme Robert, d'aller chercher le beau René. Chaque fois qu'elle le pouvait, elle y allait. Trop de filles tournaient autour de lui. Il fallait qu'elle se méfie. Quand elle arriva au garage de l'Étoile, Lucien le mécano lui dit que René était parti faire un dépannage pas loin de la piscine municipale et qu'il n'allait sans doute pas tarder à revenir.

— Je vais aller à sa rencontre, déclara Joëlle.

— Si tu veux… Mais tu ferais mieux d'attendre ici…

— Non, j'y vais…

Lucien se remit à sa vidange. Toutes pareilles, ces bonnes femmes, peuvent pas nous faire confiance. Préfèrent se geler le cul à marcher sur la route en plein hiver plutôt que d'attendre, peinardes, bien au chaud. Cette petite-là, il l'avait à l'œil. René lui avait promis de la lui refiler dès qu'il en aurait fini avec elle.

Joëlle prit la route et avança d'un bon pas. Ça la gênait pas de marcher. Elle aimait mieux ça que de se ronger les sangs à se demander ce qu'il faisait. Elle avait toujours peur qu'il lui échappe comme une savonnette qui vous glisse des mains. C'est fou ce qu'il lui faisait comme effet, le beau René. Il suffisait qu'il pose les mains sur elle pour qu'elle frissonne… Il fallait absolument qu'ils se marient.

Une fois la bague au doigt, elle serait plus tranquille.

Elle allait demander de l'augmentation à Mme Robert et monter son ménage. En plus, elle voulait se payer une 4 L pour Noël. Ça valait dans les six mille sept cents francs sans les « options facultatives obligatoires ». Ça va être dur d'obtenir ce que je veux avec Mme Robert. L'a aucune idée des prix, celle-là. On dirait une bonne femme entretenue ou une gosse de riches. Doit faire son marché les yeux fermés. Trois francs vingt-sept de l'heure, le SMIG quoi, c'est plus suffisant. Un timbre : quarante centimes ; une baguette : cinquante centimes ; une visite au docteur : quinze francs ; une place de cinéma : cinq francs. Elle allait lui réciter tout ça. En anciens francs, bien sûr, parce qu'avec les nouveaux, elle était complètement paumée. Je vais carrément lui mettre le marché en main : soit vous m'augmentez, soit je me tire.

Je me tire et j'épouse René. Bon d'accord, on aura moins de blé et faudra se serrer la ceinture, mais je l'attendrai à la maison en lisant des revues et en lui faisant des bons petits plats…

Il faisait nuit noire. Elle accéléra. Il n'y avait plus personne dans les rues. C'est pas possible… Il est pas allé faire un dépannage, il traîne avec une gonzesse. C'est fatigant d'aimer René, faut toujours avoir l'œil ouvert.

Elle avançait, poitrine bombée, ventre rentré, lorsqu'elle entendit un bruit de moteur derrière elle. Elle se retourna. Le réverbère diffusait une lumière très pâle et elle distingua une voiture qui roulait à très faible allure… Une grosse voiture grise. Il a dû emprunter la voiture d'un client. Elle lui fit un signe joyeux de la main et la voiture vint se ranger près d'elle. La porte s'ouvrit. Une main l'attrapa. Elle fut happée à l'intérieur avec une telle violence que sa cuisse heurta la portière et elle poussa un cri.

– Mais, René… Tu pourrais faire attention tout de même… Tu m'as fait mal !

– Ta gueule, fit une voix. Tu la fermes ou je te tape dessus.

Elle se recula, effrayée. L'homme qui lui parlait n'était pas René. Il portait un masque, un loup noir qui lui cachait le visage.

Elle comprit aussitôt : c'était l'assassin. Elle ouvrit la bouche pour hurler, mais aucun son ne sortit. L'homme ricana :

– Tu peux crier… Y a personne… Vas-y, crie encore !

Joëlle jeta un regard désespéré autour d'elle. Personne. Pas la moindre voiture, le moindre passant, le plus petit tracteur ou agriculteur attardé dans les champs. Qu'est-ce que je vais faire ? Mon Dieu… Que ferait Martine à ma place ? Elle eut envie de l'appeler, mais une fois encore elle demeura sans voix.

L'homme ricanait toujours et accélérait. La voiture dépassa les dernières maisons de la ville, puis vira soudain dans un petit chemin de terre. L'homme descendit et lui fit signe d'en faire autant.

– Tu passes à l'arrière… Allez ! Vite !

Il tenait une carabine à la main et désignait du bout de son canon la banquette arrière. Il parlait d'une voix douce et elle se prit à espérer : il ne peut pas être méchant. En plus, il avait l'accent du pays, l'accent des ploucs, se moquait-elle avec ses copines quand elles parlaient des Beaucerons. Il diphtonguait les « qu » et traînait sur les premières syllabes.

Elle passa à l'arrière et s'allongea sur la banquette, la face contre le cuir. Il lui mit les bras derrière le dos et la ligota. Puis il lui enfila une cagoule. Elle poussa un cri. La cagoule était épaisse, collante et l'empêchait de respirer.

– J'étouffe, parvint-elle à dire.

– C'est ça que j'aime, répondit-il, presque aimable.

Elle sentit un poids chaud qui lui tombait dessus. Une couverture ?

La voiture redémarra. Il alluma la radio. « Wight is wight Dylanus Dylan, Wight is wight viva Donovan, c'est comme un soleil… » Il chantonnait. Joëlle se revit dans les bras de René en train de danser. Cela lui parut loin, si loin…

– Vous dansez, mademoiselle ?

Il éclata de rire.

– Ah ! Tu fais moins la fière, maintenant…

Ils roulaient. Ils devaient être en pleine campagne quand il s'arrêta, la tirant brutalement de la voiture, la poussant en avant. Ça sentait le bois roussi et la terre humide. Elle crut un instant qu'elle marchait sur une route, puis son talon s'enfonça dans une plaque molle et collante. Elle l'entendit donner un grand coup de pied et une porte s'ouvrit. Il la fit avancer en appuyant le bout de son arme dans son dos.

– Enlevez-moi mon masque, s'il vous plaît. J'étouffe…

– C'est très bien, j'aime ça, j't'ai dit…

Il la poussait toujours jusqu'à ce qu'elle bute sur ce qui devait être un lit et se laisse tomber.

– T'es en jupe… C'est bien… J'aime quand c'est propre et beau…

Il passa la main sous sa jupe et la retira aussitôt.

– Ah ! Mais t'as des collants… Tu vas être punie pour avoir mis des collants… Tu le fais exprès pour que je t'approche pas…

Il est fou, pensa Joëlle, complètement fou. Et cet accent… C'est un gars d'ici, pas de doute. Elle l'entendit qui marchait en long et en large devant elle. Soudain, il s'immobilisa :

– J'vais te laver parce que t'es sale…

Il déchira ses collants, fit craquer l'étoffe de sa jupe,

arracha son col roulé puis, l'enlevant dans ses bras, la fit tournoyer.

– Voulez-vous danser, mademoiselle ?

Joëlle frissonnait.

– J'vais te donner un bain, un bon bain…

Il la déposa dans ce qui devait être une baignoire. L'eau était glacée et sentait le beurre rance, l'odeur des betteraves quand on les arrache en novembre.

– Tu es sale, chantonnait-il, tu es sale… Tu as les ongles noirs. Je ne veux pas que tu me touches avec ces mains-là… Va-t'en, laisse-moi, pas ce soir, j'ai mal à la tête…

Elle sentit le contact d'une pince sous ses ongles. Il lui nettoya le pouce, l'index, puis marqua une pause et enfonça la pince sous l'ongle profondément. Elle hurla et se recroquevilla au fond de la baignoire. Il l'empoigna, lui reprit les doigts, reprit la pince.

– Je ne peux pas être propre, je te l'ai dit, tu veux pas me comprendre. Personne me comprend. Tu vois comme ça fait mal. Dis-moi que ça te fait mal…

Joëlle tenta de se débattre, mais il la maintint dans l'eau glacée.

– Dis-moi que ça fait mal, répéta-t-il en la secouant.

– Ça fait mal, balbutia-t-elle à travers le masque en latex.

– Dis que tu regrettes de me faire mal…

– Je regrette de vous faire mal…

– De TE faire mal, connasse, reprit-il de la même voix basse et douce, de sa voix de mari qui demande des comptes en fin de semaine. Précis, exigeant.

– De te faire mal.

Il relâcha sa pression.

– C'est bien. J'aime mieux quand tu dis ça, mais tu me parles jamais…

Joëlle suffoquait. Elle remuait la tête de gauche à droite à la recherche d'un peu d'air. Dès qu'elle ouvrait la bouche, le caoutchouc venait se coller sur ses dents… Je vais devenir folle. Faut que je pense à autre chose, à autre chose… Elle se mit alors à réciter le discours qu'elle tiendrait à Mme Robert, à se répéter le prix de la baguette, de la place de ciné, puis elle se rappela les tables de multiplication, les départements…

Il la sortit de la baignoire et la ramena sur le lit. Il l'étendit, les quatre membres écartelés. Il va m'attacher et je ne pourrai plus rien faire. Elle sentit la panique l'envahir. Bouches-du-Rhône, préfecture : Marseille ; sous-préfectures : Aix-en-Provence…

– Il ne faut pas que tu cries… Jamais. Si tu cries, je t'enfonce les ciseaux sous l'ongle… Je veux rien entendre du tout… Pas de cris surtout… Je suis ton maître, répète.

– Tu es mon maître.

– Et tu m'obéis.

– Et je t'obéis.

– C'est bien… Montre tes ongles.

Elle tendit ses mains.

– C'est bien. Tu obéis… Avant de t'attacher, je vais te talquer. Tu vas avoir un beau corps tout blanc. Comme une dame…

Une fine poudre tomba sur ses jambes, son ventre, ses seins, et des mains la massèrent. Doucement. De bas en haut, en rond.

– C'est pour le cœur. Ça fait du bien au cœur… C'est le docteur qui l'a dit… Maintenant, montre-moi comme tu es propre…

Elle tendit une jambe et l'autre, puis un bras et l'autre…

Il la fit se mettre sur le ventre et recommença son étrange massage le long du dos. Joëlle remarqua qu'il ne lui touchait pas les fesses, qu'il les évitait même. Comme tout à l'heure, il avait évité son sexe.

– Tu vas m'obéir et je vais te faire très mal, tu sais.

Les autres, elles ont pas tenu le coup. Il a fallu que je les tue. Elles étaient molles et elles s'évanouissaient tout le temps… Quand tu seras prête, je te ferai attendre pour que tu aies peur. Je me cacherai dans un coin et j'attendrai et tu me supplieras de m'approcher de toi… Même pour te faire mal… Tout plutôt qu'on s'occupe pas de toi. Tu es comme ça. Tu es une mauvaise fille. Pourquoi tu m'as épousé, hein ? Pourquoi ? Pour mes champs, hein, dis-le…

– Je t'ai épousé pour tes champs…

– Je le savais, je l'ai toujours su…

Il avait l'air très content.

– Et c'est la ville ta complice ? C'est elle qui t'a poussée…

– Oui, c'est elle…

– Je le savais, je le savais. Tout le monde pensait que j'étais bêta, que je savais rien… mais je savais.

Il commença à l'attacher. Avec une corde.

– Ouvre tes jambes… Encore plus… Là c'est bien…

Il faisait des nœuds serrés, et Joëlle eut peur. Ses tempes bourdonnaient, son ventre se tordit et elle se recroquevilla.

– T'as peur, hein ? T'as peur. Tu te tords les boyaux de trouille… C'est bon, j'aime ça… la peur chez les gens.

Il continuait à faire ses nœuds, méthodique. Joëlle se rappela quand elle était petite : le grand Jacques la faisait prisonnière et l'attachait aux troncs des arbres pour mieux l'embrasser. Elle se délivrait en se tassant sur elle-même quand il faisait ses nœuds, donnant ainsi du mou à la corde. Dès qu'il avait le dos tourné, elle se redressait et faisait glisser ses poignets. Une seule fois, il l'avait embrassée et, encore, c'est parce qu'elle avait bien voulu.

Quand il eut fini de la ligoter, il se laissa tomber sur un siège et elle sentit l'odeur d'une cigarette. Elle aurait donné n'importe quoi pour pouvoir fumer… Avoir les mains libres et fumer…

– Je vais sortir maintenant… Je vais te surveiller de dehors… Et si tu bouges, je rentre et je te tue… Pan, pan. C'est facile, tu sais…

Il sortit. Elle entendit la voiture démarrer. Un moteur de Diesel. C'est une feinte, il me teste, il va revenir. Elle resta immobile, repliée dans le grand lit.

Elle avait raison. Bientôt la porte se rouvrit. Il s'approcha du lit, vérifia ses liens, lui fit bouger la tête. On dirait que je suis déjà morte, pensa Joëlle, il me manipule comme un paquet. Puis ce fut à nouveau le bruit de la voiture dans la nuit. Et le silence. Ce devait être l'heure du dîner. Des infos à la télé. L'heure où des millions de gens se retrouvent dans une maison chaude, en famille. Elle eut envie de pleurer. Personne ne va s'inquiéter : maman pensera que je suis avec René, et René…

Elle ne bougea pas. Continua à se réciter les départements.

Quand elle fut arrivée au Var, elle eut soudain conscience du temps qui s'était écoulé. Il serait déjà revenu s'il avait voulu. Il n'aurait pas attendu tout ce temps derrière la porte. Elle essaya de bouger, fit crisser la corde. Attendit. Recommença à gigoter. Attendit. Il ne venait pas. Il devait être parti manger sa soupe. Elle tordit ses poignets. Sa peau gonflait et la brûlait. Elle sentit la corde qui entaillait la chair, et bientôt une sensation de chaleur poisseuse le long de son bras. Elle faillit s'arrêter tellement elle avait mal. C'était comme si on lui cisaillait la peau avec un fil à beurre. Mais la pensée qu'il ne revenait pas l'encouragea. Au bout d'un long moment, elle parvint à se dégager une main. Elle arracha son masque, prit une profonde inspiration et regarda autour d'elle.

Elle se trouvait dans un hangar abandonné. Avec un

lit au milieu. C'était tout ce qu'elle pouvait voir pour l'instant.

Avec ses dents et sa main libre, elle parvint à se libérer tout à fait et s'assit sur le lit, nue, frissonnante. Elle se mit debout. Elle crut qu'elle ne pourrait pas marcher. Elle tremblait de froid et de peur, et ses jambes flageolaient. Et s'il était derrière la porte, la carabine à la main ?

Elle chercha des yeux un instrument pour se défendre et elle vit le reste de la pièce. Elle aperçut la baignoire ou plutôt ce qu'elle avait pris pour une baignoire. C'était un bassin d'eau croupie où les cultivateurs lavaient leurs betteraves avant de les faire peser, pour enlever la boue. Elle était dans une bascule. Elle fut prise d'un haut-le-cœur et se mit à vomir. Tout se brouilla devant ses yeux et elle se cramponna aux barreaux du lit pour ne pas tomber. Il ne faut pas que je m'évanouisse, il ne faut pas… Il faut que je marche jusqu'à la porte et que je sorte. Vite, vite. Avant qu'il revienne…

Elle s'exhortait tout en marchant, s'arrêtant, s'appuyant sur les murs. Jusqu'à ce qu'elle atteigne la porte et l'ouvre. Tout grand. Dehors, il faisait noir et froid. Elle ramena les bras sur son corps et avança avec précaution. La voiture avait disparu. Elle essaya de se souvenir de la marque de la voiture. Une grosse voiture blanche ou grise… Et elle se mit à courir, courir, à toute vitesse, tombant, se tordant les chevilles, grelottant, couverte de boue, de sang, se protégeant le corps de ses deux bras.

Enfin, elle aperçut une pancarte : Grangermont. Un village ! Sauvée ! Elle alla s'abattre contre le premier portail qu'elle vit. Sa chute fit du bruit et elle réveilla tous les chiens des fermes environnantes. Un concert d'aboiements qui couvrait ses appels au secours, ses coups contre le portail… Elle avait beau tambouriner de toutes ses forces, les chiens faisaient tant de bruit qu'ils couvraient sa voix.

– Je vous en supplie, ouvrez-moi, j'ai froid, j'ai froid…

Bientôt, elle n'eut plus la force d'appeler au secours et se laissa tomber sur le sol humide. Épuisée. Elle entendit des pas, une voix qui criait : « Qu'est-ce que c'est, qu'est-ce que c'est ? » et une autre à côté : « N'ouvre pas, Jean, n'ouvre pas. »

Quand l'homme ouvrit, elle vit d'abord ses lourdes bottes, sentit la truffe d'un chien qui la reniflait.

– Je ne veux pas mourir, s'il vous plaît, je ne veux pas mourir… Je ferai tout ce que vous voudrez…

Elle pleurait, le nez dans la boue, les cheveux collés sur le front, les ongles crispés dans la terre. L'homme la regarda pendant quelques secondes puis, s'agenouillant près d'elle, lui releva la tête, lui essuya le visage :

– Ben, ma foi… Quieuce qui vous est arrivé, ma pauvre petite ?

Elle s'évanouit. Il l'emporta dans ses bras. Sa femme referma le portail et les chiens se turent.

Chapitre 7

— Allô, bonjour… Je voudrais parler au plus beau cul du monde.

— Louis ! Louis ! Où es-tu ?

— À Dijon-la-moutarde, et le temps de franchir quelques péages, je me disais que j'aimerais bien caresser le plus beau cul du monde.

— Oh oui…

Juliette trépignait, accrochée au fil du téléphone.

— Alors, rendez-vous au *Lenox*. Vers huit heures. Tu demandes la plus belle chambre, le meilleur champagne, du caviar, du foie gras et tout ce que tu veux… Et la télé, j'oubliais, je veux la télé dans ma chambre… J'ai du blé, ma puce, plein de blé, on va faire la fête !

Pas de fiancée italienne cachée dans le coffre, se dit Juliette. Il rentre. Il revient. Après la Corse, la Grèce, l'Italie, c'est le retour de Louis Gaillard sur grand écran : *Ben Hur*, *le Cid*, *les 55 Jours de Pékin*, une superproduction avec le sourire carrelé blanc émail de Gaillard, sa tronche de forban maousse, sa démarche d'enrouleur de charme, ses yeux de charmeur de serpents et les sabots fourchus du diable qui dépassent des draps. Je vais rire, pensa Juliette en montant les escaliers à grandes enjambées, rire, dire des bêtises, ouvrir les jambes et perdre la tête.

Elle fit irruption dans la salle de bains.

Ungrun végétait dans son bain. Une pâte blanchâtre

lui recouvrait le visage et une cigarette pendait au coin de sa bouche. Elle essayait d'échapper à l'opération des cernes en appliquant toutes sortes de masques de beauté : plâtre blanc, vert, bleu, rose... Ce jour-là, c'était blanc.

– Louis arrive ! Louis arrive ! cria Juliette en dansant à l'indienne autour de la baignoire.

Elle se planta devant la glace et blêmit :

– Mon Dieu, je suis horrible... J'ai le cheveu triste, un bouton qui perce sous le menton... J'arriverai jamais à tout réparer ! Il est à quoi ton masque, aujourd'hui ?

– À la gelée royale, dit Ungrun du bout des lèvres. Ne me fais pas parler. Pour que ça marche, il faut rester de glaçon...

– De glace... On dit de glace... Je t'en achète deux cuillerées à café, proposa Juliette en se faisant des grimaces dans la glace.

T'es moche, ma fille, t'es moche. C'est à force de manger tout ce chocolat pour calmer tes angoisses.

– C'est pour qui ? demanda Ungrun de sa voix de douairière qui prend le thé.

– Pour Louis, j't'ai dit !

– Alors, c'est gratuit...

– Merci... Le diable te le rendra au centuple ! Je peux m'en mettre et venir avec toi dans le bain ?

Ungrun fit la moue, mais se déplaça dans son bain. Juliette était très peu douée pour rester seule.

– Et aux cabinets, tu y vas toute seule ? demanda Ungrun.

Juliette haussa les épaules et commença à s'enduire de crème.

– Dis donc... Fais attention. Ça coûte cher... Tu serais pas amoureuse pour t'en mettre autant ?

– Amoureuse ? De Louis ? Ça va pas ?

Elle réfléchit un instant en regardant ses doigts tout blancs :

– Louis, c'est mon jumeau.

– Un jumeau avec qui tu connais des extases à réveiller toute la maison.

Juliette ouvrit de grands yeux.

– On fait tant de bruit que ça ?

Ungrun fit clapoter l'eau de ses doigts.

– On pourra bientôt louer les marches de l'escalier.

– Oh…

– Heureusement qu'il est pas là souvent. Mais tu devrais penser aux pauvres filles en manque.

– Si t'es en manque, c'est de ta faute. J'en connais plein qui demanderaient pas mieux que…

– Je parlais pas de moi.

– De qui alors ?

– Réfléchis…

Le masque durcissait et Juliette s'aperçut qu'elle ne s'était pas déshabillée. Il allait falloir ruser pour ne pas tacher son pull.

– Pas toi. Pas Regina. Martine ? non, Bénédicte ?

– Gagné.

– Elle t'en a parlé ?

– Non. Mais je vois bien comment elle te regarde les lendemains matin.

– Elle a qu'à se choisir un Prince Charmant, un vrai, un métamorphosé au lieu de son crapaud…

Ungrun éclata de rire.

– Oh, merde ! Mon masque. Arrête, Juliette !

– C'est toi qui me parles.

Devant le mutisme d'Ungrun, Juliette entreprit de se déshabiller puis, nue, allait poser un pied dans l'eau du bain lorsque, se ravisant, elle courut dans sa chambre, attrapa un livre et revint. Au bout de quelques minutes, elle fut interrompue par la voix perchée d'Ungrun :

– Juliette.

– Tu vois, c'est toi qui me parles encore.

– Juliette, que fais-tu en ce moment ?

– Je lis. Tu vois bien.

– Tu pourrais me lire un passage ?

Juliette regarda son livre. Elle tenta de déchiffrer ce qu'elle lisait. C'était de l'islandais. Elle était rentrée chez Ungrun et avait attrapé le premier livre venu.

Elle éclata de rire et enfouit son visage dans le livre ouvert.

– Oh non. Je renonce à prendre mon bain avec toi, protesta Ungrun devant les pages maculées de gelée royale. T'es impossible !

– Ungrun… Ungrun… T'es fâchée ? cria Juliette, inquiète.

Ungrun sortit sans lui répondre.

Il avait ouvert une valise et l'avait jetée sur le lit.

– C'est pour toi.

– Tout ça ?

Elle montrait du doigt la valise qui débordait de tee-shirts, de minirobes, de ceintures en plastique rouge, jaune, bleu, de lunettes, de sandales, de colliers en forme de banane…

– Tout ça.

– Mais…

– On ne proteste pas quand un homme vous couvre de cadeaux !

– On fait quoi alors ? demanda Juliette en minaudant.

– On le mérite…

Une lueur gourmande s'alluma dans ses yeux. Juliette comprit. Louis fit le tour du lit, les mains en avant. Juliette l'évita et s'abrita derrière le couvercle de la valise.

– Tu veux que je t'attrape ? demanda Louis.

Juliette ne répondit pas.

– Et que je t'attache ?

Le jeu commençait.

– Je vais t'attraper, reprit-il en rabattant le couvercle de la valise.

Elle fit un bond et alla se cacher dans la penderie au milieu de ses affaires. Ça sentait Louis, déjà, dans la penderie. Elle enfonça le nez dans son vieux blouson pour le respirer. Se déshabilla prestement. Enfila ses bottes, son vieux cuir et sortit.

– Je suis un garçon, lui lança-t-elle, tu veux de moi ?

– Une cigarette ?

Juliette acquiesça.

Il avait eu un choc quand elle avait jailli de la penderie, longue et blanche dans son cuir avec ses fesses rondes, ses cheveux noirs ramenés en arrière sous une casquette de toile, ses grands yeux baissés sous ses cils noirs, ses lèvres mordues au sang et sa manière d'avancer en se déhanchant… Petite pute métallique et chaude.

Il lui mit la cigarette dans la bouche.

– T'as pas peur que je te brûle ? demanda-t-il.

– Non… maintenant c'est fini. C'est la trêve.

Il l'embrassa, se releva et alla ouvrir la porte du réfrigérateur. Juliette regardait son dos bronzé, trapu, couvert d'une épaisse toison de poils noirs qui descendait des omoplates, frisait sur les reins, plus drue entre les fesses, bouclée sur les jambes. Elle aimait le corps de Louis, son odeur, le goût de sa peau quand elle la léchait.

– J'aime ton corps.

Il ne lui répondit pas, occupé à déboucher la bouteille de champagne.

– Pourquoi on nous apprend pas que c'est bien d'aimer les gens sexuellement ? On parle toujours de l'âme, du cœur, de l'esprit, mais jamais du cul. C'est important quand même…

– Parce que t'as été mal éduquée… Tu t'es rattrapée depuis, heureusement… Note qu'une bonne éducation catholique, y a rien de mieux pour bien baiser. Je me demande comment font ceux qui n'ont pas eu le sens du péché fourré dans leurs langes ?

– Quand je fais l'amour avec toi, j'ai l'impression que… que je m'explore… c'est comme une aventure…

– Ah ! c'est mieux que le Club Med… Et pis ça coûte moins cher !

Le bouchon claqua en sautant, et Louis renversa la mousse sur les cuisses et le ventre de Juliette.

– Comme dans les films de tsars et tsarines pervertis.

– Ils sortent quand tes films ? demanda Juliette.

– En Italie, à Noël. En France, sais pas… Je ne sais même pas si j'ai envie qu'ils sortent en France. Pour te dire la vérité, j'aimerais bien tourner autre chose que des western-coquillettes.

Il lui léchait le ventre en faisant un bruit de ventouse. Elle le repoussa en protestant qu'il était obscène.

– Et toi ? Qu'est-ce que tu as fait de grand et de beau ?

Elle fut tentée de mentir, de se mettre en valeur, de s'inventer des projets, mais renonça. Pas mentir. Pas à Louis.

– Rien.

– Rien ?

– La fac… c'est tout…

Quand on s'est rencontrés, pensa-t-elle, j'avais des ambitions. Aujourd'hui, je collectionne les déceptions. Il la regarda avec inquiétude.

– T'es malade ?

Elle lui sourit doucement.

– D'une maladie qu'on ne trouve pas dans le Vidal.

– C'est depuis ton histoire avec Virtel ?

– Sais pas.

Elle ne voulait pas y penser.

Elle rota.

Il la cala contre lui.

– Faut pas que tu te laisses abattre parce qu'un gros porc a essayé de t'avoir.

– Il n'y a pas que Virtel… Tout est moche… Joëlle, tu sais, la sœur de Martine, elle a été victime du sadique de Pithiviers. Elle est en état de choc. Elle veut pas en parler.

– Faut réagir, ma puce. Faut pas te laisser abattre par tous les malheurs du monde. Ou t'en finis pas…

Juliette passa les doigts dans les boucles noires, sur son torse et joua à faire des nœuds.

– Dis, tu crois que je suis une perdante ?

Il se détacha d'elle, la prit à bout de bras et, la regardant au fond des yeux :

– Écoute-moi bien, Juliette. Tu n'es pas une perdante. Tu es une gagnante avec une sensibilité de perdante. Tu veux foncer, mais la moindre égratignure te fait mal. Réagis, réagis, retrouve un boulot. N'importe quoi pour t'occuper la tête.

Elle marmonna :

– Oui, je sais, je sais.

Charlot lui répétait la même chose.

Elle aussi, d'ailleurs, se tenait de grands discours entraînants comme des marches militaires. Mais, était-ce sa faute si, à l'intérieur, ça ne suivait pas ?

Chapitre 8

Noël approchait. Paris s'ornait de boules multicolores, de sapins décorés et de vitrines illuminées. Des Pères Noël se faisaient photographier avec de petits enfants ébahis, et les restaurants écrivaient des menus de fête en lettres givrées sur leur vitrine.

– C'est sinistre, Noël, déclara Martine en suspendant son imper mouillé dans le vestibule. Je déteste cette ambiance de fête obligatoire.

Dans le salon, Juliette se prélassait sur un paquet de polycopiés et Regina achevait le vernis de son petit doigt de pied droit.

– Y a Richard qui a appelé, dit Juliette. Il passera te prendre vers huit heures pour aller manger chez lui.

– Il aurait pu m'en parler d'abord. J'en ai marre de passer toutes mes soirées chez les Brusini !

– Ça, c'est l'inconvénient quand on fréquente un rital, dit Juliette.

Martine soupira et monta se changer.

Elle n'avait jamais eu le sens de la famille très développé. Richard, lui, ne se sentait à l'aise que dans son pavillon. Quand il venait rue des Plantes, il avait l'air en visite. « Y a trop de gonzesses, ici », marmonnait-il. C'est à peine s'il acceptait de retirer son blouson. « Tu dors avec ? » lui avait dit un jour Martine en plaisantant. Il ne l'avait pas quitté de la soirée. Les poings dans

les poches, le col relevé. «C'est chauffé, chez nous»,
avait ajouté Regina.

– N'empêche, dit Juliette qui avait posé *Paris Match*
par-dessus ses cours, j'aimerais pas être Pompidou et
gouverner avec l'ombre de De Gaulle qui me surveille
de Colombey…

– Tu fais quoi pour Noël ? demanda Regina.

– Papa-maman, répondit Juliette. Et toi ?

– Sais pas…

Regina avait dit ça sur un ton si désabusé que Juliette
releva la tête.

C'était la première fois qu'elle surprenait Regina en
plein délit de mélancolie.

– T'aimes pas Noël, non plus ?

– Pas vraiment…

Soudain, Regina redevint la Regina des petits déjeuners : les sourcils roux, la peau blanche et les cuisses
pleines de cellulite. Toute seule : le bel Italien avait disparu au bout de deux mois comme tous les autres auparavant.

– Elle doit pas voir les gens qu'il faut, dit Juliette
tout haut.

– Quoi ?

– Excuse-moi, je marmonnais toute seule.

Elles n'avaient jamais parlé ensemble des parents de
Regina, de son enfance, de ce qu'elle faisait avant Paris.
C'est drôle, pensa Juliette, pour moi la vie de Regina
commence à Paris. Elles n'avaient jamais évoqué, non
plus, le problème des «petites leçons». Pauvre Regina
qui fait des vocalises pour arrêter le temps et des pipes
pour gagner sa vie !

Quand, avec Ungrun, elles étaient allées voir le film
de Regina, elles l'avaient, en vain, cherchée sur l'écran.
Il avait fallu qu'elles assistent à une seconde séance
pour l'apercevoir, de dos, au moment où Gabin entrait
dans l'armurerie.

– Tu vas rester rue des Plantes ? demanda Juliette.

– Oui… à moins que le Prince Charmant se décide, enfin, à apparaître.

Ce serait gentil de l'inviter pour Noël à Pithiviers, se dit Juliette. Si elle était sympa, elle m'emmènerait dans sa famille, pensait Regina. Faut que je demande à papa-maman d'abord, réfléchit Juliette. Elle doit même pas imaginer que ça me ferait plaisir, conclut Regina. Une fille comme moi, à Noël, à Pithiviers, ça doit lui paraître saugrenu.

– Martine et Bénédicte, qu'est-ce qu'elles font, elles ? reprit Regina.

– Papa-maman aussi… Je crois.

– Ça va maintenant Bénédicte et toi ?

Elle doit vraiment aller mal pour s'enquérir de l'état de mes rapports avec Bénédicte.

– Oui…

Elles avaient signé la paix. Une paix surveillée où chacune respectait le territoire de l'autre. Bénédicte était d'autant plus encline à enterrer la hache de guerre que Nizot se montrait aimable et attentionné. Malgré la présence d'Émile revenu du Cambodge avec une boule de neige pour sa collection personnelle, une autre pour Larue et un reportage que tous s'accordaient à trouver « exceptionnel ». « Mon prochain scoop, affirmait-il, c'est une interview exclusive de Nixon. »

Nizot l'écoutait parler et clignait de l'œil à Bénédicte. Ils n'arrivaient pas à être seuls. Tout à son bonheur d'avoir retrouvé Bénédicte, Émile la suivait partout. Pourtant, Bénédicte en était sûre, Jean-Marie avait changé. Lui, si distant, si secret, devenait disponible et serviable. Il lui rapportait un café quand il allait s'en chercher un, lui avait proposé des places pour une projection privée de *Satyricon*, et l'avait aidée à rédiger son papier sur la conférence de Tripoli où devait se rendre

Nasser à la fin du mois… Il a eu besoin de temps pour réfléchir et moi j'étais trop pressée, pensait-elle.

Un soir, Émile voulut aller au cinéma. Bénédicte proposa à Jean-Marie de venir avec eux. Jean-Marie accepta.

– Il va s'ennuyer tout seul avec nous deux, dit Émile. Faut lui trouver une cavalière… Que fait Juliette, ce soir ?

– C'est une bonne idée, rétorqua Jean-Marie, avant que Bénédicte ait eu le temps de protester.

Juliette sortait avec Louis Gaillard, ce soir-là.

– C'est qui ce Louis Gaillard ? demanda Jean-Marie.

– Son petit ami, répondit Bénédicte.

– Ah… Et il est comment ?

– Très sexy.

– Ah bon. Tu trouves ? Moi, je le trouve grossier et vraiment pas intéressant, dit Émile.

– Oui, mais toi, tu es un homme…

Le mardi suivant, lorsque Jean-Marie et Bénédicte quittèrent le bureau pour leur congé de Noël, ils crurent qu'ils allaient enfin pouvoir se parler, seul à seule… Ils partaient tous les deux, le lendemain, passer Noël dans leur famille respective. Ils descendirent au café en bas du journal, mais à peine étaient-ils installés qu'Émile arrivait, essoufflé :

– Jean-Marie, Jean-Marie… Un appel pour toi… de Lyon… Ta grand-mère a eu une attaque…

Juliette, Martine, Bénédicte et… Regina passèrent Noël à Phitiviers. Ungrun resta à Paris. Elle se faisait opérer. Son fiancé venait de Reykjavik pour lui tenir la main.

Marcel et Jeannette Tuille avaient un peu hésité avant d'accueillir Regina. « Mais on ne la connaît pas, cette demoiselle ! » avait dit Marcel Tuille. « Et tu dis qu'elle est étrangère, allemande ! Mon Dieu, mon Dieu, dans quelle chambre vais-je la mettre ? » s'était inquiétée Jeannette Tuille.

Juliette les avait rassurés : Regina était très simple et ne poserait pas de problèmes.

Regina fit la conquête des parents Tuille. De M. Tuille surtout. « Cette fille est une vraie nature, gaie, chaleureuse, ouverte, drôle », expliquait-il à tout le monde… Il utilisait à tout propos les dix mots d'allemand qui lui restaient de la guerre, appelait Regina *fraulein* et ne disait plus que *bitte* et *danke*. Il se permit même d'être un peu familier, lui posa la main sur la cuisse le soir de Noël au moment de la bûche… et l'embrassa sur la bouche quand 1969 devint 1970. Ce qui choqua Juliette. Il acheta un flacon de « Brut for Men », ressortit son costume trois pièces gris anglais et promenait Regina à son bras. Il lui expliquait gravement son rôle de président de l'Association des parents de Pithiviers contre le sadique. Regina s'exclamait et trouvait cette histoire « incroyable ».

Ce n'est qu'après avoir rencontré l'inspecteur Escoula, envoyé de Paris pour aider ses collègues locaux, qu'elle cessa de prendre le meurtrier pour un criminel d'opérette. « Vous comprenez, expliqua-t-elle à Marcel Tuille, c'est difficile pour moi d'imaginer Pithiviers en proie à un sadique. »

Elle avait l'impression d'être dans une ville de poupées, ordonnée autour de deux places envahies par le marché le samedi matin, d'une église où Jeanne d'Arc s'était arrêtée et de trois cafés où la jeunesse locale se donnait rendez-vous. Propre, calme, coquette, sans autres problèmes que l'ouverture de la chasse et de la pêche, la quinzaine commerciale, la réfection du toit de la sous-préfecture ou les heures d'ouverture de la nouvelle piscine.

Elle fut invitée dans la grande maison bourgeoise des Tassin, dans le F4 des Maraut et comprit l'insolence froide de Bénédicte et la rage presque vulgaire de Martine.

Si Bénédicte pouvait être rassurée par l'ordonnancement raffiné de sa maison, Martine n'avait dû, en effet, n'avoir qu'une envie : quitter le triste ordinaire de son milieu familial. Mathilde Tassin était au courant des derniers films, des derniers livres, de la dernière mode ; Mme Maraut avait à peine ouvert la bouche et s'était levée pour faire la vaisselle alors qu'ils étaient encore tous à table. Il faut reconnaître que la famille Maraut avait été très ébranlée par « l'accident » – c'est ainsi qu'ils nommaient l'agression du sadique – arrivé à Joëlle.

Joëlle était devenue une héroïne à Pithiviers. Sur son passage, les gens baissaient la voix et levaient les yeux. Honteux et excités. Le salon de Mme Robert ne désemplissait pas. Après avoir obtenu une semaine de congé et une substantielle augmentation, Joëlle avait repris son emploi. Elle portait des lunettes noires, parlait peu, soupirait beaucoup. Les clientes l'observaient en feuilletant leurs revues. Il y en eut même une qui lui demanda un autographe. Joëlle le lui donna, résignée et lasse. Tout de suite après son « accident », elle avait été mise sous surveillance médicale. Un médecin lui avait ordonné des calmants qu'elle continuait à prendre.

La bascule à betteraves, où elle avait été séquestrée, avait été fouillée. L'homme devait porter des gants, car on ne trouva pas d'empreintes. On analysa les traces de pneus, c'était une grosse voiture, mais on ne trouva rien d'autre qui permette de faire progresser l'enquête. Lorsque l'inspecteur Escoula interrogea Joëlle, elle évoqua son accent, le fait qu'il était marié… jeune…

– Jeune marié ? avait demandé l'inspecteur.

– Je ne sais pas… Je ne sais pas…

Malgré des heures d'interrogatoire, Joëlle ne se souvenait pas de la voiture ni de sa marque ni de sa couleur.

– Mais faites un effort, je vous en prie…

Il la pressait de questions. Joëlle finit par s'évanouir et glisser de sa chaise. Le médecin, appelé d'urgence, traita l'inspecteur de brute. Joëlle Maraut avait une tension extrêmement faible et saignait du nez sans discontinuer. Il l'envoya passer une semaine dans une maison de repos près d'Orléans. C'est à son retour que Joëlle put constater à quel point l'attitude des gens envers elle avait changé. Elle n'était plus n'importe qui. Et même si le regard qu'on posait sur elle relevait plus de la curiosité malsaine que de l'admiration béate, elle trouva cela assez plaisant.

Le beau René aussi avait changé. Il la voyait régulièrement, ne la faisait plus attendre et venait la chercher chez elle quand ils sortaient ensemble. Le fait qu'il fréquenta Joëlle au moment de l'agression l'avait consacré « fiancé », et il jouait son rôle avec la docilité et la maladresse du héros malgré lui.

– Tu m'aimes ? lui demandait Joëlle sans arrêt.

– Mais bien sûr que je t'aime, répondait-il en l'entourant de son bras.

– Tu me laisseras jamais tomber comme toutes les autres ?

Il secouait la tête.

– Jure-le-moi… Je crois que j'en souffrirai encore plus que de cet ignoble individu.

René jurait. Joëlle soupirait et se serrait contre lui. Bientôt elle obtint de ses parents qu'il dorme avec elle dans sa chambre. Sinon, je fais des cauchemars, affirmait-elle en geignant.

– Résultat : je campe dans la salle à manger entre la télé et le buffet, expliquait Martine à Juliette, Regina et Bénédicte avec qui elle prenait un thé. L'atmosphère à la maison est devenue irrespirable… Sais plus quoi faire… Tu imagines dans quel état doivent être mes parents pour admettre que René dorme à la maison ?

– Elle a changé quand même, dit Juliette. J'ose à peine lui parler avec ses lunettes noires, son air alangui et son mutisme.

– Faudrait qu'elle parle, continuait Martine. Si elle parlait, elle se délivrerait.

– Ou qu'elle aille voir un psychologue, suggéra Bénédicte.

– Elle refuse.

Les filles se retrouvaient souvent au salon de thé, autour de pithiviers aux amandes. Regina ne mangeait que la pâte et Juliette finissait toutes les croûtes. Martine y recevait les coups de fil de Richard. « À la maison, c'est impossible d'avoir une conversation. Tout le monde écoute… » Il appelait d'une cabine, qu'il avait trafiquée, près de Montparnasse. Il ne payait pas les communications. Il continuait à faire le coursier sans beaucoup d'entrain.

Juliette était heureuse chez ses parents. Ça avait été une bonne idée d'amener Regina. Grâce à elle, les repas étaient amusants, et chacun se trouvait bien dans son rôle de parent ou d'enfant.

– Dieu que cette ville est reposante ! soupira Regina. Plus ça va, plus je me dis que je suis faite pour une vie de notable de province.

– Tu t'en lasserais vite, dit Bénédicte.

Elle s'ennuyait chez elle. Personne ne lui parlait du journal, de son métier, de sa vie à Paris. Le cartable du petit dernier ou la réunion des parents d'élèves étaient plus importants. Et puis, elle avait envie d'avoir des nouvelles de Nizot. Elle avait beau presser Émile de questions, quand il lui téléphonait, elle n'en obtenait rien. Si ce n'est que Jean-Marie avait demandé un congé prolongé pour enterrer sa grand-mère.

– Vous trouvez pas ça sympa de se retrouver ici toutes les quatre ? lança Juliette.

– T'es une sentimentale, toi, lui répondit Martine en souriant.

Juliette fit la moue.

Peut-être que oui, peut-être que non.

– Bon, on y va, Regina… Avec mes parents on a intérêt à être à l'heure pour dîner.

– Et vous faites quoi, ce soir ? demanda Bénédicte.

– Y a Henri qui parle d'aller en boîte à Orléans… On se retrouve chez lui ?

– D'accord.

Mais lorsque Regina et Juliette arrivèrent au Chat-Botté ce soir-là, la boutique était en émoi : Mme Tuille gisait, assise, la tête renversée, haletante, les bras ballants, un flacon d'eau de Cologne dans la main droite, et M. Tuille arpentait le magasin en long et en large.

Ils firent à peine attention à l'arrivée de Juliette et Regina.

– Mais, qu'est-ce qui se passe ? demanda Juliette.

– Il se passe que ce n'est plus possible, que cette fois-ci il dépasse les bornes. Oser venir me défier, moi, le président, dans mon magasin. La police va devoir prendre ses responsabilités !

– Je comprends rien, dit Juliette. Qui t'a défié dans ton magasin ?

– Fais-lui lire, Marcel, parvint à dire Jeannette Tuille entre deux halètements. Fais-lui lire…

Marcel Tuille tendit à sa fille, d'un geste théâtral, un morceau de papier tout chiffonné à force d'avoir été serré. Juliette le déplia soigneusement et lut : « Prenez garde, habitants de Pithiviers, je vais frapper si vous me provoquez encore… Et, cette fois-ci, je me surpasserai. »

Les mots avaient été découpés dans un journal, et la colle semblait fraîche.

L'assassin ne manquait pas de culot : il était venu narguer M. Tuille dans son magasin.

Mme Tuille versa de l'eau de Cologne sur sa compresse, la respira longuement, puis se la posa sur le front.

– Et dire que je l'ai vu… peut-être même frôlé ou touché…

– Arrête, Jeannette, arrête.

– Vous pouvez pas essayer de vous rappeler qui vous avez servi, aujourd'hui ? demanda Juliette.

– Tu parles ! Pendant ces jours de fête… on voit défiler de tout… Des gens d'ici et de partout… Non, il a bien concocté son coup. Il est rusé.

– À quoi il fait allusion quand il parle de provocation ?

– Je ne sais pas, je ne sais pas, répondit Marcel Tuille, très énervé. Mais j'ai convoqué l'inspecteur Escoula, et il va bien falloir mettre fin à cette sinistre comédie.

Chapitre 9

Le samedi 25 avril 1970, Joëlle Maraut épousa René Gabet à Pithiviers. La ville tout entière s'était unie pour célébrer les noces de celle qu'on n'appelait plus que « la petite victime ». La mairie et l'église furent décorées de fleurs blanches, de banderoles portant des messages de sympathie et une fanfare ouvrit le cortège qui menait les jeunes époux de la mairie à l'église.

Les parents Maraut avaient protesté quand Joëlle avait parlé de cérémonie religieuse. Ils durent s'incliner : le mariage de leur fille n'était pas un simple mariage, c'était la réponse d'une ville à un criminel. Aux yeux des habitants de Pithiviers, l'union de Joëlle et René symbolisait le triomphe de la vie et de l'innocence. Et tout le long du parcours qu'emprunta le cortège à travers la ville, on acclama les mariés.

Elle était jolie, Joëlle, sous son voile blanc. Toute blonde, presque fragile, elle s'appuyait sur le bras de René, laissant dodeliner, à chaque arrêt, sa tête sur son épaule, puis reprenait sa marche avec la grâce et la délicatesse d'une frêle héroïne. Jolie et heureuse. Elle avait du mal à ne pas laisser éclater son bonheur en pirouettes et exclamations. De temps en temps, elle se mordait les lèvres pour ne pas lâcher un « Putain, que je suis contente ! ». Elle regardait René. Superbe dans son queue-de-pie gris. Un peu embarrassé par le chapeau qu'il tenait à la main. Elle avait repéré leurs tenues dans

une revue spécialisée, *Mariages*, et les avait comman-
dées à Orléans. La ville entière s'était cotisée pour les
frais de la cérémonie. M. Tassin, élu depuis peu au
conseil municipal, avait insisté pour faire de ce jour une
date spéciale qui peut-être toucherait le cœur de l'assassin. « Tu parles », grommelait Marcel Tuille, ceint d'une
écharpe bleu canard avec le nom de son Association,
« ça va l'exciter au contraire et on va avoir droit à un
crime bien crapuleux... » L'inspecteur Escoula l'avait
assuré que la surveillance, ce jour-là et les jours suivants, serait renforcée.

Dans le cortège, Martine, Juliette et Bénédicte piéti-
naient. Émues et bousculées. C'était la première fois
qu'une fille et un garçon de leur bande se mariaient.
Juliette, surtout, avait du mal à y croire. Un an et demi
plus tôt, elle aurait rançonné sainte Scholastique pour
pouvoir dire oui au beau René. Et, maintenant, elle
assistait, indifférente, à la prise au lasso de son ancien
héros.

– C'est un coup pourri, je la plains, chuchota-t-elle à
Martine pendant l'Élévation.

– Ne crache pas sur ce que tu as adoré, lui répondit
Martine.

– Même quand je l'adorais, je savais que c'était un
coup pourri.

– Mais, toi, t'aimes quand c'est compliqué. T'es tordue, ma vieille !

– Parce que Richard et toi, c'est simple peut-être ?

« Touché », pensa Martine.

Richard avait repris ses activités clandestines et
abandonné son métier de coursier. « Ça ne rapporte pas
assez et c'est ridicule ; en plus, à Paris, il pleut tout le
temps. » Elle n'avait pas envie de lui faire la morale, et
avait fini par s'habituer à ses petits casses. C'est drôle,
je vis cette histoire comme si je m'attendais à ce qu'elle
finisse d'une minute à l'autre. Comme si c'était une

erreur. Détachée et froide quand il n'est pas là, incapable de raisonner quand il déboule avec son imper de western, ses mains qui jonglent et son sourire éclair. Je l'aime, merde, je l'aime. Ce doit être ça, l'amour : quand on ne peut pas expliquer.

Il allait et venait. Disparaissait pendant une semaine et resurgissait avec une Rollex ou des bracelets Cartier. Elle ne demandait pas d'explications. Elle préférait ne rien savoir. Après s'être beaucoup parlé, ils ne se disaient presque plus rien, restaient des heures, enlacés. Il lui caressait les cheveux en répétant : « Marine… Marine. » Elle l'écoutait et fermait les yeux. « On se marie, Marine, et on fabrique un bébé. » Elle disait oui et ils n'en reparlaient plus. Ou si, pour recommencer leur litanie… Elle ne lui avait toujours pas parlé de son départ, tremblait qu'il ne tombe sur une lettre de Pratt Institute ou que quelqu'un ne lâche dans la conversation : « Et c'est pour quand le grand départ ? » Les filles et Rosita savaient qu'il ne fallait pas dire New York ou l'Amérique quand il était là, et chacune protégeait son secret. Elle avait pris son billet pour le 28 juin. Deux mois à l'avance, c'est moitié prix.

– Plus que deux mois de répit, chuchota Juliette qui avait suivi le cours de la pensée de son amie.

– Salope, répondit Martine en pinçant Juliette jusqu'au sang.

– On ne pince pas sa conscience ou elle se venge cruellement…

Juliette attrapa le petit doigt de Martine et le retourna. Martine poussa un cri. Il y eut un murmure de réprobation dans l'assistance.

– Conscience pour conscience, tu veux que je répète à Louis tout ce que tu fais quand il a le dos tourné ?

– Tu peux. Il en fait autant. Et je ne serais pas surprise qu'il approuve, en plus…

Elles s'étreignirent le coude sous leur feuille de cantiques.

– Je t'aime, toi, reprit Juliette. Tiens, si je pouvais, je t'épouserais de suite.

– Ach… Ach… Arrête, tu vas me faire pleurer.

– Qu'est-ce que vous racontez ? demanda Bénédicte en se penchant vers elles. Ça n'en finit pas cette messe !

– C'est Juliette qui divague. Mais arrêtez, on va se faire remarquer. Et puis, c'est le mariage de ma sœur quand même…

Bénédicte et Juliette se turent et entonnèrent «Plus près de toi, mon Dieu, plus près de toi». Bénédicte enviait la complicité de Martine et Juliette. Elle avait beau faire des efforts, elle n'arrivait pas à s'immiscer dans leur clan. Ce n'était pas qu'elles fassent bande à part, mais elles semblaient nées du même chromosome, ces deux-là. C'est ma faute, pensa Bénédicte. Je n'ai pas leur courage, moi. Courage de vivre avec Louis Gaillard et les autres ou de m'afficher avec un voleur et de partir en Amérique, toute seule. Courage de ne pas faire semblant, de ne pas prétendre être ce que je ne suis pas. Je voudrais réussir, mais comme je manque d'audace, je me colle à Émile. Que je supporte mal. Mais j'ai peur sans lui, sans son ombre qui veille sur moi. Je ne me sens pas capable de le quitter tant que j'en ai pas trouvé un autre qui m'entraîne dans son sillage…

Il y avait des moments terribles où Bénédicte était lucide. Où elle voyait toutes ses lacunes, où elle prenait de grandes décisions : rompre, partir d'un nouveau pied, seule. Ne devoir ma réussite qu'à moi.

Puis elle regarda René et Joëlle et se remit à espérer qu'un jour, elle aussi, dirait oui à celui qui l'attendait quelque part et, grâce à qui, elle n'aurait plus peur, plus jamais. Un qui serait suffisamment beau, riche et célèbre, pour qu'elle soit rassurée.

La messe était terminée et le cortège nuptial reprit

son long déroulement jusqu'à la place de la Mairie où un dîner était prévu. Martine et Juliette se proposèrent pour faire le service et, au moment de la pièce montée, alors que Joëlle et René venaient de couper d'une seule main les choux caramélisés, une valse jaillit d'un haut-parleur. M. Tassin déclara le bal ouvert. Il alla s'incliner devant Mme Maraut qui lui emboîta la mesure, en serrant son sac sous son bras. Ils furent bientôt suivis des mariés qui tournoyèrent un moment, seuls, sous les projecteurs et les applaudissements de la foule.

– Le voile, le voile, le voile ! crièrent les invités.

Joëlle lança son voile en l'air, et chacun en déchira un morceau. Puis la musique reprit son air de valse. M. Tuille invita sa fille. Mathilde Tassin, un peu éméchée, essayait de convaincre son voisin de danser avec elle sous le regard désapprobateur de Jeannette Tuille. Martine allait se lever pour entraîner son père quand une main la retint.

– Cette fois-ci, tu ne pourras pas me refuser…

Elle se retourna. C'était Henri Bichaut. Elle lui sourit et se laissa emmener sur la piste de danse. Bénédicte resta seule, morose. Ce n'est pas ici que je le rencontrerai, c'est sûr.

Le 30 avril, au petit matin, un éboueur qui ramassait les ordures rue de l'Amiral-Gourdon demanda l'aide d'un collègue devant le poids surprenant d'une poubelle. Le collègue, curieux, souleva le couvercle et poussa un juron. À l'intérieur, se trouvaient deux corps emmêlés et recouverts d'un morceau de gaze blanc qui rappelait le voile d'une mariée. Les deux victimes étaient deux sœurs jumelles : Christine et Caroline Lantier. Habillées de manière identique, toujours en train de pouffer derrière leurs mains ou de se parler à l'oreille, elles terminaient leur première au lycée de Pithiviers. Une peau de porcelaine, des yeux vert profond, des cils très noirs, d'épais cheveux châtains, elles passaient le plus clair de leur temps à parler chiffon et à feuilleter les magazines. L'assassin avait dû les rencontrer alors qu'elles revenaient de la piscine à pied, car la dernière fois qu'on les avait vues, c'était dans le grand bassin de la piscine couverte.

La suspicion naquit entre habitants de Pithiviers, et tout le monde se regarda de travers. C'est sûr, commença-t-on de caqueter, elles le connaissaient, sinon elles ne seraient pas montées avec lui. Mais alors, QUI est-ce ?

Dans les cafés, les queues des commerçants, les salles d'attente, les salons de coiffure, les stations-service, les soupçons allaient bon train. Chacun avait sa petite idée. Et puis le voile de la mariée, vous allez pas me dire que c'est un inconnu ? Il était invité, pour sûr… Moi, je vous dis que…

Des lettres anonymes circulèrent : « Où était votre mari, votre fils, votre frère, le jour du crime vers sept heures ? » Ou « Comment se fait-il que votre mari soit si souvent absent ? Si j'étais vous, je vérifierais son emploi du temps »…

Certaines victimes apportèrent leur lettre au commissariat. D'autres n'osèrent pas. Mme Tuille reçut un mot : « Je sais où était votre mari ce soir-là. Devinez… » Elle s'assit, tremblante, et murmura : « Mon Dieu, Marcel… » Il n'était pas au magasin ni à l'appartement ce jour-là. Une autre lettre arriva : « Ne trouvez-vous pas étrange que votre mari soit président de l'Association ? Et s'il voulait brouiller les pistes ? »

Mme Tuille dut prendre un calmant dans son armoire à pharmacie et plongea un sucre dans un petit verre de cognac. Le soir, quand Marcel remonta du magasin, le front soucieux et l'air las, elle essaya de l'interroger, mais le fit si maladroitement qu'il l'interrompit :

– Qu'est-ce qu'il y a, Jeannette ? Toi aussi, tu me soupçonnes ?

Elle bredouilla « mais non, je t'assure… » et ils mangèrent leur soupe en silence.

Les lettres ne cessèrent pas pour autant. « Soit votre mari vous trompe, soit c'est un assassin. » Jeannette Tuille en perdit le sommeil. « Si je m'endors à ses côtés, vais-je me réveiller ? » Elle prétexta des quintes de toux pour aller dormir dans la chambre de Juliette, et ferma la porte à clé.

La famille Tuille n'était pas la seule à être victime de ces missives odieuses. D'autres reçurent des lettres de chantage, des demandes d'argent, des rappels de vieilles querelles. La ville, qui s'était rassemblée dans un bel élan de solidarité, pour les noces de Joëlle, se déchirait avec la même ardeur.

Je ne vais quand même pas faire mon article sur des lettres anonymes, se disait Bénédicte, envoyée par *le Figaro*. Il faut que je réunisse un coup comme la dernière fois.

L'inspecteur Escoula ne lui était d'aucun secours. On ne sait rien de plus, rien de plus, s'entendait-elle répéter chaque fois qu'elle essayait d'approcher les responsables de l'enquête.

Elle traîna quelques jours à Pithiviers. Se creusant la tête pour trouver un fil conducteur, un indice qui lui permette d'alimenter la copie qu'elle devait envoyer à Paris. Larue s'impatientait, menaçait d'envoyer les journalistes spécialistes des faits divers.

– Si j'ai pris sur moi de vous envoyer, vous, c'est parce que c'est votre ville, nom de Dieu, vous êtes chez vous ! Fouillez les poubelles, introduisez-vous chez les gens. Vous avez essayé les parents des victimes ?

Ils avaient quitté la ville aussitôt les obsèques terminées.

Elle tournait en rond et ne trouvait rien.

Sa famille ne l'aidait pas. C'est tout juste si on lui avait demandé ce qu'elle venait faire à Pithiviers. M. Tassin avait rejoint l'Association de M. Tuille et écrivait des articles vengeurs dans *la République du Centre*. Mme Tassin faisait des aller et retour incessants entre l'école, le centre de plein air, les camarades des uns et des autres, de peur qu'un de ces enfants ne soit abordé par le sadique. Et quand elle se trouvait seule avec sa fille, elle lui parlait de Paris, de son amie américaine dont elle avait reçu une lettre.

– Elle tient absolument à ce qu'on fasse ce voyage ensemble à Florence. Si, cet été, il y a une chambre de libre rue des Plantes, tu crois que je pourrais venir y passer quelques jours ?

Bénédicte essayait de faire dévier la conversation sur elle, sur le journal, sur son enquête. Sa mère l'écoutait, distraite, puis reprenait son sujet favori : Paris.

– Mais, maman, ça ne t'intéresse pas ce que je te raconte ?

– Mais si, ma chérie. Et je suis très fière de toi, tu sais. Je le dis à toutes mes amies… Si, si.

Bénédicte opinait. Déçue. Blessée.

Elle décida d'aller interroger Joëlle. Pendant qu'elle composait le numéro de téléphone de la nouvelle Mme Gabet, elle mesurait l'ironie de la situation. Comment elle, qui n'avait jamais ressenti que mépris et antipathie pour Joëlle, allait-elle réussir à lui inspirer confiance afin qu'elle lui parle ?

Joëlle reçut Bénédicte dans son deux-pièces de la rue de l'Église. Elle ouvrit la porte puis alla se rallonger sur le sofa jonché de revues. C'était au tour de Bénédicte de se sentir mal à l'aise. Joëlle la regardait avec assurance et même une certaine insolence.

Bénédicte s'éclaircit la voix et commença :

– Tu sais pourquoi je suis venue te voir…

Joëlle prit une lime à ongles et attaqua sa main droite.

– Eh bien… je me suis dit qu'il y avait peut-être des détails qui t'étaient revenus depuis et…

– Mon Dieu ! Je ne t'ai rien offert à boire…

– Merci. Tu es gentille… Je n'ai pas soif.

Elle avait encore du mal à la tutoyer.

– T'es sûre ? Moi, je vais me faire un petit Americano… D'habitude, j'attends que René soit rentré, mais ce soir je vais faire une exception…

Elle s'était levée et se dirigeait vers le bar.

– Oui. Donc je pensais que, peut-être, en réfléchissant, il te reviendrait des détails…

– J'ai tout dit à la police quand ils m'ont interrogée. Je ne me souviens de rien. J'essaie d'oublier cette horrible histoire…

Elle s'était arrêtée, et Bénédicte aurait juré qu'elle avait pris la pause.

Alanguie et meurtrie, sa bouteille d'Americano serrée contre elle.

– Joëlle, tu es la seule qui puisse mettre fin à ce cauchemar… Tu connaissais les jumelles Lantier ? Tu n'as pas envie que ça se reproduise ?

– Oh ! non… C'est trop horrible.

– Alors, fais un effort ! La voiture ?

– J'te dis que j'ai tout dit aux flics !

– Tu n'essayes même pas !

Elle s'en fiche royalement de ce qui peut arriver aux autres. Il ne faut pas que je m'énerve, pensa Bénédicte en se forçant à rester calme.

– Écoute, je ne veux pas te bousculer… mais je voudrais vraiment que tu m'aides.

– Tu voudrais faire un scoop, c'est ça ?

Joëlle avait prononcé ces mots d'un petit air rusé et sournois.

Bénédicte eut envie de sortir, mais se retint. Tant d'égoïsme et de bêtise la dégoûtaient. Mais cette fille pouvait encore lui servir…

– Non. Je voudrais qu'on retrouve ce salaud. C'est tout.

À ce moment-là, une clé tourna dans la serrure et René entra. Joëlle se leva pour aller l'embrasser et se serra contre lui.

– Bénédicte est venue m'interviewer pour *le Figaro*.

– Encore ! fit René en grommelant. On n'en sortira jamais de cette histoire !

– Mais, je lui ai dit que j'avais rien à dire.

Elle se serra encore plus contre son mari.

– Bon. Je vous laisse… Si jamais… Tu m'appelles, dit Bénédicte sans conviction aucune.

– D'accord. Salut.

En passant devant les boîtes aux lettres bien alignées dans l'entrée, Bénédicte ne put s'empêcher de jeter un coup d'œil sur celle de Joëlle et René. On la reconnaissait facilement : elle était ornée de petits nœuds blancs signalant les nouveaux mariés. Comme les morceaux de gaze qu'on avait retrouvés collés sur les faces écrabouillées des jumelles…

Quand Bénédicte ne savait plus quoi faire, qu'elle piétinait dans une enquête ou dans un problème, quand la nature ou le cours des événements lui paraissait hostile, elle appelait Émile. Il était tard, ce soir-là, quand elle essaya de le joindre.

D'habitude, elle le trouvait toujours au journal. Ce serait la première fois, en dix mois, qu'elle téléphonerait chez lui.

– Allô. C'est Bénédicte Tassin. Je voudrais parler à Émile…

– Allô. Oui che… Che ne comprends pas…

La femme qui lui répond a un très fort accent yiddish et du mal à s'exprimer.

– Excusez-moi, madame. J'ai dû faire erreur.

– Che n'est rien, mâdemoiselle.

Bénédicte raccrocha et recomposa le numéro.

– Allô. Je voudrais parler à Émile, s'il vous plaît.

– Ah... c'est la mademoiselle...

– C'est bizarre, réfléchit Bénédicte tout haut, c'est pourtant le numéro qu'Émile laisse au journal.

– Acchh ! fit la dame, fous êtes du chournal. Fou voulez parler à Jacob ?

– Jacob ?

– Ouiche... Jacob, mon fils. Il est chournaliste dans un très grand chournal. Che souis sa maman...

– Émile Bouchet ?

– Jacob Goldstein. Fous êtes sa secrétaire ?

– Non. Je suis une amie.

Bénédicte se tripota la lèvre supérieure. Il doit y avoir une erreur.

– Dites, madame, moi je parle d'Émile. Un garçon pas très grand avec des lunettes très épaisses et des cheveux tout frisés...

– Jacob. Il habite avec nous. Il a beaucoup de problèmes avec ses yeux. C'est vrai, ça.

Pas de doute, c'est Émile.

– Et vous êtes sa mère ?

– Oui, mademoiselle. Che souis sa maman.

Bénédicte laissa passer un moment, le temps d'assimiler « je suis sa maman », puis reprit :

– Est-ce que je peux vous laisser un message ?

– Che ne sais pas écrire, mademoiselle. Il est descendu à la boutique, mais il va remonter.

– Bon, je le rappellerai plus tard... Au revoir, madame.

Bénédicte raccrocha, stupéfaite.

Émile Bouchet... Jacob Goldstein... Émile... Jacob... Comment vais-je l'appeler, maintenant ?

Chapitre 10

Le lendemain, Bénédicte décida d'aller revoir Joëlle. Elle l'attendit à la sortie de son salon. Elle avait réfléchi toute la nuit et avait mis au point une stratégie. Il fallait lui faire perdre de sa superbe. Tant que Joëlle aurait l'impression d'avoir le dessus, elle n'en tirerait rien. Elle était trop confortablement installée dans son deux-pièces et son bonheur, son auréole de martyre, la décourageant de faire le moindre effort.

Dans dix minutes, il serait six heures, et tous les magasins de la ville fermeraient. Les dernières ménagères de Pithiviers se hâtaient de faire leurs courses. Elle vit passer Mme Tuille, un imper en Tergal jeté sur sa blouse de commerçante, qui se hâtait vers la boucherie. Elle avait noué un foulard imprimé sous son menton et avançait, rapide, en hochant la tête comme si elle se parlait à elle-même… Une dizaine de mètres derrière suivait Mme Pinson, altière, prenant tout son temps comme si les commerçants se devaient de l'attendre.

Émile n'avait pas rappelé la veille. Elle non plus. Elle n'aurait pas su quoi lui dire. Elle se rappela Jacob Goldstein et sourit. Ainsi, moi aussi je peux intimider un Parisien ! Puis, elle fit la grimace : Émile était si peu parisien.

Six heures sonna au clocher de l'église, et Joëlle jaillit du salon de coiffure de Mme Robert.

Bénédicte l'aborda aussitôt :

336

– Tu viens prendre un café ?

– René m'a dit de ne plus parler de l'affaire.

– Oui, mais René n'a pas pensé à tout.

Elle vit une lueur intriguée dans l'œil de Joëlle.

– Allez, viens. Je t'offre un café et je t'explique.

Joëlle se laissa entraîner. Elle commanda un thé, parce que le café était mauvais pour ses nerfs.

– Écoute…, commença Bénédicte, j'ai réfléchi depuis hier soir. Tu m'écoutes ? Le meurtrier a eu l'impression d'avoir été ridiculisé lors de ton mariage. La ville tout entière l'a défié. Qu'a-t-il fait ? Il a commis un double meurtre. Une sorte d'avertissement. Une fois encore, on n'a aucune piste. Une fois encore l'affaire va être classée. Que va-t-il se passer ? Il va se sentir invincible et ça ne m'étonnerait pas que…

Elle s'interrompit et regarda Joëlle. Elle avait cessé de faire tourner sa cuillère dans sa tasse et l'écoutait. Bénédicte laissa le silence se prolonger.

– Et alors ? demanda Joëlle.

– Alors, il va vouloir prouver encore qu'il est le plus fort…

– En faisant quoi ?

– En commettant un nouveau crime.

Joëlle haussa les épaules. Et reprit sa cuillère.

– Mais pas n'importe quel crime…

– Tu as beaucoup trop d'imagination, souffla Joëlle en décortiquant sa rondelle de citron de ses petites dents blanches. C'est le problème avec les journalistes.

– Je continue, dit Bénédicte. Pas n'importe quel crime, parce qu'il ne peut plus se le permettre. Il a placé la barre très haut en tuant les jumelles. La prochaine fois, car il y aura une prochaine fois, soit il en tue trois – ce qui me paraît difficile –, soit il s'attaque à l'impossible.

– C'est-à-dire ? demanda Joëlle en posant sa tranche de citron.

– À toi.

– À moi ?

– Oui.

Et comme Joëlle ne répondait pas.

– Ça me paraît tout à fait logique. Réfléchis bien : tu es la seule à t'en être sortie, la seule à l'avoir mis en difficulté, la seule à l'avoir emporté sur lui. Il va vouloir se venger. Il va attendre un peu, puis il s'attaquera à toi. Tu as envie de vivre traquée ? Perpétuellement inquiète ? Tu crois que René supportera cette tension. Il en a marre, René, hein ? Il se mettra à sortir avec ses copains et reprendra sa vie d'avant. Je le comprends, remarque. Il m'a paru bien énervé, hier soir, quand tu lui as dit pourquoi j'étais là…

– Mais, qu'est-ce que tu veux que je fasse ? soupira Joëlle, excédée.

– Je veux que tu te souviennes de la marque de la voiture.

– Mais je ne peux pas. C'est pas ma faute.

– Tu ne fais aucun effort.

– T'es marrante, toi. J'ai tout fait pour oublier cette histoire. Quelquefois, la nuit, j'en rêve. J'ose pas le dire à René parce qu'il ne veut plus m'écouter. Il en a ras le bol. Alors, tu parles, si j'ai envie de me rappeler détail par détail ce qui s'est passé ce soir-là ! Je demande pas mieux, moi, que d'aider la police…

– Tu demandes pas mieux ? Bon, alors, j'ai une idée.

Elle attrapa Joëlle par la main et elles quittèrent le *Café du Nord*.

Il était sept heures, heure à laquelle, six mois plus tôt, l'homme abordait Joëlle. Bénédicte la plaça sur le trottoir, tout près de la chaussée, et lui demanda de marcher en se retournant à intervalles réguliers.

– C'est comme ça que tu faisais, hein ? Tu attendais René ? Bon… Et tu allais vers la piscine. Rappelle-toi

338

tout ça. Marche et retourne-toi chaque fois que tu entends une voiture.

Bénédicte la suivit, les doigts croisés dans le dos. Mon Dieu, pourvu que ça marche ! Il n'y a rien d'autre à attendre de cette petite dinde.

Au début, Joëlle avança sans se retourner. Comme si elle n'avait pas le courage de regarder derrière elle.

– Je ne peux pas, murmura-t-elle. Je ne peux pas. C'est trop dur.

– C'est ça ou tu auras peur tout le temps.

Joëlle reprit sa marche le long du trottoir. Se retournant à peine, regardant très vite par-dessus son épaule.

– Non. Je peux pas. Je me souviens pas.

– Si. Tu peux. Vas-y.

– J'ai peur. J'ai jamais eu peur comme ça. Et s'il revenait ?

Elle lui jeta un regard plein d'effroi et, soudain, Bénédicte eut pitié d'elle.

– J'avance avec toi et je te donne la main.

Elle attrapa la main de Joëlle et la serra très fort.

– Tu es prête ?

Joëlle opina. On doit faire un drôle d'équipage, se dit Bénédicte.

– C'est celle-là, cria Joëlle.

Elle montrait du doigt une 504 grise. Mais son doigt retomba et elle murmura « non, non »... Elle reprit sa marche, lâcha la main de Bénédicte. Elle s'était redressée et se retournait à intervalles réguliers, les sourcils froncés, le regard fixé sur la route.

On ne doit plus être très loin de la piscine, maintenant. Pourvu qu'elle se souvienne avant. Sinon, j'ai fait tout ça pour rien.

– Celle-là ! Non, non, pas celle-là. Celle-là ! Non. C'est pas ça...

Ce n'est pas possible, soupira Bénédicte. Il ne circule pas en voiture de collection, le sadique ! Cela doit faire trois quarts d'heure qu'on marche et elle n'a rien reconnu. À moins qu'il ne s'agisse d'une Traction avant ou d'une Grand Large, il y en a encore dans les cours de ferme, à la campagne.

Soudain, Joëlle s'immobilisa. Son sac pendant à son poignet. Elle montrait du doigt, tendue, arc-boutée, comme si elle portait la voiture à bout de doigt, une Mercedes gris métallisé.

– C'est celle-là. J'en suis sûre. J'en suis sûre. Il était assis derrière le volant, il portait un masque sur le visage, un loup de Zorro et il m'a attrapée comme ça et ça m'a fait mal parce que ma cuisse a éraflé la portière… Je me rappelle. C'est lui, c'est lui…

La Mercedes passa devant elles, et Joëlle poussa un cri. Un cri strident avant de s'effondrer dans les bras de Bénédicte.

L'homme qui conduisait s'arrêta.

– Vous voulez de l'aide, mademoiselle ? demanda-t-il très poliment.

– Non. Ça va. Ça va. Partez, s'il vous plaît.

Et comme l'homme ne bougeait pas et la regardait, muet, Bénédicte se mit à hurler :

– Vous m'avez comprise. Partez ! Ou j'appelle la police !

Le soir même, Émile appela chez les Tassin et demanda à parler à Bénédicte.

– Allô, chérie, la bonne m'a dit que tu avais appelé hier soir ?

Bénédicte resta muette. La bonne ?

– Oui. Je voulais te parler de l'affaire de Pithiviers.

– Larue est furieux. Il parle d'envoyer Rachet.

– Rachet ne fera pas mieux que moi, tu sais. Les flics ne lâchent rien.

C'est pas la bonne qui a répondu, avait envie d'ajouter Bénédicte. Pourquoi tu me mens ? Mais, elle ne se sentit pas le courage de remuer tout ça… Et pas vraiment l'envie. C'est son problème après tout.

– Tu rentres quand, ma chérie ? Tu me manques, tu sais…

Le commissaire Escoula lui avait demandé de ne pas souffler mot au sujet de la Mercedes. Ni Bénédicte ni Joëlle ne devaient parler. « Il ne faut pas qu'il se doute qu'on tient enfin un indice, avait dit le commissaire. On va faire vérifier toutes les cartes grises de Mercedes de la région et enquêter sur leur propriétaire. Mais, en attendant, pas un mot. » « Et, en échange, avait demandé Bénédicte, vous me donnez quoi ? » « L'exclusivité de l'information, quand on aura mis la main sur l'assassin », avait promis le commissaire.

Elle n'avait plus qu'à attendre.

Et passer pour une incapable auprès de Larue.

– Je crois que je ne vais pas tarder à rentrer, annonça Bénédicte. J'ai plus rien à faire ici.

– Je t'attends, chérie. Rentre vite !

Émile ne mentait pas. Bénédicte lui manquait. Il avait eu peur, la veille, quand il était rentré et que sa mère lui avait dit qu'une jeune fille avait appelé. Il avait échafaudé tout un plan pour éviter l'aveu. Je lui avouerai plus tard, plus tard, quand j'aurai la place de Larue, que je serai tout-puissant et qu'elle ne pourra plus me quitter.

Il raccrocha, ragaillardi : elle ne se doutait de rien. Sinon, elle lui aurait battu froid. Elle aurait pris son air de princesse et lui aurait demandé des explications.

Personne ne savait. Personne.

Depuis qu'il était avec Bénédicte, il voyait bien, dans le regard des autres, l'admiration et l'étonnement. Bien sûr, de temps en temps, il lisait aussi des choses moins plaisantes : « Si cet avorton-là se la fait, moi aussi je peux. » Mais, c'était rare.

L'autre jour, Larue l'avait fait appeler dans son

bureau et lui avait offert un cigare. À lui ! Émile ! Il était prêt à parier que, dans peu de temps, Larue le prendrait comme adjoint.

Ce jour-là, peut-être, il lui dirait. À Bénédicte.

Il lui raconterait l'histoire de Jacob Goldstein. L'histoire de ses parents aussi... Des juifs de Hongrie qui avaient fui sous les persécutions nazies et qui s'étaient installés à Paris. « France, terre d'accueil », répétait son père dans le train qui les emmenait à Paris. Son père était devenu tailleur, sa mère ne travaillait pas. Elle aurait eu du mal : elle parlait très mal français et ne savait pas écrire. La famille Goldstein s'était installée dans une petite rue derrière la place de la République. Le petit Jacob avait grandi en se disant que, un jour, il sortirait de là. Un dimanche après-midi, son père l'avait emmené aux Tuileries et il avait vu des petits garçons très bien habillés qui faisaient voguer leur bateau dans le bassin plein d'eau. Il n'avait même pas osé demander à son père de lui en louer un. Un jour, un jour...

Fasciné par l'importance du journal que, chaque matin, son père et ses oncles lisaient, se le passant, se le repassant, commentant longuement les nouvelles, il avait choisi de devenir journaliste. Il s'était inscrit dans une école de journalisme. À la sortie, une place était disponible au *Figaro*. Il avait été engagé. Pas fâché de s'éloigner le plus possible de son milieu d'origine. Là, au moins, on ne viendra pas me débusquer. Pour cela, il avait changé de nom, de prénom et s'était inventé une famille, des racines bien françaises. Il y croyait presque maintenant, et il ne fallait pas beaucoup le pousser pour qu'il raconte comment il jouait rue des Vignes avec le petit de La Rochefoucauld et la petite de Montalembert, dont le père chassait avec le sien en Sologne. S'il avait renié ses parents socialement, il continuait à s'occuper d'eux matériellement. Son père, devenu vieux, ne travaillait plus. Ses frères le gardaient à la boutique par gentillesse et il passait le plus clair de son temps à découper les articles d'Émile et à les coller dans un grand album.

Son fils était un bon enfant : s'il ne faisait pas sabbat le vendredi soir ni kiddouch, il passait Yom Kippour tous les ans avec eux.

Ce jour-là, il s'appelait Jacob. Il ne touchait ni au feu ni à l'électricité, et laissait sa mère le servir. M. Goldstein ne regrettait qu'une chose : que son fils ne soit pas marié. À trente ans, c'était presque une tare. Mais, quand il en parlait à Émile, celui-ci prétextait du travail, des déplacements… Il n'insistait pas : son fils était gentil avec eux. C'était le plus important. Pour sa femme, surtout. Elle grappillait sur les dépenses de la maison pour lui acheter des costumes, des chaussures, parce qu'Émile n'avait pas le temps de faire des courses…

Émile aimait habiter chez ses parents. Si j'étais resté en Hongrie, se disait-il, j'aurais pu tout concilier. En France, ce n'est pas possible. On ne peut pas être différent. Le vêtement, l'accent, les manières vous trahissent et vous marquent. Dans cinq ans, dix ans au plus tard, j'aurais rattrapé tout mon retard et je serai plus français que Nizot…

Elle m'aurait ri au nez, Bénédicte, si elle avait découvert la vérité. Et je ne veux pas qu'elle m'échappe… J'ai besoin d'elle. Je veux qu'elle m'apprenne la France et les belles manières, je veux qu'elle m'épouse et me fasse des enfants bien français, je veux, je veux… Je jetterai Nizot dans les bras de n'importe quelle fille pour qu'elle l'oublie. Il ne l'aura jamais. Il n'en a pas besoin, lui, de Bénédicte Tassin. Il en a des dizaines dans sa vie…

Il avait déjà commencé à travailler Larue pour qu'il mute Nizot dans un autre service. Encore deux ou trois

cigares fumés entre hommes, et Nizot ne me gênera
plus.

Émile se frotta les mains.

Elle rentrait bientôt.

Elle ne savait rien.

Larue l'avait reçu seul à seul dans son bureau.

Chapitre 11

« Cent dix mille personnes se sont entassées sur les gradins du stade aztèque de Mexico pour assister à la demi-finale de la Coupe du Monde de football qui oppose l'Italie à l'Allemagne… »

Martine tourna, impatiente, le bouton de la radio, cherchant une autre station. « Elsa Triolet vient de s'éteindre. La célèbre compagne d'Aragon était âgée de… »

– Y a rien de plus gai ?

– Pour bous, y a rien d'assez gai, dit Rosita. Bous boyez tout en noir en ce moment.

Martine haussa les épaules et ne répondit pas.

On était à la mi-juin et elle n'avait toujours pas dit à Richard qu'elle partait. Dans dix jours…

– Mais, Rosita, comment voulez-vous que je sois gaie ?

– Ça, c'est sûr. Bous abez rien fait pour…

Richard faisait des projets d'été, d'automne, d'hiver. Richard disait « nous », « on ». Richard, devant ses absences et son air préoccupé, devenait soupçonneux : « T'as un autre mec ? Dis-le tout de suite, je lui casse la gueule… » Elle secouait la tête : « Non, non. Je te promets. Je te jure que non… » « Mais, alors ? demandait-il. Qu'est-ce que tu as ? » Rien, si ce n'est le poids de sa tête sur ses genoux quand il disait : « Je me rends, je me rends, je déclare l'amour… » Le poids de sa tête contre un diplôme encadré de Pratt Institute.

Rosita l'observait et secouait la tête, découragée. Cette petite me fait faire du souci, pensait-elle. Ça m'étonnerait pas que tout ça finisse en dépression nerbeuse… Il a l'air très atteinte, toute de même. Autre particularité linguistique de Rosita, elle avait rayé le genre féminin de ses phrases, ce qui prêtait quelquefois à confusion.

– Elle est rentrée de la fac, Juliette ?

– Oui. Il est très contente. Ses examens se sont très bien passés.

– Je vais monter la voir. Elle va me remonter le moral, dit Martine en soupirant.

– Dis donc, pendant mes exam, j'étais assise à côté d'une fille qui est mariée à un prêtre ! lui déclara Juliette tout de go.

– T'en as de la chance !

– On a parlé en attendant qu'ils distribuent les sujets et elle m'a dit qu'en France il y avait à peu près trois cents prêtres mariés. Et tu sais quoi ? Elle prend pas la pilule parce que le pape est contre… Alors, je lui ai dit : « Mais tu écoutes encore ce que dit le pape, alors que t'es mariée avec un défroqué ! » « Oui, m'a-t-elle répondu, un peu coincée. Il est toujours notre berger. » J'ai eu du mal à me concentrer après.

– Ça a l'air d'aller, toi ?

– Impeccable. Je finis même par trouver le droit intéressant.

– Juju… Ça va pas… Qu'est-ce que je vais faire ?

– C'est toujours comme ça… On est très fort pour résoudre les problèmes des autres et impuissant devant les siens. Il va bien falloir que tu le lui dises un jour. Qu'est-ce que tu attends ?

346

– Sais pas. Je me dis que l'université va modifier ses dates, que les cours ne commenceront qu'en octobre…

Martine eut un pauvre sourire.

– … que les frontières vont se fermer par suite de conflit international… Je finis par espérer une guerre qui m'enfermerait ici avec lui, tous les deux, dans la cave, sur un pauvre matelas… Je peux pas, Juliette, je t'assure que je peux pas.

– Mais tu as envie de quoi, là, maintenant ?

– De plus rien. De me mettre au lit et de dormir. Juliette, c'est pas vrai qu'on peut tout concilier : le cœur et les envies de réussir. Du mensonge de magazines… Regarde-moi, je suis minable. Je mens, je me mens, je lui mens, je nous mens…

– Arrête. Dédramatise. Va lui parler.

– Il ne supporterait pas que je balance entre lui et quelque chose d'autre. Tu le connais pas. Il a les yeux noirs dès qu'un autre homme m'effleure du regard ! Alors, partir faire des études en Amérique…

– Mais, c'est plus que des études, c'est ton rêve de petite fille… Rappelle-toi quand tu étais caissière à la Coop ?…

– Oui, mais, avec lui, je vis un autre rêve. Un qui n'était pas prévu et dont je me moquais pas mal…

– Mais, tu vas quand même pas partir à la sauvette en laissant un mot sur l'oreiller ?

Martine se tordait les mains. Elle avait les cheveux retenus par un élastique, la frange grasse, les barrettes, les lunettes et le pull de couleurs différentes. Deux grandes rides s'étaient creusées de part et d'autre de sa bouche, et le bord de ses yeux était rougi.

– Je finis par m'en remettre au hasard… aux étoiles… Je lis les horoscopes. Tiens, je suis même retournée voir une voyante ! Tu sais ce qu'elle m'a dit ? Elle a regardé les lignes de ma main et m'a déclaré : « Il vous aime, qu'est-ce qu'il vous aime, ce jeune homme brun, vous en avez de la chance d'avoir un amoureux comme ça ! Faites-y bien attention, mademoiselle. »

– Tu étais bien la dernière personne que je croyais capable de se mettre dans un tel état, conclut Juliette, pensive.

– Mais toi, qu'est-ce que tu ferais ? demanda Martine pour la huit millième fois.

– Moi ? Je resterai… c'est évident. Mais je n'ai pas ton ambition ni ta volonté.

– Tu en as parlé à Louis ?

– Je lui ai dit que tu partais fin juin. Mais j'ai pas parlé de Richard ni de ton problème. C'est bien ce qu'on avait décidé, non ?

Martine acquiesça.

Juliette aurait mieux fait d'en parler à Louis.

Louis venait d'apprendre, par son agent, qu'il allait avoir un rôle important dans *le Conformiste*, un film réalisé par Bertolucci.

– C'est la chance de ma vie. On fête ça… Ce soir… Je viens te chercher et on fait la fête, lui annonça-t-il au téléphone.

Juliette n'avait aucune idée de qui était Bertolucci, mais elle savait précisément ce que « fête » voulait dire avec Louis.

Ce soir-là, il fit son entrée comme un magicien loué pour une matinée d'enfants. Vêtu d'une cape noire, d'un haut-de-forme noir aussi, d'une chemise à jabot de dentelle blanche. Il s'était maquillé les yeux et ressemblait à une tortue masquée.

– Bonsoir mesdames, bonsoir mesdemoiselles, bonsoir messieurs…

Il était près de huit heures et, dans le salon, se trouvaient un client de Regina, Regina, Émile, Bénédicte, Richard, Martine, Ungrun, Juliette et Rosita qui s'apprêtait à partir et boutonnait son imperméable.

Ils le dévisagèrent tous. Il souriait, content de lui. Il avait réussi son entrée.

– Ce soir, on célèbre… Et j'ai là une surprise pour vous que je ne consens à vous dévoiler que si vous me promettez tous, je dis bien tous, de fermer les yeux afin que la lumière soit…

Rosita haussa les épaules. Elle se méfiait de Louis. Elle ne l'aimait pas beaucoup. Le trouvait débraillé, sale, « même un peu bicieux, précisait-elle, cet homme-là, il a un regard à bous faire sauter le soutien-gorge ».

Ils fermèrent tous les yeux, sauf Juliette qui tricha et les tint mi-clos. Louis souleva sa cape et découvrit une énorme bouteille de champagne, un magnum qui lui arrivait à la taille.

– Ouaou ! siffla Juliette, stupéfaite.

– Elle a triché, elle a triché. Elle sera punie, tonna Louis. Vous autres, les sages et les dociles, ouvrez les yeux. Je le veux !

Ils ouvrirent les yeux, et tout le monde applaudit.

– Bous ne pourrez pas l'oubrir, déclara Rosita, praque.

– Mais si… Au sabre…

Et il tira de sa cape noire un long sabre étincelant.

Juliette poussa un cri.

– Il ba m'en mettre partout sur ma moquette, ronchonna Rosita.

– Qu'on m'apporte des coupes ! clama Louis.

– Et un plastique, ajouta Rosita.

Louis ne releva pas la remarque désobligeante et fit tourner le sabre dans l'air, au-dessus de sa tête. La lame siffla. Elle tournait, tournait, les têtes se courbaient, Louis se dressait, un sourire de barbare aux lèvres.

– Vous avez peur, valetaille, pauvres ouailles…

Émile lança un regard à Bénédicte. « Il est vraiment bizarre, ce mec. » Bénédicte mit son index sur la tempe et le fit tourner comme si elle le vissait.

– Vous êtes prêts ? demanda Louis… Et, toi, lame sifflante ?

La lame s'abaissa et vint heurter le goulot de la bouteille, la décapitant net.

– Et voilà, mesdames, mesdemoiselles et messieurs, la fête peut commencer !

Richard regarda Louis et le trouva formidable. Il hésita un instant, puis se mit à l'applaudir, frénétique, bientôt suivi par tous.

– Il a eu de la chance, dit Rosita qui tenait à rester sur sa réserve.

– Des toasts, maintenant ! Et c'est moi qui commence, lança Louis. À moi d'abord : que ce film m'apporte gloire et reconnaissance internationale…

Il leva son verre et en but une gorgée.

– Faut toujours penser à soi, sinon personne ne le fait à votre place…

Il laissa échapper un long rot sonore.

– À Juliette, ma bien-aimée : succès et confiance en elle…

Juliette s'inclina et mima une révérence.

– À Rosita, qui ne m'aime pas beaucoup et tremble pour sa moquette : des produits de ménage irréprochables…

Rosita lui jeta un regard noir par-dessus son verre.

– À Bénédicte : une carrière qui continue au grand galop. À Émile : le courage de suivre…

Bénédicte ne put s'empêcher de lui sourire et porta délicatement le verre à ses lèvres.

– À Ungrun : toutes les couvertures des plus prestigieux journaux de France !

Ungrun piqua un fard. Depuis qu'elle s'était fait ôter les cernes, elle était « surbookée » et travaillait sans répit. « Fais attention, tu vas te refaire des cernes », disait Juliette en plaisantant.

– À Regina : un petit mari bien français…

– Répète, répète, demanda Regina en se mettant du champagne derrière l'oreille.

– À Martine : que son prochain départ pour les Amériques lui ouvre toutes grandes les portes du succès…

Les doigts de Martine se crispèrent sur son verre.

Richard avait blêmi. Ses yeux étaient devenus deux minces fentes noires.

– Quel départ ? demanda-t-il en regardant Louis droit dans les yeux.

– Son départ pour New York, pour faire ses études… C'est pour bientôt, non ?

– New York, répéta Richard en bégayant… Elle part pour New York…

– Je crois que je viens de faire une gaffe, dit Louis en baissant la tête.

Richard se tourna vers Martine :

– C'est vrai ?

Martine ferma les yeux. Un grand vide se fit dans tout son corps, de sa tête à la pointe de ses pieds. La vie se retirait tout doucement d'elle. Je vais m'évanouir, pensa-t-elle. Elle essaya de parler, mais ne put proférer aucun son. Richard la dévisagea. Lui aussi devenu muet. On aurait dit deux mannequins de cire qui se faisaient face. Ils restèrent ainsi des minutes qui semblèrent éternelles. Puis Richard, sans dire un mot, quitta la pièce. Martine se laissa tomber dans un fauteuil.

– Mais cours-lui après, rattrape-le, explique-lui, dis que c'est faux, criait Juliette que l'immobilité de Martine rendait folle.

Martine ne l'entendait pas. Tassée dans le fauteuil, elle contemplait ses chaussures.

– Bon Dieu… Qu'est-ce que j'ai fait ! gémit Louis.

Juliette le prit à part :

– Richard ne savait pas. Martine n'osait pas le lui dire.

Louis se frotta le visage.

– Oh… je suis désolé… C'est de ma faute…

Il avait l'expression dévastée des petits garçons qui viennent de faire une grosse bêtise, et Juliette ressentit une immense tendresse pour lui.

Il alla s'agenouiller aux pieds de Martine.

– Suis désolé. Je voulais juste faire la fête…

– C'est pas ta faute, hoqueta Martine. C'est la mienne. Je savais bien que ça allait finir comme ça… Je m'y attendais…

– Ça, c'est bien une gaffe terrible, dit Bénédicte.

– C'est pas sa faute, protesta Juliette. Il voulait nous faire plaisir…

– Se faire plaisir, tu veux dire…

– T'es trop injuste…

– Je bais aller le trouber, décida Rosita. Je bais lui parler, moi.

– Non. J'irai, moi, dit Martine. Au moins, maintenant, il sait…

– Il habite où ? demanda Louis qui, à l'idée de réagir, se sentait mieux.

– Dans les Puces.

– Je t'emmène.

– Je viens avec vous, dit Juliette.

Ils se rendirent tous les trois porte de Clignancourt. Juliette tenait la main de Martine qui pleurait et dissimulait son visage dans la manche de son manteau.

– T'as pas chaud avec ça ? lui demanda Juliette en montrant le manteau.

– C'est son cache-poussière. Il me l'avait donné. Il disait que ça se prenait dans les rayons de sa mob…

Elle renifla. Juliette lui caressa les joues.

– Ben… tu vois. Il t'aime. Je suis sûre que ça va s'arranger.

– Il me pardonnera jamais de l'avoir appris devant tout le monde…

– Mais si…

– J'ai même pas essayé de le retenir. J'ai été une lavette… J'ai failli m'évanouir…

– Mais non… mais non…

Juliette lui essuya le visage, remit ses cheveux en place, effaça les traces de rimmel noir qui avait dégouliné.

– Faut que tu sois belle, ma poule.

Martine lui sourit à travers ses larmes.

– Pourquoi t'es pas un mec, toi ? demanda-t-elle à Juliette.

Ils étaient arrivés devant le bar-tabac des Brusini.

– Tu veux qu'on t'attende ? proposa Juliette.

– Non. Je sais pas combien de temps ça va durer.

Elle avait remonté le col de son manteau.

– Suis pas trop moche ?

– Mais non… T'es la plus belle, la rassura Juliette.

Elle renifla encore. Sortit. Claqua la porte de la voiture.

Juliette la regarda frapper à la porte du pavillon. Une femme de cinquante ans, environ, lui ouvrit. En tablier, les pieds dans des chaussons, le chignon qui dégringolait sur les épaules.

Dès qu'elle vit Martine, elle se mit à crier :

– Il ne veut pas te voir… Il me l'a dit : « Maman, ne la laisse pas m'approcher. » Pars, t'es une mauvaise fille. Tu me l'as fait pleurer…

– Il faut que je le voie, il faut que je lui explique, la supplia Martine.

– Je te dis qu'il ne veut pas. Il a pleuré, lui mon fils, qui avait les yeux secs depuis sa naissance. Tu me l'as fait pleurer…

Martine implora encore, mais la porte se referma. Elle se laissa tomber sur les marches.

Juliette s'approcha d'elle :

– Psst…

Martine releva la tête.

– Qu'est-ce que tu vas faire ?

– Je reste.

– Où ça ?

– Ici. Il va bien falloir qu'il sorte…

– T'es sûre ?

– Oui. Rentre à la maison.

Juliette hésita.

– Va-t'en, supplia Martine, laisse-moi faire…

– Bon… Si tu veux…

Mais elle attendait encore. Elle sautillait d'un pied sur l'autre.

– Tu veux que je t'apporte un sandwich ?

– Non. J'ai pas faim. Laisse-moi ou je vais recommencer à pleurer…

Juliette s'éloigna à regret.

Martine lui fit un geste de la main.

Juliette revint vers la voiture.

– C'est ma faute… Qu'est-ce que je suis con…

– Mais non… C'est pas ta faute…

– Tu crois pas qu'on devrait rester ?

– Elle veut pas.

Ils rentrèrent en silence.

Rue des Plantes, tout le monde les attendait.

Il y avait les optimistes et les pessimistes, ceux qui disaient « il reviendra », ceux qui affirmaient « il reviendra pas »…

– T'es dans ton bain, le téléphone sonne, tu réponds ou pas ? demanda Louis à Émile.

– Je réponds pas.

– Ça m'étonne pas.

Chapitre 12

Enveloppée dans son cache-poussière, Martine regardait le soleil se coucher sur Clignancourt. Des petites maisons les unes sur les autres aux toits inégaux, aux gouttières déglinguées, rapiécées, aux garages en tôle ondulée. Des chats frôlaient les murs en miaulant ou escaladaient les palissades.

On dirait un dessin animé de Walt Disney, *la Belle et le Clochard*. C'est là qu'il a grandi, petit Brusini.

Elle l'imagina traînant son cartable, une chaussette tirée, l'autre tire-bouchonnée, et les larmes lui montèrent aux yeux.

Il vaut mieux que je pense à autre chose…

Mais le petit garçon au sourire éclair revenait sans cesse dans sa tête. Quand on aime quelqu'un, on veut un enfant de lui. Pour revivre son enfance. C'est Lou Andreas-Salomé qui avait écrit ça…

Martine repensa à ses lectures féministes. Elle, qui avait milité si fort dans sa tête, se retrouvait assise sur les marches d'un pavillon de banlieue à faire le siège d'un homme !

La volonté, ça marche pour les abdominaux, le chocolat, la cigarette, mais pas pour les sentiments. Je l'aime et je le veux. On n'a pas besoin de raisons pour aimer et, si on en a, c'est suspect…

Ce soir-là, la reddition, aux yeux de Martine, paraissait aussi belle que la victoire, aussi joyeuse que les

355

plus beaux projets américains. La joie de marcher avec Richard, main dans la main, peut être la plus belle des joies et tant pis pour les bataillons de suffragettes qui ont défilé dans ma tête…

Mais il ne sait peut-être pas que je suis là ? se dit-elle soudain. Sa chambre donne de l'autre côté, sur la petite cour, et sa mère ne lui a rien dit ! C'est ça. Il bougonne dans sa chambre sans se douter que je l'attends, plantée là sur le perron…

– Richard, Richard…

Elle avait mis ses mains en porte-voix et hurlait du plus fort qu'elle pouvait.

– Richard, c'est moi, Martine…

Les murs aux alentours lui renvoyaient sa voix en écho. Chard… moi… Tine…

– Richard, Richard…

Un voisin mit le nez à sa fenêtre. La serviette nouée autour du cou et le tricot de corps à trou-trous.

– C'est pas bientôt fini, cette comédie…

« T'as de la salade sur les dents, hé connard », marmonna Martine. Ça lui fit du bien d'insulter ce type.

Elle se rassit sur les marches. Rien à faire si ce n'est attendre en regardant le soleil se coucher, boule rouge sur banlieue merdique.

Je l'aime, ce mec, je l'aime. Il le sait. J'ai fait une connerie, mais il pourrait me donner une chance, mettre son orgueil d'Italiano macho dans sa poche.

Quand ils allaient au restaurant, il marquait une pause sur le seuil et disait : « Donne-moi le bras. » Au début, elle demandait pourquoi. « T'es ma gonzesse ou pas ! », répondait-il. Elle lui donnait le bras et ils entraient dans le restaurant. Lui, patron, elle, fiancée. Fiancée en maxi-jupe de daim, « le maxi, c'est mieux pour les femmes de ta classe, la mini, c'est pour les putes ». Il avait ses idées. Partout, il la présentait comme sa fiancée. On ne laisse pas sa fiancée toute une nuit sur des marches d'escalier…

Derrière elle, dans la maison, elle entendait des bruits, bruits de vaisselle, de télé, de conversations. Ils doivent parler de moi, se moquer… Ulcérée à cette idée, elle alla tambouriner à la porte d'entrée. Il n'y avait pas de sonnette chez les Brusini à cause des nerfs de M. Brusini. Elle frappa, frappa, fit passer toute sa rage sur la porte close, appela Richard encore et encore jusqu'à ce que le même voisin en tricot de corps réclame le silence…

– Et si vous continuez, j'appelle la police…

Il avait ôté son dentier, et ses lèvres ressemblaient à celles des femmes à plateaux, larges et molles.

Martine haussa les épaules. Revint à ses premières décisions de dignité et de silence, et se rassit sur les marches.

Je donnerais toutes mes économies pour qu'il vienne s'asseoir, là, à côté de moi. J'emprunterais même la sainte de Juliette. Sainte Scholastique, s'il vous plaît, jetez un coup d'œil sur moi. Si vous m'exaucez, je vous promets que j'irai remplir votre tronc et planter des cierges devant toutes vos statues. Et pas des petits…

Il commençait à faire frais. Martine se recroquevilla dans son manteau. Les télés s'éteignirent une à une, et elle n'entendit plus que les voitures qui tournaient sur le périphérique, les motos qui roulaient dans le quartier et les chiens qui fouillaient les poubelles.

Ses paupières tombèrent et elle s'endormit.

Richard ne se montra pas le lendemain.

Ni le surlendemain.

Martine resta deux jours sur les marches, regardant passer les membres de la famille Brusini, refusant d'écouter les exhortations à rentrer de Juliette et Bénédicte qui, tour à tour, lui apportaient des sandwiches.

Rosita décida d'avoir une entrevue avec Mme Brusini. Elle alla frapper à la porte, le menton ferme sur son col de gabardine.

Mme Brusini lui tendit une carte postale signée Richard et envoyée de Lyon. Rosita donna la carte à Martine.

– C'est facile d'imiter une écriture ! déclara Martine, surtout celle de Richard, c'est celle d'un gosse…

Puis elle aperçut le cachet de la poste : Lyon, le 20 juin.

– Mais il est parti quand ? s'exclama-t-elle. Je suis restée là ! J'ai pas bougé !

– Il était déjà parti quand bous bous êtes installée ici…

– Qui vous l'a dit ?

– Sa mère.

Martine regarda Rosita comme si elle avait du mal à comprendre. Il n'était pas repassé chez lui ? Il était parti tout droit au hasard ?

– Sa mère m'a dit aussi que c'était pas la première fois. Quand il est fou, il faut qu'il fasse des kilomètres. Ça le calme. Il pique une auto ou une moto et il roule. C'est l'époque qui beut ça…

Rosita prit Martine par le bras et la força à se lever.

– Elle vous a dit quand il reviendrait ?

– Elle en sait pas plus que bous…

Bénédicte attendait, un peu plus loin, dans la 4 L. Martine monta à l'arrière sans rien dire. Ruminant ses pensées, faisant mille hypothèses. Elle ne se retourna pas quand elles quittèrent la rue et prirent la grande avenue qui conduisait au périphérique.

– Mais qu'est-ce qu'il faut que je fasse ? gémit Martine.

– Dis-lui que t'es enceinte, suggéra Bénédicte.

Rosita haussa les épaules. Martine ne répondit pas.

– Je sais ce que je vais faire, dit-elle brusquement, le buste redressé, les mains crispées sur le siège de Rosita.

Rue des Plantes, elle alla droit à sa chambre, fouilla dans un tiroir, prit le grand dossier où étaient rangés tous ses papiers pour les États-Unis, sortit le billet d'avion de l'enveloppe « Air France » et le déchira en deux.

– En quatre, suggéra Juliette, il ne pourra pas te soupçonner de vouloir les recoller.

Martine réduisit le billet en confetti, le versa dans une enveloppe, ajouta une feuille blanche où elle écrivit : « Richard, je t'aime. »

Elle allait écrire l'adresse à la main quand Juliette lui suggéra de la taper à la machine.

– Ils croiront que c'est une lettre officielle et la lui remettront…

Enfin, pour brouiller définitivement les pistes, elles allèrent poster la lettre dans une botte du huitième arrondissement.

L'attente commença. Ordre fut donné de ne pas occuper le téléphone trop longtemps et de dégager le terrain si jamais « il » se montrait. Personne ne devait troubler les retrouvailles.

– S'il ne bient pas, c'est un imbécile, commentait Rosita.

– S'il revient, je fais une poule en daube, promit Regina.

Juliette demanda à Louis :

– Tu reviendrais, toi ?

– Je ne sais pas… L'amour, ma puce, c'est de ménager l'amour-propre de l'autre.

Ils attendirent. Plusieurs jours. En vain.

– Ça m'apprendra, dit Martine. J'ai voulu tout garder, j'ai tout perdu…

La vie reprit.

Juliette passa ses oraux. Ungrun partit poser pour des catalogues en Allemagne. Rosita annonça qu'elle prenait ses vacances en juillet et Regina préféra partir pour Saint-Tropez plutôt que de regarder la vaisselle s'empiler et les cendriers se remplir. Bénédicte reprit la lecture matinale des journaux. L'inspecteur Escoula l'avait prévenue : le dénouement de l'enquête était proche. Il tenait un suspect et elle serait la première journaliste qu'il contacterait. Juliette essayait de convaincre Martine de partir avec elle à Pithiviers.

– Ou à Giraines, si tu veux. Dans ma maison… On inviterait Louis, Charlot, on serait bien tous les quatre.

– Oui, mais, s'il revient…

– Envoie-lui un mot.

– Il le recevra pas. Ça va faire comme pour le billet d'avion. Sais plus quoi faire pour qu'il sorte de son silence. Je pourrais me promener toute nue sur un cheval ou dynamiter sa maison, il ne broncherait pas, sale rital !

Juliette eut une idée. Un peu extrémiste, elle le reconnaissait, mais adaptée à la situation.

Une nuit, elles empruntèrent, Martine et elle, la voiture de Bénédicte et partirent pour la porte de Clignancourt. Elles se garèrent à quelques rues du pavillon des Brusini et s'y rendirent à pied. En silence.

Arrivées devant le bar-tabac, elles sortirent des bombes de peinture rouge et inscrivirent en lettres énormes :

MARTINE AIME RICHARD
ET L'ATTEND À PITHIVIERS.

Martine voulut ajouter « merde aux autres » en minuscules, mais Juliette la convainquit que cela nuirait à l'efficacité du message.

Elles regagnèrent, à pas feutrés, la voiture et, une fois

à l'intérieur, laissèrent éclater leur joie. Une joie de gamines comme au temps où, au lycée de Pithiviers, Martine lâchait des boules puantes ou du poil à gratter sur les bancs… Elles battirent des mains, s'embrassèrent, se pincèrent, chantèrent à tue-tête « on va gagner, on va gagner », tant et si bien que Juliette lâcha le volant et que la voiture fit une embardée sur le périf…

Elles retrouvèrent leur raison et rentrèrent, calmées, à la maison.

Le lendemain, Bénédicte, avertie des aventures nocturnes de ses deux amies, alla faire le badaud porte de Clignancourt, emmenant avec elle un photographe du journal. Le cliché était bon, on le passa dans la page des faits divers avec une légende qui disait : « Les Juliette d'aujourd'hui parlent à leur Roméo. »

France-Soir racheta la photo et la fit paraître en première page. On était au début du mois de juillet, l'actualité était maigre.

Le rédacteur en chef du journal télévisé de l'Île-de-France trouva l'histoire drôle et eut l'idée de faire venir Martine en direct sur le plateau.

Martine mit ses lunettes, ses barrettes, son tee-shirt jaune canari et vint raconter son histoire. Avec humour et tendresse. Quand le présentateur, un jeune homme au long nez qui présentait tous les signes d'une sinusite chronique, lui demanda de conclure, elle s'enquit, intimidée :

– Je peux lui lancer un dernier message ?

– Mais, bien sûr, répondit-il en reniflant.

Elle prit une profonde respiration et, fixant la caméra qui la prenait en gros plan, elle murmura :

– Reviens, imbécile, je t'aime.

Bénédicte avait accompagné Martine sur le plateau de télévision et observait, émerveillée. C'est ça que je veux faire, pensait-elle. Je ne l'ai inscrit sur aucune liste car je ne savais pas que ça existait, mais c'est ça…

Elle essaya d'accrocher le regard du présentateur. C'était plus fort qu'elle, il fallait toujours qu'elle mette en avant sa mèche blonde et ses longues jambes. Il ne la vit pas. Il avait décroché un téléphone et parlait pendant qu'un reportage sur la mort de Mac Orlan défilait sur l'écran.

– Il parle avec la régie, lui dit un cameraman qui avait suivi son regard étonné.

– C'est quoi, la régie ?

– C'est ce grand studio vitré que vous voyez au-dessus de nous. C'est là que se fait la mise en images du journal… Si vous voulez, après, je vous fais visiter…

Il s'appelait Lucien. On l'appelait Lulu. Il leur montra la régie qui ressemblait à une cabine de pilotage de Boeing et où régnait une grande agitation. Puis, il les emmena dans un dédale de couloirs, de portes vitrées, de pancartes, de machines à café, visiter les bureaux.

– Dis donc, c'est vétuste leur installation, fit remarquer Martine quand elles furent dans la rue.

– Vétuste ou pas, je veux y entrer. Je trouve ça passionnant. Bien plus que d'être reporter au *Figaro !*

– Tiens, tiens, fin du chapitre Émile, on dirait.

– Pas du tout. T'as rien compris. Tu mélanges tout.

– Hé, c'est pas la peine de t'énerver parce que j'ai frappé juste.

– Tu te trompes. Ça n'a rien à voir avec Émile.

Bénédicte raconta alors l'histoire de la maman de Jacob Goldstein. Elle s'était juré de n'en parler à personne, mais, devant Martine, elle ne pouvait résister.

– Hé alors ? fit Martine. Il est juif et d'origine modeste… Je vois pas le problème.

– Pourquoi il ne m'en a jamais parlé ?

– Parce que tu l'impressionnes avec tes grands airs !

– C'est ridicule.

– Non, c'est être amoureux. Émile a peur de toi. Fais-le parler si tu l'aimes, sinon quitte-le sans rien lui dire. Par respect pour lui.

– Je ne sais pas comment faire…

– T'as peur pour ton boulot, hein, c'est ça ?

Martine fit claquer sa langue en signe de dérision.

Bénédicte se sentit humiliée. Épinglée. Je ne suis pas comme ça. Je ne veux pas être comme ça. Je quitterai Émile. Je peux réussir toute seule. Toute seule…

Ces mots lui faisaient peur. Elle avait les jambes qui tremblaient de trouille.

– T'as bien plus de courage que moi, quand même, soupira Bénédicte. Et c'est injuste parce que, moi, je m'en tire et toi pas.

– Tu t'en tires ? Pas si sûr, ma vieille. T'as rien essayé pour l'instant. Émile, il compte pour du beurre. Attends la suite des événements…

Elle lui donna un coup de coude dans les côtes et Bénédicte eut le souffle coupé. Elle faisait mal, Martine, quand elle tapait avec son coude.

– Tu vas à Pithiviers, cet été ? demanda Bénédicte qui voulait changer de sujet de conversation.

– Finalement oui, répondit Martine. C'est encore là que je me sentirai le mieux…

Quatrième partie

Chapitre 1

En ce début du mois de juillet 1970, Juliette, Martine, Louis et Charles Milhal se retrouvèrent à Giraines dans la maison de Juliette. À manier la masse et la truelle. Comme des millions de Français à qui les facilités de crédit octroyées par les banques permettaient de réaliser un vieux rêve : posséder ses pierres. C'étaient des années florissantes pour le bâtiment, et la France se transformait en un immense chantier d'autoroutes, de villes nouvelles, de résidences secondaires.

Ces quatre marginaux formaient, le temps d'un été, une équipe de maçons appliqués. Ils faisaient l'admiration de plus d'un au village, à commencer par leurs voisins, un couple de cultivateurs, Simon et Marguerite, qui venaient observer ces Parisiens amateurs d'efforts.

Il y avait beaucoup de travaux à faire : il fallait abattre des murs, isoler des combles, poser des Vélux, crépir des murs, récurer le carrelage, gratter les poutres, couler des dalles de béton.

– Du béton, s'était écriée Juliette, mais ça va être horrible !

– Pas mon béton ! avait rétorqué Charles Milhal, vexé. Tu verras, c'est beau le béton lissé...

– Si t'aimes pas, tu pourras toujours poser du coco comme dans toutes les fermettes des Parisiens, s'était moqué Louis.

Juliette et Martine grattaient les poutres et les sols,

Louis abattait les cloisons, Charlot préparait son béton. À la cave et dans le plus grand secret.

– Charlot, Charlot, on peut vous aider ? claironnaient Juliette, Martine ou Louis à tour de rôle.

Il le prenait très mal. Parlait d'installer un verrou sur la porte de la cave.

– Mais, enfin, on vous le piquera pas votre secret… On n'y connaît rien !

– Je ne veux personne dans la cave, un point, c'est tout ! répondait-il, agacé.

Ils finirent par le laisser tranquille.

Charlot avait le sens des mystères. Et des économies. Il se révéla vite un intendant intraitable et gérait le budget avec parcimonie. Il était le seul à faire les courses, étant aussi le seul à posséder une voiture. Qu'il rechignait à prêter.

Il revenait du marché en déclarant :

– Je n'ai pas pris de faux-filet aujourd'hui. Il était à vingt-huit francs le kilo.

– Et alors ? demandait Louis en s'épongeant le front.

– Le prix normal est de vingt-deux francs.

– Mais, Charlot, j'ai besoin de viande, moi ! protestait Louis en montrant le tas de gravats à ses pieds.

– Bon, avait répondu Charles Milhal après un temps de réflexion, je prendrai de la viande pour toi.

– Sans compter Juliette qu'il faut satisfaire tous les soirs !

Juliette lui avait tiré la langue.

Il était heureux, Louis Gaillard, à taper sur des cailloux, à boire le pastis à sept heures, à vivre au grand air. Il se reposait, fumait moins, buvait moins.

– Bientôt, j'arrête de me servir de ma tête, plaisantait-il.

Il se faisait fondre le cerveau à travailler comme une brute. Il n'avait plus de mal à s'endormir le soir. Plus d'angoisses. « Je vais finir comme tous les imbéciles : heureux. »

C'est son agent qui l'avait envoyé au vert comme Louis demandait pour la cinquante et unième fois si le contrat avec Bertolucci était signé. Il avait alors proposé à Juliette de « casser du caillou » chez elle.

Dans la journée, quand il avait mal aux bras à force d'avoir cogné, il s'asseyait sur un escabeau et regardait le cul de Juliette qui frottait le sol.

– Bitte, chatte, coule, murmurait-il en direction de Juliette.

Elle l'ignorait et continuait son va-et-vient.

– Ce soir, je te prendrai par-derrière et je t'enculerai très fort… Je te l'ouvrirai en deux ton petit derrière…

Ils dormaient dans une tente dressée au fond du jardin. Martine occupait l'unique pièce habitable, et Charlot s'était installé un peu plus loin, dans les travaux. Quand il faisait beau, Louis et Juliette sortaient leur sac de couchage. Juliette se tortillait dans son duvet persuadée qu'elle allait être dévorée par des fourmis rouges géantes. Louis râlait qu'elle l'empêchait de dormir.

– J'aurais moins peur si tu me prenais dans tes bras, lui déclara-t-elle un soir.

– Je ne peux pas dormir avec quelqu'un dans mes bras, répondit-il.

– Je ne suis pas quelqu'un.

– Je ne peux pas dormir avec TOI dans mes bras !

– Tu n'as jamais essayé…

– Avec toi, non ; mais avec d'autres, oui.

– Salaud !

Elle lui tourna le dos et attendit. Qu'il s'excusât. Quand elle se retourna, il dormait. Les mains posées sur la poitrine, un léger sourire sur les lèvres. Elle eut envie de le battre.

Il avait acheté une télévision. Tous les soirs, quand ils la regardaient, Juliette essayait de passer le bras de

Louis autour de ses épaules. Il n'y mettait aucune bonne volonté. Elle attrapait sa main, l'enroulait autour de son cou, mais la main glissait, retombait sans jamais s'accrocher. Juliette renonça.

Peu après leur arrivée, Martine avait recueilli un chien perdu. Juliette l'avait baptisé Chocolat.

Chocolat mangeait les restes que lui donnait Juliette, dormait au soleil, se couchait sur le lit de Martine, suivait Charlot à la cave, mais ne s'approchait jamais de Louis.

Un soir, pourtant, il vint se coller contre le canapé où se reposait Louis.

– Qu'est-ce qu'il me veut ? demanda Louis, surpris.

– Que tu le caresses, répondit Juliette.

– On fait comment ?

Il disait vrai : il ne savait pas caresser un chien. Juliette dut lui montrer où placer sa main, comment remonter et lisser le poil entre les yeux, grattouiller derrière les oreilles, descendre sous le ventre... Chocolat se laissait faire et ronronnait de plaisir, étalé sur le dos, offert.

Louis essaya, mais appuya trop fort. Chocolat se releva et alla se faire caresser ailleurs.

Les attouchements de Louis étaient purement sexuels. En fin de soirée, quand l'heure de se coucher approchait, il attrapait les orteils de Juliette avec ses doigts de pied et les triturait frénétiquement.

– Tu peux pas me toucher gratuitement ? se plaignait Juliette. Sans idée derrière la tête ? La tendresse, tu connais pas ?

– Si. C'est un truc de bonne femme pour vous couper les couilles...

Marcel et Jeannette Tuille vinrent leur rendre visite. Juliette présenta Louis comme le neveu de Charlot. Cela étonna M. Tuille :

– Je ne comprends pas qu'un homme aussi charmant que M. Milhal ait un neveu aussi fruste…

Louis ne fit aucun effort pour séduire Marcel Tuille.

– Hypocrite, petit trou du cul serré, marmonna-t-il quand le père de Juliette se fut éloigné.

M. Tuille était très satisfait de Juliette et posait un bras de propriétaire heureux sur l'épaule de sa fille. Reçue en troisième année de droit, elle avait, sur le conseil d'un de ses professeurs, envoyé un dossier pour entrer comme stagiaire dans un cabinet de droit international : Noblette et Farland. Elle attendait la réponse et espérait qu'elle serait non seulement engagée mais rémunérée.

– Tsst, Tsst… Je tiens à t'entretenir. Après tout, tu es ma fille unique !

Marcel et Jeannette Tuille burent l'apéro avec eux et promirent de revenir. Ils saluèrent Charlot, embrassèrent Juliette et firent un petit signe de tête à Martine et Louis.

– Tu vois, moi aussi je suis mal vue, dit Martine à Louis. Mais moi, depuis longtemps !

– C'est à cause de gens comme ça que tu te casses si loin, plaisanta-t-il.

Martine avait décidé de partir à la fin de l'année.

Son message à la télé n'avait rien donné.

Je ne vais pas passer ma vie à l'attendre, se répétait-elle pour se convaincre. J'ai fait une connerie, mais c'est du passé. J'ai payé.

Elle refusait de se ratatiner de remords ou de se morfondre sur son sort. Elle désirait, par-dessus tout, redevenir NORMALE. Comme avant. Il lui arrivait de se réveiller en pleine nuit parce qu'on avait cogné au carreau de la chambre. Ce devait être un rêve, car Chocolat ne bronchait pas. Il ne reviendra pas, il ne reviendra pas. Arrête de te raconter des histoires ma pauvre vieille, se répétait-elle en s'endormant serrée dans les couvertures.

Un jour, alors qu'elle avait accompagné Charlot à Pithiviers, sa mère lui dit qu'un jeune homme avait appelé.

– Un jeune homme ? Mais qui ?

– Je ne sais pas.

– Mais il a parlé… Il a dit quelque chose ? avait demandé Martine, énervée.

– Oui. Il a dit : « Est-ce que Martine est là ? »

– Et alors ?

– J'ai dit non.

– Et c'est tout ?

– Oui. J'étais pressée, il fallait que je sois à la laverie avant midi.

– Oh non ! gémit Martine. Ce n'est pas possible. C'était peut-être Richard…

– Je connais pas tes amis, moi. Il rappellera, t'en fais pas !

– C'est incroyable ! avait éclaté Martine. Tout le monde est concerné par mon histoire, je passe dans les journaux, à la télé et ma propre mère raccroche le téléphone en disant « il rappellera ».

Tout à coup, tout lui revenait : sa haine pour la toile cirée, la télé qui hurle, le F4, la résignation de ses parents et leur confiance aveugle dans les consignes du Parti. Tout, pêle-mêle, la remplissait de rage. Elle avait envie de secouer la nappe, de secouer sa mère, de secouer le bouquet de fleurs en plastique posé sur le buffet.

Devant l'air apeuré de sa mère, elle se retint. Préféra sortir en faisant claquer la porte. Elle ne comprend pas. C'est même pas la peine d'essayer de lui expliquer. Elle est bien plus à l'aise avec Joëlle à parler marque d'encaustique ou programme de télé !

Un autre homme appela Martine : l'inspecteur Escoula. Il la convoqua dans son bureau, le 7 juillet à quinze heures.

Martine s'y rend, intriguée. Que me veut-il ? J'ai

rien fait de mal. Dans ce bureau de flic, elle retrouvait ses peurs de petite fille qui chaparde. Elle pensa un instant à Richard, puis se raisonna et attendit.

Quand elle ressortit, elle se demanda si elle n'aurait pas préféré être convoquée pour un vol de bonnet ou de grille-pain.

– Nous pensons connaître le meurtrier, lui avait dit l'inspecteur. Grâce à votre amie Bénédicte. Nous avons enquêté auprès des propriétaires de Mercedes de la région sous un prétexte fallacieux de vice de moteur et, parmi eux, nous en avons repéré un dans la voiture duquel on a trouvé des cheveux qui pourraient bien appartenir aux jumelles Lantier. Il est jeune, marié depuis peu, mal marié…

– Je le connais ? l'interrompit Martine.

– Attendez…

– C'est qui ?

– Attendez, je vous dis. Nous l'avons suivi et nous nous sommes rendu compte qu'il tournait autour de votre sœur. On l'a surpris plusieurs fois tentant de l'intercepter. Heureusement, elle ne s'est rendu compte de rien. Apparemment, il veut se venger, et votre sœur représente une cible idéale.

– Vous lui en avez parlé ?

– Non, ce serait prendre un trop grand risque. Elle est très fragile et pourrait paniquer. Je ne veux pas qu'il se doute de quoi que ce soit. Je veux le prendre sur le fait.

– Sur le fait ?

– Exactement. Nous allons nous servir de votre sœur comme appât.

– Mais vous n'avez pas le droit de faire ça !

– Vous préférez qu'il l'agresse un soir où nous ne serons pas là ?

Les questions se bousculaient dans la tête de Martine : je dois connaître l'assassin s'il me parle ainsi… Ils veulent se servir de moi et de Joëlle... L'assassin se doute-t-il ?

– Qui est-ce ? finit-elle par redemander.

– Je ne sais pas si je dois vous le dire.

– Vous me faites suffisamment confiance pour me parler mais pas assez pour me dire son nom. Je vous jure de ne le révéler à personne.

– Ce que je vous demande est très simple : attirer votre sœur en un lieu et à une heure dite. Le reste, je m'en charge.

– Vous me promettez que vous empêcherez l'assassin de passer à l'action ?

– Absolument. Je serai là avec mes hommes.

– Bon. C'est d'accord, mais à une condition...

– ...

– Vous me dites son nom. Je n'ai pas envie de frôler la mort en ignorante.

Le commissaire hésitait. Ils n'étaient que deux à savoir : son adjoint et lui-même. Si ça venait à s'ébruiter, son plan était foutu. D'un autre côté, il avait besoin de la collaboration de cette fille. Elle lui paraissait solide, digne de confiance.

Il se laissa tomber dans son fauteuil, allongea les jambes et la regarda en face.

– Vous me jurez de garder le secret, de ne le dire à personne ?

– Je vous en prie, commissaire. Bénédicte a tenu sa langue et elle est journaliste. Personne n'a su le coup de la voiture...

Escoula hocha la tête. Obligé de reconnaître qu'elle avait raison.

– Je pense que vous le connaissez...

Martine s'était redressée sur son siège, prête au pire. Après la campagne de calomnies qui s'étaient répandues dans la ville, elle s'attendait à tout. N'avait-elle pas, elle-même, soupçonné le père de Juliette ?

– Henri Bichaut.

Elle laissa échapper un hoquet de stupéfaction et resta un instant, la bouche ouverte. Henri Bichaut. Il lui fallut un long moment pour que les syllabes reprennent leur sens habituel. Henri Bichaut. Son vieux soupirant aux ongles sales et à la timidité maladive.

– On n'a aucune preuve contre lui, mais j'en suis quasiment sûr, reprit le commissaire. Je vous préviendrai quand notre plan sera arrêté… En attendant, motus et bouche cousue.

Toute la soirée, Martine resta silencieuse.

Juliette et Louis tentèrent de la dérider en faisant des blagues.

– J'ai une idée, lança finalement Louis. On va tirer un feu d'artifice dans le jardin…

– Et on invitera tout le village, poursuivit Juliette. Et Bénédicte et tes parents et ta sœur et René… Tu vas voir !

Martine pensait à Henri Bichaut. C'est pas possible… Il s'est trompé, Escoula. Bichaut… Il osait à peine me regarder, et c'est lui qui aurait violé, torturé et tué plusieurs filles ?

Non.

Doit y avoir une erreur.

Un autre sentiment se mêlait à la surprise horrifiée de Martine ; un sentiment qu'elle n'aurait confié à personne : l'impression qu'on lui volait quelque chose. À elle. Longtemps, Bichaut avait été une assurance. Une rassurance. Elle en riait, s'en moquait, mais elle avait fini par l'aimer bien. Par son assiduité inconditionnelle, il lui conférait une supériorité que personne, jamais, ne lui avait accordée. Il lui appartenait. Et c'est lui qu'on prenait pour jouer le rôle de l'assassin !

Chapitre 2

Louis fixa la date de la fête au 14 juillet et déclara le 13 chômé. Pas de béton, ni de brossage de poutre ni de récurage de sol, ce jour-là.

Martine semblait aller mieux, mais avait toujours de curieux moments d'absence.

– L'amour, c'est vraiment une saloperie, bougonnait Louis.

Il préférait penser à son feu d'artifice.

Il était allé à Orléans avec Charlot acheter les fusées. Il ne lui restait plus qu'à demander l'autorisation au maire de Giraines, M. Michel.

– Tu aurais mieux fait de la lui demander d'abord, dit Charlot. Et s'il refusait ?

– Je le tirerai quand même !

Il demanda à Marguerite où habitait le maire.

– À côté de l'orme, répondit-elle comme si elle lui livrait un code postal.

– Quel orme ?

– L'orme du maire.

Louis s'en alla dans le village, de maison en maison, d'orme en orme, à la recherche de M. Michel.

M. Michel demanda à réfléchir. Il organisait lui aussi un feu d'artifice, une retraite aux flambeaux et un bal, le 13 au soir…

Louis comprit : il ne fallait pas que le feu d'artifice du Parisien soit plus beau que celui du village.

– Eh bien… si vous n'y voyez pas d'inconvénient, je mettrai cinq cents francs dans la caisse du village, dit Louis.

Et comme le maire ne réagissait pas, il précisa :

– Cinquante mille francs anciens.

L'affaire fut conclue. Le tambour du village prit sa bicyclette et son porte-voix et s'en alla annoncer les festivités des 13 et 14 juillet. Il transmit aussi l'invitation faite aux villageois par Juliette.

– Un vin d'honneur sera donné par Mlle Juliette, petite-fille de Mme Mignard, le 14, en son jardin.

La maison prenait forme. Une chambre avait été nettoyée, le sol bétonné, lissé, les murs blanchis au plâtre.

C'est ça le bonheur, pensait Juliette en regardant sa maison, Martine, Louis et Charlot dans son jardin. On ne sait jamais comment penser à lui et, pourtant, tout le monde en rêve. On le ressent dans des moments, dans des endroits si différents… En lumière douce et calme comme ce soir, diffus mais présent, une impression de paix qui descend, m'enveloppe et me rend forte… En petit cube concentré quand j'ai fait signer le contrat entre Virtel et Charlot, l'impression d'exister très fort et d'avoir remporté une victoire… C'est une matière volatile. Il se pose un instant, le temps de se faire remarquer, puis repart. On respire, on déplie son thorax, on se dit « je suis bien », mais si on essaie de reproduire cet état si heureux, ça ne marche pas. Le bonheur se méfie des images, des clichés et se tire à toute allure…

– On les met où, Émile et Bénédicte ? demanda Louis.

– Dans la belle chambre, répondit Juliette, tout imprégnée de bonheur et désireuse de le répandre autour d'elle.

– Dommage de faire baptiser un si beau lit par un couple qui baise si mal, dit Louis.

Bénédicte et Émile arrivèrent le 13 au matin de Paris. Encore tout bruissants de l'agitation de la capitale. Émile eut l'air soulagé quand il vit la télé : il pourrait se tenir au courant des dernières émeutes de Londonderry. Bénédicte avait apporté un épais tapis beige comme cadeau de crémaillère.

Juliette les conduisit à leur chambre. Louis se laissa tomber sur le lit et rebondit en regardant Bénédicte. Elle détourna les yeux.

– Tu sais pas, dit Bénédicte tout excitée, Nizot a donné sa démission à Larue… Depuis la mort de sa grand-mère, il était tout drôle… Il veut écrire son roman, paraît-il.

– C'est bien, dit Juliette.

– C'est idiot, dit Émile. Il aurait très bien pu faire les deux… Je me demande de quoi il va vivre…

– Sa grand-mère lui a laissé des tableaux de maître, dit Bénédicte, il pourra toujours les vendre.

– De toute façon, il n'était pas fait pour être journaliste, conclut Émile. Alors, quel est le programme, ce soir ?

Le soir, ils assistèrent, avec tout le village, à la retraite aux flambeaux, puis allèrent se poster à la fourche des routes de Giraines et de Germont, point stratégique pour apprécier le feu d'artifice. Puis, il y eut bal sur la place du village. Ils s'y mêlèrent en se déhanchant au son des accordéons.

– Fais danser Martine, souffla Juliette à Louis.

– J'peux pas, j'ai promis ma première danse à Marguerite.

Marguerite étrennait pour l'occasion une permanente bien brillantinée.

– Ça brille, ça fait fête, expliqua-t-elle à Louis. Ma foi, comme je suis ben petite, faut que je soye encore plus belle.

Elle mesurait un mètre cinquante et devait peser dans les soixante kilos. Toute ronde.

– Ne me lâchez pas, sinon je roule, lui dit-elle comme la musique s'accélérait.

Louis éclata de rire.

– Vous, au moins, vous avez pas de complexes !

– Encore un mot de Parisien ! On n'a pas de temps pour ça à la campagne… C'est qui votre boelle à vous ?

– Votre quoi ?

– Votre boelle… Votre fille, quoi.

– Ah… c'est Juliette.

– Je me disais aussi que Martine, elle avait l'air trop triste. On doit pas s'ennuyer avec vous.

Elle rit et son visage se plissa comme une vieille pomme. Une lueur coquine s'alluma dans ses yeux.

– Si vous voulez faire un petit potager au fond du jardin, dites-le-moi, je m'en occuperai, ça me fera des sous…

– Ça, il faudra en parler à Juliette, Marguerite. C'est elle, la patronne, ici.

Elle tourna la tête, et il reçut une bouffée de brillantine dans les narines.

– C'est ma copine, Monique, la laitière, dit-elle en montrant une dame brune du menton. Elle a du bon lait de vache, bien gras, avec la crème qui remonte quand vous faites bouillir le lait…

– Dites, Marguerite, vous pouvez m'expliquer pourquoi les vaches qui ne bouffent que de l'herbe ont du lait si gras ?

– Ça, ma foi…

Elle ne savait pas. C'était une question que Louis se posait depuis qu'il était tout petit. Il soupçonnait les vaches de manger leurs veaux. Il avait passé plusieurs nuits à essayer de les surprendre.

La musique s'arrêta. Marguerite remonta son corset et se lissa les cheveux. Louis alla rejoindre Juliette et

Martine à la buvette. Juliette était toute rouge et essoufflée, Martine plutôt sombre.

– Tu danses ? demanda Louis à Martine.

– Non.

Louis insista.

– N'insiste pas, Louis, s'il te plaît…

Louis se retourna et enlaça Juliette. Ils s'éloignèrent.
La nuit était noire, l'orchestre et la piste de danse,
entourés de lampions, formaient un carré de lumière.
Tout autour, on devinait des ombres, des masses et, plus
loin, un autre carré : le parking des voitures. Des personnes âgées avaient planté leurs lampions dans le sol
et regardaient les jeunes danser.

L'orchestre attaqua « Capri, c'est fini, et dire que
c'était la ville de mon premier amour… ». Martine pensa
à Richard. Mon premier amour… Les couples s'étaient
formés. Les filles accrochées au cou de leur partenaire,
les gars les mains posées sur les hanches des filles.

– Tu danses ?

Martine se retourna et eut un haut-le-corps. Bichaut…

– Tu me remets pas ?

– Si. Si. Mais tu m'as fait peur… Enfin… tu m'as
surprise…

Il souriait. Elle secoua la tête, incapable de le regarder en face. Elle chercha l'inspecteur et ses hommes.

– T'attends quelqu'un ?

– Non. Si. C'est-à-dire…

– On danse ?

Ils se mêlèrent aux danseurs. Juliette les vit et dressa
le pouce en signe de victoire, puis, se penchant vers
Louis, lui murmura quelque chose à l'oreille. Louis se
redressa et fit un clin d'œil de connivence à Martine.

Les imbéciles, pensa-t-elle.

Elle avait peur.

Trois jours avant, l'inspecteur Escoula l'avait prévenue que le piège serait tendu le 13 au soir lors du bal

de Giraines. Un inspecteur, chargé de faire le joli-cœur auprès de la femme de Bichaut, avait convaincu cette dernière de venir au bal avec son mari. Martine avait téléphoné à Joëlle.

Joëlle s'était montrée réticente. René détestait les bals. Elle ne voulait pas sortir toute seule.

– Viens avec Gladys… Ça me ferait tellement plaisir… Je te montrerai la maison. J'aimerais bien que tu nous donnes des conseils…

Joëlle avait fini par dire oui.

Bichaut dansait mal, ses pieds frappaient la mesure à contretemps, il avait toujours cette mèche de cheveux qui lui tombait dans les yeux et qu'il relevait machinalement. Ses ailes de nez se retroussaient comme gonflées par le vent.

Martine essayait de ne pas être trop raide ou hostile, mais sa main moite glissait sans cesse de celle de Bichaut.

– T'es venu sans ta femme ?

– Si. Elle est plus loin.

– Et ton bébé va bien ?

– Oui…

« Nous n'irons plus jamais où tu m'as dit je t'aime, nous n'irons plus jamais, tu viens de décider… »

Enfin, elle aperçut Escoula. Sous un arbre. Accompagné d'un inspecteur en chemise rose. Il lui fit un petit signe et elle se détendit. Des rigoles de sueur coulaient dans son dos. Elle se laissa aller sur l'épaule de Bichaut… Une seconde. Puis, elle se reprit et s'écarta brusquement.

Il la regarda, étonné.

– Tu te sens mal ?

– Non… Non…

Il lui serra le poignet comme pour lui prendre le pouls. Elle le dévisagea : un paysan empêtré et gauche avec un bon sourire. Troublée. Ce ne peut pas être lui.

– Tu as quoi comme voiture ? demanda-t-elle.

– Une Mercedes. Pourquoi ?

– Comme ça…

Et cette chanson qui n'en finit pas… Elle scruta la foule des danseurs pour apercevoir Gladys ou Joëlle. Personne.

– T'attends quelqu'un ? reprit-il.

– Non… Personne…

– Sais pas. Tu passes ton temps à regarder partout…

À ce moment-là, elle aperçut Gladys et Joëlle. Elles dansaient ensemble. Gladys faisait l'homme et mâchait du chewing-gum. Quand elles virent Martine, elles se rapprochèrent.

– Qu'est-ce qu'on s'ennuie dans cette fête de ploucs ! dit Gladys en s'éventant avec sa pochette.

– C'est bien pour te faire plaisir qu'on est venues, ajouta Joëlle. Tiens, salut Henri !

Martine vit les narines de Bichaut s'ouvrir et se fermer.

– Tu me dis quand tu veux qu'on aille visiter la maison… Mais, moi, j'ai pas envie de faire de vieux os, ici, dit Joëlle.

Bichaut la regardait, fasciné, le visage agité de tics nerveux. Joëlle ricana et murmura à l'oreille de Gladys qui pouffa à son tour.

– Allez, cette fois-ci, je t'enlève et tu ne protestes pas…

Martine se sentit emportée par une poigne solide et se retrouva serrée dans les bras de Louis qui tournait, tournait, au son d'une valse, l'éloignant de Joëlle et de Bichaut.

Elle chercha à se dégager, mais Louis prit cela pour un jeu et la maintint plus fermement.

– Laisse-moi, Louis, laisse-moi…

– Sûrement pas. Tu me dois une danse…

Elle aperçut au loin Bichaut et Joëlle qui s'éloignaient vers la buvette, et Gladys qui dansait avec un homme du village.

L'inspecteur n'était plus sous l'arbre ni la chemise rose.

– Laisse-moi, Louis, s'il te plaît…

– Tu danses avec un vieux soupirant et tu me refuses, moi ? C'est pas gentil, ça.

Martine hésita puis, de toutes ses forces, elle lui décocha un coup de genou dans l'aine. Louis se plia en deux, poussa un cri et s'agenouilla par terre.

– Désolée, mon vieux, mais tu ne comprenais pas…

Elle se précipita à la recherche de Joëlle, fouilla l'obscurité, puis le carré de la buvette… Les repéra enfin sur la route qui menait au parking. L'inspecteur ne se montrait toujours pas. Il est fou ! Bichaut va l'entraîner dans la voiture et ce sera trop tard…

Elle fit valser ses escarpins à talons trop hauts pour courir et, pieds nus, se lança à la poursuite de sa sœur.

– Attendez-moi, attendez-moi, cria-t-elle.

Bichaut et Joëlle ne se retournèrent pas.

Martine eut peur, une peur terrible. Dans un dernier effort, hors d'haleine, elle rattrapa le couple et retint Bichaut par sa veste.

– Laisse-la, Bichaut… Laisse-la…

Elle avait dit cela sur un tel ton de supplication qu'il recula et la regarda. Il lut la panique dans son regard. Elle savait. Ses yeux devinrent fixes et froids. Il l'agrippa et lui demanda :

– Pourquoi tu as peur comme ça ?

– Va-t'en, cria Martine à Joëlle, va-t'en… C'est lui, c'est l'assassin, celui qui t'a torturée…

Joëlle demeura un bref instant plantée là, puis détala à toute vitesse. Bichaut resserra son étreinte, et Martine suffoqua.

– Tu vas me suivre gentiment jusque dans ma voiture, sinon je t'étrangle…

Martine sentit ses jambes flageoler. Il dut la traîner jusqu'au parking. La Mercedes était garée sous un réverbère, et Martine eut le temps d'apercevoir la chemise rose qui se baissait pour se dissimuler.

– Lâchez-la, Bichaut ! Levez les mains et rendez-vous !

– Sûrement pas ! cria Bichaut. Si vous tirez, c'est elle qui prendra…

Il redressa Martine afin de s'en faire un bouclier. Puis contourna la voiture. Écrasée contre lui, prise dans un étau, Martine ne pouvait se dégager. Elle sentit qu'il fouillait dans ses poches pour prendre ses clés. Il n'a pas d'arme, se raisonna-t-elle, je ne risque rien… Puis il se baissa pour ouvrir la portière, se baissa encore pour s'asseoir sur le siège du conducteur, alluma le contact, fit grincer la marche arrière, le bras gauche tordant toujours le cou de Martine, pliée en deux, suffoquant… Enfin, quand il fut prêt à démarrer, il donna un violent coup de pied à Martine qui alla rouler sur le bitume du parking. Elle se protégea la tête de ses mains, entendit la voiture qui démarrait, suivie d'une autre voiture, puis ce fut tout… Elle eut une envie terrible de faire pipi et se laissa aller.

Quand les policiers arrivèrent dans la cour de sa ferme, le corps d'Henri Bichaut reposait sans vie sur le capot de sa voiture. À ses pieds, se trouvait la carabine avec laquelle il venait de se tuer. La carabine dont il avait menacé toutes ses victimes…

Chapitre 3

La conclusion de « l'affaire Bichaut » fit l'effet d'une bombe à Pithiviers. Les langues se délièrent. Il y avait ceux qui avaient toujours trouvé Bichaut « bizarre » et ceux qui « se refusaient d'y croire ». Qu'importe, on respirait, on ne se regardait plus avec suspicion, et les jeunes filles purent recommencer à se promener sans avoir peur… M. Tuille rendit son écharpe de président avec regret et décida de se présenter au prochain poste de conseiller municipal. Il avait pris goût au pouvoir, aux déclarations pompeuses, au titre de « monsieur le président »…

Joëlle redevint une héroïne le temps de quelques interviews accordées aux journalistes qui s'étaient abattus sur la ville.

L'inspecteur Escoula tint parole et réserva la primeur de ses informations à Bénédicte qui eut droit à une interview complète de l'inspecteur.

– C'est Larue qui va jubiler, lui dit Émile. Voilà un week-end de vacances qu'il ne regrettera pas…

Bénédicte s'enferma dans sa chambre pour rédiger son article, puis alla chez Simon et Marguerite pour le téléphoner aux sténos du journal.

– À qui ? demanda Juliette, qui suivait Bénédicte partout.

– Aux sténos. Elles prennent en dictée aussi vite que je parle. Tu vas voir…

– Et si tu veux changer un truc à la dernière minute ?

– C'est sans problème. Elles modifient le texte. De toute façon, Émile l'a relu et le trouve très bien.

– Tampon du prof, dit Juliette en plaisantant.

Bénédicte lui lança un regard noir.

Simon sortit le téléphone du placard où il le rangeait. Bénédicte dicta son papier sur le ton de la conversation. Juliette, qui connaissait l'histoire par cœur, ne put s'empêcher de le trouver passionnant.

Tout le monde était content. Sauf Louis. Ses fusées allaient pourrir dans leur carton, c'était sûr, si on attendait trop pour les tirer.

– Mais non, le rassura Juliette, ce n'est pas parce qu'on a décalé la fête de deux jours qu'elles ne marcheront plus.

– Viens avec moi, on va faire un tour à Pithiviers, demanda-t-il à Juliette en faisant la moue du petit garçon bougon.

Juliette ne savait pas lui résister quand il retombait en enfance. Charlot, exceptionnellement, prêta sa voiture à Louis en l'assommant de recommandations et en rappelant son bonus de bon conducteur.

Arrivé à Pithiviers, Louis tira son carnet de chèques et décida de dilapider…

– Arrête de dépenser comme ça, lui dit Juliette. Tu n'en auras plus après…

– Il ne faut pas stocker son argent, ma puce, ça rend mauvais. L'argent est fait pour être jeté par les fenêtres !

– Ce n'est pas ce que disent mes parents…

– Oui, mais t'as vu comment ils vivent : mi-nus-cu-le, derrière un cheval à bascule et des sandalettes en promotion. Il faut créer un sentiment d'urgence, sinon tu ne fais rien. Quand tu n'as plus d'argent, qu'est-ce que tu fais ?

– J'en gagne.

– Et voilà. Tu te casses le cul. Tu trouves le rire de

Widmark, tu observes la brillantine de Marguerite, tu retrouves Charlot dans l'île de la Jatte… Tu agis. Parce que c'est urgent ! Sinon, tu te reposes sur ton matelas de billets et tu deviens tout mou…

– Et tes parents, demanda Juliette, qu'est-ce qu'ils pensent de la manière dont tu vis ?

– Je n'aime pas parler de mes parents ? Ça me rend triste…

– Pourquoi ? Ils sont comment ?

– Ils sont mous et petits, et, moi, j'avais le choix entre devenir pédé ou obèse. Fils unique de mous…

– Ça veut rien dire. Le père d'Hitchcock, il vendait bien des poulets.

– Et Hitchcock était obèse. Tu vois que j'ai raison ! On ne pouvait jamais parler sérieusement avec Louis.

Il s'en sortait toujours par des pirouettes. Tout ce qui touchait à l'enfance, à l'amour, au couple était interdit de conversation. Elle haussa les épaules et le suivit.

Enfin, ce fut la fête. Louis avait disposé ses fusées au fond du jardin et allait vérifier toutes les dix minutes qu'elles étaient bien placées. Martine, Juliette et Bénédicte avaient dressé des planches et des tréteaux sur lesquels étaient posées des bouteilles de Suze, de Bartissol, de Byrrh, de Martini et de pastis.

Louis avait voulu les « taster » avant, et Juliette le surveillait, inquiète. Elle avait terriblement peur qu'il se tienne mal devant ses parents. À jeun, il se retenait… Éméché, il ne répondait de rien.

Quand M. et Mme Tuille descendirent de voiture, elle remarqua qu'ils s'étaient habillés en dimanche. Comme la plupart des gens du village et les parents de Martine. Seuls, les Tassin étaient venus en décontracté.

Juliette entreprit de faire visiter la maison.

– Louis va aller à une vente publique de grand hôtel

à Orléans pour récupérer une baignoire et un lavabo pour la salle de bains, dit Juliette.

– Il est très dévoué, ce jeune homme, fit remarquer Mme Tuille.

– Très dévoué, mais pas très bien élevé. Il m'a l'air d'avoir un petit coup dans le nez déjà, dit M. Tuille.

– Et vous comptez avoir fini quand ? demanda Mme Maraut.

– À la fin de l'été.

La visite terminée, M. Tuille prit sa fille à part :

– Il faut que je te parle.

Juliette le suivit dans la chambre de Bénédicte. Il se laissa tomber sur le lit et tapota le dessus en faisant signe à sa fille de s'asseoir. Puis, il lui mit la main sur le cou. Juliette frissonna. Elle était toujours gênée quand son père se montrait tendre physiquement.

– Tu me fais plaisir, tu sais. Tes travaux et ta réussite en droit… C'est bien…

Juliette était de plus en plus embarrassée.

– J'ai eu peur que tu tournes mal au moment de cette carte postale obscène… Si. Si. Mais, dis-moi, il y a une question que je voudrais te poser…

Il parlait pompeusement avec un débit très lent comme s'il attendait que les derniers mots prononcés lui reviennent avant d'en sortir d'autres.

– Qui paie les travaux, ici ?

– Euh… Charlot et Louis… Mais je les rembourserai quand j'aurai de l'argent.

– Je ne trouve pas ça convenable.

– Tu sais, Charlot a gagné beaucoup d'argent avec Virtel, et Louis…

– Non, non. Je vais aller trouver M. Milhal et lui parler. C'est à ton père de régler ces questions et, justement, je voulais te faire un cadeau pour tes examens.

– Oh ! merci, papa.

Elle l'embrassa. Il la serra contre lui. Puis ils restèrent très embarrassés, ne sachant comment se déprendre.

– Allez, viens ! On va rejoindre tes invités. Ce n'est pas poli de faire des apartés, finit par dire M. Tuille.

Des groupes s'étaient formés dans le jardin. Les gens du village ne se mélangeaient pas avec les autres.

– Il faut faire quelque chose, déclara Louis. Ils ne vont pas passer l'après-midi à s'observer en rats des champs et rats des villes…

Il fila à l'intérieur de la maison.

– Je suis sûr que Juliette va très bien se débrouiller à la rentrée, expliquait Charlot à M. et Mme Tuille. Elle a eu une année un peu difficile à cause de l'histoire Virtel, mais…

– Quelle histoire Virtel ? demanda Mme Tuille.

– Oh… Il l'a renvoyée sans explication, et elle a été très blessée.

– Mais, elle ne nous a rien dit !

– Maintenant, elle va tout à fait bien. Elle a repris du poil de la bête, poursuivit Charlot. Et puis, elle finit par s'intéresser au droit.

– Je voulais vous parler d'un petit cadeau que je voulais lui faire, dit M. Tuille. Vous recevrez sous peu un chèque pour payer une partie des travaux, car il n'y a pas de raison que je ne participe pas. Après tout, cette maison appartenait à la famille de ma femme et est, en quelque sorte, un bien de famille.

Charlot refusa. M. Tuille insista. Charlot céda.

– Vous savez, reprit Charlot, elle est costaud, votre fille. Elle est plus forte qu'elle n'en a l'air ou qu'elle ne le croit. Elle passe son temps à dire qu'elle n'est pas capable de faire ci ou ça, puis se lève, fonce et le fait ! Mon oncle disait toujours qu'il n'y avait pas d'échecs de talent mais des échecs de caractère. Juliette a du caractère, beaucoup…

Mme Tuille écoutait, attentive. M. Tuille opinait d'un air de propriétaire heureux.

– Je ne me fais aucun souci pour Juliette, dit-il.

– D'autant plus, ajouta Charlot, que, si elle réussit dans le droit international, elle pourra m'être utile dans quelques années. Je travaille, en ce moment, sur l'amélioration de ma formule. C'est pour ça aussi que je fais tous ces travaux pour Juliette.

Il fit un clin d'œil goguenard à M. Tuille.

– Si je ne me suis pas trompé, ce béton-là est encore plus léger, plus résistant, plus isolant que l'autre. Je vais démoder ma propre formule…

Il se mit à leur expliquer qu'avec sa formule nouvelle, la résistance mécanique de son béton serait le double de celle du béton traditionnel.

– … Le ciment a un pouvoir adhésif mécanique, et l'adjonction de quelques milliards de protéines plasmatiques lui confère une capacité électrochimique d'adhésion et de cohésion extraordinaires.

Il s'arrêta net. Il avait oublié que les Tuille ne connaissaient vraisemblablement rien au béton. Il prétexta un verre à boire et s'éloigna.

– Tu sais où est Louis ? demanda-t-il à Juliette.

– Aucune idée. Il est parti comme une flèche dans la maison et n'en est plus ressorti.

Charlot la regarda. Brune, bronzée, ses yeux noirs brûlants, ses petites dents blanches, son grain de beauté à la racine du nez, son petit duvet de moustache qu'elle s'efforçait d'éclaircir.

– Je viens de parler de toi avec tes parents…

– C'est pour ça que tu te verses une grande rasade de Martini !

Il sourit.

– Coquine !

– Il t'a donné un chèque pour les travaux ?

– Il m'a dit qu'il me l'enverrait.

– C'est toujours ça de pris, dit Juliette avec un petit sourire gêné.

– Dis donc, demanda Charlot, tu es amoureuse de Louis ?

– Non. Pas du tout. Je suis bien avec lui.

– Ah bon… Et t'es amoureuse de qui, en ce moment ?

– De personne.

– Tiens, tiens, c'est rare avec toi.

C'est vrai, se dit Juliette. D'habitude, je suis toujours en état d'amour. J'ai dû tomber dedans quand j'étais petite comme Obélix et la potion magique.

Bénédicte était allongée à côté de sa mère sur la pelouse. Heureuse. Larue l'avait félicitée au téléphone. Elle se sentait généreuse, prête à écouter sa mère parler.

– J'ai convaincu ton père de me laisser aller à Florence cet été, avec Joan. Dix jours.

– C'est bien, répondit Bénédicte.

– Et si c'était possible, je passerais bien la fin du mois d'août à Paris comme l'année dernière.

– Je serais ravie, dit Bénédicte en embrassant sa mère. Tu pourras même choisir ta chambre… Ni Juliette ni Ungrun ne seront là !

– Ça doit te faire drôle d'avoir une mère qui redevient adolescente ?

– Je trouve ça plutôt bien. Et puis, tu sais, tu n'as jamais ressemblé aux autres mères.

Bénédicte posa sa tête sur l'épaule de Mathilde. Les Maraut s'étaient rapprochés de Simon et Marguerite, et elle les entendait parler de la Sucrerie.

– Papa sait pour Émile et moi ? demanda-t-elle soudain.

– Oui. Je le lui ai dit. Il s'en fiche, tu sais. À Pithiviers, il avait peur du scandale, mais à Paris… Et puis il y a des règles d'éducation qui s'arrêtent à dix-huit ans. Vingt ans, tu es grande maintenant. Tu y tiens à ce garçon ?

– Sais pas…

– Tu rêves du Prince Charmant ? Oublie. Il n'existe pas. Il faut que l'homme que tu aimes t'apporte l'essentiel. Le reste… tu composes…

– Je sais…

Le reste, c'était hier soir quand ils avaient regardé la télévision. Louis et Juliette installés sur le canapé, Émile et elle par terre. Bénédicte s'était rapprochée d'Émile et lui avait pris la main. Quand, soudain, elle avait vu les pieds de Louis. Bruns, poilus, avec des ongles trop longs, presque crochus, des pieds de diable. Elle avait eu une envie irrésistible de ces pieds, envie de les caresser, de les embrasser, de les lécher. Elle avait rougi. Elle ne regardait ni n'entendait plus la télé, hypnotisée par ces pieds. Et, tout à coup, le pied de Louis était allé se poser sur celui de Juliette, l'avait tripoté, griffé, une vraie copulation, les orteils se rentrant les uns dans les autres, se prenant, se reprenant, se recroquevillant… Elle ne voyait plus que ça : des orteils qui s'aimaient sous ses yeux. Elle s'était levée et avait quitté la pièce submergée par la jalousie.

Du grenier parvint une musique de film muet, une musique de piano mécanique.

– Il marche, le piano ? fit Mme Tuille, étonnée.

– Quel piano ? demanda Juliette.

– Le piano de Minette. Elle prenait des leçons avec un jeune homme et dut s'arrêter quand les mauvaises langues du village prétendirent que c'était son amant !

– C'était peut-être vrai, dit Juliette.

On ne se méfie jamais assez de ses grands-mères sous prétexte qu'on les connaît quand elles sont vieilles. On leur enlève le droit d'avoir rêvé et aimé…

– Le jeune homme est parti et on ne l'a plus jamais entendue parler du piano… Il faudrait dire à ton ami qu'il fasse attention, le sol du grenier n'est pas très sûr…

– Louis ! cria Juliette sans se déranger.

– Oui, ma puce, répondit Louis en passant une tête hirsute dans l'ouverture de la lucarne.

Juliette rougit. Qui avait entendu « ma puce » ? Personne…

– Fais attention au sol. Il paraît qu'il y a des trous !

– D'accord. C'est génial : le piano marche, je vais vous donner un concert.

– Il joue du piano ? demanda Mme Tuille.

– Oui…

– Mais qu'est-ce qu'il fait comme métier ?

– Euh… acteur.

– Ce n'est pas un métier !

– Il joue aussi du piano dans des bars et compose des musiques pour des publicités.

– Il connaît Jean-François Pinson ?

– … Non.

– Tu ne le vois plus, lui ?

– On s'est un peu perdus de vue.

– C'est dommage. C'était un jeune homme si bien. Tu vois, j'aurais bien aimé que… toi et lui… Enfin, c'est un gendre qui m'aurait bien plu.

– Je suis encore trop jeune pour me marier, maman.

– J'avais l'impression que tu y tenais…

C'est vrai : elle y avait beaucoup tenu. Elle l'aurait même épousé s'il lui avait demandé…

– C'est compliqué, maman, tu sais.

– Pour votre génération. Pour la mienne, c'était si simple.

En haut, Louis jouait. Il frappait sur le clavier et Juliette devinait sa jubilation. « Paris, mais c'est la tour Eiffel avec sa pointe qui monte au ciel, on la trouve moche, on la trouve belle, Paris s'rait pas Paris sans elle… »

Sur la pelouse, on s'était tu. Les gens balançaient la tête, certains s'étaient levés et dansaient. Tous avaient l'humeur rose. Juliette fermait les yeux et pensait au bonheur qui n'allait pas manquer de tomber, petite nappe fine, sur la maison... Et Louis attaqua son tube, son air préféré, celui qui le mettait en joie, qui le faisait danser : « Cosi, cosa, it's a wonderful world... Cosi, cosa... »

Louis tira son feu d'artifice, seul. En plein jour. Le soleil marquait six heures à l'horizon.

On lui avait bousillé sa fête. Aux premières mesures de « Cosi, Cosa... », le petit père Tuille, le trou du cul serré, s'était levé et avait hurlé qu'on arrête la musique. Puis l'avait injurié, lui. Avait giflé sa fille. Devant tout le monde. La chemise en nylon sortant du pantalon, débordant des bretelles.

– Ah ! c'est vous... C'est vous, cosi, cosa, et les mots obscènes... l'ignoble individu... Vous qui avez sali mon nom, répétait-il rouge sang en montrant la lucarne du doigt.

Il avait défait le col de sa chemise et sifflait sa haine entre ses dents.

– Je ne veux plus vous voir, monsieur, plus jamais... Ni vous ni ma fille, votre complice... Vous avez bafoué mon nom, ma réputation... Plus jamais... Et toi, la menteuse, c'est plus la peine d'attendre ça de moi...

Il avait fait claquer l'ongle de son pouce entre ses dents, avait attrapé Mme Tuille par le bras et ils étaient sortis.

Juliette s'était tenue toute droite jusqu'à ce que la porte claque puis s'était laissée tomber en larmes parmi les invités à la mine contrite ou gourmande. Qui demandaient des explications.

– C'est à cause de ta carte, sanglotait Juliette effondrée sur la pelouse, une jambe repliée sous elle. C'est à cause de la carte de Corse...

Louis avait préféré fuir au fond du jardin. Ça lui donnait envie de gerber. La haine, pensait-il, la haine comme dans tous les couples, toutes les familles, la haine inévitable dès qu'il y a institution, possession exclusivité… Il prétend aimer sa fille et il lui ruine sa fête. Pour une carte postale mal digérée…

Il avait envie de lui écrabouiller la gueule au petit trou du cul serré, cet hypocrite qui se vante d'être si propre, si blanc, si net, si bien élevé… envie de lui tirer la merde du cul et de lui en barbouiller la figure.

Il valait mieux qu'il tire ses fusées.

Les fusées jaunes, les fusées vertes, les fusées bleues qui montaient dans le ciel et rivalisaient avec le soleil…

Chapitre 4

Ce n'était pas la première querelle qui opposait Juliette et ses parents. Il en est des ruptures comme des exceptions aux règles de grammaire. Une, ça va. Plus, c'est mauvais signe. C'est que la règle est caduque.

La vieille règle d'amour censée régir les rapports parents-enfants était une nouvelle fois ébranlée. Sérieusement. Juliette le savait et, comme chaque fois que le cordon se tendait prêt à se rompre, elle avait peur. Peur de quitter l'abri rassurant de l'enfance quand papa et maman sont des paratonnerres puissants, peur de se retrouver, seule, en face de ce que les adultes appellent pompeusement La Vie.

Bénédicte était rentrée à Paris avec Émile ; Martine se préparait au grand départ, et son esprit voguait déjà de l'autre côté de l'Atlantique...

Bien sûr, il y avait Charlot.

Et Louis.

Son attitude avec Juliette variait. Parfois, il posait sa tête sur le ventre de Juliette et soupirait, repu, heureux : « C'est rare une fille avec qui on peut baiser, rire et parler », laissait-il échapper. Juliette caressait la tête brune et lui retournait, mentalement, le compliment...

Puis ils allaient se baigner au lac de Combreux et il se retournait sur chaque fille bien roulée en sifflant.

– T'es ridicule, on dirait un collégien, pestait Juliette.

– J' fais ce qui me plaît...

Alors, le doute naissait dans l'esprit de Juliette. Papa a peut-être raison, c'est un voyou, un pas grand-chose… Débraillé, hirsute, le pantalon mal fermé et glissant sur les hanches, les yeux s'allumant à chaque passage de cul, la main toujours prête à se balancer sur une croupe… Dans ces moments-là, elle était possédée par l'esprit de son père et voyait Louis de travers. Et cette manière de gaspiller tout son argent, de ne pas avoir de situation stable, de tout tourner en dérision… C'est pas un homme pour moi, ça.

Un jour, elle dut le penser si fort que Louis, qui achevait de fixer un chambranle de fenêtre, s'arrêta et lui lança :

— Hé, ma puce, on grandit, on grandit et on serre les dents. On ne pense pas à ses parents.

— Je n'y pense pas !

— Si. Si. Je le sens. C'est du temps perdu. Oublie-les. Ils sont bêtes et méchants.

— Je t'interdis de dire ça ! Ce sont MES parents. Et qui es-tu d'abord pour les juger ? Un pauvre acteur qui court après le cacheton !

Louis releva la tête et la jaugea. D'un regard qu'elle ne lui connaissait pas, un regard qui la soulevait, la soupesait et la plaçait dans le camp des ennemis.

— Charlot ! Tu me passes les clés de la voiture ? cria-t-il.

— Mais pour quoi faire ? bafouilla Juliette.

— Je me casse. Ça pue la haine, ici.

— Et tu me laisses toute seule ?

— Franchement, t'as l'air très bien toute seule.

Charlot lui tendit les clés et il partit.

Juliette fulminait. Il s'en va. Quand j'ai besoin de lui. Je le déteste. Il est tout juste bon à me pincer les fesses et à dire des gros mots.

Elle entendit le moteur qui ronflait et se précipita dehors.

– Je te déteste, je te déteste, lui cria-t-elle en donnant des coups de pied dans la portière.

– Franchement, ma chère, j'en ai rien à cirer…

Il démarra.

Cette nuit-là, il ne rentra pas.

Juliette attendit sous la tente.

Après la colère vint la réflexion. Pouce ! Je fais le bilan. Il se passe trop de choses en ce moment pour que je ne prenne pas le temps de réfléchir. Louis a raison : je grandis. Et ça fait mal. Ou je le fais mal. Depuis que je le connais, je trouve tout normal : normal ses cadeaux, normal qu'il soit là, normal qu'il m'envoie au ciel, normal qu'il parte, normal qu'il revienne et qu'il appelle aussitôt, normal qu'il passe l'été avec moi… Et moi en échange ?

Bouderies, colères inexplicables, jalousie quand il en regarde une autre, découpage de sentiments en quatre, et prétendue indifférence… Ce ne serait pas plus simple d'aller le trouver et de lui dire : « Je t'aime. C'est pour ça que j'ai ces sautes d'humeur, que je ruse pour que ton bras m'entoure quand on regarde la télé ou qu'on s'endort dans les duvets. »

La nuit dernière, il avait laissé tomber, par hasard, une jambe sur sa cuisse. Elle n'avait plus osé bouger de toute la nuit de peur qu'il la retire…

Je l'aime.

Mais lui ?

Il ne sait pas que je l'aime !

Le lendemain matin, au petit déjeuner, Louis était là. Pas rasé, les yeux vagues, une tasse de café à la main. En pleine discussion avec Charlot.

– C'est un fait scientifique, expliquait Charlot, que les moustiques en temps normal ne se nourrissent que de nectar et de l'humidité des plantes, sauf la femelle, qui, lorsqu'elle porte des œufs, a besoin de protéines supplémentaires qu'elle trouve dans le sang des hommes ou des animaux…

– Je te vois venir, Charlot, le moustique qui pique est une moustique enceinte et je dois me laisser bouffer par humanité… Eh bien, non ! Il n'en est pas question…

– Bonjour, dit Juliette avec son sourire le plus charmant. Vous avez bien dormi ?

Ils lui répondirent à peine et enchaînèrent sur la moustique enceinte. Juliette se versa une tasse de café, et se coupa une tartine de pain.

– Attends, attends, continuait Charlot excité. Pour éloigner la moustique enceinte, il suffit de lui faire entendre le bruit d'un moustique mâle en rut…

– Je la comprends, ricana Louis. Quand on s'est fait baiser une fois, on est prudent…

Juliette préféra ne pas relever la remarque. Ça allait être dur de parler d'amour après une telle introduction.

Toute la journée, Louis fut occupé. Ni hostile ni fuyant, mais pris ailleurs. Elle dut attendre le soir pour faire sa déclaration et, comme elle avait beaucoup attendu, la fit sans ménagement. À la hussarde.

Ils étaient couchés sous la tente, car l'orage menaçait. Le duvet de Juliette se rapprocha du duvet de Louis, et Louis grogna :

– Qu'est-ce que c'est ? J'ai sommeil…

– Je veux vivre avec toi.

– Non.

– Je t'aime.

Le duvet de Juliette escalada le duvet de Louis. Louis sentit les boucles noires qui lui chatouillaient le nez. Il détourna la tête afin de ne pas éternuer.

– Arrête, tu me chatouilles…

– Je veux vivre avec toi.

– Il n'en est pas question. Je suis très flatté que tu me fasses cette proposition, mais c'est non.

– Pourquoi ?

– Parce que je suis invivable et que tu es une gentille fille.

– Je t'aime, répéta Juliette, obstinée.

– Faux. Tu as l'impression de m'aimer.

– Mais enfin, je sais ce que je dis.

– Pas quand tu parles d'amour.

– Parce que, toi, tu as tout compris ?

– À peu près. C'est très simple. Si tu veux, un jour, je te ferai un dessin…

– Je t'aime, je veux vivre avec toi et ne plus te quitter.

– Oh la la !

Il se tortilla pour faire glisser le duvet de Juliette à terre. Juliette tomba sur le tapis de sol, se frotta les hanches et lui donna un coup de poing de dépit.

– Je te déteste !

– Tu vois ! J'avais raison.

– On ne peut jamais parler sérieusement avec toi, tu tournes tout en dérision.

– Mais si, on peut parler de la lune, des étoiles, du béton, du moteur à injection, de la moustique femelle enceinte… On en a des sujets de conversation !

– Moi, je veux parler de toi et moi !

– Et moi, je veux pas !

Juliette sentit au ton de sa voix qu'il ne céderait pas. Elle s'enroula dans son duvet, dépitée. Elle se mit à penser à elle, et des larmes lui montèrent aux yeux. Pauvre moi… Qu'est-ce que je vais faire s'il ne m'aime pas ? Elle s'attendrissait et ses larmes redoublaient.

Louis ne bougea pas. Je ne céderai pas au chantage des larmes. Elles font toutes ça depuis qu'elles ont vu Rhett Butler tendre son mouchoir à Scarlett et la prendre dans ses bras.

Juliette ne s'avoua pas vaincue. Ayant constaté que pleurer ne servait à rien, elle reprit la conversation :

– Je te dis « je t'aime », et ça te fait rien ?

– Je te réponds que je suis très flatté. Mais j'ai le droit de refuser de vivre avec toi, non ? Je suis honnête.

Juliette fut obligée de le reconnaître. Elle changea de ton et se fit suppliante :

– Tu m'aimes pas ?

Louis secoua la tête en faisant claquer sa langue :

– Écoute, ma puce, ne compte pas sur moi pour te dire des mots d'amour…

– Mais qu'est-ce que tu ressens pour moi ?

– Écoute… On est bien, non ?

– Mais tu m'aimes comment ? Un peu, beaucoup…

– C'est un test de *Marie Claire* que tu me fais passer ?

– Dis-moi, Louis, s'il te plaît… Je t'en supplie.

– Il ne faut jamais supplier un homme, ma puce, toujours rester digne…

– Dis-moi !

– Allez, on dort, j'ai sommeil…

Il lui tendit le creux de son épaule et elle s'y blottit, consciente de l'immense geste de tendresse qu'il venait de perpétrer. Elle s'enhardit :

– Qu'est-ce que tu me trouves alors, si tu m'aimes pas ?

– Je t'aime bien.

Juliette fit la moue. Il se mit à rire :

– T'aimes pas que je te dise ça, tu voudrais « je t'aime » tout court ?

Elle ne répondit pas. Louis bâilla. Trop fort pour que ce soit naturel, pensa-t-elle. Je gagne du terrain petit à petit.

– Je ne te laisserai pas dormir tant que tu n'auras pas répondu !

– Mais je t'ai répondu, s'énerva-t-il. Je t'aime bien.

Là ! Qu'est-ce que tu veux à la fin ? Que je t'aime ou que je te coure au cul ?

– Que tu m'aimes.

– C'est à voir. Allez, j'ai sommeil. On dort.

– N'y compte pas.

– Si. Parce que, sinon, je prends mon duvet et je vais dormir avec Martine…

– Pas chiche !

Il se leva, prit son duvet et sortit de la tente.

Martine grogna en sentant Louis se glisser dans son lit. Elle crut un instant que c'était Chocolat, puis sentit deux pieds froids contre les siens.

– Qu'est-ce que tu fous dans mon lit ?

– Je fuis Juliette qui me bassine pour que je la demande en mariage !

– Vous deux ! Ce serait de la folie !

– Tu trouves aussi ?

– Absolument. Mais t'en fais pas, elle oubliera vite. Elle passe son temps à tomber amoureuse. Ça va s'arranger. On dort ?

– On dort.

Mais Louis eut du mal à s'endormir. « Elle passe son temps à tomber amoureuse… » Il se mit sur un coude, réfléchit, puis réveilla Martine :

– Elle est amoureuse de quelqu'un d'autre en ce moment ?

– Ben, non… Puisque c'est de toi ! Ça va pas ?

Il resta silencieux.

– Cela dit, poursuivit Martine, je ne comprends pas que tu résistes ; elle est jolie, futée. D'habitude, les mecs tombent comme des mouches…

– Ah ! parce qu'il y en a beaucoup ?

– Pas mal. Et elle les voit pas tous, en plus !

– Forcément, ronchonna Louis, comme tout ça c'est rapport de force et compagnie, il suffit qu'elle ne les voit pas pour qu'ils tombent amoureux… Je ne veux pas faire couple, cria-t-il, je ne VEUX pas…

– Hé, calme-toi…

– C'est plus fort que moi. Je vois mon père et ma mère, et j'ai envie de prendre mes jambes à mon cou !

– Tu penses encore à eux ? T'es pas tiré d'affaires, mon pauvre vieux !

– Excuse-moi, j'ai pas fini ma croissance et j'entends bien ne jamais la finir ! Je ne comprends pas ce que vous avez, vous les filles, à toujours vouloir tomber amoureuses. On dirait que c'est votre seul but dans la vie !

– Parce que, toi, t'es au-dessus de ça ?

– Je trouve que ça gâche tout.

– Alors, qu'est-ce que tu fais là, en plein été, à piocher comme un forcené, si t'es pas amoureux de Juliette ? Tu t'es posé la question ?

– J'oubliais que t'étais sa copine.

– C'est ça. Évite de répondre en persiflant…

– Oh ! Mais vous m'énervez toutes les deux !

Il se releva, reprit son duvet et partit retrouver Charlot qui dormait dans la nouvelle chambre. Sur le dos, la bouche entrouverte, laissant échapper un léger ronflement.

– Au moins, celui-là, il ne me fera pas la conversation !

Tactique, tactique, se répétait Juliette, le lendemain. Je me suis découverte, hier, perdant ainsi mes avantages, je vais frapper un grand coup aujourd'hui.

Vers une heure, au moment de passer à table, Louis s'approcha d'elle et demanda :

– T'es plus fâchée ?

Juliette prit l'air étonné :

– Pour hier ? Mais non… Excuse-moi, j'ai eu une

petite déprime sentimentale, mais c'est fini. J'ai dû t'énerver, hein ?

Elle ne le laissa pas répondre et enchaîna :

– Cet après-midi, je vais à Pithiviers. Quelqu'un a besoin de quelque chose ?

– Qu'est-ce que tu vas faire à Pithiviers ? demanda Louis.

– Prendre l'air et m'acheter des chaussures…

Elle tendit son pied nu et sa longue jambe brune.

Louis loucha sur le pied et remonta le long de la jambe.

– Prends-moi un tube de Rubson, dit Charlot.

– Et des cigarettes, ajouta Martine.

– Et tu y vas comment ? demanda Louis.

– En stop. Ça marche très bien depuis qu'il n'y a plus d'assassin !

Place de Martroi, elle rencontra Jean-François Pinson. Il sortait de la pharmacie, l'air soucieux et les bras chargés de paquets. Il arrivait de Paris. Sa mère avait eu un malaise et refusait d'être hospitalisée.

– Tu restes un moment ? dit Juliette.

– Oui…

– Tu veux venir voir ma maison à Giraines ?

– Avec plaisir, répondit-il en abaissant ses lunettes de soleil et en retrouvant l'assurance arrogante du beau mec qui se fait draguer.

– Alors, rendez-vous au café en fin d'après-midi, j'ai des courses à faire…

Juliette repartit en faisant danser son panier. Il ne l'impressionnait plus, mais il pouvait lui être utile.

Elle s'acheta des hauts talons rouges et une minijupe en cuir rouge fendue sur les côtés. Quand elle passa devant le magasin de ses parents, son cœur battit. Son père rangeait l'étalage. Elle se demanda s'il l'avait vue, mais ne détourna point la tête.

Le poissonnier, qui disposait un arrivage de merlus, courut vers sa femme qui tenait la caisse pour qu'elle ne rate pas la scène :

– Pour sûr que des talons comme ceux-là, il n'en a jamais vendu le père Tuille !

Jean-François Pinson cligna de l'œil quand il la vit arriver. Elle avait de l'allure, Juliette Tuille. Plus rien à voir avec la petite jeune fille qui disparaissait dans les coussins du *Brummel*…

Juliette avait calculé qu'afin de réussir son effet, il lui fallait arriver à la maison à l'heure du pastis. Elle ferait alors une entrée digne du grand escalier du *Casino de Paris*, découvrant le beau Pinson, dents blanches et jean américain.

Elle appuya sur le klaxon pour signaler leur arrivée. Entra, triomphante, puis s'effaça pour laisser passer Jean-François. Louis va être furieux. Il a un vrai menton, Pinson, un vrai nez, une vraie bouche, ce n'est pas un rejeton de tortue, lui !

Jean-François se présenta, serra des mains. Juliette lui servit à boire et lui proposa de rester dîner avec eux. Il déclina l'invitation, mais suggéra d'aller au *Zig-Zag* à Orléans après le dîner.

– D'accord, dit Juliette, tu viens me prendre ici à dix heures ?

Elle le raccompagna en chaloupant sur ses hauts talons Lui donna un long baiser, collée à lui de la pointe de ses orteils à celle de ses cheveux.

Quand, vers dix heures, elle entendit crisser les pneus, elle se leva et se dirigea vers la porte.

– Tu devrais prendre un pull, fit remarquer Louis. Tu risques d'avoir froid.

Elle opina et, sans regarder Charlot ni Martine, attrapa un chandail.

– Ciao, ciao, fit Juliette en envoyant des baisers à la ronde. Ne m'attendez pas, je rentrerai sûrement tard.

– Ciao, ciao, répondit Louis. Amuse-toi bien, ma puce.

– J'y compte bien.

Il lui dédia le sourire le plus angélique. Sans froncement de sourcils ni barricades dans l'œil.

Le klaxon retentit et elle se décida à sortir. Plus aussi triomphante. Le sac à la traîne, les chevilles se tordant sur les hauts talons…

Chapitre 5

Juliette dansa jusqu'à cinq heures du matin. Il fallait que Louis ait le temps de fumer le calumet de l'anxiété sous la tente. Qu'elle imprime son signe de Zorro dans sa mémoire afin que, la prochaine fois qu'elle murmurerait « je t'aime », il ne lui réponde pas « je suis très flatté »…

Elle n'eut pas beaucoup à se forcer. Jean-François Pinson se montra charmant. Il n'y avait plus de malentendu ni de séduction entre eux. Ils laissèrent tomber les masques et s'amusèrent.

Quand il la raccompagna à Giraines, elle le remercia pour la très bonne soirée qu'elle avait passée. Elle le pensait vraiment. Elle rentra de fort bonne humeur et allait rejoindre directement la tente lorsqu'elle aperçut de la lumière dans la pièce où dormait Martine.

Martine portait la longue chemise dans laquelle elle dormait toujours et Charlot était tout habillé.

– Je dérange ? fit Juliette, malicieuse.

Ils avaient tous les deux des airs de conspirateurs.

– Vous m'avez l'air bien matinal… Qu'est-ce que tu fais à cette heure-ci, Charlot, tout habillé ?

– Je reviens de Paris.

– De Paris ! Mais pourquoi ?

– Je reviens de Paris où j'ai conduit Louis.

Il ôta ses lunettes et se frotta les yeux. Pâle. Les lèvres pincées comme s'il retenait sa colère.

– Conduit Louis ? répéta Juliette, abasourdie.

– Tu ne croyais quand même pas qu'il allait t'attendre, les bras croisés, pendant que tu t'envoyais en l'air ! Je vais te dire quelque chose, Juliette, s'il n'avait pas pris, tout seul, la décision de partir, je l'aurais mis moi-même dans la voiture en lui bottant le cul ! Dieu merci, il n'a pas eu besoin de moi et il reste encore quelques spécimens d'humains avec marqué « hommes » sur le front !

– Ça y est ! soupira Juliette, le couplet macho…

– À chacun sa chanson, ma chère. Tu nous joues l'air de la coquette, on t'envoie le basson du macho… Moi, j'en ai assez vu comme ça, je vais me coucher. Bonsoir !

Juliette se retourna vers Martine et l'interrogea du regard.

– Tu venais à peine de sortir avec Pinson, expliqua Martine, que Louis s'est levé, a roté et a déclaré : « C'est pas tout ça, on me déclare la guerre, je me dois de rejoindre mes positions. Je rentre à Paris. » Après, il s'est excusé de ne pas finir les travaux et de laisser Charlot tout seul et il a ajouté : « Si je reste, je n'oserai plus me regarder en face même dans un reflet de vitre. » J'ai trouvé ça très beau…

– Et il m'a pas laissé de message ?

Martine sourit.

– Non. Il était pas d'humeur à t'écrire un mot.

– Et voilà, conclut Juliette, je me suis punie dans mon expédition punitive…

Juliette et Martine passèrent la fin du mois de juillet à philosopher sur leur situation de veuves. On est comme les moustiques mâles, ironisait Martine, nos partenaires nous fuient.

Bénédicte et Émile vinrent passer leur week-end à Giraines, et Émile donna un coup de main à Charlot. Il n'était pas aussi habile que Louis mais, après quelques jours d'entraînement, il sut se débrouiller.

– Je me demande si ce n'est pas Bénédicte, une fois de plus, qui a raison, disait Juliette. Pas de passion, mais de l'estime et de l'affection. Regarde, comme ils paraissent heureux !

– Moi, je les envie pas, répondait Martine. J'aime encore mieux être toute seule que de goûter à ce petit bonheur-là.

Le soir, avant que la nuit ne tombe, ils partaient faire une promenade. Charlot en voulait toujours à Juliette.

– Mais, je ne l'ai pas perdu, Charlot, tu verras. Je le retrouverai. Pas tout de suite, car il doit être encore furieux, mais dans quelque temps… Je le retrouverai. Je suis très forte avec les hommes, tu sais, c'est même là que je réussis le mieux… J'irai sonner chez lui et…

Elle s'arrêta en pleine phrase et se frappa le front en gémissant :

– Oh non… Oh non…

Charlot, Martine, Bénédicte et Émile la regardèrent, étonnés.

– Je n'ai pas son adresse à Paris ! Je ne suis jamais allée chez lui ! Il venait rue des Plantes où on se retrouvait au *Lenox* !

– Il est peut-être dans l'annuaire…

– Ça m'étonnerait…

De ce jour-là, elle perdit sa belle assurance de reconquérir Louis. Elle s'épuisa en conjectures. Je pourrais traîner dans les bars, les maisons de productions, chez les agents de cinéma ou au *Lenox*…

Puis elle se reprit : elle le retrouverait.

Charlot n'en était pas convaincu.

– J'adore ce grand lit, déclara Bénédicte en se couchant ce soir-là.

– Pour l'usage qu'on en fait, maugréa Émile.

Bénédicte ne voulait pas engager une conversation qui la mènerait tout droit à la rupture, si elle disait la vérité, ou aux mensonges. Depuis quelque temps, Émile se plaignait, faisait des remarques que Bénédicte jugeait déplacées, car elle ne voulait pas y répondre. *Je veux bien me forcer de temps en temps, mais pas tous les soirs.*

Quand elle pensait à leur couple, elle évoquait Pierre et Marie Curie, penchés ensemble sur leur microscope et découvrant le radium. Comme Émile faisait toujours la tête, elle lui dit d'une petite voix douce :

– Tu sais à qui on ressemble, toi et moi ?

– À un vieux couple de quatre-vingt-dix ans.

– À Pierre et Marie Curie. Et j'en suis très fière !

– Eh bien moi, j'aimerais être l'amant de Marie Curie.

– Marie Curie n'avait pas d'amant !

– Si. Parfaitement. C'était même l'assistant de Pierre Curie.

Marie Curie avait un amant… Bénédicte n'en revenait pas.

– Et, puisque tu fais allusion au couple, poursuivait Émile, j'aimerais bien un peu moins de qualité dans le nôtre et un peu plus de trivialité. Bonsoir !

Il se retourna dans le lit.

Bénédicte fut soulagée. Pour ce soir, elle était sauvée. Il allait bouder un moment, puis viendrait faire la paix sous un prétexte quelconque. Comme toujours. Elle rêvait d'une rupture qui les laisserait amis. *Je ne veux pas le perdre tout à fait. Ce n'est pas ma faute si j'ai pas envie de lui. Il pourrait faire des efforts, mettre des verres de contact, apprendre à s'habiller, se tenir droit, se soigner la peau, aller chez le dentiste…* Plus ça allait, plus elle lui découvrait des défauts physiques.

Demain, elle irait voir sa mère.

L'article de Bénédicte sur l'arrestation de Bichaut, signé en gras, en première page du *Figaro*, avait été fort apprécié à Pithiviers. Il faut dire qu'elle avait pris soin de citer quelques notables de la ville, et chacun gardait son exemplaire avec son nom dessus. On la félicitait, on lui serrait la main, elle rosissait de plaisir et se cachait derrière sa mèche. Quand il fallut acheter le gigot du dimanche, elle passa une heure chez le boucher. Il la présentait à tous ses clients en disant : « C'est elle, c'est Bénédicte Tassin. » « Et votre conclusion, fit un client, elle était du tonnerre ! » La conclusion était d'Émile.

À « la Tassinière », Mathilde épluchait des haricots pour les mettre en bocaux pour l'hiver.

– C'est incroyable, fit Bénédicte, je ne peux plus faire un pas dans la ville sans qu'on me félicite pour mon article !

– Je dois dire que je l'ai trouvé très bien. Surtout la fin… Tu as mûri, ma chérie.

Bénédicte s'assit et commença à éplucher, elle aussi, les haricots. La table de la cuisine était couverte de pots, de caoutchoucs, d'étiquettes, de pluches et de vieux journaux.

– Je suis débordée. Je ne sais plus comment faire…, dit Mathilde.

Mathilde s'agitait. Un foulard retenait ses cheveux. « Qu'est-ce qu'elle est belle ! pensa Bénédicte. J'aimerais être aussi belle qu'elle à son âge. » Elle portait ses longs cheveux noirs en chignon, et tous ses gestes étaient empreints de distinction. Un jour, à l'école, on avait donné des notes à nos mères. Maman était arrivée en tête avec 19. Juliette râlait parce que la sienne avait tout juste la moyenne et Martine avait prétendu que ces classements étaient de la foutaise : sa mère arrivait bonne dernière.

– Alors, ma chérie, on fatigue ? dit Mathilde à Bénédicte qui rêvait.

Bénédicte reprit l'épluchage.

– Qu'est-ce que c'est ennuyeux ! Alors que c'est aussi bon en boîte !

– Ignorante suprême ! Des haricots en boîte !

Elle finit de remplir un bocal, inscrivit «Haricots beurre été 70», puis reprit :

– Verrais-tu un inconvénient à ce que je donne ta chambre à ta sœur ? Elle se plaint de ne pas avoir de place aux murs pour afficher ses posters.

– Ma chambre ! Mais pourquoi ?

– Parce qu'elle habite ici tout le temps et que, toi, tu n'y viens presque plus. Tu prendras sa chambre… Tu verras, elle est très bien. Je te l'ai arrangée. J'y ai transporté tes affaires et ta coiffeuse…

– Ah ! Parce que c'est déjà fait !

– Bénédicte chérie, Geneviève a seize ans et besoin d'espace. C'est vrai que sa chambre est moins agréable, mais c'est comme ça dans toutes les grandes familles, il faut se faire de la place.

– Mais les autres, ils ont tous gardé leur chambre !

– Les autres, comme tu dis, reviennent bien plus souvent que toi et n'avaient pas choisi la plus belle chambre…

– De toute façon, puisque c'est fait… Je suppose que je n'ai plus le choix…

Mathilde tenta une dernière fois de minimiser la chose. Elle ne pensait pas que Bénédicte le prendrait si mal.

– Chérie, tu es grande. Ta vie est ailleurs, maintenant. Tu as une très belle maison à Paris. À quoi ça sert de te cramponner à ta vie de petite fille ?

– C'était ma chambre…

Bénédicte fixait les bouts de haricots pour ne pas pleurer. Je hais les grandes familles. J'aurais voulu être fille unique. Je ne veux plus partager tout le temps, échanger, donner… Elle releva les yeux, ils étaient pleins de larmes.

– Bécassine qui pleure ! Mais c'est ridicule. Allez, essuie-toi et fais-moi un sourire…

Bénédicte s'essuya les yeux.

– Tiens, je vais te faire un cadeau, dit Mathilde, pour ton article. Je te le réservais pour ton premier bébé, mais enfin…

– Le collier de perles grises et blanches ? articula Bénédicte la gorge serrée.

Sa mère fit oui de la tête. Bénédicte se remit à pleurer. D'émotion, cette fois. Elle se précipita au cou de sa mère.

– Oh maman ! Je t'aime tellement, tu sais, tellement…

– Moi aussi, ma chérie. Allez, dépêchons-nous, sinon on n'aura jamais fini. Attrape-moi un autre journal pour les épluchures. Celui-là est plein. Là-bas, sous la cheminée, avec les vieux journaux.

Bénédicte se pencha et prit un journal au hasard : c'était le Figaro du 15 juillet. SON Figaro.

Quand elle rentra à Giraines, ce soir-là, elle se précipita dans les bras d'Émile et le serra à l'étouffer.

– Émile, Émile, j'ai besoin de toi… Besoin de toi… Tu ne me quitteras jamais, hein ? Jamais. Dis-le-moi. Même si je suis mauvaise avec toi…

Émile lui releva la tête, ému.

– Qu'est-ce qu'il y a, mon chéri ?

– Dis-moi que tu m'aimes, dis-le-moi… J'ai tellement peur après hier soir que tu ne m'aimes plus. J'ai été méchante, hein ? Méchante…

Elle hoquetait. Émile la prit dans ses bras et la berça.

– Pleure pas, ma chérie, pleure pas. C'est pas grave, tu sais. Je t'aime et je ne te quitterai jamais.

– Jamais ?

– Jamais.

Bénédicte resta un long moment dans ses bras, puis alla se remaquiller pour le dîner du soir.

– Merci, Émile, lui dit-elle en l'embrassant avant qu'ils ne quittent la chambre.

Chapitre 6

À Paris, Louis se précipita chez son agent. La secrétaire lui dit que M. Vicci était absent et lui conseilla de
téléphoner, la prochaine fois, avant de passer. Louis lui
décocha son sourire le plus enjôleur, mais elle resta de
marbre. Mauvais signe, se dit-il, le contrat n'a pas dû
être signé...

Paris était vide en ce début du mois d'août. Il alla
faire un tour au *Lenox*. Le barman, son copain, était là.
Il lui offrit un verre et demanda des nouvelles de
Juliette.

– Fini..., dit Louis en balayant le comptoir d'un large
geste de la main.

– Dommage, elle était mignonne. Mais une de perdue...

– Dix emmerdes évitées !

Ils trinquèrent.

– Ah ! Les gonzesses..., ricana Louis, après avoir
vidé son troisième scotch... Remarque, j'ai bien essayé
un mec, une fois, dans la vie faut tout essayer, mais j'ai
pas pu...

Ce n'était pas la première fois que Louis prenait la
fuite et rompait les amarres. Il devait même reconnaître
qu'il y avait quelque chose de grisant à tout briser derrière soi, à se retrouver seul au bord du précipice.

– Le plus difficile, c'est la première fois. Partir,

partir… Quand, depuis que t'es tout petit, on t'a appris à rester, rester…

Élisabeth. C'était la fille du boulanger de Poncet-sur-Loir. Une petite blonde tavelée d'éphélides. Elle prenait des leçons, le soir, à l'école, avec le père de Louis, parce qu'elle ne suivait pas en classe. « Elle est trop jolie, elle passe son temps à se regarder dans la plume de son stylo », maugréait Henri Gaillard. Les Gaillard dînaient tôt. Louis mangeait sa soupe, puis partait rejoindre Élisabeth dans la grange voisine.

– Montre-moi sous ta jupe et je te donnerai deux réglisses.

– Ce n'est pas assez.

– Trois.

– Plus !

Louis réfléchissait. Il avait très peu d'argent de poche. Son père était contre.

– Quand on sera grands, on se mariera, proposait-il en échange.

Elle retroussait le jupon rose et blanc sur ses cuisses rose et blanc. « Que c'est beau, que c'est beau ! » s'extasiait Louis. Il avançait la main pour toucher, mais Élisabeth rabattait son jupon.

– Encore, encore, protestait-il.

– Non. Ça suffit.

Le lendemain, il devait lui faire des promesses encore plus importantes.

– Et on aura beaucoup d'enfants ? demandait Élisabeth, la bouche ouverte, les lèvres mouillées.

– Et on aura beaucoup d'enfants, répétait Louis pour pouvoir poser sa bouche sur cette fente humide et rouge.

– Et on habitera la maison de tes parents ?

– Ah… non. Quand je serai grand, je serai aviateur !

– Aviateur ! Mais il faudra que tu ailles à Paris ! Je ne veux pas aller à Paris, je veux rester ici.

Il renonça à être aviateur.

À dix-huit ans, Élisabeth était devenue une grande fille rose et blonde, et les garçons du village salivaient en la voyant passer. Elle passait ses journées à manger des glaces – elle disait des ice-creams – et à se mettre du rose sur les lèvres et sur les joues. Louis était si jaloux qu'un jour il se fit saigner les paumes des mains en serrant les poings parce qu'un garçon la regardait de trop près. Elle voulait bien continuer à le voir, mais il fallait qu'il prouve qu'il était sérieux.

– Mais j'ai mon service à faire !

– On se fiance maintenant et on se marie quand tu reviens.

– Et après ?

– Tu seras instituteur comme ton père et on s'installera à l'école.

– Instituteur ! répéta Louis, je n'y avais jamais pensé.

Ils se marièrent à l'église de Poncet-sur-Loir, un samedi après-midi du mois de juin 1960. Louis avait vingt ans. Élisabeth s'était confectionné une robe à la Bardot, bien serrée à la taille, avec des bouillonnements de jupons et portait un petit fichu blanc noué sous le menton. Tous les hommes du village envièrent Louis.

Ils partirent en voyage de noces à Paris. Les parents d'Élisabeth et de Louis s'étaient cotisés pour leur offrir « un bel hôtel ». Ils choisirent le *Royal Monceau* parce qu'il était près des Champs-Élysées.

Au bar du *Royal Monceau*, il y avait un pianiste noir américain qui jouait, à la demande, les airs que lui fredonnaient les clients. Le premier soir, alors qu'Élisabeth se reposait dans la chambre, Louis alla s'accouder près de lui et regarda les doigts noirs sur le clavier blanc, le corps qui s'agitait sur le tabouret, les femmes qui s'agglutinaient autour du piano… Il eut envie de pousser le pianiste et de prendre sa place. Il passa la nuit à claquer des doigts et à faire djaguedjaguedjague en cadence.

Il buvait des verres à la chaîne au fur et à mesure que le pianiste en commandait pour lui.

Vers trois heures du matin, le pianiste lui fit signe de s'asseoir près de lui :

– Come on. Play something…

Louis ne comprit pas.

– Ton nom ? demanda alors le pianiste.

– Louis…

– Louie-Louie-hé-Louie…

Louis se rapprocha et frappa d'un doigt sur le clavier.

– You don't know ?

Louis fit « non, non » de la tête. Il ne comprenait pas ce que l'homme lui disait.

– Try… try… There's nobody left, who cares ?

Il se poussa sur le côté, et Louis comprit qu'il lui demandait de jouer. Il s'assit, commença d'abord timidement, au hasard, puis tapa. Le Noir riait. Louis riait. Puis le Noir fit « non, non » de la tête et frappa un accord en montrant à Louis où mettre ses doigts. Louis répéta. Puis un autre, puis un troisième…

– Whisky ?

– Oui, oui, fit Louis, qui se sentait déjà complètement ivre.

Le Noir demanda une bouteille et deux verres.

– Straight ?

Louis répéta « Straight ». Il crut que le pianiste lui demandait de l'argent et vida ses poches. Le Noir rit et se tapa sur les cuisses.

– Joints ? Smoke ?

Il faisait signe de fumer. Louis acquiesça. Le Noir roula deux cigarettes, une pour lui, une pour Louis, et reprit sa leçon.

– Hé, man, you can sing what you want with three cords… That's fine. When you don't know, just do lalala…

Au petit matin, Louis était malade, mais heureux. Il chantait « lalala » sur trois accords et toutes les chansons. Le Noir se leva en titubant :

– Hé man, I have to go…

Louis le regarda partir.

– To-morrow ? demanda-t-il.

– You mean tonight ? fit le Noir avec un gros rire enroué. OK, Louie-Louie tonight…

Il partit en renversant les tables sur son passage. Louis laissa tomber son menton sur le piano et s'endormit.

C'était sa nuit de noces.

Les jours suivants furent épuisants pour Louis. Pendant la journée, il visitait Paris avec Élisabeth, montait sur la tour Eiffel, arpentait le Louvre, glissait dans les galeries de Versailles. Le soir, après avoir versé un léger somnifère dans un verre d'eau qu'il faisait boire à Élisabeth, il retrouvait Billie, le pianiste.

Élisabeth ne comprenait pas pourquoi elle était si fatiguée, Louis l'assurait que c'était Paris, la bordait et descendait au bar.

Quand il ne restait plus de clients, Billie commandait une bouteille, roulait des joints et faisait jouer Louie-Louie.

Billie venait du Mississippi. Depuis tout petit, il tapait sur un piano sans connaître une note de musique.

– Nothing. I don't know anything about music. Just listening to it and then lalala… That's enough, you know when you like it…

Louis crut comprendre qu'il avait une femme et cinq enfants là-bas et qu'il voyageait pour prendre l'air parce que « you know, one wife and five kids… ». Il montrait du doigt UN et CINQ en roulant des yeux et des épaules comme s'il les avait sur le dos.

– Pas possible Louie-Louie. Pas possible. Eux manger toi… Alors, moi, partir, partir… Paris. Ah ! Paris…

Et il jouait « Paris, mais c'est la tour Eiffel avec sa pointe qui monte au ciel... On la trouve moche, on la trouve belle, Paris s'rait pas Paris sans elle ». Louis connaissait les mots de la chanson, mais pas les accords. Billie les lui apprit.

Billie lui apprit tout ce qu'il savait en une semaine. Louis se regardait dans la glace et se trouvait beau avec ses cernes noirs.

La dernière nuit, il était si triste de quitter Billie qu'il lui parla de Poncet toute la nuit.

– Il y a un bar là-bas ? demanda Billie.

Un bar ! À Poncet ! Non, non, fit Louis de la tête.

– No music ! fit Billie, les yeux écarquillés.

– No music...

– Buy some records... disques...

– Good idea, dit Louis, records !

De retour à Poncet, il acheta un piano et des disques. Il y engloutit son livret de Caisse d'épargne, et ce fut l'occasion du premier affrontement avec son père.

– Toute ma vie, toute ma vie, je me suis battu pour te donner une éducation, des bases solides, le sens des vraies valeurs et voilà ce que tu fais ! Tu gaspilles d'un seul coup toutes tes économies ! Est-ce que tu as pensé à ce que tu ferais s'il t'arrivait quelque chose ? Tu n'es plus tout seul, maintenant ! Tu es res-pon-sa-ble ! Tu comprends ce que ça veut dire ! tonnait son père.

La trouille, pensa Louis, il essaie de me communiquer sa trouille.

Il tint bon : il acheta son piano et ses disques. Élisabeth ne dit rien. Si Louis avait envie d'un piano...

Ils s'étaient installés dans l'annexe de l'école en attendant que Henri Gaillard prenne sa retraite.

Louis posait les disques sur l'électrophone et essayait de les jouer au piano. Au début, il tâtonna puis, grâce aux accords de Billie, parvint à jouer les mélodies qu'il entendait. Ses heures de musique empiétant sur son travail d'instituteur, il acheta *le Livre du maître*, où étaient consignés tous les problèmes de robinet, de participes passés, de trains qui se croisent ainsi que les solutions.

— Deux robinets fuient, dictait Louis, l'un à raison de trois décilitres la minute, l'autre de dix-sept. Combien de temps leur faudra-t-il respectivement pour remplir des barils de cent litres dont l'un souffre d'une fuite de mille deux cent millilitres par minute ?

Dans *le Livre du maître* figuraient seulement les réponses : 26 et 98 heures. Mais pas la méthode pour arriver à ce résultat étonnant. Mon Dieu, mon Dieu, faites qu'il y en ait un, au moins un, qui trouve ! Sinon, je suis foutu…

Il sentait la sueur perler sur son front et regardait avec avidité ses élèves gribouiller. Il lança même quelques sourires serviles à Paul et Jacques Buzard, les espoirs de la classe. Enfin, il dut se résoudre à relever les copies et à interroger ses élèves.

— 12 et 46, dit le petit Paul Buzzard.

— Non, ce n'est pas ça, et toi Jacques ?

— 13 et 82.

— Non plus. Laurent ?

— 19 et 123.

— Non plus. Mais personne dans cette classe n'est fichu de trouver ! Je vais vous flanquer des zéros, moi, et des retenues. Plus de jeudis après-midi, plus rien…

Sa chemise lui collait au dos et il broya un morceau de craie entre ses doigts. Si personne n'avait trouvé, il piquerait une colère terrible, les mettrait tous au piquet et chercherait la solution pendant que la classe serait punie… Sinon, je passe pour un con et je n'ai plus un gramme d'autorité. Je ne peux plus faire ce métier… C'est une idée, ça…

— Moi m'sieur, moi m'sieur !

C'était Gérard Letur, bigleux et bégayeur. Son dernier espoir.

– Vinvinvinvin…

– Prends ton temps, Gérard.

Il semblait être sur la bonne voie.

– 26 et, et, et, et… 98 !

– C'est très bien, Gérard, tu auras un 20. Et tu vas venir au tableau expliquer à tous ces cancres comment tu as fait.

Pour divertir la classe, il acheta un perroquet qu'il se mit en tête de faire parler. Une heure par jour les élèves tentaient de converser avec le volatile. Toute la classe retenait son souffle pendant que l'oiseau qui trônait sur une branche d'arbre au milieu des grains de raisin et des quignons de pain demeurait obstinément muet. Louis en profitait pour faire des digressions sur la sagesse de cet oiseau qui avait compris que le langage causait souvent la perte de l'homme.

Élisabeth attendait un bébé. Louis se sentait de trop chez lui. Il naquit. Un petit garçon qu'on appela François. Et qui lui interdit le piano.

– Au moins, au début, Louis. Tout ce bruit le réveille, il est si petit…

– Ce n'est pas du bruit ! s'indignait Louis, c'est de la musique !

François avait à peine fait ses premières dents qu'Élisabeth se sentit à nouveau dolente.

Rosalie était une ravissante petite fille blonde et rose comme sa maman. Le piano faisait toujours trop de bruit. Louis parlait au perroquet qui n'émettait toujours pas le moindre son.

– Je vais partir, je vais partir, lui disait-il pour se défouler, je vais faire comme Billie. Une femme et deux enfants, c'est trop pour moi…

Le perroquet mâchait son quignon de pain mouillé et le laissait retomber dans la plus parfaite indifférence.

– Tu t'en fous, toi, tu vis cent ans ! Mais moi, mon pote, je n'ai pas cent ans devant moi ! Je veux vivre maintenant… Je vais partir, je vais partir, je vais partir…

Devant ses propres enfants, il ne ressentait pas grand-chose. Il oubliait même leurs noms. Élisabeth ne se formalisait pas :

– C'est normal. Ça n'intéresse pas les hommes, des bébés si petits, attendez qu'ils grandissent et vous verrez…

Louis attendait avec impatience qu'ils grandissent pour reprendre son piano la nuit.

Élisabeth devenait un peu molle, un peu sucrée. Ce doit être le lait de la maternité qui la barbouille, pensait Louis. Il n'avait plus besoin d'insister ni de marchander pour qu'elle soulève son jupon.

– Dis-moi « non », une fois, lui murmura-t-il un soir avant de s'endormir.

– Non à quoi, mon chéri ?

Il n'insista pas.

Le jour de la retraite de son père arriva enfin. Il y eut passation des pouvoirs. Déménagement, remise de trousseaux de clés et de conseils.

– On va faire une petite dînette pour fêter ça, proposa Élisabeth. On invite mes parents et les tiens, et on fête l'installation…

On ne fête pas une « installation », pensa Louis. C'est sinistre ce mot. Je m'installe, je creuse mon trou.

Pendant le dîner, un toast fut porté à Louis, le chef de la famille et de l'école, et il se voûta légèrement.

Les jours qui suivirent furent pires encore. Tout le monde s'adressait à lui : la femme de ménage pour les heures de cantine, le plombier pour une fuite de robinet au second étage, les parents d'élèves pour leurs enfants et Élisabeth pour les siens.

Les parents de Louis prirent l'habitude de venir dîner tous les soirs « parce que l'école leur manquait ».

Louis rageait en se couchant :

– Ils veulent ma peau… Ils économisent toute leur vie pour s'acheter une maison, et, sitôt installés, ils ne pensent qu'à revenir ici !

– Mais ce sont tes parents, mon chéri ! disait Élisabeth.

– Justement, qu'ils restent à leur place de parents : loin de moi !

– Mais vient un moment où tes parents deviennent tes enfants… Tu dois l'admettre, mon chéri. Toi-même, plus tard, tu seras bien content que François et Rosalie s'occupent de toi !

– Ah, toi aussi ! Tu me vois déjà en vieillard impotent ! Mais, qu'est-ce que vous avez tous ? J'ai vingt-trois ans, moi, et je ne suis pas vieux !

Il était si furieux qu'il se leva et alla fumer une cigarette auprès du perroquet.

– Je vais partir, mon vieux, je vais partir…

Il essaya de parler à Élisabeth, mais elle le prit très mal.

– Dis-le que tu ne veux pas grandir, que tu veux rester un enfant toute ta vie !

– C'est ça : je ne veux pas grandir. Je ne veux pas me mettre un costume d'adulte et prononcer des mots compliqués d'un air pénétré ! Et quel mal y a-t-il à cela ?

– Il fallait pas te marier alors, pas faire des enfants. C'est trop tard…

Cette nuit-là, Louis dormit dans le préau.

Cette nuit-là, il décida de partir.

Il fit sa dernière journée comme de coutume. Rentra pour dîner comme de coutume. La table était mise. Ses parents lui souriaient.

– Le boucher est passé et a demandé ce qu'on voulait pour samedi, lança Élisabeth qui virevoltait autour de la table, arrangeant un détail par-ci, par-là. Non, non, laissez-moi faire, papa, disait-elle au père de Louis qui se proposait de couper le pain... Je lui ai demandé un rôti, mais je pense qu'on devrait acheter un Frigidaire. Tu sais, celui qu'on a vu la semaine dernière ?

Pas question, se dit Louis, si j'achète le réfrigérateur, je suis foutu...

Il restait debout, devant la table, sans toucher à sa serviette, sans repousser la chaise pour s'asseoir.

– Mais qu'est-ce que tu fais planté là comme un ballot ? demanda Élisabeth en soulevant le couvercle de la soupière. Assieds-toi !

– Non.

Ils relevèrent tous la tête. Son père avait un peu de soupe qui lui coulait sur le menton.

– Louis, qu'est-ce que tu as ? Tu ne te sens pas bien ? demanda sa mère.

La maladie. L'alibi des non-communiquants. L'argument suprême pour se dérober. Je n'ai qu'à dire que j'ai mal à la tête et tout redeviendra normal. On me consolera, on me soignera. Je serai bien au chaud dans le cercle de famille avec deux comprimés d'aspirine. Je l'aurai échappé belle !

– J'ai décidé de partir.

Il tomba sur la chaise, les jambes coupées.

– Ils t'ont muté ailleurs ? dit Élisabeth. C'est pour ça que tu n'es pas bien depuis tout à l'heure ?

Une dernière chance de dernier mensonge.

– Non. Je pars pour toujours. Je ne peux pas. Tout ça...

Il montrait du doigt le décor si net, si propre, si rassurant qui, dans une revue, illustrerait le bonheur à la maison.

– Je suis désolé, vraiment désolé, mais je me suis trompé...

Ils étaient muets. Comme au spectacle quand on

attend la chute du vilain et le triomphe du héros. Son père avait toujours le menton qui brillait et sa mère tenait sa cuillère à soupe à mi-chemin entre l'assiette et ses lèvres. Je franchirai la porte et elle la portera à sa bouche. Cette pensée lui redonna du courage. Ils ne dépériront pas sans moi.

Il se leva, alla jusqu'à la porte et se retourna :

– Je vous écrirai... J'essaierai de vous envoyer de l'argent...

– Tu oublies que tu as deux enfants ! dit son père.

– Je sais, je sais, je suis désolé...

Il appuya sur la poignée de la porte et sortit.

Il avait l'impression d'avoir joué dans un film au ralenti, mais dès qu'il fut dehors, la vitesse redevint normale. L'air frais vint lui caresser le visage.

Dans le préau, le perroquet dormait.

– Hé, mon vieux... Je pars... Je pars...

Il lui gratta la tête.

– Tâche de parler un de ces jours !

Il regarda son piano, ouvrit le couvercle et le referma.

Il fouilla dans sa poche et trouva deux billets de dix francs.

Chapitre 7

Martine repartit pour Paris à la mi-août.

Elle avait téléphoné à la gérante de la Coop qui voulait bien la reprendre… comme caissière et jusqu'à Noël seulement.

– Je vais refaire mes dossiers pour Pratt et je partirai à Noël. Et cette fois-ci quoi qu'il arrive…

Juliette resta seule à Giraines, avec Charlot et Chocolat.

– Va falloir qu'on finisse tous les deux, dit Charlot en montrant les travaux inachevés.

Le départ de Martine et la vue de tout ce qui restait à faire découragea Juliette.

– On n'y arrivera jamais !

– Mais si… Et puis Simon nous donnera un coup de main.

Elle ne sut pas pourquoi, mais l'optimisme de Charlot l'énerva.

– J'en ai marre de ce chantier ! dit-elle en donnant un coup de pied dans un tas de sable. C'est trop long…

– Ça irait plus vite si on le faisait faire… Mais ça coûterait plus cher aussi.

L'argent, toujours l'argent. Elle se heurtait sans arrêt à ce problème. On devrait nous apprendre comme en gagner dès qu'on est en âge de comprendre. On ne nous apprend que des choses qui servent à rien !

– Papa t'a envoyé le chèque ?

– Oui.

– Et tu l'as gardé ?

– Oui.

– Mais pourquoi ? Je t'aurais remboursé, moi, plus tard ! Je ne veux rien leur devoir…

– Tu n'as pas d'argent, Juliette.

Humiliée. Par ses parents et par Charlot. Humiliée et assistée. Je ne veux plus dépendre financièrement de quelqu'un.

Elle monta se réfugier au grenier. Près du piano.

Cosi, cosa… Je ne sais pas où il est. En train de murmurer des gros mots à une autre ?

Elle se blottit au pied du piano et entoura ses genoux de ses bras. Je suis jalouse et ça fait mal. C'était bien, au début, quand je ne l'aimais pas. J'étais plus facile à vivre et sûrement plus intéressante. L'amour fait perdre tous ses moyens. Il vous rend bête juste au moment où il faut briller de mille feux.

Les pédales du piano brillaient lisses et dorées. Juliette imagina la bottine de Minette pressant sur la pédale et le pied du professeur venant l'effleurer.

De son doigt, elle caressa l'acajou brillant, remonta sous le clavier, sentit une plaque de bois qui accrochait. C'était une pièce de contreplaqué rajoutée comme une rustine. Elle essaya de l'enfoncer, de la faire glisser, gratta, cogna jusqu'à ce que la plaque s'ouvre comme un ressort et libère un paquet de lettres et une photo. Celle d'un jeune homme aux grands yeux noirs, aux cheveux noirs, qui tenait sa joue de ses trois doigts et esquissait un doux sourire. Les lettres parlaient d'amour, de mèches folles, de profil appliqué, d'ongles nacrés et de doigts agiles. Elles étaient toutes de la même écriture fine, presque féminine. La dernière lettre évoquait un baiser sur la joue à la fin d'une leçon, une rupture et promettait célibat, chasteté, amour éternel. Il s'inclinait devant la décision de Minette, sans se révolter, et s'excusait de sa hardiesse.

Comme tout cela a changé ! se dit Juliette. Comment pouvait-on rompre à cause d'un baiser sur la joue ? S'empêcher d'aller plus loin, de vivre sa passion ? Minette a dû l'aimer cet homme. Plus que son mari. Et, pourtant, elle est restée ici, à Giraines, dans l'ordre choisi par ses parents, son mari. Elle a obéi. S'est soumise.

Derrière les lettres, dans la cachette, Juliette trouva le journal de sa grand-mère. Il commençait ainsi : « Je dois lui chauffer le lit avant qu'il ne se couche et il ne s'y étend qu'après avoir demandé : « L'as-tu bien chauffé ? » Je veille tard dans la cuisine, attendant qu'il s'endorme afin de ne pas subir « la chose ». Quand il me touche, j'ai l'impression d'être difforme : les seins trop petits, la taille épaisse et les jambes courtes. Son regard me rend laide. »

Le journal était plein de détails de la vie quotidienne de Minette : « Hier, j'ai appris à faire les pommes de terre sautées au beurre à plein feu sans que le beurre noircisse. C'est simple. Il faut des pommes de terre très fraîches qu'on remue sans arrêt dans une cocotte en fonte à l'aide d'une grosse cuillère en bois. Pendant vingt minutes, l'attention ne doit pas se relâcher. Il ne faut pas quitter la cocotte. Après, je les sers toutes dorées dans l'assiette avec une grosse cuillerée de crème fraîche… »

Ou encore : « Les roses sont des gens formidables. » « Je respecte les araignées, je ne les tue pas. Je les cache à mon mari qui, lui, les estropie. »

Elle parlait souvent de son mari. « Il ne daigne pas prendre de précautions, c'est à moi de faire attention, à moi de trouver des adresses. Je ne veux pas d'autre enfant. Je n'ose en parler à personne. Quand je me plains auprès de ma mère, elle me rudoie : « Sois souple,

ça s'arrangera. Tu n'es pas la première ni la dernière.»
Lui, c'est le maître. Hier, on s'est disputé parce que je
n'étais pas d'accord avec le prêche de monsieur le curé,
il m'a commandé de me taire : « Tu n'es qu'une femme,
tais-toi. » Quand j'ai rapporté cette phrase à ma mère,
elle m'a répondu : « Qui gagne l'argent ? C'est lui. Alors
sois souple. » »

Toujours l'argent, pensa Juliette. Si Minette avait eu
de la fortune, elle aurait suivi le professeur de piano. La
soumission des femmes repose plus sur leur impécunio-
sité que sur leur sens du devoir.

D'autres jours, Minette était gaie : « Un homme, ça
demande beaucoup d'entretien, mais, au moins, le
mien est en bonne santé, travaille et ne boit pas comme
le mari de Blanche. Je n'ai pas honte de lui quand nous
sommes invités à la sous-préfecture. »

À la fin du cahier, elle écrivait en abrégé : « Hier,
quatorzième avortement. Pourquoi ne suis-je pas sté-
rile ? »

Les derniers mots étaient terribles : « 22 décembre
1958 : il est mort. Joyeux Noël à moi. »

Juliette remit les lettres en place (elles appartenaient
au piano) mais conserva le cahier.

Un matin, au courrier, le facteur apporta une lettre
réexpédiée de Paris. L'enveloppe portait le cachet de
Noblette & Farland. Son dossier avait été retenu. Juliette
Tuille était admise à un stage d'un an, chez Noblette.
Non rémunéré.

L'été de Juliette se termina à Giraines. Ce mois
presque solitaire lui fit du bien. Elle observait les fleurs
et les fourmis, Chocolat et les araignées, les rosiers et
les fraisiers. Elle ne parlait pas beaucoup avec Charlot.
Elle accompagnait Marguerite dans les champs. Marguerite se plaignait toujours du temps.

– Quand il fait beau, vous vous plaignez, quand il pleut aussi... Vous n'êtes jamais heureuse, disait Juliette.

– Le bonheur, disait Marguerite, c'est encore un mot de Parisien. Ça n'existe pas à la campagne. On vit avec le temps et les récoltes. C'est pour ça que c'est si important la météo...

– Mais, disait Juliette, tu t'es mariée, Marguerite. C'est que tu l'aimais, Simon...

Marguerite haussait les épaules.

– Il me fallait un homme pour cultiver les champs et c'est tout. Le premier qui m'a prise, j'ai dit « oui »...

– Mais t'as été heureuse ?

– Ma foi ! Mes petits sont en bonne santé et on a eu de quoi les élever. Le reste...

Le reste, c'est ce qui fait mon quotidien à moi, pensait Juliette. Minette rêvait au beau professeur, Marguerite est abonnée à *Nous Deux*, moi je poursuis avec acharnement un idéal masculin qui n'existe peut-être que dans les rêves ou dans les livres. Et si c'était moi, la dupe et la victime ?

À Paris, Martine s'était inscrite à des cours d'anglais commercial. Elle sortait de la Coop à sept heures moins le quart pour être place de l'Odéon à huit heures moins le quart. Tous les soirs. Sur le prospectus, ça s'appelait l'« immersion totale ». C'était le seul moyen d'effacer le souvenir d'un long imper et d'un sourire éclair que lui renvoyait chaque coin de rue.

– Mais tu ne t'arrêteras jamais ? demandait Bénédicte, étonnée par la puissance de travail de Martine.

– Quand je m'abrutis, ça va mieux...

– C'est Richard ? Ça recommence ? Pourquoi ne vas-tu pas le voir ? Il est sûrement rentré...

– Je me suis assez exhibée. À lui de faire un petit pas maintenant.

– Tu veux que j'y aille ?

– Je veux surtout ne plus en parler, l'effacer de ma mémoire. Black-out. Erase… Et ce n'est pas en m'en parlant que tu m'aideras.

Bénédicte décida d'y aller elle-même. La famille Brusini ne la connaissait pas et si Richard était là, elle lui parlerait. C'est Mme Brusini qui lui ouvrit. Bénédicte eut le temps de remarquer que les graffiti à la bombe avaient été effacés, mais la façade n'avait pas été repeinte pour autant.

– Bonjour, madame. Je travaille pour le Comité national de recensement de la population française…

– Vous avez votre carte ?

Bénédicte montra rapidement le sigle tricolore de sa carte de presse et Mme Brusini la fit entrer.

– Faudra faire vite… J'ai mon dîner à cuire.

Bénédicte sortit un crayon, des imprimés piqués au journal et posa ses questions : nombre d'enfants et situation des enfants. Mme Brusini ne comprenait pas. Bénédicte s'énerva.

– Qui est le chef de famille ? demanda-t-elle sèchement.

Après tout, une vraie enquêtrice aurait de l'autorité.

– Mon mari, mais il est alité… Et mon fils aîné est en déplacement. À Marseille…

– Profession du mari et du fils ?

Mme Brusini hésita un instant, puis lâcha :

– Mon mari est au chômage et mon fils est journalier, à Marseille… Il travaille au port… Il nous envoie un peu d'argent à la fin du mois.

– Adresse de votre fils à Marseille ?

Plus elle parlait sèchement, plus Mme Brusini filait doux. Elle se leva et alla fouiller dans un tiroir de son buffet. Bénédicte la vit qui s'appliquait à retrouver l'adresse de Richard et eut un étrange sentiment de pouvoir… Pourquoi suis-je si hardie quand il s'agit de

432

jouer un autre rôle que le mien ? Comment, moi, qui ai si peur de la vie, j'arrive à faire des coups comme ça ? Personne ne m'aide, en ce moment… Personne ne m'a donné la main ni conduite jusqu'ici…

Mme Brusini revint s'asseoir, une lettre à la main. Elle tira la lettre de l'enveloppe et lut une adresse : rue Martini, 36. Appartement J5.

Bénédicte nota l'adresse et posa encore quelques questions. Puis elle replia son dossier et prit congé.

Mme Brusini la raccompagna jusqu'à la porte en s'excusant bien de l'avoir mise en retard. Bénédicte ne prit pas la peine de répondre.

Chapitre 8

– Elles étaient une dizaine environ et, à ce que j'ai compris, elles voulaient déposer une gerbe à la femme du Soldat inconnu…

– À qui ? demanda Regina qui avait soudain des doutes sur son français.

– À la femme du Soldat inconnu. C'est ce qui était écrit sur leurs banderoles : « Il y a plus inconnu encore que le Soldat : sa femme… »

Mathilde était rentrée très agitée. Joan et elle se promenaient sur les Champs-Élysées lorsqu'elles avaient aperçu un groupe de femmes qui se dirigeait vers l'Arc de Triomphe. Joan avait pressé Mathilde de se joindre à elles. Elles n'en avaient pas eu le temps : des policiers avaient aussitôt arrêté les manifestantes, leur avaient arraché gerbes et banderoles et les avaient embarquées au commissariat. Mathilde et Joan avaient assisté à toute la scène, médusées.

Regina écoutait en mangeant des compotes de coing rapportées d'Allemagne, goulûment à même le pot.

– Je me rends surtout compte que, si je continue comme ça, je vais devenir énorme et plus aucun homme ne voudra de moi. Même pas le Soldat inconnu…

Mathilde avait les joues en feu.

– Je ne sais pas pourquoi, mais ça m'a fait quelque chose de voir ces femmes manifester toutes ensemble… D'habitude, ce sont les hommes qui défilent… Y en

434

avait une qui tenait une pancarte qui disait : « Un homme sur deux est une femme. » J'y avais jamais pensé…

— Un homme sur deux est une femme. Mais combien sont des maris possibles ? demanda Regina, la bouche pleine.

— Vous voulez vraiment vous marier ? dit Mathilde.

— Je n'attends que ça. Je vois pas ce que je pourrais faire d'autre. J'ai pas de diplômes, pas de fortune personnelle, pas de formation professionnelle. En fait, je ne sais rien faire…

— Quand je me suis mariée, j'étais comme vous.

— Ben, vous voyez. Et, maintenant, vous avez de beaux enfants, une belle maison, un gentil mari. Vous avez réussi votre vie…

Mathilde opina. Elle avait réussi sa vie. Et, pourtant, il lui manquait quelque chose.

Le lendemain, *France-Soir* titrait : « Les manifestantes féministes de l'Étoile n'ont pas pu déposer leur gerbe. » L'article parlait de Mouvement de libération des femmes, faisait un bref historique du Women's Lib américain et rappelait que la veille, à New York, 25 000 Américaines avaient envahi les rues.

Quand Martine rentra de son cours d'anglais ce soir-là, Mathilde alla la trouver dans sa chambre et lui raconta son aventure de la veille. Martine l'écouta en souriant.

— C'est drôle ce que vous me dites là, Mathilde. Vous découvrez quelque chose, hein ?

Mathilde rougit légèrement.

Martine reprit :

— Ma mère a été dévorée par le militantisme politique… J'aurais préféré qu'elle lutte pour la cause des femmes. Politique, piège à cons, ça c'est mon slogan… Il n'y a aucun parti qui s'occupe des femmes. D'ailleurs, je ne pense pas qu'on ait besoin d'un parti. C'est à chacune de se libérer… Quand je partirai pour New York, je vous donnerai mes livres. Vous verrez, il y en a qui vous intéresseront…

– Vous ne voulez pas m'en prêter un ou deux, maintenant ?

– D'accord, mais faites attention, Mathilde ! On ne peut plus revenir en arrière après. Qu'est-ce que vous ferez de toutes vos idées nouvelles à Pithiviers ? Vous allez au-devant des ennuis…

– J'aviserai en temps utile.

Martine lui prêta le livre de Betty Friedan, *la Femme mystifiée*.

– Vous croyez que je vais comprendre ? demanda Mathilde.

– Mais oui, fit Martine, presque maternelle.

Ça lui faisait drôle d'initier Mme Tassin à la littérature féministe. Elle était émue.

Mathilde était revenue de Florence, belle, bronzée, différente. Avide et grave. Avide de savoir, appliquée à apprendre.

Elle faisait ses provisions pour l'hiver. Provision de lectures, de concerts, d'expositions…

– Je vous aime bien comme ça, avant vous m'intimidiez, dit Martine.

– Comment ça ?

– Je ne sais pas. La famille Tassin, pour moi, c'était comme un autre monde. Un monde de privilégiés où on a des couverts à poisson et des conversations culturelles à table.

– C'est vrai… Mais, je ne me suis jamais occupée de moi. Tout était toujours par rapport à mes enfants et à mon mari. Je me posais bien des questions de temps en temps, mais je n'avais aucune réponse à leur apporter, alors j'oubliais et j'étais reprise par les petits détails quotidiens. Vous vous rendez compte que, l'année dernière, pour la première fois de ma vie, j'ai pris des vacances toute seule ?

– Maman n'a jamais pris de vacances toute seule, soupira Martine.

– Vous voyez… On fait partie de ces femmes qui découvrent la vie tardivement. À quarante-cinq ans…

Bénédicte regardait évoluer Mathilde avec la répugnance muette d'une mère pour sa fille boutonneuse et amoureuse d'une star de l'écran.

Elle ne comprenait pas. Et si elle avait osé dire ce qu'elle pensait, elle aurait déclaré qu'elle trouvait ridicule que Mathilde se mette à lire les livres de Martine, ridicule qu'elle veuille reprendre des études, ridicule sa manière de s'habiller… Mathilde portait des pantalons larges, des tuniques indiennes, et ses cheveux flottaient en longue tresse sur ses épaules. Mais, surtout, elle repoussait chaque jour son retour à Pithiviers.

– Mais, enfin, maman, ça va bientôt être la rentrée des classes !

– Tu exagères, ma chérie, j'ai encore une bonne semaine.

Quand elle mangeait, Mathilde faisait un bruit étrange avec ses mâchoires : un bruit d'os qui craquent. Avant, je ne l'entendais pas ce bruit, pensait Bénédicte, énervée.

– Et puis, ton père peut bien s'en occuper, lui, pour une fois…

– Papa achetant des cahiers et des livres scolaires ? Tu n'y penses pas !

– Mais, pourquoi pas ?

– Je vois. Ce sont les livres de Martine qui te montent à la tête !

– Tu ferais bien de les lire, toi, ces livres.

– J'en ai pas besoin.

– Je n'en suis pas si sûre.

– Qu'est-ce que tu veux dire ? fit Bénédicte, agressive.

– Rien de spécial.

– Merci bien. J'ai pas envie de ressembler à ces Américaines excitées qui ont défilé dans les rues de New York avec de la bave aux lèvres !

– C'est comme ça que tu me vois, maintenant ? demanda Mathilde, surprise par la violence de la réponse de Bénédicte.

– Oh ! maman… parlons d'autre chose, veux-tu. On va finir par se disputer, et ça n'en vaut vraiment pas la peine.

– Ce ne serait pas si grave. Il paraît qu'il faut toujours tuer sa mère, un jour ou l'autre…

– Et tu dis ça avec un grand sourire ! T'es devenue folle…

Juliette arriva de Giraines au moment même où Mathilde s'était enfin décidée à regagner son foyer. Non sans maudire les fournitures scolaires et les tabliers à marquer. Non sans promettre aussi de revenir.

– Et, cette fois-ci, s'il n'y a pas de place chez vous, j'irai à l'hôtel, tant pis !

Juliette prêta peu d'attention au drame qui se jouait entre Bénédicte et sa mère. Elle n'avait qu'une idée en tête : retrouver Louis.

La maison était presque finie et Charlot satisfait de son nouveau béton. Il était reparti heureux, le chien Chocolat installé sur la banquette arrière au milieu des bidons de formule et des échantillons de béton.

Juliette se rendit à l'hôtel *Lenox*. Ce ne fut pas difficile de connaître l'adresse et le téléphone de Louis. Il avait passé la nuit précédente dans une chambre et y avait oublié tous ses papiers. Juliette ne sut pas si elle devait lui en vouloir ou le remercier.

– Partout où ce mec passe, lui dit le barman, y a des gonzesses qui lui courent après. Je me demande bien ce que vous pouvez lui trouver : il est sale, grossier et fou… Tiens, celle d'hier, un superbe mannequin hollandais, elle aurait été bien mieux avec moi, gentil, attentionné et avec des économies en plus. Lui, il claque tout !

Juliette hésita quelques jours avant d'appeler.

Elle fixait le morceau de papier où elle avait recopié téléphone et adresse, et se disait : Et si je le jetais ? Je me débarrasserais de Louis…

C'était trop tard : elle le connaissait par cœur. Je serais capable d'apprendre le numéro de sa plaque minéralogique et celui de sa Sécu…

Un soir, elle fit le numéro en priant sainte Scholastique qu'il ne décroche pas.

Il décrocha.

Elle reconnut sa voix et sa manière de crier « allô » comme si c'était « au feu ». Il devait être en train de manger, car elle l'entendit mastiquer.

Elle raccrocha.

Pas la force de tenir l'appareil. Une étrange faiblesse lui faisait tourner la tête et gargouiller le ventre.

Et il n'a dit qu'« allô »…

Une heure après, elle refit le numéro.

– Bonjour, c'est Juliette…

– Juliette qui ?

Gloups. Ça fit gloups dans tout son corps. Étranglement, embouteillage des artères, de l'entendement, arrêt du cœur, tours de manivelle pour qu'il reparte. La main qui devient moite sur le combiné, le combiné qui glisse, les cheveux qui graissent, la tête qui pense « je raccroche » et le ventre qui proteste « non, non, non, j'ai envie qu'il me baise et si c'est le prix à payer, tant pis ! ».

Tout plutôt que de me ronger à attendre, récapitula Juliette, et puis, un jour, je prendrai ma revanche. Un jour, je le rencontrerai dans la rue, je serai belle, j'aurai des talons hauts et je ne le regarderai pas. Je me blottirai contre celui qui m'accompagnera sans un cil sur lui…

– Juliette Tuille.

– Ah ! Bonjour… Comment elle va, Juliette Tuille ?

Il avait le ton narquois du joueur qui vient de gagner la partie et qui savoure sa victoire, la hanche négligemment appuyée au bar et un peu de mousse de bière aux commissures des lèvres… Qui va raconter son exploit à ses potes et qui prend son temps… Qui fait bien remarquer combien il prend son temps…

Un à zéro, se dit Juliette. Tant pis. Je raye le mot amour de mon vocabulaire et je deviens pratique. Du cul, du cul, du cul. Je veux qu'il me dise que ça glisse, que c'est bon, que ça coule de partout et qu'il aime ça… Le reste, l'orgueil, l'amour-propre, l'amour du prochain, on verra plus tard.

Ils échangèrent des banalités. Sur le temps qu'il faisait, le temps qui passait, le temps qui s'était écoulé depuis qu'ils ne s'étaient plus vus.

– On pourrait se voir, alors ?

Il proposait, généreux, débonnaire.

– Demain, à midi, enchaîna-t-il.

– Non, je ne peux pas.

Midi, ce n'est pas bien pour des retrouvailles. Il vaut mieux l'obscurité et la main qu'on attrape dans le noir.

– Demain soir, dit-elle.

– D'accord.

Elle raccrocha.

Demain soir, espoir.

Demain soir, je dors avec lui. Fini de me ronger les sangs. Au moins jusqu'à demain.

Après-demain est un autre jour.

Il lui avait donné rendez-vous dans un restaurant chinois. Elle eut beau arriver en retard, elle était la première.

Il entra, les mains dans les poches de son jean, souple et tranquille.

Il lui frotta le crâne en guise de bonsoir.

– Je suis content de te voir.

Ils ne parlèrent pas de la nuit où il était parti.

Ils évoquèrent la maison. Charlot, les travaux, Martine, Émile, Bénédicte. À onze heures, il regarda sa montre et se leva :

– J'enregistre au studio à onze heures et demie.

– Toute la nuit ?

– Toute la nuit.

– Je peux venir ?

– Vaut mieux pas.

Dans la rue, il l'embrassa et demanda :

– On se revoit quand ?

– On laisse faire le hasard, dit Juliette.

Et, cette fois-ci, ce n'est pas moi qui le provoquerai. Qu'il aille au diable !

Il aima sa réponse.

Il aimait beaucoup de choses en elle.

Pendant le dîner, il avait été aux toilettes et, en revenant s'asseoir, il l'avait vue de loin : le menton dans la main, les cheveux ébouriffés, et les cils comme des pinces de crabe.

Il avait eu un frisson dans le dos : elle avait la concentration du fauve qui guette sa proie. Elle se léchait presque les babines. Je ne veux pas, s'était-il dit, je ne veux pas. Et il avait inventé la séance du studio. Ce soir, je me lèverai une fille et je la baiserai en fermant les yeux, en me concentrant sur ses seins ou son cul…

Depuis qu'il était rentré à Paris, il cherchait du travail. Le film avec Bertolucci se faisait sans lui. Le temps passait et, lorsqu'il comptait sur ses doigts, il se trouvait presque vieux. Vingt-huit ans et rien fait.

Il avait repris la musique et les pubs. Les studios où

441

il chantonnait pour Chambourcy. Au moins, il gagnait de l'argent.

Je veux devenir une star. Avec mon nom en grand sur les affiches et de longues queues devant. J'en ai besoin. Pour aller bien. Et merde à ceux qui crachent dessus ! Et elle, si je ne lui montre pas qui est le plus fort, je la perdrai. Ne pas obéir au chantage. Être le maître-chanteur.

Elle l'avait appelé et s'était faite belle pour lui. Il l'avait emmenée dans ce petit restaurant qui sentait le bouillon. Le néon lui tombait droit sur le nez. C'est trop facile pour elle : quand ça va pas, elle siffle et un mec accourt. Pas moi. Et je ne veux pas qu'elle m'explique pourquoi elle a agi ainsi. Je ne veux pas comprendre. Pas devenir objectif. Si je comprends, je suis foutu. Je deviens son copain, je comprends tout, je permets tout. Pas être copain. Pas comprendre. Pas supporter. Rester debout, tout droit, assez loin pour que l'autre vous désire. Même quand on a envie de glisser sa main sous la table et sous la jupe, envie de l'emmener se coucher sur son matelas, la fille aux pinces de crabe.

Chapitre 9

– Je veux le voir, je veux le voir, répétait Juliette en donnant des coups de pied dans des cailloux, aide-moi, Charlot, aide-moi.

– Mais pourquoi tiens-tu tellement à le voir ? Tu n'étais pas si acharnée avant qu'il ne t'envoie promener !

– Pourquoi ? Parce que j'en ai envie. Là, là et là.

Elle montrait sa tête, son cœur et son ventre.

– C'est pas des bonnes raisons, ça ?

Charlot remonta son cache-nez. Il commençait à faire froid en ce début d'octobre. Il allait falloir faire rentrer du fuel pour l'hiver.

Louis venait souvent le voir. Il ne lui parlait jamais de Juliette. Ils se promenaient dans le jardin qui descend doucement vers la Seine et les barques. Louis lançait un bâton à Chocolat qui, au lieu de le rapporter, gambadait, triomphant, le bâton dans la gueule.

– Il est con, ce chien, disait Louis en partant à l'assaut de Chocolat.

Louis plongeait à terre et Chocolat l'esquivait. Charlot était stupéfait de la violence avec laquelle il se jetait sur le chien. Même le chien était étonné et finissait par lui abandonner le bâton.

Louis parlait sans arrêt de son travail. Ou plutôt du fait qu'il n'arrivait pas à travailler.

– Attends un peu. Ça va changer quand tes films sortiront en France.

– Sortiront jamais.

Puis, il restait silencieux pendant tout le reste de la promenade.

– À quoi tu penses. Charlot ? demanda Juliette.

– À Louis.

– Tu vois, toi aussi. Avec les autres garçons, je m'ennuie. Rien que la façon dont ils lisent et commentent le menu au restaurant me donne envie de bâiller. Sauf peut-être Nizot…

– Nizot ? C'est qui celui-là ?

– Tu sais, le type qui travaillait au *Figaro* avec Bénédicte. Il m'a rappelée plusieurs fois et je suis finalement allée au cinoche avec lui, un soir. Il est raide dingue amoureux et me regarde comme si j'étais… Tout !

Et ça me fait du bien, beaucoup de bien, ajouta Juliette mentalement.

– Et Bénédicte, qu'est-ce qu'elle en dit ?

– Elle le sait pas. Il prend un nom de code quand il m'appelle à la maison. Frédéric Moreau.

– Ah ! C'est celui qui veut écrire ?

– Oui et il écrit d'ailleurs. Il a commencé un roman. Je l'aime bien, mais… Bon… je suis pas amoureuse. Charlot, Charlot, juste une entrevue avec Louis et, si ça ne marche pas, je te promets que je t'ennuierai plus.

Un samedi matin, Charlot appela Juliette :

– Il est là.

– J'arrive.

– Mais je ne veux pas être mêlé à tout ça.

Il parlait tout bas contre le combiné, et Juliette hurla : « Merci, Charlot » dans l'appareil.

Je ne vais pas me laver les cheveux ni me faire belle, il se douterait de quelque chose.

444

Elle vérifia qu'il y avait assez d'essence dans le réservoir de son Solex, puis partit pour l'île de la Jatte.

Il était là.

Dans l'atelier de Charlot.

Elle joua la surprise.

– Oh ! Louis… Bonjour.

– 'jour.

Il était penché sur une pièce qu'il limait.

Juliette ne fit pas attention à lui et se tourna vers Charlot :

– Ça y est, j'ai commencé chez Noblette et ça se passe très bien.

Charlot fit des yeux tout ronds. Bien sûr qu'elle avait commencé chez Noblette. Depuis quinze jours…

– Je prendrais bien ton brevet pour m'en occuper à l'étranger…

Elle joue les femmes d'affaires pour l'épater, se dit Charlot.

Louis n'avait toujours pas relevé la tête et semblait absorbé par son travail. Charlot ne savait pas comment s'éclipser de manière naturelle.

Juliette lui faisait de grands signes dans le dos de Louis pour qu'il s'en aille.

– T'as fermé la barrière ? demanda Charlot.

– Non, fit Juliette qui se rappelait très bien l'avoir soigneusement refermée.

Charlot tremblait toujours que Chocolat aille sur la route et se fasse écraser.

– Mon Dieu ! Chocolat ! j'y vais… cria-t-il en s'éclipsant.

Juliette défit son blouson et se rapprocha de Louis :

– Une chance qu'on se retrouve ici…

– Une chance pour qui ?

– Tu fais quoi, là ?

– Je récupère un vieux cardan pour la voiture d'un pote.

– Et à part ça ?

– À part ça ? Rien du tout.

Il continuait à bricoler sa pièce.

Juliette vint s'appuyer contre l'établi, lui ôta le cardan des mains, lui ôta la lime, mit ses bras autour de sa taille, puis, glissant une jambe entre ses jambes, elle l'embrassa doucement. Au début, il serra les dents et détourna la tête, mais elle frotta son genou contre sa cuisse et enfonça sa langue dans sa bouche.

– Salope…

Il lui attrapa le visage dans ses mains et l'embrassa à perdre l'équilibre. Ses doigts descendirent sur ses seins, ses jambes pesèrent contre ses cuisses. Juliette poussa un soupir et glissa sa main dans son pantalon, prit son sexe et le caressa. Elle se préparait à retirer son jean pour qu'il la prenne, là, sur l'établi, quand il se redressa :

– Juliette, c'est idiot… Je ne peux rien pour toi. Je ne peux pas te donner ce dont tu as envie.

– Et j'ai envie de quoi, d'après toi ?

– Tu veux qu'on fasse comme tes parents, qu'on s'installe, qu'on joue au couple, qu'on soit fidèle et tout ça. Je ne peux pas.

– Et si j'abandonnais cette idée ?

– Il t'en viendrait une autre. Similaire. Jusqu'au jour où tu finirais par l'emporter, pas par amour, mais parce que je suis paresseux et lâche.

– T'as peur ?

– Peut-être.

Elle réfléchit un instant :

– Je ne suis pas habituée à des garçons comme toi.

– Moi non plus. J'arrive pas à m'habituer à moi.

Juliette rit.

Il reprit :

– Un rien me rend heureux, un rien me rend malheureux. Si je suis seul, ça va…

– J'ai envie d'essayer quand même.

– Tu vois ? T'es prête à tout.

– Alors, disons que j'ai envie de te voir.

– Pour baiser ?

– Pour baiser.

– J'aime mieux quand tu dis la vérité.

– On commence quand ? demanda Juliette.

– Demain soir.

– D'accord.

Elle sauta de l'établi. Se rajusta.

– Dis-moi un mot tendre avant que je parte, juste un… Il reprit son air méfiant. Secoua la tête. Juliette insista :

– S'il te plaît, un mot tendre pour la route.

Il avait repris son cardan et le détaillait avec application.

Juliette soupira. Elle renonçait.

Elle enfilait son blouson, lui tournant le dos quand elle l'entendit murmurer :

– Bitte.

Elle sourit. Se retourna et répondit :

– Couilles.

Rue des Plantes, une lettre l'attendait.

Elle reconnut l'écriture de ses parents et l'ouvrit, fébrile.

Réconciliation ? Déclaration d'amour ? Signature d'armistice ? Ils reconnaissent que j'ai grandi et s'engagent à respecter mon territoire… Moi aussi, je les aime, même si on ne se comprend pas quand on parle français. Après tout, on peut décider de s'aimer en sourd-muet.

Elle se laissa tomber sur le lit, serrant l'enveloppe contre elle.

Une feuille pliée en quatre tomba, puis un chèque de deux mille cinq cents francs signé par M. Marcel Tuille, le Chat-Botté, 26 rue de la Couronne, Pithiviers.

Elle ouvrit la feuille pour la lire. Elle était blanche. Pas un mot.

– Oh non ! gémit Juliette, les yeux pleins de larmes.

Elle se laissa aller à pleurer, puis se reprit. Les larmes, ça ne sert qu'à s'apitoyer sur soi-même.

Elle prit le chèque, le déchira en petits morceaux, les mit soigneusement dans une enveloppe sur laquelle elle inscrivit l'adresse de ses parents. Puis elle alla à la poste. Aussitôt. Pour ne pas revenir sur sa décision.

Et qu'est-ce que je vais faire, maintenant ? C'est un beau geste. Une belle réplique. Tel Surcouf au fond de sa cale, quand le capitaine anglais, qui vient de le faire prisonnier, l'insulte : « Vous, les Français, vous vous battez pour l'argent, tandis que, nous autres, Anglais, on se bat pour l'honneur ! » « On se bat toujours pour ce qu'on n'a pas », avait ricané le vieux corsaire, les deux pieds dans les fers.

Elle n'avait plus un rond, mais des provisions d'honneur. Surcouf, lui, avait fini par faire fortune, pavant le sol de sa maison de Saint-Malo de pièces d'or ! Comme Napoléon lui interdisait de mettre les pièces à plat sous prétexte qu'on allait piétiner son effigie, il les avait mises sur tranche ! La marine française était ruinée, et Surcouf dorait ses parquets. C'était un pirate, certes.

Une idée vint à Juliette.

Une idée qui lui fit faire la grimace, mais qu'elle se promit d'examiner. Il fallait voir les choses en face : elle n'avait plus d'argent.

Pas question d'en emprunter à Charlot. Il était trop radin.

Ni à Louis.

Ni à Martine.

Ni à Bénédicte.

Pas question de vendre sa maison.

Alors ?

Virtel…

Si sa proposition était toujours valable... Pourquoi pas ?

Pirate ou courtisane ? Si, au lieu de penser « pute », je pense courtisane, c'est déjà plus facile.

Courtisane... Il n'y a pas si longtemps, c'était un moyen comme les autres pour une femme d'arriver. Aussi honnête que corsaire. Je mets le bandeau noir de Surcouf et les robes en cerceaux de la Païva... je monte à l'assaut de Virtel et lui pique son blé. Le temps de remplir les cales de mon bateau, de faire un pied-de-nez à mes parents et de convaincre mon Prince Charmant...

Juliette n'était pas vraiment sûre que ce soit une bonne idée.

Elle se donna deux semaines pour réfléchir.

Cinquième partie

Chapitre 1

Le 10 novembre 1970, dans la matinée, les standards téléphoniques de Paris explosèrent et la capitale fut privée de téléphone.

Martine, qui s'était réveillée avec des courbatures et de la fièvre, voulut appeler Mme Mersault, la gérante de sa Coop, afin de la prévenir qu'elle ne viendrait pas travailler. Le médecin, que Regina avait appelé tout de suite, l'avait examinée et lui avait ordonné de rester au lit.

Il n'y avait pas de tonalité. Martine secoua le combiné, l'injuria, injuria les Postes françaises, la technique française, puis se précipita dans la salle de bains où Regina faisait ses vocalises.

– On n'a pas payé le téléphone depuis quand ? demanda-t-elle.

– Lô-a-lô-a-lô-a-lô-a-lô… On est parfaitement en règle… Li-ô-li-ô-li-ô-li-ô-li.

– T'es sûre ?

– Assurément. Pourquoi ?

– Y a pas de ligne…

– Attends un peu, ça va se rétablir. Tu sais les P. et T…

Martine referma la porte, dépitée. Elle tenta à nouveau de téléphoner, souleva le combiné, l'injuria, le brutalisa. Sans résultat.

Elle alla se mettre au lit. Trop fatiguée pour lire, elle alluma son petit transistor qu'elle cala dans un pli de la couverture. Elle reposait dans une douce absence, le corps douloureux, la tête vide, lorsque le flash de onze heures la tira de sa torpeur.

« Comme nous avons été les premiers à vous l'annoncer ce matin, le général de Gaulle est mort, hier soir, à dix-neuf heures vingt-huit, dans sa propriété de la Boisserie, à Colombey-les-Deux-Églises… »

– Merde ! s'exclama Martine. Vieux de Gaulle est mort. C'est papa qui va être content !

– Depuis ce matin, les Français, bouleversés, commentent la nouvelle et les standards téléphoniques de Paris, sursaturés, ont sauté.

Ah ça ! pour commenter, ils vont commenter. Les Français vont se refaire, en vingt-quatre heures, trente ans d'Histoire de France et confectionner au vieux général qu'ils renvoyaient, il y a même pas un an, à ses *Mémoires* et à ses moutons, un véritable habit de lumière.

Elle éteignit son poste. Elle ne voulait pas subir le flot d'éloges mortuaires qui n'allait pas manquer de suivre. Vont pas se priver, maintenant. De son vivant, il les encombrait, tandis que maintenant ils vont pouvoir le récupérer, l'ajuster à leur taille, se l'approprier. Je hais cette hypocrisie. C'est vrai, quoi, il suffit d'être mort pour devenir quelqu'un de formidable. Devrait y avoir une case dans les curriculum vitae, qualité du demandeur d'emploi : mort ou vif. Vous soulignez mort et vous êtes à tout coup engagé. L'homme le plus critiqué de son vivant allait virer au héros national. Je ne veux pas entendre ça. Les Français aiment bien les morts, surtout les morts illustres. Ça leur file des centimètres d'importance. Moi vivant, lui mort.

Et puis, c'est si agréable un mort : on se retourne vers son passé et on le trouve grand, glorieux, heureux. Une raison de plus de s'apitoyer sur le présent pas terrible et de se bander les yeux quant à l'avenir pas radieux. Ah !

on existait en ce temps-là… La France était un grand pays. Cocorico en play-back et à l'imparfait. Jeanne d'Arc, Louis XIV et Napoléon vont resservir. On va les dépoussiérer et les faire parader. Bon, y en a une qui est morte brûlée, l'autre fou gâteux et le troisième abandonné sur un rocher. C'est pas grave, c'est notre Histoire, notre Passé, notre Grandeur.

Seule, dans son lit, à râler. T'es bête, ma pauvre fille…

Les morts célèbres pullulaient, en ce moment. Pas moyen d'ouvrir un journal sans se heurter à un cadavre. Suivi d'éloges. Suivi de nostalgie. Suivi d'oubli. Y en avait pour tous les goûts : pour la ménagère, le fin lettré et le politique. Bernard Noël, Luis Mariano, Bourvil, Giono, Dos Passos, Mauriac, Mac Orlan, Nasser, Kerenski, Daladier. Pas tous égaux au sismographe des sanglots. Parce que, même dans la mort, y a les bons et les mauvais élèves… Ceux qui ont droit à un programme spécial à la télé et ceux qui écopent de trente secondes de notule funèbre. Le moyen de passer à la postérité en faisant si court ! Faut mourir le bon jour pour ne pas rater sa sortie.

Et si Richard était mort ?

Personne n'en aurait parlé. À toute vitesse sur l'autoroute ou dans une combine douteuse ?

Quand elle était faible ou fatiguée, Richard devenait flou. Une décalcomanie doucement délavée. Une silhouette à qui elle aurait dit « bonjour, monsieur », si elle l'avait rencontré dans la rue. De lui, elle ne gardait qu'un sourire express, un nom secret : Marine, et des mots, des expressions qui la faisaient encore rire. Un jour, elle l'avait traîné au musée d'Art moderne voir une exposition de peintres américains contemporains. En sortant, comme elle lui demandait ce qu'il en pensait, il avait murmuré :

– Cacas de nez, colonies de pédés…

C'était devenu un signal entre eux. Signal de connivence, de réconciliation, de déclaration d'amour. On nous regardait, stupéfaits, quand on les surprenait en train de se murmurer «cacas-de-nez-colonies-de-pédés», mais, eux, ils savaient. Quand elle appuyait sur ces mots, ça lui faisait mal. Très mal. Sinon, tout autour, c'était indolore… Était-ce le début de l'oubli ? Ou une accalmie avant d'autres douleurs ? Elle était novice en souffrances d'amour. Elle apprenait au fur et à mesure. Peut-être vaudrait-il mieux qu'il soit mort… Je serais veuve.

C'est plus noble que plaquée.

Plus confortable. Plus valorisant. C'est un titre en société. Veuve de Richard le voleur. Comme Yvonne, veuve du général de Gaulle qui a sauvé la France. On a droit à une pension, à de la considération, à de l'affection. Tandis que les plaquées, ça engendre la pitié par-devant, le ricanement par-derrière.

Le moyen de cicatriser en paix avec ça ! Faut slalomer entre les regards, les murmures et ses propres blessures.

Elle ralluma son poste pour échapper à ses divagations intérieures.

Encore de Gaulle…

Martine avait raison. Les jours qui suivirent furent extrêmement bavards. Les langues et les plumes allèrent bon train. Pas seulement en France. Le monde entier prit le deuil et Paris, pour quelques jours, devint ce que le général avait toujours rêvé pour son «cher et vieux pays» : le centre du monde.

Au *Figaro*, vingt-quatre reporters et photographes couvraient l'événement. Émile Bouchet fit preuve de tant de zèle et de sens d'organisation que Larue lui demanda de superviser les reportages.

La veille de la messe à Notre-Dame, le 11 novembre

au soir, un grand rassemblement eut lieu sur les Champs-Élysées avec pose de gerbes et défilés d'Anciens Combattants sous l'Arc de Triomphe. Émile envoya Bénédicte faire un « papier d'ambiance » :

– Tu me croques des visages dans la foule, l'atmosphère, le recueillement, les étrangers, les vieux combattants, enfin tu vois quoi…

Sa tâche de grand superviseur lui donnait du poitrail, et il se gonflait d'importance au point d'en devenir convexe.

Bénédicte, que cette mission ennuyait, demanda à Juliette si ça lui ferait plaisir de l'accompagner. Juliette acquiesça. La mort du général l'avait émue.

Il ne lui était jamais apparu comme un politicien. La politique ennuyait Juliette. C'était, comme en classe, avoir la moyenne. Et ça ne l'intéressait pas. Le général voulait des mentions pour la France. Et il essayait de l'entraîner au sommet en lui racontant des rêves de grandeur. Un magicien romantique qui rêvait que sa princesse soit la plus belle, la plus respectée, la plus courtisée. Un Prince Charmant drapé dans les couleurs de la France et qui s'était pris les pieds dans son drapeau.

Juliette aima cette foule de Parisiens, recueillie et digne. Elle eut des larmes aux yeux. Elle fut fière d'être française. C'était la première fois qu'elle avait le sentiment d'appartenir à un pays, à une culture, à une histoire. C'est sûrement ce qu'elle regretterait le plus : de Gaulle avait su inventer le french dream qui, comme tous les dreams, sont fabriqués mais vous fixent des ailes dans le dos. Après lui, plus personne n'oserait.

La France redeviendrait naine. L'histoire de De Gaulle avait été l'Histoire de France ; l'histoire de Pompidou était celle d'un homme né à Montboudif, etc.

Elle pensait à tout cela en suivant Bénédicte qui, crayon et bloc en main, interviewait des gens dans la foule. Bousculée, trempée – il pleuvait sur Paris –, elle essayait de ne pas perdre de vue son amie qui se démenait.

– Viens, on va essayer de se rapprocher de l'Arc de Triomphe, dit Bénédicte.

Un instant, Juliette eut peur, puis elle l'agrippa par un pan de son Burberry's et ne la lâcha plus. Bénédicte se frayait un chemin en donnant des coups de coude, et des personnes protestèrent. Juliette baissa les yeux. Gênée. Elles parvinrent, enfin, au premier rang, juste derrière les forces de police. Un gigantesque drapeau bleu, blanc, rouge, flottait sous l'Arc de Triomphe, éclairé par un faisceau tricolore. La nuit était tombée, et le ciel noir de Paris était strié de lumières. Malgré la pluie, la foule se serrait autour de la place et, de temps en temps, on entendait « Vive de Gaulle, vive le général de Gaulle », aussitôt repris en chœur. Juliette se retint de crier. Peur du ridicule. Peur du regard de Bénédicte qui prenait des notes en râlant.

Sous l'Arc de Triomphe se tenaient des élèves des grandes écoles, une brochette d'Anciens Combattants et des messieurs tout en gris. La fanfare de la Garde républicaine fit retentir *la Sonnerie aux morts* puis joua *la Marseillaise*. Juliette ne put s'empêcher de pleurer. Elle renifla pour arrêter ses larmes. Elle eut à peine le temps de reprendre sa respiration que Bénédicte la tira brusquement vers elle, en lui disant :

– Viens ! J'ai aperçu des Japonais, là-bas. Je vais aller leur parler. C'est bon, ça.

Après les Japonais, il y eut un Américain et deux jeunes Anglaises qui avaient mis un crêpe noir à leur drapeau national.

– Extra, conclut Bénédicte. J'ai tout ce qu'il me faut. On va au journal.

Elle devait écrire son article tout de suite. Elles retournèrent au *Figaro*. Pendant qu'elle griffonnait sur le bout d'une table, Juliette regardait la grande pièce transformée en bureau d'état-major où Émile officiait. Elle eut du mal à reconnaître le petit homme en pyjama qui beurrait ses tartines rue des Plantes. Il lui dit bonjour distraitement.

Du balcon, elle aperçut les Champs-Élysées qui se vidaient. Je viens d'assister à un moment historique, se dit-elle. Un jour, je raconterai tout ça à mes enfants et petits-enfants.

Chapitre 2

Louis maniait à nouveau la masse et la truelle. Dans une cave, rue du Temple. Quand Juliette arriva, ce soir-là, il était en train de faire un mélange de mortier. Son jean n'avait plus de pièces aux fesses et était déchiré aux genoux. Il portait un vieux pull rouge, trop petit pour lui. Juliette le regarda. Je suis amoureuse d'un marmot qui joue, au square, dans son bac à sable.

– Ben, qu'est-ce que tu fais là ? demanda-t-elle.

– Tu vois, je fais travailleur manuel.

– Ah…

Il n'était pas le seul à « faire travailleur manuel ». Une quinzaine de garçons et filles étaient occupés à scier des planches, planter des clous, peindre des panneaux.

– Tu t'installes en communauté ?

– Exactement, ma puce. Et à partir d'aujourd'hui, va falloir me partager.

Juliette alluma une cigarette.

– Tu fumes ? demanda Louis.

– Ça m'arrive quelquefois… C'est le béton de Charlot ?

– Non. Il refuse de me passer sa formule. Même toute préparée. À moi, tu te rends compte ? On est un peu en froid à cause de ça.

Une fille blonde s'approcha et, sans regarder Juliette,

460

demanda à Louis s'il venait manger un morceau avec eux au bistrot.

– Non, je suis avec une camarade. Marie-Ange, Juliette.

Les deux filles se dirent bonjour sans beaucoup de conviction.

– Bon, on se retrouve après. Y a les autres qui veulent bosser tard, ce soir, dit Marie-Ange.

– D'accord.

– C'est qui, celle-là ? demanda Juliette, une fois que Marie-Ange fut partie.

– C'est une fugueuse. Elle va jouer dans la troupe. Elle veut faire actrice. Mignonne, hein ?

Juliette fit la moue. Elle se sentait tout à coup terriblement bourgeoise dans ce décor. Je vais en fac, je travaille dans un cabinet de droit international, j'habite une grande maison. Bon, d'accord, j'ai pas un rond et il va bientôt falloir que je me prostitue…

– Et qu'est-ce que vous allez faire dans cette cave ?

– Du théâtre, ma puce. Puisque les institutions ne veulent pas de nous, on va monter nos propres tréteaux avec nos textes et nos tronches. Ah ! bien sûr, ce sera pas le Français, mais ça coûtera moins cher…

– Et t'as décidé ça, quand ?

– J'ai rien décidé. J'ai rencontré Bruno, le grand brun là-bas, au fond, celui qui repeint…

Il le lui désigna du bout de sa truelle.

– … chez mon agent. Enfin, celui qui était censé être mon agent, parce que j'ai pas dû lui coûter cher en téléphone ! Faute de rôle, il bricolait, il repeignait des appartements. On est allés boire un coup ensemble. On s'est même un peu beurré la gueule et puis, il y a trois semaines, il m'a appelé. Il m'a demandé si ça m'intéressait de me joindre à une troupe, fallait pouvoir jouer la comédie et taper sur des clous, je me suis dit

461

« pourquoi pas ? ». Ça ne m'empêchera pas de continuer à faire mes petites musiques de pub… T'as faim ?

Juliette fit signe que oui.

– On va manger ici. Y a tout ce qu'il faut.

Il alla fouiller dans un carton et revint avec une bouteille de vin et des conserves. Il ouvrit une boîte de sardines à l'huile, une boîte de fruits au sirop et une boîte de crème Mont-Blanc au chocolat. Puis il déboucha la bouteille.

– À toi l'honneur, déclara-t-il à Juliette en lui tendant les sardines à l'huile.

– Y a pas de pain ?

– Attends, je vais voir.

Il se leva et rapporta du pain de mie sous cellophane. Il déchira le paquet d'un coup de dents, tendit une tranche à Juliette qui prit une sardine et l'allongea délicatement sur le pain. Louis plongea ses doigts dans la boîte et attrapa deux sardines qu'il avala sans mâcher. Puis il s'essuya les doigts sur son jean et, la bouche pleine, continua :

– Ça va marcher… Les gens en ont marre de payer des fortunes pour voir des pièces de constipés. Nous, pour le prix des places, on a prévu une grande roue et des numéros de un à cinquante. Ce sera une loterie : celui qui tirera le numéro un paiera un franc, etc. Pas mal, hein ?

– Ça fait longtemps que je t'avais pas vu aussi enthousiaste !

– Je me démène, je me démène… Ce qu'il y a de sympa, c'est qu'il y a plein de nanas…

Juliette haussa les épaules, furieuse. Qu'est-ce qu'il l'énervait quand il parlait comme ça ! Sale gamin qui me nargue avec son seau et sa pelle.

– Je m'en fiche, tu sais. Chez Farland, y a plein de mecs aussi. J'en fais pas tout un plat.

– Ah, ah, elle est vexée. Elle boude.

– Ça m'est complètement égal. Chacun sa vie, non ?

– Exact. Tu veux un peu de crème au chocolat pour ton cancer du foie ?

– Non, merci. Mes doigts sentent la sardine et j'en ai pas de rechange.

Louis lui sourit.

Son ulcère s'était calmé ces derniers jours et il dormait sans somnifères. Cet endroit lui plaisait. Ça va être sale, moche et dans le vent. Ici, je vais pouvoir parler vrai, écrire vrai, arrêter de me faufiler dans des rôles bidon où le metteur en scène exige que je pique des fausses colères avec de faux mots.

– Et après ce délicieux repas, on fait quoi ? demanda Juliette.

– Rien, ma puce. Moi, je me remets au boulot.

– …

– T'as entendu Marie-Ange ? On bosse tard, ce soir. On ouvre dans une semaine et on n'a pas fini.

– Ah bon… T'aurais pu me le dire avant !

– Écoute, Juliette, entre toi et mon boulot, je choisis mon boulot. C'est clair ?

– Lumineux. Alors, salut, hein ?

Elle afficha son plus beau sourire et sortit. Dans l'escalier, elle croisa Marie-Ange et le reste de la troupe. Elle s'effaça pour les laisser passer.

– Tu restes pas avec nous ? demanda le grand brun qui devait être Bruno.

– Non. À bientôt.

Ce fut Louis qui rappela le premier.

– Alors, ma mine, on est fâchée ?

– Pas du tout. J'ai beaucoup de travail, c'est tout.

– On se voit quand ?

– Chais pas…

– T'es fâchée. Ça s'entend. Qu'est-ce que tu veux

que je fasse ? Que je me roule à tes genoux ? Que je te couvre de bijoux ? Que je t'écrive une lettre ?

Juliette faillit éclater de rire. LOUIS, ÉCRIRE UNE LETTRE. Autant lui demander de dire « je t'aime » au clair de lune avec des fleurs et un violon.

– Pas chiche, dit Juliette.

– Absolument chiche, répondit Louis.

– D'accord, j'attends.

Deux jours plus tard, elle recevait une lettre : « Mademoiselle Juliette Tuille, 64, rue des Plantes, Paris 14ᵉ. »

– Tu ne croiras jamais ce qui m'arrive, dit-elle en agitant la lettre sous le nez de Martine qui s'apprêtait à partir. Louis m'a écrit…

– Non ! s'exclama Martine. Il sait écrire ?

Juliette déchira l'enveloppe et en sortit une grande page blanche sur laquelle Louis avait écrit une lettre, une seule lettre énorme, ronde et grasse, ironique et obscène : Q.

– Le salaud, murmura Juliette entre ses dents, il me le paiera.

– Et tu m'as beaucoup trompée pendant ces deux semaines ? demanda Juliette, lovée contre Louis dans le grand lit d'une chambre du *Lenox*.

– On ne pose pas cette question… à moins qu'on aime délicieusement souffrir.

Elle n'avait pas résisté longtemps. Elle l'avait appelé. Il lui avait proposé de passer le prendre à la cave.

Comme elle voulait réduire les possibilités de frictions, et surtout se ménager un tête-à-tête loin de Marie-Ange et des autres, elle avait suggéré le *Lenox*.

– Et moi, tu ne me demandes pas si je t'ai trompé ? demanda Juliette.

– Non.

– Parce que tu as peur que ça fasse mal ?

Il ne répondit pas.

– Tu ne sens quelque chose que quand je te fais mal, dit-elle en le regardant au fond des yeux.

– Tu devrais être contente, c'est déjà un début... Allez, on parle d'autre chose. Tu sais comment ça finit sinon...

Comme Juliette faisait la moue, il la prit dans ses bras, l'embrassa et lui dit :

– Écoute, ma puce, une femme et un homme se quittent rarement parce qu'ils se trompent, mais plutôt parce qu'ils s'ennuient. Ce n'est pas notre cas, alors changeons de sujet.

Elle était si bien, enroulée dans ses bras, qu'elle n'avait plus beaucoup d'arguments pour discuter.

N'empêche, j'ai quand même l'impression de faire du sur-place avec lui, pensa-t-elle.

– On n'avance pas, Louis. Je t'assure qu'on n'avance pas...

– Qu'est-ce que t'appelles avancer ? Fonder un foyer et faire des enfants qui trinquent ? Moi, je préfère être amoureux que confortable. Si on baise bien tous les deux, c'est parce que j'attends les moments où on va se voir, où je vais te toucher, t'écarter, te lécher...

Sa voix avait changé. Était devenue plus basse, plus grasse, et Juliette ferma les yeux.

– Encore les mots, encore...

Elle ferait la guerre plus tard.

Les occasions de déclaration de guerre ne manquaient pas.

Louis vivait plus au Vrai Chic – c'était le nom du café-théâtre – qu'avec Juliette. Faut que j'occupe le terrain, se répétait-elle, devant les filles qui tournaient autour de Louis. Il les regardait avec gourmandise, et quand Juliette surprenait ses regards, il protestait :

– Mais je suis vivant... Merde ! Tu ne me feras pas

vivre dans le mensonge, je ne veux pas. J'ai décidé, y a longtemps, de ne plus mentir et je ne mentirai plus…

Mais, surtout, Juliette se sentait étrangère à la famille du Vrai Chic. Ils passaient tout leur temps dans cette cave. Quand ils ne réparaient pas leur décor ou un plafond sur le point de s'effondrer, ils montaient sur les planches ou écrivaient des passages de pièce. Leur premier spectacle marchait plutôt bien, et les caisses étaient pleines.

Un jour, parce que plusieurs d'entre eux avaient la grippe, la représentation fut annulée. Louis écrivit un mot qu'il afficha sur la porte : « Ce soir, pas de représentation, l'artiste a ses règles. » Petit à petit, il imposait ses idées, ses formules. « Ce soir, on ne fait pas payer les pantalons écossais » ou « Le chauffage est cassé ? C'est pas grave, on va leur servir une soupe à l'entracte. »

Il avait presque entièrement écrit le spectacle suivant.

L'intelligence pure est bête était l'histoire d'une jeune mère qui, offrant un baptême de l'air à ses fils, voit l'avion s'écraser sous ses yeux. Elle hurle son désespoir, pique une crise de nerfs, se roule par terre, lorsqu'un ingénieur très bien mis, très hautain, s'approche et lui explique à quel point elle est ridicule de pleurer ainsi. Enfin, elle sait bien que les lois de la pesanteur existent ! L'avion et ses enfants représentent une masse M irrésistiblement attirée, à la suite d'une défaillance technique de l'appareil, par cette autre masse qu'est la Terre. C'est ce qu'on appelle la chute des corps. Sous l'action de son poids mpg, un corps subit une accélération y = mpg/m. L'expérience démontre que tous les corps, quelles que soient leur nature et leur masse, tombent avec la même accélération. Elle vient d'assister, tout simplement, à l'illustration de la vieille théorie de Galilée. Bref, il est tout à fait normal que cet avion se soit écrasé au sol. Si elle est intelligente, elle doit le comprendre. Peu à peu, les sanglots de la femme s'apaisent et elle se met à discuter avec l'ingénieur. «Oui, se rappelle-t-elle, d'ailleurs Newton a été le premier, dans son ouvrage *Philosophiae naturalis principia mathematica*, publié en 1687, à effectuer la synthèse entre pesanteur et gravitation, en considérant le poids comme manifestation d'un phénomène beaucoup plus général : l'attraction que les corps exercent les uns sur les autres.» L'ingénieur respire, cette femme est intelligente, elle a compris. Ils s'étreignent, se marient, ont beaucoup d'enfants qu'ils emmènent, un jour, sur un terrain d'aviation. Nouveau drame. Mais, cette fois-ci, l'ingénieur ne veut rien entendre. Il préfère être déclaré bête et pleurer ses enfants. On lui remet alors, solennellement, un brevet de bêtise et… ses trois enfants sauvés des flammes.

– … Car tout s'explique, tout se rationalise avec des mots, faut se méfier des mots, expliquait Louis aux autres.

Il repensait alors à ses années d'instituteur, à ses classes, à ses cours. Il y a dix ans, il épousait la fille du boulanger et essayait de vivre comme tout le monde. Aujourd'hui, il était seul, instable, pas très équilibré. Il commençait une nouvelle carrière dans une cave avec des chômeurs, des fugueurs, des peintres en bâtiment. J'aimerais bien vivre avec Juliette, mais je n'arrive pas à choisir entre le sexe et l'affection. Si je vivais avec elle, elle deviendrait mon infirmière, ma gouvernante, ma maman… Peut-être que je suis encore trop jeune… Peut-être qu'à quarante-cinq ans, si je n'ai pas une cirrhose du bras droit, je verrai les choses différemment.

– Louis, Louis, qu'est-ce que t'as ? demanda quelqu'un.

– Je pensais.

– À ta pièce ?

– À ma pièce.

C'est ainsi que *L'intelligence pure est bête* devint une pièce écrite, mise en scène et jouée par Louis Gaillard et sa troupe.

Chapitre 3

Depuis qu'Émile était l'adjoint de Larue, Bénédicte avait acquis une assurance qui agaçait bon nombre de ses confrères. Les mauvaises langues s'étaient déjà déchaînées lorsqu'elle avait été engagée, dans le service d'Émile qui plus est; mais, depuis la promotion de Bouchet, les médisances allaient bon train. Bénédicte ne s'en rendait pas compte, car les personnes qui la dénigraient étaient souvent les mêmes qui lui demandaient «ça va?» avec un large sourire. Après tout, et jusqu'à nouvel ordre, elle était la favorite d'un homme dont l'ambition, si elle était discrète, n'en était pas pour autant ignorée. Bénédicte allait et venait dans les couloirs du journal avec l'aisance de la maîtresse des lieux. C'est tout juste si le bureau d'Émile n'était pas le sien... Elle lisait les dépêches, utilisait sa secrétaire, regardait les invitations qu'il recevait, choisissait les projections privées auxquelles elle voulait assister, et triait, parmi les informations, celles qui l'intéressaient pour qu'Émile l'envoie en reportage. Elle goûtait au pouvoir par personne interposée.

Bien sûr, elle conservait cette élégance froide et distante qui fascinait tant Émile, et agissait en tout avec la même distinction. On ne pouvait jamais la prendre en flagrant délit de mauvais goût, mais elle avait, depuis peu, une manière de se conduire au journal qui ressemblait plus au maître visitant ses terres qu'au pauvre serf tordant sa coiffe d'angoisse.

Émile, aussi, changeait. Il s'était laissé emmener par Bénédicte chez un tailleur avenue Victor-Hugo qui lui renouvela sa garde-robe. M. Barnes habillait les stars de la publicité, les jeunes députés et les chefs d'entreprise dynamiques. Il lui proposa un choix de costumes et promit de veiller lui-même au bon déroulement des essayages. Émile accepta aussi de se faire désépaissir les cheveux et détartrer les dents. Mais lorsque Bénédicte évoqua d'autres changements plus radicaux – le port de verres de contact par exemple –, il refusa net.

Émile ne voulait pas changer trop brusquement. Il savait que son ascension ne faisait que commencer et qu'il lui fallait ménager ses collègues afin de pouvoir s'appuyer sur eux le jour où la véritable prise de pouvoir aurait lieu. Il cherchait donc à n'irriter personne et minimisait sa promotion. Son seul point vulnérable était Bénédicte. Ou, plus exactement, les femmes. Car, avec son nouveau titre, le comportement de ces dernières à son égard avait changé. Pour le moment, il le vérifiait surtout au journal. Sa notoriété n'avait pas encore franchi les murs du *Figaro* pour se répandre dans les dîners parisiens ou les colonnes des journaux. Il y eut quand même un entrefilet dans *le Monde* annonçant sa nomination et dont il fut très satisfait.

Quand Bénédicte apprit que les règlements de compte entre truands marseillais reprenaient et que les cadavres s'allongeaient dans les bars et sur les trottoirs, elle n'eut aucun mal à obtenir d'Émile qu'il l'envoie en reportage.

Elle n'avait pas perdu espoir de retrouver Richard. Ni de le ramener à Martine. Même si cette dernière avait, une fois de plus, acheté, deux mois à l'avance, son billet d'avion pour New York. Elle voulait partir tout de suite après Noël pour commencer l'année 1970 sur le sol américain, à Times Square, avec tous les New-Yorkais qui s'embrassent pour la bonne année...

Plus le temps passait, plus Bénédicte appréciait Martine. D'abord, mais elle n'en était pas consciente, parce qu'il n'y avait aucune compétition entre elles – ni sentimentale, ni professionnelle, ni sociale –, mais aussi parce que Martine forçait son admiration par sa volonté, sa rigueur, sa franchise, sa détermination. Bénédicte lui enviait sa force : ne dépendre que de soi, ne devoir qu'à soi les trophées qu'on aligne sur ses étagères.

Elle n'avait pas envie que Martine et ses trophées quittent le sol français... Tant que Martine demeurait rue des Plantes, elle brillait en exemple, en Madone qu'on invoque les soirs où on se sent héroïne et prête à tout.

Bénédicte partit donc pour Marseille. Elle fit son enquête, téléphona son article puis se rendit au 36 de la rue Martini. Dans le hall vitré du grand immeuble moderne, il y avait un interphone où Bénédicte trouva les initiales : R. B.

Elle n'osa pas appuyer et attendit que quelqu'un pénètre dans l'immeuble pour se faufiler. Elle prit l'ascenseur et monta jusqu'au sixième.

C'était un immeuble imposant avec du marbre, des plantes vertes et de grandes baies vitrées. Sur le palier, la moquette était épaisse et une lithographie de peinture moderne affichée aux murs.

Elle sonna, prit une profonde inspiration et attendit. Si jamais ça ne marche pas dans le journalisme, se dit-elle, je me reconvertis chez les détectives privés. J'ai toutes mes chances...

Une somptueuse blonde en peignoir lui ouvrit. De celles qui posent nues dans *Lui*. Elle portait un peignoir qui bâillait sur ses seins et des mules à talons et pompons roses. Pas maquillée, elle avait un visage de petite fille.

– C'est à quel sujet ? demanda la blonde. Et comment ça se fait que vous n'ayez pas utilisé l'interphone ? C'est bien la peine de payer un loyer hors de prix pour que ce putain d'interphone serve à rien !

– Je suis une cousine de Richard. C'est sa mère qui m'envoie…

La blonde bougonna, mais la laissa entrer.

– Je vous préviens, je repasse. Ça me détend les nerfs.

Elle était passée derrière la planche à repasser et faisait glisser le fer avec gourmandise, lissant un volant, s'appliquant sur une fronce, reprenant une emmanchure.

– Il revient vers quelle heure, Richard ?

– D'habitude, il arrive quand je pars travailler. Vers sept heures.

Manifestement, elle n'avait pas envie de faire la conversation. Bénédicte n'osa pas enlever son manteau et attendit les bras croisés.

La blonde était absorbée par ses volants et ses dentelles. Bénédicte essayait de comprendre comment le Richard de Martine était devenu celui de la blonde.

Vers dix-neuf heures, alors que la fille était partie dans la salle de bains se faire une beauté, la clé tourna dans la serrure et Richard entra. Habillé de cuir noir, avec un manteau noir fendu dans le dos, des lunettes noires et une casquette de cuir noir.

Il aperçut Bénédicte et marqua un temps d'arrêt.

– Qu'est-ce que tu fous là ?

– Je suis venue pour te voir.

– T'as vu Gina ?

– Oui. Elle est dans la salle de bains.

– Tu viens de la part de qui ?

– De personne. Martine ne sait rien.

– Ça m'étonnerait…

– Je suis venue de mon propre chef, Richard. Tu n'as pas eu ses messages, cet été, après que… euh… ?

471

– Quels messages ?

– D'abord, elle t'a écrit. Ensuite, elle est passée dans les journaux et à la télé.

– J'ai pas reçu de lettres et je lis pas les journaux. J'm'excuse. On n'est pas des cultivés, ici. Tu pourras faire ton rapport à la menteuse.

– Martine n'est pas une menteuse. C'est parce que…

– Bye bye, je vais travailler.

Gina était sortie de la salle de bains.

Bénédicte comprit quel travail elle faisait. Ses yeux papillonnaient sous une épaisse couche de vert et ses longs cheveux blonds ondulaient sur ses hanches. La croupe moulée, les talons en pente abrupte et les seins dévalant le balconnet.

– Minou, on se retrouve chez Pierrot pour manger un morceau ?

– D'accord, fit Richard en lui claquant la cuisse. Travaille bien.

Elle fit tourner sa pochette en lamé doré et partit. Sans un regard pour Bénédicte.

– Tu travailles pas au port ? demanda Bénédicte.

– Non, Je suis proxo, ma chère. Semi-proxo parce que Gina, je la partage avec un pote qui est en cabane. Je m'en occupe tant qu'il est à l'ombre. C'est pas très fatigant… C'est une bonne gagneuse.

– C'est pas la peine d'en rajouter…

– J'en rajoute pas. C'est avant que j'en rajoutais, dans l'autre sens. Coursier au SMIG, mon cul ! Dire que j'y ai cru ! On se fait toujours piéger une fois, pas vrai ? Moi, j'ai donné, ça y est.

– Richard… Elle t'aime. Je te le promets. Elle t'a attendu tout l'été…

– Elle est pas partie aux States ?

– Non.

– Tu pourras lui dire qu'elle peut faire ses bagages.

472

Elle est pas près de me revoir. Tu veux boire quelque chose ?

– Non merci.

– Tu m'excuseras, mais c'est l'heure de mon Bloody Mary…

Il alla dans la cuisine et elle entendit des bruits de glaçons dans un verre. Le téléphone sonna et il répondit. Il eut une longue conversation au sujet d'un cheval qu'il avait joué et raccrocha satisfait.

– Je l'ai aimée, Martine, j'te jure que je l'ai aimée…

Il semblait chercher ses mots, et Bénédicte ne voulait pas l'interrompre de peur qu'il s'arrête.

– J'ai cru crever le jour où Louis a dit qu'elle partait. Comme quand j'ai arrêté la came. Pareil, j'te jure. Accro, j'étais accro à cette gonzesse. J'étais comme un fou cette nuit-là. J'ai tiré une BM et j'suis descendu ici. À fond la caisse sur l'autoroute. J'm'rappelle, le mec de la BM, il avait une cassette avec des morceaux enregistrés. Y avait *Stand by me*… Je me la suis passée et repassée à me claquer les tympans. Ici, j'ai trouvé des potes. Ils avaient des filles. La première fois qu'une pute m'a fait monter sans me faire payer, j'ai pris un grand pied. C'était Gina. Quand son mec est tombé, j'ai repris l'affaire. Voilà…

Il jouait avec son verre, le faisait passer d'une main à l'autre sans que le liquide verse. Il avait parlé les yeux baissés ; quand il les releva, il eut un sourire, son sourire aller-retour.

– La vie avec elle, comme elle le voulait, c'était pas pour moi… Je disais oui pour lui faire plaisir. Mais c'était pas moi… J'ai ma routine, ici. Je deale un peu, y a Gina… Les calanques le dimanche, les copains, les belles tires, les petites magouilles, le soleil tout le temps…

– Mais elle t'aime, Richard !

Elle avait à peine prononcé ces mots qu'elle comprit

473

à quel point c'était vain d'essayer de le convaincre. Il avait raison.

– Fallait pas qu'elle fasse ça, reprit-il. Fallait pas... Je pars sûrement dans une vie de galère, mais j'ai envie d'aller voir... Tu veux qu'on aille manger un morceau ?

Ils dînèrent dans un petit restaurant sur le Vieux-Port.

Vers la fin du repas, alors qu'il fouillait dans sa poche pour payer l'addition, il dit :

– C'est pas la peine de lui dire que tu m'as vu.

– Tu es sûr ?

– Ouais. Elle a toujours mon manteau ?

– Oui.

Mon manteau. Son gros cul. Ses barrettes, ses écharpes, sa santé, son énergie, ses idées bien arrêtées... Un jour, cet été, il avait appelé à Pithiviers. On lui avait dit qu'elle venait de sortir et on avait raccroché aussitôt. Heureusement... Il aurait été capable de craquer, de laisser son nom et son téléphone. Il serait allé au-devant de nouvelles emmerdes. Dès le début, il avait eu le pressentiment d'embrouilles. You've lost that loving feeling, you've lost that loving feeling, you've lost that loving feeling and now it's gone, gone, gone, ouaouaou...

Il l'avait perdu. Pour un bon moment.

Pour Martine, il avait arrêté de se ronger les ongles. «Je sens rien quand tu me caresses le dos, t'as pas d'ongles», s'était-elle plainte un jour. Il avait acheté un vernis amer, et ses ongles avaient poussé.

Pour Martine... Pour Martine...

Il s'arracha un morceau d'ongle, paya et ils sortirent.

Ils se dirent au revoir dans la nuit, et Bénédicte prit un taxi pour la gare Saint-Charles.

Elle décida de ne pas parler de sa visite à Martine.

Il valait mieux. Après avoir découvert l'amour, Martine découvrait la haine.

Avec le même étonnement.

Au début, elle s'était dit : « Je vais l'oublier. Facile. Je suis une pragmatique, moi, une énergique. Je dis que j'oublie et j'oublie. »

Ça marcha.

Pendant deux ou trois jours.

Puis, un imper fendu jaillissait du coin d'une rue et elle s'arrêtait net. Écorchée vive. À bout de souffle. Elle avait envie de courir derrière l'imper. C'est à moi. Objet volé. Rendez-le moi… Je vous assure qu'il est à moi, monsieur l'agent.

Puis la souffrance se distillait. Lentement. À travers tout le corps. Elle vivait avec. Dormait enroulée sur elle-même pour la tenir bien au chaud. Pouvait pas dormir allongée…

Comptait les secondes. Les grains de sable du sablier.

Ça passait.

Elle se redressait. Dans son lit. Dans la rue. Ça y est, elle était guérie. Ouf !

Alors vinrent les rêves.

Sournois, les rêves. Une nuit, Richard lui apparut et lui donna de ses nouvelles. Je vais bien, je viens de gagner un concours hippique, le championnat du monde de patins à glace, Roland Garros et je m'entraîne pour la prochaine rencontre de poids welter au Madison Square Garden. Ah bon…, lui avait-elle répondu, mais comment fais-tu ? Oh ! c'est très simple, j'ai rencontré une fille qui me dit tout, pour qui je suis important, qui fait attention à moi… Et il s'évanouissait. Elle demeurait sans voix. Puis se réveillait en colère : et le concours international de boules de neige, tu l'as gagné aussi ?

De la colère naquit la haine.

Haine de ne pas pouvoir l'insulter de vive voix.

Haine d'avoir été abandonnée.

Haine de ne plus être indispensable.

Haine d'être remplacée.

Haine de s'être laissé piéger.

Haine de lui. Haine d'elle. Savait plus où donner de la haine.

Elle eut honte de tant de haine. En fit un petit cube qu'elle rangea sous son lit. Bien au fond, pour que personne ne le trouve. Même pas Rosita en passant l'aspirateur.

Mais sa haine ne lâchait pas prise facilement. Le petit cube restait caché pendant quelques jours sous le lit et puis… tout à coup, il se diluait dans des litres et des litres de bouillon. Elle suffoquait, battait des pieds, et des mains, perdait la tête, manquait de se noyer. Pour un peu, elle serait allée mettre le feu chez les Brusini, aurait ouvert une voie d'eau dans leur cave ou leur aurait confectionné des petits pâtés au cyanure.

La haine décuplait son imagination.

Réduisait Richard en bouillie informe. Moche, incapable, petit, nabot, inculte, macho, prétentieux, torve, sourire torve, suspect, parasite de la société, épave, trafiquant de shit…

Elle s'enfonçait dans sa haine comme sur une autoroute en pleine jungle. Pleins gaz. Ça lui faisait du bien. Elle tranchait au coupe-coupe dans sa douleur. Quelle occupation délicieuse que de haïr ! Humm… C'est bon. Encore, encore. Nez tordu, pas foutu de sourire, aisselle qui pue, rastaquouère…

Ah ! j'oubliais, mauvais fils ! mauvais frère ! mauvais…

Elle était allée rôder près de la maison des Puces. Avait attrapé le petit Christian par le bas du pull et l'avait forcé à parler : « Richard pas là. Richard, loin, loin », lui avait-il dit les lèvres serrées sur sa promesse de ne pas passer à l'ennemi.

Il faut en finir, décida un jour Martine. Bon, je suis atteinte de haine aiguë. C'est une maladie. Ça se soigne. Faut pas en avoir honte. Après tout, c'est aussi intense comme sentiment que le don de soi à Super-Jésus ou le hara-kiri grand samouraï, qui, eux, ont acquis leurs lettres de noblesse. Bon, j'ai la haine. C'est une activité comme une autre.

– Qu'est-ce que vous faites en ce moment ?

– Je hais.

– Vous haïssez ? Et chez qui ?

– Chez Brusini. À plein temps. Même les week-ends. Oh ! y a plein d'avantages… Des heures supplémentaires ? Oui, quelquefois… L'indemnité trajet ? Oui aussi… Je hais partout.

Remettre la haine en petit cube, mais cette fois-ci l'exposer. Pour lui ôter ses moyens au petit cube. Qu'il ne se dilue plus en torrent ravageur.

Ça alla mieux.

Elle pouvait regarder le petit cube en face. Sans avoir honte.

Ça lui donnait même une raison d'exister. Et de l'énergie.

La haine se transformait en carburant. Elle faisait le plein.

Elle pulvérisa les records d'immersion totale en anglais commercial, franchit les trois niveaux en deux mois. Les professeurs se grattaient le menton en la regardant ; les autres élèves – des messieurs en costume cravate – devenaient presque serviles et pour un peu lui auraient proposé du travail dans leur entreprise…

Agrandie. Multipliée. Aussi forte qu'avant.

Avant ?

Qu'est-ce que je haïssais si fort avant ?

Elle repensa à son enfance.

À ses naines d'enfance. À M. Gilly, le fermier qui lui vendait le lait…

Elle avait oublié M. Gilly… Le doigt qu'il enfonçait fort dans sa culotte quand elle allait chercher le lait… elle n'osait rien dire tellement elle avait peur. Elle faisait des détours avec son pot cognant contre ses jambes pour retarder le moment d'arriver à la ferme. Et lui qui l'attendait, qui la serrait entre ses jambes «comme une vache que je traie» et qui la caressait…

La haine avait commencé à monter.

La haine de ses parents à qui elle ne pouvait pas parler.

La haine de la Sucrerie. La haine de la Cité. La haine d'être pauvre.

La haine de ne pas être comme les autres filles en classe, de voir sa mère soumise, sa sœur prête à se soumettre… La haine du Parti qui les endormait tous avec les réunions de cellule et l'espoir d'un lendemain meilleur…

La haine de Richard effaçait toutes ses haines passées. Les édulcorait. Elle avait de la pitié pour sa mère, de la pitié pour Joëlle, de la pitié pour son père, pour le F4 pour la Sucrerie…

Changement de cargaison : tout le monde descend. Richard monte.

Pour le circuit du grand huit…

Mais, au bout de quelques tours, elle s'ennuya. Avait plus de goût à la haine. Voulait essayer autre chose, sinon elle allait tourner en rond…

Alors, un espoir lui vint.

Pas l'espoir bidon qu'elle avait caressé tout l'été : il va revenir et tout recommencera comme avant… L'espoir qui dépend d'un autre, l'espoir trompeur, qui vous fait croire à quelque chose qui n'existe pas, qui vous fait voir la vie en rose et vous anesthésie…

Mais l'espoir en elle. L'espoir qu'elle s'en sortirait.

C'est à lui, maintenant, que je vais prouver que j'existe. Toute seule, sans son bras pour me faire entrer au restaurant, sans son œil noir qui me surveille, sans son appellation contrôlée de fiancée. Je vais lui montrer que je peux faire quelque chose de grand, de respec-

478

table, d'énorme. Sans lui. Rien que moi dans le rôle de la trapéziste qui s'élance dans le vide… Qu'il s'incline devant mon envie d'outre-mer. Par K-O.

Et quand j'aurai épuisé ma haine, qu'il ne sera plus qu'un parfait étranger à qui je dirai : « Tiens… Bonjour, comment ça va ? Moi ça va et toi ? », je lui rapporterai de New York des vieux disques introuvables et des fanions pour sa moto.

Je serai gentille et urbaine, compréhensive et tolérante, généreuse et magnanime.

Bref, plus amoureuse du tout.

Chapitre 4

Juliette avait bien réfléchi.

La vie n'était décidément pas ce que lui avait ensei-
gné l'école, ses parents ou les délicieux contes de fées
que lui lisait sa mère pour l'endormir… Enfin, pour le
moment. Peut-être que, plus tard, elle découvrirait
l'amour du prochain, le don de soi et le Prince Charmant qui gravit les escaliers du château pour vous enfiler la pantoufle de vair… Pour l'instant, elle en était
plutôt aux rapports de troc et de traque.

Élevée par deux petits-bourgeois, dans la société pro-
tégée de Pithiviers, Juliette avait longtemps cru que la
vie était simple : les bons et les méchants, la Justice qui
pourfend ces derniers, l'Honnêteté et la Vertu qui
triomphent du Mal. Depuis qu'elle était à Paris, elle était
bien forcée d'admettre que c'était plus compliqué. Qu'il
fallait souvent retourner les apparences pour découvrir
la vérité et que les gens n'étaient ni bons ni méchants
mais un mélange de vilennie et de bonnenie. De plus, la
théorie de « la bonne mine » chère à ses parents se révélait caduque. La bonne mine de Jean-François Pinson,
de Regina, de Henri Bichaut, de Virtel, cachait une
vérité plus cruelle. Les gens sont comme des gants.
Lisses et anodins à l'extérieur, fourrés de mystères et de
contradictions quand on les retourne…

Comme tous ceux qui font l'apprentissage de la vie,
Juliette était excessive. Ses illusions perdues la précipi-

taient dans un abîme de cynisme. Où les autres ne voyaient ni vice ni travers, son œil soupçonnait le pire.

Elle décida d'être cynique avec l'ardeur et la rigueur qui président aux grandes décisions. Je vis dans une société de troc où mon père exige soumission totale contre chèque en fin de mois, où Louis échange partie de cul contre partie de cul, où Virtel lui-même me propose un contrat dodo. Jouons le jeu et troquons.

Mon cul contre une rente mensuelle.

Elle poussait son raisonnement à l'extrême afin que les nuances s'effacent et que la conclusion s'impose. Si elle voulait rester à Paris, il lui fallait trouver une source de revenus. Elle ne voulait abandonner ni Noblette ni la fac. Donc, ce devait être un emploi « spécial ».

Sous Virtel.

Elle reculait sans cesse le moment d'appeler Edmond. Elle s'entraînait à penser à lui en tant qu'Edmond, afin que cela lui paraisse moins dégoûtant… La magie du prénom ne durait pas longtemps : « Je vais me coucher sous cher Edmond et… Beurk ! Beurk ! Non, je ne pourrai jamais. En tous les cas, je ne le toucherai pas. Il fera ce qu'il voudra, mais moi je ferai de la résistance passive… Comme une vraie pute. Il paraît qu'elles interdisent qu'on les embrasse sur la bouche, qu'on leur touche les seins ou qu'on les décoiffe. Moi, ce sera pareil. Pénétration et coït. Avec, si possible, éjaculation précoce. Je fermerai les yeux et penserai à autre chose.

Au chèque.

À Louis. Louis…

Virtel.

Elle appela Virtel.

La voix d'Isabelle claironna : « Entreprise Virtel. Bonjour ! », mais Juliette ne se fit pas reconnaître.

Puis ce fut Évelyne, la secrétaire de Virtel, qui se plaignait toujours de ne pas être assez payée.

– Bonjour, ma petite Juliette, vous allez bien ? Vous

pouvez être rudement fière de vous, vous savez, parce que le contrat Milhal nous a apporté beaucoup d'affaires…

J'augmente mes prix, se dit illico Juliette.

– Vous voulez parler à M. Virtel ?

– Oui, c'est ça…

Au cher Edmond. Le moyen de subsister jusqu'à la solution prochaine parce qu'attention, cher Edmond, tout cela n'est que provisoire, pas question de…

– Allô, Juliette ? Comment vas-tu ?

Ils débitèrent quelques banalités. Parlèrent du béton, de la rue des Plantes, de Charlot. Juliette répondait, ne sachant pas comment aborder le sujet. Elle allait renoncer lorsqu'il demanda, mielleux :

– Mais je suppose que tu ne m'as pas appelé pour me donner des nouvelles du temps ou de Charles Milhal…

– Euh… non.

– Bien, je t'écoute.

Il y eut un long silence.

– Ben voilà… C'est… Je ne sais pas comment vous le dire…

– Aurais-tu, par hasard, réfléchi à ma proposition ?

– C'est ça. C'est pour ça que j'appelle…

C'était dur d'annoncer une telle chose au téléphone.

– J'ai des problèmes d'argent. J'ai besoin de trois mille francs par mois…

Elle avait augmenté le prix de ses prestations afin d'augmenter aussi les chances de refus.

– Alors, je me suis dit que, peut-être, on pourrait s'arranger et… trois mille francs par mois contre une…

Zut ! Elle n'avait pas pensé au terme à employer.

– … visite, par mois.

C'est ça. Visite. Comme chez le dentiste.

– Dis donc, t'es devenue gourmande !

– Oui, mais je ne vous demande ni appartement, ni fourrures, ni vacances sous les Tropiques…

– Mais quand même… Et puis, il faut que je réfléchisse. Tu comprends, j'avais pris mes dispositions après ton refus…

S'il croit que je vais me battre ! Je raccroche, tant pis, J'irai cambrioler une banque, c'est moins dégoûtant.

– C'est oui ou c'est non. Vous pensez bien que j'ai hésité avant de vous appeler. J'ai jamais fait ça, moi !

– Très bien. Je réfléchis et je te rappelle. Au revoir, Juliette !

Il raccrocha sans qu'elle ait le temps de protester.

Il tenait sa revanche. Il ne s'était pas remis de l'humiliation que Juliette lui avait infligée. Il y pensait encore et se vengeait en rudoyant une pauvre Suédoise qu'il voyait trois fois par semaine dans son petit appartement de la rue de la Tour. Une apprentie mannequin qui vivait plus de ses largesses que de sa photogénie.

Il la rappela trois jours plus tard.

– Allô, Juliette ? C'est Edmond.

Elle va être obligée de m'appeler par mon prénom…

– Voilà. C'est moi qui propose. Trois mille francs, d'accord, mais deux rendez-vous par semaine, le lundi et vendredi de sept à neuf… Tu marques l'adresse ? 28, rue de la Tour. Je t'y attends lundi prochain, entendu ?

– D'accord, parvint à déglutir Juliette qui s'était promis d'annuler sa proposition quand il rappellerait.

Ça y est, se dit-elle en raccrochant. Je suis devenue un gant. Petite jeune fille de bonne famille d'un côté, pute de l'autre.

Trois soirs par semaine environ, Juliette voyait Louis. Comme il ne voulait plus aller rue des Plantes sous prétexte qu'il ne supportait pas Émile – « il parle comme une dictée, il me tape sur les nerfs » – ni au *Lenox* parce que son copain barman était parti au service militaire, il l'emmenait chez lui. Quand il était de bonne humeur, il proposait « on se met tout nus dans le lit ? », sinon c'était plus lapidaire « on baise ? » ou « bitte, chatte ? ».

Il habitait au dernier étage d'un immeuble de la rue Monge, un deux-pièces rempli de disques, de livres, de cendriers, de vêtements jetés en tas sur le sol. Elle avait regardé les cendriers par terre, les assiettes par terre, les coussins par terre, la télé par terre, la chaîne posée sur des briques, le matelas à même la moquette.

– Que veux-tu, je régresse... Je ne marche pas, je rampe.

Elle n'avait rien dit. Elle n'avait jamais vu un appartement aussi... abandonné.

Elle comprit vite pourquoi.

Louis avait le don de tout salir autour de lui. Comme s'il n'arrivait pas à coordonner ses mouvements dans sa tête. Faire un café relevait de l'exercice le plus périlleux. Il éventrait le paquet de café moulu, en renversait par terre, versait de l'eau tout autour de la cafetière, attrapait le sucre, en saupoudrait la table et quelquefois son bol, partait dans l'appartement, le bol à la main, le posait pour allumer une cigarette, l'oubliait, repartait vers la cuisine s'en remplir un autre qu'il déposait sur la télé pour pianoter sur son orgue électrique, cherchait son café des yeux, ne le trouvait pas, allait s'en verser un troisième qu'il plaçait sur le rebord de la baignoire quand le téléphone sonnait...

Il en était de même pour les cigarettes qu'il oubliait sur tous les rebords et qui se consumaient, dessinant des auréoles marronâtres. Le savon fondait dans la baignoire, les ampoules électriques claquaient, des croûtes de fromage se recroquevillaient dans des assiettes collées à la moquette. Des chaussettes traînaient, dépareillées, ainsi que des billets de cent francs chiffonnés et des numéros de téléphone gribouillés sur des bouts de papier ou des pochettes d'allumettes.

La première fois que Juliette vint chez Louis, elle

était si heureuse qu'elle lui apporta des fleurs. Il les regarda comme s'il ne savait pas comment les tenir, dit « merci » et fila à la cuisine. Le lendemain matin, elle retrouva les fleurs fanées. Sur la table.

Elle essaya de ranger. Il commenta :

– T'es fâchée ? Une femme range toujours quand elle est fâchée…

Juliette apprit à se laver dans le noir, à s'essuyer avec un bout de serviette en priant qu'il soit propre, à se maquiller dans un bout de miroir cassé posé en équilibre sur le robinet du lavabo, à récupérer le dentifrice dans le tiroir à couverts, à faire marcher la télé toute neuve à l'aide d'un couteau – il avait cassé tous les boutons – et à plier ses vêtements soigneusement près du lit.

Chaque matin, il piochait au hasard dans son tas de vêtements, remettant quelquefois ceux de la veille, s'habillant à la hâte pour s'épier ensuite dans toutes les vitrines. Comme s'il ne se supportait qu'en reflet. Il se regardait, s'ébouriffait les cheveux, mécontent de ce qu'il avait entr'aperçu et repartait en bougonnant.

Il ne lui demandait jamais ce qu'elle faisait les soirs où ils ne se voyaient pas. Elle non plus. Un soir, elle le rencontra avec une fille, une blondasse avec un grand nez et des boucles d'oreilles comme des boules de sapin de Noël. Le lendemain, elle lui demanda :

– Ça t'ennuie si je sors avec un autre mec ?

– Non.

– Et si je baise avec un autre mec ?

– Non plus.

– Tu dis ça pour que je me sente libre ou pour que tu te sentes libre ?

– Numéro deux.

Elle ne dit rien et ils allèrent s'allonger sur le matelas.

Elle ne sentait rien. Leur dialogue tournait et retournait dans sa tête.

– Ça y est. Tu ne m'aimes plus, déclara-t-il en arrêtant de l'embrasser.

– Non, mais…

– Tu penses à ce que je t'ai dit tout à l'heure ?

Elle fit oui de la tête. Avec Louis, il valait mieux dire la vérité.

Il la prit dans ses bras.

– Écoute, ma mine. Si tu pieutes avec un autre pour me faire chier, c'est con pour toi. Si tu en as vraiment envie, c'est con pour moi et j'aime mieux pas le savoir. D'accord ? Je sais bien que la mode est à l'amour libre et à toutes ces conneries, mais moi j'y crois pas. Quand on aime, on est jaloux, on n'a pas envie que sa gonzesse se fasse un autre mec…

Juliette se demanda si elle pouvait prendre ça pour une déclaration d'amour. Elle décida que oui. Elle poussa un soupir et l'embrassa en lui murmurant les mots précis qui le rendaient fou. Plus tard, alors qu'elle se couchait sur lui pour lui faire l'amour, il la regarda et lui murmura : « Tu es belle… Tu es belle. »

C'était une deuxième déclaration d'amour et elle eut envie de tout laisser tomber pour lui.

Seulement, il y avait les autres fois.

Toutes les autres fois où elle avait l'impression qu'elle n'existait pas. Qu'elle était anonyme. Érotique anonyme. Un trou, une chatte, un cul…

Quand ils regardaient un film d'amour à la télé, il ricanait et fustigeait les pauvres héros qui se déclaraient l'amour fou. Au cinéma, dans la queue, il se tenait loin d'elle et n'esquissait pas le moindre geste de tendresse. Un jour, elle lui dit :

– J'aimerais bien que tu me prennes dans tes bras quand on fait la queue…

Ils attendaient pour voir *Mash*.

– Tu veux que je te prenne dans ma queue ?

Elle n'insista pas. Dans le domaine des cochonneries, il était plus fort qu'elle.

Elle se disait que, peut-être, un jour, il baisserait les bras et accepterait de l'aimer. Elle se demandait d'où lui venaient sa méfiance, sa hargne, son incapacité à vivre à deux.

En attendant, elle voyait Virtel. Deux fois par semaine. Elle avait la même nausée, le même trac que petite, quand sa mère la traînait chez le dentiste. La même attitude aussi. Soumise et raidie. Dans l'attente de la douleur. Ou du dégoût.

La première fois, pourtant, elle avait failli avoir un fou rire. Il la tenait contre lui, enlacée – il lui arrivait au front – quand il avait envoyé promener ses chaussures, il avait perdu plusieurs centimètres et lui effleurait le menton.

Non seulement, il n'était guère appétissant, mais il se montrait très maladroit.

– Allez, viens rallonger à côté de moi, lui avait-il dit en tapotant le dessus-de-lit d'un geste que Juliette trouva obscène.

Elle s'était allongée avec précaution. Il s'était jeté sur elle lui écrasant les lèvres, lui murmurant des mots qu'elle n'avait jamais entendus :

– Mon chaton, mon ange, patounne-moi, regarde comme mon oiseau est dur…

J'aime mieux les obscénités de Louis, s'était dit Juliette.

Puis sans autres préliminaires, il s'était jeté sur elle, lui avait chiffonné les seins, écrasé le clitoris, mordu la cuisse.

– Vous me faites mal ! avait crié Juliette.

Il s'était arrêté net.

– Comment ça, je te fais mal ? Ça alors… Tu veux

me couper mes moyens ? J'ai jamais entendu dire ça de ma vie !

– C'est que ce sont des menteuses ! avait crié Juliette en se massant la cuisse.

Il la dévisageait, furieux.

– Ah, c'est trop fort ! C'est trop fort… Va falloir plier, ma fille, tu vas pas le gagner comme ça ton argent…

Cette fois-là, elle avait été épargnée. Il s'était rhabillé et avait quitté l'appartement en maugréant.

Elle était restée une demi-heure sous la douche. Ah ! il a pas été traumatisé par la révolution sexuelle, lui ! Pense encore que c'est suffisant de bander et d'enfoncer en frottant par-ci, par-là. Il n'a pas étudié les graffiti de Mai 68 et les revendications féministes sur le droit au plaisir. À la guerre comme à la guerre. Je bande donc je suis. J'avais tout prévu, sauf ça.

Néanmoins, il la rappela et lui fixa rendez-vous pour le vendredi suivant. Ce fut pire.

Elle avait l'impression de baiser avec Donald Duck. Des gros baisers gluants qui laissaient des traits de salive partout. Donald Duck camionneur. Il la roulait dans ses bras, l'écrasait sous son poids, lui touchait le sexe comme s'il débitait du saucisson. « Coin, coin », pensait-elle. Elle s'était promis de ne pas protester et souffrait en silence. Les dents serrées, les jambes à peine entrouvertes, la haine naissante. À un moment, après deux ou trois frottements qui se voulaient caresses, il lui rabattit les jambes derrière les oreilles et l'empala en donnant de vigoureux coups de reins. Ça y est : me voilà transformée en canapé-lit. Elle se retenait pour ne pas crier de douleur pendant que, très satisfait, il la baisait en débitant des grossièretés.

Mais pas les grossièretés délicieuses de Louis, chuchotées à l'oreille, avec les coups de hanches adéquats, l'œil qui frise et la bouche tendre. Des grossièretés mécaniques, impersonnelles, comme s'il s'adressait à toute la gente féminine et qu'il la détestait cordialement.

Le seul aspect positif, si ça continuait comme ça, c'est qu'elle n'avait vraiment rien à faire. Il dirigeait tout, et se comportait au lit comme au bureau. En tyran. L'autre n'existait pas. Pas question alors qu'elle lui donne du plaisir...

Une fois que c'était fini, il demandait, une oriflamme dans chaque œil :

– Alors, c'était bien ? T'as bien joui ?

Elle répondait « oui » et il se massait les couilles, satisfait. Suivait invariablement une célébration de ses talents au lit. Donald Duck s'ébouriffait les plumes, se gargarisait de compliments, se rengorgeait de fierté et rougissait du plaisir qu'il venait de distribuer si généreusement.

Plein de lui-même, il faisait son propre panégyrique en se frappant le thorax, les cuisses, le ventre, comme pour montrer la virilité de son anatomie. Et il recommençait à se masser les couilles.

Après l'amour, il fallait jouer au gin.

Il détestait perdre. Surveillait la marque et boudait quand Juliette menait. Il allumait la radio très fort ou mettait la télé, changeant de chaîne et de station sans arrêt. Il lui soufflait au visage la fumée de ses gros cigares torsadés. Juliette toussait, battait l'air des mains, mais il n'en avait cure. Il parlait de ses chantiers, de ses contacts, de ses filons, de la manière dont il roulait les architectes. Il ne les aimait pas, les trouvait bavards et prétentieux.

– T'as vu comme je l'ai roulé Milhal. Dans la farine ! Et c'est pas fini ! Je compte bien aller passer des contrats aux États-Unis...

– Vous n'avez pas le droit. C'est spécifié dans le contrat : vous ne représentez que le territoire français.

– Mais, chaton, ça s'interprète un contrat. Tu fais

sauter une virgule et tout change… Que tu es naïve !
Grand gin et doublé en plus !

Il comptait ses points et Juliette trichait. C'est elle
qui tenait la marque.

Il commençait à l'énerver avec sa suffisance. Moi,
moi, moi. À l'entendre, elle ne connaissait rien. Elle
n'était qu'une plouc.

– Tiens, tu connais l'île Maurice ? lança-t-il un jour,
dédaigneux.

– Non.

J'ai même aucune idée où ça se trouve.

– Comment ? On t'y a jamais emmenée ? T'es sortie
avec des radins, ma pauvre !

Et d'exhiber des photos de lui avec une fille sur la
plage. On le voyait en gros plan, torse bombé, et la fille
derrière. À moitié cachée.

– Et celle-là, c'est aux Seychelles, l'année dernière…

Même photo, même pause, mais la fille avait changé.

– Vous emmenez jamais la même ?

– La même quoi ?

– La même fille.

– Non. Quand c'est usé, je jette, dit-il avec un grand
sourire.

– Et votre femme ?

– À la maison. Dis donc, je l'ai épousée, ça suffit
comme ça…

Ce n'est pas le dégoût physique qui va me faire fuir,
pensa Juliette. Mais le dégoût moral…

Heureusement, il y avait Nizot. Jean-Marie. Ce que
ni Louis ni Virtel ne lui donnaient, Jean-Marie l'en
gavait : tendresse, amour, attentions. Jean-Marie Nizot,
pour la première fois de sa vie, était tombé amoureux.

Dès le premier soir.

Le soir où Bénédicte Tassin l'avait invité, rue des
Plantes. Il y était arrivé en compagnie de la petite Sabine

490

de Croix-Majeure. Il venait de sonner à la porte, lorsqu'il entendit un bruit dans la haie de thuyas carbonisés qui donnait sur la rue. Il s'était retourné et avait aperçu une forme accroupie, qui, à l'évidence, faisait pipi. Surpris, il avait attendu que la forme se relève, mais elle semblait prendre un grand plaisir à rester ainsi, le derrière nu dans le froid de la nuit, se balançant de droite et de gauche. Dans la rue, une voiture était passée, pleins phares, et il avait aperçu une jupe verte étalée en corolle, des cheveux bruns et de longues cuisses qui jaillissaient de la jupe.

Plus tard, dans la soirée, il avait pu identifier la jupe verte. Elle s'appelait Juliette. Elle avait un rond de soupirants autour d'elle. Elle accordait à l'un un sourire, à l'autre un regard filtré par de longs cils noirs, à un troisième une tape amicale sur la joue. Souveraine. Élue par le désir de ces hommes qui l'entouraient, prêts à la renverser. Elle gardait ses distances et les jaugeait de son regard noir comme si elle se livrait à une muette estimation de leurs dons et de leurs qualités.

Quand Jean-Marie s'était mêlé à son groupe, elle l'avait regardé avec intérêt. Puis froideur. Chaque fois qu'il était venu s'incliner, elle l'avait éconduit. Du même sourire carnassier, du même regard noir, avec la même grâce que si elle avait dit oui.

C'est elle, s'était dit Nizot. La duchesse d'Arcos de Sierra Leone, Mathilde de la Môle et Lulu réunies.

Plus rien d'autre n'avait existé cette nuit-là. Le monde de Jean-Marie Nizot s'était refermé sur Juliette Tuille comme un rond de projecteur, isolant son héroïne du reste du monde. « Juliette, Juliette », chantonnait-il, la tête posée sur l'oreiller quand le sommeil tardait à venir. « Juliette, Juliette », quand il écrivait un article sur les relations Pompidou-Willy Brandt ou sur Soleiman Frangié…

Pour elle, il se rapprocha des « Thénardier » – c'est

491

ainsi qu'il avait surnommé le couple Émile-Bénédicte –, espérant favoriser une nouvelle rencontre. Mais Bénédicte se méfiait…

Il était en train d'échafauder une nouvelle tactique d'approche lorsque sa grand-mère mourut. Jean-Marie passa la nuit entière à son chevet avant qu'elle ne s'éteigne en murmurant ces mots : « Mon petit, ne rate pas ta vie. Ne fais pas comme ton père. Ne te cache pas la tête sous le sable. Vis. Ose. De là-haut, je veillerai sur toi. » Jean-Marie était très peu religieux mais, à partir de la mort de sa grand-mère, il se sentit protégé. Par une puissance invisible, au-dessus de sa tête, qui lui insufflait courage et persévérance. Lui, le dilettante, qui parlait beaucoup de ce qu'il voulait faire et ne le faisait jamais, qui occupait au *Figaro* une position confortable d'observateur bien payé, qui jouait à séduire les femmes et à disséquer les comportements humains, prit la décision de rentrer dans la vie.

Il donna sa démission du journal et s'imposa une discipline. Il s'octroyait deux ans pour écrire son livre. Il renonça aux dîners parisiens, aux jeunes filles élégantes et bien nées, aux parades, aux discussions de salon, à tout ce qui avait fait sa vie jusque-là. Il se levait tous les matins à huit heures et travaillait jusqu'à midi. Il allait ensuite se promener, prenait une légère collation et se remettait à travailler jusqu'à huit heures, le soir. « Un vrai fonctionnaire », se disait-il.

Un fonctionnaire de la plume.

Quelquefois, il allait au théâtre ou au cinéma. Ou encore au concert. Le plus souvent seul. Il aimait cette nouvelle solitude. Le téléphone qui ne sonnait pas durant des journées entières, la boîte aux lettres vide, les longues promenades, seul…

Il s'imaginait Lucien de Rubempré à son arrivée à Paris. Lui aussi avait rencontré sa Coralie.

Un jour, il eut le courage de l'appeler. Il fut surpris

qu'elle accepte aussi facilement de dîner avec lui. Surpris qu'elle se montre aussi spontanée, gaie, ouverte.

Il eut peur, un instant, qu'elle ne soit pas l'héroïne qu'il avait rêvée, la femme inaccessible qui détrônait toutes les autres. Mais, lorsqu'il la raccompagna chez elle et que, presque malgré lui, comme pour renouer avec ses anciennes habitudes, il essaya de l'embrasser, elle se déroba avec le même éclat dans les yeux, le même port altier, la même condescendance qu'elle avait eus, autrefois, pour lui refuser toutes les danses.

– Non. Ce serait trop facile. Et, voyez-vous, je n'aime pas les choses faciles…

Jean-Marie la regarda s'éloigner. Ravi – en homme qui aime les mots – de la réplique hautaine de son héroïne, ému par son aplomb, heureux d'avoir pu conserver son rêve intact.

Après ce premier soir, Jean-Marie et Juliette se revirent fréquemment, chacun trouvant dans l'autre le reflet héroïque que seule son imagination avait osé polir. Avec Jean-Marie, Juliette devenait princesse au hennin brodé et à la lippe dédaigneuse. Assise dans les tribunes, elle tendait son gant au preux chevalier qui combattait pour défendre ses couleurs et permettait, à peine, à son souffle léger de venir se poser sur ses lèvres.

En compagnie de Juliette, Jean-Marie vivait, pour la première fois, toutes les émotions délicieuses, qui, croyait-il, n'existaient que dans les livres. Il devenait, enfin, Julien Sorel essayant d'attraper la main de Mme de Reynal sous la table et attendait, fiévreux, le soir où elle s'abandonnerait…

Chapitre 5

André Larue avait toutes les raisons de se féliciter d'avoir nommé Émile Bouchet rédacteur en chef adjoint. Ce petit jeune homme est épatant, pensait-il en se frottant les mains. Il n'a l'air de rien, mais il en remontrerait à plus d'un fin politicien. En voilà un à qui le pouvoir réussit. Il a échappé à tous les pièges tendus au jeune loup en pleine ascension. Il reste d'une modestie et d'un effacement exemplaires, ne prend aucune décision sans me demander mon avis, me laisse toutes les apparences du pouvoir et ne revendique aucun privilège.

André Larue prenait l'habitude de se décharger sur Émile des corvées qui lui pesaient. Aussi, quand Florent Bousselain lui téléphona, un jour, en le priant de recevoir sa fille Annick qui voulait faire du journalisme, il demanda à Émile de s'en occuper.

Émile fut ravi de l'opportunité qui se présentait. Florent Bousselain était certainement le patron le plus en vue de France. Propriétaire de la première entreprise française d'électronique, il avait su habilement se diversifier et était, à cinquante-deux ans, à la tête d'un groupe qui comprenait, outre son affaire d'électronique, une banque privée, des journaux féminins, des actions dans une radio périphérique et une marque de cosmétiques. En peu de temps, Florent Bousselain était devenu un personnage public. Grand, élégant, distingué, il défendait les intérêts de l'industrie française à l'étranger où il avait installé de nombreuses succursales. C'était un de ces ténors qui avaient compris l'usage que l'on pouvait faire des médias et savaient rendre les problèmes de fabrication ou de compétition internationale aussi passionnants que les derniers démêlés de Soljénitsyne avec le Nobel.

– Pourquoi elle travaillé pas dans les journaux de son père au lieu d'essayer d'entrer au *Figaro*? demanda Bénédicte à Émile après qu'il eut vu la petite Bousselain.

– Parce que, justement, ce sont les journaux de son père, répondit Émile.

– Elle est comment?

– Ravissante et féminine et...

Il avait pris pour lui répondre un ton rêveur et feutré comme s'il parlait d'un personnage de la plus haute importance. Cela irrita Bénédicte, qui rétorqua:

– Une fille à papa, quoi!

– Pas plus que toi.

Bénédicte le regarda, stupéfaite. C'était la première fois qu'Émile adoptait un ton critique à son sujet. Le supporter du premier rang sifflait sa vedette préférée. Il dut s'en rendre compte, car il signa aussitôt la paix.

– Mais non, ma chérie, je plaisantais. Je te promets.

Il l'embrassa.

Bénédicte se laissa faire, mais garda de cet incident l'impression pénible d'avoir été trahie.

– Rosita, vous pouvez donner un coup de fer à mon chemisier? demandait Bénédicte sur le seuil de la cuisine.

– Oui. Bous êtes la seule à porter ces franfreluches. Chaque fois que je repasse, c'est pour bous.

Rosita était de très mauvaise humeur. Sa vieille haine contre Franco était réveillée par le procès des seize nationalistes basques à Burgos. Il fallait toute l'énergie et le bon sens de son mari et de ses deux filles pour la retenir d'aller manifester dans la rue.

– C'est pas difficile, commentait-elle à l'adresse de Juliette et Martine. À la maison, on dit pas aller aux petits coins, mais aller chez Franco. C'est bous dire en quelle estime on le porte celui-là... Il pourrait mourir écorché bif que je trouberai ça à peine assez. Après toutes les atrocités dont il est responsable !

Juliette et Martine ne répondirent pas. Elles ne comprenaient pas grand-chose au problème basque et ne voulaient pas ouvrir une discussion à ce sujet aussi tôt le matin. Elles se regardèrent par-dessus leur bol de café et haussèrent les épaules.

– Rosita, cria Bénédicte, ça y est ?

Juliette jeta un coup d'œil sur le chemisier Saint-Laurent que Rosita manipulait délicatement et siffla.

– Dis donc, elle déjeune avec le président de la République ?

– Presque, répondit Martine. Elle rencontre Florent Bousselain. Il a invité Émile à déjeuner chez *Maxim's* et elle a réussi à se faire inviter.

– À mon avis, elle va essayer de le séduire...

– Rosita ! piaffa Bénédicte.

– Boilà, boilà... L'a pas de conscience politique, celle-là. Me bousculer un jour comme ça...

Bénédicte attrapa le chemisier et partit finir de s'habiller.

Bénédicte grattait de l'ongle la banquette en peluche rouge sur laquelle elle était assise. Elle s'ennuyait. Les deux hommes parlaient, parlaient. Émile essayait d'éblouir Bousselain ; Bousselain récapitulait l'état de la France comme un propriétaire qui fait l'inventaire : la nouvelle société de Chaban, les émeutes maoïstes, la révolte des commerçants, la resucée de Mai 68 en mai 70, l'arrestation de Geismar, la dissolution de la gauche prolétarienne…

– C'est inquiétant, cette séparation de la France en deux, disait Émile. La révolte gronde partout…

Ils échangeaient vues sur le monde et morceaux de pain avec le même sérieux.

– Oui mais, regardez le sondage fait aujourd'hui, un mois après la mort de De Gaulle : Pompidou obtient 69 % de satisfaits. Plus que le général n'en a jamais obtenu… C'est un très bon président que nous avons là. Il s'occupe peut-être un peu moins de la grandeur de la France mais beaucoup plus de moderniser son industrie. Je suis extrêmement confiant.

Puis ils évoquèrent le déclin de l'Amérique et du dollar.

– C'est le moment d'aller s'installer là-bas… Les conditions financières nous sont tout à fait avantageuses.

Bénédicte pensa à Martine qui avait son billet en poche.

Comme il se devait, Émile laissa le mot de la fin à Bousselain.

Chacun a joué son jeu, pensa-t-elle. Émile voulait briller et se faire connaître, Bousselain obtenir la place pour sa fille. Donnant donnant.

Bousselain invita Émile à venir chasser avec lui en Sologne. Émile remercia et assura qu'Annick pouvait se considérer comme embauchée. Le chauffeur de Bousselain les déposa devant *le Figaro*. Dans l'ascenseur, Bénédicte explosa :

– Qu'est-ce que je me suis ennuyée !

– Tu aurais pu te laver les cheveux quand même, dit Émile.

– Mais je me suis lavé les cheveux !

– On dirait pas…

Elle n'eut pas le temps de protester davantage. La

porte de l'ascenseur s'ouvrit et l'huissier s'inclina devant Émile. Dans le bureau d'Émile, Geneviève, sa secrétaire, l'attendait avec une liste de gens à rappeler et des problèmes à régler immédiatement. Bénédicte le laissa à regret.

Souvent, dans les jours qui suivirent, Bénédicte eut l'impression étrange qu'il se passait quelque chose et que ce « quelque chose » allait changer sa vie de manière irrémédiable. Elle n'aurait pas su dire quoi exactement, mais elle se sentait menacée. Dans le dos.

Elle devint inquiète, à l'affût, maladroite.

Émile était très occupé : de violents affrontements avaient éclaté dans les ports polonais de la Baltique et les troubles s'étendaient bientôt dans toute la Pologne ; en Espagne et en France avaient lieu des manifestations de masse pour soutenir ou vilipender Franco ; le divorce était introduit en Italie ; Régis Debray allait être libéré en Bolivie ; à Rio, l'ambassadeur suisse était enlevé… Il fallait envoyer des reporters dans tous les coins du monde et, en ce mois de décembre, c'était dur de faire partir les journalistes cramponnés à leurs achats de Noël et à leur sapin. Émile ne quittait presque plus son bureau, encourageant les envoyés spéciaux au téléphone, demandant son avis à Larue, relisant la copie, rédigeant des titres et des chapeaux. Bénédicte n'arrivait plus à le voir.

Il y a autre chose, pensait-elle. Il a déjà été accaparé, mais il y avait toujours de la place pour moi.

Il ne dormait plus rue des Plantes, prétextant des horaires trop irréguliers, et rentrait chez lui. Il n'était plus jamais libre pour déjeuner. Il l'évitait.

Éjectée. Étrangère. Tout juste si Geneviève ne lui disait pas : « Rappelez plus tard, M. Bouchet est occupé » quand elle téléphonait.

Elle crut devenir folle. Elle comprit les gens dont la raison vacillait après une séparation ou une rupture.

Sans le regard d'Émile, elle était privée de carte de visite.

Elle joua son va-tout.

Depuis longtemps, un journaliste du service politique – le service noble du *Figaro* – lui faisait la cour.

Elle se laissa inviter à déjeuner, puis à dîner. Il n'osait pas aller plus loin : elle l'encouragea.

Un vendredi soir, il vint dans son bureau et lui proposa de partir avec lui un week-end à Honfleur. Elle accepta. Il avait à peine quitté la pièce, ne croyant pas à son bonheur, qu'elle prit son téléphone et composa le numéro de la ligne directe d'Émile. C'est lui-même qui répondit.

– Allô, c'est Bénédicte.

– Oui. Écoute, je n'ai pas le temps, j'ai Desjardins sur l'autre ligne en direct de Rio…

– Je vais être très brève. Je viens d'accepter de partir en week-end avec Édouard. Je voulais seulement te prévenir.

Elle raccrocha. Pantelante. Les genoux tremblant, le cœur galopant. Elle le provoquait pour qu'il fasse, enfin, attention à elle.

Il rappela.

– Bénédicte, c'est stupide… Pourquoi fais-tu ça ?

– Parce que, depuis quinze jours, je n'existe plus. Tu ne me regardes plus.

– Mais c'est faux. Je suis très occupé, tu devrais le comprendre.

– Tu mens, Émile. Tu mens.

Il ne répondit pas et elle raccrocha, ivre de rage, chercha des yeux quelque chose à casser, jeta violemment le pot avec tous les crayons par terre et renversa le téléphone.

Elle décida d'aller aux toilettes se passer de l'eau froide sur le visage. Ça va me calmer. Il ne faut pas que je perde les pédales. Rester digne, digne. Elle répétait ces mots, en se tapotant le visage sous le robinet quand elle entendit des pas dans le couloir et des voix qui se rapprochaient. Elle se réfugia dans l'une des trois cabines et s'accroupit, reprenant son souffle. Elle reconnut les voix de Geneviève et de la secrétaire de Larue. Tout me fait peur, soudain. Je bats en retraite devant des filles que je regardais de haut il y a… Ça me paraît si loin. Elle retint sa respiration et écouta ce qu'elles disaient. Elles parlaient d'elle et d'Émile.

– Bien fait pour cette petite mijaurée. Elle se croyait tout permis… Ça va lui faire du changement.

– Je le comprends, Bouchet. Pour sa carrière, la petite Bousselain est bien plus utile… Sans compter qu'elle est plutôt jolie… Elle est au courant, tu crois ?

– À mon avis, non. Elle arrête pas d'appeler et de faire des scènes au téléphone… Mais va bien falloir qu'il le lui dise, j'ai l'impression que la petite Bousselain veut s'installer et vite. Elle est pas habituée à ce qu'on lui résiste, celle-là…

– Encore une qui va le mener par le bout du nez !

Elles pouffèrent de rire.

– Tu fais quoi ce week-end ?

– Je repeins l'appartement avec Gilbert… Il en a besoin, tu sais. Ça va faire dix ans qu'on est là et on n'a jamais rien fait.

Elles parlèrent peinture, maquillage et belles-mères. Puis se retirèrent en riant.

Bénédicte restait enfermée. Elle eut envie de vomir et se pencha sur la cuvette des toilettes. Elle avait mal à la tête, mal au cœur, mal au ventre. Elle pleurait. Des larmes coulaient sur son visage, et elle ne cherchait pas à les arrêter. Bientôt, elle entoura ses genoux de ses bras et se mit à sangloter :

– Maman, maman, pourquoi tu m'aimes pas ? Je sais que tu m'aimes pas, maman, maman…

La raison se retirait tout doucement d'elle. Elle devenait irresponsable, étrangement légère, comme une enfant. Elle ne voulait plus sortir des toilettes. « Ils » vont voir que j'ai pleuré et « ils » vont être si contents.

Elle resta longtemps accroupie, à attendre qu'« ils » partent et que ses yeux dégonflent. Le visage contre la cuvette froide, le regard fixant l'eau jusqu'à en être hypnotisée. Elle n'arrivait pas à y croire. Ça lui paraissait impossible. Je vais me réveiller. Ce n'est qu'un cauchemar.

Édouard Rouillier attendit, en vain, Bénédicte Tassin, ce soir-là. Lui aussi dut se dire qu'il avait rêvé. Que c'était un beau rêve…

Quand elle fut sûre de ne plus rencontrer personne, Bénédicte quitta le Figaro et rentra rue des Plantes. Là, elle se remit à pleurer, au milieu du salon, sous les yeux stupéfaits de Juliette, Martine, Regina et Ungrun. Elle hoquetait des phrases incompréhensibles entre deux sanglots.

– Émile, Bousselain, jamais plus, Figaro…

– T'as une histoire avec Bousselain, et Émile s'en est aperçu ? commença Juliette.

Bénédicte secoua la tête, et ses sanglots redoublèrent.

– Bousselain t'a fait du gringue. Émile s'en est aperçu et ça a fait un drame, dit Martine.

Bénédicte continuait à pleurer. Martine et Juliette s'interrogèrent du regard. Regina trancha :

– Cette petite a besoin de Tranxène, sinon elle va nous faire une crise de nerfs. Je vais en chercher…

Ungrun prit Bénédicte dans ses bras et la berça contre elle. Cela aussi fit redoubler les larmes de Bénédicte.

– Maman, maman, criait-elle, maman !

– Il est arrivé quelque chose à sa mère… fit Juliette.

– Maman… Où elle est ?

Regina revenait avec des comprimés et un grand verre d'eau. Elle força Bénédicte à avaler les comprimés et lui posa une compresse sur le front.

– Elle doit pleurer depuis longtemps, elle a de la fièvre… Je crois qu'il vaudrait mieux qu'elle se couche, elle nous expliquera demain matin.

Elles hissèrent Bénédicte jusqu'à sa chambre, la déshabillèrent, la mirent au lit. Martine et Juliette décidèrent de rester à son chevet jusqu'à ce qu'elle s'endorme.

– Le Tranxène va la faire dormir, déclara Regina.

Une fois seules avec Bénédicte, Juliette et Martine chuchotèrent dans la pénombre. Qu'est-ce qui avait bien pu se passer pour que leur chef de bande s'écroule ainsi ?

– Et si j'appelais Émile ? Il doit savoir, lui…

– Tu as son numéro ?

– Non. Mais, au journal, ils me le donneront peut-être…

Émile était encore au journal. Il eut l'air soulagé de pouvoir parler avec Martine. Depuis trois semaines, il fuyait Bénédicte, fuyait l'explication. Il raconta tout d'un trait. Comment il était tombé amoureux d'Annick Bousselain la première fois qu'il l'avait vue, comment ils s'étaient revus « par hasard » – à ce mot, Martine eut un petit sourire – et comment il était désemparé face à Bénédicte.

– Vous allez vous occuper d'elle, Juliette et toi ? demanda-t-il.

– Oui, bien sûr.

– Je t'en suis très reconnaissant. Je ne sais pas quoi faire avec elle…

– C'est sérieux avec miss Fille-à-papa ?

– Oui… Non… Je ne sais pas.

Lui non plus, il ne comprend pas ce qui lui arrive, se dit Martine et elle raccrocha.

Bénédicte resta alitée toute une journée. Juliette et Martine se relayèrent à son chevet. Chaque fois que le téléphone sonnait, elle tressaillait, inclinait le buste puis se rallongeait, déçue. Juliette l'observait, étonnée. Tellement stupéfaite de l'attitude de son amie, qu'elle restait là, à lui tenir la main sans parler. Elle n'aurait jamais cru que Bénédicte tint autant à Émile.

Martine, si elle ne parlait pas davantage, comprenait mieux. Il la rassurait tellement qu'elle doit se sentir perdue, handicapée, sans ressources…

Aussi, le lendemain, quand Bénédicte déclara qu'elle resterait à la maison et n'irait pas travailler, Martine intervint :

– Tu vas t'habiller, tu vas même te débrouiller pour être très belle et tu files au *Figaro*.

– Non. Je ne peux pas, marmonna Bénédicte, blême.

– Si. Qu'est-ce qu'ils vont penser de toi là-bas ? Sans compter que ce n'est pas professionnel.

– Je t'assure que je ne peux pas. Je veux rester ici.

– Martine a raison, reprit Juliette. Il faut que tu leur fasses croire que t'en as rien à foutre.

– Absolument, et même… même… que t'as un autre mec ! s'écria Martine.

– Oui. C'est ça. Tu vas t'inventer une autre histoire d'amour… Comme ça, les gens croiront que c'est toi qui as largué Émile ! dit Juliette.

– T'as pas un mec qui te tourne autour en ce moment ? demanda Martine.

Bénédicte écoutait, passive, Martine et Juliette mettre au point toute une stratégie pour qu'elle ne perde pas la face.

– C'est très important de garder la tête haute, reprit Martine. Ne serait-ce que pour toi…

– Je peux te prêter Nizot, si tu veux, dit Juliette. Il le fera. Pour te rendre service. Il ira te chercher au *Figaro* le soir, et les gens diront : « Tiens, tiens, la petite Tassin sort avec Jean-Marie Nizot… »

– Comment ça, tu peux me prêter Jean-Marie ? Tu le vois ?

Juliette se mordit les lèvres. Elle avait fait une gaffe. Dans son élan de générosité, elle avait complètement oublié que Bénédicte ne devait pas savoir qu'elle voyait Jean-Marie.

– Euh… oui… c'est-à-dire…

Martine lui lança un regard terrible et Juliette se tut.

– Écoute, ce n'est pas le problème en ce moment, dit Martine. Lève-toi, prends une douche, fais-toi belle et vas travailler. D'accord ?

– Et si je le rencontre ? demanda Bénédicte. Qu'est-ce que je fais ?

– Comme lui. Tu l'évites et tu l'ignores…

– J'arriverai jamais…

– Si. T'as qu'à penser que la personne que t'aimes le plus au monde est à côté de toi et te donne la main.

– Maman…

– Si tu veux. Pense que ta mère est là et ignore-le. Rappelle-toi : la tête haute et froide. Tu sais bien faire ça d'habitude, ma chérie.

C'était la première fois que Martine avait un mot tendre pour elle, et Bénédicte eut envie de rester au lit, bien au chaud, avec toute cette tendresse autour d'elle.

– Et Noël ? Qu'est-ce que je vais faire à Noël ? J'ai pas envie d'aller chez mes parents avec tous mes frères et sœurs qui vont faire la fête.

– Écoute, on verra plus tard pour Noël…

– On pourrait le passer ici, toutes ensemble ? proposa Juliette qui voulait se faire pardonner.

– Pourquoi pas ? dit Martine. Allez, lève-toi et sois fière…

Bénédicte posa un pied par terre. Juliette l'embrassa.

– Tu m'en veux pas, dis, tu m'en veux pas ?

– Non. J'ai l'impression que tout m'est égal…

Qu'est-ce que je vais devenir sans lui ? Je ne saurai même plus écrire un tout petit article. Elle repensa à la liste de conseils que lui avait donnés Émile et qu'elle avait affichés au-dessus de son bureau.

Je l'aime bien plus maintenant que lorsque j'étais avec lui, se dit-elle. Mais qu'est-ce qui se passe dans ma pauvre tête ?

Chapitre 6

Martine faisait ses adieux à Pithiviers. Elle était venue en ce week-end de décembre chez ses parents, dans le F4 de la Cité où elle avait passé toute sa jeunesse. Les marches carrelées qui résonnaient au moindre bruit, les cages d'escalier qui amplifiaient les cris de la femme du troisième injuriant son mari revenu ivre du café, les rampes en bois où chaque fille ciselait le nom du garçon avec qui elle flirtait et le paillasson de la concierge avec les initiales R. G. imprimées en gros. Il avait appartenu aux premiers concierges et chaque nouveau gardien, depuis, l'avait conservé. Il intriguait beaucoup Martine quand elle était petite. Elle se demandait ce que voulaient dire ces lettres pour que le paillasson demeure, immuable, malgré les changements de propriétaires : Renseignements Généraux ou Révérence Garder… Des heures et des heures, elle jonglait avec ces initiales quand elle attendait qu'un de ses parents rentre de la Sucrerie et lui ouvre la porte. Rapidité Garantie, Respectabilité Gagnée… Elle inventait les alliances de mots les plus absurdes et jouait sans fin avec le paillasson.

Je vieillis, se dit-elle ce jour-là, je pose un regard attendri sur mes souvenirs d'enfance… Ses parents aussi, elle les considérait autrement. Elle ne leur en voulait plus comme avant. C'est moi qui suis différente, pas eux. Eux, ils sont comme tout le monde. Pourquoi suis-je ce petit canard noir qui se dandine à l'écart ?

Joëlle parlait glissière de rideaux avec sa mère quand Martine entra. Elles s'interrompirent, et Martine eut l'impression de gêner. Elle prétexta une émission de télé à regarder et se tint à l'écart. La conversation reprit sur l'espace à laisser entre les crochets sur la rufflette et les fronces qu'il convenait de faire. C'est peut-être à ça que j'ai échappé en perdant Richard, au monstrueux alibi du mariage qui permet à la femme de renoncer à elle-même avec la bénédiction de la société ? À s'occuper de rufflettes et de rillettes puis d'oreillons et de biberons, de garderies et de jeudis, de compositions et de récitations.

Chaque fois que Martine pensait à Richard, la haine revenait. Le petit cube se dilatait et l'emplissait de rage. De rage froide et déterminée. Il peut crever sur le trottoir d'en face, je ne jetterai même pas un regard de côté pour assister à son dernier hoquet... Ne pas penser à lui. Ne pas penser à lui, se répétait-elle les poings serrés. Ne pas me retourner sur mon passé sous menace de me retrouver changée en statue de sel. Regarder droit devant la ligne bleue des gratte-ciel, faire gambader les initiales de Pratt Institute et les Américains, les beaux Américains dans leurs longues voitures décapotables. C'est autre chose qu'un petit rastaquouère au nez de travers. Qui fuit. Ne pas y penser, ne pas y penser. Ou alors pour me donner l'espérance de la vengeance, l'énergie de la revanche, la force du coup de poing retour qui écrase l'adversaire. K-O. Comme le comte de Monte-Cristo.

Le week-end se passa à traîner. À dire au revoir aux uns et aux autres. À mettre des pièces dans le juke-box du *Café du Nord* et à écouter sans fin le thème du film *Borsalino*, la joue contre la glace de la machine. Marseille et ses truands, Belmondo et Delon sous le soleil chaud, les putes, les cafés, les règlements de comptes, les petites rues du Panier, la Méditerranée... J'aurai pas ces images « là-bas », à New York.

Elle pensait « là-bas » et cherchait des raisons pour rester « ici ». Reprenait un sirop d'orgeat, commandait un pithiviers, allumait une Gitane, faisait glisser son doigt sur le formica de la table du café. Là-bas, ici, là-bas, ici. Gratte-ciel et statue de sel.

Le samedi soir, elle invita ses parents au restaurant. Ils étaient un peu intimidés de se retrouver dans un cadre qui ne leur était pas familier. On n'est jamais parti en vacances ensemble, se souvint Martine, Joëlle et moi nous allions en colonie de vacances dans un centre aéré du Parti et eux restaient à Pithiviers. Ou allaient voir de la famille en Bretagne.

– C'est la première fois qu'on se retrouve tous les trois comme ça au restaurant, dit Martine.

– C'est vrai qu'on ne sort guère, répondit sa mère.

Ils mangeaient en silence. Trouvaient que ça manquait de sel. Que le vin sentait le bouchon. Que le service était trop lent…

– Et c'est le service qu'on paye, fit remarquer M. Maraut.

Habitués à toujours compter, les Maraut ne savaient pas profiter. Ils avaient choisi les plats les moins chers sur la carte, et il fallut que Martine insiste pour qu'ils prennent une timbale de fruits de mer et un lapereau aux morilles.

– C'est moi qui vous invite…

Ils s'étaient résolus, un peu à contrecœur. Comme pour lui faire plaisir. Et ça lui gâchait sa joie.

– Papa, maman, vous savez, c'est la dernière fois qu'on se voit peut-être avant longtemps…

Ils la regardèrent, étonnés qu'elle parle ainsi. Aussi directement. D'habitude, ils passaient par le temps ou le prix des haricots pour communiquer.

Le garçon disposa les couverts à poisson de chaque côté de l'assiette de Mme Maraut, et Martine surprit un regard de sa mère vers son père.

– Vous allez me manquer, continua Martine bien décidée à ne pas laisser le silence habituel s'installer.

Ici, il n'y a pas de télé pour couvrir les voix. Ils vont être obligés de parler et d'écouter. À la maison, il faut crier si fort pour se faire entendre que personne ne prend plus la peine de ne rien dire.

Ils parurent d'abord déroutés par la déclaration de leur fille.

Puis son père eut un renvoi, posa son couteau et demanda :

– Pourquoi, tu pars, alors ? T'es pas bien ici ? Tu as un bon travail pourtant…

– J'ai envie de grand, papa. De gigantesque. J'étouffe. J'ai l'impression que les gens sont rangés dans de petites boîtes et…

– Déjà petite, elle disait qu'elle avait besoin d'air, rappelle-toi, dit sa mère à son père.

– Non, pour moi, ce sont ses lectures qui lui ont gâté l'esprit… Ses lectures et ses fréquentations.

Martine constatait, avec tristesse, que le début de dialogue amorcé s'arrêtait aussitôt.

– Ce n'est pas votre faute, vous savez. C'est quelque chose que j'ai dans la tête depuis longtemps. Je me trompe peut-être, on verra.

Il y eut encore un silence, le temps pour son père de nettoyer son assiette avec un morceau de pain, puis il reprit :

– Je ne comprends pas. C'est dur là-bas. Sans pitié. Tu vas être obligée de te battre…

– C'est ça que j'aime…

– C'est chacun pour soi…

– Justement, ce qui me séduit dans ce pays, c'est qu'il ne repose sur aucune théorie politique. C'est un pays pragmatique où seules l'expérience et l'action comptent…

Ils ne parlaient jamais politique ensemble. Depuis

que Martine s'était rebellée, et avait voulu garder les deux bonnets volés chez Phildar, le sujet était interdit. Plus tard, pour que les choses soient claires malgré le silence imposé, elle avait affiché, juste au-dessus de son lit, une phrase écrite au crayon feutre rouge qui disait : « J'aime pas les kopecks et tout ce qui va avec. »

– C'est un choix. C'est TON choix. Mais tu sais bien ce que j'en pense…

– Papa, laisse-moi t'expliquer.

– C'est inutile, Martine. On ne t'a jamais rien empêché de faire, ta mère et moi, tu le sais bien. Cela n'empêche que je ne comprends pas pourquoi tu pars là-bas. Tu as toujours été contre nos idées, je ne sais pas pourquoi et je ne tiens pas à le savoir. Je préfère d'ailleurs qu'on n'en parle pas, comme ça on reste en bons termes, toi et nous.

– Ah ! c'est facile de dire ça, protesta Martine, qui sentait la colère l'envahir.

– C'est peut-être facile, mais c'est comme ça…

– Mais, papa… On ne peut jamais parler de rien avec toi. Je ne critique pas vos idées, je revendique les miennes, c'est différent quand même !

– Fameux ce petit bordeaux finalement, tu ne trouves pas, Thérèse ?

Au même moment, Martine reçut un coup de pied dans les chevilles, et elle comprit que sa mère lui demandait de se taire.

– Je suis contre les idéologies, toutes les idéologies. C'est ça mon militantisme à moi, conclut-elle.

– Parce que tu n'as pas eu à te battre. Comme tous ceux de votre génération. Si on n'avait pas revendiqué, ta mère et moi, tu n'aurais pas, crois-moi, tout le confort et les ouvertures dont tu disposes aujourd'hui…

– Il a raison, Martine, intervint Mme Maraut. C'est facile aujourd'hui de critiquer…

Martine renonça. Elle n'allait pas leur reprocher leurs

années de militantisme. Ils étaient sincères et honnêtes, eux. Ils n'en avaient tiré aucun profit personnel. Ils étaient de vrais ouvriers qui, maintenant, vivaient comme de vrais petits-bourgeois. Elle leur reprochait, au fond, de s'être arrêtés en chemin. Au F4 de la Cité et aux consignes du Parti. Pas d'esprit critique ou d'initiative personnelle. Pas de discussion possible ou de regard différent. L'horizon s'était refermé sur les réunions de cellule et les paroles du camarade Waldeck-Rochet. Ils doivent penser que je trahis, que je passe à l'ennemi. Et ils regrettent peut-être aussi de ne pas être resté devant leur télé à regarder les Forsythe…

Elle eut un sourire maladroit et leur demanda ce qu'ils voulaient comme dessert.

Le lundi matin, elle se leva à cinq heures et demie et prépara le petit déjeuner. Son père faisait partie de l'équipe de sept heures, sa mère ne travaillait qu'à neuf heures, ce jour-là. Elle resta donc seule avec son père, lui servit son café au lait, lui beurra ses tartines. Il la remercia pour le dîner au restaurant. Elle posa sa main sur la sienne et il la retira pour se frotter les yeux. Puis, il se leva en se massant les reins.

– T'as mal ? demanda Martine.

– Oui. Le toubib m'a dit de porter une ceinture… Bah ! ça passera. C'est le temps… mauvais, mauvais…

Il jeta un coup d'œil par la fenêtre. Il faisait gris et le ciel était bas. Pendant toute la semaine, il allait se lever sous le même ciel pour effectuer le même travail. C'était l'époque où on acheminait les betteraves vers la Sucrerie, où les tracteurs et les camions venaient décharger leurs cargaisons, où il fallait manœuvrer de lourds containers de tubercules boueux.

Martine se leva et alla l'embrasser comme il s'apprêtait à partir, sa gamelle en bandoulière et le béret enfoncé.

– Au revoir, papa.

– Au revoir, ma fille.

Ils étaient debout, l'un en face de l'autre, et ne savaient pas quoi dire.

– Bonne journée, ajouta Martine.

– Oh ! tu sais, le lundi c'est gai que pour les riches… Allez ! Et bonne chance…

– C'est ta faute aussi, lui dit sa mère. Il faut toujours que tu parles de ce qui chagrine… Tu crois que ça lui plaît à ton père de te voir partir en Amérique !

– Mais si je ne parle pas avec vous, ça sert à quoi que vous soyez mes parents ?

Sa mère haussa les épaules et trempa sa tartine dans son Banania.

– T'as toujours été comme ça. Tu as toujours voulu réformer le monde. Je me demande ce qu'on avait dans la tête quand on t'a faite !

– Vous étiez peut-être en pleine rébellion. C'est de vous que je tire ça…

– Va savoir ?

– Dis, maman, à qui je ressemble ? À papa ou à toi ? Elle aurait eu envie que sa mère lui parle. Qu'elle l'évoque, bébé ou plus grande. Qu'elles se penchent toutes les deux sur son enfance. Au lieu de quoi, Mme Maraut se leva, alla poser son bol dans l'évier, fit une rapide vaisselle, puis, s'essuyant les mains, ajouta :

– C'est pas tout ça, faut que j'y aille. Je pointe à neuf heures aujourd'hui.

Elle suivit le même cérémonial que son mari. Prit sa gamelle, la mit en bandoulière, noua un foulard sur ses cheveux et remonta son col.

– Doit faire frais aujourd'hui…

Martine la regarda avec attention. Elle ne savait pas quand elle la reverrait. Elle eut peur. Envie de se blottir contre son manteau.

512

– Allez, ma grande, porte-toi bien et donne de tes nouvelles. Fais bien attention à toi…

– Take care, comme disent les Américains.

– Quoi ?

– Rien.

Sa mère l'empoigna rudement, frotta ses deux joues contre les siennes. Martine sentit la gamelle lui rentrer dans le ventre, l'odeur de savon propre et le col du manteau un peu rêche. Maman, maman.

Sa mère se dégagea.

– Et donne de tes nouvelles, hein ?

Elle agitait l'index comme si elle lançait un avertissement.

– Promis, dit Martine.

– Et, en sortant, tu fermes à clé et tu laisses la clé chez les gardiens.

– Promis.

– Et ne fais pas la sotte, tu es grande maintenant.

Martine hocha la tête.

Elle n'aurait pas cru que ce serait si dur de quitter ses parents.

Elle passa la journée à ranger ses affaires, à trier ce qu'elle emportait. Elle avait allumé le transistor, et Anne-Marie Peysson donnait des recettes de cuisine. Énervée, elle passa sur Europe et, comme elle changeait de station, elle prit une chanson en plein cœur. You've lost that loving feeling, you've lost that loving feeling, you've lost that loving feeling woo, woo…

Le souffle coupé, elle se laissa tomber sur une chaise. La chanson de Richard. Le sourire aller et retour revint la hanter, elle eut comme un fourmillement de douleur au plexus et elle pria tout bas : Reviens, Richard, reviens, s'il te plaît, où que tu sois. Je t'aime, s'il te plaît, reviens…

Chapitre 7

– Ma petite Djouliette, je voulais vous dire que j'étais très contente de vous.

– Content, monsieur Farland. Vous êtes masculin.

Farland rit et s'assit sur le bord du bureau de Juliette, les mains dans les poches. Il est toujours habillé pareil : costume gris, chemise rayée avec col boutonné, cravate club. Les cheveux grisonnants coupés court, les yeux bleus, la chevalière de son université à la main gauche, le sourire éclatant – il le soigne comme d'autres polissent leur voiture – et la mine bronzée. Une vraie réclame de cadre quinquagénaire prospère. Il a envers elle des manières amicales sans l'ombre d'une ambiguïté ni la moindre tentative de séduction. Tombé amoureux de la France, il vit à Paris depuis deux ans. Il a monté son cabinet d'avocats internationaux avec un autre Américain, d'origine belge, M. Noblette. Chez Noblette et Farland, la majorité du personnel est anglaise ou américaine, et Farland vient souvent « entretenir » son français avec Juliette. Il prononce Djouliette et elle aime bien.

– Vous vous débrouillez très bien, vous savez. J'ai eu une bonne idée de vous prendre en stage.

– Je vous retourne le compliment : je suis très contente – féminin – de travailler avec vous.

Elle disait la vérité. Chez Noblette, le travail était rapide et efficace, les patrons ne vous pinçaient pas les fesses et elle apprenait tous les jours quelque chose. Son anglais s'était grandement amélioré et elle s'était inscrite aux mêmes cours d'anglais, bien qu'à un niveau inférieur, que Martine.

– Pourquoi vous êtes-vous intéressée au droit, Djouliette ?

– Pour qu'on m'appelle Maître… Et vous ?

– Depuis le jour où mon train électrique tout neuf s'est cassé… J'avais neuf ans, je me suis juré de poursuivre le salaud qui me l'avait vendu et d'avoir sa peau.

Ce fut au tour de Juliette de rire.

Depuis qu'elle travaillait chez Noblette, la fac lui paraissait totalement dénuée d'intérêt. La première année, elle avait été terrifiée ; la seconde, elle avait travaillé, et c'est seulement en troisième année, qu'elle se demandait ce qu'elle faisait là sur les bancs d'Assas, à bâiller aux textes de loi alors qu'il se passait des choses bien plus intéressantes dans son bureau avenue Victor-Hugo. Elle se demandait si elle n'allait pas interrompre ses études. Elle en parla à Farland qui le lui déconseilla.

– Un diplôme, c'est toujours bien. Surtout en France… Et puis, si un jour, vous voulez aller travailler aux États-Unis, ça vous fera gagner du temps.

Juliette soupira. Pour le moment, elle en manquait terriblement de temps. Noblette, la fac, les cours d'anglais, Nizot, Virtel, Louis.

Ce soir, elle sortait avec Jean-Marie. Ils allaient voir le *Songe* de Strindberg à la Comédie-Française. Il y a une semaine, se dit Juliette, j'ignorais tout de Strindberg. Je l'aurais pris pour un courant polaire ou pour une marque de maillot.

Jean-Marie l'attendait sous les arcades, les deux billets à la main. Juliette avait souvent le sentiment d'assister à un spectacle « sacré » quand elle allait au théâtre. L'impression de participer à une mise en scène grandiose et rituelle qui commençait au contrôle et durait tout le temps de la représentation. Elle n'aurait pas été étonnée de voir se pointer Louis XIV et sa cour au moment des trois coups. Le faste de la Comédie-Française, ce soir-là, lui plaisait particulièrement. Toutes les conventions, que Louis et ses copains essayaient de supprimer, voire de ridiculiser, dans leur cave de la rue du Temple, y étaient illustrées. Quand elle retrouvait Louis, au Vrai Chic, elle se faisait le plus cradingue possible pour ne pas détonner. Leur dernière invention : ne pas faire payer les roux !

Ce soir, avec Jean-Marie, elle s'était habillée et savourait le plaisir des lumières, du décor, de l'odeur – elle aimait l'odeur des théâtres, une odeur de plusieurs siècles. Quand le rideau tomba, Juliette applaudit à tout rompre.

– Tu es la fille la plus enthousiaste que je connaisse, lui dit Jean-Marie.

Ses cheveux noirs brillaient, ses yeux chatoyaient, il portait un costume élégant avec une désinvolture telle qu'il en paraissait encore plus distingué. Il émanait de lui une supériorité intelligente et raffinée qui ravissait Juliette, l'emportait sur des sommets et la bonifiait.

– C'est grâce à toi. Depuis que je te connais, je vais beaucoup mieux, j'ai changé. Tu m'as appris à être fière de moi…

– « La conscience de soi vaut mieux que la gloire », a dit Barbey d'Aurevilly et, toi, tu es en train de devenir une force, une vraie force… avec laquelle il va falloir compter.

– Je vais devenir terriblement orgueilleuse…

– Tant mieux. C'est du bon orgueil. Savoir qui on est et ne pas se laisser marcher sur les pieds. C'est ma grand-mère qui m'a appris ça.

Il lui parlait souvent de sa grand-mère.

Juliette regrettait de ne l'avoir pas connue. Comme Minette. Elle, je l'ai frôlée. Je l'ai regardée avec le regard des autres et je l'ai manquée. Je n'avais pas encore mon regard à moi.

– Jean-Marie, Jean-Marie !

Ils se retournèrent et aperçurent Émile Bouchet en compagnie d'une grande blonde. Tiens, la remplaçante de Bénédicte, pensa Juliette qui se promit de marquer la distance.

Émile fit les présentations et proposa à Juliette et Jean-Marie de venir dîner avec la blonde et lui, chez *Castel*. Juliette brûlait d'envie d'y aller, mais elle ne répondit rien par solidarité avec Bénédicte.

– C'est très gentil, mon cher. Mais nous avons d'autres projets, dit Jean-Marie.

Émile eut l'air déçu. Apparemment, un des grands plaisirs qu'il retirait de sa nouvelle conquête était de l'exhiber.

Ils se séparèrent, Émile multipliant les sourires, la blonde affichant une distance proche du mépris.

– Je hais les sourires serviles d'Émile, commenta Nizot. On dirait un commerçant… Et elle, sous prétexte qu'elle est fille de grand patron, elle se croit déshonorée si elle desserre les lèvres.

– C'est une fausse blonde. J'ai vu ses racines, ajouta Juliette.

Ce soir-là, ils allèrent dîner dans un restaurant russe, et Juliette en sortit un peu ivre.

– Juliette, viens chez moi… S'il te plaît. Je te regarderai dormir, je ne te toucherai pas.

– Non. Ce serait trop facile…

« Trop facile » était devenu un mot de passe entre eux. Une manière de se reconnaître complices, unis dans la même conspiration : la découverte et la fabrication de Juliette Tuille. Elle avait peur qu'en s'allongeant toute nue contre Jean-Marie, cette Juliette-là disparaisse à tire-d'aile. Que l'autre Juliette, celle qui se laissait escalader froidement par Donald Duck ou passionnément par Louis, n'en fasse qu'une bouchée et détruise, avec la même avidité, Jean-Marie Nizot.

Comme elle ne pouvait pas expliquer tout cela à Jean-Marie qui s'était soudain rembruni, elle lui dit d'une toute petite voix douce et suppliante :

– S'il te plaît, fais-moi confiance. J'ai besoin de temps… S'il te plaît.

Elle se pencha et lui déposa un baiser chaud et léger sur la bouche.

Un baiser doux de fiancée, pensa Jean-Marie. Que c'est douloureux d'être amoureux ! Il n'osait pas poser de questions sur l'autre ou les autres qui prenaient des soirées et des nuits de Juliette. Il attendait qu'elle vienne vers lui. Il se répétait qu'il fallait être patient mais, Dieu, que c'était dur parfois ! Quand, pendant toute une soirée, il l'avait sentie à côté de lui, senti son parfum, son souffle, observé le sérieux qu'elle mettait à vouloir apprendre, écouter, comprendre, il n'avait qu'une envie : la prendre dans ses bras et l'emporter pour lui tout seul.

– Juliette…

Elle lui mit un doigt sur les lèvres et secoua la tête. Il ne faut pas parler, semblait-elle dire. Attends, attends…

Avec Virtel, les rendez-vous se déroulaient selon un rite immuable. Donald Duck s'amusait avec son canapé, le pliait, le dépliait, rabattait les accoudoirs, inclinait le dossier, donnait de larges coups de langue, de vigoureux coups de reins, saccageant au passage les mécanismes. Heureusement que j'ai un service après-vente, pensait Juliette, sinon ce sagouin me bousillerait définitivement ma belle sensualité ! De temps en temps – il devait alors se rappeler les protestations véhémentes de Juliette à ses débuts –, il relevait la tête et demandait : « Et là, c'est bon ? » en pointant une partie de son anatomie qu'il s'employait à meurtrir avec application. Elle répondait « oui, oui » en pensant à autre chose. Mieux que le yoga ou la méditation transcendantale pour faire le point. Elle avait le temps de récapituler ses journées, ses problèmes et même ceux des autres.

Séminaire en baise mineure.

Elle faisait aussi d'intéressantes découvertes sur sa sexualité. Ainsi, elle s'aperçut que si elle permettait au cher Edmond, avec une générosité qui frôlait l'indifférence, l'usage et l'abus de son sexe, il n'était pas question qu'il prenne les mêmes libertés avec sa bouche ou ses seins, zones érogènes nobles, réservées aux Princes Charmants. Il pouvait enfoncer sa bouche, ses doigts ou son sexe dans le sien, ça la gênait à peine. C'était quelque part en bas, loin d'elle. Au Bélouchistan ou en Mongolie-Extérieure. Mais elle ne supportait pas qu'il se rapproche. Les doigts sur les bouts de seins, la langue dans la bouche, la bouche dans le cou là où naissent les frissons, c'était une intimité insupportable. Alors, la haine naissait dans le ventre. Elle avait envie de replier ses genoux et de l'envoyer bouler à l'autre bout de la pièce. Pour le moment, Virtel se contentait de cette sexualité limitée et délimitée.

Quand il en avait fini de ses diverses manipulations, il se laissait tomber sur le côté et enchaînait, aussitôt :

– Gin ?

Les parties de gin étaient devenues aussi importantes que les ébats de Donald Duck. Il se levait, enfilait un caleçon, bombait le torse, se frappait les pectoraux tel un guerrier qui va livrer bataille et vérifie le bon état de ses muscles, passait une main dans l'entrebâillement de son slip, attrapait une couille, la massait vigoureusement, passait à l'autre, allumait la télé ou la radio, un cigare, se servait un scotch, soupirait d'aise de tant de bonheurs accumulés, repartait tâter une couille et sortait les cartes.

Juliette tenait la marque et Juliette trichait. Je veux

bien qu'il me baise au lit mais pas aux cartes. Elle faisait tout pour gagner et, quand le sort était contre elle, elle truquait les scores. Virtel la soupçonnait, mais n'osait pas l'accuser. Ç'aurait été se rabaisser, devenir pinailleur, petit enfant boudeur qui cherche désespérément une raison à ses échecs successifs. Il ne pouvait pas se le permettre. Il était Virtel le magnifique, le plus grand entrepreneur parisien, le roi de la toupie. Alors, il se contentait de jeter des coups d'œil furtifs et furieux sur les scores, de refaire mentalement les calculs, mais Juliette déplaçait la marque ou accélérait le jeu, l'obligeant à se concentrer sur ses cartes. Ce n'était plus une partie de cartes, mais un règlement de comptes où aucun ne parlait, où ils se faisaient face, ramassés sur leur tactique. Ils finirent bientôt par passer plus de temps à jouer au gin qu'au lit.

Parfois, Juliette gagnait sans avoir à tricher. Elle lui tendait alors, triomphante, les comptes et il les froissait rageusement. D'autres fois, quand il l'emportait, elle déclarait : « Ça y est, j'ai encore gagné » et déchirait la marque sans lui laisser le temps de contester.

– Je comprends pas, je comprends pas, répétait-il, sonné.

– Vous gagnerez la prochaine fois, Edmond, disait-elle, suave.

Baisé, mon vieux, baisé, chantonnait-elle dans sa tête. Et je te vouvoie, en plus, t'aimes pas ça, non plus… Que c'est bon de faire la guerre, d'embrocher l'adversaire, de le transpercer sans qu'il puisse même protester !

Il avait déjà signé un premier chèque qu'elle était allée déposer à sa banque avec la fierté du pirate qui entrepose son premier butin dans sa grotte. Surcouf lui faisait un clin d'œil. On se bat toujours pour ce qu'on n'a pas. Je gagne mon blé et sauve mon honneur.

Après avoir longtemps plié, Juliette se redressait. Elle

commençait à comprendre les lois de la jungle et elle trouvait cela bien plus palpitant que les vieilles notions chrétiennes de gentillesse, générosité, exposition de la joue gauche après que la droite eut été frappée. Elle aurait eu envie d'en parler à quelqu'un, comme on partage l'excitation d'un secret, mais elle se voyait mal en train d'expliquer à Martine ou Charlot d'où provenaient les trois mille francs mensuels qui la faisaient vivre. Son apprentissage restait secret, et elle devait jubiler toute seule.

C'était ça, surtout, qui l'embêtait…

Chapitre 8

– C'est pas possible. Tu triches !

Virtel avait lancé ses cartes sur la table. Son peignoir blanc bâillait sur des bourrelets roses. Il secouait la tête en fulminant, à la fois furieux et incrédule. Assis sur un petit pouf en cuir noir, il avait du mal à rester droit tant son poids le déséquilibrait, le faisant pencher tantôt à droite, tantôt à gauche.

Leurs rencontres auraient intrigué plus d'un observateur étranger dissimulé dans une penderie ou derrière les plis d'un rideau. Ils arrivaient, se disaient à peine bonjour, se déshabillaient vite, vite, baisaient à toute allure, chacun pensant à la partie qui allait suivre. Juliette avait de plus en plus de mal à tricher sans se faire prendre ; Virtel se dépensait tellement à essayer de la battre qu'il lui venait de fortes et entêtantes migraines. Les cigares torsadés remplissaient les cendriers et il en tétait les bouts avec fébrilité.

– Je n'ai pas gagné une fois depuis qu'on joue. Tu vas pas me dire que c'est normal ?

Juliette ramassait les cartes sans rien dire.

– Estimez-vous heureux, Edmond, on ne joue pas d'argent…

– Parlons-en d'argent… On peut dire que tu le gagnes facilement, ton fric. Jamais vu une fille aussi passive !

– Forcément, je consacre toute mon énergie au gin. On peut pas être partout.

522

– C'est ça, moque-toi, fais la maligne, tu vas pas la faire longtemps.

Il allongea un bras, l'agrippa par le poignet et la fit s'agenouiller devant lui.

– Mais qu'est-ce qui vous prend, Edmond !

– Je veux que tu me tutoies, compris ?

– Je peux pas.

– Si. Tu vas me tutoyer.

– Non.

– Tu vas me tutoyer, t'entends ?

– Jamais.

Les veines sur ses tempes devinrent toutes bleues et ses doigts s'incrustèrent dans son poignet. Il hocha la tête avec un mauvais sourire.

– Ah ! Tu frimes parce que tu gagnes au gin mais, au lit, t'es zéro, ma fille.

– C'est vous qui avez voulu, c'est pas moi. Lâchez-moi, vous me faites mal.

– Je te tiens, je te lâcherai pas !

Juliette se tortilla, essaya de se dégager, mais il la serra encore plus fermement et lui encercla l'autre poignet.

– Tu te crois la plus forte, hein ? Tu me méprises ?

– Écoutez, Edmond, vous ne voulez pas me lâcher qu'on puisse parler de manière plus confortable ?

Elle lui avait parlé très patiemment, comme à un enfant qui fait un caprice, et cela finit de l'exaspérer. Il donna un violent coup de pied dans la table basse et plaqua Juliette contre lui.

– Fini de parler, fini de jouer. Maintenant, tu vas faire ce pour quoi tu es ici, ce pour quoi je te paie. Tu vas me sucer comme une vraie pute.

Juliette le regarda, interdite.

Ça, elle en était incapable. Se laisser prendre, c'était une chose, mais sucer le sexe rose et mou, piqué de poils roux, de Virtel, impossible. Même pour des millions et des millions de dollars. J'évite de regarder son sexe quand il me baise, je me bouche le nez pour ne pas le sentir, alors le sucer…

– Suce !

Il ouvrit son peignoir et attira la tête de Juliette entre ses jambes, la maintenant de ses deux mains. Juliette vacilla. Ferma les yeux, retint sa respiration et secoua la tête. Peux pas, peux pas, suis pas une pute, erreur de la banque en ma faveur, je rends les trois mille francs mais ça, je ne peux pas, je peux pas, je peux pas.

– Suce !

– Non.

Il força sa bouche à lui frôler le sexe ; ses lèvres se crispèrent, elle eut un haut-le-cœur.

– Suce, salope, comme si t'aimais ça…

Elle secoua vigoureusement la tête, se rejeta en arrière, lui faisant lâcher prise, et gémit :

– Peux pas. Tant pis. On arrête. Je me suis trompée… On arrête tout…

– Tu veux pas me sucer ?

– Non.

– T'es saquée, tu sais ? T'es saquée.

– J'm'en fiche.

Il la regarda, ébahi. Sa bouche fit une drôle de moue, toute molle, en accent circonflexe qui dégouline, son regard tomba sur les plis gras de son ventre et il referma le peignoir. Même lui, il n'aime pas son corps, se dit Juliette.

Il ne disait plus rien, il restait, là, assis sur son pouf, les mains posées sur son peignoir.

– Faut pas m'en vouloir. J'avais vraiment besoin d'argent et je ne voulais pas en demander à mes parents. Vous comprenez. On s'était disputés et je ne voulais pas qu'ils paient mon loyer.

– Passe-moi mon pantalon, je vais te faire ton chèque.

Elle lui apporta son chéquier. Elle n'allait pas regarder le montant tout de suite. Pas devant lui. Elle l'empocherait et attendrait d'être dans la rue. Il va peut-être essayer de m'humilier une dernière fois. Elle prit le chèque, le plia sans regarder et commença à se rhabiller.

Quand elle fut prête, elle se retourna. Il était toujours sur son pouf, les jambes écartées comme le bonhomme Michelin sur sa pile de pneus. Elle voulut lui dire au revoir, lui serrer la main ; il se détourna.

– Va-t'en !

– …

– Va-t'en !

Comme elle passait devant la cuisine, elle aperçut la porte du réfrigérateur entrouverte et, machinalement, s'approcha pour la refermer. À l'intérieur, il y avait trois bouteilles de champagne. Elle en prit une.

Elle allait faire la fête avec Louis.

Pas étonnant que les gens méprisent tant l'amour physique, pensait Juliette en marchant dans la rue, la bouteille de champagne dans la poche de son long manteau, ils le font si mal. L'amour que je sabotais avec Virtel n'a rien à voir avec l'amour que j'invente avec Louis. La plupart des gens doivent baiser comme je baisais avec cher Edmond. N'importe comment. Deux corps l'un sur l'autre. Pas de jeu, pas de suspense, pas de halte-là-vous-ne-passerez-pas, ou de c'est-à-vous-faites-de-moi-ce-que-vous-voulez. C'est pour ça qu'ils méprisent tant le plaisir et parlent d'histoires de cul avec le dédain aux lèvres. Préfèrent l'amour où on met pas les doigts.

C'est fini. Mon cauchemar avec Virtel est fini. Pourquoi j'ai fait ça ? Comme si j'avais emprunté l'idée de quelqu'un d'autre. Suis pas faite pour être pute. Il faut vraiment avoir une mauvaise idée de soi – ou pas d'idée du tout – pour accepter d'être pute.

Elle monta quatre à quatre les marches de l'escalier. Il y avait de la lumière sous la porte. Il lui avait dit que, ce soir, il restait chez lui à travailler. Elle sonna. Attendit. Sonna encore.

Enfin, au bout d'un long moment, elle entendit des pas et la voix de Louis qui demandait :

– C'est qui ?

– C'est moi, c'est Juliette.

Il laissa passer un instant avant de répondre :

– Tu ne veux pas revenir dans un quart d'heure, je suis dans mon bain, et…

Elle comprit. S'appuya contre la porte et serra la bouteille contre elle. On dirait que je viens le voir exprès pour souffrir.

– Non. Je reste jusqu'à ce que tu m'ouvres.

Puis il y eut une voix de fille qui disait :

– Qu'est-ce qu'il y a ? Tu viens, Louis ?

Louis jura. Il dut aller dans la chambre, car Juliette entendit des pas qui s'éloignaient, puis il revint :

– Écoute, Juliette, ne complique pas les choses. Casse-toi et reviens dans dix minutes.

– Non, j'attends. Et si tu n'ouvres pas, je casse la bouteille contre la porte.

– Quelle bouteille ?

– Une bouteille.

– Bon, attends.

Il y eut un conciliabule de l'autre côté de la porte. Une voix de fille cria :

– Mais, ça va pas, non ?

Louis insistait à voix basse. Juliette essaya de regarder par le trou de la serrure.

– Non, je reste, et que cette connasse se tire ! cria la fille.

Louis reprit les parlementaires.

Je m'en fiche, je reste, se disait Juliette. C'est moi, sa gonzesse, pas l'autre. Il me connaît depuis plus longtemps, on a un passé ensemble. Elle, ce doit être une de ces putes qu'il ramasse au *Bus*.

– Ouvre ou je balance la bouteille contre la porte. Ça va faire du boucan, c'est pétillant, menaça Juliette.

– Laisse-la faire ! cria la fille.

– Bordel de merde, vas te rhabiller toi d'abord, hurla Louis.

– Je compte jusqu'à trois…, reprit Juliette.

Avec tous les ennuis qu'il a avec son propriétaire, il ne va surtout pas vouloir se faire remarquer.

– D'accord, d'accord, dit Louis.

Il ouvrit la porte et Juliette la vit. Nue. Enveloppée dans un drap. Soulagée : ce n'était pas Marie-Ange.

– Bon et, maintenant, dégage ! dit Juliette à la fille.

Elle regarda Louis qui haussa les épaules.

– C'est vrai ? demanda-t-elle à Louis.

– Débrouillez-vous toutes les deux.

Il attrapa un album de bandes dessinées qui traînait sur le buffet et disparut dans les toilettes. Juliette se tourna vers la fille :

– T'as trois minutes pour t'habiller et déguerpir, sinon c'est sur toi que je casse la bouteille.

– Mais c'est qu'elle est dangereuse ! piailla la fille en battant retraite dans la chambre.

Quand elle ressortit, elle portait des cuissardes vernies noires. «Les mêmes que moi», pensa Juliette.

Elle partit après avoir balancé un coup de pied dans le buffet.

Juliette alla frapper à la porte des toilettes.

– Tu peux sortir, elle est partie.

Bruit de chasse d'eau. Sortie du héros. Une bande dessinée à la main et son mégot dans l'autre.

– C'est fini ? demanda Louis.

– C'est qui, cette fille ?

– Sais pas. Je l'ai ramassée au *Bus*.

– Je croyais que tu bossais avec un copain, ce soir ?

– Tout le monde peut se tromper.

– Louis, j'en ai marre.

– De quoi ?

– De la vie qu'on mène tous les deux.

– Ça y est, ça recommence.

– Louis, s'il te plaît…

– Non, Juliette, tu ne m'auras pas.

– Même si je pars et que tu ne me revois plus ?

– Chantage, chantage.

Il était retourné dans sa chambre, s'était allongé sur le lit et avait allumé la télé. Elle attendait qu'il dise un mot, un seul. Qu'il la retienne, qu'il fasse un geste. Il ne bougeait pas et semblait captivé par la scène qui se déroulait sur son écran.

– Louis, je m'en vais et tu ne me reverras jamais.

– …

Les indiens attaquaient le convoi de pionniers qui s'était mis en rond, et il monta le son. Youou, pan-pan, pftt, pan-pan, ahhhh… Il était allongé à suivre les flèches et les balles. Elle se tenait debout contre le chambranle de la porte et l'observait. Il gardait son regard obstinément fiché sur le poste de télé. Je pourrais recevoir une flèche en plein cœur, il ne bougerait pas.

Les indiens, défaits, battaient en retraite. Les pionniers ramassaient leurs morts, et John Wayne méditait sa revanche.

Elle se dirigea vers la porte, le plus lentement qu'elle put. Il ne bougea pas.

Elle sortit.

Elle s'assit sur la première marche de l'escalier. Pleura un long moment. Pourquoi me traite-t-il comme ça ? Parce que je lui ai montré que je l'aimais ? Que j'ai écrit « perdante » sur mon tee-shirt ? Elle espérait encore que la porte s'ouvrirait, que Louis bondirait à sa recherche.

De l'étage inférieur lui parvint un bruit de sanglots. C'est l'écho ou quelqu'un d'autre ?

Elle se releva et descendit quelques marches.

C'était la fille de tout à l'heure. Juliette vint s'asseoir à côté d'elle.

– Qu'est-ce que tu fous là ?

– …

– Tu t'appelles comment ?

– Agnès…

Juliette la détailla, curieuse. Pas jolie, le nez trop fort, les jambes courtes, la peau trouée comme celle de Regina, les cheveux noirs collés sur les joues. Qu'est-ce qu'il lui avait trouvé à cette fille ? Elle ne comprenait pas.

– J'ai pas d'argent pour rentrer chez moi. Il m'avait dit que je pourrais dormir chez lui et je pensais aller directement de chez lui à mon travail. C'est un salaud, ce mec. T'es sa petite amie ?

– J'étais…

– T'as du courage… ou alors t'es maso.

Elle a raison, se dit Juliette, je suis maso. Un homme m'ouvre les bras et me fait du bien, je n'y fais pas attention. Un autre me traite n'importe comment et me tient à distance, je m'accroche à lui.

– Tiens, lui dit-elle, en lui donnant un billet de cinquante francs.

La fille se moucha et remercia.

– Quel salaud ! dit la fille en pliant le billet et en le rangeant dans son soutien-gorge.

– On ouvre la bouteille ? proposa Juliette exhibant le champagne.

La fille se mit à rire.

– C'était en quel honneur ?

– Je venais de remporter une grande victoire sur moi-même… Je venais de dire NON.

– Ah…

– Non à Edmond et maintenant non à Louis Gaillard…

– Non à Edmond et à Louis Gaillard, répéta la fille.

Elles burent à la bouteille à tour de rôle. Le champagne était un peu tiède. Les bulles leur remontaient dans le nez et elles gloussèrent.

– Je dis ça mais, moi, j'aime que les salauds, dit la fille. Il suffit qu'un mec soit gentil avec moi pour que je me taille. Qu'est-ce que tu ferais, toi, si Louis te disait qu'il t'aime, par exemple ?

Juliette pouffa.

– J'arrive pas à l'imaginer. C'est de la science-fiction…

– Moi, y a que les salauds qui m'excitent, dit la fille en avalant une goulée de champagne.

Juliette reprit la bouteille au goulot et émit un long rot.

– Eh ben, moi, j'ai décidé que ça allait changer…

Chapitre 9

Elles passèrent Noël toutes les cinq rue des Plantes. «Comme les filles du docteur March», remarqua Juliette.

Seul homme présent : Charlot. Il avait dressé l'arbre de Noël au milieu du salon. Juliette et Martine le décoraient, menaçant à chaque instant de perdre l'équilibre et d'entraîner le sapin dans leur chute. Ungrun et Regina étaient en cuisine, Bénédicte mettait la table, disposant de petites branches de houx sur la nappe blanche damassée que Charlot avait apportée. Vestige d'un mariage, je ne sais pas lequel, avait-il annoncé en tendant la nappe blanche. Le troisième ou le quatrième, peut-être.

– C'est injuste, avait dit Regina, Charlot a été marié cinq fois et moi, zéro !

– Épouse-moi, avait répliqué Charlot en lui clignant de l'œil et en lui caressant les fesses.

– Charlot ! avait protesté Juliette, tiens-toi bien.

Charlot était son copain, elle n'aimait pas que Regina soit trop familière avec lui.

– Qu'est-ce que tu es possessive, ma pauvre fille ! s'exclama plus tard Martine. Laisse-les s'amuser…

– Charlot est à moi et j'aime pas qu'on me pique mes affaires !

– Charlot est à personne. Passe-moi une boule… Jalouse !

– Ça t'arrive jamais d'être jalouse, toi ?

– J'ai pas encore connu ça. En amitié, je veux dire.

– Ben moi, si. Tout le temps.

– T'es pas jalouse de moi quand même ?

– Si. De toi et Bénédicte… Mais, c'est quand je vais pas bien, tu sais. Tu le répètes à personne ?

Juliette voulut que Martine jure et crache.

– Mais je vais pas cracher sur le parquet !

– Crachote…

– T'es dégueulasse !

– Tu veux pas jurer ?

– Si, si… Voilà.

Martine tendit la main et postillonna en l'air.

– La dinde aux marrons ? On met de la crème fraîche ? demanda Ungrun sur le seuil de la cuisine.

Martine et Juliette firent signe qu'elles n'en savaient rien. Bénédicte affirma que non.

– Elle va le porter encore longtemps, Ungrun, son appareil dentaire ? interrogea Juliette. C'est vraiment pas engageant cette barre de fer sur ses dents de devant.

– Tant que son trois quarts gauche ne sera pas parfait… Faut souffrir pour être belle.

Ungrun était triste. Son fiancé avait téléphoné quinze jours avant Noël pour lui dire qu'il ne pourrait pas venir à Paris. C'était le coup de feu au magasin. Ungrun, de son côté, était en pleine tractation avec la marque Ricils pour devenir leur mannequin vedette. La directrice de son agence lui avait demandé de rester à Paris. Cinquante millions de centimes pour incarner pendant un an sur tous les présentoirs de Monoprix et Prisunic la fille Ricils. Sportive, saine, qui éclate de rire (d'où l'appareil dentaire) et qui bat du cil velouté.

– Avec tout cet argent, spéculait-elle, je vais pouvoir rentrer en Islande plus tôt que prévu. Je tiendrai la caisse du magasin et je ferai des bébés…

Au pied de l'arbre étaient étalés les cadeaux. Des paquets de toutes les couleurs, toutes les formes, toutes les tailles. Juliette n'arrêtait pas de rôder près du sapin pour essayer d'apercevoir les siens.

– On les ouvre quand ? demanda-t-elle pour la troisième fois à Martine.

– À minuit sonnant ! Qu'est-ce que t'es chiante !

– Parce que, toi, tu t'en fiches des cadeaux, peutêtre ?

C'est à peu près ça, pensa Martine. Elle vivait d'espoir depuis ce matin. Espoir que Richard revienne et frappe à la porte à minuit pile. Espoir fou, elle le savait. Un voleur, ça en a rien à foutre de Noël… Espoir déçu qui allait faire renaître la vieille douleur. Cette même douleur qu'elle jugulait depuis des semaines en la recouvrant de haine bien chaude, lave brûlante qui cautérisait et effaçait les souvenirs les meilleurs.

– Complètement. File-moi une boule rouge… T'as mis une étoile tout en haut ?

– Non, c'est trop haut, on demandera à Charlot.

Elles montèrent s'habiller.

Bénédicte était déjà dans la salle de bains. En robe noire, très simple, les cheveux brillants, la mèche blonde sur l'œil, pâle. Elle se maquillait les cils, collée contre la glace au-dessus du lavabo.

– T'es belle, fit Juliette en arrondissant la bouche d'admiration.

– Merci, dit Bénédicte, pour une plaquée, je fais de mon mieux.

– Arrête de parler comme ça, dit Martine, c'est négatif.

Bénédicte était retournée travailler au *Figaro*, encouragée par Martine qui lui répétait sans cesse la phrase du maréchal de Saxe : « Il n'y a pas de bataille perdue. Il n'y a que des batailles qu'on croit perdues. » Mais elle cherchait du travail ailleurs. Elle s'était souvenue du passage de Martine à la télé et était allée proposer ses services au patron de la rédaction d'INF 2.

L'idée de rencontrer Émile dans les couloirs du journal la paralysait. Elle hésitait même à aller faire pipi de peur de tomber sur lui. Elle passait une heure chaque matin à s'habiller et à se maquiller pour ne pas faire pitié. La fille Bousselain avait commencé au service parisien de Philippe Bouvard. C'est là qu'on range les jeunes filles de bonne famille qui s'encaillent dans le journalisme, avait pensé Bénédicte. Elle va pouvoir se pavaner dans les soirées et les spectacles parisiens avec la carte de visite du *Figaro*. C'est pas du journalisme, c'est de la figuration, je me demande comment Émile supporte ça.

Le plus étrange chez Bénédicte, c'était la manière dont, *a posteriori*, elle faisait de son histoire avec Émile une idylle passionnée. Depuis qu'une autre le lui avait subtilisé, Émile avait revêtu le pourpoint du Prince Charmant dont elle avait toujours rêvé. Elle ne se remettait pas de sa disparition.

Un jour, elle se heurta à lui dans l'ascenseur.

– Ça va ? dit-il.

– Ça va.

– Et toi ?

– Oui. Et toi ?

Cet homme ne m'appartient plus, pensait-elle en le regardant. J'ai envie de lui arranger son col et de tirer sa cravate, mais je ne peux plus. Il est à une autre. Ces mots la torturaient et elle fixait les numéros d'étage qui s'allumaient à tour de rôle dans l'espoir que l'ascenseur soit pris d'une lévitation accélérée.

– Fait froid…, reprit-il.

– Oui.

– Va peut-être neiger…

– Oui.

Des gens montaient dans l'ascenseur et les dévisageaient. Bénédicte pouvait lire dans leur prunelle la chasse au ragot. Tiens, tiens, Bouchet serait-il revenu avec la petite Tassin ou est-ce un hasard ?

Elle se serra alors contre Émile et leva vers lui un visage plein sourire. Mais Émile s'écarta. Brusquement. Gêné. Comme si le simple contact physique avec Bénédicte lui était devenu insupportable.

Bénédicte se rejeta à l'autre bout de l'ascenseur, les yeux baissés, raide, collée contre la paroi pour laisser le plus de place possible entre Émile et elle.

Rayée de la vie d'Émile par ce petit sursaut qui en disait plus long que tous les discours de rupture.

Répudiée à jamais par une embardée.

Il est vraiment amoureux d'elle s'il ne supporte plus que je le touche...

Quand l'ascenseur était arrivé à l'étage, elle était sortie la première, sans le regarder.

Depuis, ils se fuyaient.

Elle travaillait beaucoup moins et faisait de petits sujets sur Paris que Larue lui demandait directement. Elle n'avait même pas la force de protester.

Elle gardait son énergie pour faire face aux autres. Aux regards des autres qui guettaient et goûtaient l'imperceptible crispation, la soudaine montée de larmes, la subite rougeur.

Il lui arrivait, quand elle était seule rue des Plantes, d'ouvrir le grand cahier où elle avait collé tous ses articles et de les relire comme si c'était une autre qui les avait écrits. Elle les contemplait avec émerveillement, les caressait du doigt, rêvait. En perdant Émile, elle avait perdu une partie d'elle-même. Elle regardait la signature de cette autre Bénédicte qui avait existé, mais qui n'était plus.

Elle avait essayé de se consoler.

Avec Édouard Rouillier. Mais, quand il l'avait embrassée, elle s'était mise à pleurer. Elle était rentrée chez elle, les yeux rouges et gonflés.

– C'est du rimmel bleu marine que tu te mets ? demanda Juliette, la tirant de sa rêverie.

– Oui. C'est moins dur que le noir…

– J'aime quand tu parles comme ça. Je retrouve la Bénédicte Tassin de Pithiviers qui nous épatait avec ses conseils…

– Je vous épatais, moi ?

– Juliette a raison. On était médusées par ta classe, ton élégance, ton assurance… dit Martine.

Bénédicte sourit.

– Et maintenant ?

– Maintenant toujours, affirma Martine.

Moi, elle m'épate moins, corrigea Juliette sans le dire. Depuis qu'Émile l'a quittée, elle est devenue humaine à mes yeux… Moins parfaite.

– Ouaou, t'es superbe, Ben ! cria Regina en entrant dans la salle de bains.

– C'est justement ce qu'on était en train de lui dire, Juliette et moi, fit Martine.

– Vous êtes pas encore habillées toutes les deux ?

– On y va, on y va…

Martine sortit de la salle de bains, mais Juliette s'assit en gémissant sur le bidet :

– J'ai rien à me mettre !

– T'as toujours pas de dégaine, toi, ma pauvre fille ! dit Regina.

– Je séduis très bien sans dégaine, ma vieille. J'aurais pas de mal à me trouver un mari, moi.

– Et comment va Louis, au fait ?

– C'est pas à lui que je pensais…

Je pensais à personne.

Et surtout pas à Louis.

Pas de nouvelles, bonnes nouvelles. Je ne veux plus en entendre parler.

Y a pas que Louis sur terre. Si j'enlève mes lunettes d'amoureuse et que je le regarde objectivement, je vois un homme de trente ans, sans vrai boulot, poilu, grossier, égoïste, avec une tronche de tortue.

Est-ce que c'est un Prince Charmant, ça?

Sûrement pas.

– Ah! si, je sais… Je vais mettre mon short en lamé doré.

– Beurk! Quelle vulgarité! fit Regina.

Juliette lui envoya un gant de toilette au visage et sortit.

Minuit moins le quart. L'heure des cadeaux approchait. Juliette épiait la pendule en finissant de mâcher le turron que Rosita leur avait offert pour Noël. Du turron de Barcelone bien collant sous les dents. Bien écœurant.

Pendant le dîner, tout le monde avait reçu un coup de téléphone. Sauf elle. Même les parents d'Ungrun avaient téléphoné de Reykjavick. Personne ne m'aime, pensa Juliette en défaisant d'un cran la ceinture qui tenait sa maxi noir en daim. Bénédicte avait hurlé quand Juliette était descendue vêtue de son petit short lamé. Il avait fallu qu'elle remonte se changer.

– Papa et maman auraient pu appeler, murmura-t-elle à Charlot.

– Appelle-les toi-même.

– Pas question…

– Et Louis?

– Qu'il aille au diable!

Elle avait le cœur gros et reprit un morceau de turron.

Le téléphone sonna.

– Juliette, c'est pour toi.

– Pour moi?

Elle se leva. Papa-maman ou Louis? Je crois que je préférerais papa-maman, non… Louis… non… papa-maman…

– Allô?

– Juliette ?

La voix résonnait nasillarde et étrangère.

– Oui.

– C'est moi, Agnès. Tu te rappelles ? Joyeux Noël.

– Ah… Joyeux Noël.

– Tu me remets ? La fille dans l'escalier chez Gaillard ?

– Oui, oui.

– T'as été vachement sympa avec moi l'autre soir et je voulais dire, pour les cinquante balles, je te les rendrai…

– Oh…

– Si, si.

– C'est pas la peine…

Je n'ai plus un rond. Je ne sais pas avec quoi je vais payer le loyer, la bouffe, les livres, les fringues…

– Ben, voilà, joyeux Noël !

– Joyeux Noël ! Et à bientôt.

Elle raccrocha, triste. C'est cette fille-là, rencontrée par hasard, qui pense à me souhaiter un bon Noël. Et les autres, qu'est-ce qu'ils foutent ? Ils doivent être en train de regarder le programme à la télé en râlant, papa a trop mangé et suce une pastille Rennie, maman range les restes dans des Tupperware. Et Louis ? Au pieu avec une fille ?

Juliette n'eut pas le temps de s'apitoyer plus longtemps sur l'ingratitude de ses proches, Martine cria : « Minuit, c'est minuit. » Charlot éteignit les lumières et alluma des bougies, Bénédicte mit un disque de Noël, Regina et Ungrun s'agenouillèrent au pied du sapin.

Les papiers volèrent, les ficelles claquèrent, les cris fusèrent. Chacune ouvrait ses paquets et poussait des exclamations. Charlot prenait des photos, le chien Chocolat gambadait à travers la pièce, déchiquetant les emballages. Le cadeau que Juliette préféra fut celui de Martine : une médaille toute ronde derrière laquelle

538

Martine avait fait graver ces mots : « quand on veut, on peut ». Juliette alla l'embrasser.

– C'est pour me donner un coup de pied au cul ? demanda-t-elle à Martine.

– C'est pour les jours où ça n'ira pas et que je serai loin.

– J'arrive pas à me faire à l'idée que, dans huit jours, t'es plus là !

– Cinq jours, ma vieille ! Je veux commencer l'année là-bas !

Juliette avait acheté pour Martine les œuvres complètes de Montaigne dans la Pléiade, et Martine sautilla de joie en reniflant le livre.

– C'est très bien, comme ça je n'oublierai pas mon français.

Elles s'étaient cotisées toutes les deux pour offrir à Bénédicte un grand flacon d'eau de toilette et un vaporisateur de sac.

Il ne restait presque plus de paquets au pied de l'arbre et Chocolat achevait de disperser les papiers qui restaient. Charlot avait enfilé ses cadeaux : un pull-over, une écharpe, des gants, une paire de chaussettes. Le tout assorti. Un cadeau des cinq filles.

– On dirait que je ne suis pas chauffé chez moi ! Vous exagérez les filles…

– Je ne sais pas, je ne suis jamais allée chez vous, minauda Regina.

– T'as pas trouvé le cadeau de Jean-Marie ? demanda Bénédicte.

– Non, fit Juliette, quel cadeau ?

– Il est passé tout à l'heure quand nous étions en haut dans la salle de bains et il a demandé à Regina qu'on te remette une enveloppe à minuit…

– Follement romantique, susurra Martine.

– Elle est où ? dit Juliette.

Regina l'avait bien placée au pied de l'arbre, mais elle n'y était plus.

– Zut alors ! dit Juliette. Aidez-moi à la chercher…

– C'est sûrement Chocolat qui l'aura envoyée dans un coin en jouant, fit Charlot.

Ils se mirent à quatre pattes, scrutant sous les meubles, fouillant dans les papiers, déballant leurs propres cadeaux au cas où elle s'y serait glissée par inadvertance.

– C'est peut-être un chèque, dit Martine.

– Ou une chaîne en or, fit Regina.

– Ou une lettre d'amour, rêva Ungrun.

Ungrun avait presque trouvé.

Quand Juliette déchira l'enveloppe que Charlot avait retrouvée dans la cuisine, à côté de l'écuelle du chien, il n'y avait rien d'autre que ces quelques mots : « Juliette, je t'aime, veux-tu m'épouser ? »

Chapitre 10

Juliette se précipita chez Louis au lendemain de Noël.

Il lui ouvrit, hirsute, mal réveillé, à peine aimable. Elle n'y fit pas attention.

– T'es seul ? lui demanda-t-elle.

– Oui.

À ce moment-là, il y eut un bruit dans la cuisine.

– Tu mens…

– Non, je te promets que je suis seul. Entre, va voir.

– Je peux m'asseoir ?

Elle se laissa tomber sur le canapé avachi et sale.

– Je me marie.

– Ah…

– Je l'ai décidé hier soir.

– Et avec qui ?

– Nizot.

– Le petit jeune homme propre du *Figaro* ? C'est bien.

– C'est tout l'effet que ça te fait ?

– Oh, tu sais… Épouse, épuise, et puis…

Il y eut, à nouveau du bruit dans la cuisine, un bruit de vaisselle brisée.

Juliette sursauta.

– Je suis sûre qu'il y a quelqu'un !

– J'te dis que non ! Va voir si tu veux. Tiens, je

541

vais me servir un scotch pour trinquer avec la nouvelle mariée…

– Un scotch à cette heure-ci, ça va pas !

Il se versa un verre, se rassit, s'ébouriffa les cheveux et but.

– Et c'est pour quand la noce ?

– Le plus vite possible… Un mois, un mois et demi. On va se marier à Pithiviers et on fera la fête à Giraines, dans ma maison.

– Celle où je me suis cassé le cul cet été ? Si j'aurais su…

– Alors, ça t'est égal que je me marie ?

– C'est ta vie, ma puce. Tu fais ce que tu veux. Putain ! j'ai une de ces gueules de bois… J'ai encore traîné toute la nuit… J'en ai marre de traîner comme ça…

– Tu t'en fiches ? répéta Juliette, incrédule.

– Je m'en fiche. Tu me garderas comme amant, comme ça t'auras tout, un papa et un amant.

Il se frotta le visage, puis releva la tête, hébété.

– Bon… C'est tout ce que t'avais à me dire. Parce que j'ai ma nuit à finir, moi.

Juliette se leva, furieuse.

– T'es nul, mon pauvre vieux, avec tes éternelles histoires de pochetron et de cul. Je me demande vraiment ce que j'ai bien pu te trouver…

– On ne renie pas son bienfaiteur ! ricana Louis en plongeant dans son verre. Celui qui vous a envoyée au plafond !

– Parce que t'es si fier de tes prouesses sexuelles ? Pauvre mec ! T'es comme tous ces paons qui étalent leur queue, t'es ridicule !

Elle avait dû toucher juste. Un éclair noir fit flamber son œil et il répliqua :

– Le pauvre mec, il te dit de te casser… Casse-toi !

– Regarde-toi, t'es un pauvre tas avec une pauvre tronche de tortue mal réveillée !

Si elle n'arrivait pas à l'atteindre avec des mots d'amour, elle l'aurait avec des injures. Chacun son truc.

– Casse-toi ou je t'encule à sec et avec du sable !

Elle avait oublié qu'en injures, il était plus fort qu'elle.

– T'es ignoble, Louis Gaillard, ignoble… Je te déteste. Je te déteste.

Elle donnait, enfin, libre cours à sa rage. Depuis qu'elle connaissait Louis, elle avait toujours tout retenu de peur de le perdre. Fallait pas être jalouse, pas possessive, pas tendre, pas sentimentale, pas encombrante, pas curieuse… Fallait le laisser respirer et aspirer l'air entre deux tirades de Gaillard, deux scènes de Gaillard, deux étreintes de Gaillard.

– Tu sais ce que je pense, moi. Que t'es un lâche qui meurt de trouille… Meurt de trouille devant l'amour, meurt de trouille devant les gonzesses. T'aimes mieux te taper des radasses que tu ramasses la nuit et qui t'écoutent disserter, émerveillées, que d'avoir un vrai rapport avec quelqu'un. Parce que t'as peur, Louis, t'as peur. Et moi, surtout, je te fais peur…

– Je t'ai jamais rien promis. Je t'ai rien demandé. Au contraire, j'ai toujours dit la vérité. Mais c'est toujours comme ça avec la vérité, on la croit pas. C'est bizarre, ça, quand on raconte des mensonges, les gens vous croient toujours… Je t'aime, je t'aimerai toute ma vie, je n'aime que toi, il n'y a que toi qui me fasses bander… Ça, on aime. C'est beau, c'est noble, ça flatte le teint. Mais la vérité…

– C'est un alibi pour ne rien vivre, ta vérité !

– Et ton mariage, c'est un alibi pour quoi ? Pour payer ton loyer et tes collants ?

– Salaud, t'es un salaud, Louis Gaillard, un salaud !

Juliette avait hurlé ces mots prise d'une véritable

crise d'hystérie. Elle transformait son impuissance en rugissements. Elle avait envie de le battre, de le gifler, de lui arracher les yeux. Elle se drapa dans son manteau et se dirigea vers la porte.

C'est à ce moment-là qu'elle entendit une voix haut perchée hurler dans la cuisine :

– Salaud, Louis Gaillard, salaud…

Elle se retourna, dévisagea Louis :

– Y a quelqu'un, je savais qu'il y avait quelqu'un.

Il haussa les épaules et secoua la tête :

– Y a personne et j'en ai marre, je vais me coucher.

Elle décida d'en avoir le cœur net. Elle ouvrit brusquement la porte de la cuisine et tomba nez à nez avec un perroquet. Un perroquet bariolé, rouge, vert, jaune, violet, qui prit peur quand il la vit et alla se poser sur la cafetière. Puis il pencha la tête, prêt à converser.

– Louis Gaillard, salaud, Louis Gaillard, salaud… répéta-t-il, perché sur la cafetière.

Juliette retourna dans la chambre de Louis.

– Qui c'est ?

– Un perroquet.

– Il te connaît ?

– Oui. Depuis longtemps. Moi, j'ai essayé de lui apprendre à parler des nuits entières, j'ai jamais réussi. Faut croire qu'il était trop jeune ou que j'étais pas assez motivé.

– Mais il vient d'où ?

– C'est un petit garçon qui me l'a apporté pour Noël. Je l'ai à peine reconnu. Il m'a dit « monsieur », je lui ai dit « vous ». Et puis, il s'est tiré comme si j'étais le diable…

– Je comprends rien, marmonna Juliette.

– J'ai été marié, Juliette. Je suis toujours marié, d'ailleurs ; j'ai deux enfants. Ils vivent avec leur mère à Poncet-sur-Loir. J'ai trois malheureux sur la conscience. Il faut qu'elle soit vraiment dans un triste état, Élisabeth, pour apprendre cette phrase au perroquet. Ce n'était pas son genre. Elle était plutôt gentille…

Élisabeth ! Elle vient d'où, celle-là, se dit Juliette.

– C'est un gâchis, un horrible gâchis… Tout ça parce que j'étais amoureux et que je voulais tout avoir encore une fois, l'amour et le confort. C'est toujours la même histoire. Faut choisir. Ma femme, qui me faisait bander lorsque je la retrouvais en cachette dans la grange, le soir, m'ennuyait au bout de six mois de lit commun…

Juliette regardait Louis, pétrifiée. On lui aurait annoncé qu'elle n'était pas la fille de M. et Mme Tuille, mais d'une esclave tonkinoise et d'un pacha marocain, elle n'aurait pas été plus ébahie.

Louis marié…

Louis papa…

Et pourquoi pas Pompidou travelo au Bois ou le pape avalant sa pastille de LSD pour rencontrer Dieu ?

Louis marié…

Il reculait, devenait un petit point, loin, loin. Elle ne le connaissait plus. Partagée entre le rire et les larmes.

– Tu t'es marié, toi ?

– Oui, mais j'avais une excuse. J'étais jeune et niais.

Elle posa alors mille questions. Pour rattraper l'homme qui s'effaçait.

Il raconta mille détails. L'école, le préau, la jambe raide de sa mère, les économies de son père, les cuisses roses d'Élisabeth, le voyage à Paris, le retour, les enfants, le non-désir, l'ennui, la haine, le départ.

Juliette sentait bien qu'il ne mentait pas. Il ne se donnait pas le beau rôle. Tant de sincérité la faisait osciller entre le ridicule – Louis, petit instit de province, avec bobonne et deux enfants, papa et maman qui claudique – et l'insoutenable – Louis qui a dit « oui » à monsieur le maire pour l'amour d'une autre, qui lui a fait deux enfants, qui lui a murmuré des mots d'amour, l'a prise dans ses bras, lui a souri tendrement. Toutes ces choses qu'il ne veut plus jamais faire…

– C'est pour ça, conclut-il, que j'aimerais bien que tu ne fasses pas la même erreur que moi. Se marier ne résout rien. On emporte ses problèmes devant l'autel, et un homme en noir les bénit. On repart avec. Ne te marie pas. Qu'est-ce que tu lui trouves à Nizot ?

– C'est pas n'importe qui…

– Toi non plus, Juliette, tu n'es pas n'importe qui. Tu es quelqu'un de bien…

– Mais tu m'as jamais dit ça ! hurla-t-elle. Jamais !

– Je le disais pas, je le pensais tout le temps. Pourquoi crois-tu que j'allais t'acheter des croissants le matin et que je cassais des cailloux dans ta maison ! Putain, faut tout vous décrypter…

– Ça aide quelquefois de dire… Jean-Marie, quand il parle de moi, il me donne l'impression d'être quelqu'un de fantastique, unique au monde. Avec toi, j'étais juste bonne à baiser…

– Tu aimes l'image qu'il te donne de toi. Mais, lui, est-ce que tu le vois ?

– Je comprends pas.

Juliette n'écoutait plus.

Elle repensait à Mme Gaillard et aux enfants.

À quoi elle ressemble, Mme Gaillard ?

Et les enfants ?

Est-ce qu'ils ont sa tête de tortue, ses yeux de farfadet ? Est-ce qu'ils sont couverts de poils comme lui et éparpillent leurs jouets dans toute la maison ? Est-ce qu'ils chantent « cosi cosa… » en se dandinant dans leur salopette ?

Louis mari, Louis papa… Il a déjà eu une vie avant moi et il en aura plein d'autres. Prince Charmant d'occasion.

– Juliette, réfléchis. T'es jeune. Juliette, tu m'écoutes ?

– Tu t'es marié en quelle année ?

– Il y a dix ans pile… Juliette. Oublie ça. On est pareils, toi et moi. Tu vas t'ennuyer avec ton mari. Tu reviendras me voir…

– Sûrement pas. J'ai l'intention d'être fidèle. Ça me reposera.

Il vint s'agenouiller à ses pieds, lui écarta les jambes, murmura : « cuisse, bitte », le regard lourd et chaud, presque gluant. Elle eut la tête qui tourna. Il glissa la main sous sa jupe.

– Non ! cria Juliette comme si elle appelait à l'aide. Non !

– Si.

Il la renversa sur la moquette et la déshabilla lentement. Il lui fit l'amour, les yeux grands ouverts, en la forçant à le regarder, lui donnant de grands coups dans le corps, lui assenant des arguments, ses arguments pour qu'elle ne se marie pas.

Elle gémissait. Il martelait chaque mot d'un coup de reins violent.

– Je ne veux pas d'histoire, Juliette, pas d'histoire. Les histoires tuent l'amour. Tuent l'amour…

Elle dodelinait de la tête et le suppliait de la frapper encore avec sa queue, tout au fond. Elle râlait, criait, se tordait, attendait le coup de bitte au fond de son ventre.

– À fond, à fond, hurlait-elle.

– Tu es une égoïste. Je suis un égoïste. On est seuls, Juliette, seuls. Fous-toi ça dans la tête. Seuls. Tu t'es demandé pourquoi tu voulais te marier. Pourquoi ?

À chaque mot qu'il répétait, il s'enfonçait encore plus fort en elle, et elle vociférait. Ses cris devenaient de plus en plus stridents.

Le perroquet les entendit dans la cuisine et il reprit son cri de guerre : « Gaillard salaud, Gaillard salaud. »

– Tu l'aimes pas Nizot. Tu aimes personne. Tu aimes ton plaisir. Tu aimes te faire prendre, tu aimes le jeu, tu t'aimes, toi. Toi. Toi. Fais pas n'importe quoi parce que t'es paumée. Paumée. Prends-toi en charge toute seule. Seule. Salope, seule. Prends pas le nom d'un autre. Et le blé d'un autre…

– Je t'aime, Louis, je t'aime.

– Tais-toi. Tu m'aimes pas. Pas d'histoire, Juliette. Sois courageuse, bordel de merde !

– Je t'aime, je t'aime.

Il la gifla de toutes ses forces sur la bouche pour qu'elle se taise. Elle continua à litanier « je t'aime, je t'aime », à gémir sous ses coups de queue et ses coups de poing, à se tordre sous son corps. Possédés tous les deux par un amour qui ne voulait pas dire son nom et qu'ils essayaient d'exorciser en s'y perdant. Fondus l'un dans l'autre, souffle contre souffle, léchant la sueur qui coulait sur leur corps, se lançant des insultes comme des serments d'amour éternel, grinçant des dents, grimaçant de plaisir, pouvant tout puisqu'ils étaient emmêlés, tellement heureux que chacun cherchait à dépasser l'autre dans sa furie, dans son combat acharné, pour l'entraîner encore plus fort, encore plus haut, jusqu'à l'envie ultime, l'envie que chacun lisait dans l'œil féroce de l'autre, qui les tenait haletants et furieux, qui leur faisait enfoncer les doigts dans la gorge, mordre la peau jusqu'au sang, tirer les cheveux jusqu'à l'évanouissement, l'envie insatiable et impossible des amants fous à qui l'extase refuse ce dernier passage, l'envie de mourir.

« Louis, Louis », gémissait Juliette. « Salope, salope », répétait-il en la bourrant, en l'insultant, en la serrant contre lui comme si on voulait la lui arracher. Nœud convulsif de deux corps qui s'empoignaient et se déclaraient leur amour dans tous les orifices. De longs filets de salive coulaient des lèvres de Juliette. Elle bavait sur Louis qui recueillait, ravi, sa bave et la léchait, la barbouillait, l'étreignant, l'écrasant, la pressant, la soulevant de terre, l'écartelant puis la reprenant et la baisant encore, répétant les seuls mots dont il se souvenait, les derniers mots d'homme à peu près civilisé : « Seuls, seuls, seuls, on est seuls et je te baise et je te tue. »

Juliette retroussait ses lèvres, grimaçait, répétait les mots qui le rendaient fou et la rendaient folle : « Je mouille, tu me fais mouiller, enfonce, enfonce, encore, branle-moi comme ta pute, j'suis ta pute. »

Louis râlait, Juliette reprenait le dessus et l'éperonnait avec ses mots. Affaiblissait la raison de l'homme qu'elle tenait au bout de son glaive, au bout de son verbe. « T'es bon, tu me fais jouir, baise-moi encore, j'aime ta queue, elle est bonne, elle est dure, elle me baise bien, elle me remplit bien. » Il se tordait au-dessus d'elle, et elle l'observait, triomphante, qui perdait la raison et vacillait, le regard flou, la bouche tordue, les ongles fichés dans sa peau.

Elle ajoutait des mots et des mots, agrandissait son empire, repoussait ses frontières, asseyait son pouvoir, levait des armées, prenait sa revanche sur toutes ses rivales, les écrasant, les réduisant à l'état de favorites secondaires, leur gravant au fer rouge le beau nom de cocue sur le front. Mme Gaillard, c'est moi. La vraie, l'unique. Personne ne l'a baisée comme ça. Personne…

Ils baisèrent ainsi toute la journée de Noël.

Perdus, éperdus, épuisés, le corps en haillons, la bouche et le sexe meurtris, deux sauvages emmêlés dont les âmes se cherchaient, s'affrontaient dans un corps à corps diabolique où le vainqueur inexorable donnerait la mort au vaincu.

Juliette Tuille se maria en blanc à Pithiviers le samedi 6 février 1971.

Son père la conduisit à l'autel, le menton en avant, l'œil fixe.

La réconciliation avait été froide et il avait fallu tout l'entrain et la bonne humeur de Jean-Marie pour combler les silences de M. Tuille.

Jeannette Tuille sanglotait dans les travées.

Bénédicte était témoin.

Martine envoya un télégramme de New York : « Comprends rien. T'es folle ou quoi ? »

Épilogue

– Vous êtes fait pour être doorman comme moi pour piloter un avion ! criait la vieille femme enfoncée dans le canapé de l'entrée de l'immeuble, à Walter, le concierge.

– Vous, la vieille, vous feriez mieux d'aller prendre un bain parce que vous ne vous imaginez pas à quel point vous puez ! C'est une infection. Et dire que vous passez vos journées dans ce hall ! Je me demande pourquoi les locataires vous tolèrent…

– Vous le savez très bien, vieille taupe, je possède les trois quarts de cet immeuble !

Elle éclata de rire et agita la canne qu'elle tenait dans sa main droite en direction du bureau de Walter.

Martine traversait le hall et s'apprêtait à monter dans l'ascenseur quand elle entendit crier :

– Miss Meuraut, miss Meuraut…

Elle laissa les portes de l'ascenseur se refermer devant elle et se retourna.

– C'est de France. C'est arrivé, ce matin, dit Walter en lui tendant une lettre.

Puis, montrant du doigt la vieille :

– Il devrait y avoir une loi pour les supprimer à cet âge…

– Vous exagérez, Walter.

– Non et vous devriez dire à Mme Howell qu'elle s'occupe de sa mère…

– Je lui dirai, je lui dirai, Walter, mais je doute que cela change grand-chose…

Martine soupesa l'enveloppe blanche et lourde qui portait le timbre français. Sûrement un faire-part.

Elle habitait New York depuis plus de deux ans maintenant. Régulièrement, les faire-part lui signifiaient que la vie continuait sans elle en France.

D'abord, il y avait eu le mariage de Juliette. Elle semblait heureuse dans ses lettres. Elle parlait de Jean-Marie avec beaucoup de tendresse. Ils habitaient un petit appartement rue du Cherche-Midi. Jean-Marie mettait la dernière main à son manuscrit. Juliette travaillait à plein temps chez Farland. Un jour, dans une lettre, elle avait joint une coupure de presse sur Louis Gaillard et son café-théâtre. Louis souriait au milieu de sa troupe. Il n'avait pas changé. L'interview lui ressemblait. « C'est aussi désespérant de périr d'ennui que d'audace. Alors, autant l'audace, y a du plaisir, au moins ! » Juliette ne disait pas si elle avait revu Louis depuis son mariage.

Puis, Martine avait appris la naissance du premier enfant de Joëlle et René : Virginie. Tous les trois mois, elle avait droit à des photos de famille prises devant le pavillon que René avait acheté à crédit dans la banlieue de Pithiviers.

Un peu plus tard, un carton lui avait annoncé le mariage, dans la plus stricte intimité, de Regina Wurst et de Charles Milhal. Martine avait failli avaler son Donnut. Une bouchée du gros beignet s'était coincée dans sa gorge et elle avait dû la recracher en plein métro.

Parfois, le faire-part était bordé de noir. La sœur aînée de Bénédicte, Estelle, s'était tuée en voiture. Mathilde avait ajouté un petit mot où elle disait son chagrin et une drôle de phrase sur l'urgence de vivre.

Ce faire-part-là sentait la bonne nouvelle : pas de liséré noir.

Elle introduisit la clé dans la serrure de l'appartement 11F et entendit une voix aiguë appeler :

– Matty, Matty !

– Oui, madame Howell, j'arrive… Le métro avait du retard. Je suis désolée…

Elle avait attendu Cliff près d'une demi-heure. En vain. Il devait lui parler d'un boulot dans une agence de pub. Après deux ans de «communication design», elle avait envie de mettre en pratique ses connaissances. Et de gagner de l'argent.

– Honey et Sugar n'en peuvent plus d'attendre. Descendez-les immédiatement !

Trois fois par jour, elle promenait les deux caniches de Mme Howell. En échange de quoi, elle était logée et nourrie. Mme Howell avait mis à sa disposition un petit appartement de l'autre côté du palier.

– Voilà, j'y vais. Honey, Sugar !

Les deux caniches quittèrent leurs coussins en dentelle et se précipitèrent vers elle.

– Doucement, doucement, y en aura pour tout le monde, leur dit-elle en français en leur mettant leur laisse.

Elle attrapa le faire-part et le fourra dans sa poche. Elle le lirait dans la rue.

La vieille dame était toujours dans l'entrée. Sa robe de chambre entrouverte laissait voir des jambes blanches et fripées, des jambes à la peau si sèche qu'on les aurait crues recouvertes de gros sel. Pourquoi je regarde ça ? se dit Martine. Elle la dépassa en détournant la tête.

– Psst…

La vieille lui faisait signe du doigt.

– Vous pourriez pas m'acheter un sandwich au poulet ? J'ai faim.

Elle lui tendit un billet d'un dollar.

Martine jeta un coup d'œil dans le hall. Walter s'était

absenté. Elle regarda sa montre. Ce soir, elle avait sa réunion de femmes. Fallait qu'elle se dépêche.

– O.K., dit-elle en empochant le dollar.

Elle charrie de laisser sa mère dans cet état-là. Ferait mieux de s'occuper un peu plus d'elle et un peu moins de ses chiens.

Honey et Sugar l'entraînèrent vers le seul arbre de la rue. Il y en avait un autre un peu plus loin, à la hauteur de Madison et de la 76e, mais il faisait partie du circuit de la grande promenade, celle du matin.

Ce soir, chez Parti, il y avait séance de « consciousness raising » : éveil au féminisme. Chaque femme racontait toutes les occasions où elle s'était sentie opprimée ou exploitée. Des histoires de viol, de chantage sexuel, de patrons injustes, de pères abusifs.

Quelquefois, elles pleuraient en racontant ; d'autres, elles se tenaient raides et figées, les yeux grands ouverts comme si elles revivaient leur cauchemar. Au début, Martine avait été gênée. Toutes autour d'une table à déballer leur vie intime. Ça ressemblait à une réunion Tupperware. Elle avait été longue à se décider à parler. Quand elle s'était jetée à l'eau, c'était encore cette histoire de fermier qui était revenue. La haine du fermier. Et du pot au lait.

Elle ne pensait presque plus à Richard.

Pendant des mois, à son arrivée à New York, elle avait enrobé Richard de silence. Un chagrin bien caché qui l'immunisait contre les attaques de la ville. Elle avait tenu debout, brave, mesurant à quel point la douleur était passe-muraille. Elle s'en fichait de ne pas avoir un rond, de ne jamais sortir du campus, d'habiter une chambre sans fenêtre dans un appartement avec quatre étudiantes à qui elle n'avait rien à dire, de passer ses week-ends devant la télé à se gaver de cookies et de peanut butter. Il n'y avait que ses cours qui comptaient, la difficulté de parler anglais tout le temps, le lent apprentissage d'une culture et d'une société qui n'étaient pas les siennes. Il avait fallu qu'elle change de références, de système numérique, de shampooing, de petit déjeuner, de bonjour, bonsoir. Cohn-Bendit ou Banania, ils connaissaient pas à Pratt. Elle se retrouvait toute seule avec ses plaisanteries qui tombaient à plat ou ses longues explications qui sonnaient chinois.

La société américaine était en pleine protestation : des jeunes contre la guerre au Viêt-nam, des femmes contre les hommes, des Noirs contre les Blancs. La défonce était courante et, dans son appartement, les filles alternaient mescaline, LSD et voyages aux champignons.

Petit à petit, elle s'adaptait à sa nouvelle société, mais, pour cela, elle dut tirer un trait sur son passé. C'était le seul moyen de survivre. Sinon, elle avait l'impression d'être assise entre deux chaises, deux cultures, deux continents. Plus tard, je retrouverai mes racines françaises, plus tard.

Elle avait ainsi évacué l'homme au sourire éclair. Dans des spasmes douloureux. Ce doit être pareil quand on accouche. Des douleurs, un répit, des douleurs, un répit et… l'expulsion. Maintenant, elle avait fini de le haïr, fini de l'attendre. Fini d'attendre quelque chose de lui. Mais, pourquoi, depuis qu'il était parti, ne pouvait-elle plus dormir avec un autre homme ?

– Try a girl, avait dit une fille chez Patti.

– C'est pas mon truc, avait répliqué Martine. J'aime les hommes, moi.

– Sois bi, avait alors proposé Patti qui souffrait avec un homme et se faisait consoler par une femme.

– Non…

– Vous, les Françaises, qu'est-ce que vous êtes conservatrices ! Tu ne t'en sortiras jamais…

– Fume des joints. Ça passera, avait dit une autre.

Qu'est-ce qu'elles m'énervent à toujours vouloir trouver une solution !

Mais elle y retournait, à ces réunions de femmes.

Certaines d'entre elles avaient décidé d'arrêter de se décolorer les cheveux pour ne plus « obéir à l'idéologie dominante mâle » qui veut, c'est connu, que la femme soit blonde. Elles arboraient fièrement leur démarcation jaune-brun. Jane Fonda, aussi, était revenue brune du Viêt-nam… Vadim était loin. Barbarella brûlée au bûcher de la lutte des femmes.

La France lui manquait. Pithiviers, Paris, la rue des Plantes, Juliette, Bénédicte, ses parents. Tiens, même Joëlle et le beau René…

Elle se rappela la lettre et l'extirpa de sa poche.

C'était bien un faire-part.

Elle chercha un réverbère pour le lire et, traînant Honey et Sugar, s'appuya contre le premier qu'elle trouva.

« Madame veuve Michel de Beaumont
Madame veuve Albert Tassin
Monsieur et madame Claude Bonnaire
Monsieur et madame Gilbert Tassin
ont l'honneur de vous faire part du mariage de leurs enfants et petits-enfants Bénédicte et Jean qui aura lieu le 1er juillet 1972 en l'église de Pithiviers. »

– Putain de merde, mais qu'est-ce qu'ils foutent devant !

– C'est peut-être les départs en week-end, hasarda Martine.

La BMW était obligée de ralentir, et le conducteur s'énervait, cherchant à passer, à se faufiler entre les voitures. L'autoroute du Sud, en ce samedi matin, était particulièrement chargée et le radio-guidage spécifiait bien que c'était ainsi jusqu'au péage.

– Eh bien ! Si ça commence à bouchonner ici, on n'est pas près d'arriver. Le mariage aura lieu sans moi…

– Ça me paraît difficile…

– Regardez donc dans ma valise derrière si j'ai bien pris mes boutons de manchette…

Martine fouilla dans les affaires de Jean Bonnaire et trouva les boutons dans un petit écrin au fond.

– Ils y sont.

– Non. Mais c'est pas vrai… Regardez-moi ce connard en Ami 6 !

Jean Bonnaire donna un brusque coup de volant et doubla sur la droite. Il se rabattit, coinçant le pauvre conducteur et l'obligeant à freiner s'il ne voulait pas se faire déporter contre le rail de sécurité.

– Un bougnoule, en plus ! Ça m'étonne pas. Il a appris à conduire avec ses troupeaux de chèvres, celui-là !

Quand il était venu la chercher à Orly, ce matin, il lui était apparu bien élevé et très séduisant. Grand, blond, mince, yeux bleus, fossettes. Pas un trait de travers. Une publicité pour Jeune Homme Charmant. Il s'était excusé d'être en retard en regardant les miettes de croissant autour des trois cafés de Martine. Martine avait répliqué que ce n'était pas grave. Le principal étant qu'ils se soient retrouvés. Il était habillé tout en gris. Prêt à se marier.

Il tira sur sa manche et fixa la route.

– Vous avez l'heure ? demanda-t-il.

– Oui. Il est midi et demi.

– Mon Dieu ! La cérémonie est à une heure ! On n'y sera jamais…

Martine aurait bien aimé arriver quelques jours plus tôt mais elle avait eu un rendez-vous important à New York dans la journée de vendredi. Elle avait pris l'avion du soir. Bigre ! Je suis presque une femme d'affaires. Enfin, j'en ai l'emploi du temps, c'est déjà un début. J'ai un boulot. Maintenant, il faut que je me débrouille pour avoir mes papiers, se dit-elle en croisant les doigts derrière son dos.

– Vous l'avez rencontrée comment, Bénédicte ? demanda-t-elle pour faire la conversation.

– Elle ne vous a pas raconté ?

– Non. Elle n'écrit pas beaucoup. Juste un petit mot pour me dire qu'elle était heureuse... Et puis, c'est allé vite votre décision de vous marier.

– Je fais tout vite. C'est ma devise.

– Vite et bien ?

Il lui jeta un petit regard amusé et répondit :

– Vous ne trouvez pas que le choix de Bénédicte est un bon choix ?

– Ce n'est pas ce que je voulais dire...

– Vous m'avez dit midi et demi ?

Martine hocha la tête. Il alluma l'auto-radio puis l'éteignit aussitôt.

– Raté ! J'ai raté le flash... Je voulais savoir si Chaban avait donné sa démission. Mais non... Il attendra le prochain Conseil des ministres.

Bénédicte lui avait écrit qu'il était avocat et qu'il travaillait dans l'équipe de Chaban-Delmas. Elle l'avait rencontré en l'interviewant. Coup de foudre. Six mois plus tard, il lui demandait de l'épouser. Une histoire comme dans les contes de fées.

– Elle a changé, votre amie, vous allez voir...

– Changé comment ?

– Elle est plus femme, plus mûre, plus belle...

– C'est votre influence ?

Il lui sourit, modeste.

– Je n'ai pas dit ça.

La voiture était presque arrêtée maintenant.

Une longue file d'automobiles à l'arrêt entre Ris-Orangis et Évry. Les voitures françaises sont minuscules, se dit Martine, on dirait des jouets pour enfants. Dans une lettre, son père lui avait écrit, un jour : « Les

Américains ont peut-être de longues voitures, mais ils ont la mémoire courte. » Il ne se faisait pas à l'idée que sa fille vive chez l'ennemi.

– C'est pas possible. Ce doit être un accident…, dit Jean Bonnaire.

Ils restèrent pare-chocs contre pare-chocs un long moment. Puis, sur le bas-côté, ils aperçurent deux voitures encastrées l'une dans l'autre. Des traces de pneus, de sang, du verre brisé. Un corps reposait sur une civière recouverte d'une couverture. On n'apercevait que les pieds du mort. Des pieds en basket. Puis les baskets disparurent dans l'ambulance.

Les voitures s'arrêtaient et les passagers regardaient avec avidité.

– Ouf ! dit Jean Bonnaire, c'était un accident. Si on fonce, on sera à l'heure.

Martine se changea dans les toilettes d'une station-service. En râlant. La fermeture Éclair de son tailleur avait craqué. J'ai encore grossi. C'est la faute aux ice-creams et au peanut butter. Je suis moche et grosse… C'est pas moi qu'il épouserait, Jean Bonnaire.

Ils firent les derniers kilomètres en silence et virages serrés.

Martine n'avait pas envie de parler, elle retrouvait avec émotion les grandes plaines lisses de son enfance, les clochers à chaque point cardinal, les petites routes étroites bombées comme des arcs.

Quand ils débouchèrent sur la place du Martroi, la noce attendait devant l'église.

Il faisait beau, et certains invités, assis sur les bancs, tendaient leur visage au soleil. D'autres s'étaient installés aux terrasses des cafés, les vestes tombées, les manches retroussées devant une bière ou un petit rouge. D'autres encore arpentaient la place, nerveusement, en regardant leur montre.

Jean Bonnaire s'excusa à la cantonade, donna un rapide baiser à Bénédicte et, prenant sa mère par le bras, se mit dans le cortège derrière la mariée et son père.

Martine eut à peine le temps d'embrasser Bénédicte. Elle fut étonnée en la serrant dans ses bras de constater à quel point Bénédicte était légère. Puis, en se reculant, elle s'aperçut qu'elle avait décoloré ses cheveux. Elle était toute blonde. Elle avait à peine fini de l'étreindre qu'on l'attrapait par le bras. C'était Juliette. Ses cheveux avaient poussé et lui donnaient un air de sauvageonne. Elle reçut comme un coup d'épée l'éclat de ses yeux noirs. Elle avait oublié à quel point ils brûlaient. Ou alors s'étaient-ils aiguisés en deux ans d'absence ?

– T'es arrivée quand ? chuchota Juliette en se mettant elle aussi dans le cortège.

– Ce matin. À Orly. Jean est venu me chercher…

– Tu le trouves comment ?

– C'est encore trop tôt pour le dire… Et toi ?

– Plutôt mignon… Mais je le connais pas beaucoup. Tu sais, on se voit moins avec Bénédicte maintenant que je n'habite plus rue des Plantes.

– Elles ont gardé la maison ?

– Oui. Ungrun et Bénédicte. Avec une autre fille, copine de télé de Bénédicte, que j'aime pas beaucoup. Elle est là, tu vas la voir.

– Et Jean-Marie ?

– Il viendra à la réception. L'église, c'est pas son truc…

Une vieille tante de Bénédicte se retourna, le sourcil froncé, et elles se turent. Elles s'assirent côte à côte dans une travée. Juliette empoigna la main de Martine qu'elle serra très fort.

Mathilde regardait sa fille assise devant l'autel dans sa longue robe blanche, le voile baissé sur les yeux, les cheveux relevés en tresse. Je n'aime pas ses cheveux blonds, ses ongles rouges et sa silhouette trop mince. Elle ressemble à tout le monde à présent. Elle devait reconnaître, cependant, que Bénédicte avait rarement eu l'air aussi heureuse. Depuis que Jean l'avait demandée en mariage, elle n'avait plus de ces bouffées de mal de vivre qui se traduisaient par des larmes à tout propos. Ou peut-être était-ce la mort de sa sœur qui l'avait mûrie ?

Estelle. Il y a trois ans, c'est toi que ton père conduisait à l'autel.

Mathilde ne pouvait s'empêcher de penser à sa fille. Au lieu de la confiner dans un chagrin solitaire et muet, la mort d'Estelle lui avait donné une terrible envie de vivre. J'ai rempli mon contrat. Le petit dernier vient d'avoir son bac… Je vais aller m'installer à Paris. Seule. Faire des études.

Elle pencha la tête pour apercevoir Martine assise plus loin à côté de Juliette. Il fallait qu'elle parle à Martine.

Juliette gardait la main de Martine dans la sienne. Martine s'étonna et voulut la retirer, mais Juliette se cramponna.

– Laisse-moi. C'est bon de te tenir, murmura-t-elle.

– Surtout que je reste pas longtemps. Je repars dans une semaine…

– Comment ça ?

– J'ai trouvé un boulot dans une agence de pub ! Je commence lundi en huit ! Et puis, mon billet est un billet charter… J'ai déjà eu assez de mal comme ça à me le payer !

Juliette fit la moue.

– Il faut que je te parle absolument.

– Qu'est-ce qui se passe ? demanda Martine.

– J'te dirai…

– C'est grave ?

– Compliqué… Et puis, j'ai toujours eu plus confiance en toi qu'en moi.

Bénédicte ouvrit le bal au bras de son père.

Un parquet avait été installé sur la grande pelouse devant la maison, un orchestre engagé et, de part et d'autre de la piste de danse, étaient disposées de longues tables recouvertes de nappes blanches derrière lesquelles des garçons servaient. Les invités commençaient à se disperser dans le jardin, une assiette et un verre à la main, cherchant un petit banc ou une chaise, un coin d'ombre pour se reposer de la chaleur.

Pour le soir, M. Tassin avait prévu un dîner aux chandelles avec orchestre de chambre.

– T'es heureuse, ma fille ?

– Oh papa ! si heureuse…

Il serra Bénédicte contre lui. Il avait envie de lui poser des questions : ai-je été un bon père ? Qu'est-ce que j'ai oublié de te donner et qui t'a manqué ? Mais il n'osait pas.

– Tu sais que, s'il y a quoi que ce soit, je serai toujours là pour toi.

– Oui, mon papa. Je le sais. Tu n'as pas besoin de me faire des discours…

Il rit, embarrassé. Autant il était habile pour parler affaires, autant il se sentait maladroit en famille.

La valse finie, il alla s'incliner devant Jean qui discutait avec M. Genet, le maire de Pithiviers. Et lui remit solennellement sa fille :

– À vous de jouer, maintenant, Jean…

Jean passa son bras autour de la taille de Bénédicte, l'attira contre lui, puis reprit sa discussion sur le projet d'agrandissement de l'usine Gringoire.

Gilbert Tassin avait des larmes aux yeux et détourna la tête pour que sa fille et son gendre ne s'en aperçoivent pas.

Puis il chercha sa femme.

L'avant-veille, ils avaient eu une ultime discussion sur son envie de partir vivre à Paris. Elle l'avait prévenu que, cette fois, c'était sérieux. Il lui avait demandé deux jours pour réfléchir. Une belle journée, se dit-il, je perds ma femme et ma fille.

En un sens, il comprenait l'envie de Mathilde. Quand il l'avait épousée, elle avait dix-huit ans. Pendant trente ans, elle s'était occupée des enfants et de la maison. Pas un moment pour elle. Il lui faisait confiance. Elle ne quittait pas Pithiviers pour aller faire la fête à Paris.

Il la trouva dans les cuisines en train de donner des ordres à la vieille Marie.

— Il y aura un apéritif, avant le dîner, et c'est à ce moment-là, pas avant, que vous ferez débarrasser les tables et dresserez le couvert…

Gilbert Tassin arracha Mathilde à Marie et l'entraîna sur la piste de danse.

— Tu es fou, Gilbert, rit Mathilde. On dirait que tu as vingt ans et que tu m'enlèves.

— C'est pas l'envie qui m'en manque, tu sais…

Mathilde leva vers lui un regard étonné et lui tapota le col de son habit.

— J'ai réfléchi, Mathilde, à notre conversation de l'autre soir…

— Tu crois que c'est le moment d'en parler ?

— Oui, oui… Parce que j'ai les idées claires et je ne sais pas si je les aurai aussi claires ce soir ou demain. Tu veux aller vivre à Paris ?

Martine fit un signe affirmatif de la tête.

— Ça ne me réjouit pas vraiment, continua Gilbert. Il va falloir que je m'organise autrement, mais… Je me suis rappelé la conversation qu'on avait eue tous les deux quand j'ai décidé d'arrêter la banque et de me lancer dans les affaires…

— Oui. C'était un soir, dans ce jardin…

– Tu m'as soutenu à ce moment-là. Tu aurais pu avoir peur, mais non… Alors, aujourd'hui, c'est à mon tour de te dire : « Vis ta vie, je suis là ! »

Il trouvait son discours pas mal. Il était même assez content de lui.

– Tu es merveilleux, chéri… Tu sais, ce n'est pas contre toi que je fais ça, mais pour moi…

– Je sais, j'ai compris. Tu reviendras voir ton vieux mari pendant les week-ends ?

– Promis.

Elle se serra contre son mari et parcourut du regard le jardin, la maison éclairée, recouverte de vigne vierge, qui avait été son décor pendant si longtemps.

– Je voudrais m'inscrire en fac…

– Toi, en fac !

– Oui. En histoire de l'art.

– C'est pour me donner des complexes que tu fais ça ?

– Pour me donner des ailes plutôt !

La musique cessa. Mathilde et Gilbert s'arrêtèrent de danser. Mathilde s'appuya au bras de son mari et, regardant Bénédicte et Jean qui s'embrassaient, soupira :

– J'espère que ces deux-là réussiront leur mariage comme nous le nôtre…

– C'est pas donné à tout le monde…

Mathilde le regarda, amusée. Il avait dans l'œil une lueur espiègle de gamin qui va tirer son lance-pierre de sa poche et casser un carreau.

– … de rencontrer une femme comme toi !

Bénédicte valsait dans les bras de Jean, les yeux fermés comme si elle voulait retenir sous ses paupières ces instants de bonheur. Jamais plus, je ne serai heureuse comme ça… Ce n'est pas possible. Jamais plus…

Quand Émile l'avait quittée, elle avait cru que sa vie s'arrêtait. Au *Figaro*, le regard des autres transformait chaque heure de présence en défi. Elle s'était mise en congé maladie et en avait profité pour aller proposer ses services à la télé. À sa grande surprise, elle avait été engagée comme reporter. Elle n'en revenait pas. Sans faire de charme ! Ils avaient lu ses articles, réunis dans un grand porte-folio, et l'avait prise !

Depuis la séparation avec Émile, elle ne jouait plus de la mèche ou de la hanche comme avant. Elle était beaucoup plus réservée. Presque timide. Plus très sûre d'elle.

Elle s'était mise au travail. Elle avait appris à travailler en équipe avec un cameraman et un preneur de son, à parler face à la caméra, pendant une minute trente ou deux minutes dix.

Au début, on lui avait confié des sujets dits féminins : les collections de mode, le phénomène kitsch, la comédie musicale *Jésus-Christ Super-Star*, la mort de Coco Chanel ou celle de Fernandel. Puis elle passa au service politique. Elle suivit avec trois autres journalistes de son service Leonid Brejnev pendant son voyage en France. Elle retrouva, alors, l'excitation qu'elle avait connue en Irlande avec Émile. C'est en allant faire un portrait de l'équipe de jeunes qui entourait Chaban-Delmas qu'elle rencontra Jean Bonnaire.

Trente ans, célibataire, excellent joueur de tennis, il portait ses dossiers comme sa raquette. On le voyait souvent danser au *Jimmy's* ou chez *Castel*. Il l'avait reçue pour un entretien.

Il avait des yeux bleus perçants, un sourire éclatant, de longues jambes qu'il croisait et décroisait sans cesse, des cheveux blonds qui ondulaient. Le Petit Prince devenu grand. Quand il réfléchissait, il frappait ses dents de ses ongles et retroussait la lèvre supérieure comme s'il allait mordre…

Elle l'avait interrogé sur le rôle et le destin d'un

homme politique. Il lui avait demandé son numéro de téléphone.

Une semaine plus tard, il l'avait rappelée. L'avait invitée à un dîner avec des journalistes. Un examen de passage, s'était-elle dit, paniquée.

Dans les semaines qui suivirent, ils s'étaient revus pour déjeuner. Plusieurs fois. Elle sortait de ces déjeuners sans savoir quand elle le reverrait ni s'il la rappellerait. Elle ne savait même pas où le joindre. Doit y avoir une autre femme, et il ne sait pas quoi faire. Elle avait pris la précaution de n'en parler à personne. Après l'histoire d'Émile et de Florence Bousselain, elle était devenue prudente. Puis, soudain, les invitations s'étaient accélérées. Ça y est, je suis reçue, s'était-elle dit, un soir, en dansant dans sa chambre. Peut-être même avec mention…

Il y avait eu cette réception dans les jardins du Luxembourg où il l'avait présentée à ses collègues et amis et, enfin, lors d'un cocktail au Cercle militaire, à Jacques Chaban-Delmas.

Ça avait été un grand jour pour Bénédicte. C'était comme une demande en mariage. D'ailleurs, le lendemain, Jean lui avait officiellement demandé sa main. Après un petit dîner en tête à tête où il lui avait expliqué combien tout le monde l'avait trouvée charmante la veille, « y compris le Premier ministre »…

Et, maintenant, elle était Mme Bonnaire. Mme Jean Bonnaire. Elle se blottit contre lui. Plus rien ne pouvait lui arriver.

Il lui releva le menton.

– Alors, madame Bonnaire, on est heureuse ?

Bénédicte soupira « oui ».

– Et, tu vas voir, on va faire de grandes choses ensemble, lui dit-il. Avec toi, je vais prendre le pouvoir…

– Et moi, qu'est-ce que je ferai pendant que tu prendras le pouvoir ? demanda-t-elle dans un sourire.

– Tu seras ma dame, mon ambassadrice, ma muse… (Puis se retournant et voyant la pelouse se remplir :) Allez, ma chérie, assez danser. Nous nous devons à nos invités…

– Encore une dernière danse, implora Bénédicte.

– Tu as pensé au champagne et au whisky ? Il y en aura assez ?

– Oui, oui. Maman s'est occupée de tout. Tu m'aimes ?

– Oui.

Il regardait la foule des gens qui se pressaient près du buffet et aperçut Martine en grande discussion avec Mathilde et Rosita.

– C'est réglé avec Rosita ? demanda-t-il.

– Oui. Elle viendra travailler chez nous, rue de la Pompe. Elle laisse tomber rue des Plantes… C'est sympa, je trouve.

– C'est tout dans son intérêt… Tu as vu, ta mère a l'air en pleine discussion avec ta copine américaine… J'espère qu'elle ne va pas lui monter la tête. C'est sérieux, cette envie d'aller à Paris ?

– Tout à fait.

– Si j'étais ton père, je n'aimerais pas ça…

Martine racontait l'Amérique à Mathilde et Rosita. Mathilde écoutait, fascinée, les yeux agrandis et le cou tendu. Des réunions de femmes !

– Tu sais, j'ai lu tous les livres que tu m'avais laissés… C'est ça qui m'a décidée à aller vivre à Paris… avec la mort d'Estelle.

Martine lui pressa le coude. Elle n'était pas très forte pour les condoléances.

– On est en retard en France, dit Martine, mais il vaut peut-être mieux parce que les féministes américaines, je les trouve un peu extrémistes en ce moment. C'est vraiment la lutte contre le mâle, le couteau entre les dents…

– Ça va venir en France aussi… On hérite de tout avec dix ans de retard, nous ! dit Mathilde.

– Remarque, si j'ai mon boulot, c'est grâce à la lutte des femmes !

– Qu'est-ce que j'entends : lutte des femmes. T'as pas changé, ma poule, l'interrompit Juliette en venant se jeter entre Mathilde et Martine. B'jour Rosita…

– Bous bous êtes mal tenues à l'église, Martine et bous !

– Oh ! Rosita chérie, c'est qu'on était si contentes de se retrouver. On pouvait pas le faire en silence…

– Mais, t'étais où, toi ? Je t'ai cherchée partout… demanda Martine.

– Oh, rien du tout. Je t'expliquerai… Alors tu t'es troubé un travail ?

– Oui. Grâce à un piquet de grève féministe. J'avais accompagné mon groupe de femmes qui manifestait contre l'inégalité des salaires dans une agence de pub à Manhattan. On s'était accrochées des pancartes autour du cou et on bloquait l'entrée de l'agence. Le patron est arrivé, il nous a invitées à discuter avec lui, dans son bureau. Il a été très gentil, a pris note de toutes nos revendications. Une fois qu'on a été parties, je suis revenue sur mes pas et je lui ai demandé pourquoi il nous avait reçues si gentiment. Tu sais ce qu'il m'a répondu ?

– Qu'il boulait se débarrasser de bous et que c'était le meilleur moyen, dit Rosita.

– Pas du tout. Les revendications féministes, je m'en fiche, m'a-t-il dit, mais le mouvement des femmes, ça m'intéresse, les femmes sont des consommatrices et je veux me tenir au courant de ce qu'elles pensent. J'ai pas hésité. Je lui ai dit que j'étais prête à collaborer avec lui, que j'avais toujours travaillé, dans une grande surface en plus ; bref, j'ai dévidé tout un baratin et il m'a engagée ! Je commence lundi prochain… Sauf que j'ai menti. Mes papiers ne sont pas en règle. J'ai un visa d'étudiant, pas de travailleur. Va falloir que je me débrouille, et vite !

Juliette applaudit. Mathilde laissa échapper un sifflement d'admiration. Puis soupira comme si les prouesses de Martine réduisaient les siennes à néant.

– Mais vous êtes un miracle, vous, dit Juliette qui avait perçu le découragement de Mathilde. Regardez ma mère à côté de vous. Elle attend que la vie passe, elle. Vous au moins…

– Ils sont là tes parents ? demanda Martine.

Juliette les désigna du menton.

M. Tuille discutait avec Jean-Marie, et Mme Tuille, coiffée d'un chapeau jaune et bleu à fleurs, se tenait un peu à l'écart.

– Bon, je vous laisse, dit Mathilde. Je me dois à mes invités comme on dit dans les manuels d'étiquette.

– Moi, je bais m'asseoir, je ne tiens plus debout, fit Rosita en suivant Mathilde.

– Depuis que papa a été élu au conseil municipal, il a gonflé comme une grenouille, marmonna Juliette en regardant son père.

– Et avec eux, comment ça va ? demanda Martine.

– Comme ci, comme ça. On a signé un traité de non-agression… Et puis, je suis mariée, je fais ce que je veux maintenant… C'est peut-être le seul intérêt du mariage.

– Tu devrais prévenir Bénédicte, dit Martine.

– Oh elle ! C'est pas pareil…

– Dis donc, Juliette, je te serais reconnaissant de ne pas me laisser seul avec tes parents, dit Jean-Marie en rejoignant Martine et Juliette.

– Personne ne t'a demandé de leur parler…

– C'est tes parents quand même… (se tournant vers Martine :) Alors l'Amérique ?

Jean-Marie n'avait pas changé. Même mèche noire, même élégance, même désinvolture. Pochette qui rappelait la cravate, chemise américaine, costume bleu pétrole. Bonne coupe. L'air frais et rose. Indifférent aux piques de Juliette.

Juliette, en revanche, avait perdu de son éclat. Elle fronçait sans arrêt les sourcils, et ça lui donnait l'air méchant. Elle n'arrêtait pas de se frotter le bout du nez.

– Ah ! c'est original : alors Martine, l'Amérique ? Tu veux pas nous laisser seules toutes les deux, ça fait deux ans qu'on s'est pas vues ! éclata Juliette.

Martine eut pitié de Jean-Marie.

– C'est difficile à résumer… Disons que ce n'est pas ce que je croyais vu d'ici, mais que c'est intéressant quand même…

– Tes parents n'ont pas été invités ? demanda Juliette.

– Non. Faut croire qu'ils ne sont pas assez présentables…

– Les invités ont été triés sur le volet… à cause des relations de Jean Bonnaire, dit Juliette.

– Oui, mais ils ont invité Rosita, dit Martine.

– Parce que Rosita, Jean Bonnaire en a besoin, répliqua Juliette.

Jean Bonnaire, qui se tenait au milieu d'un cercle de jeunes hommes, Bénédicte à son bras. Ils parlaient fort, riaient fort, avaient la calvitie et l'embonpoint de ceux qui ne sont pas loin du pouvoir.

– Faut pas l'écouter, Martine, dit Jean-Marie. Juliette voit la méchanceté partout depuis quelque temps.

– Oh, toi ! laisse-nous… Tu viens, Martine, on va s'isoler dans un coin, je veux que tu me racontes tout, tout, tout.

– Bon, je vous laisse, fit Jean-Marie en s'éloignant, les mains dans les poches.

– T'es vache avec lui ! soupira Martine.

– J'en peux plus. Ah ! le mariage, j'te jure…

Elle gonfla les joues et lâcha un énorme soupir en haussant les sourcils.

– On dirait une gitane mal lunée quand tu fais ça, plaisanta Martine en lui donnant une chiquenaude sur les joues.

Elles allèrent s'asseoir à l'intérieur. Au passage, Juliette prit une bouteille de champagne et deux coupes.

– C'est dans cette bergère que j'ai décidé de quitter Pithiviers et de conquérir Paris, fit Juliette en s'asseyant. Il y a quatre ans…

– Parce que t'avais aperçu le beau René et sa squaw… Qu'est-ce qu'elle est devenue, celle-là ?

– Mariée. Comme Joëlle. Mais sans bébé… C'est fou ! quand je regarde René aujourd'hui et que je me rappelle à quel point j'ai été dingue de lui…

– De son image, tu veux dire. Tu ne l'as jamais aimé, ce garçon. Tu n'as jamais aimé d'ailleurs. T'es amoureuse de l'amour, c'est tout.

– Dis donc, tu charries ! J'ai aimé Louis !

– Parce qu'il t'échappait. Et Pinson parce qu'il était gigolo.

– Tiens, au fait, tu l'as pas rencontré le beau Pinson ? Il est à New York, paraît-il. Mme Pinson n'en peut plus. New York, mon fils. Elle rêve en dollars maintenant. Il a dû trouver une riche Américaine…

– Et Jean-Marie ? demanda Martine. Qu'est-ce qui se passe avec lui ?

Juliette prit une gorgée de champagne, envoya valser ses chaussures puis, ramenant ses pieds sous elle, se mit à raconter.

Son mariage. Les débuts dans le petit appartement rue du Cherche-Midi, Jean-Marie qui travaillait sur son livre, elle à la fac et chez Farland. L'impression de jouer à la dînette, au petit couple heureux. Plus de problème d'argent. Jean-Marie vendait une toile de sa grand-mère et ils faisaient la fête pendant de longs mois. Il la couvrait de cadeaux. Elle montra à Martine ses bracelets en or, ses boucles d'oreilles en rubis et son pendentif en diamant.

– Tout ça, c'est lui… Dès que je disais « j'aimerais bien… », j'avais pas le temps de finir ma phrase qu'il courait m'acheter l'objet de ma convoitise. Ah ! Ça me changeait… De Louis, de Virtel…

– De Virtel ?

– Oui, enfin… de sa radinerie. Tu te rends compte qu'il ne m'a pas donné un rond sur le contrat avec Milhal ?

– Ah…

– Je m'étais réconciliée avec mes parents, j'avais de l'argent, je travaillais. Ça a été une période très heureuse. Je ne me posais pas de questions. Je vivais comme un gros chat qui ronronne…

– Quand… l'interrompit Martine.

– Une histoire de mec, bien sûr. Rencontré à la fac, pour une fois. Ça aura servi à ça au moins mes quatre ans de fac : me tirer de ma torpeur conjugale ! Max, un prof de droit international, quarante ans, beau, intelligent, marié, séducteur.

Juliette comptait sur ses doigts les qualités de Max, nostalgique.

– J'ai succombé à la suite d'un pari. Il ne voulait pas croire que Surcouf s'appelait Robert ! On a parié un dîner à *la Tour d'Argent*. Tu sais, tout là-haut… J'ai gagné. On est monté tout là-haut et, pendant un moment, on n'en est plus redescendu. Ça n'a pas duré très longtemps, mais suffisamment pour me donner envie de repiquer à mon ancienne vie. Je me suis mise à mentir à Jean-Marie qui ne s'apercevait de rien, qui me faisait confiance. Je lui en ai voulu de ne pas voir, de croire à mes histoires…

Elle avait froncé les sourcils et reprit son air de gitane méchante.

– Toi, il te faut toujours la bagarre… T'es épuisante, Juliette

– J'ai commencé à le mépriser… Je l'ai trompé de plus en plus. Presque par provocation. Par ennui. Je faisais des frasques rien que pour qu'il me pique, et il me piquait pas…

– T'as revu Louis ?

– Bien sûr. Tu penses bien ! On s'est rencontrés, un jour, par hasard, dans la rue. Il m'a invitée à un « goûter sexuel ». Et ça a repris. Toujours les mêmes rapports. Réduits au cul. Notre vocabulaire est devenu uniquement sexuel…

– Comment il va ?

– Il vient de finir son premier film français. Le succès lui va bien. Mais c'est toujours les mêmes théories sur l'amour : « Tomber amoureux est une dépendance horrible… Je ne veux pas souffrir, donc je ne tombe pas amoureux. Je veux rester entier et, si je t'aime, tu vas me bouffer. » Je les connais par cœur. J'en ai marre. J'ai envie d'arrêter, mais l'idée de me retrouver seule avec Jean-Marie me fiche le cafard…

Martine soupira.

Pauvre Juliette ! Depuis qu'elle la connaissait, elle tournait en rond dans le même cercle vicieux : les hommes, le cul, les hommes, l'amour… Elle avait épousé Jean-Marie pour se rassurer, mais son envie de vivre avait repris le dessus. Elle avait tout envoyé promener. Je baise et je vous emmerde tous, papa, maman et Jean-Marie.

– Tu comprends… Avec Jean-Marie… Je m'ennuie… Je meurs tout doucement. Il m'aime trop, il m'étouffe. Toute sa vie passe par moi. C'est trop pour une seule femme ! Je lui dis, mais il ne veut rien savoir. Tiens, parfois, je rêve qu'il me trompe, qu'il a envie d'une autre…

– Viens avec moi à New York. J'te jure que t'as pas le temps d'avoir des états d'âme, là-bas…

– Je peux pas. Je suis mariée. J'ai un boulot ici…

– Farland, il n'a pas une succursale à New York ?

– Si, mais…

Martine regarda Juliette avec inquiétude :

– Je te logerai, moi. Et tu m'aiderais à promener les chiens !

Juliette posa sa tête sur l'épaule de Martine. Elle avait toujours eu besoin de la force de son amie. En ce moment, plus que jamais. Le mariage n'était pas une solution. Elle s'en était rendu compte. Je fais que des bêtises. J'agis au coup par coup, sans réfléchir. Je l'aimais bien Jean-Marie quand c'était un ami. Pas un mari ! Pourquoi faut-il que je mélange tout ?

– J'aime pas dormir avec Jean-Marie, chuchota-t-elle à Martine.

– Je m'en doutais, grosse nouille, tu n'aurais pas tous ces problèmes, sinon…

Vers huit heures du soir, un dîner aux chandelles et à la musique de chambre fut servi. Une soixantaine d'invités se répartirent autour de petites tables sur la pelouse. Martine, Juliette et Jean-Marie se retrouvèrent à la table des mariés. Bénédicte souriait, resplendissante, à la lueur des bougies. Jean Bonnaire porta un toast à sa nouvelle femme.

– Et, en plus, il parle bien ! dit Martine qui s'était assise à côté de Mathilde.

– Trop bien, fit Mathilde. Je trouve mon gendre trop adroit…

Vers minuit, tout le monde se sépara. Bénédicte et Jean partaient en voyage de noces en Italie. Juliette invita Martine à venir dormir à Giraines. Mais Martine voulait rester chez ses parents. Elles se donnèrent rendez-vous pour le lendemain midi au *Café du Nord*.

Martine commença sa semaine à Pithiviers entre ses parents, sa sœur, René et sa nièce Virginie. Elle était émue de dormir dans son lit de petite fille.

Ses parents ne lui parlèrent pas beaucoup, mais Martine comprit que, malgré tout, ils étaient fiers d'elle le jour où, faisant le marché avec sa mère, elle entendit les commerçants lui parler de sa vie à New York comme si elle leur avait écrit personnellement.

– C'est toi qui leur racontes tout ça ? demanda-t-elle.

Sa mère haussa les épaules et ne répondit pas. Martine n'insista pas

À Paris, elle habita rue des Plantes. Ungrun cherchait une nouvelle locataire pour remplacer Bénédicte.

– Tu veux pas revenir ? demanda-t-elle à Martine.

– Non. Mais toi, tu ne devais pas partir en Islande retrouver ton fiancé ?

– Si. J'y passe toutes mes vacances. Mais, tu comprends, je gagne tellement d'argent ici…

Martine l'avait vue sur tous les présentoirs Ricils. Ungrun souriait fraîche et brillante, les dents bien droites, le visage bien lisse, les yeux éclatants de bonheur.

– Et lui, il t'attend ?

– Oui. C'est lui qui me pousse à rester. Il dit que ce serait dommage…

Regina passa dire bonjour à Martine. Elle revenait du Bazar de l'Hôtel-de-Ville où elle avait acheté une perceuse, et exhiba l'engin à Martine, stupéfaite. Le mariage lui avait réussi. Elle était plus rose, moins maquillée. Comme toutes les filles qui ont eu du mal à se marier, elle abusait du « on » et du « nous ». Martine alla dîner chez eux, un soir.

Charlot avait grossi. Il travaillait toujours au béton qui démoderait totalement celui de Virtel.

– Tu sais qu'il a fait fortune grâce à mon brevet, ce salaud !

– Faudrait que vous l'exportiez, votre brevet, dit Martine.

– J'aimerais bien… Je comptais sur Juliette et Farland, mais elle a mal pris mon mariage avec Regina. Bah ! ça passera… On reparlera de tout ça plus tard.

Martine, un soir, prit un taxi et se fit conduire devant le café-tabac des Brusini.

Elle se revit, en long imper fendu, sur les marches à attendre et elle sourit. Fini. Elle avait presque envie d'aller frapper à la porte et de demander des nouvelles de Richard, mais elle n'osa pas.

Le lundi suivant, elle fit ses valises. Juliette la conduisit à Orly.

– T'es sûre que tu ne veux pas partir avec moi ? demanda Martine alors qu'elles faisaient la queue pour enregistrer les bagages.

– Non. Je ne peux pas. Qu'est-ce que je dirais à Jean-Marie et à Farland ?

– Tu leur dirais merde !

Juliette eut un petit sourire triste et ne dit rien.

De retour rue du Cherche-Midi, elle regarda la maison d'un autre œil. La table du déjeuner n'était pas débarrassée. Jean-Marie avait laissé un mot : « Je suis au cinéma. Je rentre vers cinq heures. »

Elle commença à débarrasser la table, lentement. Pensa, un instant, à aller retrouver Louis. Racla une assiette, la posa dans le lave-vaisselle. Je suis à peine capable de charger un lave-vaisselle. Je suis nulle.

Mais pourquoi ?

Qu'est-ce qui s'est passé pour que j'aie une fuite et que toute mon énergie se tire ?

Je ne vais pas recommencer cette vie de légume… À vingt-deux ans…

Vingt-deux ans ?

Vingt-deux ans !

Elle appela Air France. Demanda à quelle heure était le prochain avion pour New York.

On lui répondit que, suite à un incident technique, les passagers du vol de treize heures avaient été débarqués et l'avion cloué au sol. Il ne partirait qu'à seize heures.

« C'est un signe », décida Juliette.

Elle réserva une place sur le vol de Martine.

Fit ses valises à la va-vite. Enfournant livres, pulls, pantalons et jupes dans un sac.

Passa vider son compte à la banque.

Revint prendre sa valise et laissa un mot à Jean-Marie sur la table de la cuisine :

« Celle qui ne veut pas mourir te salue… »

Moi d'abord
Seuil, 1979
et « Points », nº P455

La Barbare
Seuil, 1981
et « Points », nº P115

Les hommes cruels
ne courent pas les rues
Seuil, 1990
« Points », nº P364
et Point Deux, 2011

Vu de l'extérieur
Seuil, 1993
et « Points », nº P53

Une si belle image
Seuil, 1994
et « Points », nº P156

Encore une danse
Fayard, 1998
et « Le Livre de poche », nº 14671

J'étais là avant
Albin Michel, 1999
et « Le Livre de poche », nº 15022

Et monter lentement
dans un immense amour
Albin Michel, 2001
et « Le Livre de poche », nº 15424

Un homme à distance
Albin Michel, 2002
et « Le Livre de poche », nº 30010

Embrassez-moi
Albin Michel, 2003
et « Le Livre de poche », nº 30408

Les Yeux jaunes des crocodiles
Albin Michel, 2006
et « Le Livre de poche », nº 30814

La Valse lente des tortues
Albin Michel, 2008
et « Le Livre de poche », nº 31453

Les écureuils de Central Park sont tristes le lundi
Albin Michel, 2010
et « Le Livre de poche », nº 32281

Premiers Romans
« Points », nº P2707, 2011

COMPOSITION : IGS CP À L'ISLE-D'ESPAGNAC
IMPRESSION : CPI BRODARD ET TAUPIN À LA FLÈCHE
DÉPÔT LÉGAL : MAI 2012. N° 108258-2 (68989)
IMPRIMÉ EN FRANCE

Les hommes cruels
ne courent pas les rues
Katherine Pancol

« Je n'ai jamais aimé que des hommes cruels,
m'avait déclaré Louise Brooks. Les hommes
gentils, on les aime beaucoup mais... Vous
connaissez une femme qui a perdu la tête
pour un gentil garçon ? Moi non. »
Dans ce roman où se mélangent souvenirs
d'enfance et vie à New York, Katherine Pancol
évoque avec tendresse et humour l'éternel
malentendu amoureux.

Retrouvez Katherine Pancol sur son site officiel :
www.katherine-pancol.com

La Barbare
Katherine Pancol

Elle rêvait d'orages et d'absolu... À 21 ans, Anne est enfermée dans un mariage doré et gaspille ses journées dans des aventures sans passion. Tout l'afflige et l'ennuie. Ce serait donc ça la vie, une traversée en somnambule ? Un jour, un télégramme du Maroc lui annonce la mort de son père. Sa vie va basculer... elle ne sera plus jamais la même.

Retrouvez Katherine Pancol sur son site officiel :
www.katherine-pancol.com

Éditions Points

Le catalogue complet de nos collections est sur
Le Cercle Points, ainsi que des interviews de vos
auteurs préférés, des jeux-concours, des conseils
de lecture, des extraits en avant-première...

www.lecerclepoints.com